Und erlöse mich von dem Übel

Nancy Geary

Und erlöse mich von dem Übel

Roman

Aus dem Amerikanischen
von Susanne Dahmann

Marion von Schröder Verlag

Die Originalausgabe erschien 2003 unter dem Titel *Redemption* bei
Warner Books, Inc., New York

Der Marion von Schröder Verlag ist ein Verlag der
Ullstein Heyne List GmbH & Co. KG
Redaktion: Angelika Lieke
Satz: Gesetzt aus der Bembo
bei Franzis print & media GmbH, München
Druck und Bindung: Pustet, Regensburg

Printed in Germany

ISBN 3-547-71022-7

Für Nick

Juni

I

Du bist ein Engel.« Frances Pratt hatte immer noch das amüsierte Kichern von Sam Guff im Ohr, als sie den Hörer auflegte. Gedankenverloren drehte sie eine ihrer braunen Locken um den Zeigefinger. Durch die Fenster ihres Büros fiel die Sonne auf den marineblauen Veloursteppich und die Polstersessel. Sie überlegte, die Jalousien herunterzulassen, entschied dann aber, die Wärme zu genießen. Es war Sommer. Endlich.

Ihr Blick fiel auf die cremefarbene Einladung mit schwarzer erhaben gedruckter Schrift. Zwei Umschläge, drei Bögen Einlegepapier und eine Antwortkarte lagen vor ihr auf dem großen Schreibtisch aus Walnussholz ausgebreitet.

Mr. und Mrs. William Waller Lawrence
bitten um die Ehre Ihrer Anwesenheit
anlässlich der Hochzeit ihrer Tochter
Hope Alexandra
mit Mr. James John Cabot III
am Samstag, dem achtzehnten August
um sechzehn Uhr
in der Church of the Holy Spirit, Manchester-by-the-Sea

Sie drehte den größeren der beiden Umschläge um und betrachtete die geschwungenen Buchstaben.

Miss Frances Taylor Pratt und Gast, 1382 Plainview Road, Orient, New York. Sogar ihre eigene Anschrift wirkte plötzlich vornehm.

Frances lehnte sich in ihrem Lederstuhl zurück und ließ den Finger über die geprägten Buchstaben gleiten. Manchester. Sie würde das weitläufige, holzgetäfelte weiße Haus ihrer Tante und ihres Onkels wieder sehen. Es lag auf Smith's Point, einer kleinen Halbinsel, die in den Hafen hineinragte. Die Meerluft ließ die Farbe von den schwarzen Fensterläden blättern, und zwischen den Fahnenmasten am Eingang wuchs Moos auf dem salzhaltigen Boden. Obwohl sie den kleinen Badeort in Neuengland im Laufe der letzten Jahre immer seltener besucht hatte, vermittelte er ihr auf seltsame Weise das Gefühl, dort zu Hause zu sein – es war ein einladender Ort. Schon der Anblick des riesigen Messingtürklopfers in Form eines Löwenkopfes gab ihr ein Gefühl von Zugehörigkeit, ein Gefühl, das sie vermisste.

Tante Adelaide, die einzige Schwester ihres Vaters, war mit ihrer kleinen Tochter Penelope nach Manchester gezogen, als sie zum zweiten Mal geheiratet hatte. Sie waren in das Familienanwesen von Bill Lawrence eingezogen und dort geblieben. »Ich habe Wurzeln geschlagen«, pflegte Adelaide mit einem höflichen Lächeln zu antworten, wenn man sie fragte, wie sie denn ihren Geburtsort hatte verlassen können. »Und in Manhattan wachsen Bäume nun mal nicht besonders gut.« Neunundzwanzig Jahre später war das weitläufige Haus mit seinen Räumen voller nicht zusammenpassender Möbel in ausgeblichenem Chintz von ihrer Gegenwart erfüllt.

Die sommerlichen »Familientreffen«, die man ankündigte, als würden übers Wochenende Horden entfernter Verwandter einfallen, und nicht die eher kleine Schar von Cousins und Cousinen, begannen, als Frances neun Jahre alt war. Es wurden die abenteuerlichsten Aktivitäten angeboten: Camping am privaten Strand, wo die Kinder am frühen Morgen, noch im Schlafsack, aus einer mit Aluminiumfolie ausgelegten Schachtel Cornflakes essen durften. Eine Schatzsuche, bei der sie auf der Jagd nach einem Stückchen blauem Glas, einem Seestern oder einem Schneckenhaus über die Klippen krabbelten. Angeltouren mit dem Kanu, wo aus Büroklammern gefertigte Haken mit Stücken von rohem Schinken über Bord geworfen wurden, in der Hoffnung, eine Flunder zu fangen. Es wurden viele Partien Scharade bis spät in die Nacht in der holzgetäfelten Bibliothek des Hauses gespielt, in der es süßlich nach einem Potpourri aus Bitterorangen roch. Frances konnte sich immer noch an den Geschmack des Angel-Food-Cake ihrer Tante erinnern, an das Geräusch der Eingangstür, an das Knarren des Fußbodens im Flur, das nachts, wenn sie von einem Ausflug zu spät nach Hause kam, immer besonders laut zu sein schien. Es waren ihre glücklichsten Kindheitserinnerungen.

Theodora Pratt, die Matriarchin der Familie und die einzige von Frances' Großeltern, die noch lebte, hatte sich ebenfalls dauerhaft in Manchester eingerichtet. Sie war nach dem Tod ihres Mannes von Ann Arbor in Michigan in das Gästecottage am Ende des Grundstücks gezogen. Frances erinnerte sich nur zu gut an die beiden hektischen Tage. Teddy hatte ihre Anweisungen gebellt, während Frances ihr beim Auspacken ihrer zusammengewürfelten Besitztümer geholfen hatte. Theodoras Sammlung von Erstausgaben und Reiseberichten füllte die Bücherregale in dem tiefer liegenden Wohnzimmer bis zum Überquellen, und ihre gesteppten Bettüberwürfe hellten die beiden muffigen Schlafzimmer auf. Sie erinnerte sich an den sonnigen Nachmittag, als sie den letzten Spiegel mit facettiertem Glas aufgehängt hatten. Sie hatten zusammen auf der Veranda gesessen und die Aussicht auf das Meer bewundert.

»Ich bleibe unabhängig und erspare mir den ganzen Ärger

mit der Hauspflege«, hatte Teddy bemerkt. »Und für sie ist es auch gut. Sie bekommen Miete. Nicht viel, aber es wird ihnen helfen.« Sie hatte eine Augenbraue hochgezogen und dann geschwiegen. Als Frances nun darüber nachdachte, wurde ihr klar, dass sie noch nie zuvor einen ihrer Verwandten aus Manchester über Geld hatte sprechen hören.

Kaum zu glauben, dass schon wieder fast fünf Jahre seit jenem Herbstwochenende vergangen sein sollten. Doch es gab keinen Sonntag, an dem Frances nicht nach dem Telefonhörer griff und sich die Geschichten ihrer Großmutter anhörte, die diese mit rasselnder Zwei-Päckchen-am-Tag-Stimme zum Besten gab. Mit ihren zweiundachtzig Jahren fuhr Teddy noch immer zum Lunch in den Singing-Beach-Club, spielte dienstagabends Mahjongg, arbeitete ehrenamtlich am Ausgabeschalter der örtlichen Bibliothek und ging jeden Tag mit ihren drei Hunden spazieren. Ihr Anblick, wenn sie mit ihrem Gehstock mit dem Silbergriff und der Ansammlung von Hunden unterwegs war – ein irischer Terrier, ein Dackel und ein einäugiger Pitbull, den sie aus dem Tierheim geholt hatte, nachdem im Lokalblatt über seine Kampfverletzungen berichtet worden war –, musste eine ständige Quelle der Erheiterung für die Anwohner sein. Und sie tratschte immer noch gern. Es hatte nicht lange gedauert, bis sie über alles und jeden in Manchester-by-the-Sea informiert war.

Teddy erzählte oft davon, wie sie ihre beiden Kinder allein aufgezogen hatte, weil ihr Mann einen großen Teil seines Berufslebens im Fernen Osten verbracht hatte. Sie selbst hatte sich geweigert, ihn zu begleiten. »Ich wusste wohl, dass das skandalös war. Es hieß, ich ließe meinen Ehemann im Stich, weil ich ihm nicht in irgendein malariainfiziertes Land mit primitiven Kloaken folgen wollte. Ich hatte aber nicht vor, meine Kinder im Ausland aufwachsen zu lassen. Generationen meiner Vorväter haben verdammt hart dafür gearbeitet, in dieses Land zu kommen, und ich wollte einfach hier bleiben. Dick konnte machen, was er wollte. Das hat er sowieso immer getan«, sagte sie über ihren verstorbenen Mann. Frances erinnerte sich an den Anflug von Stolz in Teddys Stimme, wenn sie über ihre damalige Entscheidung sprach. »Zu meiner Zeit war eine unabhängige Frau noch recht selten«, betonte sie stets.

Dann erinnerte sich Frances an das letzte Mal, als sie mit jemandem von der väterlichen Seite ihrer Verwandtschaft zusammengetroffen war. Sie hatte am Bett ihres Vaters im New York Medical Center gesessen, als plötzlich Adelaide den Raum betrat, ihre braunen Augen und die hohen Wangenknochen beschattet von einem marineblauen Hut mit übergroßer Krempe. Frances war überrascht von ihrer Zartheit – die schmale Taille war von einem ledernen Gürtel zusammengezogen, die schmalen Knöchel von dünnen schwarzen Strümpfen bedeckt. Sie hatten sich rasch umarmt, Adelaide hatte ihr einen leichten Kuss auf beide Wangen gegeben. Dann hatte sie ihren Hut abgenommen, war auf ihren Bruder zugegangen und hatte sich vorsichtig auf eine Ecke seines Bettes gesetzt. Das grelle Neonlicht des Krankenhauses offenbarte die Krähenfüße um ihre Augen und die tiefen Linien auf ihrer Stirn, die von ihren dreiundfünfzig Jahren zeugten.

Adelaide hatte Richard Pratts schlaffe Hand zwischen ihre knochigen Finger genommen. »Mein liebster, liebster Richard, es tut mir so Leid, dass dir das passiert ist«, murmelte sie mit besonderer Betonung auf »dir«. Frances glaubte zu erkennen, wie sich die Finger ihres Vaters als Antwort bewegten, eine schwache Geste, um die Zuneigung zu zeigen, die er für seine jüngere Schwester empfand, aber sie war sich nicht sicher. »Erzähle mir«, fuhr Adelaide fort, ohne Frances anzusehen, »erzähle mir alles, was passiert ist.«

Frances hatte nicht gewusst, was sie darauf antworten sollte. Ein durch eine Gehirnblutung hervorgerufener Schlaganfall, ein geplatztes Blutgefäß, eine starke Blutung im Gewebe des Gehirns – die Worte des Arztes hatten in ihrem Kopf getobt, doch es war ihr schwer gefallen, sie laut zu wiederholen. Stattdessen hatte sie mit leerem Blick geradeaus gestarrt und gehofft, ihre Tante würde ihre Gedanken lesen können. Sie wollte die Diagnose, das Urteil über ihren Vater, nicht laut aussprechen.

»Ist schon gut. Es spielt keine Rolle, was passiert ist. Was jetzt passieren wird, das ist wichtig. Bitte entschuldige. Wir müssen in die Zukunft schauen«, versicherte Adelaide und kam auf sie zu. Sie wischte ihr mit einem leicht parfümierten Leinentaschentuch die Tränen vom Gesicht. Frances selbst hatte gar nicht bemerkt, dass sie weinte. Noch heute konnte sie den zarten Duft der Tuberose wahrnehmen und die Berührung des Tuches auf ihrem Gesicht spüren. Die Geste war so mütterlich gewesen, von einer Zärtlichkeit, die Frances fremd war. Sie hatte damals gewünscht, sie würde niemals enden.

Jetzt heiratete Hope Alexandra Lawrence, das einzige Kind aus der Ehe von Bill und Adelaide. Adelaide würde die Brautmutter sein.

Das Telefon riss Frances aus ihren Träumereien. Sie nahm den Hörer ab.

»Fanny, ich bin's«, meldete sich Sam. »Sag mir doch noch mal das Datum von dieser Hochzeit. Ich möchte uns einen Platz auf der Fähre buchen.«

Typisch Sam, dachte Frances. Immer so praktisch. Die Fähre von Orient Point nach New London in Connecticut, der einfachste Weg vom östlichsten Punkt Long Islands nach Neuengland, war während der Sommermonate gedrängt voll. Die Fahrt an einem Wochenende zwischen den großen Feiertagen Memorial Day und Labour Day musste sehr wohl im Voraus geplant werden.

»Ich werde mich darum kümmern. Es reicht schon, dass du dich bereit erklärt hast, mitzukommen. An einem Samstag im Sommer in Sakko und Schlips herumzustehen und Smalltalk zu machen, entspricht wohl nicht gerade deinen Vorstellungen von einem tollen Tag.«

»Ich fühle mich geehrt, dass du mich mitnehmen willst«, antwortete Sam in der für ihn typischen Bescheidenheit. »Wirklich. Aber eigentlich solltest du für solche Gelegenheiten einen anderen Begleiter haben.«

»Was soll das denn heißen?«

»Dich sollte so ein Typ begleiten, der nach Rasierwasser duftet und Hosenträger trägt, der drei Namen hat und in der vierten Generation einen Abschluss von Groton vorweisen kann. Ich bin nur ein einfacher Kartoffelbauer.« Sam machte eine Pause. »Aber ich werde mich bemühen, mein Börsenvokabular aufzufrischen und so tun, als hätte ich ein Wertpapierdepot.« Er senkte die Stimme und zischelte zwischen den Zähnen hindurch: »Yukon Golds sind meine neuen heißen Papiere.«

»Red keinen Unsinn«, erwiderte Frances, »es geht um meine Cousine.«

»Genau davor habe ich Angst. Deine Familie.«

Frances dachte kurz nach. Sie wünschte fast, er hätte Recht, und sie wäre tatsächlich ein Mitglied der Lawrence-Familie. Nicht nur eine Verwandte auf Besuch, noch dazu so entfernt verwandt, dass sie einen Gästeausweis brauchte, um im Field-and-Hunt-Club den Swimmingpool benutzen zu dürfen. Als junges Mädchen hatte sie viele Stunden damit verbracht, sich vorzustellen, dass alles eine Verwechslung war, dass eigentlich sie Adelaides Tochter war, oder von ihr in die heile Familienwelt adoptiert wurde. Doch das Schicksal hatte es anders mit ihr gemeint.

»Nur wir zwei werden da sein. Dad kann nicht mit«, sagte Frances. Sie dachte an den sich stetig verschlechternden Zustand ihres Vaters. Es würde seiner bereits sehr labilen Gemütsverfassung nicht gerade gut tun, dass er die Hochzeit seiner Nichte nicht besuchen konnte. »Und Blairs Baby soll am fünfundzwanzigsten kommen. Ich kann mir nicht vorstellen, dass sie die Reise noch auf sich nehmen wird«, bemerkte sie über ihre jüngere Schwester.

»Was ist mit deiner Mutter?«

»Nein«, antwortete Frances etwas zu schnell. Ihre Eltern waren seit mehr als dreißig Jahren geschieden. Aber das war nicht der eigentliche Grund, warum ihre Mutter nicht mitkommen würde. Sie war dankbar, dass Sam nicht weiter fragte. Er kannte sie gut genug, um zu wissen, dass sie es ihm erklären würde, wenn ihr danach war, ohne dass er sie dazu drängen musste.

Sie schwiegen. Und doch fühlte Frances sich wohl. Sie verbrachten viel Zeit miteinander, ohne zu reden. Sie konnten lesen und in ihre eigenen Gedanken versunken vor dem Feuer sitzen, sie konnten im Garten arbeiten, ohne dass ein Wort zwischen ihnen fiel. Niemals fühlte sie sich dabei einsam oder ausgegrenzt. Sam gab ihr ein Gefühl der Geborgenheit, indem er Anteil an ihrem Leben nahm.

»Wie wäre es mit vegetarischem Chili heute Abend?«

»Ist das die einzige Wahl, die ich habe?«

Sam lachte. »Werden wir langsam etwas anspruchsvoll? Mal sehen, vielleicht fällt mir noch was anderes ein.«

»Danke. Bis heute Abend.«

»Ich liebe dich«, sagte Sam noch, ehe sie auflegten.

Frances lächelte bei diesen Worten in sich hinein. Sieben Jahre lang waren sie Nachbarn gewesen, hatten gemeinsam am Mittwoch Bingo gespielt und viele Stunden zusammen im Garten gearbeitet, bevor aus ihrer Freundschaft Liebe geworden war. Sie waren beide etwas eigenbrötlerisch, doch es verband sie eine starke gegenseitige Zuneigung. Sie teilten ihre Gefühle für Frances' Hunde und die Vorliebe für ein zurückgezogenes Leben. Die Ruhe der kleinen Stadt Orient an der nördlichen Spitze von Long Island war ihnen sehr recht.

Im vorigen Herbst hatte Sam ihr auf dem Parkplatz des Gemüseladens zum ersten Mal seine Liebe gestanden. Warum gerade dort? Warum zu dem Zeitpunkt? »Ich habe mir gedacht, wenn ich ein einfaches Einkaufszentrum zu etwas Besonderem machen kann, wenn ich dein Herz hier zwischen Toilettenpapier, Waschpulver und Hundefutter erobern kann, dann wirst du mir glauben, dass ich auch andere Bereiche deines Lebens verzaubern kann.« Seit diesem ersten Mal bat Frances ihn immer wieder, den einen Satz zu sagen. Und er enttäuschte sie nie. Niemals beendete er ein Gespräch oder löschte das Licht, ohne diese Worte zu sprechen.

Sie hatte erwartet, dass die Anziehungskraft seines Lächelns, seiner Stimme und seiner Berührung vorübergehen würde. Oder dass sie wie in früheren Beziehungen irgendwann eine dunkle Seite an ihrem Freund entdecken würde. Doch das war nicht geschehen. Es gab Tage, an denen Sam so liebenswürdig war, dass sie sich fragte, ob er nicht ein Produkt ihrer Fantasie, ein idealisierter Mann war, dessen Empfindsamkeit und Verständnis sie sich einbildete. War Verliebtheit nicht ein räuberischer Tanz, eine Mischung aus Jagen und Balzen, aus Verletzen und Umwerben, bis einer sich als der Stärkere erwies und der andere zerstört war? Das schaffte doch nicht gerade eine Atmosphäre des Vertrauens, oder? Sie wollte sich so gern entspannen, sich in seiner Umarmung sicher fühlen und darauf vertrauen, dass sich nie etwas ändern würde. Doch manchmal war sie völlig verunsichert. War Sam wirklich anders?

Frances bestätigte ihre Teilnahme auf der Antwortkarte, steckte sie in den vorfrankierten Umschlag und verstaute die verschiedenen Teile der Hochzeitseinladung in ihrer Schreibtischschublade. Dann wandte sie sich einem Block mit handgeschriebenen Notizen zu. Das fast unlesbare Gekrakel war das Konzept für ihren Vortrag über das Ausschöpfen der gesetzlichen Handhabe bei Fällen von Missbrauch in der Familie. Als Vorsitzende der Vereinigung gegen häusliche Gewalt – eine Stelle, die sie angenommen hatte, nachdem sie die Staatsanwaltschaft von Suffolk verlassen hatte – gab sie regelmäßig Seminare, um in der Öffentlichkeit ein Bewusstsein für diese Problematik zu schaffen. Die wichtigsten Punkte kannte sie auswendig: Wie man von einem Opfer die Geschichte seines Missbrauchs in Erfahrung brachte, körperliche Verletzungen dokumentierte, wie man einen zeitweiligen Platzverweis für den Täter erwirkte und sich durch den Morast der Sozialdienste arbeitete, um herauszubekommen, welche Zuschüsse der Staat oder andere Organisationen gewährten. Manchmal vermisste sie die Spannung der Auftritte vor Gericht, der Plädoyers vor der Grand Jury und alle Phasen der Ermittlung und Verfolgung von Kriminalfällen. Vor allem dann, wenn die bürokratischen Pflichten ihres neuen Jobs sie zu erdrücken schienen, oder wenn sie gezwungen war, wieder einmal einen Empfang in Sachen Spenden zu besuchen. Doch die meiste Zeit über war sie zufrieden. Sie arbeitete viel und oft auch an den Wochenenden, aber sie nahm die bürokratischen Schwierigkeiten und die langen Arbeitszeiten in Kauf, weil sie an den Auftrag der Vereinigung glaubte.

Sie machte sich eine Notiz auf dem Block: »Emotionalen Missbrauch betonen/Schläge für die Psyche.« Polizisten und sogar Richter wollten immer mindestens ein blaues Auge sehen, ehe sie bereit waren, bei persönlichen Angelegenheiten einzugreifen und einen Ehemann oder einen Lebensgefährten dafür zu bestrafen, dass er die Nerven verloren hatte. Doch häusliche Gewalt war viel mehr als nur Blutergüsse oder Verletzungen, denn Beschimpfungen, verbale Misshandlung und Drohungen konnten ebenso Furcht einflößend sein wie gebrochene Knochen. Es war ihre Aufgabe, ein Bewusstsein für diese Tatsache zu schaffen.

Die Sprechanlage brummte, und Frances hörte die näselnde Stimme ihrer Sekretärin: »Kelly Slater ist hier und möchte zu Ihnen. Sie hat keinen Termin, aber sie meint, es würde nicht lange dauern.«

»Schicken Sie sie herein«, sagte Frances. Sie schlüpfte mit den Füßen in die Schuhe unter ihrem Tisch, stand auf und steckte ihre graue Bluse in die Hose.

Die Tür öffnete sich langsam, und Kelly kam herein. Sie trug eng anliegende lilafarbene Leggings, flache Slipper und ein T-Shirt mit dem Logo der New York Giants. Sie blieb auf der Schwelle stehen, die Arme vor der Brust verschränkt. »Entschuldigen Sie, wenn ich störe«, sagte sie mit kaum hörbarer Stimme.

»Wie schön, Sie zu sehen.« Frances streckte ihr die Hand entgegen. Dann räumte sie einen Stapel Broschüren der Vereinigung auf den Fußboden und deutete auf einen Stuhl. »Bitte, setzen Sie sich doch.«

»Ist schon gut, ich kann stehen.« Kelly wich ihrem Blick aus. Ihr strähniges schwarzes Haar, durch einen Mittelscheitel geteilt, sah feucht aus, und die Haut um ihr Kinn war schlaff.

»Sie haben ja ganz schön abgenommen!«, rief Frances erstaunt. Es ging sie zwar nichts an, aber die Veränderung in Kellys Erscheinung war wirklich dramatisch. »Mir war gar nicht klar, dass wir uns so lange nicht mehr gesehen haben.«

»Achteinhalb Monate.« Damals war Kelly so dick gewesen, dass sie einmal beim Aufstehen mit ihren Hüften im Stuhl stecken geblieben war. Jetzt war ihr Körper in seiner Hülle geschrumpft. »Ich habe fast 40 Kilo verloren. Ich wusste gar nicht, dass es noch ein kleineres Ich in mir gab«, fügte Kelly hinzu.

»Kleiner vielleicht, aber nicht weniger mutig.«

Kelly zwang sich zu einem Lächeln, dann räusperte sie sich. »Ich glaube, ich schulde Ihnen eine Erklärung«, flüsterte sie.

»Wofür?«

Sie zögerte, ehe sie antwortete. »Ich bin nach Hause zurück. Matt und ich sind wieder zusammen.«

Frances stockte der Atem. Das durfte nicht wahr sein.

Kelly war schon Jahre bevor Frances sie kennen lernte eine Klientin der Vereinigung gewesen. Die Gewalttätigkeit ihres Mannes wurde anfangs nicht geahndet, weil Kelly der jungen Anwältin, die den Fall zunächst bearbeitete, nicht traute. Die Anwältinnen der Vereinigung entsprachen immer einem bestimmten Muster: frisch aussehende Frauen, gerade den Abschluss der Fordham oder der Brooklyn Law School in der Tasche, und bereit, für ein geringes Honorar zu arbeiten, weil sie das Gefühl hatten, mit ihrem Engagement die Welt verändern zu können. Doch sie waren eben auch vor Gericht oft recht naiv. Selten vermochten sie der aggressiven Vorgehensweise der Verteidiger etwas entgegenzusetzen. Kellys Anwältin war da keine Ausnahme gewesen. Ohne ständige Unterstützung brach Kelly regelmäßig zusammen, wenn eine Anhörung über ihren Antrag auf Platzverweis, der ihrem Mann untersagen würde, sich ihr zu nähern, bevorstand. Matts Drohungen siegten, und das Verfahren wurde irgendwann eingestellt.

Frances hatte als frisch gebackene Vorsitzende der Vereinigung eingegriffen, als Matt Kelly das Schlüsselbein brach, indem er sie gegen einen Pfosten schleuderte und anschließend die Treppe hinunterwarf. Vielleicht hatten Kelly die zwölf Jahre als Staatsanwältin beeindruckt. Vielleicht waren es auch die zahllosen Gespräche beim Kaffee in einem abgelegenen Lokal gewesen, durch die Frances schließlich Kellys Vertrauen gewann. Eines Abends richtete sich Matts Wut gegen ihre Tochter Cordelia, eine Neunjährige mit einem herzförmigen Gesicht, kastanienbraunen Zöpfen und einem Zahnlückenlächeln. Frances ihrerseits nahm an, dass Kelly daraufhin beschlossen hatte, ihren Mann zu verlassen.

»Das war nicht nur eine Ohrfeige«, hatte Kelly am Telefon gewispert. »Ich habe es in seinem Blick gesehen. Er wollte ihr wehtun. Ihr richtig schlimm wehtun. Wie kann jemand nur …« Ihre Stimme hatte versagt und sie hatte angefangen zu weinen. »Cordie ist nur ein kleines Mädchen. Sie hat nie etwas Schlimmeres getan, als Preiselbeersaft auf dem Teppich zu verschütten. Wenn Sie ihr Gesicht gesehen hätten, ihre Tränen.« Es war einen Moment lang still gewesen, während sie sich zu sammeln versucht hatte. »Das hat sie nicht verdient, sie nicht!«

Und Sie auch nicht, hätte Frances am liebsten gesagt, aber

sie wusste, dass das sinnlos war. Kein Zuspruch der Welt konnte Kelly das Selbstvertrauen geben, das ihr fehlte. Erst wenn irgendetwas derart Schlimmes passierte, dass sie sich entschließen würde zu gehen, würde sie sicher sein. Das war das Ziel.

Einige Wochen und Dutzende von Telefonaten später hatte Kelly endlich einem Verfahren zugestimmt. Nachdem Frances die nötigen Schritte für einen Platzverweis in die Wege geleitet hatte, waren sie und Kelly in Polizeibegleitung zu Kellys Haus in Riverhead geeilt. Frances erinnerte sich noch gut an die scheinbare Normalität, die das Haus im Ranch-Stil mit seinem bemalten Briefkasten, dem automatischen Garagentor, der Satellitenschüssel und den Scheibengardinen vor jedem Fenster ausgestrahlt hatte. Cordelia wartete auf dem Rücksitz des Autos mit einer Polizistin, die sie auch von der Schule abgeholt hatte. Frances schaufelte derweil Toilettenartikel, Kleider, Fotoalben, Spielzeug und, auf Kellys Drängen hin, ihr Hochzeitskleid in große Mülltüten. Matt stand in der Ecke neben einem gerahmten Stickbild mit dem dreiundzwanzigsten Psalm. Als er dann anfing zu toben, warf Frances einen Blick auf die blauen Buchstaben neben ihm. »Der Herr ist mein Hirte, mir wird nichts …«

»Was glaubst du eigentlich, wer du bist, verdammt noch mal?«, schrie er. »Du kannst ja nicht mal deine Füße sehen vor lauter Fett. Du wirst niemals einen anderen finden. Keiner will so einen Fettkloß.« Als er keine Antwort bekam, wurde seine Stimme augenblicklich sanft, und er flehte sie an zu bleiben.

»Sie machen genau das Richtige«, flüsterte Frances Kelly zu, die regungslos neben ihr stand.

»Halt die Schnauze, du Schlampe«, fuhr er sie an. »Verpiss dich aus meinem Leben.«

Als sie damals Kellys tränenverschmiertes Gesicht und ihren zitternden Körper sah, hätte Frances Matt am liebsten Kontra gegeben, doch sie zwang sich, ruhig zu bleiben. Es hatte keinen Sinn, die Vorteile, die man in der Flucht einer Ehefrau sah, mit dem Mann diskutieren zu wollen, vor dessen Schlägen sie davonlief.

Die Leute vom Sozialamt brachten Kelly und ihre Tochter in einem Apartment unter. Es war nur eine einfache Einzimmerwohnung, aber sie waren dort sicher. Cordelia kam auf eine andere Schule, und Kelly bekam einen Job als Mitarbeiterin in einer Kindertagesstätte. Sie hatte den Umgang mit Kindern schon immer gemocht.

»Ich … ich … wir machen eine Therapie …«, stammelte Kelly.

Frances wusste aus Erfahrung, dass geschlagene Frauen oft zu den Männern, die sie misshandelt hatten, zurückkehrten. Trotz all der Angst ist ihnen diese Beziehung vertraut, und das Bekannte birgt eine gewisse Anziehung. Wenn bestimmte Wege im Gehirn erst einmal eingeprägt waren, dann wirkte das Wiederholen dieses Verhaltens ermutigend, auch wenn es Angst machte. Solche Rückfälle waren auch der Grund, warum viele der Anwälte und ehrenamtlichen Helfer die Vereinigung frustriert wieder verließen, um sich einer emotional weniger belastenden Arbeit zuzuwenden. Das machte Frances wütend und feuerte nur ihre Entschlossenheit an, die Reichweite der Vereinigung zu vergrößern. Doch dass Kelly zu den vielen gehören würde, die zurückgingen, damit hatte sie nicht gerechnet. Nicht nachdem sie so gekämpft hatte.

»Ja, also, ich sage mal, ich lerne wirklich eine Menge über mich selbst. Ich habe immer gedacht, ich könnte Matt nicht glücklich machen, aber das stimmt nicht. Ich habe es nur nicht richtig versucht. Jetzt ist alles besser. Wirklich. Er hat sich verändert.«

»Das hoffe ich. Für Sie.« Ihre Stimme war tonlos. »Und für Cordelia.«

Kellys Blick ging an Frances vorbei aus dem Fenster. »Sie wären überrascht, sie ist schon so groß geworden, fast wie ein Teenager. Aber sie braucht einen Papa. Und Matt liebt sie. Er sagt mir das immer und immer wieder. Wissen Sie, für ihn war das Schlimmste daran, dass ich weggegangen bin, dass er nicht mehr mit ihr zusammen sein konnte. Er will für uns sorgen.«

»Sie können selbst für sich sorgen. Sie haben neue Chancen, andere Möglich …«

»Denken Sie nicht, dass ich es nicht selbst entschieden habe«, unterbrach Kelly sie.

Frances legte ihr die Hand auf die Schulter. Sie wusste, dass Kelly spüren konnte, wie ihr das alles missfiel, und wünschte gleichzeitig, sie in ihrem Entschluss bestärken zu können, doch das war ihr nicht möglich. Kelly hatte einen Magister in englischer Literatur, sie hatte eine Familie in Minnesota, die sich um sie und ihre Tochter kümmern würde, wenn sie nach Hause zurückkehrte. Doch das reichte alles nicht aus, um Matts Bitten und Versprechungen auszustechen. Er hatte sie doch wieder an der Angel, und Frances konnte sich schon innerlich auf den Anruf vorbereiten, der an irgendeinem Sonntagabend, vielleicht in ein paar Wochen, vielleicht in ein paar Jahren, aber doch unausweichlich eines Tages kommen würde: Kelly ist im Krankenhaus. Oder tot.

»Unsere Tür steht Ihnen immer offen, wenn Sie irgendetwas brauchen«, sagte Frances. »Denken Sie einfach daran. Was immer Sie brauchen.«

»Ich werde es nicht brauchen. Diesmal bin ich sicher.« Sie machte eine kleine Pause und schien unsicher, ob sie weitersprechen sollte. »Aber vielen Dank trotzdem. Ich bin dankbar für alles, was Sie getan haben.« Sie nickte kurz, ehe sie sich zum Gehen wandte.

Frances sah zu, wie sich die Tür schloss. Bitte lass sie überleben, dachte sie. Und verschone Cordelia.

2

Hope Lawrence stocherte mit einer Zinke ihrer silbernen Gabel in einem Berg von Thunfischsalat herum. Es war dasselbe schwere Sterlingsilber, von Tiffany's, das sie auch für ihre Hochzeitsliste ausgesucht hatte. »Es ist wichtig, dass man etwas Klassisches auswählt«, hatte ihre Mutter Adelaide ihr geraten, als sie vor den mit Samt ausgelegten Vitrinen standen und Besteckgarnituren begutachteten. Obwohl sie nur selten einem mütterlichen Rat folgte, schien dieses Besteck doch eine gute Wahl zu sein.

Sie starrte auf den rosafarbenen Klumpen in der Mitte ihres Goldrandtellers. Anstatt das eher schlichte Alltagsporzellan, das im Laufe der Jahre zerbrochen war, zu ersetzen, benutzte ihre Mutter jetzt zu jeder Mahlzeit ihr Hochzeitsgeschirr, und die Vergoldung nutzte sich schon langsam ab. Sie fand es lächerlich, zum Mittagessen ein Geschirr zu verwenden, das von Hand gespült werden musste, aber das war ja nicht ihr Problem. Kathleen, die plumpe Köchin in Uniform, die schon solange Hope denken konnte bei den Lawrences lebte, kümmerte sich um den Abwasch.

»Bitte, iss doch etwas.«

Hope sah auf und begegnete dem sorgenvollen Blick ihrer Mutter. »Ich habe keinen Hunger.« Warum bestand ihre Mutter darauf, dass so viel Mayonnaise in den Salat kam? Wenn sie das aß, hatte sie mehr Kalorien zu sich genommen, als für einen ganzen Tag vorgesehen waren. Keine noch so große Zahl von Meilen auf dem Laufband konnte eine solche Menge von Fett wieder abtrainieren. Ihre Finger tasteten sich an ihrer Seite entlang, fühlten das Elasthan ihres schwarzen Bodys und zählten die hervorstehenden Rippen.

Hopes Blick wanderte weiter zu dem Porträt von Adelaide Lawrence, das gegenüber an der Wand hing. Es war vor vielen Jahren gemalt worden und zeigte ihre Mutter auf einer mit Damast bezogenen Sitzbank, die Hände im Schoß gefaltet, die Knöchel sittsam gekreuzt und die geschlossenen Knie zur Seite weisend. Auf einem Tisch neben ihr war ein großes Bukett pfirsichfarbener Rosen in einer Kobaltvase platziert. Das Arrangement wirkte unnatürlich, doch das Bild erfüllte seinen Zweck. Niemand würde je vergessen, dass ihre Mutter einmal eine wunderschöne Frau gewesen war.

»Du wirst dich noch krank machen«, murmelte Adelaide. »Wieder einmal.«

»Nein, das stimmt nicht«, log Hope und dachte an den vorangegangenen Abend. Da hatte sie die Badezimmertür abgeschlossen, das heiße Wasser in der Dusche aufgedreht und den Filter des Abflusses entfernt. Als der Dampf den Raum erfüllte, hatte sie sich mehrmals hintereinander die Finger in den Hals gesteckt. Brocken von halb verdauten Nudeln und Tomaten schossen hervor und verschwanden im Abfluss, fortgespült vom kochend heißen Wasser. Sie zerkratzte sich mit den Fingernägeln den Gaumen, als sie immer weitermachte, bis nur noch blutige Galle kam. Ihre Kehle brannte noch immer von der Säure.

Adelaide legte ihr Besteck links neben ihren Teller und griff nach der Hand ihrer Tochter. »Liebling, ich weiß, dass du aufgeregt bist. Alle sind es. Aber du wirst eine wunderschöne Braut sein. Es wird eine wundervolle Hochzeit werden. Das verspreche ich dir.« Sie sah sie mit großen erwartungsvollen Augen an. »Das möchtest du doch, oder?«

Hope wusste nicht, was sie antworten sollte. Sie hatte keinen Zweifel, dass Jack Cabot ein guter Ehemann sein würde. Er war einfach so ein Mensch: zuverlässig, freundlich, beschützend. Sie kannte ihn seit ihrer Kindheit, und sie hatten schon im Field-and-Hunt-Club zusammen an Sportgruppen teilgenommen. Einmal hatten sie sogar die Tennismeisterschaften im gemischten Doppel für Kinder unter zwölf gewonnen. Obwohl sie nicht segelte, war sie oft samstagabends zum Yachthafen hinuntergegangen, um ihn bei den Regatten der C-Klasse zu sehen. Seit Jacks Abschlussjahr auf Groton waren sie zusammen ausgegangen, und sie hatte hingebungsvolle Briefe geschrieben, um die Entfernung zwischen Manchester und seinem Internat zu überbrücken. Sie war hingefahren, um ihn Lacrosse spielen zu sehen, und war entzückt gewesen, wenn er nach dem Spiel die Menschenmenge nach ihr absuchte. Sie hatte es gemocht, wie er in seinem verschwitzten Jersey-Trikot aussah, mit den schwarzen Streifen Sunblocker unter den Augen, und manchmal hatte sie ein wenig gezögert, ehe sie die Tribüne hinunterlief, um sich in seine Arme zu werfen. Erst wollte sie ihn noch anschauen, seine hoch gewachsene Erscheinung, die muskulösen Oberschenkel. Nach den Spielen war sie in sein Zimmer im Internat geschlichen, hatte dann ganz still dagelegen, wenn sie sich in seinem engen Bett liebten.

Sie hatte Pomona besucht, um auf dem College in seiner Nähe zu sein, und bei seiner Familie gesessen, als er den Abschluss der University of Southern California bekam. Sie war schon damals wie die Schwiegertochter behandelt worden, die sie bald sein würde. Jacks Mutter Fiona lud sie zum Einkaufen nach Boston ein oder zu Matineen im Wang Center und hatte für sie gebürgt, damit sie Mitglied in der Daughters of Mayflower Society werden konnte.

Selbst in den zwei Jahren, in denen sie getrennt gewesen waren, hatte sie gewusst, dass diese Ehe ihr Schicksal sein würde. Jack war gut und aufrichtig und gab ihr das Gefühl, ebenso zu sein. Ihre Beziehung wurden von beiden Familien gefördert. Die Cabots und die Lawrences kamen aus derselben Gesellschaftsschicht, waren beide Mitglieder des Field-and-Hunt-Club und der Church oft the Holy Spirit. Fiona Cabot und Adelaide Lawrence waren gemeinsam im Vorsitz der jährlichen Blumenausstellung der New England Horticultural Society. Die Cabots luden Hope zum Skifahren nach Waterville Valley ein, zum Schnorcheln nach Leyford Cay und in letzter Zeit oft nach Palermo in Buenos Aires, um Jack beim professionellen Polo zuzusehen. Als Jack ihr schließlich einen Antrag gemacht hatte, hatten die Familien mit einer Magnumflasche Champagner angestoßen und von zwei Vögeln aus einem Schwarm gesprochen, womit sie die Zugehörigkeit zur selben Gesellschaftsschicht betonten.

Hope drehte mit Daumen und Zeigefinger ihrer rechten Hand den Brillantring an ihrem linken Finger. Ihr Verlobungsring war genau so, wie sie ihn sich gewünscht hatte: vier Karat, Fassung aus Platin, überreicht in der edlen Samtschachtel eines der besten Juweliere. Ein Ring, der jedem auffiel. Doch trotz der scheinbar perfekten Verbindung spürte sie ein Zögern in sich. Sie musste bestimmte Gefühle für sich klären und sie an einen Ort tief in ihrem Innern verbannen, von wo sie nicht wieder auftauchen konnten. Dann würde alles gut werden. Dann würde sie die gute Ehefrau sein, die sie sein wollte. Sie wusste, dass Jack der Weg aus der Vergangenheit heraus war, und sie sehnte sich nach dieser Erlösung. Doch gleichzeitig konnte sie nicht leugnen, dass der Gedanke an ein Leben als Mrs. John James Cabot III sie schaudern machte.

Adelaide schien das Schweigen ihrer Tochter als Zustimmung zu werten. Weil ihre Mutter nur selten darauf drängte zu erfahren, was die Ursache dafür war, wenn sie nicht antworten konnte, oder welche Bedeutung ein Schweigen haben mochte, musste Hope niemals anderer Meinung sein als sie. Doch sie musste auch nie wirklich ehrlich sein. Schweigen war die einfachere Methode, wenn die Kluft zwischen ihnen so riesig war, dass sie nicht mehr überbrückt werden konnte. Worte wären dann nur verschwendeter Atem gewesen.

Adelaide rückte die Lesebrille auf ihrer schmalen Nase zurecht und griff nach einem mit Schreibmaschine beschriebenen Blatt Papier, das neben ihr lag. »Die Band hat zugesagt. Es werden allerdings nur fünf sein und nicht sieben. Aber die Frau, mit der ich gesprochen habe, hat mir versichert, dass man den Unterschied nicht hört. Bess von den ›Blumenkünstlern‹ kommt morgen um neun Uhr, damit wir abschließend über den Tischschmuck und deinen Strauß sprechen können. Ich habe beschlossen, zu den Tafelaufsätzen ein wenig Schleierkraut hinzufügen zu lassen, damit sie voller wirken. Aber keine Sorge, die Rosen werden immer noch vorherrschend sein.« Sie zog die Augenbrauen zusammen. »Möchtest du Vater Whitney in die Diskussion über die Altarblumen mit einbeziehen?«

Hope sah rasch auf die alte Pendeluhr, die an der Wand hing. Die mittägliche Sonne schien auf ihren Mahagonikasten. Sie mochte die Regelmäßigkeit ihres Tickens, und den stündlichen Schlag, der von einem erstaunlich sanften, schönen Klang war. Zwölf Uhr fünfundfünfzig. In fünf Minuten würde ihr Ton das Esszimmer erfüllen.

»Nun, ich kann ihn anrufen, wenn es dir zu viel ist.«

Durch das offene Fenster hörte Hope in einiger Entfernung das Geräusch eines Motorboots, dessen Maschine ein gleichmäßiges Brummen von sich gab, als es aus dem Hafen fuhr. Am Wasser zu wohnen bedeutete, ständig von Lärm umgeben zu sein: Nebelhörner, an den Mast schlagende Wanten, wenn die Segelboote an ihren Liegeplätzen schaukelten, Glocken auf den Bojen, die die Hafeneinfahrt markierten und mit Ebbe und Flut läuteten, das Kreischen der Möwen, die sich um

Muscheln stritten, quietschende Fender, wenn sich das Dingi der Lawrences am Anleger rieb. Obwohl die Aktivitäten zu Wasser im Sommer natürlich beträchtlich zunahmen, gab es doch die Fischer und einige hartgesottene Segler, die den Hafen von Manchester das ganze Jahr über lebendig erhielten.

»Denk noch mal darüber nach«, fuhr Adelaide fort. »Ich denke, wir sollten ihn um seine Meinung bitten. Immerhin ist es seine Kirche.«

Hope nickte. Sie musste mit Vater Whitney sprechen, sie hatte sogar vorgehabt, sich am späten Nachmittag mit ihm in seinem Büro zu treffen, doch dabei ging es nicht um Blumen. Sie brauchte einen Rat. Ganz dringend. Immer häufiger hatte sie in den letzten Monaten gespürt, dass nur Vater Whitney Antworten auf die unzähligen Fragen geben konnte, die in ihrem Kopf herumschwirrten. Er war der einzige Mensch, mit dem sie wirklich reden konnte, der einzige, dem sie vertraute. Er hatte ihre Beichten angehört und versucht, ihr dabei zu helfen, mit ihrer Vergangenheit ins Reine zu kommen. Er hatte ihr versprochen, dass der Glaube sie beschützen würde. Da sie kaum eine andere Wahl hatte, war sie mehr als gewillt, die Kirche zum Mittelpunkt ihres Lebens zu machen. Solange das gegeben war, fühlte sie sich sicher.

Sie rieb ihren Daumen in Kreisen über ihren hervorstehenden Hüftknochen und fühlte, wie sie ruhiger wurde.

»Teddy möchte am Achtzehnten ein Brautmittagessen für dich geben. Ich nehme mal an, im Beach-Club. Du solltest sie wissen lassen, ob du außer den Brautjungfern und der Familie noch jemanden dabeihaben möchtest.«

»Das ist wirklich …«, begann Hope.

»Teddy möchte einfach das Gefühl haben, ein Teil des Festes zu sein. Lass sie doch. Wir müssen sowieso irgendwo zu Mittag essen.«

Hope antwortete nicht. Das Letzte, was sie kurz vor ihrer Hochzeit tun wollte, war, im Singing-Beach-Club, dem Hauptquartier der Achtzigjährigen an der North Shore, unter einem verblichenen Sonnenschirm zu sitzen und mit ihrer Großmutter *petits fours* zu essen. Sie liebte Teddy und würde ihr immer dankbar sein. Sie hatte Geheimnisse bewahrt, die niemand sonst für sich behalten hätte. Doch Hope durfte das Risiko nicht eingehen, dass Teddy auf einem solchen Empfang vielleicht doch nicht ausreichend diskret sein würde. Das konnte sie sich so kurz vor der Hochzeit nicht leisten.

»Oh, am Freitag müssen wir nach Boston fahren. Priscilla hat angerufen. Dein Kleid ist für eine weitere Anprobe bereit. Welche Uhrzeit würde dir passen?«

»Das kannst du entscheiden.«

Adelaide beugte sich vor und nahm ihre Brille ab. »Ich sehe, dass du wirklich begeistert bist.« Dann wurde ihre Stimme sanfter. »Bitte, Hope, sag mir, was mit dir los ist. Immerhin bin ich deine Mutter.«

Eine Mutter, dachte sie. Was bedeutete das schon für Adelaide? Hope wusste nicht, wie sie antworten sollte und kämpfte mit den Tränen. Sie hatte gehofft, dass ihre Hochzeitsvorbereitungen, all die vielen Pläne sie einander näher bringen würden. Mutter und Tochter sollten eine Chance bekommen, über der richtigen Auswahl der Gäste, der Kleider der Brautjungfern und der Korsagen zueinander zu finden. Eigentlich war diese Möglichkeit der hauptsächliche Grund gewesen, weshalb sie einer großen Feier zu Hause zugestimmt hatte. Stattdessen konnte sie jetzt keinerlei Interesse für das, was der schönste Tag ihres Lebens sein sollte, aufbringen. Die Besessenheit ihrer Mutter von Details, die ihr selbst nichts bedeuteten, führte dazu, dass sie sich nur noch fremder fühlte, von dem ganzen Geschehen abgeschnitten. Sie kam sich vor wie eine Braut aus Plastik auf einer siebenstöckigen weißen Torte mit Bändern aus pinkfarbener Glasur und Zuckerblümchen – wunderbar anzuschauen, aber ohne jedes Gefühl.

Sie wünschte, sie könnte ihre Mutter darauf ansprechen,

doch jedes Mal, wenn sie zu einem Gespräch ansetzen wollte, fehlten ihr plötzlich die Worte. Nach so vielen Jahren und allem, was geschehen war, gab es nichts zu sagen. Wenn ihre Mutter sie jetzt nicht verstand, dann konnte auch nichts, was sie sagen würde, etwas daran ändern. Sie hasste sich selbst dafür. »Es ist nichts. Ich wollte nur sagen, dass es in Ordnung für mich ist, wann immer es dir passt.«

Adelaide machte sich eine Notiz. »Dann sagen wir zehn Uhr.« Sie legte ihre Hand auf die ihrer Tochter. »Ich spiele heute bei Maggie Bridge, aber wenn du mich brauchst, dann sage ich ab. Ich möchte, dass du weißt, dass ich für dich da bin.«

Ach so. Warum solltest du es jetzt sein, wenn du es doch vorher nie warst, dachte Hope, sagte aber stattdessen: »Es geht mir gut. Wirklich. Mach dir keine Sorgen.« Sie entschuldigte sich mit einem kleinen beruhigenden Lächeln. Sie spürte das dringende Bedürfnis, die beiden Cracker und den Karottenstreifen auszuwürgen, die sie in einem Moment der Schwäche gegessen hatte. Sie wusste nicht, ob sie es nach fünfzehn Minuten noch schaffen würde, oder ob die Cracker bereits verdaut waren. Aber sie wollte es versuchen.

3

Jim Cabot trat von der Absperrung zurück, als die acht Pferde das Polofeld herunterdonnerten und Gras und Schlamm aufspritzten. Der Lärm ihrer Hufe war ohrenbetäubend. Ein Kastanienbrauner stieß mit einem Graugescheckten zusammen. Sein Reiter im grün-roten Pullover warf sich gefährlich weit zur anderen Seite, um im Sattel zu bleiben. Die Pferde dampften aus den Nüstern, und der Schweiß glitzerte auf ihrem makellosen Fell.

Jim überblickte kurz die Menge und entdeckte die üblichen Zuschauer: Robert Harrington senior, mit Schirmmütze vom Field-and-Hunt-Club und einem gelben Kaschmirpullover mit V-Ausschnitt. Daneben seine hübsche blonde Frau, die vierte übrigens, obwohl man zu Roberts Verteidigung sagen musste, dass seine dritte Frau ihn wegen eines Gartenbauarchitekten verlassen hatte. Dass sie dann auch noch das Haus zugesprochen bekam, war eine Farce. Die Scheidungsrichter waren hart zu den Männern. Neben den Harringtons standen Bunny und Cliff Taylor, sie mit riesiger dunkler Sonnenbrille. Es erstaunte ihn, dass die beiden sich immer noch auf dem Poloplatz einfanden. Drei Jahre zuvor war ihr ältester Sohn bei diesem Spiel getötet worden, als er einen Schläger an den Kopf bekam. Ein argentinischer Verteidiger war dafür verantwortlich gewesen. Kein Wunder. Die Südamerikaner waren bekannt für ihre aggressive Spielweise. Und dann war da Ray Burgess. Er musste über neunzig sein. Er kam bei jedem Wetter, saß in seinem grün-weiß gestreiften Klappstuhl und verfolgte das ganze Treiben mit einem Martini in der Hand.

Jim wandte sich wieder dem Spiel zu. Er hörte das Krachen eines Schlägers gegen den hölzernen Ball, dem fast augenblicklich ein ebensolches Geräusch folgte. Der Ball wurde abgefangen, die Richtung änderte sich abrupt, und die Spieler galoppierten auf die entgegengesetzten, fast dreihundert Meter entfernten Zielpfosten zu. Für einen Augenblick entfernte sich der Lärm. Doch Jim hatte genügend Polomatches gesehen, um zu wissen, dass die Stille immer nur kurz währte. Innerhalb von Sekunden würden die riesigen Tiere und ihre athletischen Reiter wieder vor ihm auftauchen.

Er wischte den Schmutz ab, der auf seine Chinos gespritzt war.

Jack, sein einziges Kind, hatte erst in der Highschool als Amateur Polo gespielt, später dann in der Mannschaft der USC. Die University of Southern California hatte eines der besten College-Teams des Landes, und das nahezu perfekte Wetter an der Westküste bot viel Zeit zum Trainieren. Jack war davon begeistert. Er hatte Talent zu diesem Spiel, er liebte die Tiere und die Spannung. Als er die Universität abschloss, hatte er ein Handicap von sechs erlangt, was ihn in eine auserwählte Riege von Topspielern der USA katapultierte und seine Karriere in diesem Sport vorzeichnete. Zurzeit liefen Verhandlungen mit einem einsilbigen Texaner, der Jack zum Kapitän seiner Mannschaft machen wollte. Jetzt, mit neunundzwanzig Jahren, war es an der Zeit, dass Jack den Schritt vom Amateur zum Profi wagte.

Obwohl Polo ein ungeheuer teurer Sport war, war Jim doch stolz darauf, dass das für seinen Sohn kein Hindernis darstellte. Jack hatte acht Vollblüter zu den besten Pferden in diesem

Sport herangezogen, und Jim zahlte bis zu hunderttausend Dollar im Jahr für Futter, Tierarzt- und Transportkosten sowie das Gehalt eines Pflegers und eines Trainers. Siege würden die Kosten ein wenig vermindern, doch das spielte keine Rolle. Es gab genug Geld in den verschiedensten Trusts, die sicherstellten, dass Jack so lange Polo spielen konnte, bis er nicht mehr aufs Pferd kam. Es sei denn, die Ehe von Jack und Hope endete mit einer Scheidung.

Jim griff in seine Tasche und holte seinen Schlüsselring in Form eines silbernen Hufeisens, hervor. Er drehte den Schlüssel in der Hand und dachte einen Augenblick nach. Er war stolz auf das Geld, das er für seine Familie verdient hatte. In den vergangenen dreißig Jahren hatte er eine kleine Erbschaft zu einem Nettovermögen von mehr als zwanzig Millionen Dollar gemacht, indem er in alternative Energien investiert hatte. Jetzt besaß er verschiedene Fabriken in Nevada und Colorado sowie die größte Förderungsstätte für fossile Brennstoffe im Nordosten.

Seine finanzielle Lage war gut, von außen betrachtet sogar großartig. Und das war keine geringe Leistung für einen Mann, der auch ohne einen Finger zu krümmen recht gut hätte leben können. Seine Energie, sein Ehrgeiz, seine Disziplin und der Wunsch, die zukünftigen Generationen seiner Familie in Sicherheit zu wissen, waren der Grund dafür, dass er fünfzehn Stunden täglich arbeitete, und das oft an sechs Tagen in der Woche. Und nun hatte er erreicht, was er wollte. Er war ein mächtiger Mann. Mehr als einmal war er auf dem Titel der Wirtschaftsausgabe des *Boston Globe* abgebildet gewesen, er stand ständig in der Liste der mächtigsten Menschen des *Boston Magazine* und war Vorsitzender mehrerer führender Gesellschaften. Sein Ausgleich war eine fünfundneunzig Fuß große Hinckley, die *Lucky Day*, die groß genug war, um im Hafen eindrucksvoll zu wirken, aber klein genug, um ohne Crew manövriert werden zu können.

Er hatte nur einen einzigen Fehler gemacht, und dessen Auswirkungen schienen immer schwerwiegender zu werden, je näher der 18. August kam. Um zukünftige Generationen der Cabots zu versorgen, hatte er eine Reihe von unwiderruflichen Stiftungen angelegt. Das daraus entstehende Einkommen ging an Jack und dann an seine »Abkömmlinge«, also seine leiblichen Kinder. Es war ein kompliziertes juristisches Gebilde, das einzurichten fast vierzigtausend Dollar Anwaltsgebühren gekostet hatte. Damals schien es eine gute Idee zu sein, um zukünftige Erbschaftssteuern zu vermeiden. Das Problem jedoch war, dass, wenn Jacks Ehe scheitern würde, irgendein hinterhältiger Anwalt die Hälfte der Gewinne für Hope beanspruchen konnte. Damit hatte niemand gerechnet, als die Dokumente vor mehr als zehn Jahren erstellt worden waren.

Doch jetzt konnte diese rechtliche Ausgestaltung nicht mehr verändert werden. Seine Wut auf Lloyd Barrett, seinen Anwalt, der ihn seine ganze Berufslaufbahn hindurch in persönlichen und geschäftlichen Angelegenheiten beraten hatte, war groß. Doch auch seine Forderung nach einer Lösung des Problems, die stundenlangen wütenden Telefonate der letzten Wochen, in denen er Lloyd daran erinnerte, dass er der beste Klient seiner Kanzlei war, konnten das Gesetz nicht ändern. Der entscheidende Punkt an einer unwiderruflichen Stiftung war eben der, dass sie unwiderruflich war. Die einzige mögliche Lösung war eine vor der Hochzeit getroffene Vereinbarung, ein von Hope unterzeichneter Vertrag, in dem sie auf alle Ansprüche aus diesen Stiftungen verzichtete. Das schien vernünftig. Warum sollte sie nach seinem hart erarbeiteten Vermögen greifen wollen, wenn sie doch keine Cabot war? Doch Jim wusste, was Geldgier anrichten konnte. Wenn die im Spiel war, war alles möglich.

Jim entdeckte den blau-goldenen Pullover mit der Nummer drei. Sein Sohn sauste das Spielfeld herunter. Die Sonne spiegelte sich auf dem schwarzen Fell von Deliver Me, seinem jüngsten Pferd. Es war von einer Beweglichkeit und Kraft, die in ihm alle Anzeichen eines zukünftigen Polo-Pferds der Siegerklasse erkennen ließen. Jack erhob seinen Schläger, um den Ball noch einmal zu schlagen und ihn dann vor sich herzutreiben. Mit der linken Hand hielt er die Zügel, während er gleichzeitig sein Pferd mit dem Druck seiner starken Oberschenkel lenkte. Ein Verteidiger stellte sich ihm in den Weg. Er schaffte es aber nicht, Jacks Schläger wegzuziehen, weil Deliver Me wie der Blitz nach links schoss. Die Menge jubelte, als Jack und seine Stute auf die Zielpfosten zuflogen. Jim meinte Panik in dem Gesicht des Torspielers zu sehen, aber das konnte auf die Entfernung eigentlich nur seine Einbildung sein. Ein letzter Schlag, und der Ball passierte die Linie.

Das Signal ertönte und verkündete das Ende des Chukkers. Das Spiel war vorüber. Jacks Team hatte wieder einmal triumphiert. Das würde das Selbstvertrauen stärken, wenn es in die Hurlingham-Saison ging. In solchen Augenblicken liebte Jim die Berge von Geld, die er verdient hatte, noch mehr.

Jack war abgestiegen und übergab die Zügel von Deliver Me an Ben, seinen zuverlässigen Pfleger und treuen Mitarbeiter. Ben würde das Pferd zum Wagen bringen, ihm das Geschirr abnehmen, es abwaschen und für die kurze Fahrt nach Hause bereit machen. Jack nahm seinen Helm ab, warf den Kopf in den Nacken, steckte die Gerte in die Seite seiner Lederstiefel und ging auf seinen Vater zu.

Jim lächelte, als er Jacks leichten Gang beobachtete. Die Arme schwangen von seinen breiten Schultern, und die Beinmuskulatur zeichnete sich durch die engen Reiterhosen ab. Sein Sohn war von nahezu perfekter Gestalt.

Warum hatte er nur eine so schlechte Wahl getroffen? Hope war keine Frau zum Heiraten. Sie war nicht zu kontrollieren. Jim wollte nicht das Risiko eingehen, sein Imperium wegen dieses Mädchens aufs Spiel zu setzen.

»Großartiges Spiel«, bemerkte Jim, als sein Sohn herankam. »Deliver Me wirkt unglaublich stark.«

»Sie reagiert gut. Scheint einen siebten Sinn zu haben«, erwiderte Jack. Er atmete schwer und wischte sich mit einem Taschentuch über die Augenbrauen. »Es ist hier draußen heißer als ich dachte.«

Jim legte seinem Sohn eine Hand auf die Schulter. »Wir müssen reden. Es geht um etwas, was ich zu Hause nicht besprechen möchte«, fügte er hinzu. »Deine Mutter soll nichts davon erfahren.«

»Leg los.«

Jim entfernte sich langsam von der Menge. Jack ging neben ihm her. Wann immer es etwas Wichtiges zu besprechen gab, neigten Vater und Sohn dazu, zu laufen und dabei zu reden. Sie waren beide sportlich, und die Worte flossen leichter, wenn sie von Bewegung begleitet waren.

»Ich freue mich, dass du dich verliebt hast«, begann Jim. »Die Lawrences sind eine alte Familie der North Shore. Bill ist ein guter Kerl. Aber …«

»Dad, nicht …«

»Lass mich weiterreden«, unterbrach ihn Jim. »Du musst begreifen, dass ein Leben mit Hope nicht einfach werden wird. Sie ist nicht gerade eine unkomplizierte Frau.«

»Ich weiß nicht, was du meinst.«

»Doch, ich glaube, das weißt du. Schließlich hat sie nicht erst seit gestern Probleme.«

»Welche Probleme Hope auch immer hatte, sie sind vorbei. Es geht ihr besser.«

»Ich bin nicht hier, um zu urteilen. Meine Meinung ist nur, dass du, wenn du diese Ehe wirklich eingehen willst, wie es ja den Anschein hat, dich auf mögliche Fallgruben, oder vielleicht sollte ich eher Landminen sagen, einrichten solltest. Ich muss dir ja nicht erst erklären, dass eine Ehe schwierig sein kann, selbst wenn die Bedingungen die besten sind. Deine Mutter und ich hatten auch unser Päckchen an Höhen und Tiefen zu tragen, und das, obwohl sie die pragmatischste Frau ist, die ich kenne. Versteh mich nicht falsch. Ich habe nie darüber nachgedacht, sie zu verlassen. Sie bemüht sich, eine gute Ehefrau zu sein, und die Familie geht ihr über alles. Sie achtet auf ihr Äußeres und kümmert sich um unser Zuhause. Ihre und meine Werte sind absolut identisch. Ich könnte nicht mehr verlangen, und doch machen wir immer mal wieder schlechte Zeiten durch.«

»Hope und ich sind einander sehr verbunden. Ich liebe sie, Dad.«

»Das weiß ich. Und ich versuche nicht, dich davon abzubringen.« Immerhin war er Vater und nicht dumm. Hätte er die Gefühle seines Sohnes zu beeinflussen versucht, er wäre gescheitert. Aber er konnte Jack an die praktischen Dinge erinnern. »Lloyd sagt, er hat noch nichts von dir gehört wegen des Ehevertrags.«

»Das stimmt.«

»Ich dachte, du hättest dich bereit erklärt, mit ihm zu reden.«

»Nun, das hatte ich, aber ich habe meine Meinung geändert.«

»Wir hatten eine Vereinbarung.«

»Du hattest etwas, mit dem ich mich einverstanden erklären sollte. Aber das tue ich nicht. Ich werde meine Ehe nicht damit beginnen, dass ich Schwierigkeiten im Falle einer Scheidung vorwegnehme. Ich vertraue Hope. Ich will, dass wir zusammen sind, und zwar für immer. Ich werde sie nicht bitten, irgendwas zu unterschreiben.«

»Es ist einfach zu viel Geld im Spiel.« Jim spürte, wie sich Schweiß in seinem Nacken bildete, die typische Reaktion seines Körpers auf Stress. Er widerstand dem Reflex, ihn wegzuwischen.

»Aber es ist mein Geld.«

»Es ist nur deswegen deins, weil ich es dir gegeben habe.«

»Aber es ist unwiderruflich. Du kennst die Bedingungen besser als ich.«

»Wage nicht, mir das ins Gesicht zu sagen, mein Lieber. Man kann alles ändern«, log Jim. »Dann wirst du am Ende gar nichts mehr haben, und deshalb empfehle ich dir, zuzuhören. Und zwar gut zuzuhören. Du musst daran denken, das Vermögen der Cabots für zukünftige Generationen zu bewahren. Für deine Nachkommen.«

Jack blieb abrupt stehen. Er drehte sich auf dem Absatz herum, um seinem Vater in die Augen zu blicken. Jim konnte sehen, wie sein Gesicht rot anlief. Dann sprach er entschieden und in einem Ton, den er noch nie von seinem Sohn gehört hatte. »Dad, nichts von dem, was du tun oder sagen könntest, wird meine Meinung ändern. Es ist abstoßend, Hope zu bitten, irgendein dummes Stück Papier zu unterschreiben. Ich will meine Ehe nicht mit Misstrauen ihr gegenüber beginnen. Ich werde sie nicht dadurch verletzen, dass ich um einen Ehevertrag bitte. Du magst pessimistisch sein, was unsere gemeinsame Zukunft angeht, ich bin es nicht.«

»Ich versuche nur, dir klar zu machen, dass du eine Verpflichtung gegenüber deiner Familie hast. Hope hat kein solches Vermögen wie du. Die Lawrences haben eine gute Fassade errichtet, aber du weißt so gut wie ich, dass ihre Situation nicht die ist, die sie zu sein scheint. Sieh dir doch nur an, wie es um ihr Haus bestellt ist. Sie sind begeistert, dass ihre Tochter eine Cabot werden wird – wie es jeder in dieser ganzen Stadt wäre.«

»Sie sind begeistert, weil Hope glücklich ist.«

»Sei nicht naiv. Es wird ihnen auch ganz recht sein, dass du dann da bist, um für ein neues Dach zu zahlen.«

»Adelaide und Bill sind gute Leute.«

»Jeder hat versteckte Beweggründe.«

»Hope und ich werden glücklich sein. Halt dich da einfach raus.«

»Wie kann ich das denn? Ihr Verhalten hat … ist«, stammelte er. Nicht einmal er konnte Worte dafür finden, wie übel ihr

Ruf war, zumindest, was ihr Liebesleben anging. »Und was ist mit Carl?«

»Es ist aus zwischen ihnen.«

»Das glaubst du. Aber Hope hat dir mit diesem Mann Hörner aufgesetzt. Vielleicht bist du willens, ihr zu verzeihen, aber die Sache kann sich wiederholen. Schon einmal war diese Beziehung nicht vorüber, als du dachtest, sie sei es. Woher willst du wissen, dass sie es jetzt ist?«

»Hope möchte meine Frau werden.«

»Solange sie das sein möchte, wird sie von uns aufgenommen und geschützt, als wäre sie eine von uns. Aber wenn die Dinge sich ändern, dann wirst du, mein Sohn, dich daran erinnern müssen, dass du zunächst und vor allem ein Cabot bist.«

»Ich möchte nicht mit dir darüber reden. Ich habe mich entschieden.«

»Tu das nicht.«

»Nein, Dad. Tu du es nicht!« Mit diesen Worten zog Jack die Reitgerte aus seinem Stiefel und schlug sich auf den Absatz.

Jim spürte, wie die Wut in ihm hochschoss. Instinktiv packte er das Handgelenk seines Sohnes. Er spürte seinen Puls. Ohne sich darum zu scheren, welchen Schmerz sein Griff verursachte, drückte er noch fester zu. Er war nicht wenig stolz darauf, dass er sogar im Alter von fünfundsechzig Jahren noch stärker war als sein Sohn. Das bewirkten fünfzig einarmige Liegestütze, hundert Sit-ups und drei Meilen Laufen jeden Morgen. Disziplin, das war alles, worauf es ankam.

»Du hast mich gezwungen, mich einzumischen. Hope wird einen Ehevertrag unterzeichnen, und wenn das das Letzte ist, was sie tut. Ohne ihn werde ich diese Hochzeit nicht zulassen. Wenn du nicht lernen kannst, ein Mann zu sein, wenn du deine Frau nicht dazu bringen kannst, dir zu gehorchen, dann wirst du keinen Anteil am Vermögen der Cabots bekommen. Sie muss uns respektieren. Uns alle.«

Jack wand sein Handgelenk, und Jim lockerte seinen Griff.

Er sah seinem Sohn ins Gesicht und meinte, einen Anflug von Furcht zu entdecken. Da war etwas in seinen Augen, die ein klein wenig größer wirkten als sonst. Vielleicht sogar Tränen. Er hatte seinen Sohn nicht bedrohen wollen, das war nicht sein Ziel gewesen, als er am Morgen das Haus verlassen hatte. Doch Jacks Sturheit ließ ihm keine andere Wahl. Sein Wille musste gebrochen werden wie der eines ungestümen Fohlens. Jim musste klarstellen, dass immer noch er das Familienoberhaupt war. Er war der Alphawolf. Auch wenn Jack der Stolz seines Lebens war, bedeutete das nicht, dass er nicht unter Kontrolle gehalten werden musste.

Jack ließ den Kopf hängen, um dem Blick seines Vaters auszuweichen. Er hatte als Erster zu Boden geschaut.

»Sprich morgen mit Lloyd. Und wenn es irgendwelche Probleme mit Hope gibt, dann lass es mich wissen. Ich werde mich um sie kümmern.«

Als er wegging, drehte Jim sich nicht um. Er wusste auch so, dass Jack noch immer dort stand, wo er ihn zurückgelassen hatte.

4

Bill Lawrence drosselte das Tempo seines marineblauen Mercedes so weit, dass er fast zum Stehen kam, um die Hausnummern an den schiefen Briefkästen ablesen zu können. 10, 10A, 10B, 12, 14A ... Die verbeulten Blechkästen drängelten sich so dicht aneinander wie die baufälligen Häuser, zu denen sie angeblich gehörten. Er sah auf die andere Straßenseite hinüber. Auf einer Veranda saß eine ältere Frau, die orangefarbene Hausschuhe und einen Hausmantel mit Messingknöpfen trug und sich in ihrem Schaukelstuhl aufrichtete, um ihn misstrauisch zu beobachten. Dann, als sie offensichtlich das Interesse verloren hatte, setzte sie ihr Schaukeln fort.

Bill lenkte den Wagen frustriert auf die Seite, schaltete den Motor aus und trat auf den heißen Asphalt hinaus. Die rechte Hand hielt er über die Augen, um sie vor der Sonne zu schützen. Er sah sich die Häuser an, lauter Dreifamilienhäuser, die sich nur wenig voneinander unterschieden, außer vielleicht durch die Menge Farbe, die von der Hauswand abblätterte oder des Mülls, der sich auf den kleinen Balkonen stapelte. Gott sei Dank hat Hope es sich anders überlegt, dachte er. Sonst müsste sie hier leben. Er versuchte, nicht daran zu denken, dass seine jüngste Tochter die Frau von Carl LeFleur hatte werden wollen. Ein Hummerfischer mit einer Zukunft, die ungefähr so strahlend war wie rostiges Blech. Obwohl dieses Arbeiterviertel von Gloucester an der Spitze von Cape Ann nicht wirklich verkommen war, so war es doch weit entfernt von allem, was ein Vater sich für sein kleines Mädchen wünschte. Und sowohl buchstäblich als auch im übertragenen Sinn war es weit entfernt von der Umgebung, die Jack ihr bieten würde.

Bill war schon einmal hier gewesen, um Carl aufzusuchen. Jetzt aber, im hellen Tageslicht, erkannte er das Haus nicht wieder. Das letzte Mal war er in Polizeibegleitung gewesen. Obwohl Hope damals schon fünfundzwanzig gewesen war und von Rechts wegen tun und lassen konnte, was sie wollte, hatten die uniformierten Beamten auf der Wache in Gloucester seine Geschichte, die Tochter sei ihm weggelaufen, nicht infrage gestellt. Eine verrückte Verliebtheit in einen älteren Mann, hatte er erklärt. Sie hatte den Kopf verloren und musste nach Hause gebracht werden, ehe es zu spät war. Er hatte seine Angst nicht weiter begründen müssen, dass seine Tochter in einer Welt der Hummerreusen und Budweiser-Biere versinken würde, mit einem dreiundvierzigjährigen Tunichtgut, der in seinem Leben nicht mehr aufweisen konnte als eine Wohnung im zweiten Stock, die er obendrein nur gemietet hatte. Als sie in seinem Apartment ankamen, öffnete Carl ohne jeden Widerstand die Tür. Hope war angezogen und saß im Schneidersitz vor einem Scrabble-Brett. Sie war hysterisch geworden, als ihr Vater sie aufforderte, mitzukommen. Am Ende musste er sie schreiend und mit den langen, dünnen Beinen strampelnd raustragen.

Hatte Hope ihm gehorcht und war nie wieder dorthin gegangen? Er würde der Letzte sein, der es erfuhr.

»Bill Lawrence?«, hörte er eine Stimme hinter sich. Er drehte sich um und sah Carl auf dem Balkon im zweiten Stock eines roten holzverschalten Hauses stehen. Sein Oberkörper war nackt, und die hervorstehenden Muskeln spannten sich, als er sich gegen das Geländer lehnte. »Suchen Sie mich?«

Bill räusperte sich. Obwohl er fast dreißig Meilen gefahren war, um mit Carl zu sprechen, irritierte ihn seine plötzliche Gegenwart. Woher hatte er gewusst, dass er kommen würde?

Als könnte er seine Gedanken lesen, nickte Carl in Richtung auf den Mercedes. »Davon gibt es in dieser Gegend nicht viele. Auch wenn er schon zwanzig Jahre alt ist.«

Bill ignorierte die Anspielung auf das Baujahr seines Wagens. Der Dieselmotor brummte immer noch zufriedenstellend. Nur die Ledersitze hatten nach den ersten hunderttausend Meilen ausgebessert werden müssen. »Ich habe versucht, Sie vorher anzurufen, aber Ihr Telefon geht nicht.«

Carl lächelte schief. »So was passiert.«

»Könnte ich einen Moment raufkommen?« Als Carl nicht antwortete, fügte Bill hinzu: »Oder könnten Sie runterkommen? Wir müssen etwas bereden.«

»Wenn Sie die Treppen schaffen, bin ich ganz Ohr.«

»Gut«, meinte Bill und beschloss, die offenkundige Beleidigung zu ignorieren. Er öffnete die Tür seines Autos und griff hinein, um den Schlüssel abzuziehen. Während er das tat, überlegte er zum hundertsten Mal, ob er nicht einfach wieder wegfahren sollte. Aber er wollte nicht, dass Hopes Zukunft irgendetwas im Wege stand.

Das Schloss an der Eingangstür fehlte, und die Tür schwang schon beim geringsten Druck auf. Das Treppenhaus roch nach Fisch und Zwiebeln, ein drückender Gestank in dieser Hitze. Während er hinaufging, hielt er sich am Geländer fest und spürte die Schmerzen von der Bewegung in seiner rechten Hüfte. Bisher hatte er mit der zunehmenden Einschränkung durch seine Arthritis leben können, eine sich langsam verschlechternde Verfassung, die von einer Hüftfraktur herrührte, die er sich zugezogen hatte, als er auf Groton in der zehnten Klasse Squash gespielt hatte. Adelaide hatte alles getan, um es ihm leichter zu machen. Sie hatte ihr gemeinsames Schlafzimmer und sein Büro ins Erdgeschoss verlegt, was den Blick aufs Meer entscheidend verschlechterte. Sie hatte ihm ein Golfwägelchen mit einem beigefarbenen Baldachin gekauft, mit dem er ihr weitläufiges Grundstück befahren konnte, und sie hatte Kathleen angewiesen, die Götterspeise mit Süßstoff zuzubereiten, bis er die zwanzig Pfund verloren hatte, die er zu viel mit sich herumschleppte. Doch trotz ihrer Bemühungen würde er die Operation für ein neues Hüftgelenk nicht auf ewig hinausschieben können.

»Ich hatte damit gerechnet, dass Sie vorbeikommen würden«, sagte Carl, der am Türrahmen lehnte. Er lispelte leicht, und wenn er sprach, trat Speichel aus der Lücke zwischen seinen Vorderzähnen hervor. Mit einer Hand rubbelte er seinen Kopf mit einem gestreiften Handtuch ab, um seine dicken braunen Locken zu trocknen. Die Hosen hingen ihm tief auf den schmalen Hüften, und man sah das Gummiband seiner Unterhose. Calvin Klein. Designerwäsche. Es schauderte Bill bei der Vorstellung, es könnte ein Geschenk seiner Tochter sein.

Bill streckte die Hand aus. »Schön, Sie zu sehen«, sagte er.

Carl lachte und trat dann beiseite, um ihn hereinzulassen. Drinnen sah es noch genauso aus, wie er es von ihrer letzten Begegnung in Erinnerung hatte, als er vor fast achtzehn Monaten hier gewesen war, um Hope abzuholen. Zwei Sofas, die mit Batikstoffen bedeckt waren, standen vor dem einzigen Fenster. In einer Ecke stand ein quadratischer Tisch mit einigen Stapeln zerlesener Bücher und einer Vase mit Gänseblümchen. Angelutensilien – Blinker, eine Boje, einige übergroße verrostete Haken, ein langer Walfischzahn und einige kleinere Haifischzähne – füllten ein Eckregal. Eine Auswahl bunter Porzellankrüge war an einer Wand aufgereiht. Die Häuslichkeit erschien seltsam, fast feminin.

Carl wies auf einen Stuhl und bot ihm etwas zu trinken an, was er ablehnte. »Machen Sie es sich bequem«, sagte er und setzte sich auf das gegenüberliegende Sofa.

»Kommen wir gleich zur Sache«, begann Bill und verschränkte die Arme vor der Brust. »Ich nehme an, da Hope bald heiraten wird, können wir diese Angelegenheit schnell klären. Sie kann jetzt keinen Ärger von Ihrer Seite gebrauchen.«

Carl zog scheinbar belustigt eine Augenbraue hoch. Seine Gelassenheit und Gleichgültigkeit bewirkten, dass Bill sich in seiner Haut noch unwohler fühlte.

»Halten Sie mich für einen, der Ärger macht? Das klingt aus Ihrem Munde ganz schön dreist, alter Mann.« Carl lachte wieder, doch es klang bitter, nicht humorvoll. Er ging zum Kühlschrank hinüber, holte eine Flasche Orangensaft heraus und drehte den Verschluss ab. Sein gebräunter Bizeps spannte, als er die Flasche ansetzte und lange trank. Bill sah, wie sein Adamsapfel sich an seiner gewölbten Kehle vor und zurück bewegte.

»Jetzt hören Sie, ich bin nicht hier, um Sie zu verurteilen. Alles, was ich will, ist, dass Sie begreifen, dass Hopes Leben jetzt eine andere Wendung nimmt. Sie dürfen keinen Kontakt mehr zu ihr aufnehmen. Keine Anrufe. Keine Besuche. Das macht die Sache nur schwieriger. Hope ist verletzlich und leicht zu beeinflussen. Vor allem von Ihnen«, sagte er mit besonderer Betonung, obwohl er sich fragte, ob er Carl dadurch nicht noch bestätigte. »Sie müssen beide einsehen, dass Sie jetzt unterschiedliche Wege gehen.«

»Das haben wir Ihnen zu verdanken.«

»Was soll das heißen?«

Carls Blick schien sich auf Bill zu fixieren. »Ich sollte derjenige sein, der am Altar wartet. Das ist es, was Hope möchte. Und Sie wissen das auch, denn sonst wären Sie nicht hier.«

»Machen Sie sich nicht lächerlich. Hope ist mit Jack sehr glücklich, das versichere ich Ihnen. Sie beide hatten ... hatten«, er stolperte über seine eigenen Worte, »sehr wenig gemeinsam.«

»Weil ich älter bin als sie? Weil ich aus Portugal stamme?

Sie sind genauso ein Drecksack, wie sie immer gesagt hat.« Das Erstaunen musste Bill im Gesicht gestanden sein, denn jetzt lachte Carl. »Denken Sie, ich wüsste nicht, wie sehr Ihr kleines Mädchen Sie verabscheut?«

Was hatte Hope ihm erzählt? Er schloss einen Moment lang die Augen und versuchte, ruhig zu bleiben. Selbst als ganz kleines Kind hatte sie schon genau gewusst, wie sie ihn wütend machen konnte, doch die Schwierigkeiten zwischen ihm und seiner Tochter waren ausgeräumt worden. Er hatte seinen Teil der Verantwortung übernommen und seinerseits angeboten zu verzeihen. Jetzt hatten sie eine gute Beziehung, so gut, wie jeder normale Vater es mit seiner Tochter nur haben konnte. »Ihre Heirat ist ein *fait accompli.*«

»Das würde mich wundern.«

Die Sonne erfüllte den Raum, und Bill hatte gar nicht bemerkt, dass er blinzelte. Carl ging zum Fenster und ließ die Jalousie herunter. Während er das tat, beobachtete Bill ihn und erinnerte sich an das erste Mal, als er diesem geheimnisvollen, verstörenden Mann begegnet war. Es war ein gemütlicher Herbstnachmittag gewesen. Er war nach seiner Golfrunde im Club geblieben und hatte mehrere Bloody Marys getrunken. Dann war er in der Vorfreude auf einen Grillabend im Garten mit einem Porterhouse-Steak und Maiskolben nach Hause gefahren. Als er in die Garageneinfahrt einbog, sah er Carl und Hope, die auf der Terrasse zusammen auf einem Liegestuhl lagen. Hope schlief, den Kopf in Carls Armbeuge geschmiegt, und ihr dünnes Bein über seines gelegt. Ihr bloßer Arm war um seinen Nacken geschlungen. Sie sah glücklich aus, und ein kleines Lächeln umspielte ihre Lippen, das einen Frieden ausstrahlte, den sie nur selten zeigte. Ihre öffentlich zur Schau getragene Zuneigung und ihr offenkundiges Wohlbefinden in den Armen eines älteren Mannes machten ihn zornig.

Carl hatte zum Himmel hinaufgesehen, als Bill auf die beiden zukam. Er unternahm keinen Versuch aufzustehen, und als

Bill zu sprechen begann, forderte er ihn sogar auf, seine Stimme zu senken. »Sie werden sie aufwecken«, sagte er sanft, als gäbe es nichts Schlimmeres. Wer sind Sie, dass Sie so mit mir reden?, hatte er fragen wollen. Stattdessen machte ihn Carls Dreistigkeit so sprachlos, dass er sich umdrehte und fortging.

Hope musste Adelaide gefragt haben, ob Carl zu den Cocktails bleiben könne, denn am Abend war er immer noch da. Er marschierte barfuß über den Orientteppich und saß mit gespreizten Beinen, den linken Fuß auf das rechte Knie gelegt, auf der Damastcouch. Von seinem Sessel aus musste Bill seinen Blick senken, um nicht direkt in seine Shorts hineinsehen zu müssen. Er trank Bier aus der Flasche, während Bill ihn fragte, wer er sei, was er täte und wie lange er Hope schon kenne. Hope stand schweigend dabei, trank Soda Orange durch einen dünnen Strohhalm und fürchtete, wie er annahm, den Streit, den es geben würde, wenn herauskam, dass dieser Hummerfischer siebzehn Jahre älter war als sie. Einer von sechs Brüdern, die Mutter war in Portugal geblieben. Er hatte keine Lebensversicherung, keine Investment-Strategie, nicht das geringste Anzeichen von Erfolg vorzuweisen, und seine Kfz-Versicherung war gekündigt worden, weil er die Beiträge nicht gezahlt hatte. Doch Carl schien völlig entspannt, während er sprach, flocht immer wieder literarische Bezüge ein und rezitierte Gedichte. Ob er nun Autodidakt war oder nicht, in dem Moment empfand Bill ihn als einen arroganten Einwanderer, einen Bettler, der kein Recht hatte, sich an seiner Tochter zu vergreifen.

Vielleicht hatte er sich getäuscht. Vielleicht rührte Carls vertrauensvoller Umgang mit der Familie Lawrence daher, dass er ihre Geheimnisse kannte. Das war ein unerträglicher Gedanke. Hope würde doch wohl ihre Privatsphäre gewahrt haben, oder? Er räusperte sich. Wenn nicht, wozu waren dann seine jahrelangen Bemühungen gut gewesen? Seine Nerven brachten seinen Verstand zum Rasen, und er musste sich auf den

Grund seines Besuchs zurückbesinnen. »Ich weiß, dass es schwer ist, in Ihrem … Ihrem … Geschäft zu etwas zu kommen«, stammelte er, weil er nicht wusste, wie man einen Einmann-Hummertrawler bezeichnen sollte. »Und ich weiß auch, dass Sie gern eine Wasserzucht starten würden. Hope hat gesagt, Kammmuscheln.«

»Das war etwas, das Hope wollte, nicht ich. Wahrscheinlich meinte sie, ich würde in ihrer Umgebung – also bei Ihnen – besser ankommen, wenn ich Unternehmer wäre.«

»Gut. Ich würde Ihnen gern helfen«, sagte er und merkte, dass seine Stimme flehender klang als beabsichtigt. Was war nur los mit ihm? Einen heruntergekommenen Hummerfritzen dazu zu bringen, die Finger von seiner Tochter zu lassen, war doch nichts, verglichen mit dem, was er in den zweiundvierzig Jahren, in denen er Anwalt im Immobiliengeschäft gewesen war, Tag für Tag hatte durchfechten müssen. Die ganze North Shore entlang fand man Beweise für die Millionen-Dollar-Deals, die er in die Wege geleitet hatte – die riesigen Einkaufszentren und Wohnsiedlungen an der Route 128, der Ausbau des Pendlernetzes und ein Gutteil der juristischen Vorarbeiten zur Hauptverkehrsader – die größten öffentlichen Projekte in der Geschichte der Gegend. Es war nicht leicht gewesen, dieses Erfolgsniveau zu halten, und in der juristischen Arbeit verging kaum ein Tag ohne ein gewisses Maß an erbittertem Kampf.

Doch wenn er Carl ansah, musste Bill erkennen, dass er sich eingeschüchtert fühlte. Es war irgendetwas Besonderes an diesem Mann: sein nackter Oberkörper und das wettergegerbte Gesicht, seine offenkundige Stärke und die lockere Haltung. Und trotz des Gespräches war er entspannt, viel entspannter als Bill.

Carl ging zum Schrank in der Ecke und nahm einen großen rostigen Fischerhaken vom Regal. Er legte ihn auf seine rechte Handfläche und rieb ihn langsam mit der linken Hand.

»Mir helfen? Wie könnten Sie mir helfen? Ich liebe Hope. Seit dem Tag, an dem wir uns kennen gelernt haben. Und sie würde mich heiraten, wenn Sie nicht wären.«

»Ich weiß nicht, wovon Sie reden.«

»Doch, ich glaube, das wissen Sie.« Carl ging auf Bill zu und schien bedrohlich über ihm aufzuragen, als er weitersprach. »Aber so arbeiten Leute wie Sie. Reden nicht gern direkt über solche Sachen. Hat sie Ihnen jemals von uns erzählt? Wie gut es uns zusammen geht? Wie gut es im Bett ist, wenn Sie wissen, was ich meine?« Carl starrte Bill einen Moment lang an, ehe er fortfuhr. »Nein, ich glaube, das hat sie Ihnen nicht erzählt. Sie hätten es auch nicht hören wollen. Das wäre ja Ihr schlimmster Albtraum: Ein Typ mit rotem, anstatt mit blauem Blut in den Adern, der Ihrer Tochter auf eine Weise Lust verschafft, wie sie es nie für möglich gehalten hatte. Ich bin vielleicht nicht, was Sie sich wünschen, aber wenn Sie nur im Entferntesten ein guter Vater wären …«

»Ich werde Ihnen nicht weiter zuhören«, sagte Bill und stand auf. Er stand nur wenige Zentimeter von Carl entfernt, dicht genug, um seinen Atem zu spüren und den Hauch von Anchovis wahrzunehmen, die er zum Mittag gegessen haben musste. Er bemühte sich um Haltung. »Ich biete Ihnen zehntausend Dollar. Beginnen Sie Ihr Geschäft. Kaufen Sie ein neues Boot. Verschwinden Sie aus der Stadt, verdammt noch mal. Egal was, ich will einfach nur, dass Sie sie in Ruhe lassen.«

»Woher haben ausgerechnet Sie denn so viel Geld?« Carls Lächeln war süffisant.

»Ich weiß nicht, worauf Sie anspielen.« Doch schon während er es aussprach, hatte Bill Zweifel, ob seine Worte überzeugend genug geklungen hatten. Vielleicht nahm seine Paranoia langsam überhand. Hope würde Carl doch wohl kaum von der traurigen finanziellen Lage ihrer Familie erzählt haben, oder? Aber warum dann diese Bemerkung? Sie lebten immer noch in einem wunderschönen Haus. Auch wenn seine Partner ihn genötigt hatten, die Anwaltskanzlei zu verlassen, so kannten doch nur wenige Menschen den wahren Grund für diese Entscheidung. Solange niemand den Stapel an Rechnungen und Mahnungen in der obersten Schublade seines Schreibtisches entdeckte, oder sich zu gründlich die abblätternde Farbe an den Täfelungen oder die Wasserflecken, die sich durch das undichte Dach an der Decke einiger Schlafzimmer bildeten, ansah, schien er weiterhin so erfolgreich, wie er es immer gewesen war.

Es war kaum zu glauben, dass er fast ein Jahrzehnt selbstständig mit einem Honorar von 175 Dollar die Stunde, was ungefähr die Hälfte seines vorherigen Honorars war, durchgehalten hatte. Er hatte in einem Bürokomplex in Beverly Farms Räume gemietet, teilte sich eine Sekretärin und ein Besprechungszimmer mit einem Grundbuchprüfer und hatte genug Aufträge, um die meiste Zeit beschäftigt zu sein, vor allem seit die niedrigen Zinsen viele Umschuldungen notwendig machten. Aber Carl hatte Recht. Es war ihm nicht leicht gefallen, das Geld zusammenzubringen, das er ihm anbot.

»Sie wollen mich bezahlen – mich bestechen –, damit ich mich von Hope fern halte? Und Sie erwarten auch noch, dass ich das annehme?«

»Ich erwarte, dass Sie das tun, was unter diesen Umständen Sinn macht. Hope wird als Jacks Frau sehr glücklich sein. Er ist ein guter Mann. Und ich weiß, dass Sie das Geld gebrauchen können. So hat die Sache für beide Seiten einen Vorteil.« Er hoffte, dass seine Stimme entschieden klang. Wenn Sie sie lieben, dann lassen Sie sie gehen, hätte er fast hinzugefügt, hielt sich aber zurück, weil er Carl in seinen Gefühlen nicht auch noch bestätigen wollte.

Noch ehe Bill begreifen konnte, was geschah, fühlte er das kalte Nass von Speichel seine Wange herunterlaufen. Er stand wie versteinert da, wollte sich das Gesicht abwischen, zögerte aber, eine dramatische Geste zu machen, die noch weitere

Reaktionen hätte hervorrufen können. Carls schwarze Augen waren voller Wut.

»Sie lassen Ihrer Tochter keine Wahl, weil wir beide wissen, dass sie mich wählen würde. Aber Sie haben ja noch niemals ihren Willen oder ihre Wünsche akzeptiert. Sie muss einfach das machen, was Sie wollen.« Carl wandte sich ab, ging zum Fenster hinüber und schob den Vorhang leicht auseinander. Bill schaute schnell durch den Raum und wünschte, er könnte sich alle scharfkantigen Gegenstände, die er zuvor gesehen hatte, in Erinnerung rufen, um sicherzugehen, dass sie noch alle an ihrem Platz waren. Er konnte Carls Gesichtsausdruck nicht einschätzen. Sah er gedankenverloren über das Meer, oder kochte er innerlich vor Wut und war kurz davor zu explodieren? Bill wollte die Antwort nicht abwarten.

Er griff in die Tasche seines Sommerjacketts und holte einen Umschlag heraus. Die Augen fest auf Carl gerichtet, beugte er sich vor und legte ihn auf den Tisch. »Denken Sie darüber nach«, sagte Bill und bewegte sich rückwärts zur Tür. Er öffnete sie und trat in den Hausflur. Die brüllende Stimme einer Frau und das schrille Geschrei eines Babys erfüllten das enge Treppenhaus. Er stolperte die Treppen hinunter und hätte am liebsten mehrere Stufen auf einmal genommen, fürchtete aber zu fallen. Er hatte keine Angst vor dem Schmerz, sondern nur vor dem peinlichen Gefühl, schwach zu wirken. »Alter Mann« hatte Carl ihn genannt. Erleichterung überkam ihn, als er hinaustrat und die Sonne auf die Motorhaube seines Mercedes scheinen sah.

Während er noch nach dem Schlüssel suchte, hörte Bill Carls Stimme von oben rufen: »Sie kennen sie nicht so gut, wie Sie glauben. Sie wird Jack Cabot nicht heiraten. Das kann ich Ihnen versprechen.«

5

Pfarrer Edgar Whitney öffnete die Plastiktasche und nahm das Bündel mit Umschlägen, losem Geld und Schecks heraus, die Spenden, die in der gestrigen Kollekte zusammengekommen waren. Er machte verschiedene Stapel und begann zu zählen, wobei er erleichtert feststellte, dass die Opfergaben gleich bleibend hoch waren. Hinsichtlich dieser Zahl waren die Gemeindemitglieder loyal. Die Church of the Holy Spirit war finanziell eine der gesündesten Kirchen in der Diözese von Massachusetts.

Obwohl er montags offiziell frei hatte und das Gemeindebüro geschlossen war, kam er dennoch zur Arbeit. Er erlaubte sich, eine halbe Stunde länger über seiner täglichen Tasse Kaffee zu verweilen, und belohnte sich mit einer zusätzlichen Scheibe Mikrowellen-Bacon, doch ansonsten blieb seine Routine unangetastet. Er genoss die Ruhe des leeren Gebäudes, die Intimität, die ihm Zeit zum Nachdenken schenkte. Stille barg den Keim zu seiner Predigt für die folgende Woche.

Wie könnte er seine Zeit besser verbringen, als die Worte auszuarbeiten, die er seiner Gemeinde vermitteln wollte, die Botschaft, die es zu verbreiten galt? Sein Leben war die Arbeit im Dienste Gottes. Dieses Gelübde hatte er vor langer Zeit abgelegt, nachdem er Nacht für Nacht schweißnass aufgewacht war, voller Panik vor dem schwarzen Abgrund, der sein Schicksal bedeutete. Da hatte er begriffen, dass sein Glaube auf die Probe gestellt werden sollte. Er hatte sich aus dem Staub und der Asche seiner Zerstörung neu erhoben. Seine Gebete waren erhört worden. Drei Jahre lang hatte er ein Sommerlager für schwer erziehbare Jungen in Barnstable geleitet. Danach hatte er sechs Jahre lang in einer verarmten Kirche in Lynn gekämpft, in dem Versuch, eine Gemeinde zu führen, die von Drogenabhängigen, Alkoholikern, ausgerissenen Jugendlichen und alleinstehenden Müttern geplagt war. Endlich hatte er die Stelle als Pfarrer an dieser Kirche hier bekommen. Das war der Höhepunkt seiner Karriere.

Er war dem Ruf begeistert gefolgt, entschlossen, das geistliche Leben jedes noch so Verzweifelten zu verbessern. Niemand in der Gemeinde würde je von all dem erfahren, was er durchgemacht hatte.

Das Glück und das Wunder, die er an diesem Ort erfuhr, übertrafen noch bei weitem seine jahrelang gehegten stillen Träume. Diese Gemeinde hatte ihn mit offenen Armen aufgenommen und zu einem Familienmitglied gemacht. Selbst nachdem die erste Welle von gesellschaftlichen Ereignissen, die seine Ankunft begleitet hatten – die zahlreichen Cocktailpartys zum Kennenlernen, die Einladungen zum Mittagessen und die Teegesellschaften – vorüber waren, riefen die Gemeindemitglieder weiterhin an. Zum ersten Mal in seinem Leben fühlte er sich umsorgt und angenommen. Natürlich machte es etwas her, wenn man den Pfarrer der Episkopalkirche in den eigenen Bekanntenkreis aufnahm, doch die Mitglieder der Church of the Holy Spirit waren ihm darüber hinaus zu echten Freunden geworden. Mrs. Lundy, eine ältliche Witwe, die fast blind war, lud ihn zu ihrem luxuriösen Osteressen ein. Er sprach dann den Segen über Lamm und Minzsoße, ehe er sich auf seinem gepolsterten, mit Samt bezogenen Sessel zur Rechten seiner Gastgeberin niederließ. Jeden Weihnachtsabend nach dem Spätgottesdienst verbrachte er im Haus von Lars und Sandra Reardon, wo er vor einem prasselnden Feuer Champagner aus Kristallgläsern trank und an dreieckigen Toasts mit Kaviar knabberte. Er war der einzige Gast, der nicht zur Familie gehörte. Und das waren nur einige der teuren Privilegien, die er jetzt genoss. Kaum eine Woche verging ohne Einladungen.

Wenn er einen Abend allein verbrachte, dann auf eigenen Wunsch. Er begrüßte es, sich ab und an zurückzuziehen, und genoss das Wissen um einen Ort, wo er hingehörte. Er erfreute sich an der vertrauten Umgebung seines Büros, seiner Kirche und an den dazugehörigen Aufgaben. Noch sieben Jahre bis zur Pensionierung, wo er sich dann entspannen und seine Rente mit gelegentlichen Auftritten als Gastpfarrer oder als Leiter von Kursen aufbessern würde. Danke, Gott, betete er, dass du mir eine zweite Chance gegeben hast.

Er saß an seinem wuchtigen Schreibtisch und fuhr mit der Hand über die lederne Oberfläche. Alles in der Church of the Holy Spirit schien elegant zu sein. Sein Büro hatte einen Plüschteppich, eine Ledercouch und zwei Clubsessel, die in einen Erker geschoben waren, von dessen Fenster aus man einen sorgfältig gepflegten Garten überschaute. Die Damen von der Blumengilde verbrachten jede Woche Stunden damit, die Unmengen von Pflanzen zu beschneiden und zu pflegen, damit ihre Blüten und Zweige am Sonntag den Altar schmücken konnten. Als er hinausschaute, bemerkte er, dass seine Lieblingsblume, der Rittersporn, schon Knospen trieb. Das war schön. Er war das Rosa leid, rosa Tulpen, rosa Hyazinthen, rosa Rosen. Diese Farbe schien zu weiblich für die Anbetung des mutigen, beschützenden und visionären Mannes Jesus Christus.

Er richtete sich auf, streckte seine Arme über den Kopf und stöhnte. Er litt unter Verspannungen, wusste aber nicht genau, woher sie rührten. Dennoch weigerte er sich, seine körperlichen

Aktivitäten zu reduzieren. Ganz gleich, ob er Kartons mit Konserven trug, die in der Gemeinde für die Bedürftigen gesammelt wurden, ob er die Klapptische und die Stühle im Gemeindehaus umstellte, um den Raum für einen Vortrag über Spiritualität vorzubereiten, oder ob er stapelweise Liederbücher für die Chorprobe trug – die Arbeit im Dienste Gottes war ein Teil seiner Berufung. Natürlich wollte er sich aber auch nicht den Rücken ausrenken und dann ins Bett verfrachtet werden. Er wollte keine Last für die Menschen sein, denen zu dienen er hier war.

Außerdem war geplant, dass er sich in weniger als drei Monaten wie jedes Jahr für einige Zeit in die Abgeschiedenheit zurückziehen würde, und da musste er bei guter Gesundheit bleiben. Fasten, Stunden der Stille und lange Spaziergänge waren ein Teil der eine Woche währenden Vigilien, die seinen und den Glauben derer stärkten, die dort mit ihm waren. Während dieser sieben Tage saß er oft in völliger Dunkelheit und stellte sich ein Leben als Einsiedler vor. Er sah sich selbst tief in einer Höhle verborgen, von Dunkelheit und Feuchtigkeit umgeben – eine Entbehrung, die seine Frömmigkeit noch steigern würde. Und wenn er je, dem heiligen Martin gleich, von dort weiterberufen würde, könnte auch sein heiliges Leben selbst die Schönheit des Loiretales noch vergrößern. Es war ein Bild, das er immer im Kopf hatte: Einsamkeit, Armut und extreme Entbehrungen würden nur zu einer noch größeren Empfänglichkeit für die Freuden Gottes und Seiner wunderbaren Umarmung führen. Er konnte sich nicht vorstellen, diese alljährliche Erfahrung jemals zu versäumen.

Vater Whitney ging zum Schrank hinüber und öffnete ihn. Er fuhr mit dem Finger über jedes seiner Gottesdienstgewänder: seine zwei Soutanen, die gestärkten Kragen und eleganten Überwürfe in den verschiedenen liturgischen Farben, rot, grün, weiß und purpur. Seine Bauchgurte hingen auf zwei Bügeln an der Innenseite der Schranktür, und er hielt das Seil für einen Moment in der Hand. Es fühlte sich in seiner rauen Hand so weich und glatt an. Alles war an seinem Platz, genau so, wie er es hinterlassen hatte, nachdem er gestern nach Mitternacht gegangen war. Er ging zu der kleinen Abseite hinüber und drehte den Türknopf. Zu seinem großen Erstaunen ließ die Tür sich öffnen. Er sah hinein und war erleichtert, als er feststellte, dass nichts angerührt worden war. Er hatte gedacht, er sei vorsichtig genug gewesen, alles zu verschließen, aber dieses kleine Ereignis erinnerte ihn daran, dass er es immer noch ein zweites Mal nachprüfen sollte.

Als er zu seinem Stuhl zurückkam, öffnete er die oberste Schublade seines Tisches und holte eine Packung Studentenfutter heraus, getrocknete Aprikosen, Preiselbeeren und Cashewkerne. Es war die wöchentliche Ration, die er sich im Reformhaus in Beverly Farms zusammenstellte. Die Verkäuferin dort mit dem brauen Pferdeschwanz nannte ihn »Vater«, obwohl sie noch nie in einem seiner Gottesdienste gewesen war, und sprach in einem sanften Ton der Ehrerbietung zu ihm. Wenn er mit seiner braunen Tüte ging, warf sie ihm ein Kaugummilächeln zu. Er mochte das. Er empfand es als Segen, im Leben der jungen Leute eine väterliche Rolle zu spielen.

Er zerbiss einen Cashewkern und kaute langsam. Seine Sekretärin hatte ihm einen ganzen Stapel Nachrichten vom Tag zuvor hingelegt. Hier wollte ein Gemeindemitglied jemanden aus seiner Familie auf die Liste der Fürbitten stellen, dort sollten für die Reise der Jugendgruppe nach Boston Gelder zur Verfügung gestellt werden. Die jährliche Inspektion des Gebäudekomplexes durch den Bauausschuss war verschoben worden, und dann waren da noch Notizen vom letzten Treffen des Kirchenvorstandes, die er durchsehen und unterzeichnen sollte. Heute erwartete niemand eine Antwort von ihm, aber er betrachtete gern die blauen Zettel mit der perfekten Handschrift seiner Sekretärin. Auf keinen Fall wollte er ein Gemeindemitglied enttäuschen, indem er verspätet antwortete oder etwas übersah.

In seinem Kalender war die kommende Woche aufgeschlagen, und er sah auf die karierte Seite voller Termine. Am Donnerstag würden Hope Lawrence und Jack Cabot zu ihrem dritten und letzten Vorbereitungsgespräch vor ihrer Hochzeit kommen. Er lehnte sich zurück, atmete aus und verschränkte die Hände hinter seinem Kopf. Das würde ein schwieriges Gespräch werden. Leider hatte Jack kein echtes Interesse an einem Leben in der Episkopalkirche. Hope dagegen war ganz anders: fromm, demütig, eine sanftmütige Person, wie Gott sie mit reichem Lohn beschenkt. Sie hatte in ihrem Leben schon viel gelitten, das arme Mädchen. Sie hatte mehr Qualen zu ertragen gehabt, als ihr zu wünschen wären, doch sie hatte es geschafft, sich ein sinnvolles Leben innerhalb der Kirche aufzubauen. »Mein Glaube hat mich vor mir selbst bewahrt«, hatte sie gesagt. »Das ist der einzige Teil meines Lebens, dem ich wirklich vertraue.« Wie gut Vater Whitney doch ihre Worte verstand. Seine einzige Sorge war allenfalls, dass sie ein wenig zu puritanisch war. Es tat weh zu hören, wie sie sich für Unzulänglichkeiten, die sie bei sich selbst erkannte, bestrafte. Er hatte versucht ihr zu erklären, dass der Herr vergibt, wusste aber, dass der Sinn seiner Worte noch nicht zu ihr durchgedrungen war.

Seine Aufgabe als Berater bei dieser Eheschließung stellte eine schwierige Herausforderung für ihn dar. Es war seine Pflicht, die spirituellen Unterschiede zwischen Hope und Jack und die Schwierigkeiten zur Sprache zu bringen, denen sie in einer Beziehung begegnen würden, in der nur einer glaubte. Natürlich konnte ein nicht gläubiger Ehemann durch die gläubige Frau gesegnet werden und reine Kinder zeugen, doch er fürchtete, dass Jack ihren Kontakt zu ebenjenen Faktoren, die für ihren Glauben unerlässlich waren, verhindern würde. Der Lärm seiner Ungläubigkeit würde die flüsternde Stimme des Glaubens übertönen.

Er wollte, dass sie das begriff, doch er musste vorsichtig sein.

In dieser Gemeinde heirateten alle Paare kirchlich, ganz gleich, was sie über die Kirche dachten. Der Vater der Braut zahlte, füllte die Opferstöcke und erkaufte sich damit das Vergnügen, seine Tochter zum Altar führen zu dürfen. Ihr letzter Gang in Unschuld. Eine weltliche Alternative für diejenigen, die keinem Glauben anhingen, würde Unmut hervorrufen. Für die Church of the Holy Spirit bedeuteten Hochzeiten eine große Einnahmequelle, und wenn Vater Whitney sich dem entgegenstellen sollte, würden die Leute einfach woandershin gehen. Er wollte in keiner Weise die finanzielle Gesundheit seiner Kirche aufs Spiel setzen.

Bei dem Gespräch in dieser Woche sollte es um Sexualität und Zeugung gehen, und das waren immer schwierige Themen. Er schlug seine Neue Internationale Version der Heiligen Schrift auf, die Übersetzung, die ihm am besten gefiel. »Es ist besser zu heiraten, als vor Leidenschaft zu brennen«, schrieb Paulus in seinem ersten Brief an die Korinther. Vielleicht konnte er diese Worte ja als Einleitung benutzen.

Sein Grübeln wurde von einem Klopfen unterbrochen. Er erkannte Hopes Stimme durch die Tür und rief, sie möge eintreten.

»Was führt Sie heute zu mir?«, fragte er und erhob sich von seinem Stuhl. Sie war zwar regelmäßig ehrenamtlich in der Kirche tätig, doch an Montagen rechnete er nie mit Besuch.

»Ich hoffte, Sie sprechen zu können.«

»Bitte, setzen Sie sich doch«, sagte er, geleitete sie zu einem Stuhl und legte ihr sanft die Hand auf die Schulter. Er fand es furchtbar, dass er sich aus gesellschaftlichen Gründen vor jedem körperlichen Kontakt hüten musste. Hope sah elend aus, und er wollte sie in den Arm nehmen und sie trösten, aber eine solche Berührung war unmöglich. Er musste die Grenzen einhalten. »Sagen Sie mir, was Sie auf dem Herzen haben.«

Hope ließ den Kopf sinken und vergrub ihr Gesicht in den Händen.

»Was ist denn los?«

Sie schüttelte den Kopf. »Ich kann es Ihnen nicht sagen.«

Er hatte sie schon vorher oft verzweifelt gesehen, doch sie hatte sich ihm jedes Mal beinahe eifrig anvertraut. Ihre Zurückhaltung heute war ungewöhnlich.

Er erinnerte sich an eine Unterhaltung, die sie mehr als einen Monat zuvor geführt hatten. In Tränen aufgelöst und Bruchstücke von Gebeten murmelnd hatte sie ihn gefragt: »Wird der Himmel Feuer und Schwefel schicken, um mich zu zerstören?« Diese Frage hatte ihn erstaunt, und er hatte versucht, die Ursache für ihre Ängste zu ergründen, doch sie hatte nicht mehr preisgegeben. Es war ihm nicht gelungen, zu ihr durchzudringen. Als er jetzt ihre Schultern zucken sah und ihr Schluchzen hörte, fragte er sich, ob etwas Neues sie so erregte, oder ob es wohl dieselbe Traurigkeit war, die erneut aufgeflammt war. »Sie können mir alles sagen«, versicherte er ihr. »Was immer es ist.«

»Nein. Nein.«

»Ihre Geheimnisse sind bei mir in Sicherheit. Sie können mir vertrauen. Das wissen Sie doch.«

Sie hob ihren Blick und starrte ihn an. Ihr Gesicht war aufgedunsen und die Lippen trocken. »Es ist … es ist nur … ich will es einfach nicht glauben.« Sie zog die Knie an ihre Brust. Vater Whitney sah ihre knochigen Arme und die dünnen Beine und erkannte, was für eine schmächtige Person sie geworden war. »Sagen Sie mir, dass das nicht wahr ist.«

Er trat einen Schritt zurück und verschränkte die Arme vor der Brust. »Ich wünschte, ich könnte Ihre Gedanken lesen, doch das kann ich nicht. Nur Gott kennt Ihren Schmerz. Aber mir müssen Sie ihn erklären.«

»Doch, Sie wissen es. Ich weiß, dass Sie es wissen. Ich habe es gefunden … gesehen…« Ihre Worte wurden von Tränen erstickt.

Vater Whitney atmete tief ein und spürte dann die Luft durch seine Lippen wieder herausströmen. »Was gefunden? Was gesehen?«

»Die Schachtel«, wisperte sie. »Alle die Papiere. Wie konnten Sie das nur zulassen?«

Plötzlich bekam er keine Luft mehr, als ihm klar wurde, wovon sie sprach. Er wusste nicht, warum sie in die Abseite gegangen war, oder was sie veranlasst haben könnte, die versiegelte Schachtel zu öffnen, doch die Gründe dafür spielten kaum eine Rolle. Sie hatte alles falsch verstanden. Er hatte nichts Verwerfliches getan. Das, was geschehen war, war nicht seine Schuld gewesen. Er musste es einfach nur erklären, die Informationen in den richtigen Kontext stellen, damit sie keine Angst hatte.

»Die Kirche soll den Menschen doch helfen.«

»Das tut sie auch. Hope, hören Sie, Sie dürfen Ihren Glauben nicht verlieren. Wir alle machen Fehler. Wir sind alle sterblich.« Er suchte nach den richtigen Worten, aber er fand keine. Bitte, Gott, betete er, hilf mir noch einmal.

6

Doktor Frank erwartet Sie jetzt.«

Fiona Cabot legte das zerlesene Exemplar der *People* zurück, das sie in dem Stapel gefunden hatte, der ansonsten ausschließlich medizinische Fachzeitschriften enthielt. Als sie aufstand, sah sie sich in dem sonnendurchfluteten Wartezimmer um. Ein älterer Mann im karierten Hemd zupfte an der Haut seiner linken Hand. Neben ihm saß eine junge Frau mit dunklen Ringen unter den Augen. Ihre Lippen waren sorgfältig rot ausgemalt, und sie hatte die Hände um eine Kaffeetasse gelegt. Zwei Zimmerpalmen zierten den ansonsten kargen Raum.

Fiona nickte dem Mann und der Frau zu. Sie waren schon da gewesen, als sie kam, trotzdem wurde sie vor ihnen hereingerufen. Vielleicht hatten sie schwerwiegende Probleme, vielleicht mussten sie dringend den Arzt sehen. Aber im Grunde ging es ihr ja nicht anders.

Sie folgte der blonden Empfangsdame, die ein mit Blumen bedrucktes Sommerkleid trug. Sie gingen durch eine Reihe von Flügeltüren bis zu einer großen Diele. Der Raum war beeindruckend, mit hoher Decke und einer Stoßkante auf Höhe der Stuhllehnen. Ein verblichener Orientteppich dämpfte das Geräusch ihrer Schuhe auf dem Holzfußboden ein wenig. Fiona betrachtete die Reihe von Türen, die jede mit einem Namen und danach mit einer Serie von medizinischen Titeln gekennzeichnet waren. Rechts vom Namen hing jeweils ein kleiner Kasten mit einer Karte, die angab, ob der Therapeut anwesend oder abwesend war. Eine Tür war einen Spalt weit geöffnet, und obwohl die Karte »abwesend« signalisierte, konnte Fiona eine rothaarige Frau in einem weißen Arztkittel sehen. Sie saß an einem Tisch, die Ellbogen aufgestützt, den Kopf in den Händen.

Die Empfangsdame musste ihren Blick bemerkt haben. »Es war ein ziemlich schwieriger Tag.«

»Warum denn?«, fragte Fiona.

»Wir haben letzte Nacht eine Patientin verloren. Ein junges Mädchen.«

»Und wie?« Diese Frage kam automatisch.

»Sie hat sich aufgehängt. So machen sie es meistens. Oh, mein Gott …« Die Frau schlug die Hand vor den Mund. »Ich kann gar nicht glauben, dass ich das wirklich gesagt habe. Ich habe einfach nicht nachgedacht, wissen Sie. Ich bin erst sechs Monate hier. Oh nein, und Dr. Frank hat wieder und wieder mit mir über das Thema Privatsphäre der Patienten und so geredet.« Sie zwang sich zu einem Lächeln und beschleunigte ihre Schritte. »Hier ist es wirklich ganz wunderbar. Den meisten Patienten wird echt geholfen. Sie müssen eben irgendwie ihr Leben ändern.«

Fiona nickte. Sie wollte gern zustimmend wirken.

»Dr. Frank ist ein beeindruckender Mann.«

»Mein Mann und er waren zusammen auf dem College. Harvard«, fügte Fiona hinzu, bemüht, auch etwas zu dem Gespräch beitragen zu können.

»Ist er auch Psychiater?«

»Mein Mann? Oh … nein. Ganz und gar nicht.«

»Wie schade«, das Mädchen lächelte, »ich habe gehört, dass sie großartige Ehemänner sein sollen. Nun, meiner ist Mathematiklehrer, deshalb kann ich nichts dazu sagen.« Ihre melodische Stimme erinnerte Fiona an ein Schlaflied. Sie blieb vor einer Tür stehen, an der »Dr. Peter Frank« stand. »Da sind wir.«

Gerade als Fiona den Messingknopf drehen wollte, öffnete sich die Tür. »Peter«, sagte sie erstaunt. Er sah anders aus, als sie ihn in Erinnerung hatte, größer, hagerer. Sein Schlips war gelockert, und er hatte die Hemdsärmel bis zu den Ellenbogen hochgekrempelt.

»Komm herein.«

Fiona betrat das enge Sprechzimmer. Stapelweise Papier, Zeitschriften und Akten begruben einen großen Schreibtisch unter sich. Zwei Wände wurden von Bücherregalen bedeckt, in die die Bücher kreuz und quer hineingestopft waren. Das Licht des einzigen Fensters fiel auf eine Couch ohne Armlehnen, wo ein Papierhandtuch das Kopfende bedeckte. Dr. Frank wies auf einen von zwei bequem aussehenden Lehnstühlen und ließ sich ihr gegenüber nieder, die Füße auf einem kleinen Hocker abgestellt.

Sie glättete ihren rosafarbenen Rock und setzte sich, die cremefarbene Handtasche auf ihrem Schoß. Sie war nervös und brauchte etwas, das ihre Hände davon abhielt, unruhig herumzuspielen.

»Wie lange haben wir uns nicht gesehen?«, fragte Dr. Frank und fuhr sich mit den Fingern durch sein schütter werdendes Haar. »Ich glaube, ich habe dich und Jim das letzte Mal auf unserem Fest zum Dreißigjährigen getroffen. Kaum zu glauben, dass schon wieder so viel Zeit vergangen ist.«

»Das stimmt«, sagte Fiona. Ihr Blick wanderte nach oben, wo seine gerahmten Diplome in Medizin und verschiedene andere Zertifikate hingen, alle leicht schief. Das Durcheinander machte sie verrückt, und sie fragte sich, wie irgendjemand in dieser Unordnung zu psychischer Stabilität gelangen konnte. Aber sie wusste ja fast nichts über die Psychiatrie und wie sie funktionierte, wenn sie das überhaupt tat. Hope war wohl kaum ein Beispiel für eine erfolgreiche Therapie.

Doch sie konnte durchaus verstehen, warum die Lawrences Dr. Frank für die Behandlung ihrer Tochter ausgewählt hatten. Er besaß gute Zeugnisse und genoss einen hervorragenden Ruf in der weiteren Umgebung von Boston. Die ersten Jahre des Studiums hatte er in Harvard absolviert und war dann auf die medizinische Hochschule gegangen, woraufhin er ein Stipendium am Yale-New Haven Hospital erhalten hatte. Dort war er anschließend übernommen worden und kehrte erst nach Boston zurück, als er die Leitung der psychiatrischen Abteilung am Massachusetts General Hospital übernehmen konnte. In den vergangenen zwei Jahrzehnten hatte er eine der größten psychiatrischen Privatkliniken des Landes, das Avery Bowes Institute of Mental Health, geleitet. Ferner bekleidete er eine Professur an der Harvard Medical School, hatte eine Vielzahl von Schriften veröffentlicht und einige Preise von der American Psychiatric Association verliehen bekommen. Fiona wusste, dass sie dazu neigte, sich allzu sehr von akademischen Auszeichnungen beeindrucken zu lassen. Sie fand es furchtbar, zugeben zu müssen, dass sie selbst nur die Grundstufe des College absolviert hatte. In jedem Fall war sein Werdegang überwältigend.

»Wie geht es Jim?«

»Viel zu tun. Er hat immer viel zu tun. Aber er ist gesund. Trainiert immer noch jeden Tag.«

»Seine einarmigen Liegestütze werde ich nie vergessen.«

Fiona versuchte zu lachen. Sie empfand die erschreckenden Übungsrituale ihres Mannes als etwas zwanghaft, aber das würde sie hier natürlich nicht zugeben. »Unser Sohn wird heiraten.«

»Ja, das hast du erwähnt. Du wolltest mit mir über seine Verlobte sprechen, nicht wahr?« Dr. Frank lehnte sich zurück, nahm die Brille ab und massierte kurz seinen Nasenrücken.

»Das stimmt. Ja. Und ich weiß, dass du sie behandelt hast, deshalb hoffe ich, dass du mir helfen kannst. Ich möchte das gern alles verstehen.«

Dr. Frank langte in seine Tasche und zog ein gefaltetes Stück hellgraues Briefpapier heraus, das Fiona sofort erkannte. Sie erinnerte sich gut an die Nachricht, die sie ihm in der vorigen Woche geschickt hatte, denn sie hatte lange überlegt, wie sie ihr Anliegen formulieren sollte:

Entschuldige bitte, dass ich dich belästige, da du sicher einen übervollen Terminkalender hast, doch ich brauche deinen Rat. Deine Patientin Hope Lawrence ist unsere zukünftige Schwiegertochter. Da wir wissen, dass sie psychische Probleme hat, machen sich Jim und ich Sorgen um unseren Sohn. Darüber hinaus sind wir äußerst besorgt um unsere zukünftigen Enkelkinder. Ich habe selbst keine Erfahrung mit Psychiatrie, doch deine Freundschaft zu Jim lässt mich dir vertrauen. Ich wäre dir sehr dankbar, wenn du mir etwas Zeit schenken könntest, sei sie auch noch so kurz bemessen. Selbstverständlich werde ich deine Dienste angemessen entlohnen. Ich nehme an, dass wir beide von dem Gespräch profitieren können.

Der Teil über die Freundschaft mit Jim war eine kleine Übertreibung. Obwohl die beiden im College ein Zimmer geteilt hatten und beide Mitglied in Harvards exklusivem Porcellian Club gewesen waren, hatten sie doch über einen kurzen Austausch von Freundlichkeiten auf den Jahrgangstreffen hinaus keinen weiteren Kontakt mehr zueinander gehabt. Doch sie war ja nicht die Erste, die eine entfernte Beziehung ausnutzte.

Niemals würde sie den Ausdruck im Gesicht ihres Mannes und seine Wut an jenem Samstagabend vor knapp einem Monat vergessen. Sie hatten gar nicht damit gerechnet, dass ihr Sohn zum Abendessen zu Hause sein würde. Er wollte Hope nach Boston in das momentan so populäre Restaurant Biba zu einem Geburtstagsessen einladen. Die beiden wollten die Nacht im Hotel Vier Jahreszeiten verbringen, doch aus Gründen, die Jack ihnen nicht mitteilte, war alles in letzter Minute abgesagt worden. Also blieb er zu Hause und aß mit der Familie zu Abend, was seit langem nicht mehr vorgekommen war.

Vielleicht hatte der Alkohol, den Jim auf der Cocktailparty der Caswells getrunken hatte, seine Wut noch angeheizt. Er aß nur selten *hors d'œuvres* und konnte Canapés, kleine Quiches oder in Bacon eingewickelte Muscheln nicht ausstehen, und trank dann diverse Gin Tonics auf leeren Magen. Zudem hatten er und Elliot Caswell eine lange Diskussion darüber angefangen, ob das alte Mercy House an der Main Street von historischer Bedeutung sei. Wenn das der Fall war, durften die neuen Besitzer es dann einfach abreißen, oder sollte die Stadt eingreifen? Jim war sein Leben lang Bürger von Manchester gewesen und hatte zugesehen, wie die Stadt sich allmählich veränderte. Deshalb betrachtete er sich selbst als Architekturhistoriker und war ein radikaler Verfechter des bewahrenden Prinzips. Elliot aber war gegen jegliche Einmischung der Regierung, vor allem, wenn dies durch eine örtliche historische Kommission geschah, die aus wichtigtuerischen Pensionären bestand. »Privateigentum bedeutet, dass der Mann, verdammt noch mal, damit tun kann, was er möchte«, hatte er gesagt. »Er hat das Ding ja schließlich gekauft.«

Fiona wollte eigentlich zuhören und dem Gespräch folgen, aber das Abendessen, das sie für halb acht zu Hause plante und das durch Jacks seltene Gegenwart zu einem besonderen Ereignis geworden war, nahm ihre Gedanken in Anspruch.

Schließlich saßen die Cabots dann auch am Tisch, um einen zu lange gekochten Lachs und schlabberige Spargelstangen zu essen – die Folge ihrer Verspätung. Glücklicherweise schien Jim die kulinarischen Unzulänglichkeiten nicht zu bemerken, und Fiona konnte sich entspannen. Es machte sie glücklich, einen Augenblick allein mit ihrer Familie verbringen zu können, ihren gut aussehenden Sohn zur Rechten und ihren Ehemann an der gegenüberliegenden Seite des langen Kirschholztisches. Jim berichtete mit wieder aufflammendem Ärger von seiner Diskussion mit Elliot. »Typisch Elliot. Ich hätte gern einen Dollar für jeden Hedge-Fonds-Manager, der da einzieht«, sagte Jim und goss sich noch ein Glas Merlot ein. »Und weißt du, warum sie herkommen? Weil Leute wie ich sich um diese Stadt kümmern. Wir sind diejenigen, die dafür gesorgt haben, dass sie ihr Gesicht und ihre Schönheit nicht verliert. Himmel, wenn wir nicht wären, dann hätten wir jetzt am Eingang zum Hafen einen Haufen hässlicher Klötze stehen.«

Sie war erstaunt, dass Jim überhaupt aufhorchte, als Jack beiläufig den Therapeuten erwähnte, den Hope besuchte. Fiona konnte sich schon gar nicht mehr erinnern, in welchem Zusammenhang das geschehen war. Wie viele Abende hatte Jim stumm am Tisch gesessen und das Etikett der Weinflasche studiert, Sauerrahm in seine Brokkolisuppe gerührt oder scheinbar die Zinken an seiner Gabel gezählt. Bei den meisten Mahlzeiten war er in Gedanken bei seinen Geschäften oder seinem Segelboot, oder er führte wie an diesem Abend einen Monolog, um seine Ansichten zu irgendeiner Sache wieder und wieder zu erläutern. Doch an diesem Samstag schien er einen sechsten Sinn, ein verschärftes Gehör zu haben. Kaum hatte Molly den Früchtekuchen mit Brombeersoße aufgetragen und war in die Küche zurückgekehrt, wurde sein Blick hart. »Sie geht zu einem was?«

»Dad, das ist keine große Sache. Nur irgendein Arzt, mit dem sie redet, wenn sie aufgeregt oder ängstlich ist.«

»Wer redet denn mit Fremden über seine Probleme?«

»Viele Leute tun das«, hatte Fiona eingeworfen.

»Halt dich da raus«, fuhr er sie an. Fiona hatte schon häufig seine Launen zu spüren bekommen, aber an diesem Abend war sein Ton besonders bedrohlich gewesen.

»Weißt du etwas über ihn?«, fragte er Jack.

»Nein. Ich kenne nicht einmal seinen Namen. Und ich werde auch nicht danach fragen.«

»Das solltest du aber. Die Rechnung wirst du schon früh genug präsentiert bekommen.«

»Vergiss, dass ich es überhaupt erwähnt habe.«

»Vergessen?«, brüllte Jim. »Scheinbar soll ich alles über diese Frau vergessen, die du heiraten willst. Dich haben sie ja vielleicht einer Gehirnwäsche unterzogen, mich jedenfalls nicht.«

Jack stand vom Tisch auf, knüllte seine Serviette zusammen, warf sie auf seinen Teller und verließ den Raum.

Fiona erinnerte sich noch an die Panik, die in ihr aufgestiegen war. Sie spürte noch den Knoten in ihrem Magen und die plötzliche Trockenheit in ihrer Kehle, als ihr Sohn trotzig rausmarschierte. Sie hätte die Situation nur zu gern bereinigt, fürchtete aber, dass ihr Mann nur noch zorniger wurde, wenn sie ihren Sohn zu beschwichtigen versuchte. So saß sie allein mit Jim im Esszimmer, und ihr fiel nichts ein, womit sie seine Wut hätte besänftigen können.

»Ich kann es einfach nicht glauben, dass er sich von allen Mädchen in der Gegend ausgerechnet dieses raussuchen musste. Es gibt Frauen, die würden einen Mord begehen, um in diese Familie einheiraten zu dürfen. Aber es muss natürlich diese sein, die unseren Jungen für irgendeinen portugiesischen Nichtsnutz drangibt.«

»Sie hat sich nicht für Carl entschieden …«, begann Fiona.

»Jetzt versuch bloß nicht, ihr Benehmen zu entschuldigen. Jack hätte sich nie wieder mit ihr zusammentun sollen. Hat er denn gar keinen Stolz?«, fragte Jim und erhob sich vom Tisch. »Und kaum ist diese Geschichte einigermaßen überstanden, müssen wir auch noch erfahren, dass sie nicht alle Tassen im Schrank hat. Sie wird uns ruinieren, denk an meine Worte.«

Und dann ging er zu Bett, ohne auch nur gute Nacht zu sagen.

Fiona saß fast eine Stunde lang schweigend da, nachdem er das Zimmer verlassen hatte. Sie starrte auf den Kuchen, der inzwischen von der Soße matschig geworden war. Molly kam einige Male mit einem Tablett ins Esszimmer, um den Tisch abzuräumen, aber Fiona hatte ihr mit einem Wink bedeutet, dass sie wieder gehen solle. Sie musste nachdenken.

Fiona war in Springfield, einer Arbeiterstadt im Westen von Massachusetts, geboren und aufgewachsen. Mit neunzehn Jahren hatte sie Jim Cabot kennen gelernt. Ihr Vater war bis zu seiner Pensionierung im Alter von vierundsiebzig Jahren im vergangenen Jahr Zahnarzt gewesen. Mit ihren rotblonden Haaren und ihrer zierlichen Figur, hatte Fiona ihre vier Schwestern in den Schatten gestellt. Der Familie war es gut gegangen, sie lebten in einem Haus im Kolonialstil auf einem vier Acre großen Grundstück, und jedes Jahr im August mieteten sie sich für zwei Wochen in Yarmouth oder Cape Cod ein. Doch Fiona hatte sich über die bewusst mittelständische Prägung ihrer Familie geärgert: Die übergewichtige Mutter, die sich einmal die Woche beim örtlichen Friseur einfand, ihre Nägel selbst manikürte und für die zum Essen auszugehen eine Mahlzeit bei Howard Johnson's bedeutete. Und der gutmütige Vater, der zu gern jeden, der vorbeikam, in ein Gespräch verwickelte, der einmal im Monat mit dem Mann seiner Sprechstundenhilfe, dem Onkel seiner Empfangsassistentin und dem Wachmann der Parkgarage Poker spielte und darauf bestand, dass seine Mädchen jeden Sonntag einen zackigen langen Spaziergang mit ihm zusammen unternahmen. »Ein Spaziergang ist gut für den Kreislauf«, pflegte er zu sagen.

Fionas Ambitionen gingen weit über die ihrer Schwestern, für die sie kaum mehr als Geringschätzung empfand, hinaus. Eloise, die Älteste, war mit siebzehn in ein Kloster eingetreten. Vor einigen Jahren war sie nach Rom gezogen, um im Vatikan zu arbeiten. Ihre beiden jüngeren Schwestern hatten jahrelang als Au-pair-Mädchen gearbeitet, ehe sie endlich heirateten – die eine einen Unternehmer und die andere einen Abgeordneten. Sie lebten immer noch in Springfield in bescheidenen Häusern, ihre Swimmingpools waren nur auf den Rasen gestellt, die Arbeitsflächen in der Küche bestanden aus Resopalplatten und die Schlafzimmergarnituren stammten aus einem billigen Möbelhaus. Die vierte Schwester, die nur zehn Monate älter war als Fiona, war bei der Geburt ihres Kindes durch eine unvorhergesehene Komplikation gestorben. Sie hatte darauf bestanden, im örtlichen Gemeindekrankenhaus zu entbinden, und hatte so als die tragische Heldin einer melodramatischen viktorianischen Erzählung ihr Ende gefunden. Fiona hatte es als Einzige geschafft, ihre Herkunft hinter sich zu lassen, und das hatte sie allein Jim zu verdanken.

An dem Abend, als sie mit ihrer Cousine nach Cambridge gefahren war, hatte sich ihr Leben grundlegend verändert. Es war eine Party des exklusiven Porcellian Clubs gewesen, und sie hatte eine Einladung durch den Freund eines Freundes bekommen. James John Cabot II hatte dort mit einem Pappbecher Bier in der Hand an der Bar gelehnt und die Leute mit seinen Geschichten unterhalten. Sein Humor und seine Klugheit waren unvergleichlich gewesen. Damals hatte sie noch nicht gewusst, dass er bereits in der dritten Generation auf Harvard war, mit allem, was das bedeutete. Um die Schande einer Mittelklassehochzeit zu vermeiden, die ihre Familie ihr geboten hätte, waren sie erst einmal durchgebrannt. Es wäre auch unmöglich gewesen, Mitglieder aus der Gesellschaft der North Shore zu einer armseligen Zeremonie der Kriegsveteranen einzuladen. So bedeutete ihre Hochzeit mit James John Cabot II für sie die Aufnahme in die gehobene Gesellschaft, verbunden mit der Einladung, den Daughters of the Mayflower beizutreten und einen Posten im Vorstand der New England Horticultural Society zu bekleiden. Das Geschlecht der Cabots war ihre Rettung gewesen. Im Gegenzug tat sie alles, was in ihrer Macht stand, um Jim glücklich zu machen.

Und so hatte sie ihre Mission zur Rettung der Cabots begonnen. Ihre Arbeit daran war entscheidend, nicht nur um Jims Wut einzudämmen, sondern auch um ihr Vermögen und vor allem ihren Stammbaum zu bewahren. Schließlich war sie nicht so weit gekommen, um sich nun alles dadurch verderben zu lassen, dass ihr Sohn die falsche Frau wählte.

Information war Macht, und sie brauchte mehr davon. Deshalb verabredete sie sich mit Adelaide, was ja angesichts der bevorstehenden Hochzeit nicht ungewöhnlich erschien. Sie waren seit vielen Jahren Freundinnen, und bald würden sie auch noch durch die Kinder miteinander verbunden sein. »Hope ist ein wunderbares Mädchen, aber manchmal erscheint sie mir doch ein wenig in sich gekehrt und traurig. Gibt es irgendetwas, was ich für sie tun kann? Sie gehört doch praktisch schon zur Familie. Ich würde alles für sie tun«, betonte Fiona immer wieder. Sie hatte Adelaide eindringlich nach der Ursache von Hopes Problemen gefragt. Zwar hatte sie wegen ihrer vorgetäuschten Anteilnahme schon leichte Schuldgefühle gehabt, doch schließlich hatte sie der normalerweise recht zurückhaltenden Adelaide so lange gut zugeredet, bis diese sich ihr anvertraut hatte.

Als sie dann zusammen auf dem kleinen Sofa saßen, vor sich eine Kanne Earl-Grey-Tee und einen Teller mit Gebäck liebevoll auf einem Tischchen angerichtet, plauderte Adelaide ihre am besten gehüteten Geheimnisse aus. Alle Details der seelischen Gesundheit ihrer einzigen Tochter kamen zur Sprache, ihre lang währende stationäre Behandlung wegen einer Essstörung, die kürzlich wieder aufgelebt war, und die Diagnose aufgrund von irgendeinem psychiatrischen Regelwerk, das DSM-IV genannt wurde, und von dem Fiona so tat, als sei es ihr bekannt. Nachdem Adelaide sich ausgesprochen hatte, hatte sie Fionas Hände in ihre genommen und ihrer Freundin dafür gedankt, dass sie ihr zugehört und Anteil an ihren Sorgen genommen hatte. »Ich bin so erleichtert, dass ich jemanden habe, mit dem ich reden kann. Das ist alles furchtbar schlimm für Bill und mich gewesen. Aber es hilft doch zu wissen, wie sehr ihr beide Hope liebt«, hatte Adelaide gesagt und sich mit einem bestickten Taschentuch eine Träne aus dem Augenwinkel gewischt.

Fiona hatte ihr die Hand getätschelt und sich bemüht, ihre

Worte tröstlich klingen zu lassen. »Es ist ja nicht dein Fehler. Du bist eine wunderbare Mutter, und Hope ist ein wunderschönes Mädchen. Da gibt es nichts, dessen du dich schämen müsstest. Und außerdem geht es auch niemanden etwas an.« Doch schon während sie das sagte, war Fiona bewusst, dass sie log.

Sie hatte versucht sich vorzustellen, sie wäre an Adelaides Stelle gewesen und hätte den Frauen gegenübertreten müssen, die bei ihrem wöchentlichen Bridge-Spiel um den Tisch saßen. Sechzehn Frauen, die alle stolz darauf waren, erfolgreiche und unkomplizierte Kinder großgezogen zu haben. Jede von ihnen war in der Lage, einen Haushalt mit Personal zu führen oder ehrenamtlich für einen guten Zweck zu arbeiten, aber alle diese Frauen hatten zusätzlich auch noch perfekte Familien mit Söhnen, die nach Groton gingen, und Töchtern, die in einer Privatschule waren. Kinder von der North Shore haben solche Sachen nicht. Sieh dir Jack an. Das Leben war leicht, und so sollte es auch sein. Er hatte noch nie Probleme gehabt. Waren Hopes Versuche, sich zu Tode zu hungern, nicht ein Beweis dafür, dass Adelaide eine schlechte Mutter war?

Dr. Frank hielt den Brief in der Hand und sah sie an. »Wie hast du denn herausgefunden, dass ich Hopes Therapeut bin?«

Hier musste sie sich gut überlegen, was sie antwortete. Man musste nichts von medizinischer Ethik verstehen, um zu wissen, dass es eine ärztliche Schweigepflicht gab. Aber sie hatte sich zu helfen gewusst. Natürlich freute sie sich niemals über die Scheidung einer Freundin, aber durch Betsy Witherspoons unglückliche Lebensumstände war diese in der Lage, ihr einen sehr guten Privatdetektiv empfehlen zu können. Der etwas mollige Ire, der von seinem Haus in Revere aus arbeitete, hatte Ben Witherspoons Schweizer Aktien, sein gemietetes Apartment im North End und seine dreiundzwanzigjährige Freundin, eine kleine Friseurin, entdeckt. Ebenso erfolgreich war er darin gewesen, den Hintergrund von Dr. Frank zu untersuchen. Fiona hatte eine beträchtliche Summe für die Information gezahlt, dass Dr. Frank fast seine Zulassung verloren hätte. Da die Protokolle der Verhandlung vor der Approbationsbehörde nur den jeweiligen Parteien zugänglich waren, hatte man über die Einzelheiten nicht viel in Erfahrung bringen können, doch wusste Fiona nun, dass seine Verteidigung ihn finanziell und auch beruflich einiges gekostet hatte. Aber über diesen finanziellen Schaden hinaus hoffte sie, dass in ihm der Wunsch nach Rache erwacht war, das Bedürfnis Blut zu sehen. Wenn er wie die meisten Menschen reagierte, dann würde er nichts unversucht lassen, um dafür zu sorgen, dass Bill Lawrence für seine grundlosen Anschuldigungen angemessen bestraft wurde.

»Adelaide Lawrence ist eine liebe Freundin von mir«, sagte sie in der Hoffnung, er würde sich mit dieser vagen Antwort zufrieden geben.

»Was immer ich über Hope herausgefunden haben könnte, ist vertraulich. Sie ist meine Patientin. Ich habe ihr gegenüber eine Verpflichtung.«

Sie hatte mit Widerstand gerechnet. »Ich möchte einfach nur in der Lage sein, meinen Sohn in Hinsicht auf seine Zukunft und seine Familie zu beraten. Er hat ein Recht darauf, das zu erfahren.«

»Das solltest du mit Hope besprechen.«

»Peter, ich weiß nicht, wie ich es sagen soll.« Sie verschränkte ihre Hände ineinander und wünschte, Jim würde an ihrer Stelle hier sitzen. Er wüsste, wie man mit dieser Situation elegant umging. »Ich kann dir auch helfen. Jim und ich sind bereit, dich großzügig für deine Beratertätigkeit zu entlohnen.«

Der Klang dieses Satzes gefiel ihr, es gefiel ihr, dass sie diesem Doktor mit dem guten Stammbaum etwas zu bieten hatte. Zwar verfügte er über all die erstklassigen Zeugnisse und seine Herkunft als »White Anglo-Saxon Protestant«, doch sie besaß mehr Geld, als er je gesehen hatte. Der Ruf ihres Mannes war nicht beschädigt. Das gab ihr ein Gefühl der Macht.

Sie würde nie das Gespräch zwischen Peter und Jim vergessen, das sie vor so vielen Jahren mit angehört hatte, als sie einmal eine halbe Stunde früher als erwartet vor ihrem Zimmer im Studentenwohnheim erschienen war. »Ich besitze sie«, hatte Jim lachend gesagt. »Sie hat Glück, dass sie mich hat, und sie weiß das auch. Du würdest nur vom Hören einen Steifen kriegen, wenn ich dir erzähle, was sie für mich tut. Ich würde immer wieder ein Mädchen aus Springfield nehmen.« Peter hatte gelacht, aber das hatte ihr nichts ausgemacht. Sie hatte bekommen, was sie wollte. Aber es war ein gutes Gefühl, dass er sie jetzt, wo er ihr gegenübersaß, mit Respekt behandelte.

Dr. Frank stand auf und ging zum Fenster. Sie konnte sein Gesicht nicht sehen. Dachte er jetzt an die zahlreichen verspäteten Raten, die er auf seine Hypothek geleistet hatte, oder an die Kosten für die Unterrichtsstunden seiner beiden jüngsten Kinder? Der Bericht des Privatdetektivs war in dieser Hinsicht recht deutlich gewesen.

»Ich brauche die Informationen nur für uns. Für unsere Familie«, redete sie ihm zu.

»Dieses Gespräch ist sehr unpassend«, bemerkte er, aber der Klang seiner Stimme verriet, dass er mehr sich selbst als sie zu überzeugen versuchte.

Sie schwiegen beide, und Fiona versuchte, einen anderen Ansatz zu finden. »Es ist schließlich auch in Hopes Interesse. Wenn Jack das Ausmaß ihrer Probleme kennt, dann wird ihr das sicher helfen. Er liebt sie und möchte, dass sie glücklich ist. Er ist ein sehr mitfühlender Junge. Wir sind überhaupt eine mitfühlende Familie, und zwar wesentlich stärker als die Lawrences es sind, wie du wahrscheinlich weißt.«

Er rieb sich die Augen. »Selbst wenn ich deiner Meinung wäre, ist das, was du verlangst, ein Verstoß gegen jede Regel der Berufsethik. Und es ist ungesetzlich.«

»Geht es bei dem Eid des Hippokrates nicht vor allem darum, Patienten zu helfen?«

»Glaubst du denn, dass es Hope nützen würde, wenn ich etwas erzählte?« War er jetzt sarkastisch oder misstrauisch? Sie konnte es nicht einschätzen.

»Ja, das glaube ich. Wie gesagt, ich denke, dass sie Menschen braucht, die sie verstehen. Mit deiner Hilfe werden wir dazu in der Lage sein.« Sie starrte ihn an. Sein Widerstand schien zu schrumpfen, aber sie war sich noch nicht ganz sicher.

»Es tut mir Leid, aber ich kann dir nicht weiterhelfen. Ich würde meinen Job verlieren.«

»Wie es dir fast schon einmal passiert ist?« Sie wusste, dass sie sich in eine gefährliche Lage brachte, doch das konnte sie nicht aufhalten. Er besaß Informationen, die ihrem Sohn vielleicht endlich klar machen würden, dass er im Begriff war, in eine Katastrophe einzuheiraten. Ihr Radar hatte ihn aufgespürt. Sie würde bekommen, was sie wollte – wie immer.

Er sah sich um, als fürchte er, dass die Unterhaltung durch die Wände dringen könnte. Alle Farbe war aus seinem Gesicht gewichen. »Wer sollte es denn erfahren?« Sie beugte sich zu ihm hinüber. »Es könnte doch unser kleines Geheimnis sein. Werden Pflichten nicht manchmal ausgesetzt, selbst für Psychiater?« Sie griff in ihre Handtasche, holte eine Visitenkarte heraus, die zwischen die Seiten ihres Krokodilleder-Filofax geraten war, und legte sie auf die Ecke seines Schreibtisches. »Denk einfach noch mal in Ruhe darüber nach. Hier ist meine Nummer.«

Beim Aufstehen glättete sie ihren Rock. »Ich würde mich freuen, von dir zu hören«, sagte sie und war sich schon sicher, dass er sich melden würde. Die Frage war nur, ob seine Informationen noch rechtzeitig kommen würden, um Jack von der Notwendigkeit überzeugen zu können, die Hochzeitsvorbereitungen zu stoppen. »Ich finde nicht, dass du Bill irgendetwas schuldest, nach allem, was er dir angetan hat. Warum solltest du ihn schützen wollen?«

7

Ihr Vater hatte verlangt, dass sie um zwei Uhr nach Hause käme, damit sie »miteinander plaudern« könnten. Das waren genau die väterlichen Vorschriften, die sie so hasste, weil sie vorgebracht wurden, als hätte man eine Wahl. Sie hatten sich zwar seit Jahren nicht mehr gestritten, doch sie vermied möglichst, mit ihm allein zu sein. Sie merkte, wie sie zunehmend ängstlicher wurde, je näher die Stunde rückte.

Sie hatte sich inzwischen dreimal umgezogen. Dabei stand sie vor dem großen Spiegel und versuchte sich vorzustellen, wie er sie wahrnehmen würde. Die erste Bluse war zu kindlich, die zweite zu verführerisch. Schließlich entschied sie sich für ein blassgelbes Golf-Shirt, einen blauen Pullover und Khakihosen. Das Haar band sie zu einem Pferdeschwanz zusammen, adrett, zurückhaltend.

Als die Standuhr im Esszimmer schlug, machte sie sich auf den Weg zur Bibliothek. Bill hatte es sich bereits auf dem Sofa bequem gemacht und studierte den Wirtschaftsteil des *Boston Globe*.

»Da bin ich«, sagte sie mit sanfter Stimme. »Wie gewünscht.«

Er faltete die Zeitung zusammen und legte sie auf das Kissen neben sich. Sie saß in dem gegenüberliegenden Sessel, die Beine im Schneidersitz gekreuzt, damit ihr linker Fuß nicht wackelte. »Es gibt keinen Grund, nervös zu sein«, sagte er, »schließlich bin ich immer noch dein Vater.«

Hope zwang sich zu einem Lächeln. Er erinnerte sie immer wieder gern daran, so als könnte der wiederholte Hinweis auf seine Vaterschaft sie an ihn binden. »Worüber möchtest du reden?«

Bill lachte. »Also, ich habe dir wirklich beigebracht, immer geradeheraus zu sein.« Er verschränkte die Arme vor der Brust. »Bist du mit all den Plänen zufrieden?«

»Ja.« Sie wusste, dass sein Smalltalk nur der Aufwärmung diente. Er hatte den Hochzeitsvorbereitungen, die Stunden um Stunden der Zeit ihrer Mutter in Anspruch nahmen, bisher nicht die geringste Aufmerksamkeit geschenkt. Er hatte einen strikten Kostenrahmen für die Feier festgelegt und sich ansonsten rausgehalten.

»Gut. Deine Mutter hat wirklich hart gearbeitet.«

»Ich weiß.«

Er wollte ihre Hand nehmen, doch sie ließ sie in ihrem Schoß. »Mein kleines Mädchen wird heiraten. Ich wusste ja, dass dieser Augenblick einmal kommen würde, aber jetzt fühle ich mich doch unvorbereitet. Es kommt mir vor, als wärst du erst gestern noch in Windeln und roten Schühchen herumgelaufen, und ich habe dich auf meinem Knie hüpfen lassen.«

Seine Worte quälten sie. Er hielt sich immer noch an diesem Bild ihrer Kindheit fest. Ihre Erinnerungen sahen anders aus.

Er lehnte sich zurück. »Du hast es verdient, dass alles wunderschön wird. Es wird dein großer Tag werden.«

Der *große Tag*, diese Worte verfolgten sie. Sie wusste, warum sie das alles geschehen ließ – es war ihr Weg aus der Hölle. Aber sie wollte die Feier nicht, konnte den Gedanken an die Zukunft nicht ertragen. Alles, was sie sah, war die Endgültigkeit des Geschehens.

Bill zog einen kleinen Beutel aus der Tasche und füllte seine Pfeife mit Tabak. Er zündete sie an, sog ein paarmal daran und beobachtete dann, wie der dünne Rauchkringel nach oben stieg. Seit sie denken konnte, rauchte er denselben Tabak. Der süße Geruch durchzog das Haus und hatte ihr immer gezeigt, dass ihr Vater entspannt und anderweitig beschäftigt war. Die Vertrautheit dieses Geruchs beruhigte sie. Als sie das einmal Jack gegenüber erwähnt hatte, hatte er gelacht. »Jetzt weiß ich, warum ich dich liebe. Du bist die einzige Frau, die ich kenne, die Pfeifen mag.«

»Ich wollte mit dir reden, ehe du mit deiner Mutter losfährst«, sagte Bill. Sein Tonfall hatte sich verändert, und er sprach in einem betonten Rhythmus. »Auch wenn ich dich oft noch als mein kleines Mädchen sehe, bist du das ja nicht mehr. Du wirst heiraten und auf eigenen Füßen stehen. Ich bin stolz auf dich und möchte, dass du glücklich wirst.«

Was willst du wirklich sagen? Sie hätte am liebsten geschrien, hielt ihren Mund aber verschlossen. Diesen rituellen Tanz hatte sie ihn schon des Öfteren aufführen sehen. Einmal, als er nicht wollte, dass sie weiterhin zu Dr. Frank ging, und einmal, als er darauf bestand, dass sie die Beziehung zu Carl beendete. Themen, die er als schwerwiegend empfand, Vater-Tochter-Probleme, näherte er sich stets auf diese vorhersehbare Weise. Sie konnte dabei immer schon vorher spüren, wann die Explosion bevorstand. Dann wechselte sein Tonfall in eine künstliche Süße und eine durchschaubare Freundlichkeit, weil er sich selbst zwingen musste, Haltung zu bewahren.

»Du weißt wahrscheinlich, dass die Cabots wünschen, dass du eine voreheliche Vereinbarung unterzeichnest. Jim hat mich gestern zum zweiten Mal angerufen. Ich möchte sicher sein, dass du weißt, worum es in diesem Dokument geht, und warum es für sie wichtig ist.«

»Jack und ich haben darüber gesprochen. Er möchte das nicht, und ich auch nicht.« Sie war erleichtert. Wenn das das Thema war, dann würde ihr Gespräch bald beendet sein. Sie schielte auf ihre Uhr. In vierzig Minuten würden sie nach Boston zu ihrem Brautempfang aufbrechen. Das war noch so ein unerwünschtes Ritual, das diesmal ihre Halbschwester ausrichtete. Aber alles war besser, als diese Diskussion noch weiter auszudehnen. Oder fast alles.

»Das ist nicht der Punkt.« Er sog wieder an seiner Pfeife und setzte dann seine Schildpattbrille ab. »Ich möchte, dass du das Papier unterzeichnest«, sagte er mit besonderer Betonung auf »ich«.

»Warum?« Sie starrte ihn an. Jack war der Ansicht, dass die Cabots den Ehevertrag vorgeschlagen hatten, um sie beide kontrollieren und sie bei der Stange halten zu können. Als ob ihr dieses Geld etwas bedeuten würde. Wenn sie eins im vergangenen Jahr gelernt hatte, dann, dass die wichtigen Dinge nicht mit Geld zu bekommen waren.

»Weil die Cabots nicht möchten, dass ihr beide ohne einen Ehevertrag heiratet. Ich finde, unter den gegebenen Umständen sollten wir uns nach ihren Wünschen richten. Und, um ehrlich zu sein, kann ich ihnen keinen Vorwurf machen. Du hast wirklich Glück, dass Jack noch immer bei dir ist, nach deiner Geschichte mit diesem Fischer.«

»Carl ist ein Hummerfischer«, erwiderte sie, obwohl ihr bewusst war, dass das wohl kaum einen Unterschied machte. Für ihre Familie war Carl ein Verlierer, ganz gleich, welchem Beruf er nachging.

»Darum geht es mir nicht. Ich möchte dir einfach klar machen, dass bei deiner Dummheit, deinem Leichtsinn, oder wie du das auch immer nennen willst …« Er begann zu stottern.

Sie wollte ihre Beziehung zu Carl verteidigen, aber sie wusste, dass das nicht möglich war. Dass er ihr auf eine Weise Freude bereitete, die sie nie für möglich gehalten hatte, und dass sie der Wirklichkeit entfliehen konnte, indem sie sich in Leidenschaft fallen ließ, das waren Dinge, die sie nicht einmal sich selbst eingestehen konnte. Aber sie wusste auch, dass es neben dem Glück einer Stunde hier und da, neben der Ekstase eines gestohlenen Augenblicks mit ihm, einen Aspekt in dieser Beziehung gab, der ihr Albträume verursachte. Wenn sie seine Arme um sich spürte, dann konnte das auch die dunkelsten, verhasstesten Momente ihres Lebens wieder wachrufen. Mit ihm zusammen zu bleiben bedeutete ewige Verdammnis. Die Umstände ihres Lebens mussten sich ändern. Dennoch war das Ende schmerzhaft.

Bill stand plötzlich auf. Er ging zum Kamin und drehte ihr den Rücken zu. »Deine Mutter und ich haben versucht, dir unsere Werte zu vermitteln. Wir hatten große Pläne für dich. Wir wollten, dass du zu dieser Gemeinde gehörst und zu dieser Gesellschaft, um unser Erbe zu bewahren. Unsere Freunde haben hart gearbeitet, um ein großes Vermögen zu verdienen. Wir alle waren erfolgreich, und sind doch nicht hochmütig geworden. In unserer Gesellschaft wird nicht geprahlt, und das ist wichtig. Wir wollten, dass auch du Zurückhaltung, Menschenfreundlichkeit und Verständnis für die Geschichte pflegen würdest.« Er drehte sich um und sah sie fest an. »Die Cabots sind ein Teil dieser Gesellschaft. Jack ist genau der Typ Mann, den du heiraten solltest.«

»Jack hält den Ehevertrag für unnötig«, wiederholte sie.

»Seine Eltern wollen nur sichergehen, dass du nicht weglaufen, ihren Sohn verlassen und auch noch sein Geld mitnehmen wirst.«

Wohin sollte ich denn gehen?, hätte sie ihn gern gefragt. Sicher nicht zurück nach Hause. »Das würde ich nie tun.«

»Wir wissen das beide, aber sie kennen dich nicht so wie ich.« Er kam zu ihr, berührte ihren Kopf und ließ seine Finger über ihre Kopfhaut gleiten. Eine Welle von Abscheu jagte ihr den Rücken hinunter. »Mach sie doch einfach glücklich. Diese Hochzeit ist wirklich zu deinem Besten. Du wirst doch nicht wollen, dass er seine Meinung ändert. Deshalb denke ich, du solltest alle Bedingungen akzeptieren, die damit verbunden sind. Du bist in Reichtum aufgewachsen. Du weißt nicht, wie es ist, wenn man sich um Geld Sorgen machen muss. Als Jacks Frau wirst du das auch niemals tun müssen. Setz das nicht aufs Spiel.« Sie meinte ihn seufzen zu hören, als er zum Bücherregal ging, und sich aus einer Kristallkaraffe einen Scotch eingoss. »Wenn du bei Carl geblieben wärst, hätte das deine Mutter umgebracht. Und mich auch. Wir könnten es nicht ertragen, dich mit jemandem zusammen zu sehen, der deiner so unwürdig ist, der so weit unter dir steht.«

Ihn umbringen? Hätte ich es nur getan.

»Du magst ja vielleicht mit Scheuklappen durch die Welt gehen, aber dein Leben wäre ruiniert. Du würdest aus der Gesellschaft, die dir vertraut ist, ausgeschlossen werden und du hättest ein hartes Leben. Wahrscheinlich glaubst du, von der Liebe allein leben zu können, aber das kann man nicht. Das ist unrealistisch. Die Romantik ist schnell vorbei, das versichere ich dir, und wenn es dann keine gemeinsamen Werte, kein gemeinsames gesellschaftliches Leben und ein gemeinsames Interesse an der Gründung eines Haushalts gibt, dann ist es zu spät. So wäre es für Carl und dich. Aber Jack und du, ihr habt das alles. Ihr werdet noch Freunde sein, wenn die Flitterwochen längst vorüber sind.«

Was wusste ihr Vater schon von der Ehe? Lieber wollte sie allein leben als in einer Beziehung, wie ihre Eltern sie führten.

»Hope, du bist eine Träumerin. Aber es ist an der Zeit, dass ich dir etwas über das praktische Leben erzähle. Jack ist das Beste, was dir je passiert ist. Du wirst sehr glücklich sein können als seine Frau, und das darfst du nie vergessen. Nicht einen Augenblick lang. Er wird für dich sorgen.«

Sie hörte die unterschwellige Botschaft seiner Worte: Du bist kaputt. Du bist kompliziert. Du hast Geheimnisse, die keiner kennt oder kennen sollte. Nimm, was du kriegen kannst, denn sonst hast du am Ende vielleicht gar nichts. Er wollte sie sicher und friedlich an Jack übergeben, damit sie glücklich bis in alle Ewigkeit als Stützen der Gesellschaft lebten. Sie dachte an alles, was sie sagen wollte, doch sie brachte die Worte nicht heraus. Wieder einmal schaffte sie es nicht, sich zu verteidigen. Sie war schwach, gefühlsmäßig gelähmt, und verdiente es, das Opferlamm zu sein. »Du sorgst dich mehr um Jack als um mich«, sagte sie leise und verspürte Angst, in Ohnmacht zu fallen.

»Red keinen Unsinn.«

Sie ging zu ihm hinüber. Sein Gesicht war rot angelaufen, und die Linien um seine Augen hatten sich tief eingegraben. Er sah plötzlich alt aus. Du musst mich akzeptieren, wie ich bin. Ich bin nicht so, wie du mich gern hättest, dachte sie. »Wenn Jack mich gebeten hätte zu unterschreiben, dann hätte ich es getan. Aber das hat er nicht.«

»Jim und Fiona werden die Hochzeit absagen.«

»Dann werden wir so zusammenleben.«

»Nur über meine Leiche!«, schrie er und erhob seine Hand. Sie schloss die Augen, schrak vor dem zurück, was kommen würde. Sie schwiegen beide. Sie stand wie versteinert da und wartete auf das Geräusch eines Schlages, das brennende Gefühl auf ihrer Wange. Aber es kam nichts. Bill war einige Schritte zurückgegangen. Er hielt sich an die Abmachung, die er mit ihrer Mutter getroffen hatte. Als er wieder sprach, war seine Stimme leise und fest. »Du wirst tun, was von dir verlangt wird, damit diese Hochzeit stattfindet. Habe ich mich klar ausgedrückt?«

Sie starrte ihn an und begriff, dass sie nie wieder Angst haben wollte. Ganz gleich, was er sagte und welche Laune er hatte, sie durfte sich nie mehr terrorisieren lassen. Diese Phase in ihrem Leben war endgültig vorbei. Sie musste nicht mehr gehorchen.

Die Hände von Penelope Lawrence zitterten, als sie die letzte Platte auf den Tisch stellte. Der Stapel dünn geschnittener, leicht getoasteter Sandwiches ohne Rinde, jedes mit einem winzigen Streifen Lachs, einem Tupfer Frischkäse und einem Blättchen

Wasserkresse belegt, war einer von mehr als einem Dutzend delikater Snacks, die auf Silbertabletts um einen Tafelaufsatz mit weißen Lilien angerichtet waren. In silbernen Sektkühlern standen mehrere Flaschen Champagner bereit, auf dem Sideboard warteten ein Glaskrug mit Orangensaft und eine dreistöckige weiße Torte, die mit Rosen und einem Gitter aus Buttercreme verziert war. Im Erkerfenster stapelten sich Geschenke, in weißes, pinkfarbenes und goldenes Papier verpackt und mit riesigen Schleifen zusammengebunden. Ein perfekter Brautempfang. Wie reizend von dir, das für deine Halbschwester zu tun, hörte sie die Gäste schon sagen. Als ob sie eine Wahl gehabt hätte. Ihre Mutter hatte ihr in deutlichen Worten klar gemacht, dass sie die Party zu geben hatte. »Es bedeutet alles für Hope, dass du das für sie tust«, hatte sie hinterhältig hinzugefügt.

Die ganze Idee eines Brautempfangs schien absurd. Hope und Jack hatten mehr als dreihundert Leute zu ihrer Hochzeit eingeladen. Sie hatten bereits Dutzende von Geschenken erhalten, mehr Silber, Kristall und Porzellan, mehr Toaster, Tranchiersets, Gästehandtücher und schweres Leinen, als irgendein Paar je würde benutzen können. Davon so vieles in doppelter Ausführung, dass sie alles, was sie je noch brauchen würden, allein durch Umtausch bekommen konnten. Dennoch hatte Penelope eine ganze Woche darauf verwendet, dieses Zusammentreffen von Frauen vorzubereiten, die noch mehr Geschenke bringen würden. Sie würden den Tag damit zubringen, die Geschenke der anderen zu bestaunen, über Hopes gespielte Reaktionen zu lachen, zu viel zu trinken und die zukünftige Braut mit Lob und Aufmerksamkeit zu überschütten, die sie nicht verdiente. Sie hätte schreien mögen.

Ihr Blick wanderte über die hohen Decken und die klaren Formen des Raumes, der in ihrem Apartment an der Marlborough Street als Wohn- und Esszimmer diente. Sie hatte diese Wohnung mit zwei Schlafzimmern und einem durchgehenden Flur auf der Sonnenseite der Straße im Bostoner Viertel

Back Bay zwei Jahre zuvor gekauft. Damals hatte ihre Prämie für fast dreitausend Arbeitsstunden im Büro die Anzahlung gedeckt. Es war eine gute Investition, in bester Lage zwischen der Arlington und der Berkeley Street und nur wenige Schritte vom Public Garden entfernt. Sie lebte gern in der Stadt, fragte sich aber manchmal, ob sie das Geld nicht besser in ein Haus im Kolonialstil gesteckt hätte. Etwas mit einem Büro, einem separaten Gästezimmer und einem Hinterhof, den ihre beiden Katzen hätten erkunden können. Das alles in einem wohlhabenden Vorort Richtung Westen am Massachusetts Turnpike mit guten Pendelverbindungen. Die Städte am Cape Ann kamen für sie nicht infrage. Zu viele schlechte Erinnerungen. Manchmal schien es ihr, als sei sie der North Shore nur knapp mit unversehrtem Verstand und Urteilsvermögen entkommen. Die Besuche zu Hause erinnerten sie nur zu gut daran, weshalb sie damals weggegangen war.

Aber die Häuser, die sie sich in Wellesley und Weston angeschaut hatte, machten ihr nur noch deutlicher, dass sie allein war. Nur verheiratete Paare zogen in die Vororte. Sie wollten gute Schulen und eine sichere Umgebung für ihre Kinder. Sie wollten ein Haus mit einem Gemeinschaftraum für die Familie. Sogar die Immobilienmaklerin schien sich entschuldigen zu wollen, als sie ihr ein Haus nach dem anderen zeigte, bei dem die Küche direkt in einen großen Wohnbereich überging. Sie wollte sich nicht noch mehr als Jungfer fühlen, als sie es ohnehin schon tat.

Es klingelte an der Tür.

Sie besah sich rasch im Spiegel. Man hatte ihr immer gesagt, sie besitze die attraktiven Züge der Pratts – kastanienbraunes Haar, dunkle Augen und volle Augenbrauen. »Du bist exotisch«, hatte Adelaide gesagt, um sie zu trösten. Doch diese Aussage bestätigte sie als Halbwüchsige nur noch in ihrer Wahrnehmung, nicht der Norm zu entsprechen. Manchester war voller blonder Mädchen mit Stupsnasen und einem Teint, der in Kombination mit Blassrosa geradezu strahlte. Sie hatte sich im Laufe der Jahre zwar an ihr Aussehen gewöhnt, doch hatte sie nie verwinden können, was Adelaide mit ihrer Bemerkung eigentlich hatte sagen wollen, nämlich dass sie die geringere der beiden Töchter war. Zwar betonte sie immer, dass sie beide Mädchen gleichermaßen liebte, doch Hope war, wie die Schweine in der Geschichte von George Orwell es ausdrückten, gleicher als sie. Was immer sie erreicht hatte – sie hatte die juristische Hochschule mit *magna cum laude* abgeschlossen, und man hatte ihr die Leitung der Abteilung für Corporate Law der Women's Bar Association angetragen –, konnte ihren Stand nicht verbessern. Sie war nicht mit den Genen von Bill Lawrence geboren, und nichts konnte an dieser schlichten Tatsache etwas ändern.

Sie zwang sich zu einem Lächeln und öffnete die Tür.

Im Nu füllte sich ihr Wohnzimmer mit genau der Sorte Frauen, die sie sich vorgestellt hatte, als sie die Einladungen nach der von Adelaide erstellten Gästeliste verschickt hatte. Da war zum einen die ältere Generation, Freundinnen von Adelaide und Bill, die Hope schon ihr ganzes Leben lang kannten. Frauen mit gebleichten steifen Haaren, die von ihren Stirnen hochzustehen schienen, mit breiten goldenen Halsketten und um die Handgelenke geschlungenen Armbändern. Die Beine steckten ungeachtet des Sommerwetters in fleischfarbenen Nylonstrümpfen, und sie trugen hellen pinkfarbenen Lippenstift und Cardigans. Dann war da die Gruppe von Hopes Freundinnen, schicke dünne Mädchen in Caprihosen oder Wickelröcken von Lilly Pulitzer und mit einreihigen Perlenketten um den Hals. Diese Mädchen wollten alle Details über Hopes großen Tag erfahren. Sie war die Erste aus ihrer Gruppe, die heiraten würde. Deshalb wurde sie mit der gesammelten Aufmerksamkeit überschüttet, die Mädchen in den Zwanzigern, die von ihrem eigenen großen Tag träumen, für dieses Thema aufbringen.

Vier Flaschen Champagner waren bereits geleert und die meisten der angebotenen Speisen vertilgt, ohne dass jemand Penelope auch nur das kleinste Kompliment gemacht hätte. All das Drumherum, für das sie Zeit und Geld investiert hatte, die Blumen, die Papierservietten mit Monogramm und die Vorbereitungen schienen für selbstverständlich gehalten zu werden. Man gab ihr das Gefühl, als spielte ihre Gegenwart gar keine Rolle. Nicht eine einzige Frage war zu ihrer Arbeit als Anwältin oder zu ihrer Wahl in die Partnerversammlung der Anwaltskanzlei gestellt worden. Es schien niemanden zu interessieren, dass sie drauf und dran war, einen Hundert-Millionen-Dollar-Deal über die Bühne zu bringen, um eine Parzelle mit Mischnutzung direkt am Hafengebiet von South Boston zu erschließen. Das war ein Geschäft, das sie mehr als drei Jahre lang vorbereitet hatte. Sie hatte dafür sogar so oft bis spät in die Nacht gearbeitet, dass sie sich von ihrem eigenen Geld ein Sofa gekauft hatte, um darauf in ihrem bereits völlig voll gestopften Büro schlafen zu können. Alle Neuigkeiten, auf die sie so stolz war und die sie nur zu gern erzählt hätte, blieben ungesagt.

Es kam noch schlimmer, als sie mit anhören musste, wie Fiona mit einer gewissen Geringschätzung im Tonfall bemerkte, dass die Einrichtung »sehr zeitgemäß« sei. »Nicht gerade, was wir an der North Shore gewohnt sind«, sagte sie, und das Lachen verursachte ein leichtes Schnauben in ihrer Nase. Penelope kannte die andere Frau nicht, die jetzt das Zimmer in seinen neutralen Tönen, mit dem Sisalteppich und den bestickten Sitzkissen begutachtete, und dann zustimmend nickte. Sie hätte sich nur zu gern verteidigt. Sie hatte extra alles so zurückhaltend möbliert, um die verschiedenen Kunstwerke und Skulpturen hervorzuheben, die sie auf ihren Reisen gesammelt hatte. Sie war auf Trekking-Touren in Nepal und in Patagonien und überall dort gewesen, wo sie mit einer organisierten Tour auch als einzelne Frau hinkommen konnte. Es gibt noch andere Möglichkeiten der Innenausstattung als nur Chintz und englische Antiquitäten, hätte sie gern gesagt, aber ein solcher Ausbruch wäre ja doch sinnlos. Stattdessen sank sie noch etwas tiefer in ihren Sessel.

»Penelope.« Das theatralische Geflüster ihrer Mutter riss sie aus ihren Gedanken. »Ich denke, du solltest wissen, dass dein Verhalten nicht unbemerkt bleibt. Zumindest von mir.«

»Ich weiß nicht, was du meinst. Wenn Konsumieren ein Maßstab ist, dann scheinen sich hier alle wunderbar zu amüsieren.«

»Du weißt genau, was ich meine. Du magst vielleicht die besten Erdbeeren gekauft haben, die Delucas da hatte, und ich schätze das sehr, doch von dem Augenblick an, in dem wir durch die Tür gekommen sind, hast du Feindseligkeit ausgestrahlt. Das hier soll eine fröhliche Party sein, und du bist keineswegs fröhlich.«

Penelope starrte Adelaide an. Wie konnte sie es wagen? Mit der Arbeit für den Empfang und ihrer Großzügigkeit war die Grenze ihrer Verstellungskünste erreicht. Man konnte ihr nicht auch noch ihre Gefühle vorschreiben. Sie sah die zusammengekniffenen Lippen und den strengen Gesichtsausdruck ihrer Mutter, und plötzlich überkam sie eine Welle des Zorns, eine Wut, die in den Jahren ihres Lebens unter diesem kontrollierten Schein entstanden war.

»Jetzt reiß dich bitte zusammen und schließ dich dem Fest an«, sagte ihre Mutter und entfernte sich durch die Menge der Gäste.

Die zukünftige Braut wirkte gelassen. Sie trug eine lockere Leinenbluse, kurze Hosen und bestickte Slipper und saß von Geschenkpapier umgeben auf dem Sofa. Sie öffnete eine Schachtel von Victoria's Secrets und hielt ein weißes Spitzennegligee vor die Brust.

»Oh«, rief Adelaide laut aus und bedeckte in gespielter Scham ihren Mund mit der Hand. Einige Frauen kicherten.

Hope wurde rot und legte die Reizwäsche in ihr rosafarbenes Papier zurück.

»Das wird Jack gefallen«, sagte Penelope, und sie wusste, dass sie Recht hatte.

Es war drei Jahre her, dass sie mit Jack geschlafen hatte, aber sie hegte die Erinnerungen an jenen Sommer noch immer. Hope und er hatten sich getrennt, nachdem er entdeckt hatte, dass sie ihn betrog. Wenn sie ehrlich mit sich gewesen wäre, dann hätte sie wissen müssen, dass sie niemals Hopes Platz einnehmen konnte. Dennoch hatte sie es genossen, umsorgt zu werden. Er hatte ihr die einzige raffinierte Wäsche geschenkt, die sie besaß: ein Paar seidener French Knickers mit weißer Spitze an genau den richtigen Stellen. Monate nach ihrer Trennung hatte sie ihm geschrieben und ihn gebeten – nicht angefleht – wieder zu ihr zurückzukommen. Sie hatte auf die Schwächen ihrer jüngeren Schwester hingewiesen, auf ihre Anfälligkeit und ihre Neurosen, und ihre eigenen Stärken betont. Noch als er bereits um Hopes Hand angehalten hatte, schickte sie ihm Briefe, in denen sie ihn bat, sich das Ganze noch einmal zu überlegen. Sie würde die bessere Ehefrau sein. Sie würde ihn niemals betrügen. Doch er antwortete nie auf ihre Briefe, bestätigte ihr noch nicht einmal, dass er sie erhalten hatte.

Penelope entschuldigte sich in die Runde und blieb dann einen Augenblick stehen, um zu sehen, ob ihr wohl jemand anbieten würde, beim Abräumen und Kaffeekochen zu helfen. Doch niemand schien überhaupt zu merken, dass sie den Raum verließ. Sie ging in die Küche und fing an, Platten abzuräumen, die wenigen Reste einzupacken und die Spülmaschine einzuräumen. Als sie sie einschaltete, erinnerte sie das Rauschen des einschießenden Wassers wieder an jenen Tag.

In jenem Sommer war sie zehn Jahre alt gewesen, und Hope feierte ihren siebten Geburtstag. Am Tag zuvor hatte Adelaide Besorgungen zu erledigen gehabt, und sie waren mit irgendeinem Babysitter, der zwei Dollar die Stunde bekam, zurückgelassen worden. Warum waren die beiden Schwestern wohl nicht zum Field-and-Hunt-Club gegangen, um am Swimmingpool zu spielen? Sie hätten gegrillten Käse und Kaugummi kaufen und den ganzen Morgen dort verbringen können. Penelope konnte sich nicht mehr erinnern, was sie davon abgehalten hatte, ihr übliches Ziel anzusteuern. Stattdessen waren sie zum Singing Beach gegangen. Sie hatten ihre Füße durch den weichen Sand gezogen, um das singende Geräusch hervorzulocken, das dem Strand seinen Namen gab. Penelope hatte mit Hope in den salzigen Wellen geplantscht, während ihr Babysitter mit dem Rettungsschwimmer flirtete.

Als sie an dem Wägelchen mit Süßigkeiten in der Schlange standen, hatte Hope aufgeschaut und ihr direkt in die Augen gesehen. Penelope erinnerte sich immer noch an die leicht sonnenverbrannten Wangen und die vielen Sommersprossen. »Mommy und Daddy haben mich mehr lieb als dich«, hatte sie mit Bestimmtheit festgestellt.

»Woher willst du das wissen?«

»Keine Ahnung, aber ich weiß es.«

Penelope war nicht in der Lage gewesen, zu protestieren oder mit ihrer Schwester zu streiten. Vielleicht hatte Hope ihre Eltern reden hören, oder sie hatte es von anderer Seite mitbekommen, aber Penelope wusste, dass sie Recht hatte. Sie hatte ein flaues Gefühl im Magen verspürt und eine Last, die so drückend war, dass sie nicht einmal mehr an ihrem Stäbchen mit gebrannten Mandeln knabbern konnte. Und dann, als ihre Trauer in Wut umschlug, überkam sie eine Welle der Übelkeit, und sie verspürte einen schrecklichen Druck hinter der Stirn.

Nach dem Essen waren sie auf die riesigen Klippen am entgegengesetzten Ende des sich in Form eine Halbmondes hinziehenden Strandes geklettert. Penelope hatte den Wellen zugeschaut, die sich an den zerklüfteten Steinen brachen, und sie sah die breiten Flecken Seetang, die in der Flut wogten. Hope war über die Klippen gekrabbelt, auf der Suche nach flachen

Steinen, auf denen sie sitzen, oder nach Möwennestern, die sie beobachten konnte. Die verletzende Bemerkung, die sie gemacht hatte, hatte sie längst vergessen. Penelope versuchte sie einzuholen, als ihre Gedanken plötzlich in eine andere Richtung gingen. Eine zarte Siebenjährige konnte leicht ausrutschen und fallen, und dann in einem flüchtigen Augenblick unter der Meeresoberfläche verschwinden. Der Lärm der Wellen würde alle Hilferufe übertönen. Ein schrecklicher Unfall, für den man aber Penelope nicht verantwortlich machen konnte. Höchstens die unaufmerksame Babysitterin würde die Konsequenzen zu spüren bekommen. Sie stellte sich vor, wie Hope fiel, dabei um sich schlug, vielleicht versuchte, sich auf dem Weg nach unten mit den Händen an einem Felsvorsprung festzuhalten. Sie musste ihre ganze Vernunft einsetzen, um dieses Szenario nicht einfach durch einen kleinen Stoß Wirklichkeit werden zu lassen.

Einige Jahre später war sie mit Hope und ihrer Cousine Frances, die ihren alljährlichen Besuch machte, in der *Day Sailor* unterwegs gewesen. Der Wind hatte sie weit vom Ufer abgetrieben, und sie hatten Schwierigkeiten, wieder zurückzukommen. Als der Himmel sich zuzog und der Regen kam, fing Hope an zu weinen, und ihre Zähne klapperten zwischen den blauen Lippen. Die starke Ebbe und ein ablandiger Wind ließen sie noch langsamer vorwärts kommen. Die Böen wurden immer stärker, das Boot legte sich auf die Seite und kenterte schließlich. Hope fiel in das Segel und verhedderte sich in den zahlreichen Leinen.

Sie erinnerte sich noch an den blutenden Schnitt auf Frances' Stirn. Eines der Ruder hatte ihr einen Schlag versetzt, als das Boot umschlug. »Schwimm zum Strand. Hol Hilfe. Wir brauchen ein Motorboot. Ich werde Hope rausholen«, hatte Frances befohlen. Und Penelope hörte die Anweisungen, obwohl es ihr am liebsten gewesen wäre, der Wind und die Wellen hätten sie verschluckt. Sie war eine gute Schwimmerin und hatte es zum Ufer geschafft, doch dann war sie nicht zum Haus gelaufen, hatte keine Hilfe geholt. Obwohl die kalte Nässe ihre Shorts, ihr T-Shirt und ihre Schuhe durchtränkt hatte, fühlte sie etwas wie Erleichterung. Das Schicksal ihrer kleinen Schwester lag wieder einmal in ihrer Hand. Ohne ihr Zutun würde der Ozean das erste Kind triumphieren lassen, indem er den zweiten, kleineren Körper für immer verschlang.

Aber Frances hatte sie gerettet. Sie hatte Hopes orangefarbene Schwimmweste durch den dichten Regen erkannt und hatte sie aus dem Knäuel von Segeltuch und Leinen befreit. Mit ihrem Ellenbogen unter Hopes Kinn hatte sie sie durch das Wasser gezogen und in Sicherheit gebracht. Penelope würde niemals den wütenden Blick ihrer Cousine vergessen. Sie hielt Hope zusammengerollt in ihrem Arm und fragte nur: »Warum hast du keine Hilfe geholt?« Penelope hatte darauf keine Antwort, und Frances wusste das. Vielleicht hatte sie sogar geahnt, was Penelope eigentlich wollte. Frances' Verhalten wurde als höchst unverantwortlich beurteilt. Sie war die Älteste und hatte die beiden anderen Mädchen in Gefahr gebracht. Doch trotz der empfindlichen Strafe, die sie bekommen hatte, sprach sie nie wieder auch nur ein Wort über den Vorfall.

Jetzt starrte Penelope durch die Tür und hörte zu, wie das Lachen und Schwatzen der Frauen immer lauter und ausgelassener wurde. Die Wut, die Übelkeit und der Druck hinter ihrer Stirn, die sie vor einem Jahrzehnt gespürt hatte, kehrten zurück. Es hatte sich nichts verändert. Sie hatte Erfolg, während Hope nichts zustande brachte. Trotzdem würde die Jüngere immer bevorzugt werden. Penelope konnte machen, was sie wollte und ihr Leben noch so perfekt im Griff haben – Hope hatte Jacks Herz und die Herzen aller anderen gewonnen. Das war nicht fair.

Sie ließ sich gegen den Türrahmen fallen und seufzte. Manchmal hatte sie das Gefühl, wirklich lange genug gelitten zu haben.

8

»Warum? Das ist alles, was ich wissen möchte.« Carl saß neben Hope auf dem durchgesessenen Sofa, eine Hand auf ihrem Oberschenkel. Er drückte ein wenig fester. »Antworte mir.«

»Du verstehst das nicht.« Kaum fähig, die geschwollenen Augen zu öffnen, starrte sie ihr Spiegelbild im schwarzen Glas des Fensters an.

Er stand auf und ging zum Schrank, nahm ein sauberes Unterhemd vom Stapel und zog es sich über den Kopf. »Ich habe genug von deinen Lügen, von diesem ganzen Mist.«

»Ich lüge nicht.«

»Also, warum dann? Warum nicht ich?«

»Weil … also«, sie wusste nicht, was sie sagen sollte. Das Gespräch drehte sich schon seit einer Stunde oder länger im Kreis. Je verzweifelter sie wurde, desto größer wurde seine Wut. Sie hatte gemeint, ihn so gut zu kennen, dass sie ihm begreiflich machen könnte, warum sie Jack heiraten musste. Ja, sie hatte sogar gehofft, dass er ihre Entscheidung gutheißen würde, aber sie hatte sich getäuscht. Er glaubte nicht an Sünde. Er verstand nicht, was Schuld bedeutete. Er nahm sich, was er wollte, und verzehrte sie mit gierigem Appetit, ohne je zu spüren, wie sehr ihre leidenschaftlichen Begegnungen sie quälten. Es war ein Fehler gewesen, zu ihm zu kommen.

Es war Wochen her, dass sie zusammen gewesen waren und miteinander geschlafen hatten. Seither hatte sie versucht, sich selbst davon zu überzeugen, dass eine Trennung die beste Lösung war. Sie würde heiraten. Durch ihre andauernde Affäre mit einem anderen Mann verstieß sie gegen die Zehn Gebote und missbrauchte Jacks Vertrauen. Ihr Verhältnis mit Carl, die Sinnlichkeit ihrer Beziehung, machte alles noch schlimmer, aber sie war dagegen machtlos. Sie versuchte, sich auf indirekte Weise einen Rat von Vater Whitney zu holen, und sie betete jeden Tag zu Gott, dass er ihr Kraft schenken möge. Doch beides blieb ohne Erfolg. Sie konnte ihre Gedanken an Carl nicht zügeln, immer wieder sprangen sie aus der Kiste, in die sie sie zu sperren versuchte.

»Bitte glaub mir. Ich wäre mit dir zusammen, wenn ich nur könnte.«

Carl donnerte seine Faust gegen die Tür, und sie hörte das Holz splittern. »Jetzt zieh nicht die Opfershow bei mir ab. Du bist ein Feigling. Deine Eltern haben deine Muschi an den Meistbietenden verkauft, und du hast dich nie dagegen gewehrt.«

»Bitte nicht«, sagte sie, und ihre Stimme zitterte unkontrolliert.

»Du machst mich krank.«

»Ich liebe dich.« Allen Selbstzweifeln zum Trotz wusste sie, dass das die Wahrheit war. Sie hatte oft das Gefühl, Carl sei die Luft, die sie atmete. So sehr war sie von seinem Geruch, seiner Berührung, seiner Stimme betört. Aber sie konnte ihre Verlobung nicht auflösen. Nicht jetzt.

»Dann sag mir doch bitte, warum du diesen Scheißkerl heiraten willst!«, brüllte er.

Seine Augen waren pechschwarz, als er sie anstarrte, sodass sie zurückschrak. Sie konnte ihr Schluchzen nicht mehr zurückhalten und fühlte, wie ihr Körper fast krampfhaft zuckte. Nimm mich in den Arm! Hilf mir!, wollte sie sagen, doch sie wusste, dass ihre Bitten ihn nur noch wütender machen würden. Sie wünschte, Hope Lawrence könnte verschwinden, und sie könnte sich selbst und die Qualen ihrer Vergangenheit abschütteln. Sie brauchte eine neue Identität, brauchte das Gefühl, wertvoll zu sein. Sie wollte zu jemandem gehören, dem sie vertrauen konnte. Und sie betete, dass das Leben als Mrs. John James Cabot ihr geben würde, was sie brauchte. Doch je näher ihr Hochzeitstag rückte, desto klarer wurde ihr, dass sie ohne Carl nicht leben konnte.

»Die Wahrheit ist so ekelhaft, dass nicht einmal du sie aussprechen kannst.« Er öffnete den Kühlschrank, holte eine Flasche Wodka heraus und nahm erst einen Schluck aus der Flasche, dann noch einen. »Hau ab.«

»Nein … nein, bitte. Ich habe dir alles gesagt.« Sie log, aber es war aus Verzweiflung und nicht, um zu betrügen. »Bitte, schick mich nicht weg.« Hope glitt vom Sofa, ging zu ihm hinüber und kniete vor ihm nieder. »Ich liebe dich«, sagte sie wieder. »Du bedeutest mir alles. Ich werde dafür sorgen, dass es sich für dich lohnt.« Sie griff nach dem Reißverschluss seiner Hose.

Der kräftige Schlag seiner Hand auf ihre Wange warf sie nach hinten, und sie fühlte einen scharfen Stich in ihrer Seite. Ihr Gesicht brannte, und für einen Moment sah sie herumwirbelnde Sterne. Sie lag still da, das Herz pochte schwer in ihrer Brust. »Ist schon gut«, sagte sie, aber ihre Stimme klang fremd. Dann erhob sie sich auf alle viere und kroch zu ihm zurück. »Bitte«, flehte sie. »Lass mich.«

Ihre schlanken Finger bewegten sich langsam an seinem Bein hoch, rieben sanft kreisend seine Wade, seinen Oberschenkel und tasteten sich dann zu seinen Lenden vor. »Komm, ich zeige es dir.« Sie hielt inne und wartete auf seine Reaktion, doch er rührte sich nicht. Langsam öffnete sie seinen Reißverschluss und schob ihre Hand hinein.

Er legte seine Hände auf ihre Schultern, und sie spürte, wie sein Griff fester wurde. Schob er sie von sich weg, oder hielt er sie noch fest? Sie wusste es nicht. Sie drängte ihr Gesicht an seinen Körper. Sein Haar und seine Haut waren weich und ein wenig feucht. Sein Geruch drang in ihre Nasenlöcher. Sie blickte rasch zu seinem Gesicht hoch und sah, dass er die Augen geschlossen hatte. Vielleicht würde sie ihn beschwichtigen können. Vielleicht würde alles gut werden.

Sie fuhr mit ihrer Zunge an seinem Glied entlang und spürte dabei die Struktur seiner Haut. Mit ihrer Fingerspitze beschrieb sie kleine Kreise und spürte, wie er unter ihrer Berührung noch härter wurde. Sie wusste, dass sie etwas Falsches tat, aber in diesem Augenblick spielte es keine Rolle. Alles was sie wollte, war, dass er sie in seinem Leben bleiben ließ.

Seine Finger gruben sich in ihren Rücken. Ein stechender Schmerz lief ihr das Rückgrat hinunter, und ihre Nackenmuskeln zogen sich zusammen. Wollte er mehr? Er hatte eine Hand auf ihrem Kopf und drehte ihre Haare um seinen Finger. Plötzlich zog er daran, und sie musste einen Aufschrei unterdrücken. Sie wollte seine Lust nicht stören.

Sein Glied war geschwollen, größer, als sie es je erlebt hatte. Carl stöhnte, und einen Augenblick lang war sie erleichtert. Ein Glücksgefühl überkam sie, als sie seine offenkundige Erregung sah. Dann spürte sie einen Druck auf ihrem Nacken und merkte, dass seine Hände sich um ihre Kehle schlossen.

»Tut mir nicht mehr weh«, wisperte sie.

Jack holte die Robert-Palmer-CD aus dem Plattenspieler. Durch das halb geöffnete Fenster seines schwarzen Porsche konnte er die Grillen hören, die die Stille draußen durchbrachen. Sie schienen sich in ihrer Hartnäckigkeit über ihn lustig zu machen, und er fragte sich wieder einmal, warum er die vergangenen drei Stunden damit verbracht hatte, auf Hopes Volvo zu starren, der genau unter dem erleuchteten Fenster von Carls Apartment geparkt war. Da er zu weit entfernt und die Vorhänge zugezogen waren, konnte er nicht in das Fenster sehen, aber das war auch gar nicht nötig. Er konnte sich alles genau vorstellen.

Sein Vater hatte Recht gehabt. Sie hatte gelogen, als sie gesagt hatte, dass die Beziehung zu Carl beendet sei. Er hatte es einfach nicht glauben wollen. Als er sie am Abend zuvor direkt gefragt hatte, hatte sie ihn auf die Wange geküsst, hatte mit ihren Fingern sanft seinen Schritt berührt und gelächelt. Ihre liebevollen Worte hatten ihn beruhigt. Aber warum war er ihr dann hierher gefolgt? Warum hatte sein Instinkt ihr nicht getraut?

Selbst bei ihrer Verlobung hatte etwas in ihm bereits gewusst, dass ihre Gefühle für Carl sich nie ändern würden. Sie hatte es ihm selbst gesagt. Sie waren ein Wochenende zum Skifahren gewesen, doch weil der Berg vereist war, waren sie nie auf die Piste gekommen. Während sie auf der Plüschdecke in der Ferienwohnung lagen, hatte sie versucht ihm zu erklären, dass die Liebe zu einem anderen ihre Liebe zu ihm um nichts schmälerte. Während er in den Gaskamin starrte und zuschaute, wie symmetrische Flammen aus dem künstlichen Holzscheit leckten, hatte er ihr aufmerksam zugehört und sich verzweifelt gewünscht, dass ihre Worte ihn überzeugen würden. Doch das alles machte keinen Sinn. Wenn man jemanden liebte, wollte man dann nicht nur mit diesem einen Menschen zusammen sein? Konnte man wirklich Herz und Körper seines Geliebten teilen, ohne dabei Groll zu empfinden?

Das Licht im Fenster ging aus. Er starrte weiter zu der dunklen Wohnung hinauf und merkte, wie er anfing zu schwitzen. Sie konnte jeden Moment auftauchen, sich in ihr Auto setzen und nach Hause fahren. Doch die Minuten vergingen, und Hope war noch immer im Haus.

»Was ist denn los mit dir? Bist du kein Mann? Wo ist dein Stolz geblieben?« Er konnte seinen Vater hören. »Alle wissen, was hier los ist. Du nennst es vielleicht seelische Probleme, aber das Mädchen ist schlicht und einfach eine Hure. Du hast etwas Besseres verdient.«

Doch eine untreue Frau zu lieben bedeutete nicht, dass man ein schwacher Mann war. Man musste nur akzeptieren, dass man weniger gut war, und zwar so viel weniger, dass sie zur Befriedigung ihrer Lust zu einem anderen gegangen war. Das konnte er seinem Vater natürlich nicht erklären, aber er wusste, dass Carl Hopes Körper erschlossen und in ihr eine Ahnung für das Mögliche geweckt hatte. Er hatte sie von der Scheu befreit, die sie ihr ganzes Leben lang empfunden hatte, und hatte sie alles erforschen lassen. Jack hingegen hielt sie mit dem, wer er war und was er wollte, nur am Zügel.

»Meinem Sohn werden keine Hörner aufgesetzt!«

Warum konnte sein Vater ihn nicht verstehen? Natürlich war er wütend. Und er war Mensch genug, um in manchen Augenblicken gewalttätige Fantasien gegen die beiden zu entwickeln. Gegen Carl, weil er ihm das Gefühl gab, minderwertig zu sein, gegen Hope, weil sie ihn betrog, oder gegen beide, einfach weil sie verliebt waren. Doch abgesehen davon, dass er einmal sein Lieblingsfoto von ihr durch das Zimmer geschleudert und dabei das Glas zerbrochen hatte, löste sich seine Wut in Luft auf, sobald er sie sah.

»Was musst du denn noch alles erfahren, ehe du merkst, dass sie deiner nicht wert ist, Jack?«, hatte seine Mutter ihn heute Nachmittag gefragt. »Ist es dir egal, dass sie krank ist?« Zwar wusste er nicht, was sie damit meinte, aber er hatte nichts weiter davon hören wollen. »Warum bürdest du dir diese Last auf? Du bist unser Stammhalter, unsere Zukunft«, hatte er sie noch ausrufen hören, als er das Haus verließ. Er musste sich entspannen, und für ihn gab es nur eine wirkliche Zerstreuung. Er brauchte den vertrauten Stallgeruch von Hafer, Heu und Dung. Er musste in seinem gut eingefetteten Sattel sitzen, die weichen Lederzügel zwischen den Fingern spüren und mit der

Hand durch die seidenweiche Mähne von Deliver Me fahren. Sein Turnierpferd würde ihn nicht enttäuschen, würde ihn nie im Stich lassen.

»Du wirst jemand Neues finden.« Das hatten ihm alle in diesem Sommer versichert, als er genug Mut – oder vielleicht war es auch Dummheit – besessen hatte, ihre Beziehung zu beenden.

Er hatte versucht, Hope zu vergessen, aber selbst die Geschichte mit ihrer Schwester hatte keine Ablenkung gebracht. Sie war sexy – das musste er zugeben –, und sie hatte sich ihm voller Leidenschaft hingegeben, hatte alles getan, um ihm zu gefallen und ihm Vergnügen zu bereiten; aber sie war ihm zu ehrgeizig, und sie strahlte eine Effizienz und Kompetenz aus, die ihn schließlich abgestoßen hatten. Er wollte keine erfolgreiche Karrierefrau. Er wollte nichts davon hören, wie sie die Erfolgsleiter hochkletterte. Was er wollte war eine Ehefrau.

Hope besaß einen scharfen Verstand, aber eine sanfte Natur. Ihre Liebenswürdigkeit rührte auch von dem Schmerz her, den sie erlitten hatte, wenn sie auch nie offen über ihre Erfahrungen sprach. Er konnte mit ihren Gedichten nichts anfangen, und er verstand ihre schweren Depressionen nicht, aber doch war niemand so wie sie. Sie brauchte ihn. Ihre Verletzlichkeit und Zartheit waren berauschend. Im Grunde liebte er sie so sehr, dass er jeden Teil von ihr nehmen würde, den sie ihm zu geben bereit wäre.

Er schloss die Augen, erschöpft. Doch anstatt langsam in den Schlaf hinüberzugleiten, stellte er sich in seiner Fantasie die beiden zusammen vor. Er konnte Hopes schlanken Körper sehen, ihre weiche Haut und das seidige Haar spüren. Sie würde ihre Jeans langsam aufknöpfen, ihre Hüften im Rhythmus der Melodie, die sie summte, bewegen und dabei so tun, als sei sie zurückhaltend oder scheu. Sie würde ihr T-Shirt langsam über den Kopf ziehen und ihren dünnen Oberkörper und die kleinen Brüste entblößen. Dann würde sie sich von ihm abwenden und sich ganz leicht nach vorn beugen. Das war die Einladung für ihn.

Carl würde sie bei den hervorstehenden Hüftknochen packen und sich an sie pressen. Vielleicht stützte sie sich an der Wand ab, wenn sein Gewicht und seine Stöße sie umzuwerfen drohten. Carl würde, wie auch Jack schon so viele Male vor ihm, ihr unregelmäßiges Stöhnen hören, manchmal leise und erotisch, dann wieder laut erregt, mit dem sie etwas von dem Schmerz verriet, den sie erlebte, ehe sie sich entspannte und in Lust aufging.

Als Jack dasaß und in die schwarze Nacht starrte, fühlte er sich so einsam wie noch nie zuvor in seinem Leben. Niemand konnte das verstehen. Er war nicht einmal sicher, ob er sich selbst diese Beziehung erklären konnte, aber er war nicht fähig, die Intensität seiner Gefühle zu verringern. Weil er sie liebte, würde er für immer allein sein. Und das machte ihm Angst.

Er drehte den Zündschlüssel herum und legte den ersten Gang ein. Als er auf die Straße fuhr, schaute er noch einmal kurz zu dem Fenster hinauf. Er meinte, Schatten zu erkennen, die Körper von Hope und Carl eng umschlungen, doch er wusste, dass seine Vorstellungskraft Amok lief. Auf der Hauptstraße überkam ihn eine plötzliche Wut und der übermächtige Wunsch, dass sie dieselben Qualen erleiden sollte, die sie ihm mit solch scheinbarer Gleichgültigkeit bereitete. Ihre Beziehung zu Carl war erst dann wirklich zu Ende, wenn sie seinen Schmerz erkannte, erst dann, wenn auch sie die Angst im Herzen spürte.

August

9

Frances zog die Kordel um ihre salbeifarbenen Seidenhosen fest und drehte sich herum, um sich in dem großen Spiegel von hinten betrachten zu können. Sie zog eine Grimasse und wünschte, ihr Pullover wäre ein paar Zentimeter länger.

»Du siehst von allen Seiten schön aus«, sagte Sam.

Sie drehte sich zu ihm um und lächelte. Sam saß auf der Kante der durchhängenden Matratze. Er setzte sich aufrecht hin und zog am Kragen seines Hemdes. Frances hatte auf sein Drängen hin die Kleider für ihn ausgewählt, nicht originell, aber angemessen: Khakihosen mit einer scharfen Bügelfalte, ein marineblauer Blazer und eine gepunktete Krawatte. Obwohl er sich nicht wohl fühlte, sah er doch gut aus.

»Wir sollten jetzt gehen.«

Sie waren nachmittags im King's Arms Motor Lodge an der Route 128 angekommen. Ihr Zimmer hatte zwei große Betten, Plüsch-Auslegeware mit einem Fleck direkt an der Tür und einen Fernseher in einem Schränkchen mit Holzfurnier. Der Balkon ging auf den Parkplatz. Das Zimmer war vom Preis her zwar moderat, wenn man bedachte, dass es nur dreißig Minuten nördlich von Boston lag, aber darüber hinaus gab es nur wenig Gründe, das Motel zu empfehlen. An diesem Wochenende war es jedoch voll belegt mit Gästen der Lawrence-Cabot-Hochzeit. Die meisten waren wie Frances und Sam an diesem Tag angekommen.

»Ja, wir können gehen, schöner werde ich nicht mehr«, sagte Frances und schaute noch einmal in den Spiegel. Glücklicherweise konnte man an ihrem Gesicht sehen, dass sie ein wenig abgenommen hatte. Mit der Sonnenbräune und Sams Bestätigung fühlte sie sich gar nicht mal so schlecht. Sie nahm ihr Schlüsselbund, die Türkarte und die hübsch gedruckten Wegweiser zum Probe-Dinner. Jim und Fiona Cabot luden zum Büffet im Field-and-Hunt-Club ein. Das eingerollte und mit einem weißen Satinband zusammengehaltene Papier hatte neben anderen Dingen in dem Willkommens-Körbchen in ihrem Zimmer gelegen. »Das ist ja wie Weihnachten!«, hatte Sam ausgerufen, als er erstaunt begutachtete, was noch alles dabei war: eine Seetang-Gesichtsmaske, Zinksalbe, eine Straßenkarte und ein Führer durch die Antiquitätengeschäfte der Region, ein Kühlschrankmagnet in Form eines Hummers, zwei T-Shirts, auf denen in marineblauer Schreibschrift »Jack und Hope. 18. August. Manchester-by-the-Sea« aufgedruckt war, sowie dazu passende Baseball-Kappen. Das war typisch für Adelaides Liebe zum Detail, dachte Frances. Sie hatte jedes Hochzeitssouvenir selbst ausgewählt und jeden Korb selbst zusammengestellt. Dass sie dann noch zwei weitere Körbe hatte hinstellen lassen, die Frances ihrer Schwester Blair und ihrem Vater nach Hause mitbringen sollte, war nur ein weiteres Beispiel für ihre Großzügigkeit. Das erinnerte Frances an die Art, wie Adelaide ihren Haushalt führte. Da gab es in den grünen Dosen beim Toaster immer selbst gemachte Chocolate-Chip-Cookies, frische Blumen auf dem Tisch in der Eingangshalle und im Gästebad kleine eingewickelte Seifen. All diese Kleinigkeiten ließen das Leben bei den Lawrences perfekt erscheinen.

»Was sind die Cabots eigentlich für Leute? Du hast noch kaum etwas von ihnen erzählt.«

»Ich kenne sie nicht besonders gut. Du darfst nicht vergessen, dass die meisten meiner Besuche hier eher kurz waren. Dad hat uns immer nur für ein paar Tage hierher gebracht, um Adelaide und unsere Cousinen zu besuchen. Da war Familie angesagt«, lachte sie und musste daran denken, wie seltsam das Wort im Zusammenhang mit ihrer Kindheit klang. Familiensinn schien etwas zu sein, das nur die anderen besaßen. »Jack war immer dabei. Ich glaube, er hat sich schon in Hope verliebt, als die beiden noch Windeln trugen. Doch abgesehen von einer Cocktailparty hier und da gehörten die Cabots nicht unbedingt zum engsten Bekanntenkreis. Sie sind sehr reich. Sie redet ziemlich viel, und er ist sehr distanziert.«

»Das scheint mir auf jedes Ehepaar zuzutreffen, mit dem du aufgewachsen bist.«

»Dir graut vor diesem Ereignis.« Frances lachte. »Keine Angst. Es tut gar nicht weh.«

»Das sagen Sie immer, Miss Fanny. Und es stimmt nur selten. Aber deshalb liebe ich dich.«

»Wieso? Weil ich mich immer täusche?«, neckte sie ihn.

»Nein. Weil nichts einfach ist, aber du nie die Hoffnung aufgibst, dass es vielleicht einmal anders sein könnte.« Er hielt ihr die Tür auf und tätschelte ihr sanft den Po, als sie an ihm vorbei in die Eingangshalle ging.

»Ich will Sie hier nicht sehen«, sagte Bill Lawrence drohend mit bewusst leise gehaltener Stimme. Er wollte nicht, dass Adelaide, die er in der Bibliothek zurückgelassen hatte, als es an der Tür klopfte, irgendetwas mitbekam. Außerdem würde er keine Störung des Abends dulden. Carls unerwartetes Auftauchen, als sie gerade zum Probe-Dinner aufbrechen wollten, drohte aber genau das zu werden.

»Ich möchte Hope sehen.«

»Wir werden zu spät zu einer Party kommen. Ich habe es Ihnen schon einmal gesagt. Verlassen Sie mein Haus.« Er versuchte, die Tür zu schließen, aber Carl blockierte sie mit seiner Hand. Bill trat zurück und ließ die Tür los. Das Letzte, was er an diesem Abend gebrauchen konnte, waren Handgreiflichkeiten auf seiner Türschwelle. Einen Moment lang überlegte er, ob er grob werden, Carl beim Kragen packen oder irgendeine andere energische Geste machen sollte, sah aber sofort die Sinnlosigkeit dieser Idee ein. »Bitte gehen Sie«, wiederholte er.

Carl griff nach ihm, und noch ehe Bill wusste, wie ihm geschah, hatte er seine Kehle gepackt. Er spürte, wie seine Luftröhre zusammengequetscht und sein Adamsapfel gedrückt wurde. Einen Moment lang war er regungslos, versuchte sich zu entspannen und trotz Carls kräftigem Griff etwas Sauerstoff einzuatmen. Doch in seinem Kopf pochte es, sein Blick wurde verschwommen, und ihm wurde schwindelig. Würde er in Ohnmacht fallen? Wenn nur um Gottes willen nicht gerade jetzt Adelaide erschien. Die Zeit schien stillzustehen, und Bill versuchte sich daran zu erinnern, was die Experten für asiatische Kampfsportarten darüber sagten, wie man die Energie des Gegners nutzen konnte oder so ähnlich. Er hatte keine andere Wahl. Er schaffte es, seine Handflächen gegen Carls Brust zu stemmen, und drückte sich so fest er konnte mit den Unterarmen und den Ellenbogen in einer einzigen Kraftanstrengung von seinem Oberkörper ab. Carl lockerte seinen Griff und trat zurück.

Bill rieb sich die Kehle. Es fiel ihm nichts ein, was er sagen könnte, und er fürchtete auch, dass seine Stimme ihm nicht gehorchen würde. Was für ein Abend! Sie kamen zu spät zum Dinner der Cabots, und er musste sich mit einem Fischer herumschlagen, der zwanzig Jahre jünger war als er selbst und der ihm wahrscheinlich ohne große Anstrengung das Genick oder das Rückgrat brechen konnte. Selbst als Teenager hatte er Schlägereien vermieden. Die Welt der körperlichen Einschüchterung zwischen Männern war ihm fremd. Ganz ruhig bleiben, ermahnte er sich selbst.

»Nehmen Sie Ihr Geld.«

Bill erkannte sofort den zerknitterten Umschlag in Carls Hand. »Wir hatten eine Vereinbarung.« Es war jetzt fast zwei Monate her, dass er Carl aufgesucht und das Geld dort gelassen hatte. Seither war kein Tag vergangen, an dem er sich nicht gefragt hatte, ob sein Plan wohl aufgegangen war, ob zehntausend Dollar wohl ausreichten, um Carl auf Abstand zu halten. Wenn es so war, dann hatte es weniger gekostet als das erleuchtete Zelt, das jetzt den Garten hinter seinem Haus ausfüllte.

»Sie können mich nicht kaufen.«

Jeder hat seinen Preis, dachte Bill, doch er hütete sich, das laut auszusprechen.

»Unsere Vereinbarung sollte sein, dass ich Ihnen Ihr beschissenes Genick breche«, sagte Carl tonlos. »Ich habe Ihr ekelhaftes Geld behalten, weil ich es Hope zeigen wollte. Ich wollte ihr zeigen, was für ein Kerl ihr Vater wirklich ist. Jetzt habe ich die Gelegenheit dazu.«

»Ich verbiete es Ihnen. Sie können nicht …«

»Ich gehe nicht, ehe ich sie gesehen habe«, unterbrach ihn Carl.

Bill schüttelte den Kopf. »Das kommt überhaupt nicht infrage.« Er zog seinen Krawattenknoten fest. »Zwingen Sie mich nicht, die Polizei zu rufen.«

»Sie können mich nicht aufhalten. Ihre Tochter liebt mich, und ich habe ein Recht auf diese Liebe. Wenn Sie sie dazu bringen, diese Hochzeit durchzuziehen, und sie zwingen, mich wegen einer besseren Bilanz zu verlassen, dann wird sie Probleme bekommen. Probleme, die nicht weggehen werden, weil ich nicht weggehen werde. Das verspreche ich Ihnen. Ich weiß, was für ein Mann Sie sind, Sie haben keine Macht über mich.«

»Drohen Sie mir nicht.«

»Nehmen Sie Ihr beschissenes Geld!« Er schleuderte ihm den Umschlag entgegen.

Bill trat entsetzt einen Schritt zurück. Der zerknitterte Umschlag fiel direkt hinter der Türschwelle vor seine Füße.

Bill starrte den Mann an, dessen schwarzer Blick schwer zu deuten war. Unter den hellhäutigen Menschen in der kleinen Enklave von Smith's Point wirkte er sehr exotisch. Er fand den Gedanken schrecklich, dass dieser Mann mit Hope intim gewesen war. Und er fand es schrecklich, dass sie offenbar so eng zusammen gewesen waren, dass sie ihm Dinge anvertraut hatte, die er nie hätte erfahren dürfen. Carl war eine Plage, vor der Hope bewahrt werden musste. Sie konnte gar nicht bald genug Jack Cabots Frau werden.

Hinter sich hörte er das Klappern von Adelaides Absätzen. In diesem Augenblick trat Carl so weit zurück, dass Bill ihm die Tür vor der Nase zuschlagen konnte. Den Umschlag schob er mit seinem Samthausschuh unter einen Tisch mit langer Tischdecke, der rechts von der Tür stand. Er wandte sich zu seiner Frau um.

»Wer war das?«

»Niemand … überhaupt niemand«, sagte er noch einmal, als müsste er sich selbst davon überzeugen.

»Bitte, Jack, lass uns kurz reden.« Penelope packte seinen Arm.

»Nicht doch.« Jack schaute sich rasch in der Vorhalle um, ob jemand ihren wilden Blick bemerkt hatte oder den festen Griff, mit dem sie sein Handgelenk gefasst hatte. Glücklicherweise war die Abendluft für die Jahreszeit zu kühl, sodass keiner der Gäste sich vor dem Clubhaus aufhielt. Sie hatten zuvor kurz das 9. Loch angeschaut und waren dann schnell nach drinnen geeilt, um die Musik, die üppigen *hors d'œuvres* und vor allen Dingen die gut ausgestattete Bar zu genießen.

»Du kannst nicht einfach so an mir vorbeigehen. Seit Tagen versuche ich, dich zu erreichen, und du rufst mich nicht einmal zurück.«

»Penny, hör auf damit! Ich werde heiraten.« Er senkte seine

Stimme. Ihre Belästigungen wirkten wie eine schlechte Neuauflage des Films »Eine verhängnisvolle Affäre«, und er wollte, dass sie endlich verschwand. Aber er wollte auch keine Szene. Nur wenige Leute wussten von seiner kurzen Beziehung zu ihr, wenn man es überhaupt so nennen konnte, und so sollte es auch bleiben.

»Was wir zusammen hatten, ist lange her, und es ist vorbei. Ich mag dich. Wirklich. Und es tut mir Leid, dass du verletzt bist. Aber ich liebe deine Schwester. Mach es doch nicht noch unangenehmer als es ist.«

»Wie kannst du sie lieben? Siehst du nicht, was sie dir antut? Du wirst benutzt.«

Er legte seine freie Hand auf ihre Schulter. Ihre Augen waren mit Tränen gefüllt, und ihre Lippen sahen geschwollen aus. Er musste sie beruhigen.

»Siehst du nicht, wie sehr ich dich liebe? Ich würde alles für dich sein, alles, was du willst. Ich würde dir bis zu meinem letzten Atemzug treu sein. Ich würde für dich sorgen. Ich würde alles tun, was in meiner Macht steht, um dich glücklich zu machen. Und das verdienst du auch.«

»Ich bin sehr geschmeichelt. Wirklich.« Jack bemühte sich, die passenden Worte zu finden. Diesen Ausbruch hatte er nicht erwartet. Er hatte gedacht, dass das ganze Problem sich einfach in Luft auflösen würde, wenn er ihre endlosen Briefe ignorierte. Doch da war er naiv oder dumm oder beides gewesen. Er hätte sie schon längst auf ihre sehnsüchtige Zuneigung ansprechen sollen.

»Lass mich nicht fallen. Ich verspreche dir, dass du es nicht bereuen wirst, mit mir zusammen zu sein. Hast du dich nicht wohl gefühlt bei mir? Hast du es nicht genossen? Sag mir, was du willst, und ich werde es tun.«

Was sollte er dazu sagen? Seine Gedanken gerieten durcheinander, und es fielen ihm keine höflichen Worte ein, mit denen er ihr sagen könnte, dass, wenn sie nicht Hopes Schwester wäre, er sie am liebsten überhaupt nicht mehr wiedersehen würde. »Es ist zu spät«, versuchte er. »Hope und ich werden in weniger als vierundzwanzig Stunden heiraten. Unsere Chance ist vorüber.« Er hoffte, dass diese etwas andere Taktik sie besänftigen würde. Vielleicht würde sie sich besser fühlen, wenn auch er sich enttäuscht gab.

»Ist es deswegen? Ist das der einzige Grund?«

»Penny.« Er versuchte, seinen Ärger nicht zu zeigen. »So geht es nicht. Bitte. Du wirst jemand anders kennen lernen. Du wirst jemanden finden, der gut genug für dich ist. Das weiß ich. Du bist eine wunderbare Frau, und du verdienst einen Mann, der gut zu dir ist.«

»Sie hat immer über mich gesiegt!«, schrie sie. »Und ich werde das nicht noch einmal zulassen. Wenn du mich liebst und ich dich liebe, dann sollten wir zusammen sein. Sag es ihr, Jack. Sag du es ihr, oder ich tue es.«

Er konnte nicht mehr. Es war nicht möglich, Penelope loszuwerden, ohne ihr wehzutun, und er konnte ihr einfach nicht länger zuhören. Er zog seinen Arm weg. »Ich werde jetzt reingehen, um mit meiner zukünftigen Frau zu feiern. Es tut mir Leid, dass du so verärgert bist. Aber ich liebe Hope, und ich möchte mein Leben mit ihr verbringen.«

»Das hast du aber nicht gesagt. Du hast gesagt, wenn sie nicht wäre, würdest du mit mir zusammen sein.«

»Das ist nicht ganz richtig«, erwiderte er und hielt sich dabei bewusst zurück. Er beugte sich vor und küsste sie auf die Wange. Ihre tränennasse Haut fühlte sich kalt an. »Außerdem ist sie hier, und somit ist diese ganze Diskussion müßig. Auf Wiedersehen.« Er wandte sich von ihr ab, um ins Haus zu gehen.

Frances und Sam schoben sich durch die Menge, um zur Bar vorzudringen.

»Das nenne ich wirklich fürstlich«, bemerkte Sam, als er sich in dem Ballsaal umschaute. Um die Parkett-Tanzfläche waren mehr als dreißig Tische arrangiert, jeder mit einer Vase mit creme- und pfirsichfarbenen Tulpen, die von flackernden Votivkerzen umgeben war. Auf jedem Platz lag ein handgemaltes Schild, »Zu Ehren von Jack und Hope«, daneben vier Gabeln und drei verschieden große Messer in glänzendem Silber. Zehn Männer in Smokings spielten Bigband-Tanzmusik.

Frances sah auf die verschnörkelte Schrift auf der weißen Karte, die sie an der Tür mitgenommen hatte. Sie saßen an Tisch sechs, wo immer das sein mochte. »Wer sind bloß all diese Leute?«, fragte sie sich laut.

»Das darfst du mich nicht fragen«, erwiderte Sam. »Aber ich denke, wenn wir am Ende dieser Schlange angekommen sind, sollten wir am besten gleich zwei Drinks bestellen. Nach dem Gesichtsausdruck von Fiona und Jim zu urteilen, scheint das hier eine zwiespältige Angelegenheit zu werden.«

Frances lächelte. Es war wirklich seltsam gewesen. Die Cabots hatten am Eingang zum Ballsaal gestanden, um ihre Gäste in Empfang zu nehmen, doch weder Jack noch Hope waren bei ihnen gewesen. Und es hatte auch kaum eine Begrüßung gegeben, eher ein kurzes Händeschütteln und einen minimalen Austausch von Höflichkeiten. Selbst nachdem sie sich ihnen nochmals vorgestellt hatte, war sie keineswegs so überschwänglich willkommen geheißen worden, wie sie es von den Eltern des Bräutigams erwartet hätte.

»Macht es dir etwas aus, wenn ich mich mal nach Hope umsehe?«, fragte Frances. Sie wollte ihre Cousine gern sehen, ehe sich alle hinsetzten und der Abend seinen Lauf nahm.

»Mach das ruhig. Ich bleibe hier in der Schlange zur Bar.«

»Wenn zum Essen gerufen wird, treffen wir uns am Tisch.«

»Vorausgesetzt, dass ich ihn finde.« Sam zwinkerte ihr zu.

Frances umkreiste den Ballsaal. Man kam nur langsam vorwärts, und in ihrem Fall dauerte es noch länger, weil sie immer wieder auf vertraute Gesichter traf. Die Freunde von Adelaide und Bill erkundigten sich nach ihrem Vater, und ein paar von

Teddys immer noch sehr rüstigen Freundinnen erinnerten sich, sie schon gekannt zu haben, als sie noch »soo klein« gewesen war. Schließlich erspähte sie Hope. Sie stand allein und blickte aus einem Erkerfenster auf den Golfplatz unter sich. Die dicken Falten der bodenlangen Gardinen versteckten sie fast, und Frances fragte sich, ob wohl genau das ihre Absicht war. In dem dämmrigen Licht sah sie blass und verhärmt aus.

»Ich wollte dir gratulieren, ehe du in den Abend abtauchst«, rief sie aus, als sie auf ihre Cousine zuging. Hope schien erstaunt, beinahe, als würde sie ihre Verwandte nicht wiedererkennen. Dann sagte sie übergangslos und ohne jegliche Begrüßung: »Mom hat mir erzählt, dass du jetzt mit missbrauchten Frauen arbeitest.«

»Ja.«

»Und warum?«

Dies schien kaum der richtige Ort oder der passende Augenblick zu sein, über häusliche Gewalt zu sprechen, aber Frances fühlte sich verpflichtet zu antworten. Immerhin war Hope die Braut. Das hier war ihr Abend. »Also, um ehrlich zu sein, war es eher Zufall. Nachdem ich im vorigen Sommer die Staatsanwaltschaft in Suffolk verlassen hatte, habe ich erst einmal nichts getan. Aber irgendwann merkte ich, dass mein Garten und meine Hunde nicht ausreichten, um den Tag auszufüllen. Die Vereinigung gegen häusliche Gewalt suchte eine neue Vorsitzende, und die Leute baten einen befreundeten Polizisten um eine Empfehlung, wer dafür infrage kommen könnte. Ich hatte nicht viel Erfahrung mit misshandelten Frauen, weil ich bei der Staatsanwaltschaft nicht viel mit Gewaltverbrechen zu tun hatte. Aber ich bin trotzdem zu einem Vorstellungsgespräch gegangen. Und so ist das gekommen.« Sie lächelte. »Ich denke, es hat ihnen gefallen, dass ich so lange Staatsanwältin war. Dadurch habe ich viele Kontakte zur Polizei und kenne mich mit ihren Methoden aus.«

»Aber sag mir, warum bleiben die Frauen denn bei diesen

Männern?« Hope starrte sie so intensiv an, dass sie sich fast ein wenig unwohl fühlte. Diese Frage hatte Frances schon hunderte von Malen zuvor gehört, aber eine Antwort war ihr noch nie so schwer gefallen. »Nun ja …, wer wie du in einer liebevollen Beziehung lebt, kann sich nur schwer vorstellen, wie Furcht einflößend, wie schmerzhaft und schwierig es ist, wenn man von seinem Partner misshandelt wird.« Sie machte eine Pause, um Hopes Reaktion abzuwarten. Sollten sie nicht eigentlich über die Hochzeitsreise oder die Aussteuer reden statt über die Notlage geschlagener Frauen?

»Und weiter?«, fragte Hope. Ihre Direktheit war entwaffnend.

»Ich glaube, dass im Kopf eines Opfers eine bestimmte Verbindung nicht hergestellt wird. Die Frau kann nicht erkennen, dass ihr Ehemann sie geschlagen oder gequält oder angeschrien oder isoliert hat, um sie unter Kontrolle zu haben. Diese schrecklichen Taten, diese Verbrechen, werden von der Person abgespalten, in die sich die Frau verliebt hat. Der Gewalttätige ist in ihren Augen irgendwie nie für die Konsequenzen seiner Taten verantwortlich. Stattdessen übernimmt die Frau die Verantwortung. Sie ist nicht gut genug. Sie hätte nicht flirten sollen. Ihr Abendessen sollte stilvoller sein oder ihr Kleid hübscher. Manche dieser Geschichten sind wirklich schockierend.«

»Erzähl mir die Schlimmste.«

Frances versuchte zu lachen. Die Hartnäckigkeit, mit der Hope sie ausfragte, machte sie nervös. »Willst du das wirklich hören?« Sie nickte. »Also, es gab einmal einen schrecklichen Fall am Stadtrand von Riverhead. Er war Mechaniker, und sie hatte ein Bekleidungsgeschäft. Sie waren seit vier oder fünf Jahren verheiratet und hatten einen zweijährigen Sohn. Eines Sonntagnachmittags schnitt der Typ seiner Frau den Kopf ab und steckte ihn im Hinterhof auf einen Pfahl. Die Nachbarn nebenan, die ein Picknick machten, hörten, wie sie schrie und sich immer wieder dafür entschuldigte, dass ihr die Käsemakkaroni angebrannt waren. Doch bis irgendjemand wirklich begriff, was da passierte, war es schon zu spät. Als die Polizei mit ihren Ermittlungen begann, fanden sie heraus, dass die Frau schon seit Jahren misshandelt worden war. Sie hatte eine sieben Zentimeter dicke Krankenhausakte – verschiedene Schnittwunden, Verbrennungen, ein gebrochener Arm. Aber niemand hatte mal eins und eins zusammengezählt.« Frances machte eine Pause. »Aber warum erzähle ich dir eigentlich solche Horrorgeschichten? Wir sollten doch über deine schöne Hochzeit reden.«

Hope beugte sich zu ihr hinüber. »Nein, das sollten wir nicht«, flüsterte sie. »Das hier ist viel wichtiger.«

In diesem Augenblick schoss eine junge Frau in einem pinkfarbenen trägerlosen Kleid auf Hope zu. »Die Party ist einfach unglaublich!«, kreischte sie. »Du siehst total schön und total glücklich aus!«

Frances wollte Hope berühren, doch ihre Hand strich nur über den Stoff ihres Kleides. »Wir sehen uns später«, sagte sie.

Hope erwiderte nichts, als Frances auf der Suche nach Sam in die Menge eintauchte.

»Ich habe dir doch gesagt, dieser Vertrag wird unterschrieben, oder die Hochzeit findet nicht statt.« Jim zog seinen Reißverschluss hoch und ging zu einem der marmornen Waschbecken hinüber, um sich die Hände zu waschen. Er hatte Jack in der Herrentoilette überrascht.

»Ich habe alles getan, was ich konnte«, log Jack. Der Abend war bereits schwierig gewesen, und er wusste nicht, ob er die Kraft haben würde, noch einen weiteren Kriegsschauplatz zu eröffnen.

»Den Eindruck habe ich nicht.«

Der Tonfall seines Vaters war feindselig, und er sah sich um in der Hoffnung, jemand könnte sie unterbrechen. Unglücklicherweise waren sie allein. »Was soll das heißen?«

»Ich werde diese Papiere bekommen, vorher tritt hier keiner vor den Altar.«

»Kannst du das nicht bleiben lassen? Du kannst dich nicht zwischen uns stellen. Nichts von dem, was du sagen könntest, wird meine Meinung über die Frau, die ich liebe, ändern.«

»Hast du eigentlich irgendwas von dem gehört, was deine Mutter dir heute Nachmittag gesagt hat?«

Daran musste Jack nicht erinnert werden. Ein paar Stunden bevor das Dinner anfangen sollte, hatte seine Mutter ihre Schimpftirade begonnen. Ganz offensichtlich wollte sie ihn dazu bringen, die Hochzeit im allerletzten Moment noch abzusagen. Sie hatte alle denkbaren persönlichen Details aus Hopes Leben ausgebreitet, die ihn wirklich verblüfften. Woher konnte sie das alles wissen? Und warum hatte sie diese Menge an Informationen gesammelt? Der entscheidende Schlag war ihre Behauptung gewesen, Hope könne keine Kinder bekommen. Da war er gegangen. Er wollte nicht noch mehr hören.

»Oh doch. Ich habe gehört. Jedes Wort. Und weißt du was? Ich konnte die ganze Zeit nur denken, wie hinterhältig sie geworden ist. Meine eigene Mutter! Aber eigentlich sollte mich das gar nicht wundern, schließlich ist sie schon lange mit dir verheiratet.«

»Hope kann nicht schwanger werden und besitzt nicht einmal den Anstand, dir das zu sagen. Warum begreifst du nicht, dass sie dich wieder und wieder belügt?«

Seine Mutter musste sich irren. Hope und er hatten schon mehrfach über eine eigene Familie gesprochen. Er konnte sich nicht vorstellen, dass sie ihm ein so entscheidendes Detail verheimlicht hätte. Schließlich hatten sie sich schon einen kleinen Jungen vorgestellt, der auf einem Pony ritt, und ein kleines Mädchen, das am Klavier saß und »Heart and Soul« in die Tasten hämmerte. Hope hatte ihm einmal sogar erzählt, dass sie im Kinderzimmer Sterne und Monde an die Decke malen wollte. »Damit die Kleine davon träumen kann, weit wegzufliegen«, hatte sie gesagt. War das alles nur ein Täuschungsmanöver gewesen?

»Warum könnt ihr beide euch nicht aus meinem Leben raushalten?«

»Deine Mutter und ich haben uns niemals in dein Leben eingemischt. Wir haben deine Entscheidungen unterstützt, auch die, die uns viel Geld gekostet haben. Aber lass mich eins klarstellen: Ich werde meine Zukunft nicht an diese Frau binden«, erwiderte Jim mit leiser, gepresster Stimme. »Und ich rate dir, mein Sohn, das zu akzeptieren.«

10

»Penny! Penny!«

Penelope hielt auf dem Treppenabsatz inne und sah sich um, um herauszufinden, wer ihren Namen geflüstert hatte. Hope stand auf der Schwelle zu ihrem Zimmer. Die Silhouette ihres geschmeidigen Körpers wurde durch das Spitzenunterkleid noch betont. Ihre weißen Fingerknöchel klammerten sich um den Türrahmen, als würde sie sich kaum aufrecht halten können.

Penelope blickte auf ihre Armbanduhr. Es war Hopes Hochzeitstag, in weniger als fünfzehn Minuten würde es ein Mittagessen geben, und sie war nicht annähernd fertig. Typisch Hope. Immer so mit sich selbst beschäftigt, dass sie die Zeit darüber vergaß. Am Tag zuvor war sie zu spät zur Probe gekommen. Die ganze Hochzeitsgesellschaft – Brautjungfern, Platzanweiser und Blumenmädchen – hatte untätig zwischen den Kirchenbänken herumgestanden. Natürlich wollte niemand der Braut gegenüber Verärgerung zeigen. Sogar Adelaide, der Königin der gesellschaftlichen Anmut, war der Gesprächsstoff mit Vater Whitney ausgegangen. Dann, mehr als eine Stunde nach dem geplanten Termin für den Probedurchlauf der Zeremonie, war Hope ohne ein Wort der Entschuldigung durch eine Tür neben der Sakristei aufgetaucht. Sie hatte sich von Jack einen Kuss auf die Stirn geben lassen und dann den Anweisungen des Pfarrers gelauscht, als wäre nichts Besonderes geschehen.

»Warum bist du nicht angezogen?«

»Ich muss mit dir reden.«

Penelope seufzte. Ihre Halbschwester hatte sich ihr noch nie anvertraut. Warum ausgerechnet heute? »Ich glaube nicht, dass das jetzt der richtige Zeitpunkt ist.«

»Bitte.« Ihre Augen waren geschwollen, und ihre Oberlippe zitterte.

»Na gut. Aber beeil dich besser. Teddy ist auch ohne, dass du sie warten lässt, schon furchtbar genug.«

»Kommst du nicht mit?«

»Nein. Es gibt noch so viel zu tun«, log Penelope. Dieser Tag, Jacks Hochzeitstag, war der schwerste ihres Lebens, und ein Mittagessen mit ihrer Großmutter in einem spießigen alten Club würde da nicht sehr tröstlich sein. Sie konnte das ganze Getue um die Braut keine weitere Minute mehr ertragen. Davon hatte sie am Abend zuvor schon genug gehabt. »Ich habe schon abgesagt.« Sie betrat Hopes Zimmer und hörte das Türschloss hinter sich klicken.

In dem sonst immer makellosen Raum herrschte Chaos. Auf dem Himmelbett stapelten sich Kleidungsstücke, auf dem Fußboden waren Schuhe verstreut, und die Kissen waren von dem Zweiersofa heruntergeworfen. Der Teppich mit Blumenmuster lag schief auf seiner Unterlage. Der Schminktisch war mit Make-up und Puder bedeckt. »Was ist denn hier los?«

»Ich weiß nicht, was ich machen soll«, sagte Hope mit zitternder Stimme.

»Alle sind nervös«, erwiderte Penelope und merkte, wie abweisend sie klang.

»Nicht wegen der Hochzeit. Die ist mir schon ganz egal.«

Penelope schwieg. In wenigen Minuten würde Hope den von ihr ersehnten Platz einnehmen, wie sollte sie da Mitleid empfinden? Ihr ganzes Leben lang hatte sie von einer großen aufregenden Hochzeit geträumt mit riesigen Rosensträußen, einem Leinwandzelt mit weißen Lichtern und geschmückten Säulen und einer Menge Leute in Smokings. All das bekam jetzt Hope. Sie hatte keinen Vater, der sie vor den Traualtar führen konnte, und wenn der Tag je käme, würde Bill für seine Stieftochter wohl kaum diese Kosten und Anstrengungen auf sich nehmen. Hope war verwöhnt und selbstsüchtig. Versuch dir mal vorzustellen, du wärst dreißig und Single, ehe du anfängst zu klagen, hätte sie am liebsten gesagt. »Das ist doch Unsinn.«

»Du verstehst mich nicht. Mein Herz rast. Ich ziehe mich andauernd um, weil ich so schwitze.« Hope ging zu ihrem Bett und ließ sich auf den Kleiderhaufen fallen. »Ich hätte vorher etwas sagen sollen. Warum habe ich das bloß nicht getan?«

»Wovon redest du denn?«

»Hast du jemals geglaubt, jemanden zu kennen, wirklich zu kennen, dann aber feststellen müssen, dass du dich geirrt hast? Das ist, als würde die Welt in der Mitte gespalten, und du stehst breitbeinig über dem Abgrund. Ich schaffe das nicht.« Sie vergrub ihren Kopf im Kissen, und Penelope konnte das gedämpfte Schluchzen hören.

»Vielleicht solltest du mal mit Mom reden. Oder mit Bill.« Mit deinen Eltern, dachte Penelope. Die sollten dich doch kennen und verstehen. Aber Hopes voreheliche Angstzustände würden kaum gut aufgenommen werden, das wusste auch sie. Ihre Mutter würde nach einer zehnmonatigen Verlobungszeit, die mit Planungen und Vorbereitungen ausgefüllt gewesen war, wohl kaum etwas von Absagen hören wollen. Und Bill würde Hopes Furcht und ihren labilen seelischen Zustand nicht eine Sekunde lang tolerieren. Wer eine Entscheidung trifft, sollte sie nicht mehr hinterfragen. Wenn man sich selbst nicht vertrauen kann, seinem eigenen Urteilsvermögen, dann kann man niemandem trauen. Das war sein Rat in jeder Lebenslage.

»Ich kann nicht. Sie sind Lügner. Sie haben mich jahrelang angelogen. Jeder von ihnen. Ich will, dass alles ein Ende hat. Du musst mir helfen.«

Penelope sah aus dem Fenster auf den Hartriegel. Seine Äste schienen heraufzureichen und einen Teil der Scheibe bedecken zu wollen. Es war auf dem ganzen großen Grundstück immer ihr liebster Busch gewesen. Ironischerweise wuchs er ausgerechnet vor Hopes Zimmer. Als Kind war sie in ihn hineingeklettert und hatte ganze Nachmittage in seinen Zweigen verbracht, von seinen scharf riechenden Blüten umgeben.

Hopes Gerede machte keinen Sinn. Eigentlich hätte sie doch über die ganze Aufmerksamkeit begeistert sein müssen, wie sie es normalerweise war. Stattdessen hatte sie noch einen Anfall, eine von diesen gefühlsduseligen Tiraden, die die ganze Familie im Laufe der Jahre schulterzuckend mit den Worten »So ist Hope nun mal« abgetan hatte. Warum gab Jack ihr nicht einfach den Laufpass? Warum war er bereit, diese Hysterie auszuhalten? Das war nicht fair. »Was willst du?«, fragte sie schließlich mit einem Seufzen.

Hope saß auf der Bettkante. Als sie endlich redete, war ihre Stimme so leise, dass Penelope sie kaum verstehen konnte. »Mom hat in ihrem Arzneischränkchen etwas Equanil. Bitte hol es mir.«

»Equanil?«

»Das ist Medizin gegen Angst. Wie ein Beruhigungsmittel.«

Penelope war erstaunt, dass ihre Mutter, die gesellschaftliche Eleganz und Haltung in Person, ein Beruhigungsmittel benötigte. Warum wusste sie das nicht? »Ich kann nicht in ihrem Badezimmer herumschnüffeln.« Sie ging zu Hope und nahm ihren Arm, der sich in ihrem Griff sehr dünn anfühlte. »Komm, wir ziehen dich mal an. Du kannst dir ein Glas Wein holen. Das wird dich schon beruhigen.«

»Bitte.«

»Warum holst du es dir nicht selbst?«

»Das kann ich nicht. Wenn ich so jemandem begegnen würde?«

»Wenn ich es erklären könnte, warum dann nicht auch du?« Sie merkte, dass sie Logik bei jemandem anwendete, der in seiner Not nicht mehr rational dachte. Dieses Gespräch war sinnlos.

»BITTE!« Hope kreischte fast. Ihr Körper wurde geschüttelt, und sie umarmte sich selbst und rieb ihre Oberarme mit den Händen, als würde sie frieren. »Das ist alles, worum ich dich bitte.«

Hope tat ihr Leid, aber die Schwäche und Zerbrechlichkeit ihrer Schwester machten sie auch stark. Penelope erkannte, was für eine tragische Figur sie war. Die Prinzessin der Lawrences bettelte darum, für genau den Moment betäubt zu werden, in dem alle Blicke auf sie gerichtet waren. Vielleicht würde Hope ja dieses Mal enttäuschen, würde irgendeine Szene machen, die niemand übersehen konnte. Vielleicht würde ihre Mutter dann einsehen müssen, wie verantwortungslos und instabil sie in Wirklichkeit war. Vielleicht würde Jack das tatsächliche Ausmaß ihrer Krankheit erkennen. Vielleicht war ihre eigene Chance doch noch nicht vorüber. Vielleicht würde Penelope endlich einmal als Siegerin aus dem Vergleich hervorgehen.

»Hast du das schon mal genommen?«

Hope schüttelte den Kopf. Dann fing sie an zu weinen. Ihre Lippen zitterten, und die Tränen liefen ihr die Wangen herab. »Ich brauche deine Hilfe«, heulte sie.

Penelope zwang sich zu einem beruhigenden Lächeln. Ihr Moment war gekommen, als sie es am wenigsten erwartet hatte.

»Ich weiß nicht, was ich ohne dich machen würde«, hörte sie Hope noch sagen, als sie den Flur zum Schlafzimmer der Eltern hinuntereilte.

Frances überschaute die runden Tische, die auf dem Rasen im Singing-Beach-Club verteilt waren. Zwischen den aufgespannten Schirmen und den unzähligen Strohhüten konnte man die Gesichter darunter kaum erkennen. Sie erwog, im Esszimmer neben dem Büffet nachzusehen, erinnerte sich aber an die Worte ihrer Großmutter: »Wenn das Wetter schön ist, werden wir draußen sitzen. Drinnen kriegt man Platzangst. Außerdem kann jeder hören, was du redest, nur du selbst nicht. Die Akustik ist eine Katastrophe.« Da kein Wölkchen am Himmel zu sehen war, mussten sie irgendwo hier sein.

Sie entdeckte Teddy und Hope auf ihren Aluminiumstühlen. Teddy trug einen ausgefransten Strohhut, ein langärmeliges Kleid in Pink und Gelb, dessen Gürtel seltsamerweise direkt unter ihrem großen Busen saß, und ein Paar fleischfarbener orthopädischer Schuhe. Ihren Spazierstock hatte sie an den Stuhl gelehnt. Frances sah auf die Uhr. Es war erst zehn nach zwölf, und das Essen war für zwölf geplant gewesen, aber die anderen hatten das Büffet offenbar schon besucht. Auf Teddys Teller häuften sich Gurkensandwiches, gefüllte Eier und Tomatengelee.

»Du kommst zu spät«, ermahnte Teddy Frances, als sie zu ihnen stieß. »Wir konnten nicht mehr warten. Hol dir doch was zu essen und komm dann zu uns. Penny hat in letzter Minute abgesagt, Adelaide ist offensichtlich noch später dran und die Braut hier hat noch kein Wort gesprochen, seit sie sich hingesetzt hat. Ich könnte also etwas Unterstützung bei der Konversation gebrauchen. Ich hoffe, du hast etwas Interessantes zu erzählen.«

Frances lachte in sich hinein. Alte Leute konnten sich Kommentare und kritische Bemerkungen erlauben, die niemand sonst auch nur im Traum zu äußern wagen würde. Sie ging ins Haus, nahm einen warmen, noch leicht feuchten Teller vom Stapel am linken Ende einer langen Tafel und marschierte am Büffet entlang. Seit Frances als Kind in den Beach Club gekommen war, hatte sich das Menü nicht geändert. Sie konnte die Reihenfolge fast mit geschlossenen Augen hersagen: heiße und kalte Suppe, Karotten, Staudenselleriestangen und Dosenoliven auf einem durchsichtigen Plastiktablett. Dann die gefüllten Eier, die immer so aussahen, als wären sie eine Stunde zu früh rausgestellt worden, Geflügelsalat, schwitzendes kaltes Fleisch, Aspik und Sülze. Die Nouvelle Cuisine hatte sich hier noch nicht durchgesetzt. Das Clubhaus lag zwar sehr schön auf einer Klippe, die den Singing Beach überschaute, war aber ebenso unmodern wie das Essen. Die ehemals weiß gestrichenen Wände waren inzwischen vergilbt, und das Mobiliar im größten Aufenthaltsraum war zerschlissen. In den Umkleideräumen schimmelte es, und ständig durchzog abgestandener Zigarettenrauch die Luft. Es war Frances ein Rätsel, dass überhaupt irgendjemand in diesen Club eintreten wollte oder sich gar auf die mehr als fünf Jahre lange Warteliste setzen ließ. Sie nahm sich eine Tasse Vichysoisse.

»Also, ich war dafür bekannt, eine gute Perlenträgerin zu sein«, sagte Teddy gerade. »Meine Mutter behauptete, es läge an dem Fett in meiner Haut. Ich weiß nicht, ob das stimmt, oder ob das alles Blödsinn ist. Aber jeder hat den rosa Schimmer meiner Perlen bewundert. Meine Bekannten fingen an, mich zu bitten, ihre Perlen zu tragen. Sie hofften, dass deren Farbe sich dann auch verändern würde. Das habe ich natürlich getan. Und du wirst es nicht glauben, es dauerte nicht lange, und ich lief ständig mit sieben oder acht Perlenketten herum.«

»Bist du bereit?«, fragte Frances an Hope gewandt und ließ sich auf einem der leeren Stühle nieder.

»Wie ich bereits sagte, spricht Hope heute nicht. Ich habe es bereits versucht«, erwiderte Teddy. »Sie wollte nicht, dass ich zu einem angemessenen Brautessen einlade, und deshalb sitzen wir nun hier zu dritt. Sie isst sowieso nichts.«

»Ich wäre an deiner Stelle auch aufgeregt«, sagte Frances und versuchte, beruhigend zu klingen. Sie sah zu Hope, die auf ihren Teller starrte. »Kann ich heute Nachmittag irgendetwas helfen?« Sie nahm einen Schluck von ihrer Suppe. Sie war sehr klumpig und schmeckte nach Mehl.

»Adelaide hat alles im Griff. Das Haus gleicht einem Militärstützpunkt«, antwortete Teddy. »Du hättest durchbrennen sollen. Der Segen von Vater Whitney wird einer Ehe auch nicht helfen.«

Hope sah auf, als der Name des Pfarrers fiel.

»Höre ich da einen gewissen Zynismus heraus?«, fragte Frances. Ihre Cousine sah so blass und elend aus, dass sie den Wunsch verspürte, sie zu verteidigen. Sie liebte ihre Großmutter innig, aber Teddy konnte durchaus grob sein.

»Oh, bitte. Jetzt erzähl mir nicht, dass dich auch der Kirchenfloh gebissen hat. Einer davon in der Familie reicht vollends.«

»Teddy findet es nicht gut, dass ich ehrenamtlich in der Kirche arbeite. Aber das kannst du dir wahrscheinlich denken«, sagte Hope.

»Als ich vorigen Sommer mit meinem gebrochenen Bein ans Bett gefesselt war, hat der Mann mich nicht ein einziges Mal besucht. Was ist denn das für ein Pfarrer?«

Frances hatte von dem Unfall ihrer Großmutter gehört. Der Terrier war ihr auf einem Spaziergang zwischen die Beine gelaufen. Sie war gestürzt und hatte stundenlang auf dem Weg gelegen, bis der Gärtner der Nachbarn sie gefunden hatte. Als sie endlich im Krankenhaus war, hatten die Röntgenbilder mehrere Brüche gezeigt, und sie hatte fast acht Wochen lang einen Gips tragen müssen.

»Es war einfach furchtbar. Ich habe sogar Clios Beerdigung verpasst, wobei ich nicht behaupten kann, dass es mir das Herz gebrochen hätte. Ich habe nie begriffen, was dein Vater an dieser Frau fand.« Frances musste über Teddys schonungslose Offenheit in Bezug auf ihre Stiefmutter lächeln. Mit dem Alter schien auch ihre Aufrichtigkeit zuzunehmen. »Sie haben nie rausgekriegt, was wirklich passiert ist, oder?«

»Der Fall ist abgeschlossen. Der leitende Ermittler hat entschieden, dass es Selbstmord war.«

Ihre Großmutter schnaubte abfällig.

»Vater Whitney hat dich wahrscheinlich deshalb nicht besucht, weil er sich denken konnte, wie du ihn begrüßen würdest. Warum sollte er irgendwohin gehen, wo er nicht erwünscht ist?«, sagte Hope ruhig.

»Sieh es, wie du willst.«

Teddy hob ein Stückchen Aspik zum Mund, aber es glibberte ihr von der Gabel. Sie schien das nicht zu bemerken und schob die leere Gabel in den Mund. Frances konnte hören, wie ihre künstlichen Zähne auf den Edelstahl trafen. »Ach, wenn man vom Teufel spricht.«

Frances drehte sich um und sah Vater Whitney an einem Tisch in der Nähe stehen. Trotz der Hitze trug er seine schwarze Soutane. Er entschuldigte sich bei seinem Gesprächspartner und kam auf ihren Tisch zu. Mit einer Hand auf Hopes Schulter fragte er: »Und, wie halten Sie durch?«

Sie antwortete nichts.

Er stellte sich Frances vor. »Entschuldigen Sie bitte, dass ich Sie beim Mittagessen störe. Ich müsste Hope kurz sprechen, und ihre Mutter sagte mir, dass ich sie hier finden würde.«

»Ich habe viel zu tun«, sagte Hope. »Ich kann jetzt nicht.« Ihre Stimme war sanft, und Frances bemerkte, dass sie ein klein wenig nuschelte. Hatte sie etwas getrunken? In ihrem Glas schien nur Eistee zu sein.

»Es dauert nicht lang. Wir müssen über einen Teil der Zeremonie sprechen. Jack hat darum gebeten, dass wir den Teil herausnehmen, der Mitgliedern der Gemeinde erlaubt, Einspruch gegen die Eheschließung zu erheben. Damit kommt er so ziemlich in der letzten Minute, aber ich denke, wir drei sollten darüber sprechen. Ich habe Jack gesagt, dass ich Sie suchen würde.«

Hope sah zu Boden, als sie aufstand und ihren Stuhl vom

Tisch wegschob. Frances griff nach ihrem Handgelenk. Obwohl es so warm war, fühlte sich ihre Haut kalt und feucht an. »Ist alles in Ordnung?«, fragte sie.

Hopes Blick begegnete ihrem, verriet aber nichts. Vater Whitney nickte ihnen zu und führte Hope dann vom Tisch fort.

»Was soll das denn?«

»Das erstaunt mich überhaupt nicht. Ich kenne da einige Leute, die Krach schlagen würden, wenn sie die Gelegenheit dazu bekämen. Und so wie diese Familie ihre Geheimnisse hütet, gibt es wahrscheinlich noch etliche mehr, von denen ich nichts ahne.« Teddy nahm sich ein gefülltes Ei. »Jack ist nicht so dumm, wie er aussieht.«

Ich bin die Auferstehung und das Leben, spricht der Herr. Wenn wir leben, so leben wir im Herrn, und wenn wir sterben, so sterben wir im Herrn. Hope streckte ihren Rücken und spürte, wie sehr er schmerzte. Sie hatte die letzte Stunde über ihren Toilettentisch gebeugt gesessen und die verspiegelte Oberfläche als Schreibunterlage benutzt. Jetzt waren ihre Muskeln steif. Als sie sich wieder auf dem Stuhl zurechtsetzte, hörte sie das Reißen von Stoff, als die handgenähten Falten ihrer Schleppe aus Schantungseide nachgaben. Jetzt sieh dir an, was du gemacht hast, dachte sie.

Warum hatte sie sich denn schon so früh angezogen? Sie war eine Miss Havisham, die immer und ewig auf eine Hochzeit wartete. Doch anders als die Heldin aus Dickens' Roman wünschte sie nie, dass die Hochzeit auch wirklich stattfinden möge.

Sie legte ihren Stift beiseite und rieb sanft über den Umschlag ihres Tagebuchs, ein abgenutztes rotes Lederbuch mit liniertem Papier. Als sie die letzten fünfzehn Seiten zurückblätterte, fiel ihr auf, dass sie immer und immer wieder dieselben Sätze hingekritzelt hatte. Sie hatte einfach nicht aufhören können. Nur diese zwanghafte Wiederholung hatte die Stimmen zum Schweigen bringen können, die in ihrem Kopf tobten. Warum hatte sie nicht gesehen, warum nicht gewusst, dass sie niemandem vertrauen konnte? Warum fiel es ihr so schwer, eine erneute Täuschung hinzunehmen? Und warum mussten alle Menschen in ihrem Leben ihr Vertrauen missbrauchen?

Sie hatte in der Episkopalkirche nach Antworten gesucht. Die Kirche war immer Bestandteil ihrer Erziehung gewesen, doch hatte sie sich erst in den letzten Jahren ihren Lehren wirklich zugewandt. Sie hatte das *Book of Common Prayer* studiert. Sie hatte John Booty und andere Theologen gelesen. Es war, als hätte sie ihre Worte aufgesogen und sich an ihre Anweisungen gehalten. Doch es hatte nichts genutzt. Sie konnte noch so viel beten und sich noch so sehr bemühen, fromm zu sein, ihr Wunsch nach Erlösung war nicht erfüllt worden. Die Schuld für die Täuschungen, die sie entdeckt hatte, trug sie selbst. Offenbar hatte sie bekommen, was sie verdiente. Sie war schlecht und böse und würde auf immer an einen Ort verbannt werden, der schlimmer war als die Hölle, einen Ort für Sünder und Ungläubige. Sie schloss ihre Augen und stellte sich vor, wie ihr Körper brannte. Die Haut schälte sich von ihrem Skelett, während sie sich vor Schmerzen wand, die Augen von Säure zerstört.

Sie starrte auf den Füller in ihrer Hand und die unvollständigen Buchstaben, die aus seiner Feder flossen. Vor einigen Jahren hatte sie begonnen, Tagebuch zu führen. Inzwischen schrieb sie jeden Tag und oft sogar mehrmals täglich. Sie hatte gehofft, dass die Konzentration ihrer Gefühle auf das Schreiben ihre Empfindungen klären und ihre Ängste mildern würde, doch leider war das Gegenteil eingetreten. Jetzt waren die Seiten voll mit den Gedanken, die sie quälten, und dem Beweis für die Schlechtigkeit der Welt und ihre eigene Schwäche. Die alten Bände waren sicher verwahrt und konnten nicht entdeckt werden, aber dieses Buch war noch übrig. Jetzt war es zu spät, um es noch verstecken zu können.

Wenn sie ganz ehrlich mit sich selbst war, musste sie zugeben, dass etwas in ihr wünschte, ihre Geheimnisse würden entdeckt werden. Sie wollte, dass ihre Mutter in ihrer Abwesenheit das Buch fand und las, wie verzweifelt sie war. Vielleicht würde sie dann ja begreifen, welche Zerstörung die Jahre des schweigenden Duldens angerichtet hatten. Sie wollte, dass ihr Vater wusste, welche Schmerzen sie erlitten hatte.

Sie las den ganzen letzten Eintrag noch einmal und griff dann nach dem Medizinfläschchen mit dem Beruhigungsmittel ihrer Mutter. Sie schüttelte es ein wenig und hörte die Tabletten darin klappern. Um ihre Nerven zu beruhigen, hatte sie vorher schon zwei Stück genommen, doch die Dosis war zu gering gewesen. Sie spürte nichts. Jetzt schüttete sie die restlichen Tabletten in ihre linke Hand, beugte sich zum Spiegel vor und öffnete ihren Mund. Sie legte die Tabletten eine nach der anderen auf ihre Zunge, formte mit ihnen den Umriss eines Herzens. Los, Hope, tu es. Jetzt sei nicht schon wieder schwach, schrien die Stimmen. Ein Schluck Pellegrino hinterher, und sie können alle weg sein. Und du auch.

Sie schloss die Augen und fühlte sich sofort ruhig. Es war seit Tagen der erste Frieden, den sie spürte. Sie versuchte sich daran zu erinnern, wie unglaublich aufgeregt sie gewesen war, als Jack sie zu ihrem ersten offiziellen Date eingeladen hatte. Dinner im The Sevens. Der verrauchte lässige Pub war voller junger Leute, die eigentlich noch keinen Alkohol trinken durften. Mädchen in blumenbedruckten Sommerkleidern und geflochtenen Sandalen, Jungen in schwarzen T-Shirts mit aufgedruckten Abbildungen von Grateful Dead und Aerosmith. Sie hatten geredet, bis das Lokal geschlossen wurde, hatten Bier direkt aus der Flasche getrunken und über ihre Zukunft und Jacks Traum von einem olympischen Poloteam gesprochen. Die Jahre der Freundschaft hatten ihnen eine Vertrautheit und

Sicherheit im Umgang miteinander geschenkt. Das war ihr bester Sommer gewesen. Die Spaziergänge Hand in Hand am Singing Beach, verregnete Tage in Rockport, an denen sie die verwinkelten kleinen Länden an der Strandpromenade erforscht hatten, und die glühend heißen Nachmittage, die sie in Jacks Bibliothek mit Klimaanlage verbracht hatten, wo sie Vanillefrappé getrunken und Gameshows angeschaut hatten.

Eine Träne rollte ihre Wange herab, und sie merkte, dass sie einfach nicht mehr die Energie aufbringen konnte, sich solche Vergnügungen vorzustellen. Ihre Zukunft versprach keine solchen Freuden. Sie hatte sich alle Mühe gegeben. Es war, als hätte sie sich mit bloßen Händen einen Weg aus dem Abgrund von Wut und Misstrauen erkämpft. Und dann, als der Rand schon greifbar schien, war sie abgerutscht und wieder zurückgefallen. Sie wusste, dass sie nie wieder so nah herankommen würde.

Sie klappte ihr Tagebuch zu und presste es an ihre Brust. Die Tabletten auf ihrer Zunge drückten gegen ihren Gaumen. Genau in dem Moment wurde der Türknopf gedreht. Das Geräusch ließ sie zusammenfahren. »Hope«, rief eine bekannte Stimme. »Hope, mach die Tür auf. Ich bin es.«

Einen Moment, wollte sie rufen, aber sie konnte nicht sprechen. Sie spuckte die Tabletten auf ihre Handfläche und legte sie dann auf ein Papiertuch, das sie in eine Ecke des Toilettentischs drückte. Für später. Es war immer noch Zeit.

Und obwohl ihr bewusst war, dass sie es nicht tun sollte, öffnete sie die Tür.

11

Die Church of the Holy Spirit war von Orgelmusik erfüllt. Es wurde ein feierliches Präludium gespielt, ehe der Hochzeitsmarsch beginnen sollte. Die Strahlen der Nachmittagssonne erleuchteten die bleigefassten Glasfenster und warfen schillernde Farben auf die weißen Wände. Jede Bank war mit Sträußen aus rosafarbenen Rosen und Büscheln von blauen Hortensien geschmückt, die mit riesigen Tüllschleifen gebunden waren. Zu jeder Seite des Altars brannten weiße Kerzen neben Blumenarrangements, die aus silbernen Krügen zu explodieren schienen.

Frances saß neben Sam in der dritten Reihe. Ein Platzanweiser im Cut mit grauen Satinaufschlägen hatte sie zu ihrem Platz auf der Brautseite des Ganges geleitet. Sie war erstaunt gewesen, dass sie so weit vorn saßen, doch die Familie der Lawrences war klein – und gegenwärtig noch kleiner als sonst. Teddy saß in der ersten Reihe. Sie hatte einen blassblauen Hut in Form einer Schüssel auf dem Kopf, dazu trug sie einen passenden Strickanzug, und um ihren Hals hingen vier einzelne Ketten mit rosa schimmernden Perlen. Abgesehen von ihr war Frances Adelaides einzige direkte Verwandte. Bill Lawrence hatte zwei Geschwister, doch seine Schwester war vor einigen Jahren an Lungenkrebs gestorben. Der Bruder, Stephen, saß mit seiner Frau Maggie in der zweiten Reihe. Am Abend zuvor hatten sie auf der Party der Cabots übertrieben wortreich gegenüber jedem, der es hören wollte, damit geprahlt, welche großen Leistungen ihre Söhne daran hinderten, zu der Hochzeitsfeier zu kommen. Der eine war ein hochdekorierter Pilot bei der Navy und konnte nicht frei nehmen, weil seine Aufklärungsflüge entscheidend für die Sicherheit der Vereinigten Staaten waren. Der andere hatte die Columbia Business School besucht und arbeitete in Hongkong für eine Investmentbank. Dringende Entscheidungen im Bereich Finanzen, die von ungeheurer Bedeutung für die Aktienmärkte der Welt waren, machten es ihm unmöglich, an der Feier teilzunehmen. »Das werden Hope und Jack sicher verstehen«, hatte Maggie gesagt, ohne sich im Geringsten zu entschuldigen. Doch die Tatsache, dass nur eine kleine Gruppe von Verwandten anwesend war, bedeutete nicht, dass es sich um eine intime Zusammenkunft handelte. Die Bänke waren mit einigen hundert Freunden, Gästen von außerhalb der Stadt und Geschäftskollegen besetzt, die gekommen waren, um der Zeremonie beizuwohnen.

In der Kirche war es warm, trotz der Ventilatoren unter der Decke. Frances sah, dass sich einige Frauen mit den edel gedruckten Programmheften Luft zufächelten. Sie blickte zu Sam hinüber. Er saß mit geradem Rücken vollkommen still und schien in eine Art meditativer Trance versunken zu sein. Sie berührte leicht seinen Unterarm. »Alles in Ordnung?«

Er nickte. »Denke nur nach.«

Abgesehen von den Klängen der Musik, dem Klappern von Absätzen und dem Rascheln von Taft, wenn sich gut gekleidete Damen auf ihren Plätzen niederließen, war es ruhig um sie herum. Sie klappte das Programmheft auf und überflog die Reihenfolge der Zeremonie. Bei der Lesung aus dem Hohelied Salomos hielt sie inne. *Mein Freund antwortet und spricht zu mir: Stehe auf, meine Freundin, meine Schöne, und komm mit mir!* Sie hatte eine Heirat nie mit Weggehen in Zusammenhang gebracht, sondern eher mit einer Reise. Was würde Hope hinter sich lassen? Kindheit und elterliche Kontrolle wahrscheinlich. Sie las den Vers noch einmal. Oder war eine Bewegung zu jemand hin gemeint? Bedeutete es eher, komm her *zu mir*?

Frances unterbrach sich. Es war unerheblich, welche Art von heiligem Text sie über eine Interpretation nach dem Lehrbuch nachsinnen ließ. Religion war für sie nie wichtig gewesen, eher war das Gegenteil der Fall. Sie konnte ein blindes Unterwerfen unter Glaubensgrundsätze nie verstehen und hatte sich immer geweigert, die Auferstehung von Christus als wahr anzuerkennen, wenn doch die Vernunft ihr sagte, dass das gar nicht möglich gewesen sein konnte. Vielleicht fehlte ihr ja irgendetwas, aber den Eindruck hatte sie eigentlich nicht.

Ihr Blick fiel wieder auf das Programm und die Zitate aus dem Gebetbuch: *Lasse ihre Liebe zueinander ein Siegel auf ihren Herzen sein, ein Mantel um ihre Schultern und eine Krone auf ihren Stirnen.* Einen besseren Gefährten als Sam konnte es für sie nicht geben. Dennoch hatte sie kein gesteigertes Interesse daran, ihren Status als Single aufzugeben. Würde sie je dazu bereit sein? Sie hing der Vorstellung an, dass der Mantel der Liebe aus zwei Menschen zusammen – einem Paar – mehr machte als nur die Summe der beiden Individuen. Aber vielleicht waren ihre Erwartungen zu hoch, und die Ehe war überhaupt nichts Geheimnisvolles.

Sie seufzte. Offensichtlich setzte ihr die Hitze schon zu. Ihre Uhr zeigte 16 Uhr 31, und die Hochzeit hatte noch immer nicht begonnen. Selbst die Organistin, die wahrscheinlich für ein nur dreißigminütiges Vorspiel eingeplant war, fing an, ihr Repertoire zu wiederholen.

Am Ende der Bankreihe erschien Penelope. Sie sah sehr elegant aus in ihrem hellgrünen Ensemble mit langem Rock. Als Frances und Sam zur Seite rutschten, um ihr Platz zu machen, lächelte sie verlegen. Sie lehnte sich zu Frances hinüber und flüsterte: »Ich habe es aufgegeben, mit der Hochzeitsgesellschaft zu warten. Langsam werden alle ungeduldig. Adelaide ist mit den Nerven am Ende.«

Frances hätte gern genauer nachgefragt, hielt sich aber zurück. Obwohl dies kein formeller Eucharistiegottesdienst war, war Geplauder im Kirchenprotokoll wahrscheinlich untersagt.

Sie sah wieder zu Sam hinüber. Er starrte geradeaus, als wollte er den Moment nicht verpassen, wenn die Braut möglicherweise aus dem reich verzierten Kreuz sprang, das über dem Altar hing. Wie lange würde er wohl noch warten müssen?, fragte sich Frances.

Jack Cabot rückte seine Weste zurecht und wischte dann ein nicht vorhandenes Staubkörnchen von seiner Hose. Brad Farley, sein Zimmergenosse aus dem College, der zweitbeste Spieler in seinem Poloteam und jetzt sein Trauzeuge, wanderte unablässig die ganze Länge der Sakristei rauf und runter. Der unförmige Cut schlackerte um sein drahtiges Skelett. Jack fuhr sich mit den Fingern durch die rotblonden Haare und starrte auf den Boden.

»Hast du den Ring noch?«

Brad blieb stehen, riss die Augen weit auf und tat so, als würde er in Panik geraten. »Äh … äh … ich hab ihn im Stall vergessen.« Dann lächelte er. »Das hast du mich seit heute Morgen wohl ein Dutzend Mal gefragt, und ja, ich habe ihn immer noch«, fügte er hinzu und holte den goldenen Ring aus seiner rechten Hosentasche.

»Ich verstehe einfach nicht, warum es nicht losgeht.«

»Hör auf, wann hast du denn je erlebt, dass Hope mal pünktlich wäre?« Brad lachte. »Also, versteh mich nicht falsch. Ich liebe deine Braut. Das tun wir alle. Aber pünktlich ist sie nicht.«

»Nicht einmal zu ihrer Hochzeit? Ich hatte irgendwie angenommen, dass Adelaide und Bill dafür sorgen würden, dass alles glatt läuft.«

»Vielleicht mussten sie vorher noch ein paar Fotos machen. Beruhige dich. Sie wird jeden Moment kommen.«

»Sag dir das mal selbst. Du bist schließlich derjenige, der hier wie ein Tier im Käfig herumläuft. Jetzt erzähl mir nicht, dass du das alles nicht auch ein bisschen merkwürdig findest.«

Brad blieb stehen, ging zu seinem Freund und legte ihm beide Hände auf die breiten Schultern. »Jack, alles wird gut werden. Wahrscheinlich packt sie noch schnell was ein, oder sie hat eine Laufmasche im Strumpf, oder ihre Wimperntusche ist verschmiert. Denk mal an all das Zeug, das Frauen machen, wenn sie sich anziehen. Und glaub mir, wenn ich dir sage, dass sie sich nicht antreiben lassen. Ich weiß nicht, was Amy stundenlang im Badezimmer macht. Das Einzige, was ich sicher sagen kann ist, dass mir das Ergebnis sehr gefällt«, sagte er, auf seine eigene Frau anspielend. »Und das wird dir auch so gehen.«

»Geh nur eben und sieh nach, ob die Limousine draußen steht.«

»Eine Limousine? Die wohnen doch praktisch auf der anderen Straßenseite.«

Jack zuckte mit den Schultern. »Sie und ihr Vater werden im Wagen fahren, weil Adelaide Angst hat, dass der Schleier sonst schmutzig wird.« Brad sah skeptisch aus. »He, die Auffahrt ist aber ganz schön lang.« Jack lächelte. »Bitte geh und sieh nach. Mach dich einfach mal nützlich.«

»Wenn es dich glücklich macht, großer Bruder.«

»Danke.« Jack lehnte sich an die Wand. Er wollte sich gern beruhigen, doch er hatte viel mehr Angst, als ihm bewusst gewesen war. Gestern Abend war sie auch zum Abendessen zu spät gekommen. Als sie dann erschien, sah sie noch viel schöner aus als je zuvor. Das rote Kleid mit der langen Knopfreihe auf dem Rücken schmeichelte ihrer schmalen Figur. Die hochhackigen schwarzen Pumps betonten ihre schlanken Waden. Sie hatte die Haare zu einem Pferdeschwanz gebunden und trug fast kein Make-up. Sie sah unschuldig und frisch aus, und er fand sie unwiderstehlich.

Doch irgendetwas war nicht in Ordnung gewesen. Sie hatte kaum sprechen können und war seinem Blick den ganzen Abend über ausgewichen. Sie wollte seine Hand nicht halten, wand sich aus seinem Griff, wenn er den Arm um sie legte und küsste ihn nur flüchtig, nachdem er seinen Toast gesprochen hatte. Dann hatte sie sein Angebot, sie nach Hause zu bringen, abgelehnt und war mit ihren Eltern gefahren. Sie war so distanziert gewesen, dass er beschlossen hatte, ihr noch nichts von seinem Hochzeitsgeschenk für sie zu erzählen. Es war ein Kutscherhaus mit drei Schlafzimmern, das etwas zurückgelegen an der Masconomo Street stand, mit einem wunderschönen Rasen, großen Bäumen und viel Raum für ein ungestörtes Leben. Es brauchte einen neuen Anstrich, ein paar Maurerarbeiten an der Eingangstreppe und Möbel, mit denen man die acht hübsch proportionierten Räume füllen könnte, aber sie würden dort einziehen können, wenn sie von ihrer Hochzeitsreise zurückkamen. Ihr erstes gemeinsames Zuhause. Er wollte, dass sie aufgeregt, dankbar und glücklich war. Deshalb würde er bis zum Abend warten, wenn die Hochzeit vorbei war und sie allein waren. Dann würde er sie in seinen Armen halten, ihr die Adresse ins Ohr flüstern und den Schlüssel überreichen.

Es sah erneut auf seine goldene Taschenuhr. 16 Uhr 37. Wo blieb sie bloß? Er spürte, wie sein Herz anfing zu rasen. Ob etwas passiert war? Nein, beruhigte er sich selbst, das war nicht möglich. Wahrscheinlich hatten ihre Nerven sie im Stich gelassen, und sie hatte sich hingelegt, bis sie den Mut aufbringen konnte, die Zeremonie durchzustehen. Ihr Leben würde sich unwiederbringlich verändern. Das musste einem doch Angst machen. Wenn er ganz ehrlich war, dann ging es ihm selbst auch ein wenig so.

Wahrscheinlich betete sie. Er hatte nicht gemerkt, oder nicht merken wollen, wie wichtig die Religion für sie geworden war. Ihm schien es unmöglich, sich auch nur an einige der Zehn Gebote zu halten, und die Vorstellungen von Tugend und Sünde waren ihm zu abstrakt. Und dann die unglaublichen Geschichten von Ozeanen, die sich teilten, Wasser, das zu Wein wurde, und Jungfrauen, die Kinder bekamen. Das alles machte das Christentum für ihn zu esoterisch, als dass er es noch ernst nehmen konnte. Ihm fielen die Augen zu, wenn sie über die Bibel sprach oder ein Thema aus einer Predigt aufgriff. Die Vorbereitungsgespräche bei Vater Whitney hatten ihre unterschiedlichen Ansichten nur noch mehr offenbart. Aber er war bereit zu akzeptieren, dass diese Dinge für sie wichtig waren, und hatte sich sogar einverstanden erklärt, sie jeden Sonntag in die Kirche zu begleiten. Als er dieses Zugeständnis gemacht hatte, waren allerdings weder sie noch der Pfarrer so erfreut darüber gewesen, wie er es eigentlich erwartet hatte.

Noch einmal schaute er auf seine Uhr: 16 Uhr 49. Es grauste ihm davor, die Gesichter seiner Verwandten und Freunde zu sehen, die in den linken Bankreihen der Kirche, auf der Bräutigamseite, saßen. Er hatte lange versucht, das Gespräch, das er mit seinem Vater vor über einem Monat geführt hatte, zu vergessen, aber dessen Worte hallten in seinen Ohren nach. *Das Leben mit Hope wird nicht einfach werden. Sie ist nicht gerade unkompliziert.* Sein Vater hatte kein Recht, eine solche Bemerkung zu machen.

Doch diese Beleidigung war nichts gegen das Drama, das sich heute abgespielt hatte. Nach seinem morgendlichen Ausritt war Jack in die Küche gekommen und fand dort seine Mutter in Tränen aufgelöst vor. Sie gab ihm keine Erklärung, hielt sich lediglich ein Taschentuch vor das Gesicht und murmelte zwischen ihren Schluchzern etwas wie, dass sie das nie würde erklären können. Er war durch die Schwingtüren in den Vorraum und dann ins Esszimmer gegangen, wo sein Vater mit dem *Wall Street Journal* vom Vortag vor sich allein am Tisch saß.

»Warum ist Mom so außer sich?«

»Weil ich nicht zu deiner Hochzeit kommen werde.«

»Was?«

»Du hast mich gut verstanden. Das muss ich ja wohl nicht wiederholen.«

»Warum nicht?«

»Ein unterschriebener vorehelicher Vertrag war eine zwingende Vorbedingung für diese Ehe. Keine Option«, sagte er kühl, ohne von seinem Artikel über die Vorteile der Syndikatsfinanzierung aufzusehen.

Jack hatte auf die Seiten mit dem feinen schwarzen Druck der Zeitung gestarrt, die vor dem Gesicht seines Vaters ausgebreitet waren. Bill hatte um die Seiten herum nach seiner Kaffeetasse gelangt, ohne die Gegenwart seines Sohnes noch weiter zu beachten. Jack hatte eine Wut überkommen, wie er sie noch nie zuvor empfunden hatte. Seine Eltern sollten ungeachtet ihrer Zweifel seine Entscheidungen unterstützen. Das hier war seine Wahl, sein Leben, die Frau, die er liebte. Er war zum Stuhl seines Vaters gegangen, hatte in einer schwungvollen Bewegung die Zeitung gepackt und ihm aus den Händen gerissen. Er erinnerte sich noch gut an das Geräusch, als sie zerriss. Dann hatte er sich vorgebeugt, seinen Vater angesehen und dessen erstaunten Gesichtsausdruck beobachtet. Jim Cabot war es gewohnt, die Macht zu haben, das wusste er. Solch einen Ausbruch hatte es noch nie gegeben, und schon diese kleine Rebellion hatte Jack einen Adrenalinstoß verspüren lassen. »Fahr zum Teufel«, hatte er leise gesagt, hatte die Zeitung auf den Fußboden fallen lassen und war hinausgegangen. Seither hatten sie nicht mehr miteinander gesprochen.

Jack hatte versucht, in der Zeit bis zur Hochzeit die Missbilligung seines Vaters zu verdrängen. Es war immerhin sein Fest. Er redete sich ein, dass er seinen Vater da nicht brauchte. Er liebte Hope, und zumindest ihre Eltern nahmen ihn mit offenen Armen auf. Wenn sie erst einmal von ihrer Hochzeitsreise zurück waren, würden sich die Wogen der aufgewühlten Gefühle geglättet haben. Nun stand er in der Nische und wartete auf seine Braut. Und obwohl er entschlossen war, gute Miene zum bösen Spiel zu machen, fühlte er sich innerlich doch leer. In all den Jahren hatte er seine Eltern stolz gemacht, und jetzt sollten sie auch an diesem besonderen Tag sein Glück teilen. Stattdessen war seine Mutter, um das Gesicht zu wahren, damit beschäftigt, jedem, der es wissen wollte, zu erklären, dass Jim plötzlich krank geworden war. »Eine Lebensmittelvergiftung, hat man so was schon erlebt?«, sagte sie wieder und wieder. Dabei schien sie ehrlich schockiert zu sein. Sein Vater konnte in seiner holzgetäfelten Bibliothek sitzen und seinen einzigen Sohn im Stich lassen, und niemand in Manchester würde die Wahrheit erfahren.

Seine Taschenuhr zeigte 16 Uhr 53. Konnte es sein, dass sie falsch ging? Noch immer war nichts von Hope zu sehen, Brad kam allein wieder. Hope war emotional, manchmal auch unberechenbar, aber sie würde ihn doch wohl nicht allein vorm Altar stehen lassen, oder? Hörner aufgesetzt – die antiquierten Worte seines Vater klangen in ihm nach. Hörner aufgesetzt. Hörner aufgesetzt. Hatte sie am Ende beschlossen, bei Carl zu bleiben? War das möglich nach allem, was sie zusammen durchgemacht hatten? Die Minuten vergingen, und er konnte den Gedanken nicht ertragen, dass seine Eltern vielleicht doch Recht hatten.

»Frances.« Sie drehte sich um, als sie ihren geflüsterten Namen vernahm. Bill Lawrence stand am Ende ihrer Bank und gab ihr zu verstehen, dass sie mit ihm kommen solle.

»Ich bin gleich zurück«, sagte sie zu Sam. Alle Blicke waren auf sie gerichtet, als sie Bill zum Eingang der Kirche folgte. Jeder fragte sich bestimmt ebenso wie sie, was der Grund für die Verspätung war.

Sobald sie draußen waren, veränderte sich Bills Gesichtsausdruck. »Du musst Hope für mich holen.« Frances musste erstaunt ausgesehen haben, denn Bill erklärte: »Ich habe auf sie gewartet, aber jedes Mal, wenn ich raufging und an ihre Tür geklopft habe, hat sie mir gesagt, sie bräuchte noch mehr Zeit. Ich habe sie gefragt, ob es ihr gut gehe. Ja, sagte sie, aber sie müsse noch ein wenig allein sein. Das letzte Mal, als ich sie gerufen habe, hatte sie die Tür abgeschlossen und weigerte sich, mir zu antworten. Es ist wirklich absurd. Adelaide ist außer sich. Unsere Gäste fangen langsam an zu glauben, dass irgendwas nicht stimmt, und wir können jetzt nicht länger warten.«

»Hat Adelaide mit ihr gesprochen?«

»Nein. Sie will die Kirche nicht verlassen, weil sie die Brautjungfern nicht aufscheuchen will.«

»Warum sollte Hope mit mir reden?«

»Als wir gestern Abend nach Hause fuhren, hat sie uns erzählt, wie erfreut sie gewesen sei, dich zu sehen. Sie hätte dich so vermisst.«

»Kann sein, aber …«

»Ich bin nicht der Richtige, um auf sie einzuwirken«, unterbrach Bill sie. »Ich weiß nicht, wie ich es deutlicher sagen könnte. Wenn dein Vater hier wäre, würde ich ihn bitten, mit ihr zu reden. Er hatte einfach die richtige Art, solche Probleme zu lösen.«

Hatte. Frances bemerkte, dass er in der Vergangenheit sprach. Bill hatte das völlig ohne Böswilligkeit gesagt. Aber er bezog sich damit auf den Schlaganfall ihres Vaters und den Unterschied zwischen dem Mann, der er einmal gewesen war, und dem, der er jetzt war. Der Schlaganfall und der tragische Tod seiner Frau hatten ihn all seiner Stärke und positiven Fähigkeiten beraubt, für die er allgemein bewundert worden war. Jetzt sollte sie in seine Fußstapfen treten.

Sie blickte in die walnussfarbenen Augen ihres Onkels. Er war bei den Inszenierungen der Familienzusammenkünfte immer eine Hintergrundfigur gewesen. Ihre Tante und die

Cousinen hatten im Mittelpunkt gestanden. Bill verließ morgens früh das Haus, um nach Boston zu pendeln, und kehrte oft erst nach Einbruch der Dunkelheit zurück. Doch wenn er zur Tür hereinkam, dann küsste er als Erstes seine Frau auf die Stirn. Dieses zärtliche Ritual war auf Frances nicht ohne Wirkung geblieben. Und sie erinnerte sich an andere Gewohnheiten, die ihn als einen freundlichen, liebevollen und – anders als ihre Eltern – an seiner Familie interessierten Menschen zeigten. Er rauchte einen süßlichen Tabak in seiner Pfeife und schaukelte derweil die kleine Hope auf seinem Knie. Er schien ehrlich interessiert, genau zu erfahren, wie sie ihren Tag verbracht hatten. Er stellte Fragen, die bewiesen, dass er auch zugehört hatte und lachte über die Abenteuer, von denen sie erzählten. Wenn sie auf der großen Rasenfläche Softball spielten, dann schlug er für das Team der Mädchen die Bälle und deckte das Außenfeld.

»Ich werde sehen, was ich tun kann.«

12

Frances öffnete die Eingangstür zum Haus der Lawrences und trat in die mit Marmorfußboden geflieste Eingangshalle. Der Geruch von Lilien in mehreren großen Sträußen und einer Girlande, die um die Geländersäule der eleganten Treppe geschlungen war, erfüllte den Raum. Es war zwar niemand zu sehen, aber sie hörte Stimmen, klapperndes Geschirr und Schritte. Die Caterer und die Barkeeper beeilten sich, die Vorbereitungen abzuschließen.

Sie stieg die Treppe hinauf und klopfte an Hopes Tür. Wie zu erwarten war, erhielt sie keine Antwort. Sie drehte den Türknauf und stellte fest, dass abgeschlossen war. »Hope«, rief sie. »Ich bin es. Fanny. Ist alles in Ordnung?« Stille. »Möchtest du reden?« Immer noch keine Antwort. Frances lehnte sich an die Wand und dachte einen Augenblick nach. Wie konnte sie nur helfen? In den letzten Jahren hatte sie nicht viel Zeit mit Hope zusammen verbracht, und sie wusste nichts über mögliche Schwierigkeiten in ihrer Beziehung zu Jack. Wenn sie dabei war, es sich noch einmal zu überlegen, oder wenn sie die Hochzeit absagen wollte, dann würde sie wahrscheinlich nicht gerade Frances die Tür aufmachen.

Wenn dein Vater hier wäre. Bills Worte rauschten durch ihren Kopf. Die Aufgabe, die man ihr zugewiesen hatte, überforderte sie. Sie legte den Kopf nah an die Tür. »Ich werde dir mal was über mich erzählen, was nur sehr wenige Leute wissen«, begann sie in der Hoffnung, sofort eine Antwort zu bekommen, damit sie nicht in persönliche Erfahrungen eintauchen musste, die sie nicht gern preisgab. Du kannst jetzt nicht kneifen, sagte Frances zu sich selbst. Wenn sie wie sonst verschlossen blieb, dann würde sie hier sicher keinen Erfolg haben. »Ich bin vor vielen Jahren einmal verlobt gewesen. Der Typ war alles für mich. Ich habe kein bisschen gezögert, als er mir einen Antrag machte.«

Sie machte eine Pause und lauschte, ob sie irgendwelche Geräusche hinter der Tür wahrnehmen konnte. Nichts.

»Doch in den Monaten nach unserer Verlobung veränderte sich einiges. Vielleicht fühlte ich mich unsicher bei dem Gedanken, jemandes Frau zu sein. Ich wusste gar nicht recht, was das eigentlich bedeutete. Konnte ich dann immer noch ich selbst sein? Inwieweit würde ich mich verändern müssen? Mit einem Mal reagierte ich sehr empfindlich auf Dinge, die er sagte und Kommentare, die ich als Kritik auffasste. Ich hatte plötzlich das Gefühl, er wollte eine Frau mit einer Adresskartei wie ein Gesellschaftsregister, mit zur Tasche passenden Schuhen und perfekter Haut. Ich wurde langsam paranoid. Wenn er mir sagte, dass ihm die Kleidung irgendeiner Frau gefiel, dann meinte ich, er fände mich schlampig und unattraktiv. Wenn er das Thema wechselte, während ich noch redete, dann glaubte ich, ihn zu langweilen. Der Höhepunkt war dann, dass er mich bat, zum Katholizismus zu konvertieren. Er stammte aus einer sehr religiösen Familie. Anstatt mich darüber zu freuen, dass er diese wichtige Sache mit mir teilen wollte, glaubte ich, er wolle mich verändern. Er mochte mich nicht so, wie ich war. Ich war nicht gut genug. Da löste ich die Verlobung auf.«

Frances hielt inne, als die Kraft ihrer eigenen Erinnerungen sie für einen Moment überwältigte. Solche Dinge hatte sie noch nie laut ausgesprochen, nicht einmal Sam gegenüber, und sie bereute kurz, es jetzt getan zu haben. Doch ihre Bemühungen verstärkten sich mit jeder Minute, die ohne eine Antwort von Hope verging. »Ich sage ja nicht, dass es dir gerade ebenso geht. Vielleicht hängst du ja nur mit dem Kleid in der Badezimmertür fest und kannst nicht raus, und hier stehe ich und schwadroniere.« Sie zwang sich zu einem Lachen. »Ich habe dir nur von meinen Erfahrungen erzählt, für den Fall, dass du Angst hast. Oder falls du keinen Ausweg siehst. Du musst das hier nicht machen. Deine Eltern wären dann vielleicht ein paar Tage lang sauer, aber sie würden es verwinden. Und Jack auch. Eigentlich wollen nur alle, dass du glücklich bist.«

Frances seufzte. Hope würde die Tür nicht öffnen. Sie drehte noch einmal am Türknauf. Sollte sie es versuchen? In den Jahren als Staatsanwältin in Manhattan und Suffolk County hatte sie durch die Zusammenarbeit mit der Polizei ein paar Ermittlertricks gelernt. Vielleicht war jetzt der Moment gekommen, einen davon anzuwenden. Sie machte ihre Tasche auf und durchwühlte den Inhalt, doch es war keine Haarnadel oder Ähnliches dabei. Aber ganz unten lag zum Glück noch ein Plastikzahnstocher mit Minzgeschmack vom vorigen Abend aus dem Field-and-Hunt-Club. Sie packte ihn aus und steckte ihn ins Schloss. Um das nicht gerade perfekte Werkzeug nicht zu zerbrechen, bewegte sie es ganz vorsichtig, bis sie spürte, dass das Schloss nachgab. Der Knauf drehte sich.

Frances betrat das Zimmer und ließ den Blick über die Unordnung schweifen. Von Hope war nichts zu sehen. Auf dem Toilettentisch waren Make-up, Haargel und Cremes, eine Bürste und verschiedene Paare Ohrringe verstreut. Als sie einen umgefallenen Stuhl wieder aufstellte, entdeckte sie einen weißen Flaschenverschluss mit Sicherheitsring und einige kleine Tabletten, die auf dem Fußboden lagen. Ihr Herz schlug schneller. »Hope!«, rief sie, obwohl sie wusste, dass niemand antworten würde. »Hope!«

Sie öffnete eine Tür und schaute in das angrenzende Badezimmer. Abgesehen von einem Stapel Handtücher auf dem Fußboden wirkte dieser Raum sauber und ordentlich. Ein schmaler Schrank enthielt Reihen mit perfekt gefalteten Pullovern und Regale voll mit Schuhen, die paarweise nebeneinander standen. Als sie sich noch einmal im Schlafzimmer umschaute, entdeckte sie eine weitere Tür und zog sie auf.

Sie keuchte vor Schreck, als sie beinah in den in Schantung gewickelten Körper hineinlief. Die Knie gaben unter ihr nach, und sie musste sich am Türrahmen festhalten. Hope hing in einer Schlinge, die an der Lampe, einer elektrischen Kerze in einem Zinnständer, festgeknüpft war. Sie hatte ihr weißes Kleid an und die Haare bedeckten zur Hälfte ihr Gesicht. Der Kopf war zu einer Seite geneigt, die Zunge hing ihr aus dem Mund. Die Füße in den Satinslippern waren nach innen gebogen und an den Knöcheln verdreht. Sie bewegten sich leicht, als der Körper hin und her schwang.

Ein Schub von Adrenalin ließ Frances sofort handeln. Sie packte einen Stuhl und kletterte hinauf, um das Seil zu lösen. Es war erstaunlich glatt und rutschte ihr mehrmals aus der Hand. Frustriert schlang sie einen Arm um Hopes schlanken Körper und hielt sie hoch, damit kein Gewicht mehr auf dem Seil war. Mit der freien Hand kämpfte sie mit der Schlinge. Sie zog das Seil über Hopes Hinterkopf und wünschte sich verzweifelt, ihre Cousine würde vor Schmerz aufschreien oder in irgendeiner Weise reagieren. Doch Hope blieb schlaff und still. »Oh Gott!«, hörte sie sich selbst ausrufen. Ihre Stimme klang losgelöst, wie ein Echo von einem sehr weit entfernten Ort. Sie unternahm einen weiteren Versuch, den Knoten zu lösen.

Plötzlich hörte sie ein Krachen. Hopes Körper sank in sich zusammen. Als die Lampe aus der Decke brach, prasselte Gips herunter. Sie sprang von ihrem Stuhl und packte Hopes Handgelenk. Doch sie wusste, dass es sich genauso anfühlen würde, wie sie befürchtet hatte: kalt. Da war kein Puls mehr.

Sie sah zu dem klaffenden Loch hinauf, die herausgerissenen Kabel, der stille Körper, die vielen Lagen weißen Stoffs, ein Petticoat aus Tüll, dünne Beine in Seidenstrümpfen, lockige Haare. Und dann das hübsche Gesicht, von der Zerstörung durch den Tod bis zur Unkenntlichkeit entstellt. Die Tränen brannten Frances in den Augen, und sie schlug die Hände vors Gesicht. Was war geschehen? Warum hatte niemand erkannt, welche Seelenqualen Hope litt?

Die Leute waren unruhig geworden, und die Verspätung von inzwischen über neunzig Minuten verwirrte sie offenkundig. Nachdem Adelaide die Kirche verlassen hatte, waren mehrere Gäste aus ihren Bänken aufgestanden und hielten sich jetzt im Eingangsbereich oder auch draußen auf. Sie wollten sich nicht zu weit entfernen, waren aber ungeduldig. Doch falls sich Unmut über den unpünktlichen Beginn der Hochzeit entwickelt hatte, löste sich dieser sofort auf, als ein Polizist in Uniform erschien. Er nahm seine Mütze ab und ging rasch und mit langen Schritten den Gang hinauf. Dort stellte er sich Fiona Cabot vor und bat sie, ihm zu folgen. Sam konnte sehen, dass die Hände des jungen Beamten zitterten, als er darauf wartete, dass sie sich erhob. Welche Pflicht ihn auch hierher geführt haben mochte – sie gefiel ihm nicht.

Kaum waren sie außer Sichtweite, da erfüllte auch schon ein Flüstern und Tuscheln den geweihten Ort. Was war bloß los? Was war geschehen, das die Hüter des Gesetzes auf den Plan gerufen hatte? Kurz darauf stand Vater Whitney mit dem Gesicht zu den Versammelten vor dem Altar. Er schwankte leicht von rechts nach links. Seine Augen waren blutunterlaufen, das Gesicht aufgedunsen und er presste die Hände so fest zusammen, dass seine Knöchel weiß waren. Sam war über die Haltung des Pfarrers ebenso erstaunt wie über das Erscheinen des Polizeibeamten, und er sah sich um und suchte die Kirche nach Frances ab, doch sie war nirgendwo zu sehen.

»Meine sehr verehrten Damen und Herren«, begann Vater Whitney. Seine Stimme zitterte. Er räusperte sich und wiederholte noch einmal etwas lauter: »Meine sehr verehrten Damen und Herren.« Das Publikum war mucksmäuschenstill. »Dies ist der traurigste Tag in meinen siebzehn Jahren als Pfarrer. Ich muss Ihnen mitteilen, dass Hope Lawrence nicht länger unter uns weilt. Wir beten für ihre Seele.«

Man hörte einen Aufschrei. Sogleich war die Kirche von Stöhnen, Schluchzen und anderen Lauten des Entsetzens erfüllt. Sam konnte Stimmengewirr und eine Mischung aus Bestürzung und Weinen hören. Mehrere Leute standen von ihren Sitzen auf und liefen den Gang hinunter. Auch er erhob sich in einer spontanen Bewegung, drehte sich auf seinem Platz herum, wusste aber nicht, wohin er gehen oder was er tun sollte. Wo war Frances? Er blickte auf der Suche nach jemandem, den er kannte, in die Menge, aber die Gesichter trugen verschwommene, unbekannte Züge.

Neben ihm fiel Penelope nach vorn und verbarg das Gesicht in den Händen. Er fasste instinktiv hinüber und strich ihr über den Rücken, brachte aber kein Wort heraus. Was war hier los? Wie konnte das geschehen?

Er drehte sich wieder zu dem Pfarrer herum und hoffte auf eine Erklärung.

»Adelaide und Bill Lawrence haben mich gebeten, an dieser Stelle keine weiteren Details zu erwähnen, sondern Sie stattdessen zu einem Augenblick des Gebets für Hope zu versammeln. Wir beten auch für ihre Familie, wie auch für die Familie der Cabots, die ihr zukünftiges Zuhause werden sollte. Die Lawrences bitten alle zu einem kurzen Empfang in ihr Haus. Sie meinen, dass Sie vielleicht zum Trost in dieser schrecklichen Tragödie noch einen Augenblick beisammen bleiben möchten.« Vater Whitney blickte zur Seite und rieb sich die Augen. »Lasset uns beten.«

Zu Sams großem Erstaunen schien das Publikum den Anweisungen zu folgen. Sie knieten auf den bestickten Kissen nieder, die unter den Bänken bereit lagen. Auch er zog ganz automatisch ein schwarzes rechteckiges Kissen, das mit einem roten Kreuz bestickt war, heraus und kniete sich etwas linkisch hin. Er faltete die Hände und stützte die Stirn auf den Daumen ab.

»Oh Gott, dessen Gnade unermesslich ist: Nimm unsere Gebete an für Deine Dienerin Hope Alexandra Lawrence, und nimm sie auf in das Reich von Licht und Freude, in die Gemeinschaft Deiner Heiligen; durch Jesus Christus, unsern Herrn …«

Sam konnte sich nicht auf die Worte konzentrieren. Die ganze Szene war unwirklich. Es schien einfach unglaublich, dass eine junge Braut an ihrem Hochzeitstag starb, als Hunderte darauf warteten, ihr besonderes Ereignis mitzuverfolgen. Und dass ihre Eltern wirklich erwarteten, dass die Leute zu einem Empfang in ihr Haus kamen, war nicht weniger absonderlich. Was hatten sie denn vor? Wollten sie die Hochzeitstorte anschneiden und zum Kaffee servieren?

Frances hatte ihm schon oft erzählt, wie viel Wert in ihrer Familie darauf gelegt wurde, dass man Haltung bewahrte. Wenn sie sich als Kind gestoßen hatte, dann sagte ihr Vater zu ihr, dass das aufgeschlagene Knie oder der verletzte Ellenbogen gar nicht richtig wehtun würde und sie nicht weinen solle. Mit sieben Jahren hatte sie an einem Schwimmwettkampf teilgenommen. Dabei hatte sie so viel Wasser geschluckt, dass sie sich übergeben musste, aber ihr Vater hatte nur geklatscht, weil er sich über ihre Bemühungen freute. Sie war vom Pferd gefallen und hatte sich den Arm gebrochen, aber ihr Vater bestand darauf, dass sie es erst noch fehlerfrei über den Zaun springen lassen müsse, ehe sie ins Krankenhaus fuhren. Frances schien sich zu amüsieren, wenn sie sich an solche Momente in ihrem Leben erinnerte, in denen andere zusammengebrochen oder wenigstens für einen Tag im Bett geblieben wären. Sie jedoch hatte weitergemacht und so getan, als sei nichts geschehen. Er bewunderte ihre Unerschütterlichkeit, aber bestimmte tragische Ereignisse verlangten es einfach, dass man Gefühle zeigte. Wer unter diesen Umständen einen Empfang veranstaltete, der trieb den öffentlichen Auftritt auf verabscheuenswürdige Weise auf die Spitze. Er musste Frances finden und sie mit nach Hause nehmen.

Von jeder Ecke und jedem Pfahl des riesigen Zeltes hingen kleine weiße Lichter herab. Darunter hatte sich die Menge auf dem Tanzparkett versammelt. Man nahm Drinks zu sich und starrte mit leerem Blick auf die runden Tische, die für jeweils zehn Leute gedeckt waren und eine Abgrenzung nach draußen darstellten. Die Band hatte zwar schon aufgebaut, aber es gab keine Musik, nur eine einsame Gitarre auf einem Ständer, daneben ein paar Mikrofone, ein Schlagzeug. Die einzige Bewegung schien um die langen Bars herum stattzufinden, wo die Gäste still Schlange standen und die Barkeeper fieberhaft arbeiteten, um die Gläser gefüllt zu halten.

Sam geleitete Frances zu einem leeren Tisch in der hintersten Ecke und zog einen weißen Bambusstuhl vor, damit sie sich setzen konnte. Sie ließ sich vorsichtig nieder. Es wäre peinlich gewesen, die kunstvollen Gedecke mit den besonders gefalteten Servietten und den weißen Schachteln mit goldenem Monogramm, die einen Champagnertrüffel enthielten, durcheinander zu bringen. Sam saß neben ihr. Er hielt sein Corona mit beiden Händen und nahm hin und wieder einen Schluck aus der Flasche mit dem langen Hals. Sie wusste, dass er auf dem richtigen Empfang sein Bier im Glas bestellt hätte. Doch hier gab es momentan schon genug Verstellung. Seine alltägliche Gewohnheit wirkte tröstlich auf sie.

Junge Kellner in schwarzen Hosen und gestärkten weißen Hemden reichten Tabletts mit *hors d'œuvres* herum. Erst wollten die Leute nicht zugeben, dass sie gern etwas essen würden, und lehnten höflich ab. Doch je mehr Zeit verging, desto mehr Gäste griffen nach den verschiedenen Canapés, den in Bacon eingewickelten Esskastanien, nach den mit Krabbenfleisch gefüllten Cherrytomaten und dem Spinat in Blätterteigpastete. Sam erbot sich mehrmals, Frances etwas zu essen zu holen oder ihr Glas neu füllen zu lassen, aber sie wollte nichts. Es lag ihr nichts daran, sich wie die anderen zu verhalten. Sie brauchte Ruhe, um sich klar zu machen, dass Hopes Tod Wirklichkeit war.

»Ich begreife diese Scharade nicht«, sagte sie schließlich, als sie ihre Verwirrung nicht mehr für sich behalten konnte. An den Seiten war die Zeltplane durchsichtig, und man konnte sehen, dass die Auffahrt zum Haus immer noch voller Polizeiwagen stand. Sie hatte gleich nach dessen Ankunft mit dem Dienst habenden Beamten gesprochen, doch da Hopes Körper bereits abgenommen worden war, gab es für die Polizei nicht mehr viel zu tun. Vielleicht warteten sie darauf, dass man ihnen einen Drink oder eine Hand voll mundgerecht geschnittener Stückchen Quiche Lorraine anbot.

»Die Menschen trauern auf unterschiedliche Weise. Vielleicht ist es der richtige Weg, mit der Trauer und dem Verlust umzugehen, dass man über Hopes wundervolle Eigenschaften plaudert.«

Frances sah Sam an und zog eine Augenbraue hoch. In Hörweite hatte eben noch eine stämmige Frau in einem orangefarbenen Kostüm gesessen. Sie hatte den Riemen ihrer Chaneltasche gezwirbelt und gesagt: »Wie furchtbar das alles für Adelaide sein muss. Wie soll sie jemals wieder den Mut finden, das Haus zu verlassen nach dem hier?« Ein dünner Mann mit weißen Haaren und einem Stift in der Brusttasche seines Blazers hatte in der Schlange zur Bar gesagt: »Was für eine entsetzliche Geldverschwendung. Kann man sich das vorstellen?« Wenn diese Dialogfetzen die unterschiedlichen Reaktionen auf Trauer darstellten, dann wollte sie es lieber nicht genauer wissen.

»Irgendwie kommen mir sogar die Fremden hier so vertraut vor«, bemerkte sie. »Das liegt wahrscheinlich daran, dass ich in gewisser Weise schon so lange mit ihnen zu tun habe. Während meiner Collegezeit bin ich einmal zu einem Eröffnungsabend zugunsten der New England Horticultural Society im Expo Center in Boston gegangen. Das ist eine dieser Veranstaltungen, wo die verschiedenen Gartenvereine, Landschaftsarchitekten und Gärtnereien kunstvolle Arrangements anlegen, damit Massen von Leuten mitten im Winter wunderschöne Blumen anschauen können. Das kann zauberhaft sein. Ich bin jedes Jahr hingegangen, weil ich den Duft, das Gefühl des nahen Frühlings und das optische Spektakel so sehr mochte. Adelaide war jahrelang im Vorstand der Veranstalter, und für das Eröffnungsdinner pflegte Bill einen Tisch zu bestellen. Und als wir alle saßen und der Wein eingeschenkt war, da erhebt eine Platinblonde ein paar Stühle weiter ihr Glas. ›Auf die North Shore‹, war ihr Toast. Mehr nicht. Als ob das alles sagen würde.«

»Hmmm«, erwiderte Sam. Wenn er nichts ergänzen konnte, dann war das seine Art, ihr zu zeigen, dass er zuhörte und Anteil nahm.

»Genauso ist es jetzt hier. Was machen wir hier eigentlich?« Sie nippte an ihrem Drink. »Einmal, als ich noch bei der Staatsanwaltschaft war, starb die Frau eines Polizisten. Am Tag danach erschien er zu einer Zeugenaussage vor Gericht. Ich glaube, es war ein Kokain-Fall. Alle sprachen davon, wie großartig er war und wie stark, weil er sich nicht frei genommen hatte, um zu trauern. Warum soll das denn eine Tugend sein?« Ihr Verstand drehte sich im Kreis, und ihre Gedanken waren ein einziges Durcheinander. Aber sie musste einfach reden.

»Denk doch mal an die Frau«, sagte Sam, »die wir vor der Kirche gesehen haben, die so weinte und schrie. Weißt du noch, letzten Winter? Keine Ahnung, was mit ihr los war. Vielleicht hatte sie einen Verwandten verloren, aber vielleicht auch nur eine Runde im Bingo. Aber du warst damals schockiert über ihre Hysterie. Es sind nicht nur die anderen, die versuchen, Dinge zu vertuschen, Fanny. Wir sind genauso.«

Frances lehnt sich zu ihm hinüber und legte ihren Kopf auf seine Schulter. Natürlich hatte er Recht. Den größten Teil ihres Lebens hatte sie mit dem Versuch verbracht, ihre Gefühle unter Kontrolle zu halten. Sie war kein bisschen anders als die hunderte von Gästen, die hier gerade versuchten, ihre Trauer zu verdrängen. »Warum können wir uns denn nicht ein bisschen aus uns herausbewegen? Was versuchen wir alle so verzweifelt zu verbergen?«, fragte sie.

Sam strich ihr wortlos über die Wange. Aus dem Augenwinkel sah sie ihren Onkel durch einen Schlitz in der Plastikwand schlüpfen und auf das Haus zulaufen. »Ich gehe besser mal und sehe nach ihnen«, meinte sie. Die Aussicht, mit einem von der Lawrence-Familie sprechen zu müssen, erschien ihr in diesem Moment wie eine riesige Herausforderung.

»Ich werde hier sein«, sagte Sam. »Ich werde mich auch nicht bewegen.«

Sie lächelte. »Ja, in deinem Fall ist das auch gut so.«

»Das kommt gar nicht in Frage!« Als sie die Treppe hinaufging hörte sie Bills Stimme.

Er stand auf dem Treppenabsatz und lehnte sich an den Endpfosten. Neben ihm stand ein breitschultriger Mann in einem Trenchcoat, die Arme vor der Brust verschränkt. Der stechende Geruch des Haarwassers, das er benutzte, um sein schwarzes Haar wie geleckt am Kopf zu halten, waberte auf sie zu. Als Frances herankam, drehten sich beide Männer um und starrten sie an.

»Vielleicht kannst du helfen, das hier aufzuklären«, sagte Bill, ohne den anderen vorzustellen. »Man sagt mir, dass es eine Autopsie geben müsse. Aber Hope ist unsere Tochter, und die

Entscheidung darüber sollte bei uns liegen. Adelaide und ich sind strikt dagegen.«

»Detective Mickey Fleming von der Polizei Manchester.« Der Fremde reichte ihr die Hand. Er hatte fast kein Kinn und sah unrasiert aus. »Das ist die übliche Verfahrensweise unter diesen Umständen.«

»Unter welchen Umständen? Sehen Sie nicht, was passiert ist? Es wird nichts dabei herauskommen, und ich möchte nicht, dass sie gestört wird. Wir haben genug durchgemacht.«

Frances wandte sich dem Detective zu. Sie wollte eine vollständige Erklärung hören.

»Ich möchte ja nicht morbid erscheinen, und natürlich verstehe ich, dass die Familie um die Unverletzlichkeit der … der …« Offensichtlich suchte er nach einer passenden Umschreibung, fand aber keine. Sie nickte, um ihm zu signalisieren, dass sie ihn verstanden hatte. »Wenn die Umstände verdächtig sind, dann muss der Gerichtsmediziner eingeschaltet werden.«

»Verdächtig? Ist das bei allen Selbstmorden so?«

»Nein, Ma'am, aber in diesem Fall haben wir eine Ermittlung angesetzt. Die Verstorbene war jung, gesund und kurz davor zu heiraten. Das ist nicht das typische Szenario für einen Selbstmord. Es tut mir Leid, sagen zu müssen, dass das hier keine private Entscheidung ist. Es ist Vorschrift.«

»Das ist doch empörend! Bitte gehen Sie. Hier gibt es nichts Verdächtiges, und ich werde nicht zulassen, dass Sie in dieser Familie ermitteln.« Bills Gesicht war rot angelaufen. »Ich werde das nicht zulassen. Ich werde einen Anwalt rufen.«

»Es tut mir Leid, dass Sie so denken. Sie haben natürlich das Recht zu tun, was Sie tun müssen. Doch wie ich bereits sagte, ist das hier in solchen Fällen üblich. Ich versichere Sie nochmals meines Mitgefühls, Mr. Lawrence.« Er eilte die Treppe hinunter.

Frances und Bill sahen ihm nach. »Wo ist Adelaide?«, fragte Frances, als der Detective verschwunden war.

»In ihrem Zimmer. Sie hat ein Beruhigungsmittel bekommen. Eine Krankenschwester ist bei ihr.« Er rieb sich die Augen. »Sag mir eins«, sagte er leise. »Was kann eine Autopsie ihnen verraten, was wir nicht schon selbst wissen?«

»Sie wird die Todesursache klären.«

»Da ist nichts zu klären. Hope hat sich das Leben genommen. Wir müssen das akzeptieren. Sie sollte in Frieden ruhen können. Ich begreife nicht, wie die ohne unsere Zustimmung weitermachen können. Dieser Detective platzt hier herein und sagt uns, was weiter geschehen wird, als ob sie nicht unsere Tochter wäre.«

»Ist es denn möglich, dass es kein Selbstmord war?« Da hatte unvermittelt die Staatsanwältin aus ihr gesprochen. Sie bedauerte ihre Frage sofort, als sie sah, wie Bill das Blut aus dem Gesicht wich. Schließlich hatte sie keinerlei Gründe für irgendwelche Andeutungen. Wie kam sie nur auf diesen Gedanken?

»Worauf willst du hinaus?«

»Auf gar nichts. Ich weiß nicht, warum ich das gesagt habe. Ich habe über Autopsien im Allgemeinen nachgedacht, darüber, wie viel man dabei über einen Menschen erfahren kann. Aber das spielt hier keine Rolle. Ich weiß nicht, was ich gedacht habe«, sagte Frances. Ihre Bemerkung hatte ihn sichtlich aufgeregt. »Es tut mir Leid.«

»Was meinst du?«

»Meine Frage war unpassend. Das Letzte, was ich möchte, ist, das alles hier noch schwieriger zu machen. Also, es tut mir Leid.«

»Nein. Ich meine damit, was man alles über einen Menschen erfahren kann.«

»Oh … es ist nichts. Wie gesagt, hier spielt es keine Rolle.«

»Was kann man denn erfahren? Sag es mir.«

»Es hat mit Hope wirklich nichts zu tun.«

»Bitte«, beharrte er.

Frances seufzte. »Wenn man die Todesursache festlegen will, dann muss man die Geschichte des Körpers ergründen. Seine Verfassung, frühere Verletzungen, alles von einem durchstochenen Ohrläppchen bis zu Operationsnarben. Alle die Narben, die zeigen, was einem Menschen während seines Lebens zugestoßen ist.«

In diesem Augenblick schwankte Bill nach vorn, als ob er zusammenbrechen würde. Frances packte seinen Arm, um ihn zu stützen. Sie war zu deutlich gewesen. Die vielen Jahre als Staatsanwältin hatten sie gegen die Auswirkungen grauenvoller Beschreibungen immun gemacht.

»Es tut mir so Leid. Komm, ich hole dir einen Stuhl.«

13

Frances schreckte hoch, als es zum zweiten Mal an der Hoteltür klopfte. Sie warf die geblümte Überdecke beiseite und angelte sich ihren Pullover. Am Abend zuvor hatte sie sich in aller Eile ausgezogen und ihre Kleider in einem Haufen auf dem Fußboden liegen lassen. Durch die nur teilweise heruntergezogenen Rollläden konnte sie das frühe Morgenlicht erkennen. Es war jedoch sicher nicht später als fünf Uhr.

»Was ist denn los?«, fragte Sam und richtete sich im Bett auf.

»Es ist jemand an der Tür. Ich mache auf.«

Frances ging zur Tür und öffnete sie einen Spalt, ohne die Kette abzuhängen. Im Korridor stand Jack. Er trug immer noch seinen Cut, aber die Enden des Hemdes hingen ihm aus der Hose, und er hatte Jacke und Fliege abgelegt. Er sah Frances mit schwarzen Augen entschlossen an. »Ich muss mit dir reden.«

Sie hatte Jack am vorherigen Abend nicht gesehen und hatte angenommen, dass er nach Hause gegangen war, nachdem die Polizei weg war und man Hopes Körper ins Leichenschauhaus gebracht hatte. Er war klug genug gewesen, nicht auf dem grässlichen Empfang zu erscheinen. Nachdem die Polizisten das Haus verlassen hatten, war sie bei ihrem Onkel in der Bibliothek gewesen. Bill hatte in rascher Folge mehrere Wodka Tonic getrunken und sie hatte neben seinem Sessel auf einer Ottomane gesessen und gemeinsam mit ihm ein in Leder gebundenes Fotoalbum mit Goldschnitt angeschaut. Die ganze Familie auf den Bermudas – Hope war zwölf Jahre alt gewesen, es waren Seiten voll mit sorgfältig zusammengestellten Fotos von einem gebräunten Mädchen mit einem breiten Lächeln und einem bunten Badeanzug, das am Strand stand, türkisfarbenes Wasser im Hintergrund. »War sie nicht schön?«, sagte er immer wieder.

Frances war bis kurz nach Mitternacht bei ihm geblieben und hatte seinen Geschichten aus Hopes Kindheit zugehört: ihre ersten Schritte über den wunderbaren Rasen auf Smith's Point, die Vater-Tochter-Prozession auf ihrem Debütantinnenball, das erste Mal, als sie zusammen auf einer Benefizparty für das Brigham and Women's Hospital im großen Ballsaal des Ritz Walzer tanzten. Dann an ihrem achten Geburtstag eine Radtour zu einer doppelten Portion Rocky-Road-Eiscreme in die Stadt, und die vielen Stunden im Field-and-Hunt-Club, wo er Tennisbälle übers Netz warf, während sie versuchte, einen Schläger zu schwingen, der beinahe genauso groß war wie sie selbst. Die Erinnerungen kamen nicht chronologisch geordnet, aber sie ließen doch ein lebendiges Bild eines verehrenden Vaters und einer geliebten Tochter entstehen. Bei jedem Detail sah Bill im Zimmer umher, als müsste Hope urplötzlich erscheinen. Dann ließ er sich enttäuscht ein wenig tiefer in seinen Sessel sinken und begann mit der nächsten Geschichte. Schließlich hatte Frances ihn überreden können, es mit ein wenig Schlaf zu versuchen. Als sie ging, schleppte er sich langsam die geschwungene Treppe hinauf.

»Komm rein«, sagte Frances, machte die Tür noch einmal zu, um die Kette abzuhängen, und öffnete sie dann wieder. Jack ging an ihr vorbei in das Zimmer. Er schien nichts von seiner Umgebung wahrzunehmen, beachtete weder sie noch Sam und begann, mit den Händen in den Taschen vor dem Fernsehschrank auf und ab zu marschieren. Sie rührte sich nicht. Aus dem Augenwinkel konnte sie sehen, wie Sam aus dem Bett schlüpfte und im Badezimmer verschwand. Dann hörte sie die Toilettenspülung und laufendes Wasser. Als er wieder herauskam, trug er eine zerknautschte Khakihose und ein T-Shirt – seine Reisekleider, obwohl sie nicht vor sieben Uhr hatten abreisen wollen. Er sah sie fragend an, und sie zuckte mit den Schultern. Sie warteten, dass Jack etwas sagen würde.

»Hope hat sich nicht umgebracht«, verkündete Jack nach einer Weile. Seine Stimme klang tonlos.

»Ich glaube …«

»Bitte«, unterbrach er sie. »Hope hatte keinen Hang zum Selbstmord. Sie hatte Probleme, vielleicht sogar welche, von denen ich nichts wusste, aber sie wollte leben. Sie hat mich geliebt. Sie wollte heiraten. Wir hatten jede Menge Pläne für die Zukunft.«

Frances starrte Jack an und wusste nicht, was sie sagen sollte. Sie kannte diesen Mann kaum. Wie sollte sie ihm dann erklären, dass seine zukünftige Ehefrau seine Träume offenbar nicht geteilt hatte? Seinen Bemühungen und Wünschen zum Trotz hatte seine Liebe zu Hope nicht ausgereicht, um sie zu stützen und sie zu retten. Sie verspürte ein Prickeln in der Kehle, sie wollte gern Fragen stellen. Nein, sagte sie zu sich selbst. Du hast vor einem Jahr aufgehört, Staatsanwältin zu sein. Diese Zeiten sind vorbei.

»Du bist Juristin, sieh dir doch selbst die Beweise an«, fuhr Jack fort, der genau zu wissen schien, wie er sie für die Sache gewinnen konnte. »Die Polizei sagt, dass sie vielleicht irgendwelche Tabletten genommen hat, weil ein paar davon lose auf dem Fußboden herumlagen. Aber das weiß keiner genau. Und dann soll sie eine Schlinge an der Lampe befestigt und sich aufgehängt haben? Das ist doch Unsinn. Zuerst einmal verträgt Hope wirklich gar nichts. Ein Glas Wein und sie ist weg vom Fenster. Wenn sie irgendwas genommen hätte, dann hätte sie nicht mehr funktioniert, und schon gar nicht, um etwas

Mechanisches zu tun. Sie hätte die ganze Sache, die du gefunden hast, gar nicht aufbauen können. Und sie hätte es auch nicht vorher machen können. In dem Zimmer gingen Massen von Leuten ein und aus und haben ihr beim Anziehen und was weiß ich noch was geholfen. Sie hat sich immer beschwert, dass sie keine Privatsphäre hätte. ›So ein riesiges Haus und kein Fleckchen, wo man allein sein kann‹, hat sie immer gesagt.«

Selbstmordkandidaten sind oft sehr einfallsreich, dachte Frances. »Jack, vielleicht ist das hier nicht der richtige Ort oder die richtige Zeit, über Details zu sprechen. Es ist überhaupt noch nicht klar, was wirklich passiert ist.«

»Und noch etwas: Du kannst das nicht wissen, aber sie hatte Angst im Dunkeln. Sie hätte sich niemals in einem Schrank aufgehängt.«

»Das heißt aber nicht ....« Sie ließ den Satz unvollendet.

»Und es gibt keinen Abschiedsbrief. Normalerweise schreiben die Leute doch Abschiedsbriefe, oder?«

Sie antwortete nicht.

»Hope hat wie besessen geschrieben. Sie hat Gedichte geschrieben. Sie hat Tagebuch geführt. Sie hätte uns ihre Entscheidung erklären wollen. Ich weiß es einfach.« Seine Stimme versagte.

Frances ging auf ihn zu und wollte seinen Arm berühren, doch er trat beiseite, um den Kontakt zu vermeiden. »Und wenn du mir jetzt immer noch nicht glaubst, dann sieh dir den Knoten an.«

»Den Knoten?«

»Von der Schlinge!«, rief er. »Hast du den nicht gesehen? Du hast sie doch gefunden. Solange ich lebe, werde ich den Anblick von diesem Knoten nicht vergessen. Es war ein Palstek. Der wird beim Segeln viel angewandt, weil er sich bei Druck oder Gewicht zuzieht. Aber Hope hatte keine Ahnung vom Segeln.«

Es erstaunte sie, wie gründlich er beobachtete. Die Entdeckung von Hopes Leiche war für sie so traumatisch gewesen, dass sie jetzt kämpfen musste, um sich selbst die offenkundigsten Details vor Augen zu rufen: der Anblick von Hopes offenem Mund, das Gefühl, dass der ganze kleine Raum von weißem Stoff ausgefüllt sei, und das Geräusch der Lampe, die auf den Boden knallte. Es ärgerte sie jetzt, dass sie nicht aufmerksamer gewesen war. »Bist du sicher?«

»Ja. So gut wie alle Leute hier haben Boote. Aber sie hat sich immer geweigert, mit rauszufahren. Sie hatte wohl etwas Schlimmes erlebt, als sie klein war. Sie ist nicht einmal in unserem Boston Whaler gefahren, und die Dinger kentern wirklich nie.« Jack fuhr sich mit der Hand durchs Haar. »Ich würde mein Leben drauf verwetten, dass Hope dieses Seil nicht hätte knoten können. Jedenfalls nicht so.«

Frances kniff die Augen ein wenig zusammen und betrachtete sein Gesicht. Seine Kiefer waren fest aufeinander gepresst, und er schien mit den Zähnen zu knirschen, denn sie konnte seine Kaumuskeln mahlen sehen. Sie wusste, worauf er hinaus wollte.

»Und noch etwas. Als du sie gefunden hast, hatte Hope ihren Verlobungsring nicht am Finger.«

»Bist du sicher?«

»Absolut sicher. Es war ein riesiger Diamant. Der war nicht zu übersehen. Deshalb hatte sie ihn gewollt.«

»Kann es sein, dass sie ihn für die Zeremonie abgelegt hat?«

»Vielleicht. Aber ich habe mich in ihrem Zimmer umgeschaut und konnte ihn nirgends entdecken. Außerdem kann ich mir auch nicht vorstellen, dass sie ihn auf der Hochzeit nicht hätte tragen wollen. Ich glaube, er gab ihr das Gefühl, etwas Besonderes zu sein. Irgendwie war es so für sie: Je größer der Stein, desto größer meine Liebe. Leider war ihr Finger zu schmal für einen Findling, sonst hätte sie einen bekommen.« Er wandte den Blick ab, und sie meinte Tränen in seinen Augen zu sehen.

»Warum hätte jemand ihr wehtun wollen?«, fragte Frances sanft.

Jack antwortete nicht. Er ging zum Fenster und schob mit einer Hand die Vorhänge auseinander. Das Licht draußen war grau. Der schwarze Asphalt des Parkplatzes war vom leichten Nieselregen feucht. »Ich brauche deine Hilfe. Du musst ihren Mörder finden.«

»Warum gerade ich?«, fragte sie, auch wenn sie die Antwort erraten konnte.

»Weil sie zu deiner Familie gehört, und weil ich glaube, dass dich das auch betroffen macht. Und weil du meiner Familie gegenüber keine Verpflichtungen hast.«

Frances sagte einen Augenblick nichts, um die Bedeutung seiner Worte in sich aufzunehmen. »Ich weiß nicht recht …«, begann sie, unterbrach sich aber selbst. Sie sah ihn an und wünschte sich, wenigstens dieses eine Mal Gedanken lesen zu können. Wie konnte er so sicher sein, was Hopes Tod anging, wenn doch alle Zeichen auf einen Selbstmord hinwiesen? Rührten seine Mutmaßungen ausschließlich von diesen Details her, oder wusste er noch etwas, das er aber für sich behielt? Wenn das der Fall war, sollten sie dann nicht lieber mit der Polizei reden? Was meinte er damit, dass sie den Cabots gegenüber keine Verpflichtung hatte? Sie erinnerte sich wieder an die Frage, die sie Bill am vorigen Abend gestellt hatte. Hatte etwas in ihr das alles schon kommen sehen? »Ich weiß nicht recht, wie ich es sagen soll, denn wir kennen uns nicht besonders gut. Aber du musst wissen, dass du da ziemlich viel verlangst.«

»Es ist mir egal, was ich verlange. Ich will alles über Hopes Tod herauskriegen. Ihren Mörder finden, mit dir oder ohne dich. Ich dachte nur, dass du mir vielleicht helfen könntest. Ich dachte, du würdest auch wissen wollen, wer sie getötet hat.«

»Kannst du dir vorstellen, wer es getan haben könnte?«

»Ja.« Er trat auf sie zu und stand vor ihr. Sie waren nur wenige Zentimeter voneinander entfernt, aber Frances wich keinen Schritt zurück. »Die Frage ist nur, wer sie zuerst gekriegt hat.« Er drehte sich um, ging raus und schloss die Tür hinter sich.

»Fanny«, sagte Sam, kaum dass Jack gegangen war. »Ich möchte nicht gefühllos erscheinen. Dein Onkel und deine Tante machen die Hölle durch. Aber du kannst dir das nicht antun. Du warst einverstanden, dass wir heute Morgen abreisen, und ich werde dich mit nach Hause nehmen.«

»Ich habe doch keine andere Wahl.«

»Du musst die Wahl treffen, dich selbst zu schützen. Du kannst nicht für das Elend aller anderen die Verantwortung übernehmen.«

Frances wusste keine Antwort. Er hatte natürlich Recht. Als ihre Stiefmutter Clio ermordet worden war, hatte sie sich verpflichtet gefühlt, den Mörder zu finden. Das hatte sie ihren Job gekostet und zu großen Problemen innerhalb ihrer Familie geführt. Sie hatte es für ihren Vater getan, weil sie hoffte, es würde ihm und ihrer Beziehung zueinander helfen. Das hatte es aber nicht getan. Vielmehr hatte das, was sie während der Ermittlungen herausfand, die Sache für sie beide nur noch schlimmer gemacht. Jetzt fürchtete sie, dieselben Fehler noch einmal zu begehen. Die Familien der Pratts und der Lawrences hatten genug gelitten, und sie würde es nicht ertragen, zu dem Schmerz beizutragen oder ihn gar noch zu vergrößern.

»Ich habe miterlebt, was dir das letzte Mal passiert ist. Du hast das Vertrauen in dich selbst verloren. Du meintest, gescheitert zu sein. Und jetzt hast du dein Leben gerade wieder auf die Reihe gekriegt, und du erlebst Glück und Freude und alles, was das Leben lebenswert macht.«

In den vergangenen zwölf Monaten hatten Sam und ihre Arbeit bei der Vereinigung gegen häusliche Gewalt ihrem Leben eine neue Beständigkeit und eine neue Richtung gegeben. Jetzt reichte schon der Gedanke an eine Ermittlung aus, die Gefühle wieder aufflammen zu lassen, die zu unterdrücken sie so gekämpft hatte. »Du hast gehört, was Jack gesagt hat. Ich kann das doch nicht einfach ignorieren.«

»Dann sollte er das alles der Polizei erzählen. Du weißt das genau, und er weiß es auch, Frances«, mahnte Sam. An seinem Tonfall und daran, dass er sie mit ihrem vollen Namen ansprach, merkte sie, wie ernst es ihm war. Er wusste genau, dass in ihrem Kopf bereits die verschiedenen Möglichkeiten kreisten.

»Aber warum hat er es dann nicht getan?« Sie ging zu Sam hinüber, schlang ihre Arme um seine schlanke Taille und legte ihren Kopf an seine Brust. Sie fühlte sein Herz schlagen. »Nur noch einen Tag«, flüsterte sie. »Gib mir nur noch einen Tag hier, und dann fahren wir. Das verspreche ich.«

Sam strich ihr sanft mit der Hand über das Haar. »Wir wissen beide, dass du dieses Versprechen nicht halten kannst.«

Ihr Lächeln zeigte eine Mischung aus Erschöpfung und Zufriedenheit. Endlich gab es einen anderen Menschen, der sie besser kannte als sie sich selbst.

»Man erwartet Sie«, sagte Kathleen, Köchin der Lawrences und durch die Jahrzehnte treuen Dienstes quasi ein Mitglied der Familie. Sie trug eine schwarze Uniform mit weißem Kragen und hielt ein Tablett mit schmutzigem Teegeschirr in der Hand. Die Augen in ihrem runden Gesicht waren geschwollen, und sie schluckte mehrmals in dem Versuch, das Zittern in ihrer Stimme zu unterdrücken. »Sie sind in der Bibliothek.« Sie wies mit dem Kopf in die Richtung.

»Danke.«

Die Tür stand offen, und Frances konnte ein prasselndes Feuer sehen, das wahrscheinlich die Feuchtigkeit vertreiben sollte. Die breit gestreiften Vorhänge waren mit Samtkordeln zurückgehalten, aber ein dichter Nebel war vom Meer hereingezogen und trübte den Blick aus dem Fenster.

Adelaide saß in einem Ohrensessel und hatte eine halb fertige Stickerei auf dem Schoß. Bill stand am Feuer und starrte auf ein silbern gerahmtes Foto von Hope, das auf dem Kaminsims stand. Er hatte eine Pfeife in der Hand, schien aber nicht zu rauchen.

Als Frances die Tür leise hinter sich zuzog, sah Adelaide auf und streckte ihr eine Hand entgegen. Der lose Ärmel ihrer Seidenbluse rutschte ihren Arm hinauf und entblößte ihr schmales Handgelenk, den knochigen Ellenbogen und die mit Leberflecken gesprenkelte Haut. Frances beugte sich über sie und umarmte sie.

»Können wir dir etwas anbieten?«

»Nein, danke.«

»Wie schade, dass du gehst. Es ist so lange her, dass wir alle zusammen waren. Jetzt kann man es sich gar nicht mehr vorstellen.« Adelaides Lippen zitterten. Sie hörte auf zu sprechen und legte die Hand auf den Mund.

»Es tut mir so Leid.«

»Hope hat immer zu dir aufgeschaut. Sie sagte, sie sei so stolz darauf, eine Cousine zu haben, die eine so interessante Arbeit hatte und so vielen Menschen half. Sie war wirklich beeindruckt von dir.«

»Ich wünschte, wir hätten in der letzten Zeit mehr zusammen gemacht«, sagte Frances. Ihre Familie war so klein. Es wäre wunderbar gewesen, wenn sie ihre Cousine auch als Erwachsene besser hätte kennen lernen können.

»Das finde ich auch«, erwiderte Adelaide.

Es war still im Raum, abgesehen vom Knistern des Feuers. Adelaide nahm ihre Stickarbeit wieder auf, legte sie aber schon bald darauf wieder zur Seite, ohne einen Stich gemacht zu haben. Frances ging zum Kamin hinüber und setzte sich in einen Sessel ihrer Tante gegenüber. Sie sah zum Beistelltisch hinüber, auf dem sich die Bücher stapelten. Eine Auswahl Kataloge vom Museum of Fine Arts, einige Bücher über die versteckten Gärten von Beacon Hill und ein Stapel Romane von Patrick O'Brian.

»Ich möchte euch beiden nur sagen, dass ich glaube, dass diese Autopsie wichtig ist«, begann Frances. Man konnte das Thema nicht auf leichte Weise anschneiden. Das Wort allein verursachte schon Schmerzen.

»Oh«, rief Adelaide aus. »Oh«, sagte sie wieder und sah sich um, als würde sie etwas suchen.

»Es gibt keine Unklarheiten über das, was geschehen ist«, bemerkte Bill. Seine Stimme klang tonlos.

Frances dachte einen Augenblick nach. Sie wollte vorsichtig sein, musste ihnen aber gleichzeitig erklären, dass die Ergebnisse wichtig sein könnten. »Gestern ist so viel passiert, der Schmerz und die Trauer sind so groß, dass ich glaube, wir stehen alle unter Schock. Ich denke, dass wir nicht richtig begriffen haben, was da passiert ist.«

»Ich könnte es nicht ertragen …«, begann Adelaide.

»Das ist doch Unsinn«, unterbrach Bill sie. »Wir müssen jetzt Hopes Unversehrtheit, ihre Integrität bewahren.«

Adelaide rang nach Luft.

»Ich weiß nicht so recht, wie ich es sagen soll, und ich möchte euch wirklich nicht beunruhigen. Aber heute Morgen war Jack bei mir im Hotel. Und er hat mich auf ein paar sehr merkwürdige Details aus Hopes Schlafzimmer hingewiesen, was ihre …. ihren Zustand anging.« Frances machte eine Pause und hoffte, die beiden würden nicht nach Einzelheiten fragen. Es wäre unerträglich, wenn sie wiederholen müsste, was Jack über Hopes Leiche gesagt hatte.

»Also, ich mag ihn wirklich. Mein Gott, er sollte meine Tochter heiraten. Und ich verstehe, weshalb er sich eine andere Erklärung für ihren Tod wünscht. Das tun wir alle. Aber«, Bill hielt inne, »ich glaube, es ist aufdringlich und unnötig. Ich habe einen Anwalt angerufen, mit dem ich schon mal gearbeitet habe. Der ist gut. Der wird die Sache verhindern.«

»Tu das nicht. Lass die Polizei tun, was sie zu tun hat. Versuche nicht, sie aufzuhalten. Die Sache kann schnell erledigt werden. Es wird euren Vorbereitungen für eine Beerdigung oder eine Trauerfeier nicht im Weg stehen.«

»Aber wenn sie sich nicht umgebracht hat, was ist denn dann passiert?« Die Frage von Adelaide blieb in der Luft stehen, denn in diesem Augenblick ging die Tür auf, und Fiona Cabot trat ein. Sie trug graue Leinenhosen und einen schwarzen Hut mit einem Schleier, der ihr Gesicht zum Teil bedeckte. Sie ignorierte Frances und Bill und flog durch das Zimmer auf den Stuhl von Adelaide zu. Dort kniete sie nieder, ihre Handtasche aus geflochtenem Leder im Schoß.

»Meine Liebste, ich habe die ganze Nacht an dich und Bill und diese schreckliche Tragödie gedacht. Vater Whitney hat heute Morgen in der Kirche noch einmal mit uns gebetet. Alle waren für euch da. Die Leute wollen so gern helfen, wenn es etwas zu tun gibt. Bunny Tayler hat angeboten, ihre Köchin rüberzuschicken. Die Reardons haben gesagt, sie hätten einen Freund mit einem wunderschönen Beerdigungs-Salon in Beverly, der mit schnellen Arrangements helfen kann.«

»Das ist … sehr … freundlich. Ich denke, ich werde das … schon schaffen«, stammelte Adelaide.

»Und wir wollen eine Stiftung zum Gedenken an Hope ins Leben rufen. Wir möchten gern, dass ihr die Wohlfahrtseinrichtung aussucht. Einfach etwas, wovon ihr meint, dass es Hope am glücklichsten gemacht hätte.«

Niemand sagte etwas. Frances fragte sich, ob ihre Tante und ihr Onkel sich daran erinnerten, dass Jim gestern Abend nicht erschienen war. Lebensmittelvergiftung hin oder her – es würden doch nur wenige Eltern die Hochzeit ihres Kindes verpassen wollen. Nachdem sich die Dinge so völlig anders entwickelt hatten, wurde seine auffällige Abwesenheit offenbar geflissentlich übersehen.

»Das ist das Einzige, was wir tun können. Das Poloteam von

Jack hat vor, eine Million Dollar für die Stiftung aufzubringen. So wird eine ganze Menge Geld zusammenkommen«, fuhr sie fort. Sie drehte ihre doppelreihige Perlenkette um einen Finger.

»Hat Jack dir erzählt, dass er meint, Hope habe sich nicht selbst umgebracht?«, fragte Adelaide.

Fiona beugte sich zu ihr hin und legte ihre Hände auf Adelaides Knie. »Ja. Aber, meine Liebe, es ist besser, wenn du nicht auf Jacks Gerede hörst. Er ist aufgewühlt, wie du dir sicher denken kannst, und wütend. Er weiß nicht, was er sagt. Ich habe ihn angefleht, ruhig zu sein und euch nicht damit zu quälen. Das ist doch das Letzte, was ihr jetzt gebrauchen könnt.«

»Er hat nicht mit uns gesprochen, sondern mit Fanny.«

»Ach, wirklich.« Fiona sah zu Frances hoch, als würde sie ihre Anwesenheit erst jetzt wahrnehmen. »Ihr werdet aber nicht zulassen, dass eine Autopsie durchgeführt wird, oder?« Obwohl sie ihre Frage an die Lawrences richtete, sah sie Frances immer noch mit einem Blick an, den diese nicht einschätzen konnte.

»Ich denke, sie sollten es tun.«

»Sie wissen hoffentlich, dass Sie einen Fehler machen.« Sie stand auf und zog an ihrer Hose, um die Bügelfalten zu richten. »Sie wissen ja nicht, was Sie damit ins Rollen bringen. Alle Details ihres persönlichen Lebens werden zur Schau gestellt werden. Je eher ihr sie zur Ruhe bettet, desto mehr wird eure Privatsphäre respektiert werden.«

»Ich glaube ehrlich gesagt nicht, dass das, wovon wir reden, viel mit Privatsphäre zu tun hat«, erwiderte Frances und wunderte sich, dass sie plötzlich so angespannt war.

»Das können wir nicht zulassen.«

»Die Sache hat nichts mit Ihnen zu tun.«

Fiona wandte sich wieder Adelaide zu. »Das stimmt nicht. Es geht mich etwas an, weil mein Sohn mit Hope zusammen war. Was sie getan hat, wird auch auf ihn zurückfallen. Er soll nicht noch mehr gekränkt und gedemütigt werden als bereits geschehen ist. Und wir werden alle noch weiter hier leben müssen.«

»Bill ist derselben Ansicht«, sagte Adelaide sanft.

»Das habe ich mir gedacht.«

Frances war verwirrt. Eine Autopsie war eine rein medizinische Prozedur, um die genaue Todesursache festzustellen. Was gab es denn da zu verstecken? Sie sah Fionas geschürzte Lippen, die Falten der Anstrengung, die sich auf ihrer Stirn abzeichneten. Welche Geheimnisse barg Hopes Körper, die niemand aufgedeckt haben wollte? Diese Unterhaltung hier hatte offenkundig noch einen anderen Hintergrund, von dem sie überhaupt nichts wusste. Sie dachte wieder an die Punkte, die Jack angesprochen hatte – Hopes Ängste, ihre Unfähigkeit, eine derartige Schlinge zu machen, der fehlende Ring. Hatte er mit seinen Vermutungen Recht, oder wollte er einfach nur nicht der Wahrheit über Hopes Kummer ins Gesicht sehen? Das machte alles keinen Sinn.

»Wir mochten Hope auch.« Fiona schob ihre Tasche über den Unterarm. »Wir werden so bald wie möglich ein Treffen mit unserem Anwalt über die Gedenkstiftung vereinbaren. Bitte ruft mich unbedingt an, wenn wir irgendetwas tun können. Was immer es ist.«

»Sag Jack doch bitte, dass er gern vorbeikommen kann. Er ist hier immer willkommen. Ich möchte, dass er das weiß. Für uns gehört er zur Familie«, sagte Bill.

»Jetzt ist er gerade zu Hause. Sein Vater ist bei ihm. Aber ich werde es ihm ausrichten«, sagte sie, als sie sich zum Gehen wandte.

Der Vater, der bei der Hochzeit nicht dabei sein konnte, dachte Frances. Er hatte offenbar eine wundersame Heilung erfahren.

Als sich die Tür hinter Fiona geschlossen hatte, sah Frances, wie sich die Blicke von Bill und Adelaide trafen. Sie schienen für einen Moment still miteinander zu kommunizieren. Diese Sprache hatten sie in Jahrzehnten der Ehe entwickelt, und sie war für den, der sich außerhalb ihres Universums befand, nicht zu erschließen. Schließlich sagte Bill mit leiser Stimme: »Sag der Polizei, dass wir nichts unternehmen werden. Wir stimmen dieser Sache zu.«

14

Die Church of the Holy Spirit war leer. Frances wartete hinten, während ihre Tante den Gang hinaufging, einen Knicks andeutete und dann in eine Bankreihe glitt. Als sie ihren Kopf zum Gebet neigte, rutschte ihr der dünne Schal vom Kopf und fiel zu Boden. Sie machte sich nicht die Mühe, ihn wieder aufzuheben.

Sie hatte Frances gebeten, nach dem Mittagessen mit ihr zur Kirche zu gehen. Und Frances war nur zu froh, ihr einen Gefallen tun zu können, eine konkrete Aufgabe zu haben und die Möglichkeit, aus dem Haus zu kommen. Seit die Lawrences beschlossen hatten, die Autopsie nicht zu verhindern, war die Stimmung in dem Haus am Smith's Point noch gedrückter, die Atmosphäre noch schwermütiger. Frances hatte sich schon oft gefragt, warum es das Trauern so viel schwerer macht, wenn sich Unklarheiten um einen Tod ranken. Wieso machten offene Fragen den Schmerz in vieler Hinsicht größer, wo doch klar war, dass auch Antworten den Verstorbenen nicht wieder zurückbringen würden? Aber Hopes Tod schien nur eine erneute Bestätigung für dieses Phänomen zu sein.

Auf dem Weg die Auffahrt hinunter, um die Kurve und über die Straße, hakte sich Adelaide bei Frances unter. »Dein Vater und ich haben immer zusammen über unsere Mädchen gelacht. Du und deine Schwester Blair und Penelope, ihr wart viel erwachsener. Hope war der kleine Hüpfer, der hinter euch herrannte, in diesen roten Hausschuhen, die sie immer trug. Ich erinnere mich noch an ihr kleines Stimmchen, diese freudige Juchzen, wenn sie ›Fanny‹ rief. Dein Spitzname machte ihr so einen Spaß. Dein Vater und ich haben viele Stunden damit verbracht, euch vier anzuschauen. Du warst ihr so eine gute kleine Mama. Hast immer nach ihr gesehen, um sicherzugehen, dass sie auch mitkam. Du hattest eine erstaunlich fürsorgliche Ader. Wie ich diese Sommer vermisse!«

»Ich glaube, das tun wir alle.«

In der Kirche angekommen, machte Adelaide keinen Versuch, Frances mit nach vorn zu nehmen. »Ich brauche nur einen Augenblick.«

»Lass dir Zeit.«

Sie sah auf ihre Uhr. Es war fast zwei Uhr. Sie musste Sam anrufen und ihm erzählen, was los war. Er sollte sich keine Sorgen machen, oder jedenfalls nicht mehr als sonst. Im alltäglichen Leben war sie dankbar für seine Anteilnahme und Fürsorglichkeit. Doch sie wollte nicht, dass ihr verlängerter Aufenthalt in Manchester ein Grund zur Beunruhigung für ihn wurde. Es ging ihr doch gut, oder?

Während sie im Eingang auf ihre Tante wartete, dachte sie an die wenigen Male, die sie in einer Kirche irgendeiner Konfession gewesen war, mal abgesehen vom wöchentlichen Bingo-Spiel in der kleinen Kirche in ihrer Nähe. Das erste Mal hatte die Köchin Kathleen sie zu einer katholischen Messe mitgenommen. Sie erinnerte sich noch, wie sie die Treppe hinuntergestiegen war. Unten hatte Kathleen an der Tür in einer kurzen Jacke mit Perlenknöpfen und rosafarbenen Kordeln an den Ärmeln gewartet. Sie hatte sich die Haare aufgedreht, sodass die weichen Locken ihr Gesicht umrahmten. Auf ihrem Kopf saß anmutig ein weißer Hut, der einem umgedrehten Hundenapf glich. Ihre dicken Knöchel staken trotz der dreißig Grad Hitze in blickdichten Strümpfen. »Wo ist dein Hut?«, hatte Kathleen gefragt.

»Ich habe keinen«, hatte Frances erwidert und sich sofort befangen gefühlt. Kathleen hatte ihre nackten Beine, die knochigen Knie und die schmutzigen Sandalen betrachtet.

»Macht nichts«, hatte sie gemurmelt und Frances aus der Tür hinausgeschoben.

Kenny, der ältliche, spindeldürre Gärtner der Lawrences saß bei laufendem Motor hinter dem Steuer seiner lilafarbenen Limousine. Er stieg aus, als sie sich näherten und öffnete die hintere Tür. »Was macht sie denn hier?«, hatte er mit Blick auf Frances gefragt.

»Keiner hier scheint sich um die religiöse Erziehung dieses Mädchens zu kümmern, deshalb werde ich sie einfach zur Katholikin machen. Das ist das Beste für sie. Die Religion unseres großen Präsidenten, Gott hab ihn selig, wird auch für die Pratts gut genug sein.«

Frances erinnerte sich, wie sie in einer riesigen Kirche saß, mit gemauerten Decken und bunten, mit Blei gefassten Fensterbildern von der Mutter Maria, dem Abendmahl und der Kreuzigung. Kathleen bekreuzigte sich, ehe sie zum Gebet niederkniete. »Betest du für dich selbst?«, hatte sie geflüstert.

»Zur Vergebung meiner Sünden. Und deiner«, hatte Kathleen erwidert.

Sie wurde aus ihren Träumen gerissen, als sie ihren Namen hörte, und drehte sich um. Vater Whitney kam aus einem kleinen Torweg links von ihr. Ohne sein Ornat, das er für Hopes Hochzeit angelegt hatte, wirkte er jünger und attraktiver. Seine Erscheinung erstaunte sie. Wäre da nicht sein Beffchen gewesen, man hätte ihn leicht für einen Golfspieler aus dem Field-and-Hunt-Club halten können.

»Ich bin Vater Whitney. Wir sind uns schon kurz im Singing-Beach-Club begegnet.«

»Ja, ich erinnere mich.«

Sein Blick wanderte den Gang hinunter und verweilte dann auf Adelaide, die still in der Bank kniete. »Ich bin froh, dass sie hierher gekommen ist. Heute Morgen war sie nicht im Gottesdienst, und ich habe mir Sorgen gemacht. Ich wollte nicht, dass sie sich schämt.«

»Sich schämt?«

»Adelaide ist ein tief religiöser Mensch. Ebenso wie ihre Tochter es war. Und ich mache mir Sorgen, wie sie mit dieser Sache umgehen wird.«

»Sie ist sehr stark.«

»Ja. Ja, ich weiß.« Er runzelte seine Augenbrauen. »Unser Herr vergibt uns allen.«

»Was meinen Sie damit?«, fragte Frances und bedauerte die Schärfe in ihrer Stimme, aber ihr gefiel einfach nicht, dass hier das Thema Schuld angedeutet wurde.

»Das Sechste Gebot sagt uns: ›Du sollst nicht töten.‹ Selbstmord ist eine Sünde. Das menschliche Leben ist heilig, teuer. Aber Hope ist vergeben worden. Gott hat ihr vergeben. Sie ist durch das Tal des Todes gewandert, hin zum ewigen Leben. Adelaide als die Zurückbleibende muss Scham über das empfinden, was geschehen ist. Ich möchte ihr einfach nur versichern, dass sie nichts falsch gemacht hat.«

Aber welche Eltern würden nicht genau das denken?

»Ich würde gern einmal vorbeikommen, wenn das nicht zu aufdringlich ist. Adelaide und Bill sollen wissen, dass diese Gemeinde sie voll und ganz unterstützt. Und ich bin für sie da, wenn es irgendetwas gibt, womit ich helfen oder sie trösten kann. Ich bete, dass sie angesichts dieser Tragödie nicht ihren Glauben verlieren«, fuhr er fort.

»Das ist sehr freundlich von Ihnen«, sagte Frances. Sie wünschte, dieses Gespräch würde ein Ende nehmen.

»Verstehen Sie mich bitte nicht falsch. Selbst den leidenschaftlichsten Gläubigen fällt es in solchen Zeiten schwer, an ihrem Glauben festzuhalten. Wir sind wie Hiob. Er hat die Prüfungen, die Gott ihm auferlegt hat, infrage gestellt. ›Ich will meiner Klage ihren Lauf lassen‹, ruft er aus, als er nach Gott sucht.« Er schwieg einen Augenblick. »Haben Sie vielleicht »Wenn guten Menschen Böses widerfährt« gelesen?«

»Nein, das habe ich nicht.«

»Das ist eine Abhandlung darüber, wie wir unser Gottvertrauen bewahren können, wenn die Umstände doch viel schrecklicher sind, als wir uns vorstellen können. Ich habe das Buch in Zeiten wie diesen immer als äußerst hilfreich empfunden. Wären Sie so nett, es Adelaide von mir zu geben, von uns allen hier in der Kirchengemeinde?« Frances hatte nicht gesehen, dass er etwas in der Hand hatte, aber jetzt hielt er ihr das dünne Büchlein von Rabbi Kushner entgegen. Der Umschlag war an den Ecken leicht angestoßen.

»Sie wird sicher sehr dankbar dafür sein.« Frances versuchte zu lächeln. Sie blätterte in dem Buch. »Ein heilendes Buch für alle, die vom Leben verletzt wurden«, stand auf dem Umschlag. Das traf so ziemlich auf jeden Menschen zu, dem sie je begegnet war.

»Hopes Glaube war äußerst wichtig für sie. Während sie ihren Glauben aufbaute und erforschte, fasste sie Vertrauen zu mir. Wir waren Freunde. Wenn es etwas gab, worüber sie sprechen wollte, dann konnte sie es mir anvertrauen. Wenn ich irgendwie behilflich sein kann, ihren Eltern Aufschluss über ihre Erfahrungen und Leiden zu geben, dann möchte ich das gern tun.« Er sah den Gang entlang zu Adelaide. »Es tut mir Leid, aber ich kann nicht warten, bis sie fertig ist. Ich muss zu den ans Haus Gefesselten, zu den Mitgliedern unserer Gemeinde, die nicht zur Kirche kommen können, und ihnen den Leib Christi bringen«, erklärte er. »Ich werde heute Nachmittag vorbeikommen und nach ihr sehen. Gott segne und beschütze Sie.«

»Danke.« Frances blickte ihm nach. Sie drehte das kleine Büchlein, seine Trostgabe, in der Hand und dachte über das nach, was er erzählt hatte. Wenn er Hope so gut kannte, warum hatte er dann ihren Tod nicht kommen sehen? Sie grübelte über seine Worte nach. Vertrat er vielleicht Jacks Ansicht, dass Hope sich gar nicht selbst umgebracht hatte? Wollte er damit sagen, dass sie solch ein frommes Mitglied der Kirche war, dass sie sich niemals selbst getötet hätte? Musste es jemand anders getan haben? Wenn das der Fall war, dann schien es so, als würden alle Menschen, die Hope nahe standen, zu derselben Schlussfolgerung kommen.

»Meaty. Meaty, ich bin's, Fanny. Fanny Pratt.« Das Knacken und die Störungen in der Leitung machten eher den Eindruck, als würde sie in Tibet anrufen und nicht auf einem Handy in Riverhead, New York.

»Was glaubst du denn, wie viele Fannys ich kenne?« Sie hörte Meatys vertrautes tiefes Lachen. »Wo bist du, verdammt noch mal?«, fragte er.

»In Manchester in Massachusetts. Das ist ungefähr dreißig Meilen nördlich von Boston. Auf Cape Ann.«

»Und wo warst du die ganze Zeit? Ich habe ja ewig nichts mehr von dir gehört.«

Frances wusste, dass er Recht hatte. Obwohl sie bei der Staatsanwaltschaft in Suffolk County sieben Jahre lang zusammengearbeitet hatten, hatte Frances es nicht über sich gebracht, Ende April zu seiner Verabschiedung in den Ruhestand zu kommen. Sie hatte ihn anrufen wollen, als sie die getippte Einladung erhalten hatte. Eine riesige Ankündigung versprach eine Mitbring-Party in der Veterans Hall und jede Menge Spanferkel, um einen hochrangigen Gesetzeshüter zu verabschieden. Aber Partys waren nicht ihr Ding, und sie hatte auch nicht so recht gewusst, was sie hätte sagen sollen, und so war sie einfach nicht hingegangen.

Aber er fehlte ihr. Meaty war einer der wenigen Freunde, die sie hatte. Er hatte jede größere Ermittlung geleitet, die

Frances während ihrer Zeit als Leiterin der Abteilung für Wirtschaftskriminalität bei der Staatsanwaltschaft in Suffolk County durchgeführt hatte. Sie wusste auch, dass er ihr eine glänzende Empfehlung gegeben hatte, als die Leute von der Vereinigung gegen häusliche Gewalt ihre Referenzen prüften. Es gab niemanden, der ihre Karriere so unterstützt und so sehr an ihr professionelles Urteil geglaubt hatte.

Wahrscheinlich machte er jetzt mit seiner sowohl staatlichen wie auch kommunalen Pension genau das, was er liebte: mit seiner zwölfjährigen Enkelin zu den Spielen der Yankees gehen, Kühlschrankmagneten kaufen, in den Touristenfallen von Long Island für seine Frau, mit der er zweiundvierzig Jahre verheiratet war, Schneekugeln und Weihnachtsbaumschmuck aussuchen, auf seiner Terrasse sitzen und jede Menge Baisers essen. Sie hatte gehört, er habe sich mit drei anderen Polizisten ein stattliches Siebenundzwanzig-Fuß-Boot gekauft. Es war ein Motorboot, das sie auf einer Auktion beschlagnahmter Sachen beim Zoll ersteigert hatten und das eine komplette Navigationsausrüstung mit Sensoren und Funkgeräten besaß. Sie wollten es zum Tiefseeangeln benutzen. Sie stellte sich Meaty am Ruder vor, wie er im Kielwasser irgendeines anderen Bootes hin und her kreuzte und sich mit seinen Kumpels darüber freute, dass sie ein Schnäppchen gemacht hatten, weil irgendein kleiner Schmuggler zu blöd gewesen war, der Küstenwache aus dem Weg zu gehen. Sie hoffte, dass er glücklich war.

»Ich sollte mich wohl mal entschuldigen«, begann Frances. Nachdem ihre Stiefmutter gestorben war und sie die Staatsanwaltschaft verlassen hatte, hatte er sie mehrmals versucht zu erreichen, aber sie hatte ihn nie zurückgerufen.

»Vergiss es.«

»Ich war einfach …«

»Hör mal. Ich werde dich immer mögen, Kleines, also red nicht rum. Nun, da du nicht in der Nähe bist und ich ungefähr ein Jahr lang nichts von dir gehört habe, nehme ich mal an, du hast mich nicht gerade angerufen, weil dir das Wasser im Long Island Sound fehlt. Was ist los?«

»Du weißt einfach immer Bescheid.« Frances hielt kurz inne. Es gab nur wenig Menschen, die so waren wie Meaty. »Ich brauche Hilfe.«

»Was gibt's?«

Sie fasste so gut sie konnte alles, was in den vergangenen vierundzwanzig Stunden geschehen war, für ihn zusammen.

»Und wer hat die Sache mit dem Selbstmord infrage gestellt?«

»Ihr Mann, oder besser gesagt, der, den sie heiraten sollte. Jack Cabot.«

»Hmmmm.«

»Warum?«

»Was weißt du von ihm?«

»Ich kenne ihn schon lange, aber nicht besonders gut. Er stammt aus einer reichen Familie in Manchester und ist ein professioneller Polospieler. Hope und er sind zusammen aufgewachsen.«

»Was für einen Eindruck macht er?«

»Er ist völlig außer sich. Wütend. Was ich erwartet hatte.« Während sie das sagte, wurde ihr bewusst, dass sich noch nie jemand aus ihrer Umgebung das Leben genommen hatte. Sie wusste also gar nicht, was sie erwarten sollte.

Eine kurze Pause entstand. »Also, wenn sich herausstellt, dass es Mord war, dann sagt die Statistik, dass wahrscheinlich Jack der Mörder ist. Aber das muss ich dir nicht sagen, du bist schließlich jetzt die Spezialistin in Sachen häusliche Gewalt.«

»Aber …«, stammelte Frances. Sie hatte Meaty nicht angerufen, damit er über Jack oder irgendjemand anders einen Verdacht äußerte. Alles, was sie wollte, war etwas Hilfe. Jemand in Massachusetts mit Verbindungen zur Gerichtsmedizin und vielleicht zur Staatsanwaltschaft von Essex County. Sie befand sich auf fremdem Boden und brauchte einen Kontakt.

»Kennst du nicht irgendjemanden aus der Gegend hier, den ich um Informationen bitten könnte? Jemand, der mich vielleicht wie einen Ermittler behandeln würde?«

»Ja. Ein Typ namens Elvis. Elvis Mallory. Genauer gesagt ist er ein Verwandter, hat vor ein paar Jahren Carols Cousine geheiratet. Aber das würdest du nicht glauben, wenn du ihn triffst.«

»Kennst du ihn daher?«

»Nein. Wir kennen uns schon ganz lange, vielleicht fünfzehn Jahre. Wir haben damals zusammen an einem Fall von Lynchjustiz gearbeitet. Ein Metzgerladen in Lynn. Auf den Besitzer war ein Anschlag verübt und sein Kopf per Post nach Manhattan geschickt worden. Jedenfalls war Elvis der Chef der Abteilung für organisiertes Verbrechen bei der Staatsanwaltschaft in Boston. Er hatte uns um Hilfe gebeten. Er ist ein ulkiger Typ, ein bisschen schrullig, aber ein sehr guter Kerl mit einem Herzen aus Gold.«

»Und er hat Carols Cousine geheiratet?«

»Ja. Und ich hab sie miteinander bekannt gemacht. Margaret – Maggie –, also die ist wirklich eine starke Frau, aber das ist eine andere Geschichte. Sie sind jedenfalls schon seit Jahren zusammen, haben aber erst kürzlich geheiratet.«

»Kannst du mir seine Nummer geben?«

»Ich werde ihn für dich anrufen. Aber vergiss nicht, dass heute Sonntag ist. Für die meisten von uns ist das ein Ruhetag. Möglicherweise bekomme ich erst morgen Antwort.«

Er hielt kurz inne. »Ist die örtliche Polizei eigentlich schon dran?«

»Ja. Sie sagen, dass eine Autopsie unter den gegebenen Umständen üblich sei, was immer das heißt. Aber die Eltern glauben nicht ernsthaft an etwas anderes als Selbstmord. Keiner von uns hat Anlass, am Offenkundigen zu zweifeln.«

»Und du spielst wieder Privatdetektivin, oder?« Meaty lachte.

»Wohl kaum. Ich bin nur zufällig mittendrin gewesen. Das Würstchen im Hotdog«, fügte sie hinzu und versuchte locker zu klingen. »Ich wäre dir ewig dankbar, wenn du mir da raushelfen könntest.« Sie gab ihm ihre Handynummer und die Telefonnummer ihrer Tante. »Du kannst mich auf beiden Nummern erreichen.«

»He, Kleines, ehe du auflegst: Bist du okay?«

»Was meinst du?«

»Ich meine ….« Er unterbrach sich. »Ich will einfach nur wissen, ob du damit klarkommst.«

Frances lächelte ins Telefon. Sie war dankbar für seine Anteilnahme. »Ich hänge ziemlich drin und könnte den Anblick deines hübschen Gesichts ganz gut gebrauchen.«

»Mit deinen Schmeicheleien erreichst du alles.« Meaty legte auf.

Frances sah zu, wie Sam seinen Koffer in den Kofferraum des Jeeps stellte. Er schlug die Hecktür zu. Seine Bewegung war so anmutig, als er sich vorbeugte, das Gepäck nahm und ins Auto hob. Sie staunte über die Mühelosigkeit seiner Kraft.

Er drehte sich zu ihr um und blinzelte leicht. Der Nebel hatte sich endlich aufgelöst, und die Sonne des Spätnachmittags schien grell auf den schwarzen Asphalt des Parkplatzes am King's Arm Motor Lodge. »Ich sage es nicht noch einmal«, sagte er, aber Frances wusste, dass er es doch tun würde. »Ich denke, du solltest nach Hause kommen.«

Sie schloss die Augen und stellte sich das, wovon er sprach, vor: das Farmhaus mit seiner knarrenden Veranda. Ihre Betten mit den geblümten Überwürfen. Ihre zwei Hunde, Felonious und Miss Demeanor, zu ihren Füßen, ein Feuer, ein Single Malt Scotch. Nach Hause. Sie summte die Worte einen Moment lang, ehe sie sich zwang, wieder in die Wirklichkeit zurückzukehren. Sie legte die Arme zärtlich um seinen Nacken und lehnte sich an seine Brust. »Ich kann nicht.«

»Du hast sicher deine Gründe, aber ich denke trotzdem, dass du mitkommen solltest.«

»Ich werde dich anrufen, sobald ich weiß, was hier Sache ist. Umarme die Hunde für mich.«

Sam ging zur Fahrerseite, öffnete die Tür, ließ das vordere Fenster herunter und setzte sich hinter dem Steuer zurecht. »Soll ich nicht doch den Leihwagen nehmen?«

»Nein. Ich werde ihn in New London zurückgeben und dann die Fähre auf die andere Seite nehmen.«

»Ich werde dich da abholen.« Er startete den Motor, ließ ihn aber im Leerlauf. »Hör mal, Fanny. Ich weiß nicht, ob ich gehen oder hier bleiben soll. Ich möchte das tun, was das Beste für dich wäre, aber dieses eine Mal musst du es mir sagen, denn ich kann deine Gedanken nicht lesen.«

Sie legte die Hände auf die Autotür und lehnte sich zu ihm hinüber. »Fahr los.«

»Ein Wort, und ich bin wie der Blitz wieder hier.« Er legte seine große Handfläche auf ihre Fingerspitzen. »Ich liebe dich.«

Frances lächelte, erwiderte aber nichts. Er legte den ersten Gang ein, und sie sah, wie der glänzende blaue Jeep den Parkplatz verließ und auf der Route 128 nach links abbog. Einen Moment lang hatte sie das Bedürfnis, hinter ihm herzulaufen, Hopes Tod, Jacks Zweifel und die Autopsie einfach zu vergessen. Einfach zum alltäglichen Leben auf Orient Point zurückzukehren. Aber sie wusste, dass sie die Dinge, die sie hier erfahren hatte, nicht einfach verdrängen konnte.

Sie schlug die Arme um ihre Taille, um ein Frösteln zu unterdrücken, das sie trotz des wärmer werdenden Wetters überkam. Sam hatte Recht: Selbst wenn die Autopsie zeigte, dass Hopes Tod kein Selbstmord war, gab es nur wenig, was Frances tun konnte. Sie war keine Staatsanwältin mehr. Und selbst wenn sie es wäre, dann befände sie sich doch außerhalb ihrer Zuständigkeit. Sie hatte keine Kontakte in Massachusetts, abgesehen von einem älteren Polizisten, den Meaty kannte. Warum also fühlte sie sich verpflichtet, sich in diese tragische Situation einzumischen?

Frances dachte an ein Wochenende in Manchester zurück, als Hope noch ein kleines Mädchen gewesen war. Es war ein Samstagabend gewesen, der Sommerbesuch der Pratts ging zu Ende. Ihr Vater war wegen dringender Geschäfte für einen Tag nach New York gefahren, und Adelaide hatte beschlossen, die Mädchen auszuführen. Sie drängelten sich alle in den Volvo und fuhren zur Eisdiele nach Beverly Farms. Das Geschäft war ein umgebauter Eisenbahnwaggon mit blauen Kunstlederbänken, Resopaltischen und langsam rotierenden Messingventilatoren an der Decke. Neunzig Cent kostete eine Portion, und es gab alle Zutaten, die zu einem wunderbaren Eisbecher gehörten. Adelaide half den Mädchen, heiße Karamellsoße, Krokant, Sahne und Bonbons so hoch aufzuhäufen, dass das Vanilleeis darunter gar nicht mehr zu sehen war. Dann drängelten sie sich auf eine Bank. Frances erinnerte sich an das Gefühl, wie ihre nackten Beine sich an die von Blair pressten, an den begeisterten Gesichtsausdruck von Hope, die mit den Händen aß und ihre Pausbacken mit Schokolade beschmierte. Ihr Lachen erfüllte das Restaurant. Ein vorbeigehender Fremder hätte sie für eine große Familie gehalten. Und Frances erlaubte sich an diesem einen Abend, dasselbe zu glauben.

Als sie wieder in Smith's Point waren, hatte ihre Tante sich bei Frances auf die Bettkante gesetzt und ihr den vollen Bauch gestreichelt. Die sanfte Berührung half gegen ihr Bauchweh.

»Kann ich immer hierher zurückkommen?«, hatte sie gefragt.

»Immer. Wir werden immer hier sein, und wir werden uns immer darüber freuen, wenn du bei uns bist. Egal, wann du kommst.«

Frances erinnerte sich noch, wie sie sich die Decke bis unter das Kinn gezogen und den süßen Duft von Adelaides Waschpulver eingeatmet hatte. Das Zimmer, in dem sie schlief, war eigentlich ein Gästezimmer, aber es war viel bequemer als das Zimmer im Haus ihres Vaters. Die beiden Betten, ein mit Litze eingefasster ovaler Teppich, ein weißer Tisch mit Griffen aus Plexiglas und die Spitzenvorhänge – das alles blieb Jahr um Jahr unverändert und schien sie stets willkommen zu heißen. Sie schloss die Augen und wollte den Abend für sich bewahren.

»Bleibst du bei mir, bis ich eingeschlafen bin?«

»Ja.« Adelaide hatte ihr Wort gehalten und ihren Bauch gestreichelt, während sie langsam einschlief.

Ihre eigene zerrissene Familie bereitete ihr im Laufe der Jahre immer mehr Schmerzen. In diesen Zeiten hegte sie nostalgische Erinnerungen an das Haus ihrer Tante, an ihre mütterliche Wärme und Umarmung und die gutmütige Art, in der sich ihr Onkel in die Aktivitäten der Familie einbrachte. Sie brauchte ein Ideal. Jetzt war diese scheinbar verzauberte Familie von einem Albtraum heimgesucht worden. Frances spürte, dass auch sie in ihren Grundfesten erschüttert war. Es war nicht nur der Schmerz über Hopes Tod, es war auch der Verlust ihres Familienmythos.

Aber es gab noch etwas, das sie zum Bleiben zwang. Wenn Hopes Tod ein Mord war, dann hatte Frances, wie sie sich schmerzlicherweise eingestehen musste, wahrscheinlich am Tatort Spuren vernichtet. Sie war so eifrig bei der Suche nach ihrer Cousine gewesen, und dann so entsetzt, als sie sie fand, dass sie Türen geöffnet und geschlossen und Gegenstände im Zimmer angefasst hatte. Und dann hatte sie auch noch Hopes Körper von der Schlinge abgenommen. Die Einzelheiten, an die sich Jack erinnerte, zeigten nur, wie wenig sie selbst noch von dem wusste, was sie gesehen hatte. Sie glaubte kaum, dass jetzt noch eine Spurensicherung am Tatort stattfinden könnte, und der Gedanke, dass Hopes Mörder vielleicht wegen ihrer Nachlässigkeit davonkommen könnte, war schrecklich. Sie schlang ihre Arme um sich. Sie brauchte allen Mut, den sie nur aufbringen konnte.

15

Die Eingangstür war nur angelehnt, als Frances zurückkehrte, aber das Haus war dunkel. Sie suchte im Abendlicht den Weg zur Bibliothek. Die Asche glühte noch, aber das Feuer vom Tag war heruntergebrannt. Die Rollos waren heruntergezogen. Im Fernseher, den Frances zunächst gar nicht bemerkt hatte, weil er sich in einem eleganten holzvertäfelten Schrank befand, liefen die Nachrichten. Das blaue Licht des Bildschirms verbreitete ein unheimliches Leuchten.

Sie überflog den Inhalt der eingebauten Bücherregale. Die Bibliothek war beeindruckend. Da waren in Leder gebundene Ausgaben von Walter Scott, Washington Irving, Thomas Carlyle, James Fenimore Cooper und Charles Dickens. Dazu Atlanten, Lexika, Enzyklopädien und eine Menge anderer Nachschlagewerke. Eine Abteilung widmete sich der Geschichte der Seefahrt und war bestückt mit Bildbänden über das Meer, eine andere enthielt Romane der Gegenwart. Zwischen den Büchern standen immer wieder Familienbilder: Bill und Adelaide beim Golfen in Schottland. Adelaide neben Hope, die den Talar der Collegeabsolventen trug. Jack in seinem Polodress auf einem wunderschönen kastanienbraunen Pferd, neben ihm Hope, die die Zügel hielt. Einige etwas unscharfe Schwarzweißfotos von Hope als Kleinkind, in einem weißen Spitzenkleid im Sand spielend. Eine Zeit lang betrachtete Frances das Bild einer Gruppe von Teenagern, die vor einem Tennisnetz standen. Es war eine bunt gemischte Mannschaft aus sommersprossigen Jungen und Mädchen von unterschiedlicher Größe und Statur. Alle trugen weiße Polohemden mit den Initialen »F&HC« auf der linken Brusttasche. Frances nahm das Bild in die Hand und sah sich die Gesichter genau an. Da war Blair, daneben sie selbst, eine mürrisch dreinblickende Penelope, und Hope, die Kleinste von allen, in der ersten Reihe der Tennisschüler des Field-and-Hunt-Club. Warum waren die Pratt-Mädchen in jenem Sommer so lange in Manchester gewesen, dass sie daran teilnehmen konnten?

Sie erinnerte sich, dass ihr Vater ihr irgendetwas von einer Geschäftsreise erzählt hatte, die sehr wichtig war: Saudi-Arabien, dann Kuwait und der Ferne Osten. Er musste im Juli abreisen, dem Monat, den er gewöhnlich mit Frances und Blair verbrachte. Das hatte zu einer Reihe von Telefongesprächen zwischen ihrer Mutter und ihrem Vater geführt. Warum sollten seine Töchter zu Besuch kommen, wenn er nicht da war? Warum sollten sie bei ihrer Stiefmutter sein? Die Lösung war dann gewesen, dass sie zwei Wochen in Manchester blieben, bei der beständigen Adelaide und der Lawrence-Familie, wo nicht über Pläne gestritten werden musste.

Sie hörte Schritte und drehte sich um. Dort stand Penelope mit einem Glas Rotwein.

»Mom und Bill sitzen oben beim Essen. Sie wollen allein sein.«

»Natürlich. Ich hoffe, ich störe euch nicht.«

»Ich sollte so schnell wie möglich zurück nach Boston«, sagte Penelope und ignorierte Frances' Bemerkung. Sie ließ sich auf dem Zweisitzer-Sofa nieder und nahm einen Schluck von der purpurroten Flüssigkeit. »Aber mir ist einfach nicht danach, jetzt zu fahren. Nicht heute Abend. Kann ich dir etwas zu trinken anbieten?«

»Nein, danke.« Sie sah zum Fernseher hinüber, wo der Wetterbericht gerade warme Luftfronten für die nächsten Tage vorhersagte. »War in den Nachrichten irgendetwas über Hopes Tod?«

»Nein. Bill bat mich, sie anzusehen. Mom und er sind sehr besorgt über mögliche Berichte in den Medien. Man könnte meinen, dass sie jetzt wirklich andere Probleme hätten.« Penelope zog ihre Füße aus den hellgrünen Pantoffeln, besah sich kurz ihre Fußnägel, die feuerrot lackiert waren, und hob ihre Beine auf das Sofa.

Frances ging zurück zum Regal und besah sich weiter die aufgestellten Fotos. Die vergangenen vierundzwanzig Stunden erschienen ihr wie verschwommen. Sie hatte immer noch nicht ganz begriffen, dass ihre Cousine tot war. Wenn man die Bilder der lächelnden Hope ansah, konnte man das leicht vergessen. Hope war nicht da, denn sie war auf Hochzeitsreise. Zwei Wochen in Europa, so wie Jack es geplant hatte. »Wir drei hatten die Gene der Pratts, und dann kam da dieses blonde zarte Mädchen. Ich wollte sie immer anziehen und ihr die Haare kämmen. Sie wirkte wie ein lebendig gewordenes Madame-Alexander-Püppchen.« Sie erinnerte sich an die eleganten Bräute und Ballerinas in den Vitrinen in der Spielzeugabteilung des Kaufhauses, die sie und ihre Schwester gesammelt hatten.

»Madame Adelaides Püppchen. Das war sie.«

Ein Holzscheit knackte, und Frances drehte sich um, um die herausspringenden orange-roten Funken zu sehen.

Penelope wischte sich mit der Hand über die Augen. »Hope brauchte Hilfe und keine Hochzeit.«

»Welche Hilfe?«

»Einen besseren Psychologen als der Seelenklempner, zu dem sie ging. Bulimie ist eine alltägliche Krankheit, aber ihre seelischen Probleme waren nicht in den Griff zu kriegen.«

»Bulimie?«

»Ja. Jeder dachte, sie sei magersüchtig, weil sie doch so dünn war. Aber auf der Brautparty habe ich gehört, wie sie im Badezimmer gewürgt hat. Die Party fand in meiner Wohnung statt, und das kleine Bad ist gleich neben der Küche. Sie ließ das Wasser laufen und versuchte so, es zu verbergen. Wahrscheinlich nahm sie an, dass niemand sie hören würde, weil alle im Wohnzimmer saßen und sich unterhielten. Ihr war nicht klar, wie nah ich war.«

»Wusste Adelaide das?«

»Vergiss nicht, dass wir White-Anglo-Saxon-Protestants sind. Wir sprechen nicht über Probleme. Ich habe erwogen, es ihr geradeheraus zu sagen, aber das hätte wohl nur Feindseligkeiten hervorgerufen. Mom wollte, dass Hope perfekt war, sie brauchten es beide. Und sie wollte nichts davon hören, dass es anders sein könnte. Perfektion ist die Geißel der Upper Class.« Sie schloss die Augen. »Es gab mal einen Kabarettisten in *Saturday Night Live*, seinen Namen habe ich vergessen. Aber er hatte einen Witz über all die Probleme, die privilegierte Leute haben, weil sie sich keine Sorgen über die Sachen machen können, die alle anderen quälen, wie zum Beispiel, wo man die nächste Mahlzeit herbekommt. Ich weiß noch, dass er fragte: »Schon mal von Eiweißunverträglichkeit in Äthiopien gehört?« Das war ein witziger Satz, aber er ist wahr. Mom hat sich darauf konzentriert, ob auf dem Eröffnungsempfang des Garden Club die Cocktailservietten zu den Blumengestecken passten. Es gab nichts Besseres, worauf man sich hätte konzentrieren können. Wahrscheinlich brauchte sie das Gefühl, dass all der sinnlose Kram, mit dem sie ihre Tage füllte, tatsächlich wichtig war. Entweder das, oder sie hoffte, dass ein unverdorbenes Äußeres eine gutes Fassade sei.«

»Was zu verbergen?«

Penelope lachte. »Alle unsere Neurosen.«

Frances hatte fast das Gefühl, ihre Tante verteidigen zu müssen. Für Penelope war Adelaides Großzügigkeit und Gastfreundschaft vielleicht selbstverständlich, aber jede von ihnen hatte irgendwann einmal davon profitiert. War das oberflächlich, wenn man anderen Menschen das Gefühl gab, dass sie willkommen und geliebt waren? Während der vielen Stunden, die sie in ihrem Garten verbrachte, dachte sie oft darüber nach, was ein verschwendetes Leben von einem Leben unterschied, dem eine tiefere Bedeutung innewohnte. Aber wie viel Unkraut sie auch ausriss, sie kam der Antwort nicht näher.

»War Hope auch so?«

Penelope streckte sich auf dem Sofa aus. »Hope hatte auch etwas Flatterhaftes an sich. Deshalb war sie so gern in der Kirche. Da konnte sie ehrenamtlich arbeiten und das Gefühl haben, als würde sie zu etwas Wichtigem beitragen, auch wenn das nur ein paar Stunden in der Woche nach ihrem eigenen Ermessen geschah. Doch ich denke, dass sie das Leben mit Jack als eine Verantwortung ansah, die sie nicht tragen konnte. Wie eine Vollzeitbeschäftigung. Sie würde in dieselben starren gesellschaftlichen Strukturen hineinheiraten, mit denen sie ihr ganzes Leben gekämpft hatte. Das war eine Welt, in der sie sich nicht gehen lassen konnte, und sie war zu emotional, um ständig den Schein wahren zu können.«

»Ich wusste gar nicht, dass sie so unglücklich war.«

»Das ist überhaupt nur die Spitze des Eisbergs. Ich bin nicht sicher, ob überhaupt irgendjemand mehr weiß. Doch in diesem Sommer – es muss so im Juli gewesen sein, ich weiß es nicht mehr genau –, da war ich für ein Wochenende hier. Ich war in die Stadt gefahren, um Massen von Mückenspray zu kaufen, und als ich zurückkam, war sie gerade dabei, Mom ganz furchtbar anzuschreien. Sie beschimpfte sie ganz schrecklich. Sagte ihr, sie sei die schlechteste Mutter der Welt, weil sie sich nicht einmal die Mühe gemacht habe, ihre eigene Tochter zu schützen.«

»Schützen, wovor?«

»Keine Ahnung. Irgendein schreckliches Erlebnis. Vielleicht

das Leben selbst.« Penelope schwieg eine Weile. »Am Ende hat Kathleen sie getröstet. Das steht zwar kaum in der Stellenbeschreibung, aber wir können ja nur froh sein, dass wir Personal haben«, sagte sie sarkastisch. »Mom wusste nicht, was sie tun sollte. An diesem Abend saß ich in der Bibliothek und las, als Bill hereinkam. Ich werde es nie vergessen, denn das war das erste Mal, dass einer von ihnen erkannte, dass ich die bessere Tochter war. ›Sie denkt, dass es mein Fehler ist, unser Fehler, aber es ist ihre eigene Schuld. Du warst nie so.‹ Das hat er gesagt. Er meinte, Mom und er wären mit ihren Nerven am Ende.« Penelopes Worte hingen in der Luft, und Frances schloss die Augen, um das Bild von der im Schrank aufgehängten Hope zu verdrängen.

»Hat Hope jemals mit dir darüber gesprochen, warum sie so wütend auf Adelaide war?«

»Nein. Hier erzählt doch niemand überhaupt irgendetwas. Alle sind immer fröhlich und wohlwollend und reserviert. Ich glaube, dass Hope dieser Druck zugesetzt hat.«

»Ich kann mir nicht vorstellen«, überlegte Frances laut, »dass Adelaide nicht versucht hätte, mit ihr zu reden.« Adelaide war so warmherzig und voller Zuneigung, dass man sich ihr scheinbar immer anvertrauen konnte. Es war, als würden Penelope und sie von zwei völlig verschiedenen Menschen reden.

Penelope sagte nichts und schien einen Moment lang abgelenkt. Dann sah sie zum Kamin und sagte: »Adelaide hat etwas Besseres getan als mit ihr zu reden. Sie hat irgendwann ihre eigene hilfreiche Methode, das Leben in Manchester zu meistern, mit Hope geteilt.«

»Und was für eine Methode war das?«

»Verschreibungspflichtige Medikamente. Jede Menge. Damit übersteht sie all diese gesellschaftlichen Ereignisse. Man kann unter diesen Leuten nicht zu viel trinken, denn dann gibt es Gerede. Aber ein guter Tranquilizer lässt dich alles ganz entspannt sehen. Und schlafen kannst du auch.«

Wovon redete Penelope da? War sie betrunken? Frances war schockiert. Ihre Tante erschien ihr als ein Bollwerk der Gesundheit. Etwas angespannt vielleicht, aber das hatte sie immer eher als Energie empfunden. Aber dann fielen ihr das Fläschchen und die Tabletten ein, die sie auf dem Fußboden in Hopes Schlafzimmer gesehen hatte. Konnten die von Adelaide stammen? »Das kann ich kaum glauben.« Sie hatte ihre Gedanken nicht laut aussprechen wollen.

»Das ist ja der Sinn der Sache. Du musst eine Methode finden, die dir keiner ansehen kann.«

»Und wie passt Jack in all das?«

Penelope nahm einen großen Schluck und schwenkte den Rest in ihrem Glas. »Jack ist Jack. Mom und Bill wollten nichts anderes, als dass die beiden zusammen waren. Sie haben mehr Geld investiert, als sie hatten, um das klarzustellen. Von ihm wurde erwartet, dass er ihren Geist zähmte, sie ruhig machen würde. Wie sagt man doch so scheußlich? ›Eine ehrbare Frau aus ihr machen‹, oder so. Außerdem besitzt er ein Vermögen, und das brauchten sie. Sie können ganz sicher für keinen von uns aufkommen.«

Plötzlich erinnerte sich Frances an die Bemerkung ihrer Großmutter über die Miete, die sie für ihr Cottage zahlte. Sie hatte überhaupt nicht gewusst, dass Geld hier ein Thema war. »Haben sie erwartet, dass Jack sie unterstützen würde?«

Penelope schnaubte. »Jetzt sei doch nicht so schockiert. Das hätte man ja auch so machen können, dass es keiner merkt. Hope und Jack ziehen in das große Haus, Mom und Bill in das Cottage.«

»Und was wäre dann mit Teddy?«

»Sie wird ja nicht ewig da sein.«

Frances schwieg. Wieder fragte sie sich, ob Penelopes Offenherzigkeit nicht durch den Alkohol angeheizt war. »Was hältst du von Jack?«, fragte sie.

Penelope sah auf. »Du weißt es wohl nicht, oder?«

Frances schüttelte den Kopf.

»Ich war mit ihm zusammen. Vor ein paar Jahren hatte er sich mal von Hope getrennt, weil sie nicht aufhörte, sich mit diesem anderen Typen zu treffen. Ein Mann, der um einiges älter war als sie und in Gloucester lebte. Jetzt, im Nachhinein ist mir klar, dass es nicht funktionieren konnte. Jack will keine erfolgreiche Frau, ihm gefiel es, dass Hope so abhängig war. Aber ich habe mich in ihn verliebt. Mit Haut und Haar. Ich würde ihn sofort heiraten, wenn er mich drum bitten würde. Aber wer würde das nicht tun?«

Penelopes Gefühllosigkeit wirkte unter diesen Umständen besonders schmerzhaft. »Was ist dann geschehen?«, fragte Frances.

»Sowie sie beschlossen hatte, ihm wieder mit ihrer Gegenwart zu huldigen, ließ er mich wie eine heiße Kartoffel fallen. Aber das hätte mich nicht weiter erstaunen dürfen. Hope war selbstsüchtig. Sie hat ihn wieder genommen, damit ich ihn nicht haben konnte. Sie musste doch klar machen, dass ich weniger gut, weniger begehrt war. Ich musste ständig daran erinnert werden, dass sie der Mittelpunkt aller Bewunderung war.«

»Glaubst du, dass sie ihn geliebt hat?«

»Was spielt das jetzt noch für eine Rolle?«

Beide schwiegen. Penelope goss sich noch etwas ein. »Ich glaube, wir suchen uns immer diejenigen raus, die nicht zu kriegen sind. Jack hat das gemacht. Die Tatsache, dass sie ihm nie wirklich gehören würde, dass sie sich ihm immer wieder entziehen würde, machte Hope für ihn nur noch anziehender. Das ist doch viel aufregender, als mit dem Menschen zusammen zu sein, der einen wirklich mag? Treue und Loyalität sind Eigenschaften, die man an einem Haustier schätzt, aber nicht an einem Geliebten.«

Frances dachte an Sam. Ihre Beziehung definierte sich ganz anders, aber das würde sie hier für sich behalten.

»Solange Hope da war, hatte ich bei ihm keine Chance. Ich war nur die Zweite, die Mitbewerberin, die einspringen durfte, wenn die Siegerin ihren Pflichten und Verantwortungen als Miss Perfect nicht gerecht werden konnte. ›Knapp daneben ist auch vorbei‹, wie Bill es formuliert. Das bin ich. Damit habe ich gelebt, seit ich diese elegante Wohnstatt betrat«, sagt Penelope sarkastisch. »Solange ich die Schwester von Hope war, kam ich im Vergleich schlecht weg. Du und ich, wir sind Pratts, aber sie war eine Lawrence.« Sie schwang ihre Beine auf den Boden und stand auf. »Jetzt gehe ich mal schnell ins Bett, ehe ich zu viel rede und mich in Schwierigkeiten bringe.« Sie legte ihren Kopf in den Nacken und atmete hörbar aus. »Ich bin nur eine Wirtschaftsanwältin. Keine Kandidatin für eine Staatsanwältin.«

Frances blieb unbeweglich stehen und ließ das Gespräch in ihrem Kopf noch einmal Revue passieren. Die Intensität von Penelopes Eifersucht und Ablehnung schien tiefer zu sein als gewöhnliche Rivalität unter Schwestern. Es war schwer, sich anzuhören, welche Wut Penelope immer noch gegenüber ihrer Schwester empfand. Sie musste wieder an Sams Worte über den unterschiedlichen Umgang mit Trauer denken. Vielleicht half es Penelope in ihrem Kummer, sich an ihre Wut zu erinnern. Sie konnte ihre instinktive Wahrnehmung nur schwer unterdrücken, irgendetwas war hier nicht in Ordnung.

Bevor sie das Licht ausmachte, um nach oben zu gehen, nahm sie das Foto vom Tennisplatz des Field-and-Hunt-Club noch einmal vom Regal und sah es sich an. Was war an den Gesichtern von Blair, Penelope, Hope und ihrem eigenen, das ihr ein ungutes Gefühl gab? Was suchte sie in dem Bild? Was sollte es offenbaren? Die Antwort war nicht greifbar. Aber sie konnte schon das Hässliche und die Feindseligkeit spüren, die sie entdecken sollte.

16

Frances streckte ihre Finger aus, um die Markise von 7 Central zu berühren. Als Kind war sie immer die Straße heruntergelaufen, von Bürgersteig abgesprungen und hatte dann versucht, Schilder, Überhänge oder irgendetwas zu berühren, was über ihr baumelte. Jetzt war sie erwachsen, und es ging ganz leicht. Sie hob die Hand über die Augen und blickte die Central Street entlang. Sie wusste nicht so recht, was sie eigentlich erwartete, hatte aber das Gefühl, dass das Erscheinen von Elvis Mallory Aufsehen erregend werden würde.

Er hatte mit Meaty gesprochen und sie daraufhin auf ihrem Handy angerufen. Seine Stimme war sanft und hoch, und er sprach so schnell, dass sie einiges gar nicht mitbekam. Aber das Wesentliche hatte sie verstanden: Er hatte seine Angeltour abgesagt, um ihr helfen zu können. »Ich mag es eigentlich gar nicht, wenn ich etwas fange. Das ist also eine gute Entschuldigung für mich. Ich kann es einfach nicht ertragen, wenn die majestätischen Kreaturen auf Deck liegen und wild mit den Flossen schlagen, wenn sie sterben. Bluefish sind nicht so schlimm, aber manchmal fängt man auch einen Schwertfisch oder einen Marlin, und das bricht mir dann das Herz. Meine Kumpel machen immer jede Menge Witze darüber, dass ich ein Bulle bin, der das organisierte Verbrechen bekämpfen will, aber den Tod nicht mag. Aber ich weiß, wenn es darauf ankommt, bin ich zäh wie der Dreck unter ihren Nägeln.«

Frances machte sich nicht die Mühe zu antworten, als er einen Moment lang nichts sagte, um Luft zu holen. »Also, das ist der Deal«, fuhr er fort. »Ich habe mit dem ermittelnden Kollegen in Essex gesprochen. Er ist ein guter Mann, hat schon viel von Ihrem alten Chef gehört. Ich habe die Situation erklärt, Ihre Verbindung zu dem Opfer und dass Sie Meaty kennen. Er ist bereit, Sie mitzunehmen, aber nicht vergessen: Wir finden nichts raus, was nicht auch das Büro des Staatsanwalts erfährt. Dafür muss ich geradestehen, das ist also so eine Art Bündnis.« Er machte ein klackendes Geräusch mit den Zähnen.

Frances fragte sich, was Meaty wohl alles über sie erzählt haben mochte. Offenbar mehr, als sie erwartet hatte. Aber sie hatte auch gar nicht vor, unabhängig zu ermitteln. Elvis wies hier nur auf das Offenkundige hin: Seine Loyalität galt zunächst seinem Job.

»Ich kenne Meaty schon lange«, fuhr er fort. »Meine Frau und Carol sind miteinander verwandt, aber das hat er Ihnen ja wahrscheinlich erzählt. Meine Frau ist Ärztin. Sie hat vor zehn Jahren ihre Praxis aufgegeben und ist in die Gerichtsmedizin gewechselt. Sie war einfach die Patienten leid, und sie liebt die bürokratische Arbeit. Sagt, Schreibmaschine schreiben sei Therapie. Wie auch immer. Der berufliche Wechsel hat unserer Beziehung geholfen, deshalb will ich mich nicht beklagen. Seit sie selbst von Leichen umgeben ist, kritisiert sie mich nicht mehr so stark. Also, langer Rede kurzer Sinn: Sie wird Sie reinlassen, wenn Sie sich zur Commonwealth Avenue Nummer 1010 begeben.«

Frances wollte nicht bei Hopes Autopsie anwesend sein, aber auf Drängen von Adelaide hatte sie sich bereit erklärt, im Gerichtsmedizinischen Institut zu warten, während die Untersuchung vorgenommen wurde. Ihre Anwesenheit dort schien ihre Tante zu trösten. Vielleicht hatte sie das Gefühl, die Integrität des Körpers würde dann gewahrt bleiben, und Frances wollte ihr diesen Eindruck nicht nehmen. Sie war erstaunt, dass die Autopsie so schnell anberaumt wurde. Das Gerichtsmedizinische Institut der State Police an der Commonwealth Avenue in Boston war berühmt. Offensichtlich wurde es seinem Ruf gerecht.

Ein lilafarbenes Cadillac-Cabrio hielt an der Ampel an der Pine Street und bog dann nach links in die Central ein. Aus riesigen Lautsprechern, die an den Rücksitzen lehnten, dröhnte Rockmusik. Noch ehe das Auto in die Parkbucht steuerte, wusste sie, das war Elvis.

Er sprang heraus, ohne den Motor abzustellen, und streckte ihr eine Hand entgegen. »Elvis. Elvis Mallory. Sehr erfreut.« Er war klein und drahtig, sein Haar kurz geschnitten und grau, die Ohren standen von dem schmalen Gesicht ab. Die ausgebeulten Hosen und das marineblaue Polohemd mit der Polizeimarke schienen zu groß für seinen schmalen Körper. Und dann konnte Frances nicht umhin, seine riesigen Füße zu bemerken. Im Vergleich zu seinem Körper wirkten seine Sandalen wie Schwimmflossen.

Sie stellte sich vor. »Danke, dass Sie gekommen sind.«

»Es tut mir wirklich Leid mit Ihrer Cousine. Das klingt unter solchen Umständen immer etwas simpel, aber der Tod eines jungen Mädchens ist so ziemlich das Schlimmste, was ich mir vorstellen kann. Ich denke, ich will damit einfach nur sagen, dass ich mich freue, behilflich sein zu können. Außerdem ist Meaty ein guter Freund von mir. Irgendwie mein Typ. Und er hält 'ne ganze Menge von Ihnen, das kann man wirklich sagen. Steigen Sie ein. Wir sind so ungefähr achteinhalb Minuten hinter dem Plan, direkt an der Ausfahrt Nr. 16 war eine Baustelle, die ich nicht vorhergesehen hatte. Wir werden es schon noch schaffen, da habe ich gar keinen Zweifel, aber das wird ein bisschen Präzisionsfahren erfordern.«

Frances ging zur Beifahrertür hinüber und fragte sich, was das wohl heißen mochte. Die weißen Vinylsitze waren in der Sonne heiß geworden, und Elvis legte schnell ein gestreiftes Badehandtuch aus, auf dem sie sitzen konnte. »Ich hab's gern ein wenig warm am Hintern, aber die meisten Leute sehen das anders«, erklärte er, während er den Gang einlegte.

Sie schloss ihren Sicherheitsgurt, als der Wagen schon nach vorn schlingerte.

Sie sausten los. Der feuchte Wind blies Frances ins Gesicht und Rockmusik erfüllte die Luft. Sie sah ab und an zu Elvis hinüber, doch sein Blick blieb auf die Straße gerichtet. Er sang zur Musik und schien sich völlig im Klang seiner Stimme zu verlieren. Als sie die Mautstelle auf der Tobin Bridge erreichten und mit einem schnellen Vorzeigen seiner Polizeimarke durchsausten, drehte er plötzlich die Stereoanlage ab. »Wir sollten uns unterhalten. Sagen Sie mir, was Sie wissen.«

Frances fasste die Ereignisse der letzten Tage kurz zusammen.

»Aber Sie haben Ihre Cousine gefunden. Woran erinnern Sie sich?«

»Leider an nicht allzu viel.« Sie mochte nicht zugeben, dass sie sich selbst schon mehrmals für diesen durch den Schock ausgelösten Gedächtnisverlust verflucht hatte.

»Na, Sie kennen doch die Methode. Behandeln Sie sich selbst wie eine Zeugin, und führen Sie sich durch die einzelnen Abschnitte. Sehen Sie mal, was wiederkommt. Sie sagen, die Leiche habe von einem Elektroanschluss heruntergehangen.«

»Ja.«

»Können Sie mir irgendetwas über ihre Hautfarbe sagen, den Winkel, in dem ihr Kopf hing oder die Haltung ihres Halses?«

Frances schloss die Augen, sah aber nur ein verschwommenes Bild von Schantungseide und schwingenden Gliedern. Sie konnte sich nicht einmal mehr Hopes Gesicht vorstellen.

»Wissen Sie noch, wo der Knoten war?«

»Was meinen Sie damit?«

»Links, rechts, oder in der Mitte, wenn man mal von der mittleren Gesichtslinie ausgeht.«

Sie versuchte, sich zu erinnern, wie sie die Schlinge über Hopes Kopf gezogen hatte. Hatte sie den Knoten gelöst? Sie konnte ihn jedenfalls nicht ganz aufgemacht haben, denn sonst hätte Jack, der ja später kam, ihn nicht als einen Palstek erkannt.

Da sie schwieg, sagte Elvis: »Okay. Was ist mit der Leiche? Wie weit war sie vom Boden entfernt?«

Frances dachte kurz nach. Sie meinte, Hopes Füße gebogen und seitwärts auf dem Boden zu sehen. »Sie haben den Boden berührt.«

Elvis saß einen Moment lang in Gedanken verloren da, und Frances hatte das üble Gefühl, die falsche Antwort gegeben zu haben. »Ist das von Bedeutung?«, fragte sie schließlich.

»Ich denke, es ist für uns beide nicht sehr hilfreich, wenn ich nicht ganz deutlich bin. Wenn eine Leiche nicht aufgehängt ist, dann weist das in den allermeisten Fällen auf einen Selbstmord hin. Ein Mensch, der sich umbringen will, beugt einfach die Knie und lässt den Druck der Schlinge dafür sorgen, dass er erstickt. Man weiß von Leuten, die sich erhängt haben, indem sie auf einem Stuhl saßen und sich leicht zur Seite gebeugt haben. Deshalb habe ich Sie gefragt, ob Sie noch wissen, wo der Knoten war. Wenn er auf der rechten Seite war, dann hätte er die Blutzufuhr ins Gehirn durch die Halsschlagader unterbrochen. Dann kann ein Mensch in nur wenigen Sekunden das Bewusstsein verlieren. Ein Knoten an der linken Seite ist auch sehr wirkungsvoll, denn er unterbricht die Drosselader. Aber ein Knoten in der Mitte wirkt nur langsam und schmerzhaft, denn er blockiert die Luftröhre. Es würde mich wundern, wenn das hier der Fall gewesen wäre, auch nach dem, was Sie mir über die Zeitverhältnisse gesagt haben.«

Frances wollte ihn fragen, woher er so viel über das Aufhängen wusste, doch sie unterbrach seinen Informationsfluss lieber nicht. Es erstaunte sie immer wieder, was für einen Reichtum an Wissen die besten Ermittler in ihren Köpfen verwahrten.

»Ein Mörder hingegen«, fuhr Elvis fort, »würde wollen, dass sein Opfer frei hängt. Wahrscheinlich würde er es sogar in die Schlinge fallen lassen. Dann bricht das Genick, und die Wahrscheinlichkeit, dass das Opfer auch wirklich tot ist, ist am größten.« Er drückte auf die Hupe und schwenkte in die rechte Spur zur Ausfahrt auf den Storrow Drive. »Wenn wir aber schon von Möglichkeiten reden, dann gibt es ja immer auch die Ausnahme von der Regel. Ich erinnere mich an einen Fall von Lynchjustiz vor ein paar Jahren, wo der Tote nicht frei hing. Es stellte sich heraus, dass sie dem Typen eine Schlinge um den Hals gelegt und ihn dann mit der Pistole an der Schläfe gezwungen hatten, sich selbst zu ersticken. Muss ein ziemlich gruseliger Tod gewesen sein. Hätte mich wahrscheinlich eher von ihnen erschießen lassen.«

»Wie haben Sie denn rausgekriegt, dass es gar kein Selbstmord war?«

»Ein Informant. Hat jedes blutrünstige Detail beschrieben, von den Tränen und Bitten des Opfers bis hin zu seiner vollgeschissenen Hose. Armes Schwein.«

»Und durch die Autopsie konnte man nichts herausfinden?«

»Nein. Wir meinten, es sei Selbstmord, als wir den Typen in seinem Body-Shop gefunden haben. Das heißt aber nicht, dass wir nicht versucht hätten, einen Fall daraus zu machen, denn wir dachten uns schon, dass er bedroht oder eingeschüchtert worden war. Irgendetwas hatte ihn dazu getrieben, es zu tun, aber die Autopsie gab uns keinerlei Aufschluss darüber.«

»Verstehe.« Frances drehte sich zur Seit und sah hinaus zu der Ansammlung von Segelbooten auf dem Charles River. Sechs oder sieben von ihnen bildeten eine weiße Reihe, als würden sie in Formation segeln. Die Uferpromenade war voller Jogger und Leuten auf Rollschuhen, die eine eindrucksvolle Kollektion an Bodysuits und Sport-BHs vorführten. Eine blonde Walkerin marschierte mit einer kunterbunt gemischten Gruppe von Hunden an der Leine in zackigem Schritt. Das Leben hätte so friedlich gewirkt, wenn sie es nicht besser gewusst hätte.

»Wir sind fast da«, sagte Elvis, als er den Blinker setzte.

Die Commonwealth Avenue Nr. 1010 war ein riesiges Marmorgebäude mit verzierter Fassade. Elvis fuhr an die Bordsteinkante. Ein Streifenwagen und eine kleine Tafel rechts vom Eingang waren die einzigen Hinweise auf den offiziellen Status des Gebäudes. Elvis klingelte, wartete das Summen ab und schob dann die schwere Tür auf. Frances trat ein.

»Elllvisss«, sagte ein kahlköpfiger Polizist mit rosigen Wangen und zog seinen Namen betont in die Länge. Er grinste vom Empfangstisch her. »Was führt dich hierher? Nach Sweetie sehen?«

»Da hast du doch einmal die richtigen Schlüsse gezogen. Wo ist sie?«

»Hinten. Ihr übliches Zimmer.«

Elvis bewegte sich in diese Richtung, aber der Polizist hielt ihn auf. »Du magst ja der Ehemann vom großen Mädchen sein, aber du musst immer noch deinen Besuch eintragen. Polizeivorschrift.« Elvis beugte sich vor und trug Frances' Namen in ein großes Buch ein. »Frances Pratt, und das hier ist Officer John Johnson. Ja, so heißt er wirklich. Seinen Eltern fehlte es an Fantasie.«

Elvis eilte einen langen Korridor hinunter. Sie folgte ein paar Schritte hinter ihm und horchte auf das Quietschen seiner Sandalen auf dem Linoleumboden. Vor einer Tür, die mit »22« bezeichnet war, blieb er stehen, klopfte und trat ein, ohne eine Antwort abzuwarten. »Mags, wir sind da.«

Maggie Mallory stand hinter einem Stahltisch auf und nahm

ihre Lesebrille mit halben, in Metall gefassten Gläsern ab. Sie war eine beeindruckende Erscheinung, groß, breite Schultern, große Brüste. Eine Mähne langer blonder Haare fiel über ihren Rücken. Sie ging um den Tisch herum auf sie zu, beugte sich vor, küsste ihren Ehemann und gab dann Frances zur Begrüßung die Hand. »Es tut mir Leid mit Ihrer Cousine«, sagte sie.

»Danke«, antwortete Frances. Sie meinte eine Familienähnlichkeit mit Carol Burke, Meatys Frau, festzustellen. Irgendetwas kam ihr an Maggie Mallorys Art bekannt vor, vielleicht war es die hohe Stirn.

Maggie wies auf einen Stuhl, und Frances setzte sich. Sie konnte sehen, wie Elvis, der hinter ihr stand, sich leicht hin und her wiegte.

»Ich habe eine vorbereitende Untersuchung bei Hope Lawrence unternommen«, begann Maggie, die offensichtlich froh war, den Austausch von Höflichkeiten hinter sich gebracht zu haben. »Sie war doch sechsundzwanzig, oder?«

»Siebenundzwanzig. Ihr Geburtstag war im Mai.«

Maggie machte schnell eine Notiz in ihrem Ringbuch. Sie blätterte auf die nächste Seite, setzte sich die Brille wieder auf die Nase und sah in die Unterlagen, die vor ihr ausgebreitet waren. »Einsfünfundsechzig groß, achtundvierzig Kilo«, murmelte sie und schloss ihr Notizbuch. »Also, ich rede ganz offen mit Ihnen, wegen Meaty«, sagte sie in Frances' Richtung. »Er gehört zur Familie, und er hat mir gesagt, Sie seien wie ein Familienmitglied für ihn. So gesehen sind wir doch auch ganz entfernt miteinander verwandt. Es ist seltsam, mit jemandem zu arbeiten, den man irgendwie kennt. Mir ist das schon ein paarmal passiert, aber doch noch nie in dieser Form, wo auch das Opfer durch die Verbindung zu Meaty noch zur Verwandtschaft gehört. Ich würde gern helfen, aber ich muss Sie vorwarnen. Es wird nicht schön werden.«

»Ich danke Ihnen«, erwidert Frances und hatte plötzlich das Gefühl, als sei sämtlicher Sauerstoff aus dem Raum gepumpt worden. Es roch seltsam, eine Mischung aus Ammoniak, gebackenem Käse und Raumspray. Das verursachte ihr Übelkeit, und sie versuchte, sich auf Maggies Worte zu konzentrieren.

»Alles klar. Ich habe noch nichts Offizielles gemacht, das hier sind also alles nur vorbereitende Untersuchungen. Doch eine Sache hat mich gleich erstaunt. Oberhalb und unterhalb der Stelle, wo das Seil war, hat sich Blut gesammelt. Man kann das an der Verfärbung der Nackenhaut sehen. Das sollte nicht passieren, wenn Erhängen die Todesursache ist. Die Verletzungen an ihrem Hals, zum Beispiel eine Ansammlung von Abdrücken auf ihrer Kehle, weisen eher auf Strangulieren hin.«

»Was … sagen … Sie … da?« Frances fing an zu stottern.

»Meine inoffizielle Vermutung, die ich euch beiden hier weitergebe, ist, dass ihr eure Zeit besser nicht hier verschwendet. Der Mörder wird nicht hier in der Commonwealth Avenue 1010 zu finden sein.«

17

Als Frances auf das Haus der Lawrences zuging, hörte sie die Stimme ihrer Großmutter von der Veranda her. Teddy saß in einem Korbstuhl und hielt den silbernen Griff ihres Spazierstocks fest umschlossen. Der große Strohhut bedeckte einen Teil des Gesichts.

»Warst du schwimmen?«, fragte Frances.

»Ja.«

»Mit oder ohne Badeanzug?«

Teddy war eine notorische Nacktbaderin. Vor ein paar Jahren hatte die Lokalzeitung einen Artikel über sie gebracht, mit der reißerischen Headline: »Michigan-Oma bringt Nacktbaden nach Manchester.« Dazu gab es ein Foto, wie sie mit ihrem Strohhut auf dem Kopf im Hafen schwamm, ein Boot der Küstenwache im Hintergrund. Ob es nun an ihrem Alter lag oder an der blauschwarzen Farbe des Wassers vor Cape Ann, die Stadt schien ihrem liebsten Hobby gegenüber jedenfalls ungewöhnlich tolerant. Selbst die Fischer aus dem Ort waren diskret genug, ihren Blick abzuwenden, wenn sie mit ihren Schiffen zufällig gerade zu dem Zeitpunkt an Smith's Point vorbeikamen, wenn sie aus dem Wasser stieg.

»Kannst du dich mal kurz setzen?«, fragte Teddy und ignorierte die Frage.

Das Kratzen in ihrer Stimme verriet Frances, dass sie geweint hatte. »Natürlich.« Sie holte sich einen Stuhl, der zum Meer hin stand. Die frische Brise ließ sie frösteln, als sie sich setzte. Da Teddy ihr etwas sagen wollte, wartete sie geduldig und ohne das Gespräch zu forcieren. Sie betrachtete den Arm ihrer Großmutter, die ausgeprägten Altersflecken verliehen der ansonsten wie Porzellan schimmernden Haut ein marmoriertes Aussehen. Nach einigen Augenblicken des Schweigens hörte sie, wie Teddy sich räusperte.

»Also, was ist mit Hope passiert?«

Frances war erstaunt über die Direktheit der Frage und ließ sich mit der Antwort Zeit, um ihre Gedanken ordnen zu können.. »Es steht noch nicht definitiv fest.«

»Blödes Anwaltsgequatsche. Davon habe ich schon genug gehört. Du bist eine schlechte Lügnerin, Frances Pratt. Genau wie dein Vater.«

Sie hätte wissen sollen, dass man Teddy nicht mit einer unverbindlichen Aussage beschwichtigen konnte. Sie war schon immer sehr offen, manchmal dabei sogar verletzend gewesen, und erwartete dasselbe auch von anderen.

»Wenn du die Wahrheit wissen willst, ich habe eben die Gerichtsmedizinerin in Boston getroffen. Hope ist erwürgt worden.«

Teddy holte rasch Luft, wandte ihr Gesicht ab und hielt sich die Hand vor den Mund. Frances streckte die Hand nach ihr aus, aber Teddy schüttelte den Kopf, noch ehe sie sie berührt hatte. Mit gekrümmten Fingern zog sie ihren Hut tiefer ins Gesicht. »Das arme Mädchen. Das arme liebe Mädchen.«

»Ich muss es Adelaide heute sagen, aber ich weiß nicht, wie. Oder besser gesagt, ich wage es kaum. Es ist schrecklich, ihr noch mehr wehtun zu müssen.«

Teddy schwieg einige Minuten lang. Als sie dann sprach, klang ihre Stimme angestrengt, und die Worte kamen langsam. »Dann müssen sie sich wenigstens nicht mehr selbst die Schuld geben. Adelaide kämpft krampfhaft und unentwegt mit der Frage, was sie falsch gemacht hat.« Sie hustete, griff dann in eine Stofftasche und holte eine Zigarettenschachtel hervor. Kurze Zeit fummelte sie mit der Packung herum, zog dann aber eine Zigarette heraus und zündete sie an. Sie inhalierte tief und stieß den Rauch dann durch die Nase aus. »Ich habe einen Ehemann begraben. Aber ich habe noch kein Kind begraben müssen. Und ich hätte nie damit gerechnet, ein Enkelkind begraben zu müssen.«

»Ich weiß, wie nahe ihr euch standet.«

»Sie war meine Enkelin, genauso wie du. Aber seit ich hierher gezogen bin, habe ich sie fast jeden Tag gesehen«, erwiderte Teddy. »Sie hatte eine Leidenschaft für das Leben, eine Energie, ein Feuer … Es gibt kein besseres Wort dafür, also nennen wir es mal Geist, obwohl mir ein weltlicher Begriff lieber wäre.« Sie zog an ihrer Zigarette und spuckte leicht, als sie ausatmete. »Es gab mal eine Zeit, da kam sie jeden Nachmittag herüber. Sie hatte so eine Art Diätsprudel, und ich hatte eine Ausrede für einen frühen Cocktail. Manchmal las sie mir eines ihrer Gedichte vor. Also, unter uns gesagt, waren ihre Fähigkeiten auf diesem Gebiet nicht gerade überragend. Aber sie las mit einem Gespür für das große Drama und arbeitete dabei viel mit der Stimme. Ich musste oft ein Lachen unterdrücken. Sie konnte wirklich melodramatisch sein.«

Frances schwieg und stellte sich die Szenen vor, die Teddy beschrieb.

»Sie erinnerte mich an mich selbst in ihrem Alter. Ich vergaß dabei fast, dass sie ja nicht von unserem Fleisch und Blut war.«

»Was soll denn das heißen?«

Teddy legte den Kopf schief. »Jetzt erzähl mir nicht, du wüsstest nicht, dass Hope adoptiert war.«

»Nein.« Sie wäre nie auf diese Idee gekommen. Hope war für sie das Baby von Adelaide und Bill. Zwar hatte sie keine

Erinnerung daran, ihre Tante schwanger gesehen zu haben, aber das war kein Wunder, da zwischen ihren Besuchen immer so viel Zeit gelegen hatte.

Sie wusste noch, wie ihr Vater gesagt hatte, sie hätte eine neue Cousine, und sie würden alle nach Manchester fahren, um sie anzuschauen. Doch ein paar Tage vor der Abreise hatte er mit Bill telefoniert, und als er auflegte, waren seine Augen gerötet. Er hatte gesehen, dass Frances zugehört hatte. Da umarmte er sie fest und erklärte ihr, dass das Baby in einem Krankenhaus in Boston sei, wo ein Spezialist sich um es kümmerte. Es musste wegen eines angeborenen Herzfehlers operiert werden. Er würde seine Schwester besuchen, aber Blair und sie könnten nicht mit. Nicht sofort. Aber es hatte nie jemand erwähnt, dass das neue Baby adoptiert war.

»Das ist wahrscheinlich kein Wunder. Kaum jemand weiß davon. Adelaide und Bill machten ein großes Geheimnis daraus.«

»Warum?«

»Vielleicht aus Scham. Es war für sie beide ein Trauma, dass Adelaide nicht schwanger wurde.«

»Ist Penelope auch adoptiert?«

»Nein. Aber das machte es ja nur noch schlimmer. Sag um Himmels willen bloß niemandem, dass ich dir das alles erzählt habe. Du darfst nicht vergessen, dass ich ja in Michigan war. Und deine Tante hat sich selten jemandem anvertraut, nicht einmal ihrer eigenen Mutter. Aber die Bemerkungen, die sie hier und da fallen ließ, machten doch deutlich, dass Bills Ego in Gefahr war. Als wäre Morgan fruchtbarer gewesen, oder irgend so ein Unsinn«, sagte sie in Bezug auf Adelaides ersten Ehemann.

»Wusste Hope das?«

»Da bin ich nicht sicher. Ich habe im Laufe der Jahre mehrfach versucht, Adelaide davon zu überzeugen, dass Hope das Recht habe, es zu wissen. Aber Bill und sie waren in dieser

Hinsicht unerbittlich. Sie meinten, sie würde sich dann darauf fixieren, ihre biologischen Eltern zu finden. Und diese Qual wollten sie ihr nicht zumuten, nicht nach all den Problemen, die sie ohnehin schon hatte. Aber ich denke, dass sie einfach auch Angst hatten, Hope würde sie zurückweisen.«

»Dann hat sie es also nie erfahren?«

»Wenn, dann hat sie mir jedenfalls kein Wort davon gesagt.«

Frances schwieg. Die Informationen, die ihre Großmutter ihr gerade gegeben hatte, musste sie erst einmal verdauen. Es gefiel ihr nicht, dass diese neue Erkenntnis sie verunsicherte. Es sollte doch gar keinen Unterschied machen, ob Hope nun mit ihr blutsverwandt war oder nicht. Trotzdem fragte sie sich, wie sie wohl darauf reagiert hätte, wenn man es ihr als Kind gesagt hätte.

»Hat sie sich dir je anvertraut?«

Teddy schwieg, als würde sie erwägen, ob sie darauf antworten sollte. »Ja, das hat sie. Als sie mit diesem Fischer zusammen war.«

Frances lehnte sich vor. »Und wer war das?«

»Ein Portugiese namens Carl Soundso. Sie hatte sich bis über beide Ohren in ihn verknallt.«

»Und was war dann?«

»Na ja, wie du dir denken kannst, waren ihre Eltern da recht deutlich. Der Mann war natürlich überhaupt nicht das, was sie sich vorgestellt hatten. Er war mindestens zehn Jahre älter als sie und hatte wahrscheinlich nicht mal zwei Münzen, die er hätte aneinander reiben können. Aber er hatte Charisma.«

»Du kennst ihn also?«

Sie winkte ab, als wolle sie das Gespräch beenden. »Sie hat ihn manchmal mitgebracht.«

»Wann denn?«

Teddys Blick schien zu fragen, ob sie die offizielle oder die wahre Antwort wollte, aber sie sagte nichts.

»Haben sie sich in der letzten Zeit auch getroffen?«

»Wie oft bist du schon verliebt gewesen?«, fragte Teddy, ohne auf ihre Frage zu antworten. »Und ich rede hier nicht von der großen Freundschaft oder Seelenverwandtschaft mit einem Mann. Ich meine auch nicht diese Art Wohlgefühl, die Vertrautheit, die nach Jahren der Ehe oder des gemeinsamen Familienlebens entsteht. Ich spreche von der brodelnden Chemie, die ein Mädchen absolut atemlos machen kann. Wenn schon allein der Gedanke an den Mann dein Herz zum Rasen bringt. Die meisten von uns erleben das nie. Ich hatte es mit Dick jedenfalls nicht«, fügte sie noch hinzu. »Wobei ich mich oft gefragt habe, ob nicht die Ehe überhaupt das Totenglöckchen für die Liebe ist. Kennst du John Mill, den englischen Philosophen?«

Frances nickte.

»Der hat einmal so etwas gesagt, wie dass Freiheit bedeutet, wenn man wählen kann, wen man liebt. Mit absoluter Freiheit kommt die wahre Liebe. Ich glaube, es ist wahre Liebe, wenn man jeden Morgen aufwacht und sich neu dafür entscheidet, mit jemandem zusammen zu sein. Wenn man sein Leben miteinander verbringen will, und zwar nicht aus gesetzlichen oder finanziellen Verpflichtungen heraus, sondern aus echter Überzeugung. Dann ist es Liebe. Hope und dieser Bursche hatten so etwas. Das habe ich bei den wenigen Malen gesehen, die ich mit ihnen zusammen war. Er war ein körperbetonter Mann. Große Hände. Nicht einmal in meiner Gegenwart konnte er die bei sich behalten.«

»Dann hast du sie eingeladen?«

Sie zog eine Grimasse. »Nein, natürlich nicht. Aber Hope rief immer wieder an. Ob sie und ihr Freund zum Tee kommen könnten. Das war der Code. Wie auch immer, ich habe natürlich Ja gesagt, und dann tauchten sie eine Minute später auf, als ob sie von der Ecke da hinten aus angerufen hätten. Wir saßen ein Weilchen zusammen und tauschten Höflichkeiten aus, und dann erinnerte sie mich daran, dass ich ja zu spät zum Mittagessen in den Club kommen würde. Ich habe mich also entschuldigt, und sie boten mir an, noch dazubleiben und aufzuräumen.«

»Und?«

»Muss ich dir denn alles erklären? Ich sage dir, Fanny, du solltest ab und zu mal von dieser Halbinsel da runterkommen«, sagte sie.

Frances lächelte. Sie hätte nie gedacht, dass ihre Großmutter sich bereitwillig für ein heimliches Stelldichein benutzen lassen würde. »Warum hast du das getan? Ich meine, warum hast du mitgespielt?«

Teddy zog noch einmal an der Zigarette, und Frances beobachtete die Asche, die gefährlich über ihrem Schoß zu schweben schien. »Zu meiner Zeit waren alle Ehen arrangiert, oder wenigstens fast alle. Es war schon ein verdammtes Glück, wenn man den Mann überhaupt ausstehen konnte, mit dem man zusammen war, von Liebe ganz zu schweigen. Ich habe Hope mit Carl zusammen gesehen, und ich muss sagen, ich sah nichts, was daran falsch sein sollte. Leidenschaft ist ein teures Gut. Sie hatte das Glück, sie zu finden, und da wollte ich doch nicht im Weg stehen.«

»Aber sie war doch mit Jack zusammen.«

»Das war ihre Sache und nicht meine.«

Frances erkannte ihre Großmutter kaum wieder, so sachlich wirkte sie. Vielleicht brachte das Alter ja eine gewisse Freiheit mit sich, eine Befreiung des Denkens. Allerdings hatte sie nicht erwartet, das unter diesen Umständen bewiesen zu bekommen. »Warum hatten Adelaide und Bill denn etwas dagegen?«, fragte sie, obwohl sie die Antwort natürlich gut kannte.

»Er kam aus einer anderen Klasse, hatte eine andere Herkunft, wenig Bildung und kein Geld. Wir glauben ja gerne, dass diese Dinge keine Rolle spielen. Wir geben vor, auf den Menschen zu schauen, auf die Qualitäten des Individuums und nicht auf den Rahmen, der ihn umgibt. Aber so funktionieren die Dinge leider nicht. Die Welt hat sich nicht so stark verändert, wie wir gern glauben möchten. Außerdem hatte Jack schon immer ein Auge auf sie geworfen. Sie passten perfekt zusammen. Alle fanden das.«

»Hat sie dich je um Rat gefragt? Ich meine, ob Jack oder Carl?«

»Nein. Aber Hope war keine dumme Frau. Sie musste wissen, dass ein Leben mit Jack viel leichter sein würde. Sie empfand einen ungeheuren Druck, Carl verlassen zu müssen. Und in gewisser Hinsicht auch aus gutem Grund.«

Was für ein Grund könnte das gewesen sein, wenn doch die Beziehung, wie Teddy sie beschrieb, so perfekt war, so leidenschaftlich? War das nicht der Traum einer jeden Frau? Doch schon während sie darüber nachgrübelte, merkte Frances, wie naiv sie war. Sie konnte schon die Gespräche hören, das Gerede im Field-and-Hunt-Club, die kritischen Worte auf den Cocktailpartys in Manchester, die Blicke, die die Lawrences von den Segelkollegen im Yacht-Club ertragen mussten. Haben Sie gehört? Hope Lawrence heiratet einen Fischer, arm ist er, und dazu noch Portugiese. Das wäre doch schmerzhaft gewesen für Adelaide und Bill, dieses elegante Paar, das ein geordnetes Leben führte. Eine Heirat in den Cabot-Clan hingegen ließ das Märchen weiterleben.

»Wann hat sie ihn das letzte Mal getroffen?«

»In den letzten zwei Tagen habe ich versucht, die Ereignisse zu rekonstruieren, aber ich erinnere mich nicht.«

»Dann sind sie also nicht mehr hierher gekommen?«

»Nein, und zwar aus verschiedenen Gründen – das meine ich zumindest. Wir hatten vor ungefähr sechs Monaten eine recht traurige Auseinandersetzung, und Hope hat daraufhin fast völlig aufgehört, mich zu besuchen. Und ihn hätte sie bestimmt nicht mehr mitgebracht.«

»Worüber habt ihr gestritten?«

»Ach Gott, es gibt ein altes Sprichwort, das sagt, man solle niemals über Religion, Politik oder Schwiegerverwandte mit jemandem streiten, den man mag. Und ich sage dir, das ist ein wahres Wort. Ich konnte einfach nicht anders.«

»Habt ihr über die Cabots gestritten?«

»Nicht doch. Diese Leute sind es nicht wert, dass man über sie streitet. Sie sind nur ordinär und sonst gar nichts. Nein, es ging um diese Kirche. Hope hat immer mehr Zeit dort verbracht, und eines Nachmittags habe ich ihr Engagement dort infrage gestellt.«

»Warum fandest du das falsch?«

»Ich habe nicht falsch gesagt. Du solltest wirklich besser zuhören.«

Frances spürte den Stich, den ihr die Worte ihrer Großmutter versetzten. Es war eine von Teddys speziellen Eigenschaften, die Menschen immer leicht zu reizen, und sie hatte ihre Methode, ihre Zuhörer zu demütigen. Frances erinnerte sich, wie sie als Zehnjährige einmal nach Ann Arbor gefahren war. Teddy schien zunächst erfreut, sie zu sehen, doch nach ein paar Minuten fragte sie sie, ob sie ihre Flöte mitgebracht hätte. Nein, hatte sie geantwortet. »Nun, das wäre aber mal eine Verbesserung gewesen«, hatte sie zur Antwort bekommen. Frances hatte es kaum geschafft, aus dem Wohnzimmer ihrer Mutter herauszukommen, ehe sie in Tränen ausbrach. Seither hatte sie das silberne Blasinstrument nicht mehr aus seinem Etui genommen.

»Hope suchte nach einer Antwort«, fuhr Teddy fort, ohne zu merken, welche Wirkung ihre Ermahnung gehabt hatte. »Sie wollte hören, dass sie, wenn sie dies und das und jenes machte, dafür mit Glück belohnt werden würde. In der Kirche erwartete sie, diese Schritte zu lernen. Man sollte ihr sagen, wie sie ein guter Mensch werden könnte. Ich fing an, mir Sorgen zu machen. Ich habe ja nichts gegen die Episkopalisten. Meist sind sie ehrlich, behalten ihre Jobs und geben ausgezeichnete Cocktailpartys. Aber ich hatte nicht den Eindruck, dass es Hope etwas bringen würde, in diesem alten Gebäude rumzuwühlen und den Staub und Schimmel von Messgewändern einzuatmen, die nicht mehr gewaschen worden sind, seit Kennedy Präsident war. Aber das musste sie selbst wissen.« Teddy zog noch einmal an ihrer Zigarette und hielt den Rauch diesmal in ihrer Lunge. Als sie weitersprach, quoll er aus ihrem Mund. »Was sie brauchte, war eine Struktur, ein Ziel für ihre Energie. Das brauchen wir alle.«

Frances sah ihre alte Großmutter an und begriff, dass sie trotz ihrer bissigen Kommentare ein sehr empfindsamer Mensch war. Sie konnte auf den Grund eines Problems schauen und eine Lösung dafür finden. »Hast du ihr das gesagt?«

»Hope und ich haben diese Sache nie diskutiert. Sie wollte auch nichts darüber von mir hören. Und danach wollte sie überhaupt nicht mehr viel hören.«

»Was hast du von ihrer Verlobung mit Jack gehalten?«

Teddy machte ein Gesicht, das Frances nicht einschätzen konnte. »Jack ist ein guter Junge. Ich denke, er hatte sie wirklich gern, und wahrscheinlich wäre er ein guter Ehemann gewesen. Obwohl seine Familie natürlich einiges zu wünschen übrig ließ.«

»Was ist denn mit ihnen?«, fragte Frances. Teddys Informationsfluss schien nicht zu versiegen.

»Sie sind von ihrem Geld, ihrem Stammbaum und ihrem blauen Blut besessen. Ich bin immer geneigt, ihnen zu sagen, dass nur Reptilien blaues Blut haben. Fiona tut furchtbar vornehm, und das noch unter dem Deckmäntelchen der Großzügigkeit und der guten Sitten, das macht es nur noch schlimmer. Man könnte meinen, sie entstamme einer königlichen Familie.« Sie lehnte sich zu Frances hinüber und fuhr in lautem Flüsterton fort, als könnte sie sonst jemand vom Haus her hören. »Solche Leute, die sich so sehr bemühen, ihre Andersartigkeit und den Klassenunterschied zu demonstrieren, sind mir suspekt. Da sind wir doch nicht besser als das Kastensystem in Indien. Hopes Fischer war ein Unberührbarer, und Jack der Landadel.«

»Du bist Mitglied der Daughters of the Mayflower.«

»Ich war«, spottete Teddy. »Diese ganze Verbindung zeigt doch nichts anderes, als dass deine Vorfahren Verbrecher oder religiöse Eiferer waren. England wollte sie loswerden, und deshalb kamen sie hierher. Meiner Meinung nach nichts, worauf man unbedingt stolz sein kann.«

Frances musste lachen. Sie erinnerte sich an eine andere Geschichte, die sie über Teddy gehört hatte. Teddy hatte beschlossen, ein Restaurant zu eröffnen, um Geld für die Truppen im Zweiten Weltkrieg zu sammeln. Sie hatte versucht, die Hilfe ihrer Freundinnen in der Gesellschaft zu bekommen, doch die hatten nur gespottet über die Vorstellung, an Tischen zu bedienen. Doch als Teddy verkündete, sie werde das Geschirr spülen, da schämten sich die anderen so, dass sie zustimmen mussten. Am Ende bekam sie sogar irgendeine Medaille für ihre Hilfe, aber jedes Mal, wenn man sie darauf ansprach, lachte sie nur und winkte ab.

»Und dann war da noch diese Sache mit dem dämlichen Ehevertrag.«

»Was war das denn?«

»Irgendetwas, was die Cabots wollten. Hope und Jack weigerten sich zu unterschreiben, aber Adelaide und Bill hatten sie schon überzeugt. Soweit ich weiß, hat es eines Abends eine ziemliche Szene deswegen gegeben. Ich wusste damals zum Glück nichts davon, aber dafür musste ich es mir dann einen Monat lang bis zum Erbrechen anhören.«

»Was war los?«

Teddy zuckte die Achseln. »Völliger Blödsinn. Jim hatte Bill einen Entwurf des angekündigten Vertrages gegeben. Die vier – Jim, Fiona, Bill und Adelaide – setzten sich zusammen, um darüber zu sprechen. Sie sind solche Idioten. Keiner von ihnen machte sich die Mühe, die Kinder einzubeziehen. Gierig und dumm sind sie, alle miteinander. Dann kam Hope nach Hause und entdeckte die vier zusammen in der Bibliothek, wo sie in irgendwelchen Dokumenten mit rotem Stift herumstrichen. Natürlich flippte sie aus. Sie sagte, ihre eigenen Eltern würden gegen sie intrigieren. Keiner habe Vertrauen in sie, dass sie eine gute Ehefrau sein würde, und deshalb würden sie schon im Vorhinein über ihr Scheitern verhandeln. Tage später noch weigerte sie sich, mit ihren Eltern zu reden.«

»Und was sagte Jack dazu?«

»Ich weiß nicht, was er zu der Zeit wusste oder nicht. Doch ich bin ziemlich sicher, dass das Ding nie unterzeichnet wurde.«

»Hat sie dir erzählt, was mit Carl passiert ist?«

»Nein. Und ich war auch nicht daran interessiert, das Thema zur Sprache zu bringen. Ich wollte doch nicht der Kuppelei bezichtigt werden.«

»Aber vor sechs Monaten waren sie noch zusammen.«

Teddy sagte nichts. Sie presste ihre Kiefer zusammen, um klar zu machen, dass Frances keine Antwort bekommen würde.

»Weißt du, wo ich ihn finden könnte?«

»Nein. Vielleicht weiß Adelaide es, oder wusste es mal. Aber er schien mir die Art Typ zu sein, der nicht lange an einem Ort bleibt. Wenigstens hatte ich den Eindruck.«

Frances hörte in der Ferne ein Nebelhorn. Da der Himmel völlig klar war, musste es das Startsignal für eine Regatta sein. Als sie über den Hafen schaute, sah sie jemanden am Fahnenmast des Yacht-Clubs stehen. Teddy und sie schwiegen, als sie ihn die Flagge auf Halbmast setzen sahen.

»Wenn Dick hier wäre, würde er ihnen sagen, dass sie die Fahne oben lassen sollen. ›Man darf nie die Toten betrauern. Man soll die Lebenden feiern‹, pflegte er zu sagen. Aber er hat sich schließlich auch gewünscht, dass auf seiner Beerdigung ›Roll Out The Barrell‹ gespielt wurde.« Sie ließ die Zigarette auf die Veranda fallen und drückte den Stummel mit ihrem Spazierstock aus.

»Das wusste ich gar nicht.«

»Mein Liebes, das scheint nicht das Einzige zu sein, was du nicht weißt.«

Gerade als Frances ins Haus gehen wollte, erschien Vater Whitney in der Tür. Sie trat erschrocken zurück. Als sie ihm die Hand reichte, nahm er sie in seine beiden Hände. Seine Handflächen waren warm. »Ich habe soeben Ihre Tante besucht. Sie hat mir gesagt, wie viel es ihr bedeutet, dass Sie hier geblieben sind.« Sein Lächeln wirkte beruhigend. »Wir haben über die Trauerfeier gesprochen.«

»Wann wird sie stattfinden?«

»Am Freitagabend. Bill und sie wollen sichergehen, dass die Arbeit der Polizei bis dahin beendet ist.« Er machte eine kleine Pause und lehnte sich ein wenig zu ihr herüber. »Ist das alles wirklich nötig?«

Maggie Mallorys Worte klangen in ihrem Kopf nach. Das Schicksal schien sie zur Überbringerin schlechter Nachrichten gemacht zu haben. Sie sah den Pfarrer mit seinem großflächigen Gesicht und den freundlichen Augen an. Plötzlich musste sie mit den Tränen kämpfen. »Ja, es muss sein. Und es wird wohl noch eine Weile dauern.«

»Was meinen Sie damit?«

»Ich … ich«, stotterte sie, denn sie war nicht sicher, ob sie sich ihm anvertrauen sollte. Er hatte genug damit zu tun, diese trauernde Familie zu betreuen. Da konnte er nicht auch noch die Probleme der Ermittler gebrauchen.

»Sagen Sie es mir ruhig«, bat er sie, als könne er ihre Gedanken lesen. »Bitte. Es ist schon in Ordnung.«

Sie wusste, wie sehr Hope ihm vertraut hatte. Vielleicht konnte er ihr helfen, Adelaide die Neuigkeiten schonend beizubringen. »Sie wurde ermordet. Es war kein Selbstmord.«

Sein Mund öffnete sich, und sie sah, wie seine Augen voller offensichtlicher Ungläubigkeit immer größer wurden. Der Griff um ihre Hand wurde fester, und einen Augenblick lang schwankte er unsicher auf den Füßen. »Sind Sie sicher?« Sie nickte. »Und woher wissen Sie das?«

Sie berichtete ihm das Wenige, was sie von der Gerichtsmedizinerin erfahren hatte.

»Aber wer? Und warum?« Er schien fast zu weinen.

Sie sagte nichts. Sie konnte keine Antworten bieten.

»Mein Gott«, flüsterte er.

»Können Sie mir helfen? Adelaide und Bill wissen noch nichts davon. Ich muss ihnen erklären, was los ist.«

»Diesen Schrecken, diese Gewalt kann nichts erklären. Aber wir wollen gemeinsam um Stärke beten.«

Das brauchte Frances mehr denn je.

18

Frances hatte kaum geschlafen. In ihrem Traum war sie den langen Mittelgang einer schummrig beleuchteten Kirche entlanggegangen. Das Innere war ihr unbekannt gewesen, doch weiße Lilien schmückten das Ende jeder Bankreihe. Ihr überwältigender Duft brannte in den Augen und in ihrer Kehle. Über dem Altar schien ein Licht auf das vergoldete Holz eines riesigen Kreuzes. Jedes Ende war mit weißem Seil umwickelt und verknotet. Sie ging langsam und setzte vorsichtig einen Fuß vor dem anderen auf. Als sie am Ende des Ganges ankam, kniete sie vor dem Altar nieder. Dann sah sie zu dem Kreuz hinauf und entdeckte, dass die Knoten angefangen hatten zu bluten. Die Flüssigkeit drang durch die Schlingen des Seils und tropfte auf den Boden, wo sich eine rote Lache bildete. Frances streckte ihre Hand aus, um das Blut zu berühren, doch sie wurde wach, bevor ihre Finger damit in Kontakt kamen.

Sie steckte sich ein paar Kissen in den Rücken und sah zu, wie das Licht hinter dem Spitzenvorhang heller wurde. Vereinzeltes Vogelzwitschern war das einzige Geräusch, das die Stille des frühen Morgens durchbrach. Sie sah auf ihren Wecker am Bett und unterdrückte den Wunsch, Sam anzurufen. Er war ganz sicher schon auf, aber in seiner Morgenroutine ließ er sich nicht gern stören, nicht einmal von ihr.

Sie schob die Decke zurück, schwang die Beine auf den Boden und setzte sich auf. Von der Kommode angelte sie sich ein T-Shirt und Shorts. Sie nahm sich ein Handtuch aus dem angrenzenden Badezimmer und ging auf Zehenspitzen die Treppe hinunter.

Draußen schien die Luft vom Geruch des Salzes gesättigt zu sein, und sie sah die sanften Wellen auf den schmalen Streifen Strand rollen. Sie kletterte über die niedrige Steinmauer, die den ausgedehnten Rasen der Lawrences vom Meer trennte, und machte sich zu einem Spaziergang auf. Das Gefühl von Sand unter den Füßen und einer leichten Brise auf dem Gesicht erfrischte sie. Die Sonne glitzerte auf dem Wasser, und sie sah, wie sich die Färbung des Strands veränderte, wenn die Wellen ans Ufer spülten, sich dann wieder zum Meer zurückzogen und den Sand schwarz vor Feuchtigkeit zurückließen. Alle paar Meter blieb sie stehen, um gelbe Uferschnecken aufzusammeln, oder grüne oder blaue Glasstückchen, die von den Wellen rund geschliffen waren, oder rosafarbene und graue Schneckenhäuser, mit denen der Strand bedeckt war. Voller Erwartung drehte sie sie jedes Mal um und schaute nach, ob von dem Tier darin etwas zu sehen wäre, von dem schleimigen geriffelten Wesen, das sie für seine Fähigkeit, seine ganze Welt auf seinem Rücken zu tragen bewunderte und beneidete. Wie oft hatte sie sich in ihrem Leben nicht auch schon ebendiese Freiheit gewünscht, die nur durch eingeschränkten Besitz und absolute Mobilität möglich wurde.

Frances rollte die Schnecke auf ihrer Handfläche hin und her. Das Tier hatte wirklich Glück. Wenn es ihm in einem Priel nicht gefiel, dann konnte es sein geringeltes Häuschen nehmen und ohne Spuren zu hinterlassen weiterkriechen.

Sie setzte sich hin und bewegte ihre Zehen, um sie einzugraben. Ihre Füße sahen komisch aus. Zwei Knöchel, die im Sand verschwanden. Sie erinnerte sich an die wunderbaren Stunden, die sie damit verbracht hatte, ihre Beine einzugraben, ihren Oberkörper, ja manchmal sogar ihren ganzen Körper. Und wenn das Gewicht ihrer eigenen Ungeduld zu groß wurde, dann hatte sie sich selbst befreit, ein Houdini-Augenblick, in dem sie ihre Glieder wieder in Besitz nahm. Diese Spiele schienen so verlockend, dass sie nie genug davon bekam.

Als sie sich am Strand niederließ, dachte sie an das Gespräch mit Elvis, das sie am Abend zuvor geführt hatte. Kurz nachdem sie und Vater Whitney Adelaide und Bill von den vorläufigen Schlüssen der Gerichtsmedizin erzählt hatten, hatte er angerufen. Sie war von der Bibliothek in den Flur gegangen, als das Handy klingelte. Die anderen sollten ihre Antworten nicht hören, denn das würde vielleicht den Schock, die Fassungslosigkeit und den Schmerz nur noch vergrößern. Es stellte sich jedoch heraus, dass sie nicht viel sagen musste. Elvis gab Anweisungen. Er würde den Caterer und die Hochzeitsplaner aufsuchen und die Namen aller Angestellten in Erfahrung bringen, die in den Stunden vor Hopes Tod Zugang zum Haus gehabt hatten. Die Spurensicherung des Essex County, eine Gruppe von Gerichtsmedizinern, Fotografen und Detectives, würden am nächsten Morgen ins Haus kommen. Frances sollte damit anfangen, die Familienmitglieder zu befragen. Sie mussten alles über Hopes Beziehung zu ihren zukünftigen Schwiegereltern, ihrem Verlobten und sogar ihrer eigenen Familie herausfinden. Elvis hatte langsam und bedächtig gesprochen, als hätte er es mit jemandem zu tun, der an einer tödlichen Krankheit litt.

Sie wusste nicht, wo sie anfangen sollte. Zum hundertsten Mal in den vergangenen vierundzwanzig Stunden fragte sie sich, wer Hope hätte töten wollen. Manchester wirkte einfach so sicher, eine friedliche Stadt in Neuengland mit einem Süßigkeitenladen, in dem es immer noch Kaugummikugeln für einen Cent gab, einer matronenhaften Polizistin, die an der Elm Street ein orangefarbenes Schild hochhielt, um die Schüler über den Zebrastreifen zu geleiten, und einem Riesenrad am 4. Juli. Es war ein Ort, in dem keine Gewalt Einzug halten konnte. Wie in Southampton, wo Richard Pratt den größten Teil seiner Ferien mit seinen Töchtern verbracht hatte, hatte Frances Manchester mit dem Fahrrad erkundet, ohne je auf die Idee zu kommen, dass sie vielleicht nicht sicher sein könnte. Später tranken sie und ihre Cousinen am Singing Beach Bier und schlenderten dann nach Einbruch der Dunkelheit nach Hause, ohne sich auch nur umzudrehen. Es war undenkbar, dass in der Dunkelheit eine Gefahr lauern könnte. Diese Vision einer Welt, die Vorstellung vom Haus der Lawrences als sicherem Hafen, war von einem Augenblick zum anderen auf den Kopf gestellt worden.

Sie stand auf, und einen Moment lang war ihr schwindelig. Sie klopfte den Sand von ihrem Po und der Rückseite ihrer Beine und ging weiter. Die Wärme der Sonne begann durch die Federwolken zu dringen, die den Himmel bedeckten, und Frances merkte, wie sie anfing zu schwitzen. Sie konnte ein Bad gebrauchen. Sie blickte in beiden Richtungen den Strand hinunter. Kein Mensch weit und breit. Sie schlüpfte rasch aus ihren Kleidern, holte zweimal tief Luft und rannte ins Meer. Als der Wasserspiegel ihre Oberschenkel erreicht hatte, stolperte sie leicht und fiel nach vorn. Der Schock der Kälte überspülte sie. Sogleich begann sie, das Wasser mit ihren Armen zu durchpflügen. Sie fuhr mit den Händen durch das eisige Nass und gelangte so weiter aufs Meer hinaus. Die Temperatur und ihre Anstrengung ließen sie die Tragödie, die sie so verzweifelt gern hinter sich lassen wollte, für einen Moment vergessen. Erst als sie nicht weiterschwamm, sondern wassertretend innehielt und sich dabei umdrehte, sah sie am Ufer das majestätische Anwesen der Lawrences und wurde daran erinnert, dass sie zurück musste. Sie wollte im Haus sein, wenn die Polizei kam.

Als sie zurücklief, klingelte ihr Handy. Das Geräusch überraschte sie. Sie hatte gar nicht gemerkt, dass sie es in der Tasche ihrer Shorts mitgenommen hatte.

Es war Elvis. »Ich wollte nur guten Morgen sagen und fragen, wie es Ihnen geht, und das alles abgesehen davon, dass es kein guter Morgen ist, und dass es Ihnen wahrscheinlich auch nicht allzu gut geht. Die Leute von der Spurensicherung sind unterwegs. Ich denke, sie werden so in zwanzig Minuten am Haus sein.«

»Ich befürchte ehrlich gesagt, dass sie nichts finden werden. Hier sind seither andauernd Leute rein- und rausgelaufen.«

»Da können wir nichts machen. Die Leute werden ihr Bestes geben. Mal sehen, was sie rauskriegen. Aber ich habe etwas, das Sie vielleicht interessiert. Wir haben in unserem Computer die Angestellten des Caterers überprüft und ein paar Hinweise bekommen. Einer ist dabei, den wir uns mal näher ansehen sollten. Ein Typ mit Namen Michael Davis. Sein Vorstrafenregister ist meterlang. Läuft unter mehreren Namen. Ist zurzeit auf Bewährung.«

»Wofür?«

»Diebstahl, tätliche Bedrohung und Körperverletzung.«

Frances dachte an den fehlenden Verlobungsring. »Hat er gesessen?«

»Ja. Achtzehn Monate. Aber er sollte in irgendeiner Drogensache auf Bundesebene aussagen, und deshalb ist er früher rausgekommen. Die Leute in Boston haben mir gesagt, der Fall sei eingestellt worden, weil der lückenlose Nachweis des Drogenbesitzes problematisch war. Aber da hatten sie mit ihm bereits den Deal vereinbart, deshalb mussten sie es durchziehen.«

»Ja, die Regierung muss ihr Versprechen halten«, sagte Frances. Sie hoffte, ihr Sarkasmus würde trotz der schlechten Leitung durchdringen.

Elvis kicherte ganz kurz, ehe er weiterredete. »Soweit ich weiß, ist er seit seinem fünfzehnten Lebensjahr immer wieder im Gefängnis. Seine Liste von Jugendstrafen weist eine Reihe von kleineren Verbrechen auf, aber auch zwei Kapitalverbrechen und einen Diebstahl. Bewaffneter Raubüberfall auf ein Seven Eleven. Seine Kumpel waren alle über achtzehn, deshalb haben die wahrscheinlich das meiste abgekriegt. Egal, ich habe jedenfalls mit der Besitzerin der Cateringfirma gesprochen, der Laden heißt Best Laid Plans.« Er machte eine kurze Pause, und sie konnte hören, wie im Hintergrund Seiten umgeblättert wurden. »Christine Bridges«, fuhr Elvis fort. »Sie hat diesen Typen in Teilzeit angestellt. Das hier war sein dritter Job bei ihr. Sie hatte keine Probleme mit ihm, sagt, er würde hart arbeiten und sei kräftig genug, um die Kisten mit Geschirr zu tragen, und das sei genau das, was sie braucht. Er kriegt zwölf Dollar in der Stunde.«

Ganz schön viel Geld, dachte Frances bei sich. Andererseits wäre es ja auch unsinnig, wenn die Leute, die es sich leisten konnten, Caterer zu engagieren, um ihre Gäste zu versorgen, dafür Niedriglöhne zahlen würden. »Wusste sie etwas von seiner Vergangenheit?«

»In diesem Staat ist es schwer, einen kriminellen Hintergrund aufzudecken, selbst wenn ein Pädophiler sich auf eine Stelle in einer Kindertagesstätte bewirbt. Sie konnte es gar nicht wissen.«

»Haben Sie schon mit ihm geredet?«

»Nein. Ich dachte, Sie würden vielleicht gern dabei sein.«

»Wo ist er jetzt?«

»Lebt in Lynn.«

Lynn, Lynn, City of Sin. Stadt der Sünde … Plötzlich hatte Frances den Kinderreim im Kopf. Sie erinnerte sich, wenn man die Route One vom Logan Airport nahm und nach Norden fuhr, dann sah man die grellbunten Restaurants, die Tiki-Bowl-Cocktails und Unterhaltung versprachen. Wenn sie sich recht erinnerte, dann war dort auch die Hunderennbahn gewesen. Beim Gedanken an diesen Sport drehte sich ihr der Magen um.

»Ich werde dort sein. Sagen Sie mir einfach, wo und wann.«

»Vier Uhr. Treffen wir uns doch direkt an der Ausfahrt zur Route One. Sie können dann bis zu seinem Haus hinter mir herfahren.«

»Fanny, ich habe dich schon gesucht.« Bill stand auf der Eingangstreppe. Er trug gebügelte Khakihosen und ein Oxford-Hemd. »Ich würde gern kurz mit dir reden«, fügte er hinzu.

Frances spürte noch die Kühle des Atlantiks in den Knochen und hätte sich gern entschuldigt, um erst zu duschen. Doch Bills Ton klang so fordernd, dass an eine Verzögerung nicht zu denken war. Sie folgte ihm in das Frühstückszimmer, ein kleiner Raum mit Alkoven und blau-gelben Gardinen, die bauschig über den Mittelpfosten der Fenster herunterhingen und so teilweise den Blick auf den großen Garten verdeckten. Am einen Ende des Kirschholztischs lag eine Auswahl Zeitungen.

»Kaffee?«, fragte Bill und griff nach einer weißen Kanne.

»Ja, gern. Bitte schwarz.«

Der Duft des Kaffees erfüllte die Luft, und Frances beobachtete, wie der Dampf aus der Porzellantasse stieg. Bill setzte sich in den Stuhl ihr gegenüber.

»Die Polizei wird bald hier sein, aber ich hatte gehofft, dass wir vorher kurz allein miteinander reden könnten. Ich glaube nämlich, ich weiß, wer Hope getötet haben könnte. Sein Name ist Carl LeFleur.«

An seinem Gesichtsausdruck konnte Frances erkennen, dass er von Hopes Liebhaber sprach, dem Mann, den auch Teddy ihr beschrieben hatte.

»Das ist jemand, den Hope eine Zeit lang öfter getroffen hat. Für sie war es nie eine große Sache, aber ich glaube, dass er ziemlich besessen war von ihr. Und sie war leicht zu beeindrucken, und … nun … schließlich machen wir alle mal Fehler.«

»Warum hätte er sie töten sollen?«

»Ich bin ziemlich sicher, dass er Hope haben wollte, um sein Auskommen zu sichern. Es fiel ihm äußerst schwer zu akzeptieren, dass sie wirklich heiraten würde. Er ist ein grober Mann … ungehobelt … und außerdem Einwanderer. Gewalt wäre ihm durchaus zuzutrauen.«

»War er auf der Hochzeit?«

»Hope wollte ihn einladen, aber ihre Mutter und ich wollten nichts davon hören. Jack brauchten wir gar nicht erst zu fragen. Ich wusste, dass er unserer Meinung war.«

»Glaubst du denn, dass er trotzdem kam?«

Bill schwieg einen Augenblick, rieb seine gefalteten Hände und schien seine Handflächen zusammenzupressen. »Carl hat am Abend vorher versucht, Hope zu sehen. Er kam ein paar Minuten bevor wir zu dem Probe-Dinner gehen wollten. Aber ich habe mich geweigert, ihn reinzulassen.«

»Hat er gesagt, warum er gekommen war?«

»Ich glaube, das war klar. Als ich ihn bat zu gehen, griff er mich an. Genauer gesagt, hat er versucht, mich zu erdrosseln. Und er hat es auch beinahe geschafft.«

»Wirklich?« Warum hatte das niemand vorher erwähnt? »Hast du das jemandem erzählt?«

»Nein. Zu dem Zeitpunkt dachte ich noch, ich hätte ein Fest vor mir. Wenn ich nur …« Seine Stimme versagte, und er bedeckte seinen Mund mit den Händen.

Frances wusste nicht, ob sie hingehen und ihren Onkel trösten oder ob sie ihn in diesem Moment, wo ihn seine Gefühle überwältigten, allein lassen sollte. Eigentlich wusste sie nie, was sie in solchen Situationen tun sollte, und zog sich dann oft zurück. Sie fühlte sich immer hilflos, wenn sie übergroßem Schmerz gegenüberstand. Er musste nichts sagen, sie wusste, was ihn so verzweifelt machte. Es würde in Zukunft keinen Tag geben, an dem er sich nicht fragen würde, warum er Carl an jenem Abend nicht von der Polizei hatte abholen lassen.

Er fasste in seine Brusttasche, holte ein Taschentuch mit

Monogramm heraus und putzte sich die Nase. »Außerdem ist Hopes Ring gestohlen worden, und Carl brauchte Geld. Und er hatte nicht die geringste Chance, an irgendwelche legalen Geldquellen heranzukommen. Aber ein vierkarätiger Diamant hätte ihm wahrscheinlich einen guten Start verschafft. Die Polizei sollte mit ihm reden. Vielleicht kannst du ihnen das hier geben.« Er reichte ihr ein Stück Papier, auf das mit schwarzem Stift eine Anschrift in Gloucester gekritzelt war.

Die Autos auf der Route One standen Stoßstange an Stoßstange, und Frances sah noch einmal auf die Uhr im Armaturenbrett. Sie war bereits mehr als zwanzig Minuten zu spät für ihr Treffen mit Elvis. Sie hatte so lange wie möglich bei der ersten Spurensicherung bleiben wollen. Das Team der Staatsanwaltschaft von Essex County bestand aus vier Männern und Frauen in marineblauen Windjacken und mit Gummihandschuhen. Sie hatten angefangen im Haus der Lawrences zu arbeiten, als handele es sich um eine archäologische Ausgrabungsstätte. In Hopes Schlafzimmer fingen sie an und packten Dutzende von Objekten vom Toilettentisch in beschriftete Tüten, darunter auch die Tabletten, die Frances schon aufgefallen waren, einen Kompaktpuder, einen Lippenstift, zwei Haarbürsten, ein paar Haarklemmen und ein Stück zerrissenen Stoff. Sie hatten die Oberfläche des Tischs und den Spiegel eingestaubt, um nach Fingerabdrücken zu suchen und mit einer riesigen Pinzette Fasern aus dem Teppich gezupft. Dann hatten sie die Schubladen durchsucht und einiges von dem Inhalt mitgenommen. Auch die Fenster waren nach Fingerabdrücken oder Hinweisen auf einen gewaltsamen Einbruch oder eine eilige Flucht untersucht worden. Als Frances klar wurde, dass sie losfahren musste, hatten sie sich gerade bis zu dem Schrank vorgearbeitet, in dem Hopes Leiche gefunden worden war. Detective Fleming, den Frances schon am Tag von Hopes Hochzeit kennen gelernt hatte, gab ihr seine Visitenkarte und versprach ihr eine Kopie der vollständigen Bestandsliste. »Rufen Sie mich an, wenn Sie Fragen haben«, sagte er, als sie ging.

Das grüne Schild für die Ausfahrt nach Lynn hing über dem Lastwagen vor ihr, und sie wechselte rasch auf die rechte Spur. Sogleich sah sie das Cabrio von Elvis auf dem Seitenstreifen am Ende der Ausfahrtspur stehen. Sie fuhr hinter ihm auf das Gras und kurbelte ihre Scheibe herunter, als sie ihn kommen sah.

»Ich war früh hier, deshalb habe ich mir erlaubt, schon mal allein rüberzufahren. Es gibt nicht viel in Lynn, womit man die Zeit totschlagen kann«, sagte er, lehnte sich dabei an die Seite ihres Autos und spähte in das offene Fenster. »Unser Mann ist weg. Und alles andere auch, bis auf seine weiße Catering-Uniform. Seiner Wirtin zufolge ist er gleich am Sonntagmorgen abgehauen. Hat gepackt und ist in einem schwarzen Pickup weg, aber sie weiß nicht, welches Fabrikat. Er hat die Bude seit Mitte Mai gemietet, aber schon bis September gezahlt. Sie ist also begeistert.«

»Hat sie eine Ahnung, wohin er sein könnte?«, fragte Frances und merkte gleich, wie dumm ihre Frage war. Ein Krimineller pflegte keine Adresse zu hinterlassen. »Hat er das Apartment bar bezahlt?«, fügte sie schnell hinzu.

»Ja. Im Voraus. Sechshundert im Monat. Ich habe sie auch gefragt, ob er irgendwelche Freunde hatte oder Leute, mit denen er zusammen war, aber sie wusste nichts. Unsere einzige Hoffnung ist jetzt, dass er sich bei seinem Bewährungshelfer meldet, was ich mir aber nicht so recht vorstellen kann. Ich habe eine Fahndung rausgeschickt. Mal sehen, ob einer meiner hoch geschätzten Kollegen ihn erwischt.« Elvis kicherte, die Vorstellung machte ihm offenbar Spaß. »Wie auch immer, Sie können umkehren. Es gibt hier nichts für uns zu tun. Tut mir Leid, dass Sie umsonst gefahren sind.«

»Gibt's was Neues von Maggie?«

»Noch nicht. Und sie antwortet mir im Moment auch nicht.«

»Lohnt es sich, einfach vorbeizufahren? Bis ich mich hier durch den Verkehr gekämpft habe, ist die Autopsie ja vielleicht beendet.«

»Also, bei jeder anderen Frau würde ich sagen, na klar. Aber nicht bei Maggie. Sie hat es nicht gern, wenn man sie drängt, und ich möchte eigentlich nicht schon wieder den Arsch aufgerissen kriegen.«

Frances musste über seinen grobschlächtigen Ausbruch lachen. Es war immer schwer, über die Ehen von anderen Leuten zu urteilen, und die Dynamik zwischen Maggie und Elvis Mallory hatte sie wirklich verblüfft. »Darf ich Sie um einen Gefallen bitten? Es ist aber etwas ungewöhnlich.«

»Was Sie wollen.«

Sie griff in die Tasche und holte den Zettel heraus, den ihr Onkel ihr gegeben hatte und der von Adelaides Schreibtisch stammte. »Es gibt da jemanden, mit dem ich sprechen müsste, und ich denke, ich sollte nicht allein da hingehen.«

Als sie aus dem Auto stieg streckte sie sich, um ihre Rückenmuskeln zu lockern. Schmerz schoss ihr ins Bein und sie verfluchte ihren Ischiasnerv, der sie plagte, seit sie im Frühjahr angefangen hatte zu joggen. Sie wusste schon, warum sie Sport hasste. Sie blickte über die Reihe von Häusern und fand die richtige Nummer. »Hier ist es«, sagte sie zu Elvis.

Die Klingeln hatten keine Namensschilder, deshalb drückte sie die erstbeste. Als Antwort auf das Läuten bellte ein Hund, und sie hörte eine genervte Stimme in einer ihr unbekannten Sprache etwas rufen. Ein paar Minuten später öffnete eine Frau die Tür. Sie trug einen geblümten Kittel, rote Socken und blaue Plastiksandalen. Ihr Haar war von einem bunten Tuch bedeckt.

»Wir suchen Carl LeFleur«, sagte Frances mit einer Stimme, die überraschenderweise ängstlich klang.

Die Frau fuhr sich mit der Zunge über die Lippen, antwortete aber nichts. Frances verstand die Geste nicht.

»Habla español?« Bestimmt sprach die Frau portugiesisch, aber etwas Besseres als ihr Highschool-Spanisch konnte sie im Augenblick nicht bieten.

Sie schüttelte den Kopf.

»Wohnt er denn hier?«

Diesmal nickte sie.

»Aber er ist nicht da, oder? Wissen Sie, wo wir ihn finden können?«

Enttäuscht wollte Frances schon zu ihrem Auto zurückkehren, als sie ein Kind bemerkte, das hinter der Frau auftauchte und sich an ihr Bein klammerte. Das kleine Mädchen konnte nicht älter als sechs oder sieben sein. Ihr offenes schwarzes Haar schien länger zu sein als das Mädchen groß war. Ihre dünnen Beine und nackten Füße waren mit Schmutz bedeckt. Mit ihren riesigen walnussbraunen Augen starrte sie Frances an.

»Kannst du uns helfen?«, fragte Elvis und ging in die Hocke.

Das Mädchen nickte so aufgeregt, dass ihr Kinn beinahe die Brust berührte.

»Kennst du Carl?«

»Ja.«

»Und kannst du uns sagen, wo er sein könnte?«

»Am Steg. Da ist er immer«, sagte sie mit einer melodischen Stimme. »Sein Boot ist kaputt.«

»Vielen Dank«, sagte er, und sie lächelte mit einer Reihe blitzend weißer Zähne.

Es dämmerte langsam über dem Pier. In der Ferne konnte Frances Möwen kreisen sehen, die auf ein paar Häppchen Köder hofften. Eine Gruppe Männer mit nackten Oberkörpern zogen das Netz von einem Trawler mit rostigem Rumpf. Zwei weitere Männer saßen auf der Kante des Stegs und ließen die Beine baumeln, während sie aus langhalsigen Bierflaschen tranken. Ein grauhaariger Mann mit einem Zigarrenstummel im Mund spritzte leere Hummerreusen mit frischem Wasser ab. Aus einem der Boote, das an einer Helling lag, drang lateinamerikanische Musik, und ihr Klang schien mit der Ebbe hinaus ins Meer zu ziehen.

Auf der anderen Seite des Parkplatzes wartete ein Kühllaster. Der Motor lief, und einige Männer in Sweatshirts luden Eis in den Hänger. Der Geruch des heutigen Fangs drang selbst auf die Entfernung noch in Frances' Nase.

»Ich werde mal den Hafenmeister befragen«, sagte Elvis.

»Wir treffen uns bei den Booten.«

Sie spürte die Blicke auf sich, als sie auf das Dock zuging. Vielleicht war es ihre leicht sonnengebräunte Haut oder ihre Kleidung – ein lockeres graues Sommerkleid und schwarze Sandalen – oder einfach nur die Tatsache, dass sie eine Frau war, was die Aufmerksamkeit auf sich zog. Auf jeden Fall hatte sie plötzlich das Gefühl, als trüge sie zwei Köpfe auf den Schultern. Sie sah zu dem Gebäude mit den Schindeln zurück, in dem Elvis verschwunden war. Dann überdachte sie noch einmal kurz ihre Lage und entschied sich für die Männer, die auf dem Steg saßen, als die erfolgversprechendsten Gesprächskandidaten. Sie schienen absolut friedlich und, wie sie hoffte, sicher auch kooperativ. Aber es überraschte sie doch kaum, dass ihre Antworten nur sehr unverbindlich waren.

»Entschuldigen Sie«, sagte sie und trat auf den Mann mit dem Wasserschlauch zu.

Als Antwort drehte er sich zu ihr um und bespritzte sie dabei leicht mit Wasser. Sie sprang automatisch zurück, lächelte aber, um ihm zu vermitteln, dass sein Fehler verziehen war.

»Können Sie mir sagen, wo ich Carl LeFleur finde?«

Er wies mit dem Kopf nach rechts. Dann nahm er die Zigarre aus dem Mund und murmelte: »Sein Schiff ist die *Lady Hope*. Hat einen grünen Rumpf und schwarze Fender.«

Sie drehte sich in die Richtung, in die er deutete. Aus der Entfernung war schwer zu sagen, welches Boot er meinte. »Danke«, sagte sie. Als sie vorbeiging, hörte sie ein leises Pfeifen. Sie ging den mit Planken ausgelegten Weg hinunter, ihre Sandalen schlugen laut auf das Holz. Draußen auf dem Schwimmdock hob sie die Hand über die Augen, um sich vor der Reflexion der letzten Sonnenstrahlen auf dem Wasser zu schützen. Sie sah über die Boote. An der Wasserlinie der *Lady Hope* saßen Entenmuscheln, und ein Davit ließ seine Leinen vom Dach der Kajüte baumeln. Das Deck war von einer Menge bemalter Bojen bedeckt, die jede mit einer Kette an einer leeren Reuse festgemacht waren.

Sie überlegte kurz, ob sie auf Elvis warten sollte, entschied sich dann aber dagegen. Er würde sowieso jeden Moment da sein. Was konnte schon passieren? Außerdem würde sie gern einen Moment allein mit Carl sprechen.

»Mr. LeFleur?«, rief sie, als sie näher kam. Sie konnte das Schlagen eines Vorschlaghammers auf Metall hören, dann das Rasseln und Stottern eines Motors, der anzuspringen versuchte, dann weitere Schläge. Ein Greifer, Kneifzangen und einige andere Werkzeuge lagen auf einem Haufen am Niedergang. Sie rief noch einmal.

Ein Mann tauchte auf, wischte sich mit einem schmutzigen Tuch über die Augenbrauen und schwang sich aufs Deck. »Was gibt's?« Selbst mit dem ölverschmierten Gesicht sah er gut aus. Er hatte kräftige Kiefer, schwarze Augen und eine ausgeprägte Muskulatur, die wie gemeißelt auf der nackten Brust hervortrat.

Frances stellte sich vor und reichte ihm die Hand. Er nahm sie nicht. »Ich möchte mit Ihnen über Hope Lawrence reden.«

»Hope Cabot, meinen Sie wohl«, murmelte er. Sie meinte, ein Zittern in seiner Stimme zu hören. Wusste er es nicht? Über Hopes Tod war in allen Zeitungen berichtet worden. Es war kaum möglich gewesen, das zu übersehen, vor allem für jemanden, der Grund gehabt hätte, am Sonntagmorgen nach einer Heiratsanzeige zu suchen.

»Nein. Also eigentlich. Hope … sie, äh …«, stammelte Frances.

»Was ist passiert?«

Sie zwang sich selbst, die Worte auszusprechen, von denen sie immer noch wünschte, sie wären nicht wahr. »Sie ist tot. Ich dachte, Sie wüssten das. Sie starb kurz vor ihrer Hochzeit«, fügte sie hinzu, als würde das die Sache für ihn leichter machen.

Einen Augenblick lang schien er wie erstarrt, völlig regungslos. Dann bedeckte er das Gesicht mit seinen Händen, schweigend. Sein Atem ging schwer. Sie konnte sehen, wie sich seine Finger verkrampften und sich in seinen Haaransatz und den Gesichtsrand schoben, die riesigen Hände schienen angespannt, wie um das Gewicht des Kopfes halten zu können. Kurz darauf sah Frances einen Tropfen Blut auf seiner Wange, und sie begriff, dass er die Fingernägel in sein eigenes Fleisch gegraben hatte.

Sie trat einen Schritt zurück und stolperte fast über eine Rolle Tau, die sie vorher nicht bemerkt hatte.

Carl blickte auf, als er hörte, dass sie sich bewegte. Sein Gesicht war verkrampft, und er biss die Zähne zusammen. Er starrte sie an. Sein Blick war kalt und hart.

»Es tut mir Leid. Wirklich. Ich weiß, dass Hope und Sie sehr vertraut waren, und ich bin sicher, dass es sehr schwer für Sie ist.« Frances kämpfte mit den Worten. Wie oft hatte sie nicht schon die Angehörigen eines Opfers trösten müssen oder einen Zeugen, der im Kreuzverhör auseinander genommen worden war. Diese Art der Fürsorge gehörte nicht zu ihren Stärken. Sie meinte ohnehin, dass es nichts half. Durch Sprache allein konnte man Gefühle nicht wirklich besänftigen. Schmerzen konnten heilen oder wenigstens schwächer werden, aber das war ein einsamer Prozess. Das wusste sie nur zu gut.

»Warum sind Sie hier?«, fragte er.

Diese Frage hatte sie nicht erwartet, und seine direkte Art erstaunte sie. Sie holte tief Luft. »Ich muss mit Ihnen über Ihr letztes Zusammentreffen mit Hope sprechen.«

»Und was ist, wenn ich nicht mit Ihnen reden will?«

»Nun, es ist Ihr gutes Recht, das selbst zu entscheiden. Also, ich meine, Sie müssen nicht.«

»Ich kenne meine Rechte.«

Frances ärgerte sich über sich selbst. Es gab keinen Grund mit diesem Mann in einem derart belehrenden Tonfall zu reden. Das war nur eine instinktive Reaktion auf das, was sie über ihn gehört und was sie selbst daraus geschlossen hatte. Sie hatte eigentlich gedacht, dass ihr so etwas nicht passieren könnte. »Haben Sie Hope am Samstag gesehen?«

Carl antwortete nicht. Er verschränkte die Arme vor der Brust und schien an Frances vorbei auf das Meer zu sehen. »Wer hat Sie geschickt? Bill?«

Frances antwortete nicht.

»Sie sind doch nicht nur gekommen, um mir zu sagen, dass Hope tot ist. Es gibt niemanden in der Familie Lawrence, der mir diesen Gefallen tun würde.« Er senkte die Stimme. »Also muss Bill meinen, ich hätte sie umgebracht.«

Ein Schauer lief ihr den Rücken herunter, als seine Worte in ihrem Kopf widerhallten. Wie konnte er das wissen? Nur eine Hand voll Menschen wusste überhaupt, dass Hopes Tod als Mord betrachtet wurde. In sämtlichen Zeitungen hatte »selbst verursacht« gestanden, die vornehme Umschreibung von Selbstmord.

»Der verdammte Kerl. Alle sind sie verdammt.« Er trat an ihr vorbei, ging zum Heck seines Schiffes und lehnte sich über die Reling. Er griff ins Wasser und holte ein Bündel Tang heraus, das auf der Oberfläche schwamm. Zwischen seinen langen Fingern drückte er die kleinen Kissen aus Kelp zusammen. Frances konnte das Poppen hören, wenn die Luft ausgepresst wurde und eine kleine Menge Salzwasser herausspritzte.

Sie sah auf seine Hände. Sie waren schwielig, die Haut so dunkel wie auch sonst an seinem Körper. Nur um den linken Zeigefinger hatte er einen schmalen Streifen weißer Haut, die normalerweise nicht der Sonne ausgesetzt war. Welchen Ring er wohl da getragen hatte?

»Wann haben Sie sie zum letzten Mal gesehen?«, versuchte sie das Gespräch wieder in die richtige Richtung zu bringen.

»Ich sehe sie jeden Tag. Ich schließe meine Augen und sehe ihr Gesicht, atme ihren Duft ein, spüre ihre Haut. Sie war alles, was gut war.« Dann schwieg er, warf den Seetang wieder über die Reling und wandte sich ihr zu. »Die Körper von ertrunkenen Männern schwimmen mit dem Gesicht nach oben, die von Frauen aber mit dem Gesicht nach unten. Irgendjemand hat mal gesagt, das sei so, um dem weiblichen Schamgefühl gerecht zu werden. Ich glaube das nicht. Eine Frau erwartet immer das Schlimmste. Wenn sie stirbt, dann sieht sie in die Richtung, in die sie gehen muss, in die Dunkelheit ihres Schicksals. Ein Mann glaubt immer, er geht in den Himmel, und deshalb schaut er nach oben. Wir sind arrogante Schnösel, oder?«

Frances wollte gern verstehen, was er meinte, merkte aber, dass ihr der philosophische Hintergrund zum Begreifen seiner Worte fehlte.

Die Ankunft von Elvis unterbrach sie, und Carls Tonfall änderte sich drastisch. »Ich weiß nicht, wer Sie sind, oder woher Sie kommen, aber ich will Sie hier nicht haben. Verschwinden Sie von meinem Boot.«

Er nahm einen Schraubenschlüssel auf, der neben seinen Füßen lag und schlug ihn gegen die Außenseite seines Schenkels.

»Ich … ich glaube, Sie haben mich falsch verstanden«, sagte Frances, während sie langsam rückwärts ging. Sie spürte, wie ihr Blutdruck stieg und bereitete sich mental schon einmal darauf vor, ins kalte Wasser zu springen. »Ich habe Hope auch geliebt. Ich will alles rausfinden, was geschehen ist. Ich dachte einfach, ich könnte bei Ihnen anfangen.«

»Reden Sie keinen Scheiß. Warum ich, wenn ich nicht ein Verdächtiger bin? Und warum haben Sie einen Bullen mitgebracht? Ich habe nichts zu sagen.« Bei dem Wort »nichts« schoss Speichel zwischen seinen Zähnen hervor und landete auf Frances' Wange. Sie wischte ihn mit ihrem Finger ab. »Gut, machen Sie schon. Nehmen Sie mich fest. Aber Sie verschwenden Ihre Zeit. Keiner von Ihnen wollte je verstehen, was eigentlich mit Hope los war.«

»Hope ist meine Cousine. Ich will es verstehen. Sagen Sie es mir.« Dann fiel ihr etwas ein, und sie fügte hinzu: »Teddy hat gesagt, dass Sie mir vielleicht helfen könnten.« Das war ja nicht völlig gelogen, wenn man an ihr Gespräch mit ihrer Großmutter am vorigen Tag dachte. Teddy hatte die Beziehung zwischen Hope und Carl verstanden, jedenfalls so weit, dass sie der Affäre unter ihrem eigenen Dach Schutz bot. Und das, während Hope mit dem Hauptgewinn unter den Prinzen der North Shore verlobt war. Vielleicht hatte Carl ihr Mitgefühl, ihr Verständnis gespürt.

Doch er brach nur in ein schnaubendes Lachen aus und warf den Schraubenschlüssel den Gang zur Kabine hinunter. Es schepperte, als er auf den Boden knallte. »Und was, wenn ich es tatsächlich könnte?«

Sie wusste nicht, wie sie antworten sollte, und sah sich Hilfe suchend nach Elvis um.

»Denken Sie an Hope. Lassen Sie den Mörder nicht davonkommen«, sagte er.

Carl ging auf seine Worte nicht ein, und begann stattdessen, die leeren Reusen systematisch an einem Ende des Schiffes zu ordnen. Frances ging ihm aus dem Weg, um nicht von einer herumschwingenden Hummerboje getroffen zu werden. Er war mit seiner Arbeit fast fertig, als er innehielt und sagte: »Ich weiß, dass ich nicht Ihr dicker Fisch bin, sonst würden wir nämlich auf dem Polizeirevier reden und nicht hier. Ich kenne keinen Bullen, der einen Hausbesuch macht, wenn er es nicht muss. Aber ich traue Ihnen nicht, und Ihrem Freund da traue ich auch nicht. Ich sag Ihnen was. Bieten Sie mir etwas an, und dann sage ich Ihnen Dinge, die ich mir noch nicht einmal ausdenken könnte. Das ist mein Angebot.« Und mit diesen Worten schwang er sich wieder den Gang hinunter in die Kajüte.

Frances überlegte, was sie noch sagen könnte, um ihn umzustimmen, doch es fiel ihr nichts ein. Er hatte offenkundig genug Erfahrungen und vielleicht auch Zusammenstöße mit dem Gesetz gehabt, dass er wusste, was sie von ihm verlangen konnten und was nicht. Vielleicht hatte auch die Gegenwart von Elvis ihn daran erinnert. Es war jedoch klar, dass sie Informationen brauchten. Entweder solche, mit denen sie ihn unter Druck setzen konnten, oder welche, die für ihn von Interesse sein könnten. Anders würde sie ihn nicht für sich gewinnen können.

Sie hatten ihm ihre Telefonnummern gegeben, wussten aber sehr gut, dass er nicht anrufen würde. Frances ging langsam über den Holzsteg zurück, Elvis ein paar Schritte hinter ihr. Die Flut stieg unter den Planken, und das Quietschen des Holzes gesellte sich zu dem Klappern ihrer Sandalen. Das Licht hatte abgenommen, und der Nebel tanzte auf dem Wasser, als es auf das Ufer zurollte. Es war merklich kühler geworden, und Frances schlang die Arme um sich, als sie noch einmal über den Pier schaute. Am Ende des Docks standen Möwen aufgereiht, die meisten trugen Muscheln in ihren Schnäbeln. Von außen betrachtet, musste die Szene friedlich wirken, aber stattdessen verspürte sie Unbehagen.

»Und nun?«, fragte sie Elvis, als sie wieder auf dem Parkplatz standen.

»Ich werde versuchen, etwas über unseren Fischersmann rauszufinden. Versuchen Sie inzwischen mal rauszukriegen, ob Ihr Onkel bereit wäre, Anzeige wegen tätlicher Bedrohung zu erstatten. Auf die Weise könnten wir ihn uns greifen. Er weiß ganz offensichtlich mehr, als er sagt.«

»Meinen Sie, er würde im Verhör reden?«

Elvis lächelte. »Manchmal ist unser Timing einfach schlecht, und dann finden wir keinen Untersuchungsrichter mehr, der eine Kaution festsetzt. Und so müssen wir dann einen Verdächtigen über Nacht da behalten. Dann klappt es plötzlich.« Er winkte ab. »Sie wissen doch, wie das ist.«

Obwohl es schon spät war, standen die Polizeiwagen noch immer am Smith's Point aufgereiht. Frances stellte ihren Wagen auf dem Rasen ab, damit er nicht im Weg stand, und ließ den Motor noch laufen. Sie zögerte, wieder ins Haus zu gehen. Stattdessen schaute sie sich die Ansammlung von Dienstfahrzeugen an. Einige waren gekennzeichnet. Andere – zumeist vom Typ Ford Crown Victoria – nicht, aber das machte kaum etwas. Wer fuhr sonst noch solche Autos?

Sie hatte nicht erwartet, dass die Spurensicherung so spät noch arbeiten würde und fragte sich, was sie wohl gefunden hatten. Es waren so viele Gäste da gewesen und dazu noch all die Leute, die schwer gearbeitet hatten, um den Empfang vorzubereiten. Da schien es unmöglich, irgendetwas von Bedeutung sichern zu können. Aber das war das Spannende an der Polizeiarbeit. Ein Fingerabdruck, ein Haar, eine Faser, noch das kleinste Partikelchen, das zurückgelassen wurde, konnte der Schlüssel zum ganzen Rätsel sein. Sie hoffte für ihre Tante, dass es schnell geschehen würde.

Sie schloss die Augen und lehnte ihre Stirn gegen das Lenkrad.

Mädchen, kommt zurück! Sie erinnerte sich an die Stimme ihres Vaters, der vom Strand aus rief. Sie und ihre Schwester waren vom Steg aus zum Hafen herübergeschwommen und dann wieder zurück, um die Strecke nochmals zu schwimmen. Hope war zurückgeblieben und lachte und juchzte, während ihre Cousinen in dem schwarzen Wasser trieben. Jedes Mal, wenn sie zurückkehrten, sprang sie auf und ab. Sie war vier, höchstens fünf Jahre alt gewesen. Am Ende des Sommers hatte ihr blondes Haar einen grünlichen Schimmer von den vielen Stunden, die sie in dem stark gechlorten Swimmingpool des Field-and-Hunt-Club verbracht hatte. Frances und Blair kehrten um, als sie ihren Vater winken sahen. Als Frances sich auf den Ponton hochgezogen und in ein Handtuch gewickelt hatte, streckte Hope ihre Ärmchen nach ihr aus. »Auf den Rücken biiiitteee«, sagte sie mit ihrer dünnen Stimme. Frances hatte sich hingekniet, um ihre Cousine auf ihren Rücken krabbeln zu lassen. Sie konnte immer noch Hopes pummeligen Händchen um ihren Nacken spüren und die Wärme ihrer Haut, als sie ihre Oberschenkel fest hielt. Sie hörte ihr Kichern, als sie den Steg hinunter zum Strand stapften. »Schneller, schneller!«, hatte Hope gerufen.

Jetzt, zwanzig Jahre später, schien es unmöglich, dass sie tot sein sollte. Frances erwartete fast, sie die Treppen vom Strand her raufkommen zu sehen. Mehr als alles andere wollte sie die weichen Tapser von kleinen Füßen auf den Holzfußböden des weitläufigen Hauses hören.

Die Tränen schossen ihr in die Augen. Wie hatte das passieren können? Der fließende Übergang zwischen der großen Freude über die Hochzeit und der Trauer über Hopes schockierenden Tod bewies aufs Neue, wie zerbrechlich das Leben war. Frances wusste nur zu gut, dass man nichts als selbstverständlich betrachten konnte, weil es vielleicht schon im nächsten Moment verschwunden war. Und gerade wenn die Welt geordnet und friedlich schien, brach das Chaos ein. Sie rieb sich die Augen. Sie konnte sich keine Trauer gestatten, wenigstens jetzt noch nicht.«

»Ich habe Ihnen das nun schon zweimal gesagt. Wir wissen nichts davon«, sagte Bill. Er und Adelaide standen in der Eingangshalle mit Detective Fleming, der in seiner mit Gummihandschuhen bedeckten Hand einen dicken Umschlag hielt.

»Fanny!«, rief Bill aus. »Gott sei Dank bist du da.«

Frances nickte dem Detective zu, als sie auf ihre Tante und ihren Onkel zuging.

»Da lagen unter diesem Tisch hier zehntausend Dollar in einem Umschlag«, sagte Adelaide und zeigte auf einen runden Tisch nahe bei der Tür, dessen Decke bis auf den Boden heruntergezogen war. »Ich kann mir nicht erklären, woher er sein könnte, oder seit wann er dort liegt.«

»Wir werden ihn ins Labor bringen lassen«, sagte Detective Fleming. Er hielt ihr den Umschlag hin, als ob seine Existenz noch einmal bestätigt werden müsste. »Vielleicht gibt es da einen Fingerabdruck, der uns darüber Aufschluss gibt, woher er kommt.«

»Ich habe ihn aufgehoben. Fragen Sie den Officer da. Ich habe ihn in der Hand gehalten. Also, was soll er Ihnen jetzt noch sagen?« Bills Stimme war laut und kurz vor einem Schreien, und ein paar Beamte, die im angrenzenden Zimmer arbeiteten, kamen ins Foyer geeilt. »Meine Tochter ist tot, und ich bin es leid, dass die Polizei unser Leben von innen nach außen kehrt. Wir sind Privatleute. Lassen Sie uns in Ruhe!« Er drehte sich um und eilte die Treppe hinauf.

Adelaides Lippen zitterten, und ihre Stimme schwankte, als sie sprach. »Ich bitte um Entschuldigung für meinen Mann.«

»Nicht nötig, Ma'am«, sagte Detective Fleming und steckte den Umschlag in eine durchsichtige Plastiktüte. »Wir hören voneinander.«

Frances hätte gern mit ihm allein geredet, um herauszufinden, ob sie etwas Wichtiges entdeckt hatten, doch sie wollte ihre Tante nicht allein lassen. Sie standen beieinander und sahen zu, wie die Polizisten ihre Kisten und Geräte zu dem draußen wartenden Lieferwagen trugen. Es schien eine endlose Prozession zu sein.

Wo kam das Geld her? Wofür war es gedacht? Hatte Bill aus Unachtsamkeit irgendwelche Beweise zerstört, die die Polizei vielleicht gefunden haben könnte? Es war fahrlässig gewesen, irgendetwas aufzuheben, nachdem die Spurensicherung erst einmal angefangen hatte zu arbeiten. Das hätte er selbst in seinem verzweifelten Zustand merken müssen. Es sei denn … hatte er vielleicht die Beschaffenheit des Umschlags verändern wollen? Sie schob diesen Gedanken beiseite.

19

Frances saß im Frühstückszimmer bei ihrer zweiten Tasse Kaffee. Die Sonne strömte durch die Fenster und sie setzte sich so hin, dass ihr Rücken einen Schatten warf und sie die Papiere vor sich lesen konnte. Es waren rosafarbene Blätter aus einem Block mit drei Durchschlägen – die lange Bestandsliste der Spurensicherung, die Liste von Objekten, die aus Hopes Zimmer entfernt worden waren. Ihr Blick flog über das Gekritzel. Am Ende der zweiten Seite hielt sie kurz inne und las bei Objekt Nummer 47: »Schlüssel, mit Draht an Weinkorken befestigt.« War das eine selbst gemachte Schlüsselkette? Wozu passte der Schlüssel? Sie fragte sich, von welcher gerichtsmedizinischen Bedeutung er wohl sein mochte.

Als Frances an diesem Morgen aufgewacht war, hatte sie nichts von Adelaide oder Bill gesehen. Das Haus schien seltsam still. Obwohl sie erst seit fünf Tagen aus Orient Point fort war, erschienen ihr Sam und ihr Zuhause unendlich weit entfernt. Sie lehnte sich zurück und rieb sich die Schläfen.

Als es klopfte, blickte sie auf. In der Tür stand Vater Whitney. »Guten Morgen«, sagte er.

»Guten Morgen«, murmelte sie und stand auf.

»Bitte«, er bedeutete ihr sitzen zu bleiben. »Es tut mir Leid, wenn ich Sie störe. Ich suche Adelaide.«

»Ich weiß nicht, wo sie ist. Ich habe sie und Bill heute Morgen noch nicht gesehen. Kann ich Ihnen irgendetwas anbieten?«

»Nein, danke«, sagte er und trat ins Zimmer. Er setzte sich auf die Kante des Stuhls neben ihr und legte ein kleines Lederbuch auf den Tisch. »Es gibt da etwas, das ich Ihnen sagen, Ihnen geben möchte. Das ist alles sehr unangenehm.«

»Worum geht es denn?«

Er schob ihr das Buch zu, nahm aber seine Hand nicht vom Umschlag. »Ich hatte niemals vor, dies Hopes Familie zu zeigen, denn es war ihr Wunsch, dass es vertraulich bliebe. Aber nach dem, was Sie mir von ihrem … Tod erzählt haben, scheint mir das nicht richtig zu sein. Vielleicht steht ja etwas darin, was für die Polizei von Bedeutung ist.«

»Ich verstehe nicht«, sagte Frances und starrte auf das Buch.

»Es ist Hopes Tagebuch.«

Woher hatte er es? Ihr Gesichtsausdruck musste deutlich gewesen sein, denn er fügte sogleich hinzu: »Ich habe es auf meinem Tisch gefunden, nachdem ihr … ihr Körper entdeckt worden war. Es klebte ein Zettel daran, auf dem stand ›Bitte verwahren Sie es sicher‹. Ich weiß nicht, wann es auf meinen Tisch gekommen sein könnte. Wahrscheinlich hat sie es dorthin gelegt, als wir uns zuvor am Nachmittag getroffen hatten, und ich habe es in meiner Eile einfach nicht eher bemerkt.«

»Haben Sie es gelesen?«

»Nein. Es wurde mir im Vertrauen gegeben, und ich würde alles tun, um das auch zu wahren. Das ist Teil meiner Aufgabe. Deshalb kam mir auch überhaupt nicht in den Sinn, es weiterzugeben, als ich noch meinte, sie hätte Selbstmord begangen. Ich bin sicher, dass der Inhalt für die Familie äußerst schmerzhaft sein wird, und es war meiner Ansicht nach nicht nötig, dem Leiden noch mehr hinzuzufügen. Aber jetzt sind die Umstände doch etwas anders. Jetzt denke ich, es wäre nachlässig, das Buch zurückzuhalten.«

Was stand wohl darin? Würde das Buch Hopes Ängste preisgeben? Hatte sie offen gelegt, wer ein Motiv haben könnte, sie zu ermorden? Der Gedanke war fast nicht zu ertragen.

»Es ist Hopes Besitz gewesen, und ihre Familie sollte entscheiden, was damit zu tun ist.« Er erhob sich zum Gehen. »Ich hätte es Ihnen eher geben sollen. Doch es hat mich große Qualen gekostet, zu entscheiden, ob ich es weitergeben darf. Ich habe zu Gott um die Kraft gebetet, das Richtige zu tun. Hoffentlich ist es nicht zu spät.«

Frances versuchte zu lächeln. Er sah erschöpft und matt aus. Dieses Trauma hatte auf die ganze Gemeinde zerschmetternd gewirkt, und als zuständiger Pfarrer war er derjenige, der die Scherben aufsammeln musste. Aber wer tröstete ihn? Wer sorgte sich um den Helfer? Sie beneidete ihn nicht um seine Rolle. »Ich danke Ihnen. Sie haben das Richtige getan.«

Nachdem er gegangen war, ließ sie ihre Finger über den Umschlag des Buches gleiten und öffnete es dann zögernd. Sollte sie auf Adelaide und Bill warten? Das konnte sie nicht. Es war zu wichtig.

Die Seiten waren gewellt von dem Druck, den der Kugelschreiber auf dem dünnen Papier erzeugt hatte. Einige Eintragungen waren in Schwarz, andere in Blau, und als Frances schnell durch die Seiten blätterte, bemerkte sie, dass sogar die Handschrift unterschiedlich war. Einige Absätze waren stark nach rechts geneigt, andere eher gerade. Sie sah sich die Sätze zum letzten Tag an, konnte aber nur hier und da ein Wort, einen Namen oder einen Bezug zu Jack lesen, ansonsten war alles unleserlich. Sie kehrte zur ersten Seite zurück, die das Datum 2. August trug.

Ich kann nicht so sein, wie er möchte. Und wenn ich ihm das sage, dann bedroht er mich. Er hat sein ganzes Leben lang bekommen, was er wollte, was er forderte. Ich hasse mich selbst dafür, dass ich nicht imstande bin, ihn zu befriedigen. Aber ich hasse auch ihn.

Sie blätterte die Seite um.

Jack will einen Ehevertrag. Als ob ich ihm sein Geld wegnehmen wollte. Das ist das Letzte, was mir etwas bedeutet, begreift er das denn nicht? Was ich will und brauche hat nichts mit dem Materialismus zu tun, den er verherrlicht. Aber ich frage mich natürlich auch, warum es für ihn so wichtig ist, dass meine Rechte als Ehefrau beschnitten werden.

Sie las alles noch einmal und knickte dann eine Ecke der Seite um. Dabei erinnerte sie sich noch einmal an ihre Diskussion mit Teddy.

14. August. Ich muss Jack sagen, dass ich es nicht durchziehen kann. Ich weiß, er wird wütend werden, aber ich kann mir ein Leben als seine Frau nicht vorstellen. Er gibt mir das Gefühl, unzulänglich zu sein. Ich bin die ständige Enttäuschung. Und obwohl ich versucht habe, seine Gefühle zu schonen, wird er verletzt sein. Aber entweder er oder ich. Bin ich zu selbstsüchtig? Soll ich geopfert werden?

Frances sah auf. Ihre eigenen Worte fielen ihr wieder ein, die sie wenige Augenblicke, bevor sie Hope tot fand, durch deren Zimmertür gerufen hatte. Hatten sie dieselben Empfindungen? Das schien ein seltsames Zusammentreffen zu sein. Der Eintrag ging weiter:

Ich werde es ihm sagen. Wenn er wütend wird, dann kann ich das nicht ändern. Vielleicht wird es leichter sein, wenn er mich schlägt oder wild wird. Vielleicht wird er mich vergewaltigen. Seine Gewalt ist leichter, viel leichter zu ertragen als seine Trauer.

Frances las die Worte noch mehrere Male. Es war schockierend, dass Hope damit rechnete, vergewaltigt zu werden, dass sie überhaupt eine solche Sprache verwendete.

Doch dann erinnerte sie sich plötzlich an das Gespräch, das sie weniger als einen Tag vor dem Mord mit ihrer Cousine geführt hatte. Auf dem Probe-Dinner hatte Hope ganz eifrig, fast verzweifelt Geschichten über häusliche Gewalt hören wollen. *Erzähl mir die Schlimmste.* Ihre Worte hallten in Frances' Kopf nach. Damals schon schien die Unterhaltung seltsam und unpassend, doch jetzt war die Erinnerung daran geradezu gespenstisch. *Aber sag mir, warum bleiben die Frauen denn bei diesen Männern?* Hatte Hope für sich selbst eine Antwort gesucht?

Jack wirkte auf sie nicht gewalttätig, aber von ihrer kurzen Zeit bei der Vereinigung her wusste sie, dass der äußere Eindruck täuschen konnte. *Die Statistik sagt, dass wahrscheinlich Jack der Mörder ist.* Sie erinnerte sich an Meatys Worte. Hatten die beiden einen Streit gehabt, und wenn ja, was war dann passiert? Hatte ihn Hopes Zurückweisung so verletzt, dass er die Kontrolle verloren hatte? Gab es auch bei ihm das Phänomen von eskalierender Gewalt? Sie hasste diese Formulierung – eskalierende Gewalt, das klang wie in einem Film. Aber sie wusste auch, dass aus einem Schubser oder einem kleinen Schlag auf den Arm, was noch relativ harmlos erscheinen mochte, oft etwas wurde, das sehr viel schwerwiegender war. Manchmal sogar tödlich.

Sie musste ihre Gedanken ordnen. Noch einmal dachte sie an Jack zurück, wie er in ihrem Hotelzimmer auf und ab gelaufen war, wie verzweifelt er gewesen war. Sollte das gespielt gewesen sein? Wenn ja, dann besaß sie eine schlechte Menschenkenntnis. Das machte alles keinen Sinn. Sie steckte das Tagebuch in ihren Rucksack. So bald wie möglich musste sie es Adelaide zeigen, doch bis dahin konnte vielleicht Jack selbst ihr ein paar Antworten auf die Fragen geben, die in ihrem Kopf herumschwirrten.

In den Steinpfeiler, der links vom Eingang zum Anwesen der Cabots stand, waren die Worte »Oak Tree Farms« eingelassen und ein kleines Schild auf dem mit schwarzen Buchstaben »privat« stand, stak im Boden. Frances lenkte ihren Wagen in die Einfahrt und merkte, dass der Besitz ziemlich wenig mit der Sorte Farm gemeinsam hatte, die sie kannte. Ein weißer Lattenzaun fasste das Grundstück ein, das mehr als ein Dutzend Acres umfassen musste. Sorgfältig beschnittene Eichen mit riesigen Stämmen standen vereinzelt auf dem gut gepflegten Rasen. Durch das klare Wasser eines künstlich angelegten Teiches mit einer kunstvollen blauen Steineinfassung konnte man hellorangefarbene Karpfen sehen. Zwei kastanienbraune Pferde, die mit Monogramm bestickte Decken trugen, grasten auf dem Rasen. Selbst der lange Kiesweg war kürzlich geharkt worden.

Als sie um die Ecke bog, ragte vor ihr das Steinhaus mit riesigen Säulen auf beiden Seiten der Eingangstür auf. Das Gebäude schien sich unendlich fortzusetzen, und Frances zählte allein ungefähr dreißig Fenster auf der Vorderseite. Einige waren von zweiteiligen Vorhängen eingerahmt, deren bunte Stoffe die ansonsten etwas bedrohlich wirkende Fassade ein wenig aufhellten. Sie parkte an der Vorderseite, ging zum Haus und drückte auf die Klingel. Der Klang hallte durchs Haus.

Einige Augenblicke später öffnete eine dünne Frau in schwarzer Uniform und weißer Schürze die Tür. Die Falten hatten sich tief in ihr Gesicht gegraben, und ihre dünnen Lippen schienen fast blau zu sein. »Kann ich Ihnen helfen?«, fragte sie.

»Ja. Mein Name ist Frances Pratt. Ich hoffte, Jack zu Hause vorzufinden.«

»Er ist nicht da«, antwortete sie, ohne weitere Informationen anzubieten.

»Wann erwarten Sie ihn zurück?«

»Das kann ich nicht sagen.«

Aus ihrem Tonfall war nur schwer zu schließen, ob es »kann nicht« oder »will nicht« heißen sollte.

»Sind Jim oder Fiona da?«

»Mrs. Cabot ist da.«

»Kann ich sie sprechen?«

»Ich müsste fragen, ob sie Gäste empfängt, denn ich bin sicher, dass niemand erwartet wurde«, sagte sie, und bedeutete Frances hereinzukommen. »Sie können im Salon warten. Bitte folgen Sie mir.«

Frances ging hinter ihr her, als sie durch die Eingangshalle mit Marmorfußboden geführt wurde. Sie kamen zu einer großen Doppeltür, die die Haushälterin mit beiden Händen öffnete. »Ich bin sofort zurück«, sagte sie und eilte die breite Treppe hinauf.

Der Salon wirkte wie der Ausstellungsraum eines Dekorateurs. Es war alles so arrangiert und voll gestopft, dass Frances beinahe Platzangst bekam. Ein dicker Wollteppich mit Gittermuster bedeckte den größten Teil des dunkel gebeizten Holzfußbodens. Drei verschiedene Sitzecken mit dick gepolsterten Chintzmöbeln und mit Quasten verzierten Ottomanen machten es schwer, sich zu bewegen. An den dunkelgrünen Wänden hingen mehrere Ölgemälde in vergoldeten Rahmen, darunter ein lebensgroßes Porträt von Fiona in einem Ballkleid. Auf jedem Tisch stand eine rötliche Keramiklampe, und die drei Beistelltische waren mit Stapeln von Zeitschriften, Pillendöschen aus Limoger Porzellan und Fotografien in Perlmuttrahmen bedeckt. Auf dem marmornen Kaminaufsatz standen kleine Bäumchen aus Porzellan nebeneinander aufgereiht.

Während sie auf Fiona wartete, ging Frances langsam durch den Raum. Die Bücherregale waren voll von nur allzu bekannten Bestsellern. Als sie die Titel überflog, merkte sie, wie wenig Populärliteratur sie gelesen hatte, seit sie nicht mehr bei der Staatsanwaltschaft war. Durch eine doppelte Glastür, die auf einen Innenhof aus Ziegelsteinen führte, konnte sie sehen, wie hell der Tag draußen war. Links von der Tür stand ein englischer Schreibtisch. Auf der grünen Lederoberfläche lagen ein

Löscher, ein silberner Brieföffner und ein Stapel Post, darunter auch einige kleinere Umschläge, bei denen die Absender auf der hinteren Klappe eingedruckt waren.

Frances fuhr mit dem Finger über den Stapel Briefe, von denen einige bereits geöffnet waren. *Barkley und ich können dir gar nicht sagen, wie Leid uns Hopes Tod tut. George und ich senden dir unsere tiefste Anteilnahme in dieser schwierigen Zeit. Hank und ich denken an Jack und beten für ihn.* Die Ladys der North Shore schickten ihre Kondolenzbriefe immer sehr prompt.

Frances unterbrach sich. Es würde keinen guten Eindruck machen, wenn sie in der Post der Cabots herumschnüffelte. Sie wollte gerade vom Tisch weggehen, als ihr Blick auf einen Umschlag fiel. Er war an Fiona adressiert, hatte das übliche Geschäftsformat, und der Absender, der in der linken oberen Ecke eingedruckt war, lautete Avery Bowes Institute. Sie lebte zwar nicht in Massachusetts, doch der Ruf des Institutes war ihr bekannt. Es schien ihr allerdings seltsam, dass Fiona mit einer Psychiatrischen Klinik korrespondierte. Sollte sie? Sie sah zur Tür, die immer noch geschlossen war. War das bloß Neugier? Nein, entschied sie. Sie musste so viel wie möglich über die Menschen, mit denen Hope während ihrer letzten Tage zu tun gehabt hatte, erfahren, und Fiona gehörte dazu. Sie stand dem Eingang des Salons zugewandt und faltete mit einer Hand den Brief auseinander. Der Briefkopf lautete: Peter Frank, M.D., Medical Director. Es war eine Rechnung: *Tag der Behandlung: 26., 27., 29., 30. Juni. Beratung: $5000.*

Frances war noch nie bei einem Psychiater gewesen, doch selbst ihrem ungeübten Blick erschien der Betrag übertrieben hoch zu sein für nur vier Sitzungen. Aber vielleicht waren die Gebühren für Beratungen höher. Wenn das der Fall war, dann fragte sie sich unwillkürlich, weshalb Fiona ihn konsultiert hatte.

Sie fuhr zusammen, als sie das Schloss klicken hörte, und ohne weiter nachzudenken stopfte sie die Rechnung in ihre

Tasche. Als sie versuchte, sich schnell von dem Tisch zu entfernen, stolperte sie über einen ledernen Hocker. Sie konnte sich gerade noch abfangen, der strenge Gesichtsausdruck von Fiona, als sie durch die Tür trat, zeigte deutlich, dass die Dame des Hauses ihre Ungeschicktheit nicht gerade schätzte. Oder vielleicht ihr Herumschnüffeln?

Fiona streckte beide Arme aus, und als Frances dasselbe tat, beugte sie sich vor und küsste ihr die Wange. Doch trotz dieser Willkommensgeste klang ihre Stimme kühl. »Wie nett von Ihnen, vorbeizuschauen. Kann ich Ihnen etwas anbieten?«, fragte sie und setzte sich in einen bequemen Lehnstuhl. Sie streckte die Hand aus, um eine Kristallglocke auf dem Tisch neben ihr zu läuten.

»Nein, danke«, erwiderte Frances und setzte sich auf das angrenzende Sofa. Sie hatte das Gefühl, als würden ihre Oberschenkel und ihr Rücken auf immer in den Kissen versinken und hielt sich an der Armlehne fest, um gerade sitzen zu können. »Ich würde gern mit Jack sprechen.«

»Er ist Reiten gegangen. Das bedeutet, dass man unmöglich sagen kann, wann er wiederkommt«, sagte Fiona. Sie nahm ein Streichholz aus einer bestickten Schachtel und drehte sich herum, um eine Duftkerze anzuzünden. Der Docht brannte, und Frances roch sogleich das intensive Parfüm. »Sein Pferd scheint in diesen Zeiten sein einziger Trost zu sein. Er isst kaum mehr etwas, deshalb kann ich nicht einmal sagen, ob er zum Mittag zurück sein wird. Aber Sie sind eingeladen, mit mir zu essen. Es gibt Vichysoisse und Krabbenkuchen, wenn Ihnen das zusagt.«

»Ich kann leider nur kurz bleiben«, log Frances. Tatsächlich war die Luft in dem Raum inzwischen so unerträglich süßlich, dass sie gern jede Verzögerung ihrer Abfahrt vermieden hätte.

Die Haushälterin kam herein und stellte ein Tablett mit einem Teeservice auf den Tisch zwischen Fiona und Frances.

Fiona goss sich eine Tasse ein und tat eine Scheibe Zitrone dazu. »Ich nehme nicht an, dass es Neuigkeiten von der Polizei gibt, oder?«

»Noch nicht.«

Fiona lehnte sich an ein Daunenkissen und schloss die Augen. »Es ist fast unerträglich, dass so etwas hier in Manchester passieren konnte.«

»Nun, woanders sollte es auch nicht passieren.«

»Aber vor allem nicht in Manchester.«

Frances sah zu, wie sie die Porzellantasse an ihre Lippen hob und ohne das kleinste Schlürfen einen Schluck nahm. Eine beeindruckende Demonstration des guten Benehmens.

»Die Cabots leben in dieser Gegend im Grunde seit ihrer ersten Besiedlung. Vielleicht sind wir nicht die älteste Familie, aber doch eine der ältesten. Ehe Jim und ich Jack bekamen, lebten wir auf Beacon Hill, Louisburg Square. Kennen Sie sich da aus?«

Frances nickte. Auch ein Bauerntrampel von der North Fork von Long Island, wofür Fiona sie wahrscheinlich hielt, kannte die feinste Adresse von Boston.

»Wir sind hierher gezogen, als ich schwanger war. Wir hatten schon immer vorgehabt, hier zu leben, aber die Aussicht auf ein Kind hat unseren Abschied von der Stadt beschleunigt. Wir wollten diese Gemeinde, diese Werte. Es ist eine wunderbare Gegend. Jeder kennt jeden. Jim und ich konnten sicher sein, dass die Freunde von Jack so sein würden … wie wir. Das klingt vielleicht gefühllos, aber will nicht jede Mutter ihr Kind schützen? Gerade bei all den Schießereien und Drogengeschichten in den Schulen, von denen man heutzutage hört. Ich mag gar nicht mehr die Zeitung lesen.« Sie nahm wieder ein Schlückchen. »Aber ich fürchte, wir haben die Segnungen unseres Lebens als zu selbstverständlich genommen.«

»Ja.«

»Ich bin sehr besorgt um Adelaide. Sie ist eine wunderbare

Frau. Aber ich glaube, dass Bill und sie einen großen Fehler machen, wenn sie die Polizei die Autopsie vornehmen lassen. So eine Geschichte lässt man doch am besten so schnell wie möglich ruhen. Sonst ziehen die Leute nur alle möglichen schrecklichen Schlüsse. Also, unter uns gesagt: Es wird bereits geredet. Man wundert sich. Gestern habe ich Lily Bowler im Club getroffen, und sie fragte mich, ob es einen Missbrauch gegeben hätte. Sexuellen Missbrauch«, fügte sie flüsternd hinzu.

»Warum sollte jemand so etwas denken?«

»Die Leute denken sich allerlei aus, und das kann sehr unfreundlich sein. Natürlich habe ich Lily gesagt, dass da nichts war, also jedenfalls nicht, soweit ich wüsste.« Sie sah Frances Zustimmung heischend an. »Aber diesem Mädchen ist irgendetwas Seltsames zugestoßen. Und ich meine, es ist vor langer Zeit geschehen.«

Hope war ermordet worden. Wovon redete sie denn? »Was meinen Sie?«

Fiona beugte sich vor. »Kann ich ganz offen sein?«

»Bitte.« Frances nickte.

»Hope litt unter einer ernsthaften Essstörung. Das müssen Sie doch gewusst haben. Das konnte jeder sehen, der sie anschaute. Und sie hatte auch noch andere Probleme, wie Depression und dergleichen. Leider war sie sehr unausgeglichen. Sie würde für niemanden eine gute Frau gewesen sein, und schon gar nicht für Jack.«

»Aber er liebte sie.«

»Liebe macht blind. Hope hielt ihre Geheimnisse wohl verwahrt, das darf man nicht vergessen. Aber ich kann Ihnen versichern, dass Jack sich niemals mit ihr eingelassen hätte, wenn er die Wahrheit gekannt hätte.«

»Geheimnisse?«

»Hope konnte keine Kinder bekommen. Aber sie hat Jack das nie gesagt. Ich nehme mal an, dass sie ihm etwas vorgemacht hat, weil er nämlich Kinder will und auch welche haben sollte.«

»Woher wissen Sie das?«

Fionas Gesicht war plötzlich ausdruckslos. Sie machte eine Pause und rührte ihren Tee mit einem kleinen Löffel um. Es schien, als wollte sie die Frage ignorieren. Als sie schließlich antwortete, sprach sie langsam und wählte ihre Worte sorgfältig. »Unsere Familie hat eine Tradition von Leistung und Respekt. Unser Jack ist ein Teil dieses Erfolges. Und er braucht eine Frau, die keine Belastung ist, sondern eine, die ihn und ihr Zuhause unterstützt, damit er Erfolg haben kann. Etwas Geringeres verdient er nicht.«

Diese nüchterne Aussage schickte Frances einen Schauer über den Rücken. Sie hatte noch nie jemanden gesehen, der so kalt war. Sie hatte angenommen, dass beide Familien diese Verbindung gutgeheißen hatten. Nun musste sie sich zum zweiten Mal in diesen Tagen vorhalten, dass sie Schlüsse zog, die nur ihre persönliche Einschätzung der Leute, mit denen sie es zu tun hatte, und ihrer möglichen Motive widerspiegelten.

»Jack wird einmal ein wunderbarer Vater sein, genauso wie sein Vater es ist. Und Jim wünscht sich Enkelkinder. Der Stammbaum der Familie muss weitergeführt werden. Aber Jack wollte von Vernunft nichts hören.« Sie nahm wieder die Glocke auf und klingelte. Jetzt wurde Frances offenbar entlassen. Augenblicke später öffnete sich die Tür, und die Haushälterin erschien. »Ich denke, es ist das Beste, wenn Sie jetzt gehen.«

Frances stand auf und fragte sich, warum das Gespräch so abrupt abgebrochen wurde. »Bitte richten Sie Jack doch aus, dass er mich anrufen möchte, wenn er Zeit hat«, sagte sie.

»Und warum sollte er das?«

Frances musste mit ihm über den Ehevertrag, seine Eltern und seine Beziehung zu Hope sprechen. Aber das wollte sie Fiona in diesem Moment natürlich nicht sagen. »Nur ein paar

Fragen. Nichts Besonderes«, sagte sie im Gehen. »Vielen Dank für das Gespräch.«

Wieder draußen atmete sie tief ein und hielt sich an ihrer Autotür fest, um nicht umzufallen. Von einem Marmorspringbrunnen in der Mitte der runden Auffahrt hörte man das Wasser plätschern, und die grellen Farben von Hibiskus, Lavendel, Lilien und verschiedenen Dahlien, die das gut gepflegte Beet mit winterharten Pflanzen ausfüllten, wirkten beruhigend. Dennoch war das Gespräch mit Fiona für sie erschreckend gewesen. Sie angelte in ihrer Tasche nach dem Autoschlüssel, fand aber stattdessen den Brief, den sie eilig hineingestopft hatte. Sie holte ihn heraus und starrte wieder auf den Briefkopf, die Daten der Behandlung und das unglaubliche Honorar. Wer war Dr. Frank? Was hatte er getan, um 1250 Dollar pro Sitzung zu verdienen? Und welchen Grund gab es anzunehmen, dass dieser Psychiater irgendetwas mit Hopes Tod zu tun hatte? Ihr Verstand spielte ihr Streiche.

Frances setzte sich auf dem Fahrersitz zurecht, streckte die Arme in die Höhe und kreiste dann mit dem Kopf. Als sie den Motor startete, griff sie nach ihrem Handy, aber dort blinkte bereits das Lämpchen, das auf eingegangene Nachrichten hinwies. Drei nicht beantwortete Anrufe, alle drei von Elvis. »Treffe Sie in der Commonwealth Avenue Nr. 1010. Maggie hat ihren Bericht fertig.«

20

Frances' Gedanken rasten während sie fuhr. Sie drehte das Radio an und suchte einen Sender, der Countrymusik spielte. Irgendein bekannter Lyle Lovett Song, irgendetwas, um sie zu beruhigen. Aber der Lärm, der aus dem Gerät kam, verschärfte das Gefühl von Angst in ihr nur noch mehr. Sie wollte stark sein, sich unter Kontrolle haben, doch aus irgendwelchen Gründen, die sie nicht benennen konnte, gingen ihre Gefühle mit ihr durch. Hopes Tod hatte Reaktionen in ihr ausgelöst, die sie nie bei sich erwartet hätte. Das Bild von der perfekten Familie ihrer Tante war erschüttert, und sie musste sich mit beiden Händen am Lenkrad festhalten, um ihr Zittern zu beruhigen.

Das Schild zum Storrow Drive tauchte vor ihr auf, und sie setzte den Blinker. »Frances Taylor Pratt, reiß dich zusammen.« Doch selbst wenn sie sich in lautem Ton ermahnte, war sie nicht sicher, ob sie auch darauf hören würde.

Dr. Mallory saß im Schneidersitz auf ihrem Tisch. Sie trug einen schwarzen Mohairpullover, der eng an ihrem Oberkörper saß, und glänzende Lederhosen. Ihr Haar hatte sie offensichtlich auf dicke Wickler gerollt gehabt, sodass ihr Gesicht von blonden Wellen umrahmt war. Die Lesebrille saß ihr auf der Nasenspitze. Als Frances das Zimmer betrat, sah sie von den Papieren auf, die sie gerade gelesen hatte. Elvis kam auf sie zu und entließ mit einem Nicken den Polizisten, der sie vom Empfangstresen her begleitet hatte. »Setzen Sie sich.«

Sie hatte sich gerade hingesetzt, als Maggie auch schon begann. »Also, wir haben es. Wie gesagt, ich werde deutlich sein. Es gibt nicht viele Möglichkeiten, eine Autopsie zu beschönigen.«

Frances nickte. Sie wollte alles geradeheraus hören. Ihr Magen krampfte sich vor Aufregung zusammen. »Die äußerliche Untersuchung ergab Folgendes: deutliche Zeichen von durch Fingerabdrücke verursachte Verletzungen am Hals. Es gab auch Druckverletzungen von dem Seil, Kehlkopf und Zungenbein waren gebrochen.« Maggie sah auf, als ob sie Frances' Reaktion beobachten wollte.

»Das heißt lediglich, dass es Beweise für eine Erdrosselung mit den Händen gibt«, erklärte Elvis. »Verletzungen von Fingerabdrücken sind klein, gehen aber tief in die Haut und haben eine intensive Farbe durch den Druck, der erzeugt wird. Außerdem weist ein Tod durch Erhängen nicht diese Art von Frakturen auf.«

»Machst du das hier oder ich?«, fragte Maggie.

»Entschuldigung«, sagte er und tat demütig.

»Todesursache war Erdrosseln. Wer immer sie umbrachte, hängte sie hinterher auf, wahrscheinlich um einen Selbstmord vorzutäuschen. Das war jemand, der offenkundig nicht mit einer Autopsie rechnete. Keine äußerlichen Verletzungen, die Untersuchung der Stofffasern unter ihren Fingernägeln hat nichts erbracht.«

Als Frances das hörte, war sie erleichtert. Keine Anzeichen für einen Kampf. Dass Hope mit ihrem Angreifer nicht gekämpft hatte, bedeutete, dass sie nicht gewusst hatte, dass sie sterben würde. Und das würde es allen leichter machen, vor allem Adelaide. Es deutete aber auch mit allerhöchster Wahrscheinlichkeit darauf hin, dass sie ihren Mörder gekannt hatte.

»Können Sie uns sonst noch etwas über den Zustand ihres Körpers sagen?«, fragte Frances.

»Ja. Zunächst einmal erwies die innere Untersuchung mehrere Risse in der Speiseröhre und eine Reihe von Entzündungen im hinteren Rachenraum.«

»Was heißt das?«

»Sie litt unter einer Essstörung. Das ist auch ganz offenkundig durch den sehr niedrigen Körperfettanteil und ein Gewicht, das ungefähr fünfundzwanzig Prozent unter dem lag, was für ihre Größe normal gewesen wäre. Vom Zustand ihrer Speiseröhre her und aufgrund der stark kariösen Zähne würde ich sagen, dass sie Bulimie hatte. Wahrscheinlich würde sich bei einem Test ein elektrolytisches Ungleichgewicht ergeben.«

Frances seufzte. Maggies Entdeckungen waren keine Überraschung. Schließlich hatte sie Hopes völlig abgemagerten Körper gesehen und sowohl von Penelope als auch von Fiona von ihrer Essstörung gehört. Die Einträge im Tagebuch, der Zustand ihres Körpers – all das wies auf Myriaden von Dämonen hin, die nicht ausgetrieben worden waren. Jetzt war es zu spät.

»Toxikologische Tests: Ein Phosphatase-Farbtest war positiv, es gab Spermaspuren in ihrem Magen. Ein Mann mit der Blutgruppe 0 negativ.«

Sie sah zu Elvis hinüber. »Jack hat die Blutgruppe AB.« Er zuckte mit den Schultern.

»Woher wissen Sie das denn?«

»Sein Poloteam hat einen eigenen ärztlichen Betreuer. Er führt ein recht aufwändiges Register über die körperliche Verfassung der Spieler. Also, sagen wir mal, der Typ ist der Freund eines Freundes von mir.« Elvis musste nicht noch extra hinzufügen, dass der Arzt offenbar entgegenkommend genug gewesen war, um ohne Jacks Zustimmung vertrauliche Informationen weiterzugeben.

»Wie lange war das Sperma in ihrem Magen?«

»Spermien leben nicht lange. Unsere Probe war ziemlich krümelig. Aber ich würde mal schätzen, dass es sich innerhalb der letzten vierundzwanzig Stunden vor ihrem Tod abgespielt hat.« Maggie sah auf das Papier vor sich. »Sie hatte auch ungefähr zweitausend Milligramm von etwas, das Meprobamate heißt, in ihrem Blut. Das ist der generische Begriff für das Medikament. Es ist ein Mittel gegen Angstzustände, und unter dem Namen Equanil auf dem Markt. Es wird immer nur für kurze Zeiträume verschrieben, gewöhnlich für höchstens vier Monate, denn längerer Gebrauch erzeugt eine schwere Abhängigkeit. Die normale Dosis für einen Erwachsenen liegt bei 1200 bis 1600 Milligramm pro Tag. Die Menge, die sie genommen hat, war also hoch, aber noch nicht das, was ich eine Überdosis nennen würde. Nicht einmal bei ihrem niedrigen Körpergewicht.«

»Ist es das dasselbe Medikament, das die Polizei in ihrem Zimmer gefunden hat?«, fragte Frances. Sie erinnerte sich an die Tabletten von der Bestandsliste.

»Muss ich nachsehen«, erwiderte Elvis.

»Sie sollten auch wissen, dass Hope eine Hysterektomie gehabt hatte«, fuhr Maggie fort.

Frances war schockiert. Die Gebärmutter entfernt? Hätte sie von solch einer ernsten Operation nicht etwas wissen müssen? Das machte einfach keinen Sinn. »Warum?«

»Das kann ich Ihnen nicht sagen. Vom Zustand der Narben ausgehend würde ich sagen, dass es schon eine Weile her war. Es gab auch einige kleinere Narben in der Vagina, aber die können von der Operation herrühren. Schwer zu sagen. Es spielt keine Rolle bei der Feststellung der Todesursache, aber ich fand trotzdem, dass Sie das wissen sollten.«

»Ist es nun wirklich nicht wichtig oder nur vielleicht nicht?«, fragte Elvis.

»Ihr seid die Ermittler. Ich gebe euch nur die medizinischen Fakten mit, die ich hier sehe.«

Ihre Worte klangen Frances in den Ohren. Sie musste sofort wieder an Fiona denken. Sie hatte von Hopes Unfruchtbarkeit gewusst und war auch gegen eine Autopsie gewesen. Wusste sie auch etwas von Hopes anderem Liebhaber? Da sie nicht wollte, dass ihr Sohn heiratete, hätte sie dann irgendwelche Schritte unternommen, um es zu verhindern? Frances wusste nicht, ob ihre Verdächtigungen von belastenden Fakten herrührten oder von ihrer tiefen Abneigung gegen diese Frau.

Es wurde still, als sie alle die Bedeutung dieses Berichts überdachten.

»Kannst du sagen, in welcher Reihenfolge die Ereignisse standen, die zu ihrem Tode führten?«, fragte Elvis.

Maggie sah auf und nahm ihre Brille ab. Sie kaute auf einem Bügel der Brille. »Sex, drugs and rock'n'roll. Sie hat einem anderen als ihrem Verlobten einen geblasen, dann hat sie eine anständige Dosis Tabletten genommen, um sich zu beruhigen, und dann kam kurz bevor sie heiraten sollte jemand, der sie umbrachte und versuchte, es wie Selbstmord aussehen zu lassen.«

»Kann es sein, dass der Mörder sie erst unter Drogen gesetzt hat?«

»Das bezweifle ich. Ich habe nicht einen einzigen Hinweis darauf gefunden, dass ihr die Tabletten aufgezwungen wurden.«

»Und die Risse in der Speiseröhre können auch nichts damit zu tun haben?«

Maggie schwieg einen Augenblick und dachte über das Szenario nach, das Frances entworfen hatte. »Das ist eine recht unwahrscheinliche Möglichkeit. So unwahrscheinlich, dass ich Nein sagen würde. Aber die Sache ist für den Mörder sicher dadurch einfacher geworden, dass sie die Tabletten genommen hatte.«

»Wir haben ein paar Informationen aus dem Labor der Spurensicherung bekommen«, sagte Elvis. »Es gibt einen guten Fingerabdruck auf dem Türknopf des Schrankes, und wir versuchen jetzt rauszukriegen, von wem der stammt. Und es gibt einen halben Abdruck oben auf der Tablettenflasche, der nicht richtig mit dem des Opfers zusammenpasst. Ein schmutziges Papiertaschentuch ist positiv auf Meprobamate und auf den Speichel des Opfers getestet worden. Es könnte sein, dass sie die Tabletten schon im Mund hatte, es sich dann aber anders überlegt hat, um sie später doch noch zu schlucken. Seltsam. Als sei sie unterbrochen worden.« Er schwieg und schien über seine eigenen Worte nachzudenken. »Außerdem haben sie auf dem Teppich neben dem Toilettentisch ein paar weiße Seidenfasern gefunden, die von Hopes Hochzeitskleid stammen könnten. Wenn das stimmt, dann könnten die daher rühren, dass sie zum Schrank gezerrt wurde.«

»Wissen Sie etwas von einem Schlüssel?«, fragte Frances und dachte dabei wieder an die Bestandsliste.

»Ein Schlüssel? Nein.«

Maggie warf ihnen einen strengen Blick zu. Sie war offensichtlich ungeduldig und hätte es am liebsten gehabt, wenn sie den Rest ihrer Diskussion außerhalb ihres Büros führen würden. Sie hatte ihre Arbeit gemacht, und ohne Zweifel wartete schon die nächste Leiche.

»Bis heute Abend«, sagte Elvis und küsste sie.

»Viel Glück«, sagte sie zu Frances. »Das hier ist sicher hart für Sie.«

Als sie rausgingen, griff Elvis nach seinem Pager, der offenbar angefangen hatte zu vibrieren. Er sah auf den Text. »Na also, ich werde eines Besseren belehrt!«, rief er aus.

»Was ist?«, fragte Frances.

»Unsere Brüder in Uniform haben Michael Davis aufgegriffen, den geflohenen Caterer. Er ist drüben auf der Wache in der Charles Street.« Er klappte sein Handy auf und tippte eine auffällig lange Nummer ein. Endlich meldete sich jemand am anderen Ende. »Hier ist Elvis. Wir sind unterwegs.«

»Wer ist von der Staatsanwaltschaft da?«, fragte Frances. Elvis gab Gas, und sie fragte sich, wie lange sein Cadillac das wohl überstehen würde. Auf der linken Seite konnte sie, als sie das südliche Ende der Charles Street hinunterrasten, den Stadtpark sehen. Mengen von Touristen warteten darauf, in schwanförmigen Booten auf dem Teich herumgepaddelt zu werden. Das war eine Bostoner Tradition, und auch Frances hatte vor vielen Jahren einmal eine solche Fahrt mit ihrem Vater und ihrer Schwester unternommen.

»Mark O'Connor. Ein guter Mann, sehr erfahren. Ich weiß, dass er sich auf ein Richteramt beworben hat, aber es ist seither noch nichts passiert. Momentan will niemand mehr einen weißen männlichen Richter auf der Bank.«

Michael Davis saß allein in einem fensterlosen Raum mit Linoleumboden. Er beugte sich über einen Resopaltisch. Durch den dünnen Stoff seines abgetragenen T-Shirts konnte Frances seine Rippen sehen. Langes braunes Haar bedeckte sein Gesicht, und seine Ellenbogen ruhten auf der Tischplatte. Er war barfuß. Auf der anderen Seite der schalldichten Glasscheibe stand ein rothaariger Mann mit breiten Schultern. Das gestreifte Hemd hatte er an den Ärmeln aufgerollt, und seine Hosenträger waren mit dem Wappen des Commonwealth of Massachusetts verziert. Elvis stellte Frances Mark O'Connor vor, den Chef der Abteilung für Gewaltverbrechen, der diese Position unter zwei verschiedenen Regierungen behalten hatte. »Er hat es geschafft, nicht nur einen Wechsel beim Distriktstaatsanwalt zu überleben, sondern auch noch einen Wechsel der Parteizugehörigkeit. Das nenne ich Begabung.« Elvis tat so, als wollte er flüstern. Mark wurde rot.

Der uniformierte Officer neben ihm war Tony Angelino. Er erklärte, dass Michael bereits seine Rechte vorgelesen worden seien. Bisher hatte er noch nach keinem Anwalt verlangt, aber er hatte auch noch keine Aussage gemacht.

»Wo habt ihr ihn gefunden?«, fragte Elvis.

»Ich habe ihn an der Tobin Bridge angehalten, weil er die Maut umgehen wollte. Außerdem hatte sein Laster ein zerbrochenes Rücklicht. Als ich zu ihm hinging, sah ich etwas auf dem Beifahrersitz liegen, was ich aufgrund meiner Ausbildung und meiner Erfahrung als Marihuana-Pfeife identifizieren konnte. Außerdem roch es streng. Der Verdächtige wirkte nervös und hatte glasige Augen. Aufgrund dieses möglichen Vergehens nahm ich ihn wegen Drogenbesitzes fest. Als ich dann seine Daten durchlaufen ließ, kam die Suchmeldung hoch, und deshalb habe ich Detective Mallory benachrichtigt.« Officer Angelino trug die Angaben vor, als würde er in einem Gerichtsverfahren aussagen. Bullengerede, dachte Frances. Da waren immer hinterhältige Phrasen dabei, andere Wendungen für »Ich fand, der Typ wirkte einigermaßen finster, und deshalb habe ich einen Grund gesucht, um ihn einzubuchten«. Wie auch immer, diesmal hatte es funktioniert.

»Er hat bisher drei Tassen Kaffee getrunken, eine Packung Camel ohne Filter verlangt und noch keine Telefonate geführt.«

»Wo ist der Laster?«, fragte Elvis.

»Unten auf dem Parkplatz.«

»Wir haben ausreichende Verdachtsmomente, um ihn zu durchsuchen, aber wir wollten lieber warten, weil wir ja wussten, dass Sie kommen würden«, fügte der Officer hinzu.

»Dann gehen Sie doch mal mit Mrs. Pratt hinunter und zeigen Sie ihr den Wagen. Mark und ich versuchen so lange, mit dem Typen hier zu reden.«

»Ist das in Ordnung?«, fragte Mark Frances.

»Sicher. Danke trotzdem«, erwiderte Frances. Sie hatte noch keinen Staatsanwalt kennen gelernt, der so rücksichtsvoll war. Vielleicht wollten er und Elvis aber auch keine Zuschauer haben, wenn sie die Rollos runterließen und Michael auf die altbewährte Tour befragten. Obwohl, nein, so sahen sie eigentlich nicht aus. Elvis war vielleicht unberechenbar, aber Mark hatte eine sanfte Stimme, und er trug Hosenträger. Wenn sie sich nicht täuschte, dann war sein Hemd maßgeschneidert. Das schloss von vornherein jede Möglichkeit aus, dass er sich bei einem Verhört schmutzig machen würde.

Frances folgte Officer Angelino zurück auf die Straße und zu einem bewachten Parkplatz, der mit einem Zaun umgeben war, auf dem Rollen von Stacheldraht saßen. Der schwarze Truck, der abseits der Straße geparkt war, hatte ein neongelbes Schild im Fenster, das darauf hinwies, dass es sich um Polizeieigentum handelte. Angelino nahm ein Paar Gummihandschuhe aus der Tasche, mühte sich ein wenig beim Anziehen, und öffnete die Fahrertür. Drinnen lagen leere Dosen, Zigarettenpäckchen, Lebensmittelverpackungen, Starthilfekabel, loses Popcorn und CDs auf Rücksitz und Boden verstreut. Die gepolsterten Sitze hatten Flecken, und ein Riss in der Windschutzscheibe war mit Isolierband verklebt.

Der Aschenbecher stand offen. Es lagen einige Kippen darin und etwas Goldenes. Er griff hinein und holte einen breiten Männersiegelring heraus. Er hielt ihn vors Auge und zeigte ihn dann Frances. Sie konnte das Siegel eines Engels mit einem Schwert erkennen. »Das ist der heilige Michael«, erklärte Officer Angelino. »Der Patron der Schwachen und Beladenen. Er war ziemlich wild, mutig, ein Beschützer. Den hätte man gern auf seiner Seite.« Er lächelte.

Dann wandte er seine Aufmerksamkeit wieder dem Laster zu. Auf der Beifahrerseite lag eine dunkelgrüne Baumwolltasche.

»Sollen wir damit anfangen?«, fragte er und holte die Tasche heraus.

Frances zuckte mit den Schultern.

Officer Angelino machte den Reißverschluss der Tasche auf und begann, den Inhalt zu durchsuchen: ein Paar Jeans, Ledersandalen und ein marineblaues Sweatshirt. Mehrere Männerunterhosen, ein Adressbuch mit Spiralbindung, vierzig Dollar in bar, ein kleines Täschchen mit grünem »Pflanzlichem«, wie er sich ausdrückte, und ein Exemplar von Tom Clancys »Jagd auf Roter Oktober«. Das war nicht mehr, als man in einer Tasche zum Übernachten erwarten würde. Er runzelte die Stirn, offensichtlich enttäuscht. Vielleicht hatte er gehofft, dass das hier sein erster großer Fall werden würde. Eine Gelegenheit, mit dem Chef der Abteilung für Gewaltverbrechen zusammenzuarbeiten, vielleicht sogar seinen Namen in den Papieren unterzubringen. Das war allerdings unwahrscheinlich bei dem, was er gerade gefunden hatte.

»Darf ich mal sehen?«, fragte Frances.

»Na klar.«

Frances sah in die leere Baumwolltasche. Sie fuhr mit der Hand am Innern des Stoffes und an den Nähten entlang. Plötzlich fühlte sie etwas Hartes. Sie hielt inne und tastete noch einmal. Langsam drehte sie die Tasche auf links, wobei sie den Klumpen festhielt. Sofort fiel das Licht auf einen großen zum Brillanten geschliffenen Diamanten, der in Platin gefasst war. Der wunderschöne Ring war in den Boden der Tasche eingenäht gewesen. Ohne Jack anrufen zu müssen, wusste sie sofort, dass dies sein Verlobungsgeschenk für Hope war. Es gab keine Zeit zu verlieren. Sie mussten ein Team von der Spurensicherung auf das Auto ansetzen. Sie würde nicht noch einmal die Sicherung von Beweisen gefährden wollen.

Mark wanderte vor der schalldichten Scheibe auf und ab und beobachtete Elvis und Michael. »Er ist wirklich erstaunlich«, bemerkte Mark, als Frances dazukam. »Er hört einfach nie auf. In einem Augenblick beschwatzt er einen Verdächtigen, und wir lachen alle, und im nächsten Moment droht er ihn bei lebendigem Leibe zu fressen. Ich glaube, dass er deshalb so effektiv ist. Er bringt sie einfach aus dem Gleichgewicht.«

»Wir haben etwas gefunden.« Sie öffnete ihre Hand, zeigte ihm den Diamantring und erklärte schnell dazu, dass er vermisst worden war. »Jack sagt, sie hätte ihn niemals freiwillig abgenommen.«

Mark nahm ihr den Ring ab und hielt ihn gegen das Licht. Dann drehte er ihn herum und blinzelte, um die andere Seite des Steins anzusehen. »Das ist es«, verkündete er. »Davis' Fingerabdruck passte auch zu dem auf dem Türknauf. Bisher haben wir ihn nur wegen Diebstahls dran, aber ich wette, dass wir hier unseren Mörder haben.« Er schlug die Handflächen zusammen. »Jawohl.« Dann ließ er den Ring in seine Tasche gleiten und öffnete die Tür zum Vernehmungszimmer. Frances hörte über die Gegensprechanlage mit. »Michael Davis, ich verhafte Sie wegen Mordes an Hope Lawrence«, verkündete er. Selbst Elvis, der mit einem Fuß auf der Kante seines Stuhls über Michael gebeugt gestanden hatte, richtete sich erstaunt auf. Es sah kurz durch das Glas, aber es hatte keine Sinn, zu reagieren, denn er konnte ihren Gesichtsausdruck durch das Spiegelglas nicht erkennen.

»Holen Sie meinen Anwalt«, murmelte Michael. Und mit diesen schicksalhaften Worten war das Verhör beendet.

21

Frances brauchte eine Weile, um sich zu orientieren, als sie die Augen öffnete. Manchester. Dasselbe Doppelbett, in dem sie immer geschlafen hatte. Das Gästezimmer ihrer Tante. Die Vorhänge waren zugezogen, aber es drang dennoch Licht durch die Spitze. Sie zog sich die Decke bis unters Kinn und konzentrierte sich auf einen Fleck, der quer über die Zimmerdecke wanderte. Es war ein Marienkäfer, ein Symbol für Glück. Pure Ironie, dachte sie.

Sie hörte Schritte im Flur und sah dann, wie der Türknauf zu ihrem Zimmer gedreht wurde. Einen Augenblick lang erwog sie, die Augen zu schließen und so zu tun, als würde sie schlafen. Nur ein paar Minuten noch, um den Angriff eines neuen quälenden Tages zu vermeiden. Aber als Adelaide auf der Türschwelle erschien, setzte sie sich auf. Ihre Tante trug ein Tablett.

»Ich war nicht sicher, ob du wach bist.«

Frances versuchte zu lächeln. »Wie spät ist es?«

»Fast Mittag. Ich dachte, du würdest vielleicht ein Frühstück gebrauchen können.« Sie setzte das Tablett vor Frances ab. Das Aroma des Kaffees war köstlich, und der dick gebutterte englische Muffin und die zwei kleinen Würstchen sahen sehr einladend aus. Frances konnte sich nicht erinnern, wann sie das letzte Mal etwas gegessen hatte. Und sie wusste auch nicht, wann sie das letzte Mal so lange geschlafen hatte. Sie hatte sich nicht eingestehen wollen, wie erschöpft sie war.

»Wir hatten so viel mit den Vorbereitungen für die Trauerfeier zu tun«, sagte Adelaide. Sie schien mit sich selbst zu sprechen und die Gegenwart von Frances gar nicht wahrzunehmen. »Die Planung dauert ewig. Ich denke, es fällt mir einfach schwer, Entscheidungen zu treffen. Sollen die Blumen rosa oder weiß oder gelb oder blau sein? Welche Lieder, welche Gebete? Noch vor einer Woche hätte es mir keinerlei Schwierigkeiten bereitet, solche Entscheidungen zu treffen. Und die Cabots rufen andauernd wegen dieser Stiftung an. Ich weiß, dass sie es gut meinen.« Sie schwieg, scheinbar durch einen losen Faden an ihrem Rock abgelenkt. »Ich weiß wirklich nicht, welche Wohltätigkeitsorganisation da sinnvoll wäre. Vielleicht sollte das Geld an die Kirche gehen. Die lag Hope am Herzen.« Sie hob ihre Hand zum Mund und schien eine zitternde Lippe verbergen zu wollen.

»Die Kirche klingt doch gut, wenn du meinst, dass Hope das gewollt hätte.«

»Ich denke schon. Ich habe bereits mit Vater Whitney darüber gesprochen. Er hat gesagt, das Geld könnte für einen guten Zweck verwendet werden, zum Beispiel, um die Armenküche zu finanzieren oder den Lehrplan der Sonntagsschule auf den neuesten Stand zu bringen. Es ist sehr viel Geld, vor allem für eine Gemeinde dieser Größe …« Sie brach ab und ging zum Fenster hinüber, um auf den Rasen davor hinunterzustarren. »Noch vor ein paar Tagen schien das Leben so leicht. Meine größte Sorge war, ob die Caterer das Filet für dreihundert Leute vorbereiten könnten, ohne es zu lange braten zu lassen. Medium, habe ich immer wieder gesagt. Ich will es halb durchgebraten. Medium«, wiederholte sie, und ihre Stimme versagte. »Was habe ich mir bloß dabei gedacht? So viel Aufmerksamkeit und Anstrengung und Energie verschwenden wir auf sinnloses Tun. Ich hätte besser daran getan, mir eine zusätzliche Stunde mit meiner Tochter zu gönnen, als mich um dreihundert Steaks medium zu sorgen.«

Frances schob das Tablett auf die Seite und schwang sich aus dem Bett. Sie ging zu ihrer Tante hinüber und schlang von hinten die Arme um sie. Sie standen einige Minuten so da, schweigend, nur der Klang der vielen Vögel draußen unterbrach die Stille. Dann befreite sich Adelaide aus der Umarmung und drehte sich zu ihrer Nichte um. »Wie soll das Leben je wieder normal werden?«, fragte sie.

»Das wird es nicht. Das kann es nicht. Bill und du, ihr habt einen langen Kampf vor euch, um herauszufinden, was für ein neues Leben ihr zusammen leben könnt. Es wird nicht normal sein, denn normal bedeutete auch immer mit Hope.« Während sie das sagte, wurde ihr klar, wie wahr diese Empfindung war. Niemand genas jemals wirklich von einer Tragödie. Man lernte nur, weiterzumachen, weil man keine andere Wahl hatte. »Ich wünschte, ich könnte euch helfen.«

»Das tust du doch. Und ich bin sicher, dass du uns auch weiterhin helfen wirst, wenn wir ein schreckliches Gerichtsverfahren gegen diesen Mann durchstehen müssen.« Sie wischte sich über die Augen und drehte sich wieder zum Fenster.

Adelaides Worte erinnerten Frances wieder an die Ereignisse des vorangegangenen Tages, über die sie noch nicht mit ihrer Tante und ihrem Onkel hatte sprechen können. Als sie aus Boston zurückgekehrt war, hatten sie Stunden damit zugebracht, über den gestohlenen Ring und die Verhaftung von Michael Davis zu sprechen und die Frage zu erörtern, wie es jetzt weitergehen würde. Es war schon nach zwei Uhr morgens gewesen, als Adelaide und Bill schließlich gesagt hatten, dass sie nichts mehr hören könnten und ins Bett gegangen waren. Sie hatte keine Gelegenheit gehabt, sie zu den Ergebnissen der Gerichtsmedizinerin zu befragen oder ihnen Hopes Tagebuch zu zeigen.

Frances nahm einen Schluck und spürte, wie die heiße Flüssigkeit ihren Gaumen verbrannte. Der Schmerz half ihr, wach zu werden. Das konkrete Gefühl des Verbrennens gab dem Tag Realität. »Ich möchte gar nicht gern mit dir über die Autopsie reden, aber es kam dabei etwas zum Vorschein, das … seltsam war.« Sie suchte nach Worten.

Als Antwort drehte sich Adelaide zu ihr um, sagte aber nichts.

»Warum wurde bei Hope eine Hysterektomie vorgenommen?«

Adelaide faltete ihre Hände und beugte den Kopf, als würde sie beten. »Warum ist das wichtig?«, fragte sie.

Frances dachte einen Augenblick nach. Ihre Tante hatte Recht, der Zustand von Hopes Körper konnte bei der Verfolgung eines Juwelendiebs keine Rolle spielen. So ein armer Schlucker, der eine Braut wegen ihres hochkarätigen Diamanten ermordete. Doch aus irgendeinem Grund, den sie nicht genauer beschreiben konnte, hatte Frances das Gefühl, als wäre diese Information sehr wichtig und diente nicht nur einfach der Befriedigung einer morbiden Neugier. Es war sehr ungewöhnlich, dass einer jungen Frau die Gebärmutter entfernt wurde, und sie hatte genug Erfahrung, um zu wissen, dass das Ungewöhnliche in einer Ermittlung oft das Wichtigste war.

Adelaide ließ sich auf einem kleinen Holzstuhl nieder. »Das kann doch nichts mit ihrem Tod zu tun haben.«

Frances spürte, wie ein seltsames Gefühl, ähnlich wie Angst, sie beschlich. Ihre Tante vermied das Thema, und mit jedem Moment, der verging, hatte sie das quälende Empfinden, dass die Wahrheit schockierend sein würde. »Wie alt war sie?«

»Es ist lange her. Lange bevor Jack und Hope überhaupt verlobt waren.«

»Was war denn mit ihr?«, hakte sie nach.

»Ich kann einfach nicht darüber reden.«

»Aber Hope hatte Narben!« Ihre Frustration kochte über, auch wenn sie wusste, dass das nicht fair war. Sie bereitete mit ihrem Beharren auf der Sache eine Menge Schmerzen. Adelaide hatte Recht. Was immer damals vor langer Zeit geschehen war, welches Geheimnis sie auch unbedingt bewahren wollte, konnte doch nichts mit dem Mord an Hope zu tun haben, oder?

Das Gesicht ihrer Tante sah verhärmt und hager aus, viel älter, als sie tatsächlich war. »Ich kann nicht darüber reden. Nicht mit dir und mit niemandem sonst. Es tut mir Leid. Bitte frag nicht mehr danach.«

»Weiß Bill denn davon?«

»Ja, aber bitte sprich ihn nicht darauf an«, sagte sie und stand auf. Sie schien wie versteinert, ihr Blick wirkte leicht verärgert, und ihre Hand lag auf dem Türrahmen. Alle Farbe war ihr aus dem Gesicht gewichen. »Bitte. Ich flehe dich an. Lass das Thema ruhen.«

»Es tut mir Leid. Es geht mich nichts an. Es tut mir wirklich Leid«, wiederholte sie. Sie wollte eigentlich noch hinzufügen, dass sie traurig war, weil ihre Tante niemals genug Vertrauen zu ihr gehabt hatte, ihr zu erzählen, dass Hope adoptiert war, aber sie unterließ es dann doch. Was war nur los mit dieser Familie, dass über so vieles nicht gesprochen wurde? Da erinnerte sie sich an das Tagebuch, die andere Entwicklung des Vortages, über die sie noch sprechen musste. Einen Augenblick lang überlegte sie, ob es alles nur noch schlimmer machen würde, wenn sie es herausholte. Doch sie hatte keine andere Wahl. Sie hatte kein Recht, Hopes Gedanken und Gefühle ihren Eltern vorzuenthalten.

»Es gibt da noch etwas, was ich dir geben möchte«, sagte sie und holte das Buch aus ihrem Rucksack. »Vater Whitney brachte es gestern für dich her. Hier. Es ist Hopes Tagebuch.« Sie reichte es ihr.

Adelaide schwankte ein wenig, nahm das schmale Buch und presste es an ihre Brust. »Woher hat er das?«, fragte sie.

»Hope hat es ihm offenbar am Tag ihrer Hochzeit gegeben.«

»Sie hat viele Jahre lang Tagebuch geführt. Es muss Hunderte davon geben, wenn sie sie nicht weggeworfen hat. Sie liebte so kleine Bücher wie dieses hier.« Adelaide legte den Rücken des Buches in ihre Handfläche und ließ es aufklappen.

»Ich habe nur kleine Passagen gelesen«, gab Frances zu.

Adelaides Schultern fielen herab, und sie schien um ihr Gleichgewicht kämpfen zu müssen. Frances umfasste ihre Taille und geleitete sie zurück zu dem Stuhl. Adelaide legte das Buch auf ihre Knie, blätterte durch die zerknitterten Seiten und starrte auf die Worte. Sie schien ihre Bedeutung jedoch nicht wahrzunehmen. Als sie über ihre Schulter sah, bemerkte Frances, dass sie beim Eintrag vom 14. August stehen geblieben war. *Vielleicht wird es leichter sein, wenn er mich schlägt oder wild wird. Vielleicht wird er mich vergewaltigen. Seine Gewalt ist leichter, viel leichter zu ertragen als seine Trauer.* Ihre Augen füllten sich mit Tränen.

»Kann ich irgendetwas für dich tun?«

Adelaide schluckte. Sie atmete flach, und Frances konnte sehen, wie sich ihre Brust vor Aufregung flatternd hob und senkte. »Das kann nicht sein«, flüsterte sie. »Das hier sind nicht Hopes Worte.«

Frances konnte sich vorstellen, wie schrecklich es sein musste, über Hopes Selbstgeißelung zu lesen. Adelaide als ihre Mutter musste sich natürlich fragen, ob dieser Selbsthass angeboren war oder ob etwas in ihrem Umfeld, irgendetwas an der Art, wie sie aufgewachsen war, ihr dieses Bild von sich selbst diktiert hatte? War es Schicksal gewesen? Doch das Tagebuch gab ihre Gefühle wieder. »Es tut mir Leid.«

»Nein. Das ist unmöglich. Ich weiß, dass sie Jack liebte, und er wäre nie gewalttätig zu ihr gewesen. Ich glaube es einfach nicht. Das kann ich nicht. Der Junge wollte nichts lieber, als sie zu seiner Braut zu machen. Ich habe gesehen, wie er sich seinem Vater gegenüber verhalten hat. Er war bereit, alles für sie aufs Spiel zu setzen.«

»Aber Hope hat dieses Gefühle nicht erwidert.«

»Da täuschst du dich. Ich kenne meine Tochter, und ich glaube das nicht. So hat sie nicht gefühlt. Jack war der Mittelpunkt ihres Universums. Er hätte ihr nie wehgetan. Sie wäre nicht mit jemandem zusammengeblieben, der ihr das angetan hätte. Das weiß ich einfach. Und wenn er so gewesen wäre, dann hätte Hope es erzählt ...«

Adelaide verbarg das Gesicht in den Händen. »Irgendjemand hat sie dazu gebracht. Jemand hat sie gezwungen, diese schrecklichen Dinge zu sagen. Dieses Tagebuch ist eine Fälschung.«

Frances sagte nichts. Sie wusste nicht, wie sie ihrer Tante hätte widersprechen können, ohne sie noch mehr aufzuregen.

»Ich möchte, dass du mir einen Gefallen tust«, sagte Adelaide. Frances beugte sich vor, um ihre Bitte anzuhören. »Ich möchte, dass du beweist, dass das hier nicht Hopes Tagebuch ist.«

Worum bat sie da? Sollte sie die Seiten analysieren lassen? Und wenn ja, zu welchem Zweck? Das schien unter diesen Umständen eine vergebliche Mühe. »Sieht es denn aus wie ihre Handschrift?«

»Ich weiß nicht genau, wie es aussieht. Vielleicht bin ich dabei, den Verstand zu verlieren. Es ist wirklich wahr, ich weiß zurzeit manchmal kaum noch, wie ich heiße.« Sie sah hoch und starrte Frances mit einem Ausdruck des Schreckens an. »Hilf mir herauszufinden, wessen Worte das hier sind. Sag mir, dass es nicht Hope war. Sag mir nach allem, was wir durchgemacht haben, nicht noch, dass sie Angst vor ihrem Verlobten hatte.« Sie nahm Frances' Hände in die ihren. »Bitte, tu das für mich, egal, was es kostet.«

Brauchte Adelaide diese Vorstellung? Wenn ja, wie würde sie es dann ertragen, wenn das Buch authentisch wäre? Es schien eine sinnlose Aufgabe zu sein, aber sie war bereit, nachzugeben. »Ich werde es analysieren lassen«, erwiderte sie. »Und vielleicht hast du ja Recht«, fügte sie hinzu und wünschte mehr denn je, dass ihre Worte wahr sein könnten.

22

Frances, Bill und Adelaide standen vor der Eingangstür der Cabots, klingelten und lauschten auf den Widerhall des Tons im Innern des Hauses. Adelaide fingerte an den Knöpfen ihres hellen Cardigans herum. Bill sah auf seine Uhr und bemerkte: »Ich hoffe, wir werden gleich essen können.«

»Es ist sehr freundlich, dass sie uns eingeladen haben«, sagte Adelaide und bemühte sich, etwas Dankbarkeit in ihre Stimme zu legen.

»Vielleicht«, erwiderte Bill. »Aber ich verstehe nicht, warum wir all diese Verträge durchsprechen sollen. Die Gedenkstiftung war doch ihre Idee und nicht unsere.«

Frances dachte genauso, hatte aber nichts dazu gesagt, um ihre Tante nicht aufzuregen. Vielleicht wollten die Cabots den Lawrences die Hand in einer unterstützenden Geste reichen. Doch wenn sie an ihr Gespräch mit Fiona am Tag zuvor dachte, zweifelte sie daran, dass es sich um ein altruistisches Motiv handelte. Aber Adelaide hatte sie gebeten, mitzukommen, und sie wollte sie nicht enttäuschen.

Frances hatte die verkniffene Haushälterin vom letzten Mal erwartet und war deshalb erstaunt, als Jack sie an der Tür begrüßte. Seine Haut sah blass aus, und unter seinen glasigen Augen lagen schwarze Ringe. Das Oxford-Hemd fiel über seine zerknautschten Khakihosen, und der blaue Blazer schien irgendwie schief an ihm zu hängen. Mit der einen Hand hielt er sich am Türrahmen fest, in der anderen hatte er ein Kristallglas mit einer braunen Flüssigkeit. »Die Pläne sind geändert worden. Dad möchte, dass wir auf dem Boot essen. Sie sind schon drüben im Yacht-Club.«

Der Yacht-Club von Manchester war zwar nur weniger als fünf Autominuten entfernt, aber es wirkte doch unhöflich, dass die Cabots das Haus bereits vor Ankunft ihrer Gäste verlassen hatten.

»Kommst du nicht mit uns?«, fragte Adelaide.

»Doch. Aber Dad braucht eine Weile, um das Boot klarzumachen, und da habe ich gedacht, ich mache einen kurzen Spaziergang. Wir treffen uns drüben.«

»Möchtest du Begleitung?«, fragte Frances.

Jack nahm seinen Drink in einem einzigen großen Schluck und nickte dann in ihre Richtung, um zu zeigen, dass er ihr Angebot annahm. »Es wird nur ein paar Minuten dauern«, sagte er zu den Lawrences.

»Lasst euch Zeit«, erwiderte Adelaide und berührte sanft Frances' Arm.

Frances und Jack gingen zügig die sich schlängelnde Auffahrt hinunter. Keiner von beiden sprach. Frances begriff, dass es noch zu früh für ein Gespräch war, und versuchte, sich auf die atemberaubende Landschaft zu konzentrieren, auf den üppigen grünen Rasen, die hohen Bäume und die Pferde, die friedlich grasten. Die Grillen kamen jetzt am frühen Abend heraus, und das Licht am Himmel veränderte sich. Kurz bevor sie die Straße erreichten, blieb Jack stehen. »Komm, ich zeige dir etwas.« Er nahm sein Tempo wieder auf und vergrößerte noch die Länge seiner Schritte, sodass Frances fast joggen musste, um mithalten zu können. Sie fühlte sich wie ein Kind, das neben einem Elternteil mit langen Beinen herlaufen muss und fragte sich, wie er nur so schnell gehen konnte, ohne selbst in Laufschritt zu verfallen? Sie eilten über den Rasen, der parallel zur Straße lief, und dann wieder quer durch einen Birkenhain in Richtung auf das Haus zu. Vor einer niedrigen Steinmauer blieb er abrupt stehen.

Frances sah sich um und versuchte, die Bedeutung des Ortes zu erfassen.

»Hope liebte diese Mauer«, sagte Jack und tätschelte die Steine. »Bei unseren allerersten Treffen kamen wir immer hierher. Sie saß dann im Schneidersitz auf der Mauer, und ich stand vor ihr und habe versucht, sie zu küssen, während sie redete. Aber wenn sie beschlossen hatte, eine Geschichte zu erzählen, dann hatte ich keine Chance. Man konnte sie nicht einen Moment lang ablenken.«

Frances lächelte und wollte gern seine glückliche Erinnerung teilen. »Was für Geschichten hat sie denn erzählt?«

»Als wir noch jünger waren, haben wir meist über Freunde geredet. Wer was zu wem gesagt hatte und all dieser Tratsch. Manchmal sprach sie davon, wie schwer es war, ein Einzelkind zu sein. Diese Einsamkeit und dann der Druck, der absolute Mittelpunkt der Aufmerksamkeit der Eltern zu sein. Wir beide hatten das gemeinsam, und wahrscheinlich meinte sie, ich könnte das verstehen.«

Demnach hatte auch Hope Penelopes Existenz in der Familie einfach übersehen, dachte Frances.

»Wir waren schon monatelang nicht mehr hier gewesen, aber dann kamen wir kurz vor unserer Hochzeit zweimal hierher. Das erste Mal am 15. August. Ich erinnere mich daran, weil es der Jahrestag meines Antrags war, und es war das letzte Mal, dass ich Hope glücklich gesehen habe, wirklich glücklich. Oder wenigstens wollte ich das glauben. Sie war überschäumend und aufgeregt, weil sie meine Frau werden sollte. Sie wünschte, dass die Zeremonie schon vorbei wäre. Ich glaube, sie war das ganze Theater, all die Planerei ihrer Mutter am

Ende ziemlich leid. Aber wir haben darüber geredet, wie wunderbar es werden würde, zusammenzuleben und unseren eigenen Weg zu gehen. Sie sagte mir, wie sehr sie mich liebte. Ich wollte glauben, dass sie es auch so meinte.«

Es tat weh, Jacks Erinnerungen zu hören, vor allem im Licht dessen, was Hope am Tag vor dem 15. August in ihr Tagebuch geschrieben hatte: ihr Wunsch, nicht heiraten zu müssen, und ihre Angst vor seinem Zorn. Frances erinnerte sich noch gut an die Worte. Hatte Hope ihre Entschlossenheit verloren, oder hatte etwas sie dazu gebracht, ihre Meinung zu ändern, wenn auch nur zeitweise? Es war für einen Außenstehenden schwer, die Dynamik und die unterschiedlichen, aber doch gleichermaßen berechtigten Sichtweisen einer Beziehung zu begreifen, das merkte sie jetzt, als sie Jack zuhörte. Es war trotzdem seltsam, dass Hope und er in ihren Gedanken so weit voneinander entfernt gewesen sein sollten.

»Sie wollte eine andere Hochzeit als die, die geplant war. Nur wir beide, und mit dieser Steinmauer als Altar. ›Die Bäume sollen die Trauzeugen sein‹, sagte sie. Sie fand es heuchlerisch, in der Kirche zu heiraten.«

»Warum?«

»Ich glaube, sie fühlte sich da verurteilt. Sie war mit Holy Spirit und Vater Whitney in Kontakt gekommen, nachdem einige ihrer Gedichte bei Verlagen abgelehnt worden waren und sie sich zurückgewiesen fühlte. Sie glaubte, als Poetin nicht erfolgreich sein zu können. Mir machte das nichts aus. Sie musste meinetwegen nichts arbeiten oder zustande bringen, aber ihr war es wichtig, irgendeine kreative oder humanitäre Aufgabe zu haben. In der Religion sah sie die Möglichkeit, anderen zu helfen. Sie meinte, das würde ihr ein Ziel geben. Sie brauchte die Spiritualität in einem Maße, wie ich es noch nie vorher bei jemandem erlebt habe. Es war wie eine Besessenheit in ihr, die sie antrieb, einen höheren Sinn im Leben zu finden. Vor kurzem dann veränderte sich ihre Haltung ganz plötzlich. Es war, als würde sie mit einem Mal begreifen, dass die Kirche nicht besser war, als alles andere. Auch da gab es Persönlichkeiten und Politik, gute und schlechte Leute, Ehrgeiz. Und das schien sie zu zerbrechen. Sie wollte eine Welt der Engel oder vielleicht auch der Heiligen entdecken, aber es waren keine da.«

Frances zuckte mit den Achseln. »Vielleicht ist das genau das Problem mit der Religion. Die Menschen erwarten zu viel von ihr, angefangen bei der Vergebung bis hin zur Erlösung. Welche Institution kann solchen Anforderungen schon gerecht werden?«

»Vielleicht.« Jack presste seine Kiefer aufeinander. Sein unruhiger Blick hielt ihren gefangen, und seine linke Hand schlug immer wieder auf seinen Oberschenkel. »Aber ich glaube, dass sie auch meinte, die Kirche könnte sie schützen.«

»Wovor?«

»Vor ihren Dämonen. Ihrer Vergangenheit.«

»Warum musste sie geschützt werden?«

»Ich weiß es nicht genau. Es gab irgendetwas in ihrer Kindheit, das sie zu quälen schien. Sie hatte alle möglichen Ängste und Albträume. Ich habe ihr immer wieder gesagt, dass sie mal einen anderen Seelenklempner aufsuchen soll.«

»Ging sie zu einem Psychiater?«

»Ja. Irgendein Typ am Avery Bowes Institute. Also, wenn du mich fragst, dann hat ihr das nicht im Geringsten geholfen. Sie war in der Therapie, seit sie ein Teenager war, und ich habe oft gedacht, dass es alles nur noch schlimmer machte.«

»Hieß ihr Arzt Peter Frank?«

Jack rümpfte die Nase. »Ich glaube ja. Der Name kommt mir bekannt vor.«

Frances beschloss, ihn nicht danach zu fragen, ob auch seine Mutter diesen Arzt konsultierte. Das Zusammentreffen war allerdings unheimlich. Sie standen einen Augenblick schweigend da, bis Jack sagte: »Du musst denken, dass meine Familie schrecklich ist, weil sie einen Ehevertrag gefordert hat.«

»Ich bin nicht hier, um zu urteilen.« Sie war über den plötzlichen Themawechsel verblüfft.

»Ich wollte es nicht. Es war nicht nötig. Um ehrlich zu sein, konnte ich mir nie vorstellen, anders zu leben als mit Hope als meiner Frau. Was mit meinem Geld passierte, das interessierte mich erst als Letztes. Und dann so etwas.«

»Habt ihr beide darüber gesprochen?«

»Nicht, wie du es dir wahrscheinlich vorstellst. Der Ehevertrag war die Idee meines Vaters. Er wollte es, um die Reichtümer der Cabots, was immer das auch ist, zu schützen. Aber wenn du mich fragst, dann ging es in Wirklichkeit um Carl. Dad traute Hope nicht, und es gefiel ihm gar nicht, dass ich sie trotz dieser Beziehung heiraten wollte.«

»Kanntest du Carl denn?«, fragte sie, erstaunt, dass er überhaupt von ihm wusste.

»Hope hat mir von ihm erzählt, aber wir sind uns nie begegnet.« Er machte eine Pause und sah Frances fragend an. Er schien nicht zu wissen, wie viel er sagen konnte. Als er wieder sprach, kamen die Worte zögernd. »Ich weiß, dass sie immer noch Sex hatten. Das klingt bestimmt befremdlich, weil wir ja dabei waren zu heiraten. Ich habe mir immer gesagt, dass ich niemals mit jemandem zusammen sein könnte, der untreu ist. Aber die Wirklichkeit funktioniert so nicht. Ich konnte meine Gefühle nicht einfach abschalten, nur weil sie mit einem anderen Mann schlief. Carl gab ihr irgendetwas, das ich ihr nicht geben konnte, und ich wollte mehr als alles andere, dass sie glücklich war. Ich hätte jeden Teil von ihr genommen, den ich hätte kriegen können.«

Frances war fassungslos. Es war ihr nie in den Sinn gekommen, dass Jack von Hopes Affäre wusste, geschweige denn, dass er sie tolerierte. Auch sie hatte immer gedacht, dass sie sich von jemandem, den sie liebte, einfach trennen könnte, wenn er sie betrog. Und doch hatte Jack Recht. Gefühle kann man nicht mit dem Umlegen eines Schalters beenden. »Hast du erwartet, dass die Beziehung zu Ende sein würde, wenn ihr heiratet?«

»Ich weiß nicht, was ich erwartet habe. Die Wahrheit ist, dass unsere Beziehung durch ihn besser geworden ist, ob du es glaubst oder nicht. Wir hatten uns getrennt, weil ich es nicht ertragen konnte, dass sie sich noch mit jemand anders traf. Doch als wir wieder zusammenkamen, war es einfach traumhaft. Sie schien befreit, und zwar seelisch wie körperlich. Wir haben Sachen gemacht, die wir vorher nie gemacht hatten, und sie ergriff die Initiative. Es war, als wäre eine Leidenschaft in ihr freigesetzt worden, und ich war der Nutznießer. Wie konnte ich also etwas dagegen haben?«

Frances musste man wohl, als sie das hörte, ihre Verblüffung angesehen haben, denn Jack beeilte sich zu sagen: »Jetzt denkst du sicher, dass ich derjenige bin, der den Therapeuten braucht. Es ist wahrscheinlich schwer zu begreifen, wenn man nicht hier aufgewachsen ist. Aber das ist eine recht puritanische Gegend. Ich bin nicht sicher, ob es jemanden gibt, der ein Exemplar des »Kamasutra« besitzt, wenn du weißt, was ich meine. Und da hat es mich einfach umgehauen, jemanden zu finden, der wirklich an Lust interessiert ist, der mal etwas ausprobieren will.«

Und das, obwohl sie von einem anderen Lehrer lernte, dachte Frances. »Wie viel wussten denn deine Eltern davon?«

»Ich weiß nicht, was sie wussten oder was sie ahnten, aber Dad wollte auf jeden Fall unsere Beziehung sabotieren. Es war, als fühlte er sich von Hopes Affäre persönlich gekränkt. Als hätte sie seine Biologie betrogen oder sein Y-Chromosom zurückgewiesen oder etwas in der Art. Wahrscheinlich dachte er, der Ehevertrag würde die Sache erledigen. Aber ich hätte Hope niemals verletzt, indem ich sie darum gebeten hätte. Also redete der gute alte Dad mit den Lawrences selbst, und sie stimmten zu. Ich glaube, Bill und Adelaide waren genauso panisch, was die Situation mit Carl anging. Die Vorstellung, dass Hope bei einem von der falschen Seite der Straße landen könnte, war für sie ein Schlag ins Gesicht. Deshalb haben sie im Großen und Ganzen allem zugestimmt, was Dad wollte. Da waren also diese unglaublichen Verhandlungen zwischen unseren Eltern über etwas, was wir nicht tun würden. Dads Anwalt hat zu der ganzen Sache sogar einen Entwurf ausgearbeitet. Den hat Hope aber nie unterschrieben, und ich auch nicht. Wir haben über die ganze Situation gesprochen und fanden, dass sich unsere Eltern schrecklich verhielten, aber das war alles. Sie wusste, dass ich an der Stärke unserer Beziehung nicht einen Moment lang zweifelte.«

»Was wäre passiert, wenn du nicht unterschrieben hättest?«

»Dad war fuchsteufelswild. Du musst wissen, das Geld ist in Stiftungen angelegt. So war das schon seit Jahren. Ich beziehe daraus ein Einkommen, und meine Kinder kriegen den größten Anteil, wenn ich sterbe. Er dachte, wenn unsere Ehe scheiterte, dann würde Hope fünfzig Prozent des Einkommens für sich beanspruchen. Das stimmte ja vielleicht auch, ich bin kein Scheidungsanwalt. Für ihn war das ein Sakrileg.«

»Wusstest du, dass Hope keine Kinder bekommen konnte?«

Er nickte. »Aber erst seit kurzem. Mom hat es irgendwie herausbekommen und mir dann als Beweis für Hopes große Täuschungsmanöver ins Gesicht geschleudert.«

»Woher wusste sie es denn?«

»Keine Ahnung. Ich weiß nur, dass sie Hope hinterherspionierten. Sie waren ihr gegenüber immer kritisch, misstrauisch und verurteilend. Und in den letzten Tagen vor unserer Hochzeit versteiften sie sich völlig darauf. Soweit ich weiß, sind die Papiere der Stiftung so formuliert, dass meine Kinder von meinem Fleisch und Blut sein müssen. Wenn wir also welche adoptiert hätten, dann hätten die nichts von dem Geld bekommen.«

»Abkömmlinge«, murmelte Frances, die sich an die geheimnisvollen Definitionen von der juristischen Hochschule her erinnerte. Wie konnten Eltern, oder in diesem Fall Großeltern, nur zwischen einem biologischen und einem adoptierten Kind einen Unterschied machen?

»Genau darum geht es.«

»Dann gab es also keinen Ehevertrag?«

»Nein. Und es wird nie einen geben«, sagte er zu sich selbst. Sie lauschten schweigend auf die Grillen.

»Du hast gesagt, ihr wärt zweimal hier gewesen. Was passierte denn beim zweiten Mal?«, fragte sie aufmunternd.

Jack wurde ein wenig rot und lächelte in sich hinein. Seine Stimme klang sehnsüchtig. »Wir trafen uns am Morgen unserer Hochzeit. Es war früh, ich denke so um sechs Uhr herum, denn Hope wollte wieder zurück sein, ehe jemand aufwachte. Auf dem Gras lag noch Tau. Hope hatte mich gebeten zu kommen, und ich dachte, sie wolle reden, würde mir vielleicht erklären wollen, warum sie sich bei dem Probe-Dinner so seltsam verhalten hatte. Aber sie sagte fast gar nichts. Sie zog alle ihre Kleider aus, legte sich ins Gras und wollte, dass ich sie berührte. Sie sah so wunderschön aus, und sie war unglaublich erregt. Dann plötzlich, als wäre nichts geschehen, stand sie auf, zog sich an, gab mir einen Kuss auf den Kopf und huschte davon.« Er blickte auf seine Slipper mit den Quasten herab und berührte wie im Reflex sein Haar, als erinnerte er sich daran, wohin sie ihn das letzte Mal geküsst hatte.

Frances war die intime Atmosphäre des Gesprächs erstaunlicherweise nicht peinlich. Sie freute sich einfach nur für Jack, dass er eine solche Erinnerung an ihre letzte Begegnung hatte. »Hat Hope dich jemals ihre Tagebücher lesen lassen?«

»Nein. Ich habe sie andauernd darin schreiben sehen, aber sie war sehr darauf bedacht, sie für sich zu behalten. Wenn sie ein Tagebuch voll geschrieben hatte, dann brachte sie es in ein Schließfach.«

»Weißt du, wo das Schließfach war?«

»Bei einer der Banken in der Stadt.«

Frances erinnerte sich an den nicht identifizierten Schlüssel, den die Polizei mitgenommen hatte. Vielleicht gehörte der zu dem Schließfach. Sie lehnte sich neben Jack an die Steinmauer. Es lag eine gewisse Reife in seinem Gesichtsausdruck, die übergroße Trauer hatte seine jungenhaften Züge erwachsen werden lassen. Wenn man ihm zuhörte, wie er über Hope und ihre gemeinsamen Träume sprach, gewann man den Eindruck, dass er der Einzige war, der sie wirklich für das liebte und akzeptierte, was sie war.

Jack räusperte sich. Er schien mehr laut zu denken als das Gespräch wieder aufnehmen zu wollen, als er sagte: »Ich konnte mir ein Leben ohne sie nicht vorstellen, und jetzt ist sie fort. Deshalb warte ich jetzt, dass meine Vorstellungskraft die Realität einholt. Bis dahin sitze ich hier und vermisse sie jeden Augenblick.«

»Du hast wahrscheinlich gehört, dass der Angestellte des Caterers verhaftet worden ist.«

»Ja.« Er beugte sich vor, zog einen langen Halm aus dem Boden und fing dann an, seinen Stängel mit den Fingern zu zerteilen. »Es ist wohl besser, wenn es ein völlig Fremder war.«

»Wie meinst du das?«

»Ehe die Polizei ihn gefunden hatte, bin ich fast verrückt geworden, weil ich mir andauernd überlegt habe, wer es getan haben könnte und warum. Ich war fest davon überzeugt, dass es jemand war, den Hope kannte. Sonst hätte es doch Spuren eines Kampfes gegeben, das meinte ich jedenfalls. Hope konnte viel besser kämpfen, als die meisten Leute dachten. Also habe ich mir das Gehirn zermartert und an all die Wut und die Ablehnung gedacht, die in der letzten Zeit hier gegen sie herrschten. Verrückt wie ich war, dachte ich sogar, es könnte mein Dad gewesen sein. Weil er doch so wütend über diesen blöden Ehevertrag war. Ich habe mir gedacht, wenn er sauer genug war, die Hochzeit seines eigenen Sohnes abzusagen, dann wäre er zu allem fähig. Die Möglichkeit, dass irgendein kranker Typ sich reingeschlichen und es getan hat, ehe sie überhaupt wusste, wie ihr geschah, ist mir nie in den Sinn gekommen. Ich hoffe, um ihretwillen …«, er konnte seinen Satz nicht beenden. Er hustete, um seine Kehle frei zu bekommen, und wohl auch, um die Tränen in seiner Stimme zu verbergen, dachte Frances.

»Wir gehen wohl besser zum Yacht-Club hinüber«, sagte sie.

»Ja. Wer weiß, was da schon wieder für Kämpfe laufen.«

Der rosafarbene Himmel beleuchtete die Silhouette der *Lucky Day*, die an ihrem Liegeplatz leicht hin und her schaukelte. Als Frances auf den Yachthafen zukam, sah sie Jim die Segel hochziehen. Sein Oxford-Hemd flatterte im Wind, und er bewegte sich schnell und leicht über Deck als er die riesigen Dreiecke aus Segeltuch zu den Masttopps hochzog. Fiona huschte hinter ihm herum und schien auf Anweisungen zu warten, die jedoch nicht kamen. Adelaide hatte einen gelb-orange gemusterten Schal um ihren Kopf geschlungen, saß auf einem Deckchair aus Teak und hielt ein Weinglas in der Hand. Nur Bill stand am Bug und starrte auf das Meer hinaus.

Der Hafen war voller Boote, und die Symphonie klirrender Masten erfüllte die Abendluft. Jack ruderte das Dingi, während Frances zum Ufer zurücksah. Auf der Veranda des kuppelförmigen Clubhauses drängten sich viele Leute mit Biergläsern in der Hand, und Kinder spielten Fangen auf dem Hügel, der zum Wasser hin abfiel. Sie konnte das Lachen der hohen Stimmen hören und die Fröhlichkeit, die von den kleinen Figuren ausging und durch die Luft zog. Die Friedlichkeit des Abends hätte sie vergessen lassen können, wären da nicht die Flaggen gewesen, die in Gedenken an Hope auf Halbmast standen.

Jim wartete an der Leiter, als sie ankamen. Jack warf ihm ein Tau zu, das er rasch auf einer Klampe belegte. »Warum habt ihr denn so lange gebraucht?«, fragte er, als sie an Bord kamen.

»Wir haben die Zeit vergessen«, murmelte Jack.

»Gut, dann wollen wir uns mal beeilen. Lass uns hier ablegen. Wir verpassen einen großartigen Sonnuntergang.«

»Ich kann ihn auch von hier sehen.«

Jim lehnte sich zu Jack herüber und gab ihm einen Klaps auf den Po. »Nun sei mal nicht so ein Klugscheißer«, flüsterte er. Da er so leise sprach, konnte Frances nicht beurteilen, ob die Bemerkung ein Spaß oder eine Ermahnung war.

Jim ging zum Ruder, und Jack schwang sich um ein Stahltau. Seine Segelschuhe quietschten, als die Gummisohlen auf dem Deck griffen. Er ging zum Bug und machte die Muring-Leine los. Der Dieselmotor sprang an, und sie liefen unter Motor aus dem Hafen. »Wir werden den Motor ausmachen, sobald wir an dem Leuchtturm vorbei sind«, rief Jim seinen Passagieren zu. Der Wind dämpfte seine Worte.

»Ich ziehe es ja vor, mit Motorkraft zu fahren. Es ist viel sanfter«, sagte Fiona, die auf dem Weg zur Kajüte war. »Entschuldigt mich, ich werde die *hors d'œuvres* holen.«

Jack hockte sich gegen die Bootswand und spielte mit einem losen Stück Tau. Er verknotete es und löste es wieder.

»Jetzt sollte Hope hier sein«, sagte Adelaide zu sich.

Aber wäre das denn möglich gewesen? Anscheinend hatte Hope doch solche Angst vor dem Wasser gehabt. Das war wirklich eine ungewöhnliche Phobie für einen Menschen, der am Wasser aufgewachsen und Teil einer Yachtclub-Gesellschaft war, wo das Bootfahren – mit Segel oder Motor – das war, womit die Leute ihre Freizeit verbrachten. Sollte Vertrautheit mit einer Sache nicht die entgegengesetzte Wirkung haben?

Frances ließ sich in einem Stuhl neben ihrer Tante nieder und goss sich selbst einen Pinot Grigio aus einer der entkorkten Flaschen in einem Weinkühler ein. Jacks Beschreibung von seinem romantischen letzten Augenblick mit Hope und seine sehnsüchtigen Worte beschäftigte sie immer noch.

»Hier«, sagte Jack, lehnte sich über ihre Schulter und gab ihr ein Stück Seil. »Das hier ist ein Palstek. Das habe ich gemeint. Sieh mal.« Und er zeigte ihr, wie man den Knoten knüpfen und wieder lösen konnte. Frances schaute unangenehm berührt zu. »Ziemlich einfach. Aber kein Allgemeinwissen.«

Frances fragte sich, ob Michael Davis wohl Erfahrung im Segeln hatte. Mark schien überzeugt davon, dass er der Mörder war. Und alle anderen waren einfach erleichtert, dass eine Verhaftung erfolgt war. Doch sie hatte ernsthafte Zweifel. Es machte einfach keinen Sinn. Ihr Kopf war voller verwirrender Fragen, auf die sie keine vernünftigen Antworten finden konnte. Wenn er Hope wegen des Ringes erwürgt hatte, warum sollte er sich dann noch die Mühe machen, den Mord wie einen Selbstmord aussehen zu lassen? Er hatte doch schon längst vorgehabt, die Stadt zu verlassen. Als man ihn festgenommen hatte, war er bereits auf dem Weg gewesen. Warum sollte er also etwas vertuschen? Die Zeit und die Mühe, die das erforderte, erhöhte doch nur die Gefahr, dass er erwischt werden würde. Sie ging eher davon aus, dass es jemand aus Manchester gewesen war. Jemand, der die Polizei loswerden wollte. Der keine Ermittlung wollte.

Und dann war da auch noch, was Jack gesagt hatte: Es hatte keinen Kampf gegeben. Wie hätte Michael sie, ohne auch nur einen Kratzer zu hinterlassen, ermorden können? Erwürgt ohne den kleinsten Widerstand. Konnten zweitausend Milligramm Meprobamate eine derartige Passivität bewirken?

Wenn man einmal alle diese unlogischen Details beiseite ließ, dann blieb noch die Frage, ob jemand tatsächlich bereit wäre, eine Braut für ihren Verlobungsring zu töten. Das schien irgendwie abwegig. Der Mann hatte zwar ein Strafregister, aber war der Diamant es wert, ein solches Risiko einzugehen? Andererseits geschah es auch, dass Menschen schon für wesentlich weniger mordeten – ein Paar Nikes, eine Baseballjacke, eine Timex. Die Fälle, von denen sie bei der Staatsanwaltschaft gehört hatte, hatten sie immer wieder erstaunt und traurig gemacht.

Das Brummen der Maschine hörte abrupt auf, und die riesigen Segel schlugen für eine kurze Zeit, bis Jim sie dicht holte und das Boot an den Wind brachte. Es neigte sich leicht zur Seite, als sich die Segel füllten. Die *Lucky Day* nahm Fahrt auf. »Jack, komm her«, befahl Jim, als würde er mit einem Hund sprechen. »Du gehst ans Ruder.« Meachnisch übernahm Jack das Ruder, während Jim auf Deck herumlief und Winschen dicht holte und Klemmen einstellte. Frances erinnerte sich an das verzweifelte Gefühl, wann immer sie für ein Segelboot verantwortlich gewesen war. Die Geschwindigkeit, die erforderliche Kraft, die vielen Arbeiten, die gleichzeitig erledigt werden mussten, lösten enormen Stress bei ihr aus. Jim schien das alles gar nichts auszumachen. Er war ein erfahrener Skipper, der sein Schiff genauso unter Kontrolle hatte wie wohl auch den Rest seines Lebens.

Als er fertig war, setzte er sich zu der Gruppe Passagiere auf dem Achterdeck, bereitete einige Wodka Tonics in Plastikbechern, gab einen seiner Frau und nahm einen kleinen Schluck von einem anderen. »Ah. Ich brauchte einen anständigen Drink.«

»Sie haben ein wunderschönes Boot«, bemerkte Frances, um ein wenig Konversation zu machen.

»Eine Sou'wester 59. Das ist ein Riss von Hinckley, den es schon länger als ein Jahrzehnt gibt. Viel besser kann es eigentlich gar nicht sein. Sie können sich gern drinnen ein wenig umsehen.«

»Danke.« Sie zwang sich zu einem Lächeln.

»Sollen wir jetzt mal über die Details sprechen?«, fragte Fiona, die mit einem Klacks Chutney verzierten Frischkäse auf Cracker strich und sie herumreichte. Es schien ihr nichts auszumachen, dass sie keine Teller hatten. »Dann können wir versuchen, den Rest der Segeltour zu genießen. Ich meine, wenn das möglich ist.«

»Bestimmt«, sagte Jim und rieb seine Handflächen aneinander. »Lloyd hat einen Vertrag aufgestellt für eine Wohltätigkeitsstiftung zum Gedenken an Hope. Sowie er die steuerliche Anerkennung erreicht hat, werden wir eine erste Einlage in Höhe von einer Million Dollar machen.«

An die Steuerersparnisse denkt er natürlich immer zuerst, dachte Frances, schalt sich aber sogleich wegen ihres Zynismus. Es war doch eine sehr großzügige Geste, ob man nun noch von Uncle Sam profitierte oder nicht.

»Wir wollten, dass auch ihr euch einbringt, aber in der Form, dass wir euch zu den Verwaltern der Stiftung machen. Auf diese Weise ist die Sache wirklich mit der Lawrence-Familie verbunden.«

»Warum nicht Jack?«, fragte Adelaide.

Jim trat etwas näher zu seiner Frau, ehe er antwortete. »Ich weiß nicht recht, wie ich das sagen soll«, begann er. »Aber … aber … sein Team hat vor, eine beträchtliche Summe zu spenden. Abgesehen davon ist es besser, wenn man ihn da raushält. Er ist jung. Er sollte nicht mit bürokratischem Kram belastet werden.«

»Ich kann mir nicht vorstellen, dass er sich nicht auch an der Sache beteiligen will«, sagte Bill und sah zu Jack.

»Wenn du ihn heute fragst, dann wird er sicher Ja sagen. Aber versucht doch mal, die Zukunft realistisch zu sehen. Die Stiftung wird auf ewig angelegt, und er sollte nicht noch mehr mit den Erinnerungen belastet werden, als er es ohnehin sein wird.«

»Jim und ich meinen beide, dass Jacks Schmerz …«

»Unterbrich mich nicht«, fuhr Jim seine Frau an. »Jetzt lasst uns mal vernünftig sein. Wir wollen an Hope erinnern und haben alles getan, um das möglichst schnell in die Wege zu leiten. Aber Jack … nun … ich denke, er wird irgendwann eine Familie haben. Es ist nicht gut für ihn, als Stiftungsverwalter für seine ehemalige Verlobte eingesetzt zu sein, wenn er erst einmal verheiratet ist.«

Adelaide tauschte mit Bill einen langen Blick aus, dann schlug sie die Augen nieder und presste die Hand vor den Mund.

»Ich spreche von einem rein praktischen Standpunkt aus«, fügte Jim hinzu.

»Eine Wohltätigkeitsorganisation zu verwalten, die Hope gewollt hätte, könnte doch auf Jack auch tröstend wirken«, bot Frances an. Sie begriff nicht, warum die Cabots ihren erwachsenen Sohn immer noch wie ein Kind behandelten. Es sollte doch seine eigene Entscheidung sein, welche Rolle er in dieser Sache spielte, wenn er es überhaupt wollte. Doch die hässlichen Untertöne in der Unterhaltung machten ihren Einwand überflüssig.

»Er bekommt allen Trost, den er braucht«, gab Jim zurück.

»Warum wollt ihr ihn von uns fern halten?«, fragte Bill.

»Bitte nicht«, sagte Adelaide leise und berührte sein Hosenbein.

Bill steckte die Hände in die Taschen. »Unsere Kinder haben einander geliebt. Sie wollten ein gemeinsames Leben aufbauen.« Er ignorierte ihre Versuche, ihn zum Schweigen zu bringen. »Du kannst doch nicht leugnen, dass dein Sohn meine Tochter heiraten wollte. Man kann seine oder unsere Verzweiflung nicht geringer machen. Diese Gewalt hat uns alle zerstört. Vielleicht hast du beschlossen, die Gefühle der anderen zu ignorieren, aber ich will verdammt sein, wenn ich es zulasse, dass die Erinnerung an Hope ausgelöscht wird.«

»Beruhige dich«, sagte Jim, trat einen Schritt vor und legte seine Hand auf Bills Schulter. »Ich weiß gar nicht, wovon du redest.«

»Fass mich nicht an.« Bill ging einen Schritt zur Seite und drehte sich zu Jack um, der in Gedanken versunken am Ruder stand.

Frances hoffte, dass der Wind verhindert hatte, dass etwas von der Unterhaltung zu ihm gedrungen war.

»Wir mögen ihn«, fuhr Bill fort. »Wenn ihr ein Problem mit meiner Tochter hattet, dann habt ihr euch einen guten Zeitpunkt ausgesucht, das zur Sprache zu bringen.«

»Du übertreibst. Was geschehen ist, ist unvorstellbar grausam. Der Meinung sind wir alle.«

»Hört auf«, bat Adelaide. Sie zitterte am ganzen Körper. »Bitte bringt uns zurück zum Ufer.«

Frances fühlte die Wut in sich hochsteigen. Sie wusste, dass sie nicht das Recht hatte, sich hier einzumischen, aber es war unerträglich, dass ihre Tante und ihr Onkel jetzt, da sie so verletzlich waren, angefeindet wurden. Sie wollte gerade etwas einwenden, als Fiona mit sanfterer Stimme sagte: »Ich glaube, ihr habt uns missverstanden. Niemand möchte sie kritisieren. Wir wollen nur helfen.«

»Helfen? Helft ihr denn? Wir brauchen eure Hilfe nicht. Wir wollen euer Mitleid nicht. Vergesst eure Stiftung. Wir brauchen kein Denkmal, um uns zu erinnern …«

»Meine Eltern hatten drei Probleme mit Hope, die sie nie zugeben wollten. Sie konnten den Gedanken nicht ertragen, dass Hope, wenn unsere Ehe scheitern würde, wie mein lieber Vater es ausdrückt, mit einem Teil des Reichtums der Cabots davonziehen würde.« Der Klang von Jacks Stimme brachte die Gruppe zum Schweigen. Niemand hatte bemerkt, dass er den Platz am Ruder verlassen hatte und jetzt nur wenige Zentimeter hinter seinem Vater stand. »Und dann haben sie kürzlich herausgefunden, dass sie keine Kinder bekommen konnte. Die Vorstellung, dass wir keinen noblen Stammbaum würden weiterführen können, hat sie noch mehr aufgeregt. Aber vor allem konnten sie es nicht ertragen, dass sie auch noch einen anderen Mann liebte. Deshalb wollen sie mich aus der Stiftung heraushalten. Sie wollen, dass ich weitergehe. Ich soll eine andere Frau finden, die für meine Zuneigung ewig dankbar sein wird. Aber es gibt keinen Ort, wo ich hingehen könnte. Und es gibt nichts, was ich tun könnte, um nicht an sie zu denken. Und wenn ich an sie denke, dann denke ich zu einem Teil auch an Carl.«

Fiona war entsetzt, dass er Hopes Liebhaber erwähnte.

»Das will ich nicht hören«, sagte Jim.

Jack wandte sich von der Gruppe ab und sah auf das Meer. »Hope liebte auch mich. Und am Ende liebte sie mich mehr. Sie wollte meine Braut werden, nicht seine. Ich hatte gewonnen. Wir hätten einander schließlich sehr, sehr glücklich gemacht. Aber weil ich ihr einen Ring geschenkt habe, wurde sie ermordet. Irgendein Killer fand, ihr Leben sei weniger wert als ein Diamant. Deshalb werden wir nie die Gelegenheit dazu bekommen.«

Niemand sprach ein Wort. Frances sah, wie Fiona noch Wein nachschenkte. Wenn ein Gespräch schmerzhaft wurde, konnte man sich immer auf die gesellschaftlichen Konventionen zurückziehen. Jack sah verloren aus, und Frances hätte ihn gern in den Arm genommen. Aber eine solche Geste würde wahrscheinlich zu weit gehen und wäre auch unangebracht ihrer eigenen Familie gegenüber. Stattdessen griff sie nach der Hand ihrer Tante und presste die kalten Finger zwischen ihre beiden Handflächen. Bill stand auf und ging vorsichtig zum Bug vor, breitbeinig, um das Gleichgewicht nicht zu verlieren. Seine Goretex-Jacke flatterte im Wind.

Es war schwer vorstellbar, dass sich hinter dieser Fassade gesellschaftlicher Etikette, gezwungenen Lächelns und endloser Höflichkeiten eine derartige Feindseligkeit verborgen hatte. Selbst nachdem Hope ermordet und Michael Davis festgenommen worden war, waren die Cabots und die Lawrences noch immer in ihrem Streit über die Verbindung zwischen Hope und Jack gefangen. Verhielten sich so alle zukünftigen Schwiegerleute? War jede Hochzeit von Diskussionen darüber begleitet, ob einer des anderen wirklich wert war? Wenn das der Fall war, dann fragte man sich doch, warum überhaupt noch jemand heiratete.

Der Wind frischte auf und ließ sie am ganzen Körper schaudern. Bitte, dachte sie, bring uns zurück auf festen Boden.

23

Ricki Manning und Co.« stand auf dem goldenen Schild, das an der Sandsteinfassade angebracht war. Doch ehe Frances klingelte, stellte sie ihre Tasche mit Papieren auf der Türschwelle ab, drehte sich um und ließ noch einmal die Sonne ihr Gesicht bescheinen. Sie sah die Marlborough Street entlang und bewunderte ihre Schönheit, die langen Reihen von Stadthäusern mit den von Eisenzäunen umgebenen Vorgärten, die schmalen Bürgersteige aus Backstein, die von den Wurzeln der Magnolienbäume gewölbt waren. Eine Frau in schwarzen Leggings, weißem T-Shirt und Turnschuhen schob einen Buggy vor sich her. Ein Mädchen von ungefähr vier Jahren mit rötlichen Rattenschwänzen und im limonengrünen Sommerkleid lief neben ihr her und schwatzte. Das Büro von Mrs. Manning war in diesem reinen Wohngebiet passend diskret gelegen.

Der Summer ertönte, und sie betrat ein großes mit Teppich ausgelegtes Foyer. Der Raum wurde nur von einem verzierten Kristalllüster beleuchtet und wirkte dunkel, vor allem wenn man von draußen kam. Ein gut rasierter Rezeptionist kam hinter seinem Tisch hervor, um sie zu begrüßen. »Herzlich willkommen, Mrs. Pratt. Ricki telefoniert gerade noch. Sie wird jeden Moment hier sein.«

Frances setzte sich in einen Lehnstuhl, der mit Goldbrokatstoff bezogen war, und sah schnell die Materialien durch, die Adelaide zu Hopes Handschrift gesammelt hatte. Es waren Briefe, die sie ihren Eltern geschickt hatte, ihr Scheckbuch, hingekritzelte Nachrichten auf kleinen Notizzetteln, alles, was ihre aktuelle Handschrift zeigen konnte. Und dann war da das rote Ledertagebuch. Frances hatte sich, seit ihre Tante die Echtheit der Einträge angezweifelt hatte, mehrmals die Schrift dort angesehen, doch sie konnte keine erkennbaren Unterschiede feststellen. Die Auf- und Abstriche schienen dieselben zu sein. Ihre Tante war verzweifelt und deshalb bereit, das sehr hohe Honorar an Ricki zu zahlen, um das Buch untersuchen zu lassen. Sie wollte nicht akzeptieren, dass es die Wahrheit enthielt.

Die Tür links vom Empfangsbereich öffnete sich, und eine elegante Frau trat heraus. Sie hatte langes graues Haar, das sie in einem lockeren Dutt trug. Um ihren Hals hingen zwei Brillen und ein Vergrößerungsglas mit einem silbernen Griff. Als sie auf Frances zukam, schwang der fließende Stoff ihrer beigefarbenen Hosen um ihre dünnen Beine. »Ich bin Ricki Manning«, sagte sie mit einem leichten Lächeln und streckte ihre Hand aus. »Kommen Sie doch herein.«

Ricki und Frances ließen sich um einen runden Konferenztisch im Erker ihres geräumigen Büros nieder, und Frances begann sogleich ihre große Tasche auszupacken. »Ich hätte Ihnen noch die Räume oben zeigen sollen, ehe wir anfangen«, sagte Ricki. »Dort findet die knallharte Wissenschaft statt, die gerichtsmedizinische Handschriftenanalyse, die die Leute immer so beeindruckt.« Sie lächelte. »Aber Sie kennen sich ja aus.« Nach einem Augenblick des Schweigens fuhr Ricki fort: »Manche denken, weil ich Graphologin bin könnte ich die forensische Arbeit nicht übernehmen, aber das stimmt nicht. Ich habe Lichttische mit ultraviolettem Licht, stereoskopische Mikroskope – was immer Sie wollen. Sie werden kein Labor finden, das so auf dem neuesten Stand der Technik ist wie dieses, das versichere ich Ihnen.«

»Das habe ich gehört«, sagte Frances. Damals als Staatsanwältin im Bereich Wirtschaftskriminalität hatte sie viele Fälle gehabt, bei denen es um gefälschte oder betrügerische Dokumente ging. Sie kannte die verschiedenen Techniken und die Instrumente, die Fachleute für ihre Analysen einsetzten: Prüfung von Tinte und Druck, ausradierten Stellen, Wasserzeichen und anderen Anzeichen für die Echtheit eines Dokuments sowie die unterscheidenden Merkmale einer individuellen Handschrift. Doch keiner der Handschriftenexperten, mit denen sie auf Long Island zusammengearbeitet hatte, besaß die persönliche Präsenz oder das außergewöhnlich professionelle Auftreten von Ricki. Elvis hielt sie für einzigartig. »Der Frau kann keiner das Wasser reichen. Und wenn sie sich mal eine Meinung gebildet hat, dann bleibt sie dabei. Sie ist eine der besten Zeuginnen auf diesem Gebiet.«

Frances hatte über ihre Arbeit hinaus noch niemals die Dienste eines Graphologen in Anspruch genommen. Im Großen und Ganzen wurde die Graphologie doch als eine Pseudowissenschaft angesehen. Sie beinhaltete die Einschätzung und Auswertung der Persönlichkeit und der seelischen Verfassung eines Autors aufgrund seiner Handschrift, seiner Grammatik und seiner stilistischen Schnörkel. Die Breite des Randes, die Neigung der Worte oder die Höhe der Buchstaben wiesen auf ein Bildungsniveau, Züge der Persönlichkeit und seelische Krankheiten hin. Frances hoffte, dass eine derart umfassende Analyse ihre Tante zufrieden stellen würde.

»So«, begann Ricki, setzte sich eine Brille auf und sah auf einen Notizblock vor sich. »Was können Sie mir über das Tagebuch sagen, was Sie mir noch nicht am Telefon erzählt haben?«

»Nicht viel. Es wurde mir nach Hopes Tod von Vater Whitney, dem Pfarrer der Episkopalkirche gegeben, der die Hochzeit hatte abhalten sollen.«

»Und sie hatte es ihm gegeben?«

»Ja. Kurz vor der Hochzeit. Er hat nur gesagt, er hätte es in seinem Büro gefunden mit einem Zettel darauf, dass er es für sie sicher verwahren möge. Als ich diesen Termin mit Ihnen ausmachte, habe ich ihn angerufen und gefragt, ob er noch irgendetwas dazu sagen könnte. Vielleicht hatte Hope ja das Tagebuch ihm gegenüber einmal erwähnt, was auch immer, aber er wiederholte nur, was er mir schon an dem Tag gesagt hatte, als er es mir gegeben hatte. Als er hörte, dass Hope ermordet worden war, brachte er uns das Buch, weil er meinte, dass es vielleicht etwas Wichtiges enthalten könnte. Wie auch immer, er fand, es sei nicht richtig, es bei sich zu behalten.«

»Es ist bereits jemand verhaftet worden, nicht wahr?«

»Ja. Diese Sache hier hat mit alldem gar nichts zu tun. Ehrlich gesagt, kann ich mir vorstellen, dass es nur eine Verschwendung Ihrer Zeit ist. Hopes Mutter, meine Tante, stellt die Echtheit des Buches infrage. Wie Sie sich sicher denken können, ist sie momentan sehr empfindlich. Sie und ihr Ehemann sind mit Hopes Verlobtem sehr verbunden und können den Gedanken nicht ertragen, dass sie mit ihm unglücklich gewesen sein könnte. Deshalb sucht meine Tante nach anderen Erklärungen für diese traurigen Zeilen hier. Aber ich habe noch eine Menge anderer Sachen mitgebracht, von einer aktuellen To-Do-Liste bis zu Briefen, die sie vor zehn Jahren aus dem Sommercamp an ihre Eltern schickte. Und wenn ich mir die anschaue, kann ich nichts an der Handschrift erkennen, was auch nur im Geringsten verdächtig wäre.«

Ricki verschränkte die Arme vor der Brust und lehnte sich in ihrem Stuhl zurück. »Nun, das kann zweierlei heißen: Entweder ist das Tagebuch echt und wurde von Hope geschrieben, oder es war ein guter Fälscher am Werk.«

»Oder ich kann den Unterschied nicht erkennen.«

Ricki lächelte.

»Ich habe viele Schriftproben mitgebracht, wahrscheinlich mehr als Sie wollen oder brauchen.« Frances reichte ihr das Tagebuch herüber und breitete die übrigen Papiere auf dem

Tisch aus. »Ich nehme mal an, dass es keine Schriftproben sind, sondern gesammelte Muster«, verbesserte sie sich selbst, als sie sich an den Unterschied erinnerte. Muster waren alltägliche Dokumente, deren Echtheit unzweifelhaft war, und die zum Vergleich gegen ein fragwürdiges Dokument benutzt werden konnten. Schriftproben hingegen wurden von Verdächtigen verlangt und mussten die Bestandteile des kompletten Alphabets sowohl in Groß- als auch in Kleinschreibung enthalten.

Ricki sah sich ein paar Briefe mit ihrem Vergrößerungsglas an. »Wann sind die geschrieben worden?«

»Leider schon vor einer ganzen Weile. Adelaide hat nach neuerer Korrespondenz gesucht, hat aber nichts gefunden. Ihre Gedichte hat sie auf einem Computer geschrieben«, fügte Frances entschuldigend dazu.

»Und dies hier?«, fragte sie und schob Frances ein paar Notizzettel hin.

»Die sind jüngeren Datums. Ungefähr aus der Woche vor ihrem Tod.«

»Und wahrscheinlich in größerer Eile geschrieben als ihr Tagebuch.«

Frances nickte.

»Sehen Sie diese abrutschende Grundlinie?«, fragte Ricki und zeigte auf die Abwärtsneigung, die Hopes Worte beschrieben. »Das weist auf Depression, Fatalismus und Erschöpfung hin. Das Gefälle ist alarmierend.« Sie holte ein paar farbige Sticker aus ihrem Schreibtisch und klebte sie an die verschiedenen Dokumente. Dann machte sie auf jedem Notizen, die Frances nicht entziffern konnte. »Sehen Sie, wie diese Sätze hier am Ende runtergehen?«, sagte sie und schob Frances einen Brief zu. Die letzten Worte rutschten nach unten und fielen von der Linie. »Man sieht dies bei suizidgefährdeten Menschen. Ist ihr, bevor sie starb, etwas Schreckliches zugestoßen?«

»Ich weiß von nichts Bestimmtem. Aber das soll nichts heißen.«

Ricki legte einige Dokumente auf einen Lichttisch, betrachtete verschiedene andere durch ihr Vergrößerungsglas und blätterte dann durch einige Seiten des Tagebuches. Währenddessen gab sie immer wieder Laute von sich, erklärte sich aber nicht. Schließlich schob sie den Stuhl vom Tisch zurück. »Ich finde es interessant, dass die Richtung oder die Neigung der Worte sich ziemlich verändert. Bei den meisten Leuten ist die Richtung der Schrift mehr oder weniger konstant, aber Hopes Tagebuch ist relativ gerade, und ihre raschen Notizen weisen eine entschiedene Neigung nach links auf. Manchmal sehen die Wörter direkt flach aus.«

»Was heißt das?«

»Nun, ich weiß nicht genau. Aber ich denke, es lohnt sich auf jeden Fall, es zu untersuchen.« Sie stand auf und drehte sich zu einem großen Kalender um, der an der Wand hing. Jeder Tag war mit Eintragungen in Rot, Grün oder Blau gekennzeichnet. Sie seufzte. »Geben Sie mir ein paar Tage. Ich werde Sie anrufen, sobald ich etwas Definitives sagen kann.«

»Vielen Dank für Ihre Hilfe«, sagte Frances und erhob sich zum Gehen. Einen Augenblick lang erwog sie, sich zu entschuldigen. Es schien so absurd, die Dienste dieser Expertin in Anspruch zu nehmen, nur um Adelaide zu beruhigen. Doch nichts in Rickis Haltung ließ darauf schließen, dass sie diese Aufgabe in irgendeiner Weise unsinnig fand.

Adelaide hielt den Deckel der Teekanne mit einer Hand fest und schenkte mit der anderen ein. Der Dampf stieg aus der Porzellantasse auf, und der starke Duft von Minze erfüllte das Frühstückszimmer, in dem die beiden noch saßen, obwohl es bereits Mittag war. Frances hatte sich am Morgen schon vor acht Uhr auf den Weg nach Boston gemacht und somit das Frühstück verpasst, das sie jetzt dringend nachholen musste. Ihr Magen knurrte. Sie griff nach dem Milchpulver und holte sich ein Rosinenbrötchen von dem Stapel, der auf einer

Platte angerichtet war. Durch das Fenster konnte sie inmitten des riesigen Rasens einen frisch gepflanzten Hain mit Kirschbäumchen sehen. Das war Adelaides und Bills persönlicher Ort zur Erinnerung an ihre Tochter, und dort sollte auch Hopes Asche begraben werden. Nach der Trauerfeier wollten sie den Hain weihen lassen.

»Nie hätte ich gedacht, diesen Tag erleben zu müssen«, sagte Adelaide, lehnte sich an die mit Kissen ausgepolsterte Fensterbank und schob sich eine Haarsträhne aus dem Gesicht. »Du hast zwar keine Kinder, aber ich bin sicher, dass du das verstehst. Man tut alles, was man kann, wenn man seine Kinder großzieht. Man will ihnen die Kraft, den Mut und die Möglichkeiten geben, ein glückliches und erfolgreiches Leben zu führen. Man geht davon aus, dass sie einen begraben werden, dann aber ihr Leben weiterleben, mit all der Freude und den unvermeidlichen Momenten der Trauer, die wir alle erfahren. Und diese Reihenfolge sollte niemals umgekehrt werden. Ich habe das Gefühl, als hätte mein ganzes Leben seinen Sinn verloren. Alles, was ich tun wollte, was ich erreichen wollte, liegt in Scherben. Ich sehe mich um. Ich sehe die Menschen, die mitfühlen, aber es auch schaffen weiterzugehen. Und ich weiß nicht, woher ich die Kraft nehmen soll.«

Frances schloss die Augen und lauschte Adelaides Worten, die ihre Trauer beschrieb und so das ganze Ausmaß der Tragödie aufzeigte. In diesen wenigen Sätzen hatte sie die Freude und den Schmerz der Elternschaft umrissen – eine Erfahrung, die Frances fremd war. Weder sie noch Penelope hatten Kinder. Hope war tot. Irgendjemand oder irgendetwas Höheres als sie alle hatte das Fortbestehen der Pratt-Familie allein in Blairs Hände gelegt.

»Ich war gestern Abend so schockiert, dass ich kaum sprechen konnte. Ich versuchte mir einzureden, dass unsere Gegenwart die Cabots nervös macht und dass sie nicht wissen, wie sie uns helfen sollen. Aber es war so kalt, so berechnend von ihnen zu sagen: ›Mein Sohn lebt, und ich will, dass er eine Zukunft hat.‹ Auf der einen Seite behauptete Fiona, Hope so sehr zu lieben wie ich selbst, und wir hatten nicht einmal … bevor …« Adelaide sah zum Kirschhain hinaus und bedeckte dann ihr Gesicht mit den Händen. Leise Schluchzer drangen dahinter hervor.

»Hast du oft mit Fiona über Hope gesprochen?«

»Nein, eigentlich nicht«, schniefte sie. »Aber es gab da ein Gespräch, an das ich mich gut erinnere. Sie fragte damals alles Mögliche und schien wirklich besorgt über Hopes Gesundheitszustand. Ich erinnere mich, dass ich viel geredet habe, und dass ich danach sehr erleichtert war. Es war, als würde ein Damm brechen und alles Wasser plötzlich herausfließen. Aber ich bereue, dass ich mich ihr geöffnet habe. Ich hätte es nicht tun sollen. Ich war einfach so dankbar, endlich jemanden zu haben, mit dem ich reden konnte. Das ist hier ziemlich schwierig. Ich habe wunderbare Freundinnen, versteh mich bitte nicht falsch, aber es ist doch, als gäbe es immer irgendwelche Grenzen. Man darf nicht zu ehrlich und zu emotional sein. Alles hat immer gut zu sein, oder noch besser als gut, am besten perfekt. Wenn du mal schwankst, wenn du Probleme hast, dann schweigst du darüber, oder sie werden dich hinterher heimsuchen …« Sie unterbrach sich.

»Worüber hast du denn mit ihr gesprochen?«

»Ich habe ihr die Wahrheit über Hopes Essstörung gesagt. Ich habe ihr erzählt, dass bei Hope eine klinische Depression und möglicherweise eine manisch-depressive Störung diagnostiziert wurden. Und ich erinnere mich so deutlich an dieses Gespräch, weil ich während ich redete noch dachte, warum ist das eigentlich so geheim? Warum habe ich mich geschämt? Sie ist meine Tochter. Ich liebe sie, und ich möchte alles tun, was in meiner Macht steht, um ihr zu helfen. Mir war fast, als gäbe es eine Trennung zwischen den Worten, die ich aussprach und den Gefühlen in meinem Innern.« Sie schwieg kurz, dann stand sie auf und ging zur Anrichte. Sie kehrte mit einem Schälchen Himbeermarmelade und einem mit Hüttenkäse zurück, in jedem steckte ein winziger Porzellanlöffel. Sie stellte sie auf den Tisch neben Frances. »Wenn man hier sagt, dass man zu einem Psychiater geht, dann ist das wie ein rotes Tuch. Das ist leider so. Vielleicht noch schlimmer. Bill hat jedes Mal fast einen Anfall bekommen, wenn ich das Wort ›Bulimie‹ oder ›Depression‹ erwähnt habe. Er hatte Angst vor dem Stigma.«

»Was meinst du damit?«

Als sie antwortete, schien ihr Blick an Frances vorbeizugehen. »Vor vielen Jahren hatten wir schon mal Probleme mit Penelope.«

»Was war denn mit ihr?«

»Sie war schrecklich eifersüchtig auf Hope und war manchmal auch richtig … gewalttätig. Ich musste Hope mehrmals zu Hilfe kommen. Einmal hatte sie sie an einen Baum gebunden und stundenlang allein dort stehen lassen. Uns gegenüber hat sie dann behauptet, sie wisse nicht, wo Hope sei. Die arme Bea Bundy von nebenan hat sie dann irgendwann weinen hören und Bill gerufen, der kam und sie losband. Aber wir waren beide ebenso verzweifelt wie die arme Hope. Das süße Ding. Ich erinnere mich noch an das tränennasse Gesichtchen und den vor Erschöpfung ganz schlaffen Körper, als Bill sie hineintrug. Nächtelang wachte sie danach schreiend vor Angst auf. Tagsüber aber war sie Penelope unverändert treu ergeben und folgte ihr wie ein kleines Hündchen. Ein anderes Mal fand der Gärtner Penelope, wie sie gerade um das kleine Spielhäuschen von Hope herum flüssigen Grillanzünder ausgoss. Kannst du dich an das Häuschen erinnern? Mit den grünen Blumenkästen und dem Dach mit Giebel? Er fragte sie, was sie denn da mache, und sie sagte, sie wolle das Unkraut an der Ecke des Hauses abbrennen, aber wir waren alle erschrocken. Sie stellte für eine lange Zeit eine echte Gefahr dar.«

»Und was habt ihr gemacht?«

»Sie ging zu einer Therapeutin, die Spezialistin für die Entwicklung von Jugendlichen war. Doch nach der ersten Sitzung wollte Bill nicht mehr, dass sie da hinging. ›Über die Sachen zu reden, bis man schwarz wird, macht sie nur größer. Lass uns das alles in seinen Rahmen rücken‹, sagte er. Damals begriff ich, dass er Angst vor Psychologie hat, vor dem Prozess und dem Stigma.«

»Aber Hope war bei einem Therapeuten, oder?«

»Ihre körperliche Gesundheit war in Gefahr. Das war für Bill leichter zu verstehen. Trotzdem war er sehr besorgt. Dr. Bentley, unser Hausarzt, wollte, dass sie Anti-Depressiva nimmt. Er ist ein älterer Mann, und wahrscheinlich eher konservativ in seinem Ansatz. Aber sicherlich ist er niemand, der zu viele Medikamente verschreibt. Meine erste Reaktion war, seiner Empfehlung zu folgen, doch Bill sagte, Anti-Depressiva kämen nicht infrage.«

»Warum denn nicht?«

»Er wollte keine Dauereinrichtung. Er meinte, es würde Hope besser gehen, wenn sie erst verheiratet wäre und mit Jack ihr eigenes Zuhause aufgebaut hätte. Eine Sache, die er als Mangel empfand, sollte nicht auf ewig existieren. Er wollte nicht, dass Hope und Jack ihr gemeinsames Leben mit einem gesellschaftlichen Handicap begannen.«

»Weißt du denn, welche Medikamente Dr. Bentley ihr verschreiben wollte?«

»Das war etwas namens SSRI. Ich erinnere mich daran.«

Selektive Serotonin-Wiederaufnahmehemmer, in Tranquilizern wie Prozac enthalten, wurden allgemein üblich verschrieben, um die Symptome von Depression zu bekämpfen. Da einige Klientinnen der Vereinigung gegen häusliche Gewalt von diesen Medikamenten großen Nutzen gehabt hatten, wusste Frances wenigstens ungefähr, wie sie wirkten. »Wie seid ihr denn auf Hopes Psychologen gekommen?«

»Er wurde uns von Dr. Bentley empfohlen.«

»Dr. Frank?«

»Woher weißt du das?«

»Jack hat den Namen erwähnt. Wusstest du, dass Fiona Cabot auch zu ihm ging?«

Sie sah erstaunt aus. »Nein.«

»Geht ihr beide denn auch hin?«

Adelaide spitzte ihre Lippen und zögerte offensichtlich mit der Antwort. Als sie redete, war ihre Stimme viel leiser geworden, und Frances beugte sich so weit wie möglich vor, um auch kein Wort zu verpassen. »Ursprünglich wollte er, dass wir kommen. Mir erschien das völlig vernünftig, denn Hope lebte ja immer noch zu Hause, aber ich konnte sicher sagen, dass es Bill nicht passen würde. Er ging einmal hin, und als er dann abends nach Hause kam, setzte er sich in die Bibliothek und trank. Ich habe ihn niemals so trinken sehen. Er war jedoch nicht dazu zu bringen, mir zu erzählen, was passiert war, und ins Bett gehen wollte er auch nicht. Am nächsten Morgen war die Karaffe mit Scotch leer, und er schlief in einem Sessel. Danach fing er an, Ausreden dafür zu suchen, warum er den Termin nicht wahrnehmen könnte, und schließlich weigerte er sich einfach, dorthin zu gehen. Er sagte, der Doktor würde ihn für alle Probleme von Hope verantwortlich machen.«

Frances konnte sehen, wie traurig Adelaide war. »Hast du denn nach deinem Gespräch mit Fiona jemals wieder mit ihr über Hopes seelischen Zustand gesprochen?« Sie änderte die Richtung des Gesprächs. Sie hatte schon einmal versucht, ihre Tante dazu zu drängen, sich ihr zu öffnen, und da war sie kläglich gescheitert. Wenn sich die Gelegenheit noch einmal ergab, wollte sie vorsichtiger zu Werke gehen.

Adelaide schüttelte den Kopf. »Sie hat nie wieder danach gefragt. Es tat mir sehr weh, aber ich konnte ja nicht diejenige sein, die das Thema ansprach.« Sie stand wieder auf und ging zum Eckschrank. Dort machte sie ein paar Schubladen auf, nahm einen Stapel gelb und blau bedruckter Servietten hervor und fing an, sie neu zu falten und den Stoff mit der Handfläche glatt zu drücken. Ihre Unruhe schien die Zerbrechlichkeit ihrer Psyche widerzuspiegeln.

Frances sah ihrer Tante zu, wie sie ihre persönliche Form der Beschäftigungstherapie betrieb. Sie verspürte ein quälendes Unbehagen. »Wie lauteten eigentlich die Bedingungen für den Ehevertrag, den Hope unterschreiben sollte?«

Adelaide sah schockiert aus. Mit dieser Frage hatte sie offensichtlich nicht gerechnet. »Warum fragst du?«

»Jack hat mir davon erzählt. Er hat gesagt, seine Eltern hätten darauf bestanden, dass Hope bestimmten vertraglichen Bedingungen vor der Hochzeit zustimmte. Er hätte aber nichts mit einem solchen Vertrag zu tun haben wollen. Er hat mir auch erzählt, dass seine Eltern sich dann, als sie ihn nicht überzeugen konnten, an euch wandten.«

»Das ist nicht gerade etwas … auf … das … ich … stolz bin«, stammelte Adelaide.

Frances beugte sich näher zu ihr herüber und fragte unwillkürlich im Flüsterton: »Was ist denn passiert?«

Adelaides Augen flossen wieder von Tränen über. »Es war, als würden wir uns gegen unsere eigene Tochter verschwören. Wir haben den Cabots auf der Veranda Wodka Tonics und Krabbencocktails serviert und derweil die finanziellen Vereinbarungen zwischen Hope und Jack im Falle einer Scheidung besprochen. Und die beiden waren noch nicht mal verheiratet! Es ist mir so unangenehm, so peinlich.«

»Warum hast du es dann getan?«

»Wenn ich jetzt sage, es sei Bills Idee gewesen, dann darfst du das nicht falsch verstehen. Seine vernünftige Sichtweise schien mir sinnvoll. Es schien alles in Hopes bestem Interesse zu sein.«

»Was meinst du?«

»Seit Hope sich mit Carl eingelassen hatte, war Bill sehr besorgt um sie. Er ist der Ansicht, dass Beziehungen, um überleben zu können, denselben Hintergrund brauchen, die gleichen Rahmenbedingungen. Hope und Carl waren wie Tag und Nacht. Ich glaube, Bill hatte Angst, er würde sie verlieren, wenn sie bei ihm landen würde, denn bei ihm hätte sie ihre Wurzeln kappen müssen, um die Ehe zu erhalten. Und die Wurzeln kappen, hieße, sich von uns zu lösen. Macht das Sinn?«, fragte sie.

Frances dachte über die Worte ihrer Tante nach. Sie selbst hatte nie viel auf denselben Hintergrund gegeben, weder in wirtschaftlicher noch in ethnischer oder religiöser Hinsicht. Sams Erfahrungen waren völlig unterschiedlich von ihren eigenen, und trotzdem spürte sie ohne Zweifel, dass er sie besser kannte und verstand als irgendjemand sonst. Seine Fähigkeit zum Mitgefühl und seine Empfindsamkeit machten ihn zu dem, der er war, und nicht die ländlichen Gegenden in Oregon, wo er aufgewachsen war. Aber sie wusste, dass sie naiv war. Viele Menschen konnten, selbst wenn ihre Leidenschaft füreinander groß war, die enormen Hürden der gesellschaftlichen Unterschiede nicht überwinden und fanden deshalb keinen gemeinsamen Boden.

»Als Hope und Jack ihre Beziehung wieder aufleben ließen, war Bill außer sich vor Freude«, fuhr Adelaide fort, die offenbar eine Antwort von Frances nicht mehr abwarten wollte. »Er vertraute Jack. Er glaubte, dass Jack sie vor der Welt draußen beschützen würde, dass er sie abschotten und bewahren könnte. Bill kannte Hopes Zerbrechlichkeit, und sein größter Wunsch war, dass sie einen Mann finden möge, der sich um sie kümmerte. Zum einen sollte diese Fürsorge finanzieller Art sein – und Jack ist sehr wohlhabend –, und zum anderen war es eine bestimmte Mentalität, die Bill in Jack erkannte. Deshalb war er bereit, alles zu tun, damit diese Hochzeit auch stattfand. Wir haben zwar nie darüber gesprochen, aber ich glaube, er wollte auch gern, dass die Hochzeit stattfindet, ehe die Cabots herausfinden würden, dass Hope keine Kinder bekommen konnte.«

»Wussten sie das denn nicht?« Frances war schockiert.

»Nein, oder jedenfalls bis vor kurzem nicht. Bill ahnte, dass sie versuchen würden, Jack dazu zu bringen, seine Meinung zu ändern. Die Blutsverwandtschaft war ihnen zu wichtig. Ich habe ihm mehr als einmal gesagt, dass ich das für einen Fehler hielt, doch seine Antwort war immer dieselbe: ›Ich habe dich geheiratet, obwohl du keine Kinder bekommen konntest, und wir sind glücklich gewesen.‹« Sie lächelte schwach. »Ich nehme mal an, das war seine Art, mir Komplimente zu machen.«

Frances sagte nichts. Dieser Betrug schien unanständig, aber Bill war es trotzdem gelungen, seine Frau davon zu überzeugen, dass ihre Situation vergleichbar war. »Aber du hast doch nicht gewusst, dass du kein zweites Baby bekommen würdest, als du ihn geheiratet hast, oder?«

»Nein, das wusste ich nicht. Penelope war gekommen, ohne dass man darüber nachdenken musste, ein Augenzwinkern. Und es gab damals ja auch nicht die medizinische Unterstützung wie heute.« Sie öffnete eine Schublade, legte die neu gefalteten Servietten wieder hinein und kehrte zu ihrem Platz zurück. »Das ist jedenfalls die Erklärung dafür, weshalb Bill alles unterstützen wollte, was die Cabots wünschten. Auch den Ehevertrag.« Sie setzte sich wieder. »Es ist sicher schwer für dich, das zu verstehen, denn du bist mit Reichtum aufgewachsen. Es hat dir sicher nie an etwas gefehlt. Aber bei uns lagen die Dinge etwas anders. Wie kann ich das vorsichtig ausdrücken? Ich hasse es, über Geld zu reden.«

»Das geht uns doch allen so, oder?«, erwiderte Frances und versuchte, ihr die Scheu zu nehmen.

»Bill und ich haben es die meiste Zeit in unserer Ehe finanziell recht gut gehabt. Als er bei Hale and Dorr gearbeitet hat, hat er sehr viel verdient. Er hat dieses Haus geerbt, und wir hatten alles, was wir brauchten. Doch das wurde anders, als er die Firma verlassen und wieder ganz von vorne anfangen musste. Die Steuern und die laufenden Kosten für das Haus waren enorm. Wir gerieten immer mehr ins Hintertreffen. Und das ist in dieser Gesellschaft hier nicht gerade angenehm. Selbst als Teddy einzog und uns unter die Arme griff, wofür ich mich eigentlich schäme, reichte es noch nicht. Bestimmt hast du gemerkt, was hier alles getan werden müsste. Es ist, als würde uns das Haus über dem Kopf zusammenfallen.« Ihre Augen füllten sich wieder mit Tränen. »Hope ist genau wie du im Überfluss aufgewachsen, doch plötzlich war alles zu Ende. Wahrscheinlich werden Bill und ich das Anwesen hier verkaufen müssen. Irgendein fünfundzwanzigjähriger Broker-Typ wird es kaufen, platt walzen und ein riesiges Haus mit Panoramafenstern hinstellen. Das wird Bill umbringen, das Haus seiner Familie … aber ich schweife ab. Es genügt zu sagen, dass er Hope versorgt sehen wollte, und Jack konnte das gewährleisten. Vielleicht hoffte er auch, dass Jack für uns alle sorgen würde, ich weiß es nicht. Aber er wollte diese Ehe so sehr, dass er jeder Bedingung zugestimmt hätte.«

»Es tut mir Leid«, sagte Frances.

»Mir auch«, erwiderte sie und stand auf. »Ich kann dir gar nicht sagen, wie Leid es mir tut.«

Frances sah ihr zu, wie sie die Küche verließ und ins Esszimmer ging. Auf dem Weg dorthin blieb sie stehen, um etwas von dem abgenutzten Teppich aufzuheben, ein Blatt oder einen Fussel. Sie war auf dem Weg, sich für die Trauerfeier ihrer Tochter umzuziehen, doch selbst in einem solchen Moment bemerkte und korrigierte sie noch die Unzulänglichkeiten. Was hatte ihre elegante Haltung alles verbergen können?

24

Frances rutschte in der Bank, in der sie nebeneinander saßen, noch näher an Sam heran und griff nach seiner Hand. Ein paar Augenblicke nach ihrer Unterhaltung mit Adelaide war er unerwartet aufgetaucht. Sie war allein im Esszimmer gewesen, hatte auf kalte Platten mit Fleisch und Käse und Dips gestarrt, die für den Empfang nach der Feier vorbereitet waren, und hatte Blumen in einer Vase arrangiert, die für den langen Chippendale-Tisch viel zu klein war. Plötzlich klopfte es. Und da stand Sam auf der Türschwelle in seinem gelben Regenmantel, den Khakihosen und den Stoffschuhen. Er hatte eine Baseballkappe auf dem Kopf und hielt einen Strauß mit Callas in der Hand. Tränen waren ihr in die Augen gestiegen, als sie seine starken Arme um sich fühlte, wäre sie am liebsten zusammengebrochen. »Ich weiß, dass du niemals jemanden brauchst«, hatte er ihr ins Ohr geflüstert. »Aber ich wollte bei der Trauerfeier dabei sein, nur zur Sicherheit.«

Die Church of the Holy Spirit war zum Bersten voll. Abgesehen von dem Meer an dunkler Kleidung, unterschied sich die Menge nicht sehr von der, die sich vor einigen Tagen zur Hochzeit hier versammelt hatte. Auf jedem Fenstersims brannten Votivkerzen. Jede Bank war mit einem Bund kleiner Teerosen geschmückt, und zwei riesige Sträuße mit weißen Lilien prangten auf dem Altar. Das Mahagonikistchen, das einmal Hopes Asche bewahren sollte, stand in der Mitte. Hope würde zwar verbrannt werden, doch ihre Leiche war noch immer in der Gerichtsmedizin. Adelaide hatte nicht gewollt, dass die Gäste davon erfuhren, und so lieferte die leere Kiste die nötige Täuschung.

Die Organistin spielte Pachelbels Kanon, während Adelaide und Bill langsam den Gang herunterschritten. Sie hielt sich mit beiden Händen an seinem Arm fest und brauchte mehrere kleine Schritte, wenn er einen machte. Er hielt seinen Kopf hoch, doch sie ging gesenkten Hauptes, um jeden Blickkontakt zu vermeiden. In seiner Brusttasche steckte kein Taschentuch. Offensichtlich war es schon vor Beginn der Trauerfeier benötigt worden.

Hinter ihnen folgte Penelope, die mehrere Blätter Papier in der Hand hielt, begleitet von Jack. Seine Wangen waren eingefallen, und er starrte mit leerem Blick, als er dahinschlurfte. Es war, als hätte er nicht mehr die Energie, die Füße vom Boden zu heben. Teddy bildete die Nachhut. Sie kam auf ihren Stock mit dem Silberknauf gestützt den Gang herunter. Als sie sich alle in der ersten Bank niedergelassen hatten, begab sich Vater Whitney zum Altar, beugte leicht den Kopf und drehte sich dann zur Gemeinde um. Er hatte dunkle Ringe unter den Augen, und seine Hände zitterten leicht, als er nach seinem Gebetbuch griff. »Der Herr sei mit euch«, begann er.

»Und mit deinem Geiste«, murmelte die Menge die Antwort.

»Lasset uns beten. Oh Gott, dessen Gnade unendlich ist: Nimm unsere Gebete für Hope Alexandra Lawrence an und gewähre ihr Eingang in das Land des Lichts und der Freude.«

Frances hörte dem Gottesdienst zu und wunderte sich, wie viel davon ihr bekannt vorkam. Sie war überrascht, dass ihr die Worte vertraut waren, und sie fühlte sich getröstet, auch wenn sie nicht genau sagen konnte, warum. »Und ob ich schon wanderte im finstern Tal, fürchte ich kein Unglück.« Die oft wiederholten Worte des 23. Psalms plätscherten über sie hinweg. Vielleicht beruhigte das Wiederhören des Auswendiggelernten die Seele.

Nachdem Vater Whitney sein einleitendes Gebet beendet hatte, stand Penelope auf und ging zum Podium. Sie ordnete ihre Papiere, hielt sich einen Augenblick am Pult fest, richtete das Mikrofon auf Mundhöhe aus und machte dann eine Pause, um in die Menge zu blicken. Es war überraschend, dass sie eine Rede halten würde, aber vielleicht war diese Aufgabe für diejenigen, die Hope am nächsten gestanden hatten, zu schwer gewesen. Oder vielleicht hatte sie auch beschlossen, diese Gelegenheit zu nutzen, ihre Schuld zu verringern. Es war ein Zeichen für Adelaides Großzügigkeit, dass sie ihr erlaubte, bei diesem Anlass, den sie sicher bedeutsam und würdevoll gestalten wollte, zu sprechen.

Penelope räusperte sich, sah noch einmal auf ihre Blätter und knüllte dann ein Blatt Papier zu einem kleinen Ball zusammen. Sie hielt ihn in beiden Händen, als wenn sie ihn opfern wollte. »Ich hatte hier ein paar Bemerkungen über meine Schwester Hope vorbereitet, aber ich möchte sie jetzt nicht vorlesen. Das sind nicht die Worte, die ich hier sagen sollte. Ich möchte euch keine vorgefertigten Geschichten über unsere Kindheit erzählen. Wir alle haben unsere eigenen Erinnerungen an sie. Diese persönlichen Erinnerungen werden das sein, was uns in den Monaten und Jahren helfen wird, die vor uns liegen, wenn wir zu unserem Leben ohne Hope zurückkehren. Als ihre ältere Schwester sind meine Erinnerungen natürlich auch von Geschwisterrivalitäten und vielleicht auch Eifersüchteleien gefärbt, und von den Zeiten, in denen wir beide nicht miteinander auskamen.« Sie machte eine Pause und schien Jack direkt anzusehen. »Und wir sind alle entsetzt über ihre Ermordung. Es ist so eine Freveltat, dass ihr das Leben genommen wurde, dass es sich immer noch unwirklich und unmöglich anfühlt. Waren wir nicht alle gerade erst hier zu dem Fest, das ihre Hochzeit werden sollte? Niemand leidet mehr unter ihrer Abwesenheit als Jack. Ich denke, dass ich für alle spreche, wenn ich ihm sage, dass ich ihn liebe und ihm helfen möchte, die Wunden zu heilen, wenn das möglich ist. Hope hätte das auch gewollt.«

Frances sah zu Jack hinüber, aber er schien nicht auf die Worte zu reagieren.

»Ich möchte diese Gelegenheit zur Erinnerung an meine Schwester nutzen, um Ihnen von einem Gespräch zu erzählen, von einem Gespräch, das sie und ich an dem Abend vor ihrer Hochzeit miteinander führten. Das war ein Augenblick, in dem sie mich als ihre Schwester brauchte.«

Frances fühlte, wie Sam ihre Hand drückte.

»Hope sagte mir, dass sie Angst habe, Jacks Frau zu werden, weil sie nicht wusste, ob sie alles sein könnte, was er brauchte. Sie wusste nicht, ob sie seinen Erwartungen würde gerecht werden können.«

Adelaide gab einen entsetzten Laut von sich, und Bill legte seinen Arm um sie, um sie zu trösten. Sofort bereute Frances, dass sie ihnen nicht von Penelopes Interesse an Jack erzählt hatte oder davon, wie kritisch sie am Abend nach dem Mord über ihre Schwester gesprochen hatte. Damals schien es nicht nötig, und es hätte das Leid nur vergrößert. Aber jetzt fragte sie sich, ob sie nicht eingreifen sollte, auch wenn das bedeuten würde, dass sie die Feier unterbrach, die ihre Tante geplant hatte.

»Ich war erstaunt, dass sie so unsicher war. Nach all dem Glück, das sie im Leben gehabt hatte, wunderte es mich, dass sie sich immer noch unzulänglich fühlen konnte. Gleichzeitig ließ mich ihre Verletzlichkeit sie in einem völlig neuen Licht sehen. Hope war eine Frau, die darum kämpfte, perfekt zu sein – was immer das auch bedeutete, und wie auch immer sie es erreichen konnte –, zunächst ihren Eltern gegenüber, und dann ihrem zukünftigen Ehemann gegenüber. Sie suchte nach Zielen, sie suchte Anleitung in dieser Kirche. Was sie nicht wusste war, dass sie ihr Ziel bereits erreicht hatte. Es lag nicht vor ihr. Sie hatte es in der Hand. Wir hielten sie alle für perfekt. Es gab keine Erwartungen, die sie nicht erfüllt hätte. Meine große Trauer über ihren Tod ist, dass sie sich niemals in dem Licht sah, in dem sie dem Rest der Welt erschien. Wenn ich noch einmal die Gelegenheit hätte, mit ihr zu sprechen wie an jenem Abend, dann würde ich ihr sagen, dass sie immer perfekt war. Sie musste sich keine Sorgen machen.«

Als Penelope vom Podium stieg, zitterten ihre Lippen. An der ersten Bank hielt sie an und blieb vor Jack stehen. Scheinbar eine Ewigkeit lang rührte sich keiner von den beiden. Frances fragte sich, ob alle ebenso wie sie die Luft anhielten, als sie versuchten, Penelopes Geste zu deuten. Dann beugte sie sich plötzlich herunter und umarmte ihn. Nach ein paar Sekunden umfasste er mit seinen Armen ihre Taille. Sie hielten sich umarmt für einen Augenblick, der ein wenig länger war, als unter diesen Umständen angebracht gewesen wäre.

Adelaides Schultern zuckten, aber man hörte sie nicht weinen. Hatte sie von Penelopes wahren Gefühlen für Jack gewusst? Wollten sie vielleicht einfach, dass eine ihrer Töchter ihn bekam, und dass sie jetzt die Nächste in der Reihe war?

Frances hörte, wie sich die schweren Türen öffneten. Sie blickte zurück zum Eingang und sah jemanden die Kirche verlassen, aber die Türen schwangen wieder zu, ehe sie erkennen konnte, wer es war. Ob Carl gekommen war? Seine Gegenwart würde bestimmt von niemandem im Clan der Lawrences und der Cabots erwünscht sein, außer vielleicht von Teddy. Doch war er sicher jemand, der das Risiko auf sich nahm, angestarrt zu werden, wenn er den Wunsch hatte, der Toten seinen Respekt zu erweisen.

Als Vater Whitney von seinem Stuhl aufstand und den Gürtel über seinem Messgewand zurechtrückte, richtete sie ihre

Aufmerksamkeit wieder auf den Altar. Das Kerzenlicht wurde von dem schwarzen Glanz seiner Schuhe reflektiert, und Frances fühlte sich an den Song »Walking on Sunshine« erinnert. Ein seltsamer Gedanke angesichts einer solch ernsten Gelegenheit. Er ging nach vorne und stand mit gefalteten Händen da. »Adelaide und Bill haben mich gebeten, ein paar Worte über ihre wundervolle Tochter zu sagen, und ich fühle mich geehrt, das tun zu dürfen«, begann er. »Ich werde mit einer Passage aus dem Buch Hiob anfangen, einer Stelle, wo Hiob immer mehr der Kraft des Herrn gewahr wird. ›Aber ich weiß, dass mein Erlöser lebt und als der Letzte wird er über dem Staub sich erheben. Und ist meine Haut noch so zerschlagen und mein Fleisch dahingeschwunden, so werde ich doch Gott sehen.‹ Wie Sie alle wissen, besaß Hope eine innere Schönheit, die ihrer äußeren entsprach. Sie kam in diese Gemeinde, um zu dienen, der Gemeinschaft zu helfen und gleichzeitig auch einen Ort des Friedens für sich selbst zu finden. Es dauerte jedoch nicht lange bis ich erkannte, dass ihre Fähigkeit zu lieben und ihr großzügiger Geist Zeichen dafür waren, dass sie von Gott erwählt war. Ungeachtet der Schwierigkeiten, denen sie begegnete, schwankte ihr Glaube zu Gott niemals, weil sie wusste, dass ihr Auge Gott sehen würde. Und das hat sie getan. Wenn sie jetzt ihren Platz im Himmel findet, ist ihre Mission vollendet. Lasset uns beten.«

Frances und Sam standen auf dem kleinen Rasenstück, als die übrigen Trauergäste langsam aus der Kirche geschritten kamen. Keiner von ihnen sprach ein Wort. Sie spürte das Vibrieren ihres Handys – sie hatte den Klingelton abgestellt – und griff in ihre Jackentasche.

»Fanny, tut mir Leid, wenn ich Sie störe. Ich weiß, Sie sind auf der Beerdigung.« Es war Elvis.

»Was gibt es denn?«, fragte sie mit einer Stimme, die nur wenig lauter war als ein Wispern.

»Michael Davis und sein Anwalt haben morgen eine Anhörung beim Untersuchungsrichter.«

»Am Samstag?«

»Wir arbeiten härter, als Sie uns zugestehen wollen. Aber weshalb ich anrufe, ist, um Ihnen zu sagen, dass Sie nicht nach Hause fahren sollten.« Frances seufzte, als sie seine Worte hörte. Sie war mehr als eine Woche weg. Jetzt, wo Michael Davis verhaftet und die Trauerfeier vorbei war, wollte sie gern wieder mit Sam nach Orient zurückkehren. Es gab nichts mehr, was sie für ihre Tante tun konnte, und ihr eigenes Leben rief.

»Warum?«

»Sie werden hören wollen, was er zu sagen hat.« Er machte eine kurze Pause, und Frances fragte sich schon, ob die Verbindung vielleicht unterbrochen war. Doch als Elvis wieder sprach, war seine Stimme laut und deutlich zu hören. »Michael Davis ist nicht unser Mörder.«

25

Was hat sich denn verändert?«, fragte Frances. Sie saß neben Elvis in seinem Cabrio, als er auf Nebenstraßen zum Büro der Staatsanwaltschaft sauste. Baustellen, ein scheinbar endloses Problem im Umkreis der nördlichen Vororte von Boston, verboten die Benutzung der meisten Durchgangsstraßen. Zeit war kostbar. Die Befragung von Michael Davis war auf zehn Uhr angesetzt.

»Er hat eine Anwältin, die möchte, dass er redet. Ein Mädchen namens Percy Lukewarm.«

Frances zog eine Augenbraue hoch. Der Name klang wie eine Figur aus einem Comicheft.

»Jeder reagiert auf die gleiche Weise, und das ist bedauerlich für sie. Sie kennt sich aus. Meiner unmaßgeblichen Meinung nach ist sie eine der besten Anwältinnen in der Gegend.«

»Wie kann Michael sie sich dann leisten?«

»Offenkundig ist die Familie Davis nicht so heruntergekommen wie ihr Sohn. Daddy ist Patentanwalt in einer Firma in Downtown. Er verdient genug, um ein hohes Honorar zu zahlen. Mama Davis ist Verwaltungsassistentin an der juristischen Fakultät des Boston College, wo Percy Kriminaltechnik lehrt. Percy ist Michaels Anwältin seit den ersten Schwierigkeiten seiner Jugendjahre.«

»Der hat ja Glück.«

»Würde ich auch sagen. Egal, Percy und Mark sind alte Freunde. Wenn ich raten darf, dann sind sie mal zusammen gewesen, aber wenigstens respektiert er sie noch.« Elvis kicherte.

Frances beschloss, die Bemerkung unkommentiert zu lassen. Sie war einfach nicht wie sonst in der Stimmung, das weibliche Geschlecht zu verteidigen. Ihre Gedanken waren auf das seltsame Ereignis einer Vernehmung am Samstagmorgen gerichtet.

»Michael ist gestern im District Court zu den Vorwürfen Mord und Diebstahl vernommen worden. Der Fall ist noch nicht vor die Grand Jury gekommen, deshalb gibt es noch keine Anklage. Ich glaube, Mark hat für Mittwoch nächster Woche die Besprechung in der Grand Jury vorgesehen.«

Das klang sinnvoll. Die Präsentation eines Falles vor der Grand Jury erforderte Vorbereitung. Mit Ausnahme von Gewaltverbrechen war es üblich, dass die Sache von der Polizei direkt beim District Court vorgebracht wurde. Dann hatte man sofort einen Haftbefehl und konnte den Verdächtigen festsetzen oder gegen Kaution freilassen. Michael wurde sowohl Mord als auch der Diebstahl des Diamantrings vorgeworfen. Wenn die Sache zur Anklage vor dem Superior Court kam, dann würde der weniger schwerwiegende Vorwurf eingestellt werden. Doch keine dieser bürokratischen Spitzfindigkeiten konnte erklären, weshalb Elvis plötzlich der Meinung war, dass Michael nicht der Mörder sei.

»Nach der ersten Anhörung rief Percy Mark an und sagte, dass sie einen Austausch an Informationen anbieten wollte. Sie sagte, Michael habe den Ring gestohlen, aber Hope nichts angetan. Und sie könne anbieten, dass er ihnen Informationen dazu geben würde, wer der wirkliche Mörder war – wenn man sich hinsichtlich des Diebstahlvorwurfs gegen ihn irgendwie arrangieren könnte.«

»Glauben Sie ihm?«

»Mein Gespräch mit Mark war ausgesprochen kurz. Aber ich habe das Gefühl, dass die Staatsanwaltschaft bereit ist, irgendeinen Deal zu machen.«

Sie schwieg. Was sollte sie auch noch dazu sagen. Sie wussten beide, dass sie ihren einzigen Verdächtigen verlieren würden.

Der fensterlose Konferenzraum wurde von Neondeckenlampen beleuchtet. Mark stand in einer Ecke, sprach in besänftigendem Ton ins Telefon und marschierte derweil in Halbkreisen auf und ab, so weit das Kabel reichte. Michael Davis saß auf einem Klappstuhl, die Ellenbogen auf den Knien. Neben ihm an dem langen Metalltisch saß eine Frau in einem khakifarbenen Rock und einem rosa Polohemd. In den Händen hielt sie einen voll geschriebenen Notizblock, ihre geöffnete Aktentasche lag auf dem Tisch vor ihr. Als Frances und Elvis hereinkamen, stand sie auf und nahm ihre Brille ab. Selbst im Stehen endete ihr Rock wenigstens zehn Zentimeter oberhalb der Knie, und Elvis gab sich keinerlei Mühe, diesen Anblick zu ignorieren. Man stellte sich kurz vor.

»Das mit Ihrer Cousine tut mir Leid«, sagte Percy mit einer Stimme, die Geschworene liebten: tief und rau. »Ihnen und Ihrer Familie mein herzlichstes Beileid, auch im Namen meines Klienten.«

Frances war befangen. Sie war zwar dankbar für Percys Anteilnahme, hätte aber am liebsten ihre persönliche Betroffenheit in der Sache aus den Ermittlungen rausgehalten.

»Fangen wir an zu arbeiten«, sagte Mark, nachdem er den Hörer aufgelegt und sich zu der Gruppe am Tisch gesellt hatte. »Ich bin sicher, dass niemand gern an einem Samstag hierher kommt.«

Frances meinte, ihn zwinkern zu sehen, als er ein Dokument aus einem Ordner holte, den er in der Hand hatte, und es Percy reichte. Frances las es auf dem Kopf über den Tisch hinweg. Es war eine Vereinbarung über Straffreiheit: Michael würde nicht für Verbrechen im Zusammenhang mit dem Mord an Hope Lawrence verfolgt werden. Im Gegenzug dafür sagte er seine volle Kooperationsbereitschaft zu, was, wenn erforderlich, auch seine Zeugenaussage bei einem Gerichtsverfahren einschloss. Derartige Vereinbarungen gewährten den Beschuldigten einen großzügigen Straferlass für ihre Vergehen, sie waren aber auch eine wichtige Waffe im Arsenal der Staatsanwaltschaft. Oft waren sie der einzige Weg, wertvolle Informationen für die Ermittlungen zu erhalten. Wenn Michael Davis nicht der Mörder war, dann wusste er aber mit Sicherheit ziemlich viel darüber, wer es war.

Percy nahm sich die Zeit, das Dokument sorgfältig zu studieren. »Es ist genau das, was wir besprochen haben«, bemerkte Mark. Sie sah auf und sandte ihm ein Das-sagen-Staatsanwälte-immer-aber-ich-beurteile-es-lieber-selbst-Lächeln. Sie machte einige Notizen auf ihrem Block und auf dem Dokument. Dann bat sie Michael, die Vereinbarung zu unterschreiben.

»Okay?«, fragte er.

»Sieht gut aus.«

Michael, Percy und Mark unterzeichneten das Dokument, und Mark legte es danach in seinen Ordner zurück. »Keine Sorge«, sagte er, als Percy Luft holte, um etwas zu sagen, »du kriegst eine Kopie, ehe du gehst.«

»Du bist doch ein braver Junge«, sagte sie und lächelte. »Sollen wir anfangen?«

Mark ging zu einem Stativ und schaltete die Videokamera ein, die auf Michaels Gesicht gerichtet war. Er kehrte zu seinem Platz zurück und nannte Datum und Zeit und die Namen der Anwesenden. Frances und Elvis, die nur schweigend dagesessen hatten, solange die Vereinbarung über Straffreiheit verhandelt wurde, beugten sich gleichzeitig vor.

Mark begann Michael eine Reihe von einführenden Fragen zu stellen, die klar machen sollten, dass Percy Lukewarm Michael über seine Rechte belehrt hatte, und dass er die Bedeutung dieser Rechte auch verstand. Ferner sagte er, dass Michael seitens der Staatsanwaltschaft Straffreiheit angeboten würde, im Austausch gegen seine Kooperation mit der Regierung bei den laufenden Ermittlungen zum Mord an Hope Lawrence. Nachdem diese Formalitäten erledigt waren, lehnte sich Mark in seinem Stuhl zurück.

»Michael, jetzt sind Sie dran.« Percy legte ihre Hand leicht auf seine Schulter. Der tiefrote Lack auf ihren Fingernägeln reflektierte das Licht. Als Michael Davis einen Augenblick aufsah und Frances' Blick begegnete, wirkte er jünger als damals im Vernehmungsraum der Polizei, kaum älter als fünfundzwanzig. Seine dunklen Augen blickten leer, die Iris war rot umrandet, was sicher daher rührte, dass er mehrere schlaflose Nächte hinter sich hatte. Jetzt kam die Stunde der Wahrheit.

»Ich … hm … ich«, stotterte er. Er wandte sich auf der Suche nach Anleitung zu Percy um.

»Ich gehe es mit ihm zusammen durch. Das geht schneller, ich verspreche es Ihnen.«

Mark nickte zustimmend.

Sie ließ ihn sich mit Fragen zu seinem Geburtsdatum und anderen Formalitäten aufwärmen. Selbst die einfachsten seiner Antworten wurden von Percy in ermutigendem Tonfall oder mit unterstützendem Lächeln belohnt. Sie war wirklich sehr professionell. »Nun erzählen Sie uns mal, Michael, was Sie am letzten Samstag im Haus der Lawrences gemacht haben.«

»Ich habe für Best Laid Plans gearbeitet. Sie hatten den Catering-Job für die Hochzeit.«

»Haben Sie schon einmal für diese Firma gearbeitet?«

»Ja. Das war mein dritter Dienst bei denen. Das erste Mal habe ich sogar etwas bedient und abgeräumt, aber das ging nicht so gut, und deshalb hab ich mich auf die groben Arbeiten verlegt. Den ganzen Scheiß, äh ... ich meine die Gläser und das Geschirr von den Lieferwagen her- und wieder zurücktragen.«

Percy legte ihre Hand auf seine. »Es ist vollkommen in Ordnung, Scheiß zu sagen.« Michael lachte gezwungen, aber Frances konnte doch sehen, dass er seine Schultern hängen ließ und sich in seinem Stuhl zurücklehnte, als die Spannung nachließ. »Und am Samstag waren Sie bei den Lawrences.«

Er nickte.

»Haben Sie darum gebeten, dorthin zu kommen?«

»Auf Smith's Point leben nur Leute mit richtig Kohle. Als wir uns für die Samstagsjobs melden sollten, habe ich mir deshalb gerade den ausgesucht. Sie müssen wissen, viele von den Jungs wollen nicht nachts arbeiten. Die wollen die Catering-Sachen, die nachmittags sind. Christine, das ist die Chefin, war froh, dass sie mir die Hochzeit geben konnte.«

»Und warum wollten Sie an einem, wie Sie meinten, reichen Ort arbeiten?«

Michael sah sie amüsiert an, als ob irgendjemand, der einigermaßen klar im Kopf war, die Gelegenheit sausen lassen würde, die Reichen zu bestehlen. Als sie darauf nicht reagierte, fügte er hinzu: »Ich dachte, da könnte vielleicht mehr für mich rausspringen als die zwölf Mäuse pro Stunde.«

»Erzählen Sie uns, was passiert ist, während Sie bei der Arbeit waren.«

»Nun, wir waren mit dem Eindecken und so fertig und hatten noch etwas Zeit übrig. Das ist immer so mit Christine. Sie ist supervorsichtig mit Zeit, aber solange ich das bezahlt kriege, ist es mir egal. Jedenfalls packt sie dann immer diese Riesenbleche Lasagne für die Angestellten dazu. Die meisten Typen hingen in der Küche rum und stopften sich voll bevor die Party anfangen sollte. Und ich fand, es wäre Zeit, mal das Haus auszukundschaften.«

»Zu dem Zeitpunkt hatten Sie also vor, etwas zu stehlen.«

Michael sagte nichts.

»Das müssen wir wissen. Der Vereinbarung mit der Staatsanwaltschaft zufolge kann keine Information, die Sie heute preisgeben, in irgendeiner Weise gegen Sie verwendet werden. Das heißt aber, dass Sie kooperieren und alle meine Fragen beantworten müssen. Auch die Fragen der anderen. Verstehen Sie das?«

Er nickte.

»Dann beantworten Sie bitte meine Frage.«

»Also, nicht gleich«, murmelte er.

»Aber Sie gingen in das Haus, und wenn da etwas Wertvolles gewesen wäre, das Sie hätten mitnehmen können, dann hätten Sie das getan. Ist das richtig?« Percys Klient wand sich, aber diesmal schien sie es nicht zu bemerken.

»Hatten Sie vorher schon irgendein Mitglied aus der Familie Lawrence kennen gelernt?«, fragte Mark. Michael schüttelte den Kopf. »Sind Sie an jenem Tag einem von ihnen vorgestellt worden?« Ein weiteres Kopfschütteln. »Machen Sie weiter«, bat Mark, »ich wollte Sie nicht unterbrechen.«

»Gut, also ich ging rein, und es war überall ziemlich ruhig, weil der Empfang unter dem Zelt auf dem Rasen stattfinden sollte. Als ich im Erdgeschoss war, war ich ein bisschen nervös, weil ja alle Leute von Best Laid Plans in der Küche saßen. Deshalb dachte ich, der erste Stock wäre sicherer. Ich schaute in eine Reihe von Zimmern. Sie müssen für Gäste oder so gewesen sein, denn es war kein persönlicher Kram drin. Höchstens ich hätte irgendeine parfümierte Kerze oder so gesucht.«

»Was haben Sie denn gesucht?«

Michael schwieg und schien wieder nicht antworten zu wollen.

»Schmuck?«

»Ja.«

»Was noch?«

»Hauptsächlich Schmuck, den kann man am leichtesten mitnehmen und am schnellsten wieder loswerden.«

»Haben Sie irgendjemanden gesehen, als Sie in die verschiedenen Zimmer reingingen?«

»Ja. Einmal als ich im Flur war, hörte ich eine Tür, und eine Frau kam aus einem Zimmer. Aus *dem* Zimmer«, sagte er und sah zu Percy.

»Sie meinen das Zimmer von Hope Lawrence?«

»Ja.«

»Wie sah die Person aus?«

»Sie war ziemlich scharf. Sie hatte ein helles Kostüm an, ich glaube grün.«

»Können Sie sich an ihre Haarfarbe erinnern?«

»Dunkel.«

»Was würden Sie schätzen, wie alt sie war?«

»Vielleicht um die dreißig. Ich bin da nicht so gut drin.«

Mark trat vor und holte aus demselben Ordner, der auch die Vereinbarung enthielt, einen braunen Umschlag. Er öffnete ihn, holte einen Stapel Fotos heraus und breitete sie auf dem Tisch vor Michael aus. Auf allen acht waren hübsche Frauen Anfang dreißig mit glattem dunklem Haar abgebildet. »Erkennen Sie hier die Frau, die Sie aus Hopes Zimmer kommen sahen? Lassen Sie sich Zeit.« Er trat wieder zurück.

»Ja, ich erkenne sie.« Er gab Mark eines der Fotos.

»Sind Sie sicher?«

»Absolut.«

Mark machte eine Notiz auf dem Foto und schob die anderen in den Umschlag zurück. Das eine Foto, das Michael ausgewählt hatte, gab er Frances. Sie konnte ihre Reaktion kaum verbergen, als sie das Gesicht von Penelope sah. Sie schaute hoch, um seine Reaktion zu sehen, aber er zeigte keine. Offenbar war es kein Zufall gewesen, dass ihr Foto in der Auswahl enthalten war.

»Wohin ging diese Frau, nachdem sie Hopes Zimmer verlassen hatte?«, fragte Mark, ohne auch nur einen Augenblick zu zögern.

»Die Treppe hinunter.«

»Haben Sie sie noch einmal gesehen?«

»Nein.«

»Haben Sie sonst noch jemanden gesehen?«

»Ja. Ich bin noch in ein anderes Zimmer gegangen, was ein Badezimmer war, und ich wollte gerade zurück in den Flur, als ich eine Stimme hörte. Ich schaute hinaus und sah Mr. Lawrence, oder ich habe jedenfalls angenommen, dass er es war. Er hatte seinen ganzen Hochzeitskram an, wie heißt das noch?«

»Ein Smoking? Ein Cut?«

»Ein Cut. Der mit den Streifen auf der Hose. Jedenfalls klopfte er an die Tür und rief Hope und fragte, ob sie fertig sei und sagte ihr, dass sie schon spät dran wären.«

»Konnten Sie eine Antwort hören?«

»Nein.«

»Wie lange hat er da vor der Tür gestanden?«

»Ein paar Minuten. Dann rannte er die Treppe runter.«

»Was haben Sie gemacht?«

»Ich habe mir gedacht, das ist das Zimmer von der Braut, und sie ist schon weg. Ich habe ein paar Minuten gewartet, aber es kam keiner mehr. Die Tür war abgeschlossen, aber das war keine große Sache. Das Zimmer war ziemlich durcheinander, als ich reinkam. Auf dem Toilettentisch lag alles voll, der Teppich war verrutscht und die Kissen vom Bett lagen auf dem Fußboden.«

»Was haben Sie gemacht?«

»Ich fing an, die Schubladen aufzuziehen, im Toilettentisch, im Schreibtisch. Habe eben all die Ecken gecheckt, wo die Leute ihren Schmuck aufbewahren. Da war ein Paar Perlenohrringe, aber sie waren nicht groß genug, um für mehr als hundert wegzugehen. Die waren das Risiko nicht wert. Ansonsten habe ich nicht viel gesehen.«

»Was war mit dem Ring mit dem Bild des heiligen Michael, der, den die Polizei in Ihrem Auto gefunden hat?«

»Der lag auf ihrem Toilettentisch. Sah zwar nicht aus, als ob er so viel wert wäre, aber das Schwert war cool, und deshalb habe ich ihn für mich selbst mitgenommen. Ich bin katholisch«, fügte er hinzu, als wäre das eine Entschuldigung.

»Und was haben Sie dann gemacht?«

»Also, ich meinte, ich hätte wieder Stimmen im Flur gehört, und deshalb habe ich einen Schrank aufgemacht, um mich zu verstecken, nur falls jemand seinen Kopf reinstecken würde. Und also … ich kann Ihnen gar nicht sagen, wie das war, sie zu sehen.«

»Sie meinen Hope Lawrence?«

»Ja. Sie trug ein Hochzeitskleid. Und sie hing da.« Er schloss die Augen und krauste die Nase, als wolle er das Bild aus seinem Kopf pressen.

»Konnten Sie feststellen, ob sie tot war?«

»Ich weiß es nicht. Ich nehme mal an, dass sie es war. Sie sah schrecklich aus. Ihr Gesicht war irgendwie schief, und die Zunge hing raus. Also, vielleicht hätte ich nachsehen sollen, aber ich war so panisch. Und wie ich gesagt habe, sie sah wirklich tot aus.«

»Haben Sie den Körper in irgendeiner Weise berührt oder verändert?«

Michael sah beiseite. Sie wussten alle, was jetzt kam. »Ich habe den Ring gesehen. Der Diamant war riesig. Ein Vermögen wert. Mindestens fünfzig Riesen, sogar im Pfandhaus. Und er rutschte einfach so von ihrem Finger.«

Frances spürte, wie eine Welle von Speichel in ihren Mund stieg. Jetzt darf dir nicht schlecht werden. Aber es war schwer vorstellbar, dass jemand abgebrüht genug war, einen Verlobungsring vom Finger der Braut zu stehlen, und sich nicht einmal die Mühe machte, ihr den Puls zu fühlen. Aber das hätte auch keinen Unterschied gemacht. Die Gerichtsmedizinerin hatte ja schon festgestellt, dass Hope tot war, ehe sie aufgehängt wurde.

»Sie haben sie also in keiner Weise verletzt?«

»Nein. Wie gesagt, sie war tot. Ich wusste das. Und ich hatte verdammt noch mal nichts damit zu tun.«

Percy sah zu Mark und biss sich auf die Lippe.

»Können Sie sich erinnern, wie sich ihre Finger anfühlten, als Sie sie berührten?«, fragte er.

»Was meinen Sie?«

»Nun, waren sie warm oder kalt?«

»Das weiß ich nicht. Ich war fertig, wissen Sie? Mit dieser Schlampe, die da einfach so hing.«

Frances spürte, wie sich alle Blicke auf sie richteten, vielleicht um zu sehen, ob sie mit dieser Art Gespräch über ihre Cousine umgehen konnte, aber die Brutalität seiner Erzählung spielte für sie kaum eine Rolle. Ihr Interesse an ihm beschränkte sich auf die Informationen, die er bieten konnte. Bis dahin war noch nichts von dem, was er gesagt hatte, hilfreich für die Ermittlungen gewesen. Und seine Unschuldsbeteuerungen entlasteten ihn nicht einmal.

»Haben Sie, während Sie im Haus der Lawrences waren, noch einmal jemanden in das Zimmer von Hope hineingehen oder herauskommen sehen?«

»Ja.«

»Was haben Sie gesehen?«

Michael stützte sein Kinn auf die Hand auf und schien über die Frage nachzudenken. »Als ich im Schrank war, hörte ich, wie die Tür geöffnet wurde. Nicht die Schranktür, die war nicht ganz geschlossen, sondern die Zimmertür. Ich musste ganz schön den Atem anhalten. Ich hatte Angst, da drin mit dieser Leiche zu sein und nur darauf zu warten, dass mich jemand findet. Ich sah einen Typ reinkommen und den Toilettentisch absuchen.«

»Wie sah der Mann aus?«

»Dunkle Haare, vielleicht vierzig, obwohl der Typ echt fit aussah. Er hatte ein T-Shirt und Jeans an. Sah irgendwie ausländisch aus.«

Wieder holte Mark eine Reihe Fotos hervor und breitete sie auf dem Tisch vor Michael aus. Diesmal zeigte jedes Bild einen gut aussehenden Mann mit dunkelbraunem oder schwarzem Haar und gebräunter Haut. Frances konnte erkennen, dass eines der Fotos Carl zeigte.

»Erkennen Sie den Mann, den Sie in Hopes Zimmer gesehen haben? Lassen Sie sich Zeit.«

Michael brauchte nicht lange, um Hopes Liebhaber zu identifizieren. Mark sammelte die Fotos wieder ein und markierte das ausgewählte.

»Haben Sie gesehen, was er getan hat?«, fuhr Percy fort.

»Er ging zu dem Toilettentisch, den ich nicht sehen konnte, aber ich hörte, wie er rumwühlte. Ich weiß nicht. Ich glaube, er suchte irgendwas.«

»Wie lange war er da?«

»Vielleicht ein paar Minuten. Es fühlte sich aber an wie Tage, weil ich mir ganz schön in die Hose geschissen habe. Ich wollte, dass er abhaut, damit ich aus dem Schrank rauskonnte.«

»Haben Sie gesehen, ob er etwas mitgenommen hat?«

»Nein. Aber er blieb an der Tür stehen und nahm ein rotes Tuch, um den Türknauf abzuwischen. Ich konnte sehen, wie seine Hände das machten.«

»Gab es sonst noch etwas, das Ihnen an ihm oder an seiner Kleidung auffiel?«

»Nein. Glauben Sie mir, ich hab verdammt Schiss gehabt.«

»Und was geschah dann?«

»Ich bin raus aus dem Haus so schnell ich konnte, bin in mein Auto gesprungen und hab mich nicht mal umgedreht. Ich wusste, dass ich so schnell wie möglich aus Manchester raus musste. Hab mir vorgestellt, ich könnte 'ne Weile in Boston untertauchen, den Ring verkaufen und ziemlich gut leben, vielleicht sogar mit meinen Leuten, bis ich weiß, was ich als Nächstes mache. Und dann bin ich an der Tobin Bridge geschnappt worden, und jetzt bin ich hier.«

Er lächelte zufrieden, als er seine Erzählung beendet hatte.

»Warum sind Sie nicht zur Polizei gegangen?«

»Ich bin vorbestraft. Glauben Sie, irgendjemand hätte mir geglaubt? Ich wär doch der Erste gewesen, den sie sich gegriffen hätten. Dazu hatte ich noch den Ring.«

Es war eine Weile still, ehe Percy sagte: »Wenn einer von Ihnen eine Frage hat, dann stellen Sie sie bitte.«

Frances ließ das, was sie gerade gehört hatte, in ihrem Kopf noch einmal Revue passieren. Irgendetwas schien nicht zu stimmen. Die Befragung war so gut geleitet, die Auswahl der Fotos so perfekt geplant. Könnte es sein, dass Mark in seinem Drängen, zur Anklage zu kommen, etwas übersah? Wenn Michael glaubwürdig war, und da war sie sich gar nicht sicher, dann war alles, was er hatte sagen können, dass Penelope um die Zeit des Mordes herum in Hopes Zimmer gewesen war, und dass Carl dort nach etwas gesucht hatte, als sie bereits tot war.

Die Fragen kreisten in ihrem Kopf. Was hatte Carl gesucht? Sie dachte an den Ring mit dem heiligen Michael. Das war ein Männerring, und sie erinnerte sich unwillkürlich an den Streifen weißer Haut um seinen Finger, der ihr aufgefallen war, als sie auf seinem Schiff gewesen war. War das der Ring, der ihm fehlte? Wenn ja, wann hatte er ihn dann in Hopes Zimmer zurückgelassen? Und warum? Sollten sie jetzt annehmen, dass Carl in Hopes Zimmer zurückgekommen war, um irgendwelche Beweisstücke verschwinden zu lassen, die ihn in Verbindung mit dem Verbrechen brachten? Sie beobachtete die Gesichter von Elvis und Mark und fragte sich, was sie wohl denken mochten. Wie konnte Mark sich der Schuld von Carl so sicher sein, dass er bereit war, einem Kriminellen Straffreiheit zuzusichern?«

Und dann war da noch die Sache mit Penelope. Hätte sie

zu der Zeit, als Michael sie Hopes Zimmer verlassen sah, nicht in der Kirche sein sollen? Frances erinnerte sich, dass sie spät kam, sich dann neben Sam in die Bank setzte und eine Entschuldigung parat hatte. Was hatte sie davor getan? Gab es eine Verbindung zwischen Penelope und Carl? Sie schauderte bei dem Gedanken. War Penelopes Eifersucht auf ihre kleine Schwester so groß, dass sie deren beide Liebhaber für sich wollte? Diese bereits sehr kleine Welt schien sich noch enger um sie zu schließen.

Mark schaltete die Videokamera ab. Percy stand auf und lächelte. Sie war offenkundig zufrieden mit dem, was sie für ihren Klienten erreicht hatte. Sie dankte ihm, nickte Frances und Elvis zum Abschied zu und verließ den Raum zusammen mit Michael, der ihr auf dem Fuß folgte. Auch wenn seine gekrümmte Haltung es nicht verriet, musste es ihm dennoch klar sein, dass er gerade einen sehr guten Deal gemacht hatte.

Ein größeres Büro als das von Mark hatte Frances in der Welt der Beamten noch nicht gesehen. Auf dem Metalltisch türmten sich Akten, nicht gelesene Memoraden, Ordner und, den Deckblättern zufolge, Kopien juristischer Fälle. An einer Wand hingen seine Diplome: ein Bachelor of Science vom Massachusetts Institute of Technology und ein Doktor der Jurisprudenz von der Boston University Law School. Daneben mehrere Plaketten, Auszeichnungen verschiedener Ermittlungsbehörden und Sonderkommissionen. Er entfernte den Plastikdeckel von seinem Kaffeebecher und nahm einen langen geräuschvollen Schluck.

Frances schlug die Beine übereinander und versuchte, es sich in dem abgenutzten Lehnstuhl gemütlich zu machen, aber fühlte stattdessen nur die Federn durch das Schaumstoffkissen stechen. Elvis tigerte vor der Fensterscheibe auf und ab. Scheinbar stellte er Berechnungen mithilfe seiner Finger an.

»Was können Sie uns über Carl LeFleur sagen?«, fragte Mark.

Frances berichtete das Wenige, das sie wusste, dazu auch die Verdächtigungen ihres Onkels und ihr gescheiterter Versuch, mit ihm zu reden. »Soweit ich weiß, liebte Hope ihn sehr. Sogar ihr Verlobter gesteht das ein.«

»Kann ich mir vorstellen. Carls Blutgruppe – o negativ – passt zu dem Sperma, das wir in Hopes Magen gefunden haben.«

»Wir haben gestern die Akten der Notaufnahmen kontrolliert«, erklärte Elvis. »Vor ungefähr acht Monaten ist er dort wegen eines ziemlich ernsthaften Schwertfischstichs gewesen.«

»Wie hat er sich den denn als Hummerfischer geholt?«, fragte sie.

»Keine Ahnung. Ich kann nur sagen, was im Bericht steht. Aber o negativ ist relativ selten.«

Mark blätterte durch ein paar Papiere auf seinem Tisch. »Die Spurensicherung teilt mit, dass der Schlüssel, der in Hopes Zimmer gefunden wurde, zu einem Bootsmotor gehört. Das hätten wir uns ja auch denken können, bei dem Korken. Offenbar ist es eine verbreitete Methode, einen Schlüssel an etwas zu befestigen, das schwimmen kann, für den Fall dass er mal über Bord fällt. Auf jeden Fall bereiten wir einen Durchsuchungsbefehl für die …«, er unterbrach sich und sah auf einen gelben Notizzettel, »die *Lady Hope* – netter Name übrigens – vor, um rauszufinden, ob er da passt. Ich würde darauf wetten. Das einzige Problem ist, dass wir einen Richter brauchen, der uns den Durchsuchungsbefehl unterschreibt, und das wird heute schwierig werden. Heute findet ein Wohltätigkeits-Golfturnier für einen Officer statt, der vor ein paar Jahren bei der Ausübung seiner Pflicht getötet wurde. Daran nimmt so ziemlich der gesamte Kriminaljustizapparat teil. Ich wäre auch dort, wenn das hier nicht wäre.«

»Ich weiß das zu schätzen«, sagte Frances anerkennend.

»Was ist mit Penelope Lawrence?«, fragte er.

»Sie ist die Tochter meiner Tante aus deren erster Ehe. Sie

ist eine recht anerkannte Anwältin. Meine Tante sagt, dass sie unglaublich viel arbeitet. Single, keine Kinder.«

»Was für eine Beziehung hatte sie zu Hope?«

»Nicht besonders eng, wenn ich mich nicht täusche. Es gab Eifersüchteleien.« Als sie so sprach, merkte Frances, dass sie das Ausmaß der Animosität zwischen den Halbschwestern herunterspielte. Das betraf auch das Ereignis, bei dem sie selbst Zeugin gewesen war. Es war Jahre her, dass sie an diese schicksalhafte Segeltour gedacht hatte. Die drei Mädchen in einem umgeschlagenen Boot, ihre eigenen verzweifelten Versuche, ihre Cousine zu retten, und der Blick in Penelopes Augen, als sie am Strand stand, hasserfüllt, böse. Warum hast du keine Hilfe geholt? Frances hatte nie weiter darüber gesprochen. Sie wollte einfach glauben, dass sie Penelopes Verhalten missverstanden hatte. Penelope war noch ein kleines Mädchen gewesen. Vielleicht hatte sie eine solche Angst gehabt, dass sie einfach nicht helfen konnte, obwohl sie es wollte. Aber was, wenn sie, was Frances nur ungern vermutete, tatsächlich gewollt hatte, dass Hope ertrank? An jenem Tag war sie gescheitert, aber hatte sich im Laufe der Jahre vielleicht so viel Wut in ihr angesammelt, dass sie das andere Kind ihrer Mutter töten würde? Das schien sehr weit hergeholt. »Sie hatte auch eine kurze Beziehung zu Jack Cabot.«

»Ihre Fingerabdrücke waren auf dem Deckel der Tablettenflasche, die wir mitgenommen haben, in der wahrscheinlich das Meprobamate war.« Er sah auf. »Ich weiß nicht recht, was ich davon halten soll.«

»Darf ich Sie etwas fragen?«, sagte Frances, obwohl ihr klar war, dass sie, unabhängig von seiner Antwort, die Frage in jedem Fall stellen musste. »Meinen Sie, dass die Tabletten, die Hope eingenommen hatte, sie entspannt und vielleicht auch ein wenig benommen gemacht haben?«

»Ja. Meprobamate ist ein recht starkes Mittel gegen Angstzustände, und ihre Dosis war ziemlich hoch.«

»Maggie hat gesagt, es gäbe keine Anzeichen für einen Kampf. Das passt doch zu der Tatsache, dass Hope wahrscheinlich nicht imstande war, viel Widerstand zu leisten.«

»Und?«, fragte Mark.

»Das heißt, dass selbst jemand, der nicht viel stärker war, und der normalerweise nicht in der Lage gewesen wäre, sie zu überwältigen, sie hätte erwürgen können«, vollendete Elvis ihren Gedanken. »Auch eine Frau.«

»Wollen Sie mir erzählen, dass Penelope der Mörder ist?«

»Ich erzähle Ihnen gar nichts. Ich möchte nur nichts übersehen. Gibt es irgendeine Spur, was das gefundene Geld angeht?«, fragte sie und dachte dabei an die zehntausend Dollar, die die Polizei im Hause der Lawrences sichergestellt hatte.

»Keine Fingerabdrücke, falls Sie das meinen. Woher es kam, und warum es da lag? Also, dass könnte man getrost als offene Frage bezeichnen. Vielleicht gibt es ja auch gar keinen Zusammenhang. Wir werden Einsicht in die Kontoauszüge bekommen, aber ich wette, dass die Konten von Carl nicht annähernd eine derartige Summe aufweisen werden.«

»Aber das ist es ja eben. Keiner weiß, woher es kommt, und Sie sagen mir, es habe mit Ihrem Verdächtigen nichts zu tun. Woher kommt es denn dann?«

»Vielleicht hatte irgendein Gast auf der Hochzeit vor, Stoff zu kaufen. Es gibt hundert mögliche Erklärungen dafür. Aber ich denke, sie führen uns nicht weiter.«

Frances war anderer Meinung. Die Leute an der North Shore gingen mit Geld vorsichtig um. Es war doch unwahrscheinlich, dass jemand dort eine derartige Summe bar in der Tasche hatte, und es gehörte auch nicht gerade zu den Traditionen der Episkopalkirche, Braut und Bräutigam beim Hochzeitsempfang Scheine zuzustecken.

»Warum sind Sie so von Carls Schuld überzeugt?«, fragte sie.

»Wer hat denn gesagt, dass ich überzeugt bin? Es gefällt mir einfach, wie die Beweise zusammenpassen.« Frances' Gesichtsausdruck musste ihre Skepsis verraten haben, denn er fügte hinzu: »Wieso denken Sie, dass er nicht schuldig ist?«

»Abgesehen von der Tatsache, dass er sie geliebt hat?«

»Kommen Sie, Frances. Wir sind hier nicht im Märchen. Verbrechen aus Leidenschaft. Das passiert jeden Tag.«

»Und warum hat er sich dann die Mühe gemacht, einen Selbstmord vorzutäuschen?«

»Vielleicht hatte er Grund anzunehmen, dass ein Selbstmord plausibel erscheinen würde. Dann würde er nicht erwischt werden. Die meisten Leute wissen nicht, dass die Polizei trotzdem ermittelt.«

Vielleicht. Ihr Eindruck von Carl war allerdings, dass er ziemlich gut wusste, wie die Gesetzesmaschinerie lief.

»Ist Ihr Onkel denn bereit, die beiden Anklagepunkte weiter zu verfolgen?«, fragte Elvis. Frances hatte die Auseinandersetzung zwischen Bill und Carl an Hopes Hochzeitstag beschrieben, und das Verhalten von Carl würde sicher eine Anklage wegen tätlicher Bedrohung und Körperverletzung rechtfertigen.

»Ich habe ihn gefragt, nachdem wir darüber gesprochen haben«, erwiderte sie. »Und er war zögerlich, sehr zögerlich.« Sie dachte an das kurze Gespräch zurück, das sie mit Bill geführt hatte und begriff, dass ihre knappe Beschreibung nicht im Entferntesten seine Reaktion wiedergab. Er hatte sich sehr entschieden geäußert. »Ich will mit diesem Mann nichts zu tun haben«, hatte er fast geschrien. Sie hatte versucht, ihm zu erklären, welche Vorteile es haben würde, ihn anzuzeigen. Das würde der Polizei wenigstens ermöglichen, ihn zu einer Befragung mitzunehmen. Aber Bill wies ihre Bitten zurück. »Ich weiß, dass er gefährlich ist, aber die Polizei sollte nicht von mir verlangen, ihnen einen Grund zu liefern, ihn von der Straße zu holen.« Seine Antwort schien seltsam, wenn man bedachte, dass er selbst ursprünglich den Hinweis gegeben hatte, dass die Polizei sich auf Carl konzentrieren solle, aber mit Michaels Verhaftung war das Thema dann gestorben.

»Vielleicht wird er seine Meinung ändern, wenn er hört, was wir jetzt wissen«, sagte Elvis. »Letztendlich wird doch wohl jeder den Mörder seiner Tochter verfolgen wollen.«

26

Die Anwaltskanzleien von Hallowell und McKenzie, die im achtundzwanzigsten bis dreißigsten Stock von Exchange Place, dem Zentrum des Bostoner Finanzviertels, lagen, strahlten Erfolg aus. Frances und Elvis saßen in dem mahagonigetäfelten Empfangsraum auf dunkel gestreiften Sofas und warteten mit der Wochenendrezeptionistin auf Penelopes Sekretärin, die sie abholen sollte. An den Wänden hingen Reihen mit unpersönlichen Schwarz-Weiß-Fotografien von Männern in Anzug und Krawatte, die alle den Besucher anzuschauen schienen. Broschüren auf den Beistelltischen wiesen auf die verschiedenen Fachgebiete der Firma hin, auf die Stärken und die Fertigkeiten ihrer Partner und den überragenden Service, den sie anbieten konnten. Einige salopp gekleidete Anwälte durchquerten rasch den Empfangsraum auf dem Weg zur Bibliothek, die im Stock darunter lag.

Nachdem sie gemeinsam mit Elvis die Staatsanwaltschaft verlassen hatten, hatte Frances Penelope zu Hause in Back Bay angerufen. Als sie nicht abnahm, beschlossen sie, sie in ihrem Büro aufzusuchen. Die meisten Anwälte verbringen wenigstens einen Teil des Wochenendes bei der Arbeit, und es war den Versuch wert. Außerdem mussten sie sowie ein paar Stunden warten, bis Mark den Durchsuchungsbefehl für Carls Boot ausgestellt und einen Richter gefunden haben würde, um ihn unterschreiben zu lassen.

Es stellte sich heraus, dass sie Glück hatten. Penelope war seit kurz nach zehn im Büro, das konnte man dem Buch der Rezeptionistin entnehmen.

Maria, eine Frau von starkem Körperbau mit schwarzem Haar und dick umrandeter Brille, erschien in rosafarbenen Bermudashorts und geleitete sie den Flur hinunter zu Penelopes kleinem Büro. Es war kärglich möbliert mit einem Sofa mit Schonbezug, einem Bücherregal mit ordentlich aufgereihten Ordnern und einem großen Tisch, auf dessen einer Ecke eine Kollektion mit Firmenklötzchen arrangiert war – ein Werbegeschenk für die Mandanten und Berater. Die Diplome von Dartmouth College und der Harvard Law School in schwarzen Lackrahmen schmückten die ansonsten kahlen Wände. Auf dem Tisch standen ein Aschenbecher mit einigen Zigarettenkippen und eine Vase mit orangefarbenen Rosen. Penelope stand hinter ihrem Schreibtisch in zerknautschten Leinenhosen, das T-Shirt lose heraushängend. Sie sah blass aus, und ihre Augen waren rot. Frances zwang sich zu einem Lächeln, das Penelope nicht erwiderte, und Elvis reichte ihr die Hand, aber auch seine Geste blieb unerwidert. Penelope blieb starr stehen, die Arme vor der Brust verschränkt. »Was wollen Sie?«, fragte sie kurz angebunden.

»Es tut mir Leid, aber ich muss das machen«, meinte Elvis, als er anfing, ihr ihre Rechte vorzulesen.

»Ich kenne meine Rechte. Sagen Sie mir einfach, was Sie wollen, und warum Sie hier sind.« Elvis griff in seine Tasche und holte den Vordruck für eine Verzichtserklärung heraus. »Ich werde alles unterschreiben. Lassen Sie es uns nur einfach hinter uns bringen. Es ist auch so schon entsetzlich peinlich für mich, dass Sie hier auftauchen. Aber das war ja wahrscheinlich ein Teil des Plans, oder?«

»Wir wollten Sie einfach nur finden«, antwortete Elvis, ehe

Frances etwas sagen konnte. »Wir hatten nicht damit gerechnet, dass hier so viele Leute sind.«

»Es ist schwer genug, Partner zu werden. Wehe, wenn Sie da mal am Wochenende nicht hier sind.«

»Das glaube ich«, sagte Elvis und versuchte die Stimmung ein wenig aufzulockern.

»Was wollen Sie mich fragen?«

»Was haben Sie in Hopes Zimmer gemacht, kurz bevor die Hochzeitszeremonie anfangen sollte?«, fragte Elvis.

»Ich weiß nicht, wovon Sie reden.«

»Ich möchte nicht unhöflich sein, aber das stimmt nicht. Wir haben einen Augenzeugen, der Sie in Hopes Zimmer gesehen hat, und das weniger als eine Stunde bevor sie gefunden wurde.«

»Ach wirklich, ja?«, erwiderte sie sarkastisch. »Das ist ja großartig.« Sie zog ihre Schreibtischschublade auf und holte eine Packung Marlboro Lights heraus. »Stört es Sie, wenn ich rauche?«, fragte sie, obwohl ihr Tonfall deutlich machte, dass es sie nicht interessierte, was die anderen darüber dachten. Sie zündete sich eine Zigarette an und nahm einen langen Zug, legte ihren Kopf in den Nacken und atmete den Rauch zur Decke aus. »Dieser Catering-Typ hat Hope ermordet. Bitte lassen Sie mich in Ruhe. Das ist für meine Familie alles schon schlimm genug.« Sie sah zu Frances.

»Penelope, warum sagst du uns nicht einfach, was passiert ist, was du weißt?«

»Warum meinst du, dass ich irgendetwas weiß? Bin ich meiner Schwester Hüterin?«, Penelope drehte ihnen den Rücken zu und starrte aus dem Fenster.

»Vielleicht schreit die Stimme des Blutes Ihrer Schwester aus der Erde«, schlug Elvis vor, indem er ihren Bezug auf die Bibel aufgriff.

»Was hast du in ihrem Zimmer gemacht?«, fragte Frances. Das Zittern in ihrer Stimme zeigte, wie unangenehm ihr die ganze Situation war. Diese Anrufung des berühmtesten Beispiels von Geschwisterrivalität wirkte auf sie besonders quälend.

»Ich weiß gar nicht, was das alles soll.«

»Wir müssen wissen, was du in Hopes Zimmer gesehen hast, woran du dich erinnerst. Das könnte uns wirklich helfen.« Sie klang flehender, als sie eigentlich wollte.

»Ich will, dass ihr geht«, murmelte Penelope, und in ihrer Stimme klang nicht der leiseste Zweifel mit.

»Hören Sie. Wir versuchen, das hier wirklich auf die einfachste Weise zu erledigen. Aber glauben Sie mir, es kann alles auch viel schwieriger werden«, sagte Elvis. »Hopes Mörder ist immer noch auf freiem Fuß, und wir sind ziemlich sicher, dass Sie etwas wissen, was Sie uns nicht sagen.«

»Was könnte ich Ihnen sagen?«, fragte sie und ließ sich auf ihren Stuhl fallen. Ihre Finger umklammerten ihre Arme, und die Knöchel wurden weiß. »Mein Schwester ist tot, aber ich habe sie nicht angerührt. Und ich weiß nicht, wer es getan hat. Ja, ich war in ihrem Zimmer, aber ich habe sie nicht gesehen.« Sie seufzte in einer Mischung aus Erschöpfung und Verzweiflung.

»Warum sind Sie reingegangen?«

Penelopes Schultern sanken herab, und sie beugte sich vor und bedeckte ihr Gesicht mit den Händen. »Am Morgen der Hochzeit bat sie mich, ihr ein Medikament zu bringen, das Mom in ihrem Schlafzimmer hatte. Ich erinnere mich nicht einmal an den Namen des Medikaments. Sie sagte, sie bräuchte es ganz dringend.« Ihre Worte schienen in dem Raum nachzuklingen, und weder Frances noch Elvis antworteten sofort, sondern warteten darauf, dass der Klang verhallte.

»Haben Sie es für sie besorgt?«

Penelope blickte auf. »Sie wollte die Pillen. Sie hatte Schmerzen und Angst, war mit den Nerven wirklich fertig. Sie wusste, was es für ein Medikament war und wo ich es finden konnte. Alles, was ich gemacht habe, war, es ihr zu bringen. Es war ein Botendienst, nicht mehr.«

»Haben Sie gesehen, dass Hope welche davon genommen hat?«

»Nein.«

Frances dachte nach. Hatte Hope bei dem Essen mit Teddy nicht schon gewirkt, als stünde sie unter Beruhigungsmitteln? Frances hatte ihr seltsames Verhalten auf die Aufregung vor der Hochzeit zurückgeführt. »Was passierte dann, nachdem du die Tabletten für sie geholt hattest?«

»Sie hat mich mit ihrem süßen Lächeln angelächelt. Dann hat sie sich bedankt. Gedankt dafür, dass ich ihre Schwester sei. Das war's. Ich bin dann gegangen.«

Frances ging ein paar Schritte auf ihre Cousine zu und sprach mit leiser Stimme: »Wusste Hope von deinen Gefühlen für Jack?«

Penelopes Augen wurden groß, als sie den Namen hörte. Dann schüttelte sie den Kopf. »Nein, oder jedenfalls glaube ich es nicht. Ich habe ihr nie etwas gesagt.«

»Kennst du Carl LeFleur?«

»Hopes anderen Freund? Ich bin ihm nie begegnet.«

»Hast du irgendjemand anders davon erzählt, dass du ihr das Medikament gebracht hattest?«

»Nein.«

»Die Sache, von der Sie sprechen, geschah einige Stunden vor der Zeitspanne, die uns interessiert«, sagte Elvis. »Warum gingen Sie kurz vor der Zeremonie nochmals in ihr Zimmer?«

Penelope fing an zu weinen. Ihre Schluchzer wurden lauter, und sie packte ihr Haar mit ihren Händen, als wolle sie es sich ausreißen. Sie putzte sich die Nase und wischte sich die Augen, offensichtlich um die Fassung wiederzugewinnen, wurde aber sofort wieder von Tränen überwältigt. Als sie schließlich redete, musste sie zwischen den vom Weinen gedämpften Worten immer wieder nach Luft ringen. »Ich wusste, dass Hope Probleme hatte. Jeder konnte das sehen. Sie war verzweifelt darüber, heiraten zu sollen. Als sie mich um die Medikamente bat, habe ich sie ihr geholt, aber nicht weil ich ihr helfen wollte, sondern weil ich wollte, dass sie sich lächerlich macht. Ich habe mir das so vorgestellt, dass sie, wenn sie unter Medikamenten stünde, vielleicht auf ihrem Teller einschlafen oder irgendetwas total Unpassendes sagen würde oder nicht in der Lage wäre zu tanzen. Ich wollte, dass Bill und Mom und vor allem Jack sähen, wie unmöglich sie war. Ich wollte, dass sie sich einmal so richtig in die Scheiße setzen würde, sodass es niemand vergisst.« Penelope schauderte, als ob es ihr schwer fiele, ihre eigenen Worte zu hören. »Ich bin nicht stolz auf das, was ich getan habe. Aber ich habe ihr nichts getan.«

Elvis sah schnell zu Frances hinüber, offensichtlich erstaunt über dieses Geständnis. Frances schloss einen Moment lang die Augen und dachte daran, wie schmerzhaft es für ihre Tante und ihren Onkel sein würde, diese Worte zu hören.

»Warum, werden Sie sich jetzt fragen. Schließlich war ich doch ihre Schwester. Frances weiß es. Sie weiß, dass ich Hopes Mann wollte. Ich wollte Jack für mich allein. Aber ich hatte keine Chance. Er war so verknallt in sie, dass sie gar nichts falsch machen konnte. Eine öffentliche Demonstration ihrer Unfähigkeit, das sollte seine Strafe sein, eine Erinnerung daran, dass er besser mich genommen hätte.«

Sie wandte sich ab und ging zum Fenster hinüber. Sie sah hinaus über Downtown Boston und den Faneuil-Hall-Marktplatz, der voller Touristen war. »Ich bin nicht Bills Tochter, und dieser halbe Unterschied zwischen mir und Hope schuf einen Abgrund zwischen uns, zwischen unseren Lebensumständen und der Art, wie wir angenommen wurden. Mein ganzes Leben lang war ich immer die Zweite«, sagte sie und biss die Zähne zusammen. »Wenn man mich ansieht, und was ich erreicht habe, das hat alles nie genügt. Ich wurde zum Phi Beta Kappa ernannt. Ich absolvierte die Law School. Ich bin auf dem Weg zu einer Partnerschaft in einer guten Firma. Ich verdiene gutes Geld und besitze eine Wohnung. Aber nichts, was ich tat, konnte unsere Rangordnung ändern. Hope war das geliebte Kind. Erst als sie tot war, hat man mir gesagt, dass sie adoptiert war. Bill verkündete vor der Trauerfeier für meine Halbschwester ganz einfach, dass wir nicht blutsverwandt gewesen seien. Gott, wie krank das ist. Ich erinnere mich nur noch daran, das ich als Kind eine Weile bei Teddy gewesen bin, und als ich nach Hause zurück kam, hatte Mom ein Baby. Ich war drei Jahre alt. Plötzlich waren sie die perfekte Familie. Ich war der Zusatz, irgendetwas, das nicht reinpasste. Wie die Kids in der Sesamstraße singen: ›Eins von diesen Sachen ist nicht wie die andern. Eins gehört nicht dazu.‹ Das war ich. Das fünfte Rad am Wagen, das nicht in das Bild passte.«

Frances konnte nicht verstehen, dass in dem einladenden Heim, das Adelaide geschaffen hatte, eine solche Wut herrschen konnte. Aber sie musste auch zugeben, dass sie immer nur kurz in dem Haus gewesen war, es waren nur sporadische Besuche gewesen, die wohl kaum die Essenz eines Familienlebens einfangen konnten. Und sie wusste besser als jeder andere, wie hart es war, das Produkt aus einer ersten, gescheiterten Ehe zu sein.

»Ich werde niemals Kinder haben. Es ist einfach zu leicht, sie kaputtzumachen. Ein vergessenes Feld-Hockeyspiel, eine gute Schulnote, die unbeachtet bleibt – ich war jedes Mal mit Scham erfüllt und fühlte mich unzulänglich. Weil Bill und Mutter mich so behandelt haben, habe ich ein ganzes Leben gebraucht, um mich selbst zu akzeptieren und die, die ich jetzt bin, nicht zu hassen. Als Jack mich zurückwies und stattdessen sie nahm, hatte ich wieder dieses Gefühl des Scheiterns. Ich hasse sie alle. Jetzt haben Mom und Bill das Symbol ihrer besonderen Verbindung verloren, und nichts kann sie zurückbringen.« Sie setzte sich wieder an ihren Tisch, schob einen

Stapel Papiere beiseite und bettete ihren Kopf auf die Arme. Dann richtete sie sich auf und sagte: »Aber vielleicht haben sie das verdient.«

Frances hörte wie betäubt zu. Die Übermacht der Wut, die Kraft der seelischen Verletzung erfüllten Penelope mit Selbstgerechtigkeit. Sie schien wie besessen.

»Aber als sie dann nicht rechtzeitig in der Kirche auftauchte, bekam ich es mit der Angst zu tun. Ich weiß nicht, was ich dachte, aber weil sie so verzweifelt gewesen war, fürchtete ich plötzlich, sie könnte zu viele Tabletten genommen haben. Also ging ich zurück, um nach ihr und nach den Tabletten zu sehen. Ich habe weder sie noch die Tabletten gefunden.« Sie ging zum Fenster und sah auf die Stadt hinaus. »Ich bin aus einem Schuldgefühl heraus in dieses Schlafzimmer gegangen, das ich nicht hätte haben müssen. Es sagte: ›Was, wenn sie sich etwas antut? Und wenn sie es tut, wird man dann mir die Schuld zuschieben?‹ Ich beschloss, die Tabletten wegzunehmen. Als sie dann nicht dort war, merkte ich, dass ich überreagiert hatte. Ich dachte, sie sei in die Kirche gegangen. Ich hätte nie gedacht …« Sie verstummte.

Der Hass ihrer Cousine, ein Hass, der aus einem geringen Selbstwertgefühl gewachsen war, schockierte Frances. Sie wusste nicht, ob sie wütend oder traurig sein sollte. Sowohl Hope als auch Penelope hatten furchtbar unter irgendeiner fehlgeleiteten Kraft innerhalb ihrer Familie gelitten, sie hatten dem nur auf unterschiedliche Weise Ausdruck verliehen. Sie musste Sam anrufen, seine Stimme voller Freundlichkeit und Rücksichtnahme hören, um sich daran zu erinnern, dass es noch solche Qualitäten in den Menschen gab, die sie kannte. Als Elvis und sie sich trennten, sagte sie ihm, dass sie den Pendlerzug nach Manchester nehmen würde. Er war bisher so rücksichtsvoll gewesen, den Chauffeur zu spielen, aber jetzt musste sie allein sein.

Der fast drei Meilen weite Weg vom Bahnhof zum Haus der Lawrences gab ihr neue Kraft. Sie ging schnell, schwang ihre Arme und dehnte ihre Muskeln. Am Eingang zur Auffahrt blieb sie kurz stehen und atmete tief ein. Sie spürte, wie die salzige Seeluft ihre Lungen füllte. Die Autos ihrer Tante und ihres Onkels standen in der Auffahrt, und sie wusste, dass sie hineingehen und sie über den Stand der Ermittlungen in Kenntnis setzen sollte. Aber sie wusste nicht, ob sie das Gespräch ertragen würde. Die Verhaftung von Michael Davis hatte ihnen allen das Gefühl gegeben, als wäre jetzt alles abgeschlossen, und die jüngsten Entwicklungen würden sicher viel Schmerz mit sich bringen. Wie sollten sie ihr Leben weiterleben in dem Wissen, dass ein Mitglied der Familie sich gegen das andere gekehrt hatte, und dass die Art, wie sie ihre beiden Töchter erzogen hatten, solch eine erbitterte Feindschaft erzeugt hatte?

Frances' Gedanken kehrten zu dem Mord an Clio, ihrer eigenen Stiefmutter, vor mehr als einem Jahr zurück. Damals hatte sie sich wie losgelöst gefühlt, betäubt von dem Erlebnis und doch getrieben von dem Drang, ihrem Vater zu beweisen, dass sie helfen und dass sie den Mörder finden könnte. Alles, was sie vorgefunden hatte, war eine Familie, die so zerrissen und seelisch verletzt war, dass sie sich gegen die eigenen Mitglieder gewandt hatte, wie ein wildes Tier, das seine Jungen frisst. Aber sie hätte nie damit gerechnet, dass auch in ihrer weiteren Verwandtschaft Gewalt und Hass so verbreitet waren. Es schien unerträglich, dass auch Adelaides Familie von einem bösen Geist besessen war. Vielleicht war die einzige Rettung für sie, dem Terror dieses Gen-Pools ein für alle Mal den Rücken zu kehren.

Anstatt ins Haus zu gehen, lief sie den schmutzigen Weg zum Gäste-Cottage hinunter, das Teddy ihr Zuhause nannte. Hunderte von Malen war sie hier als Kind entlanggelaufen und hatte die Piniennadeln unter ihren nackten Füßen gespürt. Der schmale Pfad hatte eine magische Ausstrahlung, wie er sich so durch die Bäume schlängelte, und sie erinnerte sich, wie stark er immer ihre Vorstellungskraft beflügelt hatte. Sie hatte Hänsel und Gretel gespielt, die im Wald Brotkrumen verstreuten, hatte sich vorgestellt, ein Ornithologe zu sein, der eine seltene Vogelart verfolgte, oder ein Detektiv auf der Suche nach Spuren. Unbegrenzte Möglichkeiten. Das waren die Sommer in Manchester gewesen. Ihr Fantasie konnte sich emporschwingen, weil das Leben selbst einfach war: Es gab eine Alltagsroutine, ein festes Universum und nur wenig Überraschungen. Die Eisdiele bot nur fünf verschiedene Sorten – Vanille, Schokolade, Erdbeer, Nuss und Pfefferminz – und für einen Vierteldollar bekam man tatsächlich fünfundzwanzig Teile Süßigkeiten. Im Fahrradladen wurden die Reifen umsonst aufgepumpt. Eine Tragödie war hier, wenn einem der Drachen in einem Baum festsaß oder man seinen Tennisball in einem Beet mit giftigem Efeu verlor. Zwanzig Jahre waren doch nicht so lang, dass sich die Welt derart verändern konnte.

»Teddy!«, rief sie, als sie die Fliegentür öffnete. Sie trat ein und die Tür schwang hinter ihr zu. Die drei Hunde ihrer Großmutter erhoben sich langsam von dem gewebten Teppich und kamen, um den Neuankömmling zu beschnuppern. Frances beugte sich herunter und kraulte ihnen die Köpfe. »Teddy!«, rief sie wieder.

»Ich bin hier.«

Die Hunde tappten langsam hinter ihr her, als sie durch das Wohnzimmer in Richtung der Stimme ging. Sie hörte seltsame elektronische Geräusch, denen eine computergesteuerte Stimme folgte: »Willkommen. Sie haben Post.« Als sie um die Ecke spähte, sah sie ihre Großmutter in einem rosafarbenen Steppbademantel und passenden Hausschuhen an einem kleinen Holztisch sitzen und auf einen Monitor starren. Sie hatte die verschossenen Spitzenvorhänge zugezogen, damit sich die Nachmittagssonne nicht in dem Bildschirm spiegelte.

Trotzdem hielt sie ihr Gesicht nur wenige Zentimeter vom Monitor entfernt. Mit ihrer arthritischen rechten Hand fuhr sie mit der Maus herum und klickte auf ein Feld.

Frances kicherte.

»Und was findest du so witzig?«, fragte Teddy ohne die geringste Spur von Humor in ihrer Stimme.

Sie wusste nicht, was sie antworten sollte. Ihre Großmutter war ihr zwar schon immer progressiv erschienen, aber die Vorstellung von Teddy im Internet schien trotzdem unglaublich.

»Dieser verdammte Rechner ist so langsam. Bea hat mir erst gestern gesagt, ich solle mir irgendeinen superschnellen Anschluss von der Kabelgesellschaft besorgen, und ich glaube, sie hat Recht. Ich weiß nur nicht, ob ich den hier kriege.«

Frances hielt die Hand vor den Mund, um einen weiteren Heiterkeitsausbruch zu verhindern. Sie stellte sich die Gruppe von Frauen vor, alle über achtzig, die während eines Lunchs oder einer Partie Mahjongg im Singing-Beach-Club die Vor- und Nachteile von Kabel- gegenüber Telefonverbindungen diskutierten. »Wo hast du das gelernt?«

»Jetzt tu mal nicht so überrascht. Ich habe es so gelernt, wie alle es lernen. Ich habe Bill gebeten, mir einen Computer zu besorgen, und er hat mir diesen hier bestellt. Er wusste dann einen netten Kerl, der kam her und hat alles eingerichtet. Er hat mir die Grundlagen erklärt und hat mich dann mit ein paar Büchern für Anfänger am Computer allein gelassen. Den Rest habe ich mir selbst beigebracht.«

»Kriegst du E-Mails?«

»Aber ja. Vielleicht schicke ich dir ja mal eine, wenn du aufhörst, so blöd zu grinsen.«

»Du überraschst mich immer wieder aufs Neue«, sagte Frances. »Was machst du jetzt?«

»Ich sehe nach, ob der Kanzler mir auf meine Fragen geantwortet hat.«

»Der Kanzler?«

»Von der Diözese der Episkopalkirche. Er ist ein hochgelobter Anwalt und gleichzeitig ein schrecklich netter Mann, der eine Kanzlei in Boston hat.«

»Wie hast du ihn kennen gelernt?«

»Ich habe ihn nicht kennen gelernt. Wir haben nur über E-Mail kommuniziert. Ich nahm an, dass er nicht so schnell denken würde, dass ich eine alte Gans bin, wenn ich den Kontakt auf den Computer beschränke. Wahrscheinlich glaubt er, ich sei sowohl jünger als auch vernünftiger als ich tatsächlich bin.« Sie sah über ihre Schulter zu Frances und lächelte. »Ich versuche, etwas über Vater Whitney herauszufinden.«

»Was denn herauszufinden?«

»Was immer ich finden kann.«

»Warum?« Teddy hatte zwar in den letzten Wochen mehrmals erwähnt, dass sie der Church of the Holy Spirit mit Skepsis gegenüberstand, aber ihre Kommentare hatten sich immer auf den schlechten Einfluss beschränkt, den sie auf Hope hatte.

»Die Cabots haben doch diese Stiftung zum Gedenken an Hope ins Leben gerufen, und Adelaide möchte, dass das Geld der Kirche zugute kommt. Also, unter uns gesagt, glaube ich, dass sie nur ihren Weg in den Himmel pflastern wollen. Viel Glück, kann ich da nur sagen. Aber worum es mir wirklich geht, ist die Frage, ob eine so kleine Kirche überhaupt in der Lage ist, mit so viel Geld und einer so großen Verantwortung umzugehen. Ich möchte wissen, ob die Dollars dafür ausgegeben werden, die Gemeindehalle umzugestalten, oder ob wir für das Geld einen richtig guten christlichen Gottesdienst bekommen werden. Ich fände es furchtbar, wenn es vergeudet würde«, erwiderte Teddy.

»Vater Whitney macht eigentlich nicht diesen Eindruck.«

»Er ist seinen Schäfchen vielleicht sehr zugetan, aber Geld kann einen Menschen verändern. Man sagt, man müsse frommer sein als ein Priester, um es sich nicht zu Kopf steigen zu lassen.«

»Ich dachte, den wahrhaft Frommen sei Geld egal. Gibt es da nicht so eine Mentalität des ›Gott wird sich schon um alles kümmern‹?«, sagte Frances mit einer ordentlich Portion Sarkasmus.

Teddy seufzte. »Ich sehe schon, dass du eine Sache von mir geerbt hast.« Mit diesen Wort wandte sie sich wieder ihrem Computer zu. »Also, entschuldige mich bitte, aber ich habe sehr viel zu tun.«

»Viel Glück.« Frances klopfte ihr auf den Rücken und überließ sie ihren Versuchen, mit dem Kanzler der Episkopalkirche virtuell zu kommunizieren.

Frances schlüpfte durch die Hintertür, blieb kurz in der Küche stehen, um sich aus der großen Blechdose beim Toaster einen selbst gemachten Chocolate-Chip-Cookie zu holen, und stieg dann, immer zwei Stufen auf einmal nehmend, die Treppe zum zweiten Stock hoch. Sie wollte unbemerkt in ihr Zimmer kommen. Als sie die Tür aufmachte, sah sie, dass jemand in ihrer Abwesenheit sauber gemacht hatte. Das Bett war gemacht, auf dem Stuhl lag ein Stapel frischer Handtücher, und ihre Wäsche war gewaschen und gefaltet worden. Die Wunder einer Haushälterin.

Auf dem Nachttisch neben dem Telefon entdeckte Frances zwei Nachrichten. Eine besagte, dass Elvis angerufen hatte. Die andere war von Adelaide, die ihr mitteilte, dass es um neunzehn Uhr Abendessen geben würde. Sie sah auf die Uhr. Da blieben ihr nur dreiunddreißig Minuten. Es war ein langer Tag gewesen, und was sie jetzt wirklich brauchte, war ein heißes Bad, ein Glas Wein und dann ein Bett.

Sie warf sich auf eines der zwei Betten, streifte ihre Schuhe ab und streckte die Arme über den Kopf. Dann griff sie nach dem Telefon und wählte Sams Nummer. Er nahm nach dem zweiten Klingeln ab.

»Alles in Ordnung?«, fragte er.

Frances biss sich auf die Lippe und merkte, dass schon der ermunternde Klang seiner Stimme ausreichte, um ihre Augen mit Tränen zu füllen. Die Kombination aus Stress, Erschöpfung und Trauer verlangte ihren Tribut. Er wiederholte seine Frage. »Mir geht's gut«, erwiderte sie. »Ich vermisse dich einfach nur.«

»Fanny, mich kannst du nicht an der Nase herumführen. ›Mir geht's gut‹ ist die Formulierung, die du am allerwenigsten magst. Das heißt, es geht dir nicht gut, aber du willst nicht darüber reden. Du bist nicht Atlas, der die Welt allein auf seinen Schultern tragen muss.«

»Wie geht es den Hunden?«

»Großartig. Ich bin sicher, dass sie dich vermissen, wenn du das hören willst. Ich hatte sie den ganzen Tag mit dem Traktor draußen, und sie sind völlig erledigt nach Hause gekommen. Sie müssen ungefähr fünfzig Runden um dieses Feld gelaufen sein. Der Herdentrieb ist mit ihnen durchgegangen.«

Frances schloss die Augen und stellte sich die Szene vor: Sam fuhr auf seinem John-Deere-Traktor und pflügte die weiche braune Erde, um sie für die Bepflanzung im Frühjahr vorzubereiten, während ihre verrückten Hunde ihre eigenen Schwänze jagten. Sie wünschte, sie wäre dort.

»Irgendwelche Spuren?«, fragte er.

»Es ist so viel passiert«, begann Frances und erzählte, was sie bis dahin erfahren hatte. Was sie beschrieb, klang beinah surreal, und die Einzelheiten laut zu wiederholen, ließ die Geschehnisse noch seltsamer erscheinen: Michaels Verhaftung, dann seine Beschuldigungen gegen Penelope und Carl und immer noch die vielen offenen Fragen. Als sie fertig war, schwieg Sam für einen Moment. Sie hörte seinen Atem am anderen Ende der Leitung.

»Das tut mir Leid«, sagte er schließlich.

»Da muss dir nichts Leid tun«, sagte Frances und versuchte souverän zu klingen. »Aber danke trotzdem.«

»Es tut mit Leid, weil ich weiß, wie hart so eine Ermittlung ist. Es ist doch auch deine Familie, und nach dem, was du mir erzählst, habe ich das Gefühl, als würden da gerade ein paar Kindheitsillusionen zerstört, und das ist vielleicht schlimmer als alles andere.«

Sam besaß die Fähigkeit, wahrzunehmen, was sie wirklich fühlte, ohne dass sie über ihre Empfindungen reden musste. Sie kannte niemanden, der eine solche Intuition hatte wie er. Natürlich hatte er wieder einmal Recht. Sie hatte sich darum bemüht, ihre Erinnerungen durch einen besonderen Filter zu betrachten, und jetzt war die Linse selbst verzerrt. »Darf ich dich etwas fragen?«

»Du darfst mich alles fragen.«

»Habt ihr, Rose und du, jemals überlegt, Kinder zu haben?« Sie spürte ein Zögern in ihrer Stimme, ihren Widerwillen, Sams erste Frau zur Sprache zu bringen.

»Das haben wir. Und ich kann dir sagen, nachdem Rose gestorben war, habe ich mir um alles in der Welt gewünscht, dass wir welche gehabt hätten. Ich wollte einfach noch jemanden bei mir haben, der ein Teil von ihr war.«

»Warum hattet ihr dann keine Kinder?«

Es war einen Moment lang still auf der anderen Seite, und Frances fragte sich schon, ob sie das Thema nicht besser fallen lassen sollte, damit Sam seine Vergangenheit nicht noch einmal aufleben lassen musste. Doch als sie die Frage schon zurücknehmen wollte, hörte sie seine Stimme.

»Als wir unser gemeinsames Leben aufbauten, haben wir ununterbrochen darüber geredet, ob wir das könnten, und was für Eltern wir wohl sein würden. Das machte uns ziemlich nervös. Wir wussten einfach nicht, ob wir gut genug waren, Leben zu schaffen, ganz zu schweigen davon, ob wir für einen Menschen mit der Mischung aus Stabilität und Kreativität sorgen könnten, die ein Kind unserer Meinung nach haben sollte. Wir fragten uns, ob wir klug genug oder fantasievoll genug oder liebevoll genug seien, um die Entwicklung eines Kindes zu begleiten. Und dann ließen wir die Idee fallen.« Er schwieg, und Frances hörte im Hintergrund etwas klappern und dann Wasser laufen. »Als wir so weit waren, dass wir uns auf ein derart außergewöhnliches Abenteuer einlassen wollten, war es schon zu spät. Rose war schon krank.«

Jetzt war es an Frances, Mitleid zu empfinden. Sie hätte nicht danach fragen sollen. Ihr Kopf war voller Vorstellungen von Adelaides Beziehung zu Hope und Penelope gewesen, von ihrem Gespräch mit Fiona über Jack, vom Elternsein und allem, was das bedeutete. Die Gedanken hatten sie dazu verleitet, bei dem Menschen, den sie am meisten liebte, eine offenkundig schmerzhafte Erinnerung aufzuwühlen.

»Siehst du, es gibt nie einen perfekten Zeitpunkt für etwas Wichtiges. Deshalb kann man ruhig warten, bis es auf einen zukommt«, sagte er.

»Ja.«

»He, pass auf dich auf. Wenn du mich brauchst, bin ich im Nu da. Und wenn nicht, dann weißt du, wo ich warte.«

»Danke.« Sie machte eine Pause und fügte dann hinzu: »Ich liebe dich.« Heute wollte sie es zuerst sagen.

»Ich liebe dich auch, Miss Fanny.«

Frances legte den Hörer auf und sah auf die Nachricht von Elvis. Sie wäre lieber mit Sams Worten im Ohr ins Bett gegangen, aber sie zwang sich, seine Handynummer zu wählen.

»Carl ist auf dem Weg zum Bahnhof aufgegriffen worden. Er redet nicht und hat nach einem Anwalt verlangt«, sagte Elvis sogleich, nachdem sie sich gemeldet hatte.

»Und der Durchsuchungsbefehl für das Boot?«, fragte sie.

»Wir haben ein paar Leute drauf, die es gerade untersuchen. Ich werde Sie auf dem Laufenden halten. Der Schlüssel, den wir in Hopes Zimmer sichergestellt haben, passte zum Motor der *Lady Hope*. Mark ist bereit, Carl wegen Mordverdachts festzunehmen. Motiv und Gelegenheit, was brauchen wir mehr?«

Sie fühlte sich ausgehöhlt, als sie den Hörer auflegte. Dann erinnerte sie sich an ihr Gespräch mit Teddy, die Entdeckung der heimlichen Affäre. Was waren noch die Worte ihrer Großmutter gewesen? Sie hatten diese »brodelnde Chemie, die ein Mädchen absolut atemlos machen kann«. Teddy hatte die besondere Verbindung, die seltene Beziehung erkannt, die die beiden hatten. Und sie hatte die Verbindung unterstützt, und zwar mehr, als schicklich war. Warum? Damit er sie ermorden konnte?

Carl zerstörte die Frau, die er liebte, weil er sie nicht haben konnte. Das war die älteste Geschichte der Welt.

Warum war es so gefährlich, verliebt zu sein? Ihre Beziehung mit Sam schien so einfach, so leicht. Er war sanft, freundlich, fürsorglich. Sie vertraute ihm, dass er alles tat, was in seiner Macht stand, um sie zu versorgen, und sie wollte das Gleiche auch für ihn tun. Hieß das, dass ihre Beziehung nicht wirklich war?

Sie knüllte den Notizzettel in ihrer Hand zusammen, presste ihren Kopf in das Kissen und gab sich keine Mühe mehr, die Tränen zurückzuhalten. Es war eine Erleichterung, allein zu sein, denn dann konnte sie weinen, ohne fürchten zu müssen, entdeckt zu werden. Und dafür war sie dankbar.

27

Der fensterlose Konferenzraum war heiß. In staatlichen Gebäuden lief die Klimaanlage freitags nur selten noch nach 15 Uhr, und so stieg am Sonntagnachmittag die Temperatur bis auf dreißig Grad. Mark saß rittlings auf einem Stuhl und brachte Frances schnell über die zahlreichen Entwicklungen der vergangenen vierundzwanzig Stunden auf den neuesten Stand. Sie waren allein. Eigentlich hätte Elvis auch dabei sein sollen, aber er hatte wenige Minuten zuvor angerufen und gesagt, dass er später kommen würde.

Mark berichtete, dass die Polizei am Abend zuvor die Durchsuchung von Carls Boot durchgeführt hatte. Dabei waren sie auf ein aussagekräftiges Beweisstück gestoßen. In der rechten unteren Ecke seines Medizinschränkchens hatten sie eine orangefarbene Plastikflasche gefunden, deren Deckel fehlte. Sie war mit kleinen Tabletten gefüllt. Mark reichte ihr die Flasche und deren Inhalt, beides in einer festen Plastiktüte versiegelt. Durch die Polizeiverpackung konnte sie den Aufkleber auf der Flasche lesen: »Equanil. 800 mg. 2x tägl. nach Bedarf. Inhalt: 60 Stck.« Der Name auf dem Rezeptaufkleber lautete Adelaide Lawrence.

Carl hatte die Nacht in Untersuchungshaft verbracht. Die Wachbeamten hatten berichtet, dass er nicht gegessen oder getrunken und keine Bitten geäußert hatte. Er hatte keinen Anwalt angerufen und kein einziges Wort gesagt, abgesehen von einem Telefonat mit einer Nummer aus dem Ortsnetz.

Er sollte um 11 Uhr vor dem Untersuchungsrichter erscheinen. Der vom Gericht angeforderte Verteidiger, der ihn vertreten sollte, konnte nur wenig Argumente dafür vorbringen, dass hier keine Fluchtgefahr bestand: Carls einziger Besitz war das Fischerboot. Er hatte sein ganzes Leben lang in dieser Gegend gearbeitet. Immerhin war er nicht vorbestraft, und die Vorwürfe gegen ihn beruhten lediglich auf Indizien. Durch die Festsetzung einer Kaution von einer halben Million Dollar konnte der Untersuchungsrichter recht sicher sein, dass er zur Verhandlung erscheinen würde. Jeder ging davon aus, dass eine derart hohe Summe bedeutete, dass Carl bis dahin im Gefängnis bleiben würde. Welcher Hummerfischer, der zur Miete wohnte, konnte schon so viel Geld für seine Freiheit aufbringen? Doch Carl hatte offensichtlich Zugang zu Ressourcen, die niemand kannte, und jetzt war er frei.

»Wissen Sie, wohin er gegangen ist?«, fragte Frances.

»Nein. Der Bewährungshelfer hat sich nicht einmal die Mühe gemacht, uns zu sagen, wann er auf Kaution raus ist. Er ist nicht auf seinem Schiff, und zu Hause ist er auch nicht. Aber er gilt auch nicht als flüchtig, denn er hat das Recht, sich überall im Commonwealth aufzuhalten. Darum geht es ja, wenn man von Kaution redet. Bis zu seiner nächsten Vorladung, die so und so erst in drei Wochen ist, können wir nichts machen.«

»Haben Sie sein Apartment durchsucht?«

»Ja. Der Typ ist superordentlich. Es waren da ein paar Fotos von ihm zusammen mit Hope und eine Hochzeitseinladung in einem unbeschrifteten Umschlag, aber sonst nichts.«

Vielleicht war er nicht auf der Gästeliste gewesen, dachte Frances und erinnerte sich an ihr Gespräch mit Bill. Aber Hope hatte ihm dennoch eine Einladung gegeben. Ob sie wirklich gedacht hatte, dass er kommen würde? Frances versuchte sich vorzustellen, was Carl durch den Kopf gegangen sein musste, als er die geprägten Buchstaben betrachtete. Wut? Trauer? Die Traditionen, die eine Hochzeit begleiteten, waren häufig kompliziertе Beziehungsgeflechte, deren Richtung Frances nur erahnen konnte.

Plötzlich flog die Tür auf und Elvis kam herein. »Der Teufel soll mich holen«, sagte er. »Sie werden nicht erraten, wer die halbe Million in bar für Carls Kaution aufgebracht hat.«

Als er den Namen nannte, meinte Frances ihren Ohren nicht trauen zu können und bat ihn, es noch einmal zu wiederholen.

»Doch, es stimmt. Theodora Pratt. Ihre Großmutter hat ihn freigekauft.«

»Teddy!«, rief Frances, als sie die Fliegentür hinter sich zufallen ließ. Sie hatte auf dem Weg zum Cottage ihrer Großmutter jede Geschwindigkeitsbegrenzung übertreten, und zweimal versucht, von unterwegs anzurufen, aber die Leitung war ständig besetzt gewesen. Sie war in Panik geraten. Was passierte da? Was fiel ihrer Großmutter ein, Hopes Mörder aus dem Gefängnis freizukaufen? Als ihr bewusst wurde, dass Teddy in ernster Gefahr sein könnte, hatte sie die Polizei in Manchester angerufen. Sie rechnete damit, die Beamten dort anzutreffen. Doch als sie ankam, waren weder Streifenwagen noch andere Hinweise auf Polizeipräsenz zu sehen. »Teddy!«, rief sie wieder.

»Du musst nicht so brüllen. Ich bin hier auf der Veranda«, hörte sie die Antwort. Teddy saß auf einem Stuhl, die Beine vor sich ausgestreckt und die Knöchel übereinander gelegt. Sie trug einen Wickelrock in Rosa und Grün und ein passendes Polohemd dazu, einen großen Strohhut und ihre typischen Perlen. In der einen Hand hielt sie ein Glas Eistee mit Pfefferminzlikör, in der anderen eine Zigarette.

»Wo ist die Polizei?«

»Hast du die geschickt? Bah. Ein paar Beamten sind vorbeigekommen, nette junge Männer und sehr höflich, aber einer von ihnen hatte einen Ohrring, das ist mir aufgefallen. Ich habe sie auch eingeladen, aber ehrlich gesagt wusste ich gar nicht, warum sie kamen. Es geht mir gut.«

»Aber du hast Carl LeFleur auf Kaution aus dem Gefängnis geholt!«, brach es aus Frances hervor.

»Stimmt, das habe ich. Aber ich bin nicht in Gefahr, falls du das denkst.« Sie nahm einen Schluck von ihrem Drink und schmatzte mit den Lippen. »Er hat Hope nicht umgebracht. Und er soll nicht im Gefängnis ausharren müssen, nur weil er es sich nicht leisten kann, seine Fesseln selbst zu zerschlagen.«

»Du weißt ja nicht, was du tust. Die Polizei hat Beweise gefunden, die ihn mit dem Verbrechen in Verbindung bringen. Hör mir zu.« Sie wollte gerade zu einem Vortrag ansetzen, als sie aus dem Augenwinkel einen Schatten wahrnahm. Er stand auf der Türschwelle. Seine Brust war nackt, und seine Hände hielten je ein Ende eines Handtuchs, das um seinen Nacken gelegt war. Ihr Adrenalinspiegel stieg. Sie hätte wissen können, dass er hier war. Wie konnte sie nur so dumm sein? Sie fühlte sich hilflos, denn sie begriff, dass sie ihre Großmutter nicht würde schützen können. Es gab keine Möglichkeit, ihn körperlich zu überwältigen. Sie tastete nach dem Handy in ihrer Tasche. Der Versuch, einen Notruf abzusetzen, würde einen Angriff wohl eher beschleunigen. Warum waren die Polizeibeamten nicht geblieben?

Teddy sah zu Carl hinüber. »Kommen Sie, setzen Sie sich«, befahl sie ihm. Er wischte sich mit dem Handtuch einen Fleck Rasiercreme von der Wange und setzte sich dann auf die Kante eines Stuhls neben ihr, die Ellenbogen auf die Knie aufgestützt.

»Fanny, es gibt keinen Grund, um mich oder um irgendjemand sonst Angst zu haben«, fuhr Teddy fort. »Carl hat niemandem wehgetan. Wenn er dir erst einmal erzählt hat, was geschehen ist, dann wirst du es verstehen. Er braucht deine Hilfe.«

»Hilfe? Ich glaube nicht …«

»Die Polizei wird eine Anklage gegen ihn konstruieren«, unterbrach sie. »Ich weiß, dass sie ihn am Tatort gesehen haben. Er ist genau der Richtige für eine Anklage. Er ist ein Außenseiter in dieser Stadt, und er hat kein Alibi. Wenn wir also den wahren Mörder nicht finden, dann wird er verurteilt werden. Und mit Sicherheit wird der Blödmann von Anwalt, den das Gericht bestimmt hat, keine anständige Verteidigung zustande bringen. Carls einzige Chance ist es, der Polizei den wirklichen Mörder zu präsentieren.«

Der entschlossene Gesichtsausdruck ihrer Großmutter machte deutlich, dass sie sich von ihrer Idee nicht würde abbringen lassen. Es hatte keinen Sinn, etwas zu sagen. Carl starrte mit leerem Blick geradeaus, ohne zu zeigen, ob er zuhörte. Sie hätte gern einen Augenblick mit ihrer Großmutter allein geredet, aber sie traute sich nicht, etwas zu sagen oder zu tun, was ihn aufbringen könnte. Sie versuchte, sich an all die Menschen zu erinnern, die unermüdlich für Gefangene in der Todeszelle arbeiteten, die Verteidiger, die Stunde um Stunde allein mit Mördern verbrachten und nie um ihre eigene Sicherheit fürchteten. Oder taten die nur so, als ob sie keine Angst hätten?

»Machen Sie schon«, sagte Teddy, »erzählen Sie es ihr.«

Er legte die Hand vor den Mund und räusperte sich. »Ich weiß, was Sie denken müssen«, sagte er tonlos und ohne auch nur die geringste Gemütsbewegung zu zeigen. »Das letzte Mal, das einzige Mal, als wir miteinander gesprochen haben, habe ich Ihnen wohl kaum Grund gegeben, mir zu glauben. Und vielleicht werden Sie das auch nie tun. Ich bin so wütend, dass ich nicht einmal weiß, ob ich an mich selbst glaube. Ich wusste, dass Hope Jack heiraten würde, und ja, ich war wütend.

Noch mehr als wütend, ich war außer mir vor Zorn auf sie, auf ihn, auf ihre Familie, weil sie sie bedrängt hatten, mich zu verlassen. Aber ich habe sie mehr geliebt, als ich je irgendetwas auf der Welt geliebt habe. Wenn ich jetzt ihren Platz einnehmen könnte, wo immer sie ist, ich würde es sofort tun.«

Er nahm ein Taschentuch aus seiner Gesäßtasche und putzte sich die Nase. Dann legte er den Kopf in die Hände und rieb sich die Augen. Teddy drückte ihre Zigarette in einem Aschenbecher aus, der die Form eines Leuchtturms hatte. Sie legte ihre mit Leberflecken gesprenkelte Hand auf seinen Rücken und streichelte ihn in langsamen, aufmunternden Kreisen. Diese mütterliche Geste einem vierundvierzigjährigen Mann gegenüber, der darüber hinaus vielleicht sogar Hopes Mörder war, erschien ihr mehr als seltsam, geradezu verwirrend. Was hatte Carl getan, um sie auf seine Seite zu bekommen? Niemand sagte etwas.

In der Ferne konnte sie die klingenden Masten der Boote hören, die an ihren Liegeplätzen schaukelten. Obwohl der Abend klar war, hörte man ein Nebelhorn. Ihre Muskeln schmerzten, und sie versuchte, sich zu entspannen. Um ihrer Großmutter willen würde sie sich anhören, was er zu sagen hatte. Und wohin konnte sie schon gehen? Sie konnte ja wohl kaum rausmarschieren und Teddy mit einem Mordverdächtigen allein lassen.

»Bitte, Carl, erzählen Sie Frances von dem Tag, an dem Hope starb. Sagen Sie ihr, was Sie wissen.«

Frances konnte sehen, wie sein Adamsapfel auf und nieder hüpfte, als er schluckte. Als er aufsah, waren seine Augen sanfter geworden. Seine Haltung, sein Benehmen, selbst sein Gesichtsausdruck drückten seine Niederlage aus. Er wirkte gebrochen und völlig anders als noch vor einer Woche. Konnte sich jemand so dramatisch verändern, oder verhielt er sich nur wie ein Chamäleon? Sie wollte aufmerksam bleiben, auf der Hut, aber sie merkte schon, wie die ersten kleinen Zweifel in ihre Gedanken einzogen. Vielleicht hatte sich die Polizei getäuscht.

»Ich weiß nicht so recht, wo ich anfangen soll«, sagte Carl und bat Teddy mit seinem Blick um Anleitung.

»Erzählen Sie ihr einfach, was Sie mir erzählt haben.«

»Ich denke, Sie wissen, dass Hope und ich schon sehr lange zusammen sind – zusammen waren«, begann er auf eine besonnene Art zu sprechen, so als würde er jedes Wort sorgfältig wählen. »Wir haben uns in einem Fischladen kennen gelernt. Ich stritt gerade mit dem Besitzer über den Pfundpreis, den er zu zahlen bereit war, und sie wartete in der Schlange, um Hummer für irgendeine Familienveranstaltung zu kaufen. Und wie ich immer stinkiger werde, der Typ war wirklich ein mieser Dreckskerl, da kommt diese wunderschöne Frau auf mich zu und bietet mir an, die Hummer direkt von mir zu kaufen. Sie würde mir den Ladenpreis zahlen. Ich werde nie das Gesicht von dem verdammten Kerl vergessen. Er drehte durch, doch das war mir egal, und ihr auch. Sie machte den Eindruck, als spielte sie manchmal ein wenig böses Mädchen, und als würde sie das ganze Tamtam aufregend finden. Wir gingen hinaus auf den Parkplatz. Ich brauchte das Geld und dachte, ehrlich gesagt, dass ich ihr nur Leid tat. Aber dann fingen wir an zu reden, und je mehr wir redeten, desto mehr merkte ich, dass sie flirtete und wollte, dass etwas zwischen uns lief.« Er machte eine Pause und ließ den Satz »Und das tat es dann auch« unausgesprochen.

»In der Anfangszeit konnte sie es nicht ertragen, von mir getrennt zu sein. Sie hatte solche Angst und war so zerbrechlich, dass ich manchmal dachte, sie würde sich an mir festhalten, damit ich ihr das Leben rette. Es gab Abende, an denen sie einfach in meinem Apartment sitzen wollte, nicht einmal um zu reden. Ihre Launen habe ich nie verstanden. An einem Tag konnte sie wirklich aufgeregt, glücklich und sexy sein, und am nächsten zurückgezogen und still. Eines Tages verkündete sie, dass wir unsere Beziehung beenden müssten.«

»Wann war das?«

»Vor vierzehn Monaten. Sie hatte von ihrer Familie ziemlich viel Druck bekommen, sich nicht mehr mit mir zu treffen. Ich war einfach nicht, was die sich vorstellten. Bill war schon einmal mit der Polizei bei mir aufgetaucht. Er hat sie rauszerren müssen, sie hat um sich getreten und geschrien. Das war ein paar Monate vorher, ich weiß aber nicht mehr genau, wann. Wenn Hope und ich zusammen waren, dann spielten Tage oder Monate keine Rolle.« Er hielt inne und versank in einer Erinnerung, die er nicht teilen wollte.

»Warum hat sie dann Ihre Beziehung beendet?«, fragte Frances.

»Ich dachte, es wäre wegen Jack. Der perfekte Typ«, sagte er sarkastisch. »Ich denke, sie wusste, dass er ihr einen Antrag machen würde. Aber was sie mir erzählte, hatte nichts mit ihm oder den anderen zu tun. Der Grund, den sie mir angab, war schrecklich. Ich konnte es nicht glauben.«

Frances merkte, wie sie den Atem anhielt, als sie auf seine weitere Erklärung wartete.

Er sprach langsam. »Sie hat mir erzählt, sie sei sexuell missbraucht worden. Ich verstand es so, als sei es schon eine Weile her, aber es habe Komplikationen gegeben, und sie könnte jetzt keine Kinder mehr bekommen. Ich hatte die Narbe auf ihrem Bauch gesehen, aber nie danach gefragt. Ich wollte keine Einzelheiten wissen, und sie erzählte auch keine, deshalb kann ich Ihnen nicht genau sagen, was mit ihr geschehen war. Aber sie fühlte sich verkrüppelt und unzulänglich, sagte sie. Ich fragte sie wieder und wieder, wer sie verletzt hatte, aber sie verriet es mir nicht. Alles, was sie sagte, war, dass sie ihm vertraut hatte. Wie sie mir vertraute. Je enger wir zusammen waren, desto mehr Erinnerungen an diese Erfahrungen tauchten wieder auf. Sie meinte, mein Alter hätte viel damit zu tun, deshalb nehme ich mal an, dass der Typ um einiges älter war als sie. Aber es war auch noch etwas anderes, irgendwie die

Art, wie wir körperlich zusammen waren. Das hatte ihr Angst gemacht. Sie fühlte sich schmutzig, als wäre sie schlecht, und sie dachte, das sei meine Schuld. Es klang irgendwie verrückt, und ehrlich gesagt dachte ich, dass sie vielleicht zu viel Zeit in dieser Kirche verbrachte. Das machte ihr nur Schuldgefühle allem Möglichen gegenüber. Sie hätte glatt als Katholikin durchgehen können.«

Er rieb seine Stirn mit seinen langen kräftigen Fingern. »Ich habe versucht, sie umzustimmen. Ich habe versprochen, sie zu beschützen. Ich habe versprochen, ihr Sicherheit zu geben. Ich habe ihr gesagt, ich würde den umbringen, der ihr wehgetan hatte, und ich meinte es ernst. Wenn ich heute wüsste, wer es war, ich würde es jetzt noch tun.«

Er räusperte sich wieder und versuchte offenkundig, seine Gefühle im Zaum zu halten. Frances fühlte sich wie betäubt, als sie zuhörte. Was war denn wirklich passiert? Wann? Wie lange war das so gegangen? Hatten Adelaide und Bill Bescheid gewusst? Wussten sie es jetzt? Wie war es möglich, dass sie nichts wussten? Was für eine Fassade hatten sie all die Jahre aufrechterhalten? Frances, Blair und ihr Vater hatten die Familie besucht, sie hatten gelacht, am Strand gespielt und im Kanu, während Hope, der kleine Liebling, in der Hölle gelebt hatte.

»Mein Flehen bewirkte etwas, obwohl sie nie erzählt hat, wer sie verletzt hat. Doch wenigstens hat sie nicht völlig mit mir gebrochen. Sie kam immer mal wieder vorbei, um mich zu sehen. Wir haben uns hier getroffen.« Er warf Teddy einen Blick zu, die nicht antwortete. »Nachdem sie mit Jack verlobt war, wurde alles viel schlimmer, viel angespannter. Sie fühlte sich noch schuldiger. Und ihre Familie bekam heraus, dass wir uns immer noch trafen.«

»Wie denn?«

»Ich weiß es nicht. Vielleicht hat sie etwas gesagt. Vielleicht haben sie uns zusammen gesehen. Ist auch egal. Sie wussten es und waren stocksauer. Und ich war wütend. Richtig wütend.

Ich konnte einfach nicht glauben, dass sie zugestimmt hatte, Jack zu heiraten. Und ich weiß, dass sie alles tat, damit ich nicht ausflippte. Sie wollte, dass ich sie verstehe. Aber das konnte ich nicht. Ich liebte sie mehr als irgendjemand anders sie lieben könnte. Und ich wollte, dass sie mir gehörte.«

Frances spürte unwillkürlich einen Schauer über ihren Rücken laufen. Der Angeklagte hatte soeben die Motive für das Verbrechen aufgezählt – und es klang unwiderstehlich.

»Ihre Familie wurde meinetwegen langsam ziemlich verzweifelt. Bill hat mir zehn Riesen angeboten, damit ich mich fern halte. Der Typ, der Hope in den Schrank gesperrt hat, als sie klein war, wollte mir sagen, ich sollte mich fern halten. Als ob ich sein Geld nehmen würde!«

»In den Schrank gesperrt hat?«

»Ja. Das war wohl die Methode, wie er Strafen austeilte, dieser Drecksack.« Carl sah aus, als wolle er auf den Fußboden spucken, doch er erinnerte sich rechtzeitig, wo er war.

»Er hat Ihnen zehntausend Dollar angeboten?«

»In bar. Taucht mit dem Geld in einem Umschlag in meiner Tür auf und versucht, mich zu kaufen. Ich habe es ihm zurückgegeben.«

Frances erinnerte sich an den Umschlag, den die Polizei im Haus der Lawrences sichergestellt hatte. Bill und Adelaide hatten behauptet, dass sie nichts darüber wüssten. War Bills vorgetäuschte Entdeckung ein Versuch gewesen, die Aufmerksamkeit davon abzulenken? War er schlau genug zu erkennen, dass er einen Beweis, der gegen ihn sprach, vernichten konnte? Sie bezweifelte, dass er so berechnend sein konnte, aber andererseits wurde die Kluft zwischen dem, was sie einmal angenommen hatte, und dem, was sie jetzt dazulernte, von Minute zu Minute größer.

»Haben Sie Hope an ihrem Hochzeitstag gesehen?«

»Ja. Sie bat mich, vorbeizukommen. Ich hatte am Abend zuvor schon versucht, sie zu sehen, aber Bill ließ mich nicht rein. Dann rief sie am nächsten Morgen an und war verzweifelt, dass ich nicht gekommen war. Ich erklärte ihr, was passiert war, und sie bat mich, noch einmal zu kommen, und zwar durch den Lieferanteneingang. Ich stimmte zu.«

»Was geschah, als Sie bei ihr waren?«

»Ich gab ihr einen Ring zurück, den sie mir vor ungefähr einem Jahr geschenkt hatte. Der heilige Michael war darauf abgebildet. Sie sagte, der würde mich beschützen. Sie glaubte an all diesen Kram, aber ich wollte ihren Scheiß einfach nicht mehr. Als ich ihn abnahm, wurde sie hysterisch. Sie weinte und sagte, sie könne nicht ertragen, mich zu verlieren. Sie sagte, es sei falsch gewesen, dass sie mich mit ihrer Vergangenheit in Verbindung gebracht hätte. Alle hätten sie betrogen, und sie bräuchte mich mehr denn je. Dann ... dann warf sie sich irgendwie auf mich und, nun ... ich weiß nicht recht, wie ich es sagen soll.« Er sah wieder zu Teddy hinüber.

»Sie waren intim«, sagte sie nüchtern. »Sozusagen.«

»Was war mit der Tablettenflasche? Wie sind Sie an die gekommen?« Frances merkte, wie seine Geschichte sie fesselte. Sein Tonfall und seine Haltung waren überzeugend, Frances konnte sich fast vorstellen, wie eine Jury seine Geschichte anhören würde. Jetzt wollte sie wissen, wie er die Beweise erklären würde, die die Polizei gegen ihn gesammelt hatte.

»Ich sah die Flasche auf dem Toilettentisch stehen. Ich habe sie gefragt, wie viele sie genommen hätte, und sie sagte, nur ein paar. Ich sagte zu ihr, vergiss die Hochzeit, wir hauen zusammen ab und ich heirate dich, aber sie weigerte sich. Sie müsse Jack heiraten. Es war zu spät. Also würde sich im Grunde nichts ändern. Ich merkte, wie ich immer wütender wurde. Sie wollte Jack und mich. Vielleicht war Jack bereit, mit der Hälfte ihrer Liebe auszukommen, aber ich war es nicht. Ich bin gegangen, und ich habe die Flasche mitgenommen.«

Frances erinnerte sich an das zerknüllte Papiertaschentuch, das die Polizei gefunden hatte, und das Spuren von Meprobamate enthielt. Elvis hatte sich vorgestellt, dass Hope gestört worden war. Dass sie die Tabletten erst ausgespuckt und dann später wieder genommen habe. War das vor oder nach ihrem letzten Zusammentreffen mit Carl gewesen? »Haben Sie irgendwo Tabletten rumliegen sehen? Solche, wie in der Flasche waren?«

Er schüttelte den Kopf.

»Haben Sie die Flasche mitgenommen, weil Sie dachten, sie würde sich umbringen?«

»Ich wollte es nicht darauf ankommen lassen. Und in der letzten Woche hat es mehr als einen Tag gegeben, an dem ich überlegt habe, ob ich sie selbst nehme.«

»Was ist mit Ihrem Schlüssel?«

»Als ich zu meinem Boot zurückkam, fand ich ihn nicht mehr. Ich dachte mir, dass ich ihn wohl in ihrem Zimmer verloren hätte. Er war in meiner Hosentasche gewesen. Ich musste zurück, denn es war der Einzige, den ich hatte. Ich nahm an, alle würden in der Kirche sein. Ich sah Hope nie wieder.«

»Und Sie fanden den Schlüssel nicht.«

»Stimmt.«

Frances überlegte kurz, ob sie ihn nach dem Taschentuch fragen sollte. Damit hatte er doch scheinbar seine Schuld eingestanden. Sie wollte auf keinen Fall alles preisgeben, was Michael über Carl würde sagen können, aber sie musste seine Antwort kennen. Vielleicht färbte die Entschlossenheit ihrer Großmutter ab, oder vielleicht war es auch die Art, in der er sprach – sie merkte, wie sie von der Wahrheit seiner Geschichte überzeugt sein wollte, und dieser Punkt war besonders verdächtig. »Warum haben Sie den Türknauf abgewischt?«

»Was?«

»Der Zeuge der Anklage, der Sie überhaupt erst identifiziert hat, sagt, Sie hätten beim Verlassen des Raumes den Türknauf mit einem Tuch abgewischt. Warum?«

»Ich weiß es nicht«, sagte er sanft. »Das ist eine schwache

Antwort, aber ich kann Ihnen nicht sagen, warum. Ich hatte einfach das Gefühl, als wäre etwas falsch, und ich wollte nicht, dass irgendjemand sagen könnte, dass ich in ihrem Zimmer war ... allein.« Es entstand eine lange Pause, und die Stille fühlte sich bedrückend schwer an.

»Ich weiß, was Sie denken. Ich weiß, dass das nicht gut aussieht. Aber ich schwöre, es hat absolut keine Bedeutung.«

War das die Wahrheit? Konnte solch eine überlegte Handlung ohne Bedeutung sein? Das bezweifelte sie. Und dieser Zweifel bereitete ihr ein sehr unangenehmes Gefühl. Carl hatte zugegeben, dass er wütend und dass er mit Hope um die Zeit ihres Todes herum allein gewesen war. Vielleicht war er der letzte Mensch, der sie lebend gesehen hatte. Selbst wenn die Beweise, die ihn mit dem Verbrechen in Verbindung brachten, nur Indizien waren, und selbst wenn er für die meisten eine Erklärung hatte, konnte er doch nicht alles erklären. Und das war einfach nicht gut.

Wer kam sonst noch infrage? Frances dachte an all die Menschen, die kurz vor Hopes Tod in ihrer Nähe gewesen waren. Jack hatte an seinen eigenen Vater gedacht, den Mann, der nicht zur Kirche gekommen war. Wo war er gewesen, während er die Hochzeit seines Sohnes verpasste? Und dann war da die kuriose Tatsache, dass Fiona Hopes Psychiater, Dr. Frank, eingehend konsultiert hatte. Hope hatte genug Tabletten genommen, dass auch jemand, der nicht unbedingt stärker war als sie, sie hätte erwürgen können. Frances versuchte sich daran zu erinnern, wann sie die unglückliche Mutter des Bräutigams ihren Platz in der Bank hatte einnehmen sehen. Und schließlich bestätigte Carls Geschichte vom sexuellen Missbrauch die Untersuchungsergebnisse der Gerichtsmedizinerin. Wer hatte das getan? War dieser Mensch noch unter ihnen? Wenn ja, wenn er immer noch ein Teil von Hopes Leben gewesen war, war er dann auch ein Teil ihres Todes gewesen?

»Warum sollte ich Ihnen glauben?«

»Hör auf, Frances. Du sollst ihm glauben, weil ich es dir sage«, unterbrach Teddy sie. »Ich verbürge mich für ihn.«

»Was?«

»Du hast mich doch gehört. Nachdem er Hopes Zimmer verlassen hatte, kam er hierher. Er hat mir erzählt, was passiert war, genauso, wie er es jetzt dir erzählt hat. Als er die Tabletten erwähnte, wurde ich aufmerksam und rief Hope drüben im Haus an. Sie ging ran. Sie hat nicht viel gesagt, wir haben kaum geredet, aber sie war noch am Leben, nachdem er bei ihr gewesen war, und bereits tot, als er zurückkehrte.« Sie zündete sich noch eine Zigarette an, und Frances sah zu, wie der Rauch sich von der Spitze hochkringelte und in der Abendluft verschwand. Dachte ihre Großmutter sich das aus? War sie so von seiner Unschuld überzeugt, dass sie bereit war, etwas zu erfinden? Frances wollte ihr glauben, aber sie wusste, dass sie die Telefonlisten brauchte, um ihre Geschichte zu überprüfen.

»Er ist ein unschuldiger Mann. Und ich möchte, dass du das beweist. Mach es nicht für ihn, wenn du willst, sondern mach es für Hope. Sie würde nicht wollen, dass der Mann, den sie liebte, den sie anbetete, für ein Verbrechen ins Gefängnis käme, das er nicht begangen hat. Und schon gar nicht, wenn es sich bei diesem Verbrechen um den Mord an ihr handelt.«

28

»Warum hat Bill seine Anwaltskanzlei verlassen?«

Frances saß mit ihrer Tante, die ein kleines Kissen bestickte, in der Bibliothek. Die Fenster waren geöffnet, doch es gab keine Brise vom Meer, die die dicke feuchte Luft hätte vertreiben können. Sie merkte, wie sie langsam anfing zu schwitzen. Ihr war klar, dass ihre Frage völlig aus der Luft gegriffen schien, doch als sie angefangen hatte, die traurige Geschichte der Lawrences aufzurollen, hatte sie sich ständig gefragt, warum Bill sich wohl entschieden haben könnte, eine gut laufende Anwaltskanzlei zu verlassen und eine eigene aufzumachen. Bevorzugten nicht die meisten Anwälte die Macht, das Prestige und die finanziellen Vorteile einer gemeinsamen Kanzlei? Warum hatte er all das aufgegeben?

Frances hatte lange genug Ermittlungen geführt, um zu wissen, dass ein scheinbar unlogisches Verhalten oft genug gute Gründe hatte.

Adelaide legte ihre Stickerei in den Schoß. »Bitte frag mich nicht. Ich kann nicht darüber reden.«

»Warum nicht?« Frances stand von ihrem Stuhl auf und ging zu dem Sofa hinüber, damit sie neben ihr sitzen konnte. Sie nahm die Hand ihrer Tante und spürte ihre dünnen kalten Finger. »Warum kannst du nicht mit mir reden?«, fragte sie.

»Das gehört der Vergangenheit an, Fanny. Ich kann sie nicht wieder aufleben lassen. Mehr als alles in der Welt wünsche ich mir, dass ich die Geschichte neu schreiben könnte, aber das kann ich nicht. Ich kann weder mit dir noch mit jemand anders über das reden, was passiert ist.«

»Bitte, Adelaide. Bitte sag es mir.«

»Du verstehst das nicht. Das kannst du auch gar nicht.«

»Stell mich auf die Probe!«, bat Frances. »Wenn Dad bei besserer Gesundheit wäre, dann wäre er jetzt hier, das weißt du genau, und er würde dich fragen, was los ist. Du bist seine Schwester, und er liebt dich. Ich weiß es. Aber er kann nicht hier sein. Also bin ich sein armseliger Ersatz.«

»Es würde nichts ändern, wenn ich es dir erzählte. Warum kannst du das nicht einfach akzeptieren? Ich bin dankbar für deine Anteilnahme und deine Hilfe. Das bin ich wirklich. Es bedeutet mir mehr als ich wahrscheinlich ausdrücken kann, dass du hier bist. Aber ich kann nicht von dir erwarten, dass du weißt, was ich fühle.«

»Geht es darum, dass Hope adoptiert war? Das ist doch keine Schande. Wen interessiert das? Ihr habt sie geliebt, ihr habt ihr ein wundervolles Zuhause gegeben, und sie hat euch geliebt. Was könnte man mehr wollen?«

»Tu das nicht, bitte. Ich habe meine Tochter verloren«, sagte sie mit einer Stimme, die ihren Zweifel widerspiegelte. »Carl hat ihr das Leben genommen. Unsere Vergangenheit ist nicht mehr relevant.«

Frances nahm einen tiefen Atemzug und schloss die Augen. Sie hatte die Neuigkeit von Carls Geständnis und Teddys Beweis seiner Unschuld noch nicht verbreiten wollen, ehe es einen anderen Verdächtigen gab. Sie war alles andere als sicher, ob die Psyche ihrer Tante die seelische Achterbahnfahrt verkraften würde, die die verschiedenen falschen Verhaftungen verursachten. Sie alle sehnten sich nach einer Beendigung der ganzen Sache. Aber je mehr Frances über das nachdachte, was

Carl gesagt hatte, desto klarer wurde ihr, dass der Missbrauch, den Hope in ihrer Vergangenheit erlitten hatte, durchaus mit ihrem Tod in Verbindung stehen könnte. Eine Eskalation der Gewalt würde nicht ausgeschlossen werden können. »Carl hat sie nicht umgebracht, oder wenigstens sieht es nicht so aus, als ob er es getan hätte.«

Adelaide seufzte, schien aber zu müde, um zu reagieren.

»Wer hat Hope missbraucht?« Frances drückte die Hand ihrer Tante und versuchte ihr mit dieser einfachen Geste zu zeigen, dass ihre Fragen helfen und nicht verletzten sollten. Doch sie wusste, dass schon die Erwähnung der Worte allein Adelaide erschreckten.

Ihre Augen waren leer, sie starrte geradeaus. »Woher weißt du das?«

»Carl hat es mir gesagt. Hope hat sich ihm anvertraut.«

»Was hat er gesagt?«

»Nicht sehr viel. Er kannte die Details nicht. Er wusste auch nicht, wer es getan hatte.«

»Das weiß kaum jemand.« Ihre Hände zitterten, als sie einen Schluck von ihrem Tee nahm. »Warum ist das jetzt noch wichtig?«

»Jemand hat sie schrecklich verletzt, als sie jung war. Wenn dieser Mensch immer noch hier ist, dann muss die Polizei mit ihm reden. Es geht bei sexuellem Missbrauch nicht um Sex, sondern um Gewalt. Er könnte auch sehr gut etwas mit ihrem Tod zu tun haben.«

»Nein. Nein. Das ist unmöglich. Er kann damit nichts zu tun haben. Bill hat sie geliebt.« Die Tränen rannen ihre Wangen herab.

Bill. Bill Lawrence, Hopes eigener Vater. Ihr Onkel konnte doch so etwas nicht getan haben. Einen Augenblick lang meinte sie, sich verhört zu haben. Vielleicht meinte sie einen anderen Bill, einen, den Hope nicht kannte, dem sie nicht vertraute, doch der Gesichtsaudruck ihrer Tante verriet ihr, dass sie richtig verstanden hatte. Sie musste kämpfen, um Haltung zu bewahren, stand auf, holte von einem kleinen Tisch am Fenster eine Packung Taschentücher und brachte sie Adelaide.

»Du musst mir versprechen, dass das, was ich dir erzähle, ein Geheimnis bleiben wird. Um Hopes willen, aber auch um unserer Familie willen. Meine Tochter ist fort. Ich kann nicht auch noch Bill verlieren.«

Sie nickte. »Du hast mein Wort«, sagte sie mit einer Stimme, die sie selbst nicht wiedererkannte.

Ihre Tante seufzte und kämpfte mit sich. »Es war nicht, was du denkst. Er hat einen Fehler gemacht, aber er hat ihr nicht wehgetan. Sie hat es sich selbst angetan. Er … ich …«, stammelte sie. »Bitte, ich brauche einen Moment«, sagte sie und blickte zur Seite.

Die Zeit, die sie schweigend nebeneinander saßen, schien wie eine Ewigkeit. Wie war das passiert? Warum? In Frances' Kopf rasten die Gedanken, als sie begriff, dass sie, ganz gleich, was ihre Tante jetzt erzählte, ihrem Onkel nie wieder würde in die Augen sehen können. Sexueller Missbrauch war nicht einfach ein »Fehler«.

»Du musst versuchen, das zu verstehen«, sagte Adelaide jetzt mit etwas festerer Stimme. »Wenn du je versuchen willst, das aus der richtigen Perspektive zu betrachten, dann musst du zuhören. Du musst unseren Hintergrund verstehen – meinen Hintergrund.«

Perspektive! Frances hätte am liebsten laut geschrien. Diese Vorstellung war absurd, abwegig. Was dachte Adelaide? Warum war sie so verzweifelt, dass sie jede rationale Erklärung für das, was ihrer Tochter geschehen war, akzeptierte?

»Mein erster Ehemann war ein gut aussehender Trinker, ein wunderschoner Mann mit einem gewalttätigen Temperament. Dein Vater hat mich gewarnt, aber ich war so jung und so verliebt, dass ich nicht auf ihn gehört habe und dann schwanger wurde. Der arme Richard zahlte am Ende unsere Miete, unser

Kindermädchen und das Essen auf unserem Tisch, weil Morgan es in keinem Job aushalten konnte. Achtzehn Monate nachdem wir geheiratet hatten, starb er im Schlaf. Offenbar hatte er einen ernsthaften Vitamin-B-Mangel, was bei Alkoholikern oft der Fall ist, und entwickelte eine Entzündung des Herzmuskels. Sein Herz gab einfach auf. Als ich aufwachte, fand ich ihn tot neben mir.«

Morgan Fairchild. Der Name kam ihr bekannt vor, sie erinnerte sich aber nicht an den Onkel. Ihr Vater musste beschlossen haben, ihre Schwester Blair und sie von diesem Verwandten fern zu halten.

»Als ich Bill kennen lernte, fühlte ich mich gesegnet. Richtig glücklich. Ich hatte in Teilzeit in Richards Firma gearbeitet, obwohl wir natürlich alle wussten, dass er mir nur einen Gefallen tat. Ich war sein Wohltätigkeitsobjekt. Außer gutem Benehmen und einem guten Hintergrund in Kunstgeschichte hatte ich keinerlei Ausbildung, und ich war nie aufs College gegangen. Ich konnte nicht mehr als ein paar Wörter in der Minute tippen. Ich hatte nie damit gerechnet, arbeiten zu müssen, ich wollte nie etwas anderes sein als Ehefrau und Mutter. Aber Richard ließ mich Briefe eintüten und Kaffee holen, damit ich mich nicht zu Dank verpflichtet fühlte, obwohl ich das natürlich doch tat. Dein Vater ist ein guter Mann.« Sie stand auf, ging zum Fenster und spielte mit den Schnüren der Gardine, wobei sie die Falten vorsichtig wieder arrangierte. »Bill war der Rechtsberater einer der Parteien in einem Geschäft, das Richard machte. Vom ersten Moment an war er warmherzig und freundlich. Und er liebte Penelope. Es war ihm egal, dass ich schon einmal verheiratet gewesen war, und ich kann dir gar nicht sagen, was für eine Erleichterung das war. Damals als alleinerziehende Mutter … das war schon etwas anderes als heute. Er wollte eine Familie haben, Teil einer Familie sein.« Sie lehnte sich gegen die Wand. »Erst als wir … wir … wir kein eigenes Kind haben konnten …«

»Was passierte?«

»Ich hatte Bill noch nie wütend gesehen. Er war außer sich, als ob ich selbst etwas daran ändern könnte. Mein Arzt sagte mir, dass eine solche Reaktion ganz normal war. Wahrscheinlich fühlte er sich gedemütigt. Er schämte sich. Ich hatte schließlich mit Morgan ein Kind haben können, warum nicht mit ihm? Also leiteten wir alles in die Wege, um Hope zu adoptieren. Für die letzten sechs Monate gingen wir weg, damit niemand bemerkte, dass ich gar nicht schwanger war, und wir unternahmen diese wunderbare Reise durch Europa. Penny blieb bei Teddy in Ann Arbor, und es war wie eine zweite Hochzeitsreise. In Paris stießen dein Vater und Clio für ein paar Tage zu uns. Auf der Rückreise fuhren wir durch Nevada und nahmen dieses wunderschöne kleine Mädchen mit. Sie war zwei Tage alt und das kleinste und kostbarste Wesen der Welt. Niemand wusste, dass sie nicht unser eigenes Kind war.«

Während sie zuhörte wurde Frances klar, dass auch das hier ihre Familie war. Ihr Vater hatte die wahre Geschichte gekannt und hatte mitgemacht, als es darum ging, das Geheimnis von Hopes Herkunft zu bewahren. Warum? Hätte die Wahrheit nicht gesagt werden können? Waren sie alle so stolz auf ihre Stammbäume, dass sie einen Außenseiter nicht hereinlassen wollten? Es schien, als mussten sie alle, um Hope akzeptieren zu können, so tun, als sei sie eine der ihren.

»Bill war ganz entzückt von ihr, als sie klein war. Er behandelte sie wie eine Puppe, überschüttete sie mit Aufmerksamkeit, badete sie und nahm sie auch mal mit ins Büro. Das waren glückliche Jahre. Zunächst habe ich nicht so darauf geachtet, doch als sie zwölf oder dreizehn war, wurde er immer ungehaltener über ihre mangelnde Disziplin. Einmal sah er sie auf dem Fahrrad zusammen mit ihren Freunden vor dem Süßig keitenladen, und er regte sich schrecklich auf. Er fand, sie sei zu gut, um so herumzuhängen, das Herumstehen an den Straßenecken sei nur etwas für gewöhnliche Leute. Genauso regte er sich auf, wenn er sie von einer Tanzveranstaltung in der Schule abholte und meinte, sie hätte eine Zigarette geraucht. Es war komisch. Er weigerte sich einfach zu akzeptieren, dass sie sich an der Schwelle zum Erwachsensein befand. Ich versuchte, ihm zu erklären, dass Jugendliche so etwas eben machen, aber er hörte nicht auf mich. Und dann kamen die Strafen, die in gar keinem Verhältnis zum Vergehen standen. Er sperrte sie in seinem Büro oben in den Schrank ein. Ich flehte ihn an, damit aufzuhören, aber dann wurde er auch mit mir böse. Er sagte, ich sei schuld an ihrer aufmüpfigen Art und ihrer mangelnden Disziplin, und er wolle sie dazu erziehen, sich wie eine Dame zu benehmen und ihre Eltern zu ehren. Ich habe auch daran gedacht, deinen Vater zu bitten, mit ihm zu reden, immerhin hatte er das alles schon mit dir und deiner Schwester durchgemacht, aber ich wollte ihn nicht beunruhigen. Die ganze Zeit hoffte ich, dass es vorübergehen würde, dass Bill wieder zur Vernunft käme. Ich hätte mich mehr bemühen müssen, aber er war so davon überzeugt, dass er das Richtige tat. Ich wusste es nicht … ich wusste es wirklich nicht. Das musst du mir glauben. Ich erfuhr es erst, als es schon zu spät war.«

»Was? Sag mir, was er getan hat.«

Adelaide konnte vor lauter Tränen kaum mehr sprechen. »Er … er … hatte Sex mit ihr. Sie hatten Sex im Schrank.«

Ein Schaudern durchfuhr Frances, und es kribbelte ihr in den Gliedern, als sie zu begreifen versuchte, was ihre Tante ihr gerade gestanden hatte. Ihr war schwindelig, und sie hätte sich am liebsten selbst gekniffen, um sicherzugehen, dass dieses Gespräch auch Realität war.

»Als sie vierzehn war, wurde sie schwanger. Ich weiß nicht, wie lange es da schon so ging. Ich glaube, sie hat sich selbst die Schuld gegeben, und konnte nicht ertragen, dass jemand anders es erfuhr. Sie schaffte es, das Baby selbst abzutreiben, doch erlitt sie dabei so große innere Verletzungen, dass sie ins Krankenhaus gebracht werden musste. In dieser Nacht nahmen sie ihr die Gebärmutter heraus. Es war die einzige Möglichkeit, die Blutung zu stoppen.«

Frances konnte fast nicht mehr zuhören. Die Vorstellung, wie Hope versuchte, ihre Schwangerschaft selbst zu beenden, machte sie krank. Sie konnte es nicht aushalten, dass ihre junge Cousine solche Schmerzen allein hatte durchmachen müssen. »Hat sie mit dir geredet?«

»Nein. Ich weiß noch, wie ich mit Bill im Krankenhaus stand, sie dort schlafen sah und mich fragte, was in aller Welt bloß geschehen war. Es war so beängstigend, dass wir es uns kaum vorstellen konnten. Wir hätten sie fast verloren. Da umarmten wir uns und dankten Gott, dass sie wieder gesund werden würde.«

»Und wie hast du es herausbekommen?«

»Erst viel später. Jedes Mal, wenn ich es anzusprechen versuchte, wurde sie hysterisch. Die Ärzte hatten die medizinischen Komplikationen erklärt. Sie wussten, dass sie schwanger gewesen war, aber nicht einmal sie kannten die ganze Wahrheit.«

»Und was war mit Bill?«

»Er sagte auch nichts. Er schien sogar glücklicher, als ich ihn seit langem gesehen hatte. Aber ich erinnere mich, dass mir sein Verhalten manches Mal Furcht einflößte. Er wirkte irgendwie seltsam. Jetzt im Nachhinein denke ich, dass er froh war, überhaupt jemanden schwanger gemacht zu haben.« Sie neigte ihren Kopf und schluchzte. »Ich … weiß …, das … klingt … schrecklich.«

Ja, das tut es! Und ist es auch!, dachte Frances. Was war mit Hope? Warum hatte Adelaide ihre eigene Tochter nicht beschützt? Waren ihre Tante und ihr Onkel so um den äußeren Schein bemüht, dass sie bereit waren, Hopes seelische und körperliche Gesundheit zu opfern?

»Ich habe es erst herausbekommen, als sie zu Dr. Frank ging. Nach der Operation fing sie an, sich zu Tode zu hungern. Wir merkten, dass sie Hilfe brauchte, und zwar professionelle Hilfe. Dr. Frank erklärte mir, dass er gar nicht erstaunt sei. Sie sei ein getriebenes Mädchen, das ein schreckliches Trauma erlebt habe, das in ihrem Kopf mit ihrer Sexualität verbunden sei. Sie gab sich selbst und ihrem Körper die Schuld, und deshalb wollte sie sich selbst auslöschen.

»Dann hat dir also Dr. Frank von Bill erzählt?«

»Er hat eine Aktennotiz über Bill an das Jugendamt geschickt. Es gab eine Anhörung, und da habe ich von der Sache erfahren. Dr. Frank hat als Zeuge ausgesagt. Ich konnte nicht glauben, was er da sagte! Ich konnte nicht glauben, was vor sich gegangen sein sollte, und dass Bill und Hope es vor mir geheim gehalten hatten.«

Frances' Kehle war wie zugeschnürt. Sie nahm einen kleinen Schluck Tee, um ihre Fassung wiederzuerlangen. Ihr fehlten die Worte.

»Wahrscheinlich hat Bill es nicht als Inzest angesehen, weil Hope ja adoptiert war. Oder wenigstens hat er es so gerechtfertigt. War es denn so falsch, sich von ihr angezogen zu fühlen? Das hat er mich immer wieder gefragt. Sie war ja nicht von seinem Blut, sagte er immer. Sie war nicht sein Kind. Ich war so verwirrt, so unsicher. Wir stritten darüber, aber schließlich … schließlich gab ich auf. Ich wollte einfach daran glauben, dass er nicht böse war.«

»Und er hat dich davon überzeugen können?« Diese Worte brachen aus Frances heraus, ehe sie sie aufhalten konnte.

»Ich weiß«, stotterte Adelaide, »ich weiß, was du denkst. Dass ich eine schreckliche Frau bin und eine noch schlechtere Mutter. Ich glaube, seither ist nicht ein einziger Tag vergangen, an dem ich nicht dasselbe dachte. Zum Teil war ich wohl so furchtbar erschrocken darüber, dass ich einfach leugnete, dass es passiert war. Ich konnte die Wahrheit nicht ertragen. Ich wollte, dass die ganze Sache nur ein schrecklicher Albtraum sei, irgendeine Erfindung meines Hirns, denn ich sah Bill vor mir, und er war der Mann, den ich liebte. Ich konnte mich nicht dazu bringen, ihn nicht mehr zu lieben, und so war es leichter, das alles einfach zu leugnen.«

Frances wusste, dass sie etwas Tröstendes sagen sollte, konnte es aber nicht. »Hat Hope dir je gesagt, wie sie sich fühlte?«

»Damals nicht. Sie weigerte sich, bei der Anhörung auszusagen. Sie weigerte sich bei der Anhörung vor der Approbationsbehörde auszusagen. Es ging dabei ausschließlich um die Frage, ob Dr. Frank ihr Vertrauen missbraucht hatte. Bill sagte auf Anraten seines Anwalts auch nicht aus. Aber er musste seinen Partnern davon erzählen, und sie forderten ihn auf, die Kanzlei augenblicklich zu verlassen«, fügte sie nachdenklich hinzu.

Wie hatten es Adelaide und Bill es geschafft, diesen Missbrauch geheim zu halten? Wieso hatte es nicht einen irgendwie gearteten öffentlichen Aufschrei gegeben? Ein angesehener Anwalt vergewaltigt seine jüngere Tochter, und niemand erfuhr davon? Als könne sie ihre Gedanken lesen fuhr Adelaide fort: »Die Anhörung fand unter Ausschluss der Öffentlichkeit statt, und die Protokolle wurden unter Verschluss gehalten, weil Hope minderjährig war. Die Vereinbarung, die Bills Austritt aus der Kanzlei besiegelte, sah ein gegenseitiges Stillschweigen vor. Er war froh, dass seine Partner darauf eingingen, aber ich denke, sie waren ebenso interessiert daran wie er, die Sache aus der Presse herauszuhalten. Ein paar Monate lange redeten die Leute, oder zumindest dachte ich, dass sie es täten. Doch dann geriet die Sache in Vergessenheit. Bill ist seit langem Mitglied dieser Gesellschaft. Seine Freunde suchen nicht mit der Lupe nach dem Schlimmsten.«

Sie hielt inne und sah Frances in die Augen. »Ich weiß, was du jetzt von ihm denken musst. Aber er war am Boden zerstört. Er flehte mich an, ihn nicht zu verlassen. Er sagte, er würde alles wieder gutmachen. Er versprach, sich zu bessern. Und das tat er. Danach war er ihr ein wundervoller Vater. Er war liebevoll und fürsorglich. Ich weiß, dass er ihr gegenüber nie wieder etwas Unpassendes tat. Und deshalb wuchs er auch über sich hinaus, um alles dafür zu tun, dass diese Hochzeit stattfand. Er wusste, dass es das Beste für sie sein würde, und er wollte, dass sie glücklich und sicher war.«

Frances krümmte sich innerlich. Und was war mit dir?, wollte sie fragen. Wie konnte Adelaide Bill ihren Ehemann nennen? Wie konnten sie tagein und tagaus mit den Konsequenzen ihres Verhaltens leben? Wie konnte sie nur glauben, dass es überhaupt möglich wäre, so etwas wieder gutzumachen?

»Ich liebe Bill. Ich weiß, dass dir das nach allem, was ich erzählt habe, unglaublich vorkommen muss, aber ich liebe ihn wirklich. Vielleicht kann niemand je die Beziehungen der anderen verstehen. Man weiß nicht, was zwei Menschen dazu bringt, sich anziehend zu finden, sich zu mögen und ein gemeinsames Leben aufbauen zu wollen. Er hat mich bei sich aufgenommen, als ich allein war. Er half mir, über den Tod von Morgan hinwegzukommen. Er gab mir ein Leben hier in Manchester, und ich hatte Angst, wieder allein zu sein. Er ist nicht böse. Er ist ein guter Mensch. Seit Hopes Notoperation hat er alles versucht, sie für das, was geschehen ist, zu entschädigen. Und jetzt ist es zu spät. Er wird nie erfahren, ob Hope ihm vergeben hat.«

»Dann hast du also nie mit Hope darüber gesprochen?«

Sie schwieg. »Doch. Einmal. Vor ungefähr einem Monat kletterte sie wirklich auf den Fenstersims über dem Innenhof und fing an zu schreien. ›Wie konntest du das nur zulassen? Warum hast du mich nicht beschützt? Wie kannst du denn mit dir selbst leben?‹ Kathleen rannte nach oben in Bills Büro und versuchte, sie wieder hereinzuholen. Ich stand einfach nur da, erstarrt, hörte zu und bat innerlich, sie möge aufhören. ›Ich kann meiner eigenen Mutter nicht trauen‹, brüllte sie. ›Ich hasse dich. Ich hoffe, du wirst in der Hölle verrotten!‹ Das sagte sie. Dann hörte sie ganz plötzlich auf. Als ich reinkam, lag sie in Kathleens Armen, zu einer Kugel zusammengerollt, und weinte. Wir haben nie wieder darüber geredet.«

Adelaide sah erschöpft aus, als hätte das Geständnis ihr alle Energie genommen. Als sie aufstand, stolperte sie und musste sich an der Armlehne des Sofas festhalten, um das Gleichgewicht nicht zu verlieren. »Ich weiß nicht, was ich sagen soll«, sagte sie, ohne wirklich zu Frances zu sprechen. »Du musst denken, dass ich ein Monster bin. Wer beschützt sein Kind nicht vor den schlimmsten denkbaren Übergriffen? Es vergeht kein Tag, an dem ich mir diese Frage nicht selbst stelle. Aber ich wusste nicht, was ich tun sollte, und ich redete mir ein, dass wir die Situation wieder bereinigen könnten. Ich warf mich in die Vorbereitungen zu dieser Hochzeit, damit sie das Gefühl hatte, gefeiert, besonders und wunderschön zu sein. Sie sollte doch schließlich merken, wie sehr ihre Eltern sie liebten. Und wie Leid es uns tat. Und noch tut.«

Adelaides Knie knickten ein, und sie musste kämpfen, um aufrecht stehen bleiben zu können. Frances rührte sich nicht. Sie wusste, dass sie ihr eigentlich helfen sollte, sie trösten sollte, aber sie vermochte es nicht. Das Bild von Hope, die ermordet in ihrem Schrank hing, nach all den Qualen und dem Schmerz, die sie in ihrem Leben erlitten hatte, stand ihr vor Augen. Einen Moment lang blitzte der Gedanke in ihrem Kopf auf, dass der Mörder eigentlich Mitgefühl bewiesen hatte. Es war vielleicht eine Gnade, ein Mädchen zu töten, dessen Leben von so vielen Dämonen heimgesucht worden war. Sie lehnte sich in ihrem Stuhl zurück und spürte die Stäbe der Lehne an ihrem Rücken.

»Bitte sprich mit niemandem darüber«, murmelte Adelaide. »Das kann alles nichts mit ihrem Tod zu tun haben.«

29

Das Avery Bowes Institute war ein beeindruckendes weißes Gebäude aus Stein mit Schieferdach und vier dicken Säulen, die den Eingang umstanden. Linker Hand führte ein Backsteinweg von dem Haus weg in einen weitläufigen Rasen, auf dem schmiedeeiserne Bänke aufgestellt waren. In der Mitte stand ein Marmorspringbrunnen mit einer Skulptur von Neptun, aus dessen Mund das Wasser plätscherte, und außen herum lud ein mit Zedernholzmulch bestreuter Weg zum Joggen ein. Rechter Hand befand sich ein Parkplatz, auf dem Firmenwagen und ein Krankenwagen standen. Frances bog auf einen der markierten Parkplätze ein.

Abgesehen von zwei Ärzten in weißen Kitteln, die den Parkplatz überquerten, war das Grundstück leer. Man sah keine Patienten, keine Pfleger, Krankenschwestern oder andere, die den wunderschönen Nachmittag draußen genossen hätten. Als sie die breite Holztreppe hinaufstieg, hallten ihre Schritte in der ungewöhnlichen Stille wider. Sie öffnete eine große schwarze Tür und betrat einen theatralisch wirkenden runden Eingangsbereich. In der Mitte stand ein überdimensionierter wuchtiger Holztisch, an dem aber niemand seinen Dienst versah. Ein kleines weißes Schild vorn auf dem Tisch bat: »Bitte klingeln«, was sie tat.

»Kann ich Ihnen helfen?«, ertönte eine Frauenstimme über die Gegensprechanlage.

Frances sah sich erschrocken um und entdeckte dann den schwarzen Lautsprecher, der neben einem großen Buch aufgestellt war. »Ich möchte Dr. Frank sprechen. Peter Frank.«

»Erste Tür rechts«, erwiderte die Stimme. Einen Moment lang war es, als wäre sie die Dorothy aus »Der Zauberer von Oz«, die den dicklichen Typen hinter dem Vorhang entdeckt, der so tut, als sei er ein Zauberer. Warum hat man einen Empfangstresen, wenn niemand daran sitzt? Trotzdem folgte sie der Anweisung.

Die Tür öffnete sich in ein sonniges, aber ansonsten einfaches Wartezimmer mit schlichten Eichenmöbeln und zwei Zimmerpalmen. Eine Frau, die eine tiefrote Bluse, Hüftjeans und einen Nasenring trug, las eine zerschlissene Ausgabe von *Cosmopolitan*. Sie sah kurz mit blauen Augen und leerem Blick auf, bevor sie die Seite umblätterte und ihre Aufmerksamkeit wieder dem Magazin zuwandte.

Frances trat an ein Innenfenster und blickte in einen engen Sekretariatsbereich, wo eine stämmige Frau saß und ein Bulettensandwich aß. Die Knöpfe an der weißen Uniform waren über ihrem Bauch zum Abspringen gespannt. »Setzen Sie sich. Der Herr Doktor wird gleich bei Ihnen sein.«

Frances ließ sich in einem Stuhl gegenüber der *Cosmopolitan*-Leserin nieder und starrte auf ein Poster, auf dem die Patientenrechte aufgeführt waren. **Vertraulichkeit**. Da stand es, fett gedruckt.

Die Tür zum Wartezimmer öffnete sich, und ein großer dünner Mann kam herein. Er trug ein zerknittertes Oberhemd und schwarze Jeans mit Bügelfalte. Er streckte seine Hand aus und stellte sich vor. »Peter Frank.«

»Vielen Dank, dass Sie Zeit für mich haben.«

Er sah zu der jungen Frau und dann auf seine Uhr. »Sie sind wieder zu früh«, sagte er. »Ihr Termin ist erst um Viertel nach.«

Sie antwortete nicht.

Er zuckte die Achseln. »Warum gehen wir nicht raus?«, fragte er. »Ich könnte ein wenig frische Luft gebrauchen.«

Gemeinsam gingen sie den Weg zurück, auf dem Frances gekommen war. Dr. Frank schlug den Pfad über den Rasen zu dem Joggingparcours ein. »Ist es in Ordnung, wenn wir etwas gehen, während wir reden?«

Frances nickte. »Wie lange sind Sie schon in der Avery Bowes?«

»Zu lange, würden die meisten sagen. Hier gibt es so viel zu tun, so viele Menschen, die Hilfe brauchen, dass aus den Tagen Monate geworden sind, und aus den Monaten Jahre. Ich fürchte, ich arbeite gerade am zweiten Jahrzehnt.« Er kicherte in sich hinein. »Seelische Krankheit ist ein formloses Ungetüm. Es gibt so viel, was wir nicht wissen. Und die finanzielle Unterstützung ist entweder nicht existent oder bestenfalls mittelmäßig. Deshalb geht die Entwicklung nur langsam voran. Gäbe es nicht die Forschungsabteilungen in ein paar wichtigen Pharmakonzernen – sie suchen schließlich alle nach einer neuen Wunderpille wie Prozac –, dann wären wir ziemlich aufgeschmissen.«

Frances wusste nur wenig über die Umstände in der psychologischen Krankenversorgung, sodass sie es für das Beste hielt, einfach nur zuzuhören.

»Die andere riesige Hürde, die wir bei der Heilung von seelischen Krankheiten überwinden müssen, ist die gesellschaftliche Ignoranz. Die Leute verstehen das einfach nicht. Es ist weniger greifbar, man kann eine manisch-depressive Störung nicht auf einem Röntgenbild sehen, und eine Schizophrenie nicht auf dem EKG. Ich kann Ihnen nicht sagen, wie viele Eltern von ernsthaft gestörten Jugendlichen oder Ehepartner von sehr kranken Menschen schon zu mir gesagt haben: ›Wenn sie einfach aus dem Bett aufstehen und sich ein bisschen Bewegung verschaffen würde‹. Oder: ›Das ist doch kein Grund, mir nicht mit den Kindern zu helfen‹, oder: ›Unser Leben ist so perfekt, dass ich einfach nicht begreife, worüber man sich aufregen könnte.‹« Das erstaunt mich. Ich wünschte dann, ich könnte auf einen gebrochenen Knochen oder einen Tumor zeigen. Aber das kann ich nicht. Die Augen der Angehörigen beginnen zu leuchten, wenn ich das Thema chemisches Ungleichgewicht oder Serotonin-Spiegel anspreche. Aber es ist alles real, genauso real, wie alles andere, womit wir zu kämpfen haben.« Er wandte sich ihr zu. »Es ist ein undankbarer Job. Ich habe angefangen mich zu fragen, warum ich mich je darauf eingelassen habe.« Dr. Frank griff nach ihrem Ellenbogen und zog sie zu sich hin, als jemand im grauen Trainingsanzug vorbeijoggte. »Man weiß nie, ob die Leute hier auch wirklich um einen herumlaufen«, sagte er, ließ ihren Arm wieder los und trat ein paar Schritte zur Seite, als sei es ihm peinlich. Sie gingen eine Weile schweigend weiter. »Es tut mir sehr Leid zu hören, dass Hope tot ist, aber ich weiß nicht recht, wie ich Ihnen helfen soll. Ich glaube kaum, dass ich nach allem, was die Lawrences mir angetan haben, ihnen noch immer verpflichtet bin. Aber Hope war meine Patientin.«

»Ich respektiere das. Bei dem, was ich mit Ihnen besprechen wollte, geht es um einen öffentlichen Fall. Sie haben in einer Anhörung wegen sexuellen Missbrauchs ausgesagt, über den Sie von Hope erfahren hatten. Ein Missbrauch, den sie erlitten hatte. Adelaide hat mir erzählt, was Bill getan hat. Ich kann natürlich die Kopien der Protokolle besorgen. Ich dachte nur, dass Sie mir vielleicht etwas berichten könnten, dann spare ich Zeit.«

»Ich weiß nicht, was das mit ihrem Tod zu tun haben sollte.«

»Ich bin auch nicht sicher, ob ich es erklären kann«, sagte sie. Hope war verletzlich, sie brachte sich selbst in Gefahr, sie war schon einmal missbraucht worden – das alles waren Eigenschaften, die sie zu einem leichten Opfer machten. Die Frage war nur, wer hatte das ausgenutzt?

»Nun, deswegen führen wahrscheinlich Sie die Ermittlungen durch und nicht ich.« Er machte ein knackendes Geräusch mit seinem Kiefer als er einen Moment nachdachte. »Es war in Wirklichkeit viel komplizierter, als Sie es beschreiben. Ich werde Ihnen erst einmal die Geschichte erklären. Da besteht auch nicht die Gefahr irgendwelcher Vertrauensbrüche zwischen Patient und Therapeut.«

»Ich nehme, was ich kriegen kann.«

»Ich habe eine Eingabe mit einem so genannten 51A-Bericht gemacht. Die Grundlage dazu ist Kapitel 119 der Gesetzgebung von Massachusetts. Der Abschnitt 51A besagt, dass ein im Gesundheitswesen Tätiger oder andere Menschen mit professionellen Tätigkeiten in diesem Bereich das Jugendamt einzuschalten haben, wenn sie den begründeten Verdacht hegen, dass ein Mensch unter achtzehn Jahren missbraucht wird oder ernsthaft in Gefahr ist, verletzt zu werden. Auf der Grundlage meiner Therapiesitzungen mit Hope fühlte ich mich verpflichtet, Bericht zu erstatten.«

Frances blieb stehen. »Hatten Sie denn Grund anzunehmen, dass der Missbrauch noch weiter geschah? Sie haben doch die Therapie mit Hope fast ein Jahr nach ihrer Notaufnahme ins Krankenhaus begonnen.«

Dr. Frank fuhr sich mit den Fingern durchs Haar und blickte auf den Boden. Er kickte ein paar der Piniennadeln zwischen seinen abgewetzten Mokassins hin und her. »Das stimmt. Aber meine Auffassung der Erfordernisse von 51A deckte diesen Umstand. Bill Lawrence und sein Anwalt waren anderer Ansicht. Sie machten eine Eingabe vor der Approbationsbehörde und beschuldigten mich, meine grundlegenden Pflichten zum Schutz der Schweigepflicht verletzt zu haben. Darum ging es in der Anhörung. Um rauszufinden, ob ich etwas falsch gemacht hatte, musste die Approbationskommission den Hintergrund meiner Sorge um Hope feststellen.«

»Ich verstehe. Es gab also keine Anhörung zu Ihrem 51A-Bericht?«

»Stimmt. Ich habe es so verstanden, dass das Jugendamt ermittelte und kein Problem fand. Ich bezweifle ernsthaft, dass Hope jemals etwas gesagt hätte.«

»Aber ihre Schwangerschaft …«

»Als die Behörde endlich eingeschaltet wurde, war bereits ausreichend Zeit vergangen. In den Unterlagen des Krankenhauses stand nichts darüber, dass Bill der Vater des abgetriebenen Kindes war. Dem Jugendamt geht es um unmittelbare Bedrohung. Die haben einfach zu viele Kinder, die in ihrem eigenen Dreck sitzen und auf Essen warten, das nie kommt, dass sie sich um Sachen kümmern könnten, die Jahre zurückliegen. Also war ich plötzlich derjenige, der sich verteidigen musste, und nicht er – ein brillantes Stück Anwaltsarbeit. Das Thema war mein Verhalten, mein Vertrauensbruch, und nicht die Tatsache, dass er mit seiner vierzehnjährigen Tochter geschlafen hatte. Das war einfach obszön.«

»Was geschah dann vor der Approbationsbehörde?«

»Ich hatte schließlich das Glück, dass sich die Kommission nicht einigen konnte. Ein Mitglied schrieb eine lange vernichtende Beurteilung. Es gelang mit nur knapp, meine Zulassung zu behalten. Es war ein teurer und seelisch belastender Kampf, der mich fast ein Jahr meines Lebens kostete. Meine Ehe litt darunter. Ich sah meine Kinder kaum noch. Zwar hatte ich das Glück, hier ein paar eng verbundene Kollegen zu haben, die mich unterstützten, doch es war auch beruflich eine schwere Zeit.«

»Haben Sie Kopien von den Protokollen?«

»Ja.«

»Dürfen Sie sie herausgeben?«

Er dachte kurz nach. »Es gibt keinen Grund, warum ich sie Ihnen nicht zeigen sollte, falls Sie das meinen. Und wissen Sie was? Irgendwie ist es mir inzwischen auch egal. Ich wusste schon immer, dass die Welt der Psychiatrie etwas durchgedreht ist, aber diese Anhörung war einfach der Gipfel.«

Sie gingen schweigend weiter. Seine zusammengepressten Kiefer machten sein Gesicht hart und unerbittlich. Sie verstand, dass er verbittert war. Bill, dessen unglaubliches Verhalten alles überhaupt erst verschuldet hatte, hatte versucht, ihm seine Zulassung als Arzt zu entziehen. Da musste er doch auf die Familie Lawrence wütend sein. Er hatte versucht zu helfen, und es hatte ihn fast seine Karriere gekostet.

»Aber Hope ist trotzdem weiter zu Ihnen gekommen, oder?«

»Nicht kontinuierlich. Als Bill den Fall vor die Approbationskommission brachte, beendete ich die Sitzungen. Wir wussten beide, dass unsere Gespräche nicht mehr vertraulich sein konnten, und dass es zu viel Uneinigkeit zwischen ihrer Familie und mir gab, als dass ich ihr noch ein guter Therapeut hätte sein können. Ich hatte jahrelang nichts von ihr gehört. Erst nachdem sie sich verlobt hatte, nahm sie plötzlich wieder Kontakt zu mir auf. Vielleicht hatte sie begriffen, dass ich nichts Falsches getan hatte, und dass es nur mein Wunsch gewesen war, ihr zu helfen. Vielleicht kam sie aber auch zurück, weil sie nirgendwo sonst hin konnte. Ihre Therapie hatte Erfolge gezeigt, und ich glaube, sie vertraute mir. Es ist oft so, dass große Ereignisse wie eine bevorstehende Hochzeit alte Emotionen wieder wachrufen können. Deshalb ist es nicht ungewöhnlich, dass Menschen in eine Therapie zurückkehren, wenn ihr Leben kurz vor einer Veränderung steht.«

»Und Sie haben sie wieder aufgenommen?«

»Ich wollte sie nicht für das Verhalten ihres Vaters bestrafen. Aber ansonsten hatte ich nichts mit der Familie zu tun.«

»Darf ich Sie noch etwas fragen?«

Er wandte sich ihr zu.

»Welche Art von Beratung gaben Sie Fiona Cabot?«

»Ich weiß nicht, wovon Sie reden.«

»Sie hat Ihnen 5000 Dollar bezahlt für eine Reihe von Konsultationen. Hatten die irgendetwas mit Hope oder den Lawrences zu tun?«

»Das kann ich nicht beantworten.«

»Haben Sie ihr gesagt, dass Hope keine Kinder bekommen konnte?«

»Warum sollte ich?«

»Gilt es nicht als unpassend, mit den Patienten verbundene Personen ohne deren Zustimmung zu empfangen?«

Er ließ sich mit seiner Antwort Zeit. »Ich habe schon einen Fehler gemacht.«

»Ich würde sagen, mehr als einen.« Frances sah ihm in die Augen und fragte sich, welche Geheimnisse er wohl hatte und nicht preisgab. Sie wollte die Protokolle, und sie wollte eine Erklärung für Fionas Besuche bei ihm. Der Zufall wäre doch zu groß, dass Hope und ihre zukünftige Schwiegermutter denselben Therapeuten aufsuchten, und sie glaubte sowieso nicht an Zufälle. Außerdem hatte Fiona gemäß der Rechnung, die sie gesehen hatte, Dr. Frank 1250 Dollar pro Stunde gezahlt, was mehr als das Sechsfache dessen war, was ein Therapeut normalerweise berechnete.

»Warum?«, fragte Dr. Frank und unterbrach ihren Gedankenfluss.

»Warum was?«

»Warum machen Sie das, diese Ermittlung?«

Das war eine Frage, die sie sich mehr als einmal gestellt hatte. Und die Antwort war immer noch nicht greifbar. Sie fragte sich, ob sie sich selbst und ihre Motivation jemals so weit verstehen würde, wie sie es sich wünschte. Sie war noch nie bei einem Therapeuten gewesen. Um ehrlich zu sein, hatte sie die Vorstellung, jemanden dafür zu bezahlen, dass er sich die eigenen Probleme anhörte, immer für narzisstische Selbstbeweihräucherung gehalten. Aber es geschah doch relativ oft in ihrem Leben, dass ihr längst vergangene Ereignisse oder Gefühle wieder in den Sinn kamen, die sie dann genauso schnell wieder wegschob, wie sie gekommen waren. Vielleicht war das voreilig. Selbstbewusstsein oder zumindest die Fähigkeit, die einfache Frage zu beantworten, warum sie sich die Ermittlungen zu Hopes Tod aufhalste, wenn doch die Staatsanwaltschaft durchaus hierzu imstande war, schienen eine Überlegung wert zu sein. Doch wenn man Hopes Erfahrungen mit Dr. Frank betrachtete, schien die Psychiatrie die Dinge nur noch schwieriger zu machen.

»Ich könnte mir jetzt vielleicht irgendwas ausdenken, was gut klingt, aber um ehrlich zu sein, ich weiß es nicht«, erwiderte sie. »Es scheint einfach etwas zu sein, das ich für … für meine Familie tun muss.«

»Dann hoffe ich für Sie, dass Sie Ihre Antworten finden werden.«

»Das hoffe ich auch.«

Die Church of the Holy Spirit war leer. Die Sonne war untergegangen, und im grauen Licht der Dämmerung konnte man die Bilder in den bleigefassten Fenstern kaum noch erkennen. Frances saß in der letzten Bank und blickte zum Altar, sah die große Bibel auf einem Ständer, das goldene Kreuz, die Reihen von Kerzen in Messingständern. Diese Schlichtheit war sehr schön.

Als sie in das Haus am Smith's Point zurückgekehrt war, hatte sie eine Notiz von Adelaide vorgefunden. Sie bat sie, hierher zu kommen. Doch es war niemand zu sehen, und sie wusste nicht, wie lange sie in der wachsenden Dunkelheit würde still sitzen können. Sie hatte auf dem Rückweg vom Avery Bowes Institute an einer Tankstelle zwei Tassen Kaffee in sich hineingeschüttet. Obwohl er ziemlich schwach gewesen war, hatte das Koffein sofort auf ihre Nerven gewirkt. Sie fühlte sich aufgekratzt.

Sie holte den Stapel Papier aus der zerknitterten braunen Tüte, die in ihrem Schoß lag. Es war nur ein kleiner Teil der Protokolle im Fall »Approbationsbehörde gegen Dr. Peter Frank«, aber es war alles, was sie hatte, bis der Rest des Materials, das Dr. Frank ihr versprochen hatte, kopiert werden konnte. Sie überblätterte die erste Seite und fing an zu lesen. Es schien eine vorbereitete Erklärung von Dr. Frank zu sein:

Ich war für mehr als neun Monate der Therapeut der Patientin, als sie sich entschloss, mir die tragischen und traumatischen Ereignisse mitzuteilen, die sich zwischen ihr und ihrem Vater zutrugen. Bevor sie ihre ganze Geschichte berichtete, hatten wir verschiedene Themen behandelt, wie Selbsthass, selbstzerstörerisches Verhalten, Scham und das intensive Gefühl des eigenen Ungenügens. Es steht für mich fest, dass die Geschichte der Patientin nicht nur ihr Bild von sich selbst, sondern auch ihre Fähigkeit zu vertrauen ernsthaft geschädigt hat.

Obwohl die Patientin immer wieder ausdrückte, dass die sexuelle Beziehung zu ihrem Vater endete, als sie wegen Komplikationen im Zusammenhang mit einer Abtreibung ins Krankenhaus kam, war ich der Ansicht, dass dennoch meine Verpflichtungen gemäß Abschnitt 51A betroffen waren. Die Patientin ging sehr weit, um den Missbrauch, der ihr angetan worden war, zu vertuschen. Indem sie das tat, fügte sie sich selbst irreparablen Schaden zu. Bei mehreren Gelegenheiten berichtete sie, dass sie die sexuellen Erfahrungen als angenehm empfunden habe. Sie vermisse die Intimität mit ihrem Vater.

Ich bin nicht davon überzeugt, dass ihr Bericht sehr genau war. Als Therapeut bin ich der Ansicht, dass sie, wenn die Beziehung je wieder aufgenommen würde, es nicht noch einmal erzählen würde. Meiner Meinung nach war es erforderlich, die Schweigepflicht zu durchbrechen, um ihre zukünftige Sicherheit zu gewährleisten.

Sie wurde in ihrer Lektüre durch das Klicken eines Schlosses unterbrochen, das in dem leeren Raum widerhallte. Sie drehte sich um und sah Vater Whitney und Adelaide gemeinsam in das Gebäude kommen. Der Pfarrer hielt sie am Arm und schien sie fast zu führen. Er sah sich um und lächelte, als er Frances erblickte. Sie kamen langsam zu ihr herüber. Adelaide sank in eine leere Bank.

»Sie müssen Ihre Tante jetzt nach Hause bringen«, sagte Vater Whitney. Adelaide kräuselte die Lippen, und Frances wusste nicht, ob sie etwas sagen oder weinen würde.

Frances nickte. »Mein Wagen steht draußen.«

»Ich weiß, dass dies ein schwieriger Tag für Sie alle war. Diese Zeiten stellen Sie auf eine harte Probe.«

»Ich nehme an, Adelaide hat Ihnen erzählt, was passiert ist.«

»Sie brauchte Trost und Gebet. Ich werfe mir vor, mich nicht besser um Hope gekümmert zu haben. Die Sünden, die Bill begangen hat, sind ungeheuerlich. Das Vertrauen eines Kindes zu missbrauchen, ist für uns alle ein schwer zu begreifendes Vergehen. Ich habe so viel Zeit mit Hope verbracht, dass ich dachte, sie könnte mir von ihren Problemen berichten, aber ich habe mich getäuscht. Ihre Bekenntnisse waren nicht vollständig. Sie hielt die ganze Wahrheit vor allen außer Gott verborgen. Heute hat Adelaide für sie gesprochen.«

Adelaides Augen waren geschlossen. Es war, als sei sie nur körperlich anwesend. Ihr Gesicht ließ nicht erkennen, ob sie das Gespräch verfolgte.

»Adelaide und Bill haben einen schwierigen Weg vor sich. Aber der Herr vergibt uns allen. Selbst denen, die schreckliche Schmerzen bereiten.«

Frances wollte widersprechen. Natürlich verstand sie, dass Vater Whitney in seiner Rolle als Kirchenmann gehalten war, Trost zu spenden. Aber sie konnte sich nicht vorstellen, dass irgendjemand vergeben könnte, was Bill seiner Tochter angetan hatte. Das war die schlimmste Form der Gewalt. Was war mit dem Gott, der strafte? Wann erschien der denn einmal?

»Sie hat mir auch gesagt, welche Entwicklungen es bei den Ermittlungen gegeben hat. Es bedrückt mich zu hören, dass noch immer ein Mörder in unserer Gemeinde frei herumläuft.«

»Mich auch.«

»Sind Sie sicher, dass Carl nicht der Verantwortliche ist?«

Frances zuckte mit den Achseln. »Ich kann gar nichts mehr sicher sagen. Aber ich habe seine Geschichte gehört, und wir werden vielleicht wenigstens einen Teil davon beweisen können. Er hat Hope geliebt, davon bin ich überzeugt. Und sie hat ihm sogar ihre größten Geheimnisse anvertraut.«

»Was meinen Sie damit?«

»Sie hat ihm Dinge erzählt, von denen niemand etwas wusste. Von dem Missbrauch und dem Betrug, dem sie in ihrem Leben ausgesetzt war. Ich glaube, dass er vieles noch gar nicht erzählt hat, weil er sie schützen will.«

»Was denn zum Beispiel?«

»Sie haben doch erwähnt, dass sie Ihnen gegenüber nur teilweise eine Beichte ablegte. Soweit ich es beurteilen kann, war sie zu Carl und ihren Tagebüchern völlig offen. Und sonst zu niemandem. Nicht einmal Adelaide wusste, wie sehr sie litt. Wir haben ihre Tagebücher abgesehen von denen, die Sie uns gegeben haben, noch nicht gefunden, aber sie müssen ja irgendwo sein. Wir müssen einfach rauskriegen, was geschehen ist, und ich denke, dass die Bücher uns dabei vielleicht helfen können.«

Er rieb sich die Nase mit dem Knöchel und zog die Augenbrauen zusammen. Dann sprach er mit einer Stimme, die fast nur noch ein Flüstern war: »Ich möchte so gern an die Unschuld aller Menschen glauben, aber Sie haben mich kaum davon überzeugen können, dass Carl nicht ihr Mörder ist.«

»Vielleicht möchte ich einfach nur glauben, dass er unschuldig ist und täusche mich in Wirklichkeit. Aber irgendetwas gibt mir das Gefühl, dass ich Recht habe.«

»Vielleicht setzen Sie zu viel Vertrauen in die Tatsache, dass er sie liebte. Aber lassen Sie sich nicht von ihm blenden. Verbrechen aus Leidenschaft geschehen immer und immer wieder, und alle Liebe der Welt wird sie nicht aufhalten. Nur der Glaube kann das tun. Der Glaube ist unser Heiler, unser Erlöser.«

Wenn es nur so einfach wäre, dachte Frances.

30

Frances saß auf ihrer Bettkante und wählte Sams Nummer auf ihrem Handy. Sie hatte schon einige Zeit nicht mit ihm gesprochen und sehnte sich nach dem Klang seiner Stimme und dem Trost, den er bestimmt für sie bereithalten würde. Sie ließ es immer wieder klingeln, aber er ging nicht ran. Er war nicht zu Hause, und technikfeindlich wie er war, hatte er natürlich keinen Anrufbeantworter. Enttäuscht wählte sie ihre eigene Nummer daheim. Vielleicht war er rübergegangen und hatte die Hunde gefüttert. Doch als sie ihre eigene Stimme sagen hörte, dass sie gerade nicht erreichbar sei, verzichtete sie darauf, eine Nachricht zu hinterlassen.

Sie wollte gerade das Handy ausschalten, als ein kleiner Umschlag in der rechten unteren Ecke des Displays sie darauf hinwies, dass sie eine Nachricht erhalten hatte. Sie hörte sie ab.

»Frances, hier ist Carl. Es gibt ein paar Dinge, die ich neulich vor Teddy nicht sagen konnte, aber ich denke, wir sollten miteinander reden. Ich habe Hopes Tagebücher. Bitte kommen Sie allein.« Seine Stimme versagte, und sie hörte ein Husten im Hintergrund. »Mein Telefon geht nicht mehr, deshalb rufe ich von einer Telefonzelle aus an. Aber ich werde auf dem Boot sein, wenn Sie da hinkommen können.«

Die Nachricht war um 17 Uhr 34 hinterlassen worden.

Sie spielte sie noch einmal ab und versuchte, irgendwelche Rückschlüsse aus seinem Tonfall zu ziehen, doch das Knacken in der Leitung und seine eintönige Stimme gaben ihr keine Hinweise darauf, warum er sie sprechen wollte. Sie stand auf, ging zum Fenster und sah über den weiten Rasen, der zu Teddys Cottage führte. Ein Teil von ihr sehnte sich danach, bei ihrer Großmutter zu sitzen und das vertraute Rasseln ihrer Stimme zu hören, ihre Mentholzigaretten zu riechen und das unvermeidlich angebotene Glas Wein oder einen Wodka Tonic zu genießen.

Warum konnten Teddy und sie nicht an die Polizeiarbeit glauben, die da geleistet worden war? Warum grub sie die Schrecken aus Hopes Vergangenheit aus? Sie kämpfte um eine Verbindung, irgendeine Methode, die Geheimnisse, die sie entdeckt hatte, zu ordnen. Doch bisher hatte sie das, was sie erfahren hatte, nur traurig und niedergeschlagen gemacht. Nichts davon hatte sie bei ihrer Suche nach dem Mörder weitergebracht. Sie brauchte ebenso wie ihre Tante Ruhe. Sie musste die Ermittlungen hinter sich lassen und nach Hause zu ihrem eigenen Leben zurückkehren. Was konnte eine erneute Fahrt nach Gloucester bringen? Konnten Hopes Tagebücher in dieser sich im Kreise drehenden Ermittlung helfen? Was könnte Carl zu sagen haben, das er Teddy nicht anvertraut hatte, dem einzigen Menschen, der von Anfang an an ihn geglaubt hatte?

Der Pier bei den Fischerbooten schien ungewöhnlich ruhig. Abgesehen von einem grünen Oldsmobile und einem schwarzen Laster mit rostigem Chassis war der Parkplatz leer. Anders als bei ihrem letzten Besuch fehlte diesmal die Aktivität von Booten, die entladen wurden, und Lastwagen, die den Fang des Tages aufnahmen. Sie eilte den Weg zum Kai hinunter, wo die *Lady Hope* festgemacht war, und wünschte, es wären außer ihr und dem cholerischen Hummerfischer, den sie treffen würde, noch andere Menschen im Hafen.

»Carl?«, rief sie, als sie sich seinem Boot näherte. Abgesehen von einem Stück Polizeiklebeband, das von einer Seite herunterbaumelte, sah das Deck genauso aus wie das Mal davor. An der Tür zum Niedergang lagen Werkzeuge verstreut, und eine Reihe Hummerreusen war am Heck gestapelt. »Carl«, rief sie wieder, aber es kam keine Antwort.

Frances sah zum Parkplatz hinüber und fragte sich einen Moment lang, ob er ihr von dort entgegenkommen würde. Vielleicht war sie auch zu spät dran. Oder sie hätte in seinem Apartment nachsehen sollen. Aber er hatte definitiv gesagt, dass er auf dem Boot sein würde. Auf dem Weg nach Norden hatte sie seine Nachricht noch einmal abgespielt, es gab keinen Zweifel.

Sie erwog, an Bord zu gehen, fand es dann aber besser zu warten und nicht zu aufdringlich zu sein. Sie sah auf ihre Uhr. 20 Uhr 13. Um die Minuten vergehen zu lassen, ging sie auf und ab, am Dock entlang, und starrte in das schwarze Wasser hinunter. Geh nach Hause, riet ihr eine innere Stimme. Sie hatte schon bezweifelt, ob es eine gute Idee war, hierher zu fahren, noch ehe sie sich nach Gloucester aufgemacht hatte.

Seit einer halben Stunden ging sie jetzt auf dem schwankenden Steg auf und ab. Sie sah noch einmal auf die Uhr. Er hatte sie auf sein Boot bestellt. Ob es etwas ausmachen würde, wenn sie sich umschaute? Sie glaubte kaum, dass die Polizei bei der Durchsuchung irgendetwas übersehen hatte, aber sie war neugierig und wollte sich alles selbst einmal ansehen. Sie schwang ihr Bein über die Reling und ging an Bord.

Frances öffnete die Schwingtür und sah in die Kajüte. Auf einem kleinen Gaskocher in der Kombüse rauchte ein Blechtopf. Auf der Arbeitsplatte stand eine geöffnete, leere Dose Tomatensuppe, doch ihre Bestandteile waren zu einem schwarzen Teer auf dem Boden des Topfes zusammengekocht. Sie machte die Flamme aus und sah sich um. Das Inventar der Kajüte schien unberührt, abgesehen von dem Hörer eines Funkgeräts, der an seinem Kabel baumelte. Verschiedene Karten,

Navigationspapiere, eine Petroleumlampe und eine Ausgabe von Shakespeares Sonetten lagen auf einem Tisch ausgebreitet, der von einem Süllbord umgeben war. Eine kleine Lamellentür am hinteren Ende der Kajüte stand offen, und als Frances auf sie zuging, erblickte sie den riesigen Schiffsmotor. »Carl«, rief sie wieder und fühlte sich plötzlich sehr unbehaglich. Sie sah hinein. Alles schien an seinem Platz zu sein. Ein öliges Tuch und ein Schraubenschlüssel auf dem Fußboden deuteten darauf hin, dass Carl versucht hatte, etwas zu reparieren. Sie erinnerte sich an das Klirren und Schlagen, das sie das letzte Mal, als sie auf diesem Boot gewesen war, gehört hatte.

Sie ging zum Bug und öffnete dort den Riegel. Es schien alles unberührt. Sie schaute in einen Spiegelschrank und überflog, was auf den beiden Regalbrettern stand: Rasiercreme, eine Rasierklinge, Pflaster, nicht Ungewöhnliches.

In dem Moment hörte sie Schritte auf dem Steg. Sie eilte hinaus auf Deck und sah eine Person sich dem Boot nähern. Eine Baseballkappe warf einen Schatten über das Gesicht, und sie wurde plötzlich panisch. »Carl?«, rief sie.

»Nein, ich fürchte nicht«, antwortete eine männliche Stimme. Zu ihrem Erstaunen klang sie bekannt.

»Vater Whitney?«

»Ja«, erwiderte er und nahm die Kappe ab.

Erleichtert stieg sie auf den Steg, ging schnell auf den Pfarrer zu und gab ihm die Hand. »Schön, Sie zu sehen«, sagte sie und spürte, dass sie es wirklich so meinte. Die seltsame Stille auf dem Pier, die Entdeckung des verbrannten Topfes und die geheimnisvolle Nachricht von Carl hatten ihre Fantasie mit ihr durchgehen lassen. Es beruhigte sie, den Pfarrer zu sehen.

»Was machen Sie hier?«, fragte er und nahm Frances' Hand in seine beiden Händen. Sie begriff, dass sie ihm dieselbe Frage stellen könnte. »Ich treffe mich mit Carl.«

Er senkte seine Stimme zu einem Flüstern. »Ich auch. Er hat mich heute im Gemeindehaus angerufen und mich gebeten, heute Nachmittag hierher zu kommen. Er sagte, er wolle mit mir etwas zu Hopes Tod besprechen, irgendwelche Details, von denen er meinte, ich sollte sie kennen.« Vater Whitney nahm eine Uhr aus seiner Tasche, die mit einer goldenen Kette an seiner Gürtelschlaufe festgemacht war. »Ich bin ein wenig verspätet, aber ich konnte nicht eher weg. Wir haben viele Gemeindemitglieder, die unbedingt reden möchten. Sie müssen reden. Die Lawrences sind besondere Leute. In Zeiten wie diesen müssen wir als eine Kirchenfamilie zusammenstehen.«

»Hat er Ihnen gesagt, worüber er mit Ihnen reden wollte?«

»Er hat nichts gesagt außer dem, was ich Ihnen soeben erzählt habe. War er zu Ihnen deutlicher?«

»Nein.« Frances blickte noch einmal über die Boote im Hafen.

Vater Whitney ging zur *Lady Hope* und lehnte sich hinüber, um auf Deck zu spähen. »Sind Sie sicher, dass das hier sein Boot ist?«

»Ja«, erwiderte sie.

Der Pfarrer hielt sich am Geländer fest und ließ sich auf das Deck herunter. Nachdem er weiter geklettert war, blieb er stehen, um sich an das leichte Schaukeln des Bootes im Wasser zu gewöhnen. Dann ging er zum Eingang der Kajüte und steckte seinen Kopf hinein. »Da kocht etwas«, bemerkte er. »Oder es hat was gekocht. Scheint ziemlich angebrannt zu sein.«

Sie antwortete nicht.

»Ich hatte das entschiedene Gefühl, dass dieses Treffen von einer gewissen Dringlichkeit sei. Ich hoffe wirklich, dass dem Mann nichts zugestoßen ist«, sagte er, als er wieder auftauchte.

Frances lehnte sich gegen den Stapel Hummerreusen. Sie stimmte dem Pfarrer zu. Irgendetwas stimmte hier nicht. Die verbrannte Suppe verstärkte nur ihr ungutes Gefühl. Sie sah über das schwarze Wasser und suchte nach einer Antwort in der Flut.

»Was hat Hope Ihnen über Carl erzählt?«

Vater Whitney wandte sich ihr zu. Sein Gesichtsausdruck war schwer zu deuten. »Hope war ein Mitglied meiner Gemeinde, ein wichtiges Mitglied, wenngleich ich keine Unterschiede machen sollte, denn jeder ist wichtig. Sie und ich sprachen oft miteinander. Ich mochte sie sehr gern.«

»Viele mochten sie.«

»Ja, das stimmt. Und was Carl angeht, so denke ich, dass Hope sehr komplexe Gefühle für ihn hegte, die sowohl mit seinem Alter als auch mit seiner Ablehnung durch ihre Familie zu tun hatten. Nach dem, was mir Adelaide gestern gebeichtet hat, nehme ich inzwischen an, dass ihre Schwierigkeiten sehr eng mit Bills Verhalten zusammenhingen. Unsere Gespräche kreisten oft darum, wie verbunden sie sich mit Carl fühlte, wie sündig und unrein sie sich aber zugleich vorkam, wenn sie mit ihm zusammen war.«

»In welcher Hinsicht?«

»Das wollte sie nicht weiter ausführen, und es ist meine Aufgabe, nur zu hören, was sie sich entschließt, mir zu sagen. Aber Gott hört alles, und das wusste sie. Wir sind alle sterblich, das habe ich ihr immer wieder gesagt, aber sie selbst war bei weitem ihre schärfste Kritikerin. Erst in diesem Frühjahr bat sie mich, einen Ablass vorzunehmen, was wir auch zusammen taten.«

»Und was ist das?«, fragte Frances. Dann überlegte sie kurz und fügte hinzu: »Ich fürchte, ich bin nicht so auf dem Laufenden mit den Ritualen in der Episkopalkirche.«

Er lächelte. »Dafür gibt es auch keinen Grund, wenn die Kirche nicht ein großer Teil Ihres Lebens ist. Es ist ehrlich gesagt sogar so, dass die Leute, die bekennen, gute Episkopalisten zu sein, nicht viel über Rituale oder Liturgie wissen. Sie kommen zu den Gottesdiensten am Sonntag, aber sie verstehen nicht viel davon. Wie auch immer, der Ausgleich ist ein Angebot des Pfarrers, den Gemeindemitgliedern zu helfen, Vergebung zu erlangen. Es ist so etwas wie eine spirituelle Reinigung. Hope sagte zu mir, sie habe das Erbe der Heiligen des Herrn vergeudet und sei tief in das Land der Verschwendung vorgedrungen. Der Ablass war eine Methode, sie zurückzubringen.«

»Hat Carl auch mit Ihnen gesprochen?«

»Ich habe ihn nie kennen gelernt. Deshalb finde ich es so seltsam, dass er mich angerufen hat. Wenn überhaupt, dann sollte er mit Adelaide und Bill sprechen.«

Frances zuckte mit den Achseln. Sie schwiegen, und ihr Blick wanderte hin und her über die Sammlung aus Bojen, Tauen, Ketten, Kisten, Ködereimern – all den Gerätschaften, die man brauchte, um Hummer zu fangen. Da bemerkte sie ein Seil, dessen eines Ende mehrmals um eine Metallklampe geschlungen war, während das andere im Wasser verschwand. Das konnte eigentlich keine Ankerleine sein, denn die *Lady Hope* war ja am Liegeplatz festgemacht. Eine Hummerreuse so nahe am Steg schien aber auch unwahrscheinlich. Sie nahm die Leine und begann, sie langsam aus dem Wasser zu ziehen. Mit jedem Nachfassen wurde es schwerer. Die nasse Leine war rutschig, und es fiel ihr schwer, sie richtig zu fassen zu bekommen.

»Darf ich Ihnen meine Hilfe anbieten?«, fragte Whitney.

Sie nickte. Es schien zwar peinlich, einen Pfarrer um Hilfe bei solch einem anstrengenden Unternehmen zu bitten, aber sie hatte keine andere Wahl. Es war niemand sonst in der Nähe.

Er stellte sich zwischen sie und das Wasser, lehnte sich vor und fasste die Leine kurz unter der Stelle, an der sie sie festhielt. Seine langen Ärmel waren nass. Aber sie sah, wie er die Leine um seine starken Hände schlug, damit sie ihm nicht wegrutschen konnte. Dann zogen sie gemeinsam. Noch fester. Sie merkte, wie ihr trotz der kalten Brise der Schweiß der Anstrengung auf die Stirn trat.

Plötzlich kam das Ende frei. Sie stolperten rückwärts, als der Widerstand ausblieb. Vater Whitney hielt das lose Ende in der Hand. Es hing nichts daran.

»Das tut mir Leid«, sagte Frances. »Ich weiß nicht, was in mich gefahren ist. Ich hätte es da hängen lassen sollen. Und jetzt sind Sie nass.«

»Sie müssen sich nicht entschuldigen«, sagte er, beugte sich vor und küsste sie sanft auf den Kopf. Die Vertrautheit dieser Geste erstaunte sie, aber sie musste zugeben, dass diese sanfte Berührung einer väterlichen Gestalt etwas Beruhigendes hatte. Er stand auf und rollte seine nassen Ärmel hoch.

Und in diesem Moment sah sie es, eine flache, bläulich-weiße Fläche. Ihr stockte der Atem. »Oh nein!«, hörte sie sich selbst rufen, aber ihre Stimme klang, als käme sie von weit her. Sie schloss die Augen, denn sie wusste nur zu gut, was das Meer hier preisgab. Es war ein Körper. Blaue Jeans. Ein nackter Rücken, nackte Füße, dunkles Haar auf dem Hinterkopf, das sich wie Seetang im Wasser wiegte. Carl hatte sich getäuscht. Männer schwammen mit dem Gesicht nach unten, in Richtung auf den schwarzen Abgrund ihres eigenen Schicksals zu. Zumindest er tat es.

»Großer Gott.«

Ihre Beine konnten sie nicht länger tragen, und sie brach zusammen. Sie hörte das Splittern von Holz, als sie eine Hummerkiste zerbrach, und fühlte einen stechenden Schmerz in der Seite. Das war egal. Während sie niedersank, nahm sie ihren Kopf zwischen die Knie und bemühte sich zu atmen. Feuchtigkeit drang in ihre Kleider. Sie hörte Vater Whitney auf Deck arbeiten, hörte das Rasseln, als er einen Haken von einer Leine losmachte, um den Körper aus dem Wasser zu ziehen, und das Geräusch, als die leblose Gestalt im Boot landete.

Sie sah nur einmal kurz auf, lange genug, um einen rötlichbraunen Fleck zu erkennen, der den größten Teil von Carls Kopf bedeckte. Als die Welt um sie herum dunkel wurde, hörte sie die atemlose Stimme des Pfarrers: »Gott schenke deiner Seele den ewigen Frieden.«

31

Frances und Elvis standen auf dem Deck der *Lady Hope* und hörten, wie das gelbe Absperrband der Polizei gegen die Seite des Decks schlug. Der Hafenmeister hatte das Boot zu einem Slip gebracht, der etwas entfernt von dem üblichen Getümmel in der Marina war. Dort würde es bleiben, bis die Polizei es wieder freigab und es verkauft werden konnte. So lange noch schaukelte die *Lady Hope* sanft zwischen anderen scheinbar verlassenen Booten. Die salzige Luft blies kalt über Frances' Wangen, und sie spürte, wie eine große Trauer sie überkam, als sie zum Horizont sah. Wenn Carl nicht auf Kaution freigekommen wäre, wäre er jetzt noch am Leben.

Sie konnte sich an die Ereignisse des vorangegangenen Abends, nachdem die Leiche geborgen worden war, nur noch verschwommen erinnern. Vater Whitney musste die Polizei gerufen haben, denn sie erinnerte sich an laute Sirenen, blitzendes Licht und Leute, die sich auf dem Bootsdeck bewegten. Jemand hatte sie zu einem Krankenwagen begleitet, ihren Puls und die Reflexe überprüft, aber Gesichter und Einzelheiten waren ihrem Gedächtnis entfallen. Erst als sie nach Smith's Point zurückgekehrt war, erinnerte sie sich wieder an Carls Worte: »Ich habe Hopes Tagebücher.« Die wollten sie jetzt hier suchen.

Als Elvis' sie über die Details zu Carls Tod informierte, drangen seine Worte wie von ferne an ihr Ohr. Todesursache war eine mit stumpfer Gewalt zugefügte Verletzung: Gehirnblutung, Schädelfraktur, ein Schlag auf die linke Seite des Kopfes. In seinen Lungen war kein Wasser, was bedeutete, dass er schon tot war, ehe er über Bord geworfen wurde. Noch am selben Abend stellte die Polizei auf einem Schutthaufen hinter dem Büro des Hafenmeisters einen großen Vorschlaghammer mit Carls Blut daran sicher. Die Spurensicherung hatte einen Daumenabdruck vom Griff nehmen können, aber im Computer mit den Daten des gesamten Commonwealth hatte es keine Entsprechung gegeben. Jetzt war der Abdruck zum FBI geschickt worden, der weitaus mehr Datenmaterial zur Verfügung hatte.

»Wir sind gegen sechs heute Morgen in seinem Apartment gewesen, aber da war uns schon jemand zuvorgekommen«, sagte Elvis mit erhobener Stimme, um ihre Aufmerksamkeit zu gewinnen. »Die Wohnung war durchsucht worden. Die Tür war eingedrückt, was aber wohl nicht schwer gewesen sein dürfte. Sachen zerbrochen, von den Regalen geworfen, Kleidung aus dem Schrank gezerrt.«

»Hat irgendjemand was gesehen?«

»Ein Kind in der Wohnung im ersten Stock sagte, es hätte gegen drei oder vier Uhr früh Schritte auf der Treppe gehört, doch es hatte gemeint, es sei Carl gewesen. Offensichtlich kam er oft zu später Stunde nach Hause, deshalb hat sich niemand etwas dabei gedacht. Das Kind hat niemanden fortgehen gehört oder gesehen.«

»Haben Sie die Nachbarschaft befragt?«

»Das ist eine recht verschwiegene Gegend. Man wird zwischen den Fischern und der Polizei keine großartige Zusammenarbeit erwarten dürfen. Aber eine Frau auf der anderen Straßenseite hat erwähnt, dass sie einen Mann in einem ausländischen Auto gesehen hat, der nach Carl fragte. Seither hat sie ihn nicht wieder gesehen.«

»Gibt es eine Beschreibung des Fahrers?«

»Nur dass er reich aussah. Als ob das die Menge eingrenzen würde.«

»Ist irgendetwas gestohlen worden?«

Elvis schüttelte den Kopf. »Wir wissen es nicht genau, denn es gibt niemanden, der uns sagen könnte, was eigentlich dort sein sollte. Laut der Vermieterin hatte er keine Familie. Bekam nie Post außer Rechnungen. Und es sieht nicht nach einem Diebstahl aus, denn ein paar Dinge von Wert waren durchaus noch da – ein kleines Stereogerät, ein Paar Manschettenknöpfe mit Aquamarinen, ein silberner Bilderrahmen. Ich würde sagen, wer immer da eingebrochen ist, hat nicht nach irgendetwas gesucht, das er verhökern könnte.«

Sie ließ ihre Gedanken wandern, als sie auf das Meer hinaussah. Marks Ansicht war, wie Elvis ihr gleich mitteilte, dass Carl Hope umgebracht hatte, und dass er nun aus Rache getötet worden war. Doch damit ging man von einer Annahme aus, die sie nicht bereit war zu akzeptieren.

»Wo wollen wir anfangen?«, fragte Elvis.

»Ich nehme die Schlafkoje. Sie können die Kombüse übernehmen.«

Sie gingen beide nach unten, und Elvis begann systematisch, Schränke zu öffnen, hineinzuschauen, den Inhalt zu prüfen. Frances zog die Falttür auf und trat in die Kajüte auf dem vorderen Deck. Sie schloss die Tür hinter sich, denn sie wollte einen Augenblick lang den engen Raum auf sich wirken lassen. Eine einzelne Koje mit einer Decke, die am einen Ende aufgerollt lag. Ein kleines Bullauge. Vielleicht waren sie hierher gekommen, als Hope das Gefühl hatte, dass sie nicht mehr zu Teddy gehen sollten. Sie ließ ihre Finger über die Matratze gleiten, den Ort, wo sie zweifellos zusammen gelegen hatten, und versuchte sich ihre gemeinsamen Nachmittage vorzustellen. Sie würden auf der Seite gelegen haben, damit auch zwei Körper nebeneinander in das Bett passten, und sie stellte sich vor, wie Carl seine Hand über Hopes dünnen Leib gleiten ließ, als sie sich wie Löffelchen aneinander kuschelten. Sicher hatten sie einander Geschichten erzählt, manchmal gelacht, manchmal geflüstert oder sogar geweint, während die Dünung das Bett sanft schaukelte. Wenn sie aus dem Bullauge sahen, erblickten sie den Himmel oder die Sterne. Einen Moment lang wünschte sie sich, dieselbe Erfahrung gemacht zu haben, diese stille Intimität, die ihr leidenschaftlicher erschien als alles andere.

Sie schüttelte den Kopf und richtete ihre Aufmerksamkeit wieder auf das Problem vor sich. Sie öffnete die Schränke und nahm Kleider heraus, Bücher, eine Sammlung von Angelgerät und eine zusätzliche Decke. Sie klopfte auf der Suche nach einem geheimen Schrank, in dem Hopes Tagebücher verwahrt sein könnten, die Wände des Rumpfes ab, konnte aber keine Veränderung des Klangs wahrnehmen. Sie hob die Matratze an. Nichts. Enttäuscht setzte sich Frances auf die Koje, und ohne nachzudenken lehnte sie sich gegen das Kissen, dem ein leichter Schimmelgeruch entströmte. Als sie sich wieder aufsetzte, fühlte sie etwas wie einen Klumpen, eine harte Wölbung. Sie veränderte ihre Position. Nein, sie hatte sich nicht getäuscht.

Sie stand auf, presste ihre Handflächen fest auf die Matratze und fuhr über die ganze Länge des Stoffes. Sie konnte mindestens fünf Bände fühlen, die harten Ecken und die flachen Buchdeckel. Sie hätte es wissen müssen. Wo sonst sollte ein Mann die Geheimnisse seiner Geliebten aufbewahren?

Sie wusste, dass sie Elvis Bescheid geben musste, aber sie wollte gern noch einen Moment lang den Frieden des Raumes und die Romantik spüren, die darin geherrscht haben musste. Gleich würde das alles auseinandergerissen, die Matratze aufgeschnitten und die Tagebücher herausgeholt werden. Wieder fragte sie sich, warum all dies Schreckliche hatte passieren müssen.

»Elvis«, rief sie, und die eigene Stimme klang ihr fremd. »Ich habe sie gefunden.«

»Teddy!«, rief sie, als sie die Fliegentür aufdrückte. Als sie von unterwegs angerufen hatte, um ihr zu sagen, dass sie vorbeikommen musste und ihre Hilfe bräuchte, hatte ihre Großmutter ihren Ärger nicht verborgen. Carls Tod verstörte sie mehr, als sie je zuzugeben bereit wäre, und Frances war sicher, dass sie am liebsten allein sein wollte. Aber das hier war wichtig.

Sie ließ ihren Rucksack auf einen Stuhl an der Tür fallen und ging nach hinten zum Büro ihrer Großmutter.

Teddy saß auf einem Holzstuhl, mit einem Kissen im Rücken, das die Härte des geraden Stuhls abmildern sollte. Sie saß vorgebeugt, sodass ihre Augen ganz dicht vor dem Bildschirm waren und starrte dennoch durch eine Lupe auf die Worte.

Frances beugte sich über ihre Schulter und konnte den vertrauten Geruch von Talkumpuder wahrnehmen, mit dem Teddy nach jedem Duschen oder Baden ihren Körper bedeckte. Sie trug den Puder mit einer riesigen Satinquaste auf. Dieses Ding hatten nicht einmal ihre stetig bettelnden Enkelkinder je in die Hand nehmen dürfen. Das Ritual war ihnen immer exotisch erschienen, und Frances fragte sich, ob Teddys Haut im Laufe der Jahre nicht so viel von dem Puder aufgenommen hatte, dass sie den Geruch nie mehr loswerden würde.

»Was liest du da?«, fragte sie.

»Die Antwort des Kanzlers. Sieht so aus, als würde Vater Whitney bald heilig gesprochen«, erwiderte sie und legte ihre Lupe neben die Tastatur.

Frances las die Nachricht, die auf dem Monitor zu sehen war:

Haben Sie vielen Dank für Ihre jüngste Anfrage zu Vater Edgar Whitney und der Church of the Holy Spirit. Die Diözese der Episko-

palkirche freut sich immer, jegliche Fragen, ihre Pfarrer oder ihre Gemeinden betreffend, beantworten zu können. Ihre Überlegung, die Kirche zu einem Nutznießer Ihrer Stiftung zu machen, ist eine Segnung für uns, doch sollte sie nur ausgeführt werden, wenn unsere Antworten Sie völlig zufrieden stellen und Sie frei von Bedenken sind.

Vater Whitney besuchte das Seminar und wurde 1983 zum Priesteramt zugelassen. Als Vikar an der Christ Church in Barnstable bat er um eine Versetzung innerhalb der Diözese. Da es zu dem Zeitpunkt an freien Stellen fehlte, begab er sich zunächst nach Orleans, wo er in einem Camp für unterprivilegierte Jungen arbeitete. Er war bei den Kindern sehr beliebt und bewies eine große Fähigkeit in der Seelsorge und Priestertätigkeit. Nach diesem Dienst wurde er zu einem Pfarrer der Ersten Episkopalkirche ernannt. In Lynn, einer der am schlechtesten gestellten Gemeinden unserer Kirche, erfüllte er seine Aufgabe meisterhaft, indem er die Kirche zu einem lebendigen Teil der Gesellschaft machte. Er richtete einen Kindergarten ein, betrieb eine Obdachlosenspeisung und betreute die Gemeindemitglieder, die unter Armut, Drogenmissbrauch und zerrütteten Familien litten. Er weiß sicher, wie man Kosten unter Kontrolle hält, Programme von größerer Reichweite ins Leben ruft und mithilfe eines fest umgrenzten Budgets dringend benötigte Dienste einrichtet.

Für die Diözese ist es ein Segen, Vater Whitney in ihrer klerikalen Familie zu wissen, und sie gibt ihm die besten Empfehlungen. Wir glauben, dass es angebracht wäre, dass Sie ihm und seiner Gemeinde vertrauen, wenn Sie über Ihr höchst großzügiges Geschenk nachsinnen. Meine Gedanken und Gebete sind mit Ihnen und Ihrer Familie in dieser Zeit des Leidens.

»Nun, ich denke, wir können diese Diskussion zu den Akten legen«, bemerkte Teddy. »Ich kann nur immer daran denken, dass es keine Stiftung zu Carls Gedenken geben wird. Wenn ich nicht mit deiner Tante und deinem Onkel leben müsste, würde ich erwägen, selbst eine ins Leben zu rufen. Der arme Mann.«

»Die Polizei hat keine nächsten Verwandten gefunden, die man benachrichtigen könnte«, sagte France, die dasselbe Gefühl hatte. Niemand würde Carl vermissen. Sie legte ihrer Großmutter die Hand auf die Schulter. »Könntest du den Kanzler noch etwas für mich fragen?«

»Was denn?«

»Ich muss etwas über einen Pfarrer der Episkopalkirche wissen. Er heißt Roger Burgess. Er hat irgendwo auf Cape Cod gearbeitet.« Ihre Großmutter sah sie fragend an. »Es ist ein Schuss ins Blaue, aber du hast mich schließlich darum gebeten, Carl zu helfen. Ich weiß, dass nichts von dem, was geschehen ist, wieder gutgemacht werden kann …«

»Hope ist tot. Jetzt ist Carl tot«, unterbrach Teddy sie, wobei ihr die Worte beinahe den Hals zuschnürten.

»Und wir wissen nicht, wer sie getötet hat. Bitte hilf mir. Das Schlimmste, was passieren kann, ist, dass ich mich täusche und dass das hier zu nichts führt. Aber es wird niemandem wehtun.«

»Das denkst du. Alles, was hier passiert, tut weh«, sagte Teddy, als sie sich wieder dem Bildschirm zuwandte, das Antwortkästchen anklickte und anfing, Frances' Anfrage zu tippen.

»Kann ich Ihnen ein Mineralwasser bringen, solange Sie warten?«, fragte der gut rasierte Rezeptionist. Er trug einen schwarzen Rollkragenpullover, schwarze Jeans und Motorradstiefel und sah nicht im Entferntesten aus wie ein Empfangschef. Er machte eine Pause beim Sortieren von Karteikarten und nahm einen Schluck aus einer Flasche Perrier.

»Nein, danke«, erwiderte Frances. Die Gegensprechanlage brummte gerade in dem Moment, als sie es sich in dem Stuhl gemütlich gemacht hatte.

»Sie erwartet Sie«, sagte er und deutete auf die Tür.

Drinnen saß Ricki an ihrem Konferenztisch, Hopes Papiere vor sich ausgebreitet, mit einer Kaschmirdecke auf den

Knien. Sie nahm ihre Brille ab, um Frances zu begrüßen und bat sie dann, sich hinzusetzen. »Ich muss mich entschuldigen, aber ich habe eine schlimme Erkältung. Es erwischt mich immer, wenn die Jahreszeiten wechseln.« Sie bedeckte ihren Mund gerade noch rechtzeitig, um ein Niesen aufzuhalten und tupfte sich dann die Nase mit einem seidenen Taschentuch. »Wie gehen die Ermittlungen voran?«

»Ich wünschte, ich könnte Ihnen mehr berichten.« Wir haben zwei Verdächtige abgehakt, einer davon ist nun tot, und wir sind kein Stück näher an Hopes Mörder herangekommen, hätte sie gern noch hinzugefügt.

Ricki lehnte sich in ihrem Stuhl zurück und verschränkte die Arme vor der Brust. »Sie haben gesagt, Sie würden weitere Tagebücher mitbringen, deren Authentizität Sie nicht infrage stellen. Es wäre eine große Hilfe, die anzuschauen. Doch ich kann Ihnen jetzt schon sagen, dass dieses Tagebuch hier gefälscht ist.« Sie klopfte auf das in Leder gebundene Buch. Frances merkte, wie ihr der Kiefer herunterklappte. Sie konnte ihre Überraschung nicht verbergen. »Ich habe mir schon gedacht, dass Sie das schockieren würde, aber es gibt einige Punkte, die mich meiner Sache ganz sicher sein lassen. Zunächst einmal ist da die Auffälligkeit mit der Neigung, die ich schon angesprochen habe, als Sie die Unterlagen brachten. Derart dramatische Veränderungen sieht man nicht bei demselben Autor, selbst wenn es jemand mit«, sie hielt inne und suchte nach dem richtigen Wort, »seelischen Problemen ist. Zum anderen sind die Grundlinien in dem Tagebuch gerade. Fast alle von Hopes Beispielen haben eine absinkende Grundlinie. Zum dritten ist der Druck auf den Stift sehr unterschiedlich. Der Druck bei dem Tagebuch ist so stark, dass die Seiten gewellt sind. Wenn Sie die Proben anschauen«, sie schob Frances einige zu, »dann werden Sie den viel leichteren Druck bemerken. Manchmal scheint Hopes Stift die Seiten kaum zu berühren.«

Frances starrte auf die Stellen, die Ricki ihr zeigte. Es stimmte. Sie konnte einen Unterschied erkennen.

»Und schließlich, und das ist das Wichtigste, können Sie bei starker Vergrößerung sehen, dass die Buchstaben zwar in einer Schrift verbunden sind, dass aber jeder einzeln geschrieben und dann angehängt wurde. Die Vergrößerung zeigt uns Lücken, die für das bloße Augen nicht sichtbar sind.« Sie drückte einen Schalter am Mikroskop und schob eine Seite aus dem Tagebuch zwischen das Licht und den Sucher. Einen Moment lang fühlte sich Frances an die Grundschule erinnert, wo sie im Biologieunterricht Blätter, Käfer und Schmetterlinge betrachtet hatten. Ricki stellte die Linse ein. Dann ließ sie Frances hindurchsehen. Tatsächlich war zwischen den Buchstaben das Weiß der Seite sichtbar, was auf kleine Unterbrechungen zwischen den einzelnen Buchstaben hinwies.

»Das ist also eine gute Arbeit.«

Ricki kräuselte die Lippen. »Ja und nein. Der Autor war mit Hopes Handschrift offenkundig sehr vertraut. Aber er oder sie ist kein echter Fälscher. Wenn ich raten sollte, dann würde ich sagen, die Person besaß umfassende handschriftliche Texte von Hope und war imstande, ein Originalalphabet zusammenzustellen, von dem sie kopieren konnte. Sehen Sie mal, wie dünn die Seiten von diesem Buch sind.« Ricki hielt eine einzelne Seite gegen das Licht. »Wenn der Fälscher eine Schablone hatte, die er hinter jede Seite legen konnte, dann würde er die Buchstaben nachmalen können. Das dauert zwar lange, ist aber nicht schwer.«

Frances versuchte alles zu verarbeiten, was sie von Ricki erfuhr. Wer hatte sich die Mühe gemacht, ein falsches Tagebuch von Hope zu erstellen? Und warum sollte jemand so etwas tun? Wenn überhaupt, dann gaben die Eintragungen Jack die Schuld an ihrem Tod. Aber wenn die Aufmerksamkeit von dem wahren Mörder ablenken sollte, warum war die Schilderung dann nicht klarer?

»Ich kann Ihnen nicht viel über den Fälscher sagen, weil ich nicht mehr habe als die kopierten Buchstaben. Da der Stil durchgehend ist, gibt es in der Handschrift keine persönlichen Eigenarten, die mir irgendwelche Anhaltspunkte über den Autor liefern könnten. Wie auch immer, wenn Sie einen Verdächtigen haben und mir Muster und eine Schriftprobe bringen können, dann kann ich Ihnen vielleicht helfen. Es könnte zwischen bestimmten Aspekten der Handschrift Ähnlichkeiten geben, zum Beispiel beim Schreibdruck, oder vielleicht passt auch die Tinte zu der auf einem anderen Muster. Ich helfe Ihnen gern, wenn ich kann.«

Frances erhob sich zum Gehen. Ricki umschloss Frances' rechte Hand mit ihren beiden und hielt sie einen Augenblick länger, als es zwischen Fremden üblich ist. »Ich weiß, dass dies die Dinge für Sie und Ihre Familie noch schwieriger macht. Es tut mir Leid«, sagte sie.

»Die Dinge waren schon lange, bevor Sie damit zu tun bekamen, schwierig«, erwidert Frances und zwang sich zu einem Lächeln. Und lange bevor ich damit zu tun bekam, dachte sie.

32

Frances beobachtete, wie die Tachonadel bei fünfundsechzig Meilen anfing zu zittern. Sie war erst einmal in Cape Cod gewesen, das war, als sie einen Debütantenball in Osterville besucht hatte, und war im Grunde mit dieser Landzunge, die hakenförmig in den Atlantik hinausragte, nicht vertraut. Verkrüppelte Pinien, nette Strände, viel Verkehr und mehr als hundert Collegestudenten, die die öffentliche Aufnahme ihrer Freundin in die Gesellschaft feierten – das war alles, woran sie sich von dem champagnertrunkenen Wochenende noch erinnern konnte.

Während sie fuhr, ging ihr die E-Mail durch den Kopf, die der Kanzler an Teddy geschickt hatte.

In Beantwortung Ihrer Anfrage, teilen wir Ihnen mit, dass Roger Burgess vor mehr als zehn Jahren vom Dienst suspendiert wurde. Er hat nie um eine Wiedereinstellung gebeten, und der Diözese liegen keine weiteren Informationen über ihn vor.

Eine Internetrecherche bei verschiedenen Zeitschriften brachte eine einzige Geschichte über den verschwundenen Pfarrer aus der *Cape Cod Times* zutage. Das Bild zeigte einen dunkelhaarigen lächelnden Mann Mitte vierzig, der den Gerichtssaal von Barnstable verließ. Er trug eine dunkle Sonnenbrille und ein großes hölzernes Kreuz um den Hals. Die Überschrift lautete: »Höhere Gewalt? Father Burgess für nicht schuldig befunden.«

Das war alles gewesen, was sie brauchte. Hopes Tagebuch aus dem vorangegangenen Juni und Juli – der jüngste Band der Bücher, die sie in Carls Matratze gefunden hatte – enthielt verschiedene Hinweise auf »Ginny« und die »Bailey-Familie«. Die erschreckendsten Sätze eines Eintrags vom 28. Juni hallten immer noch in Frances' Kopf wider. »Sie und ich sind in unserem Leiden seelenverwandt. Warum werden wir immer wieder betrogen, wenn wir Schutz suchen? Kann man überhaupt sicher sein? Kümmert es irgendjemanden, ob wir es sind?«

Sie trat aufs Gaspedal.

Die Cove Road, in der Ruth Bailey wohnte, war eine von mehreren Straßen innerhalb eines Golfplatzes direkt an der Route 6 am Centerville Exit, der »Cove Hollow« hieß.

Frances fuhr durch eine Reihe größerer Tore, an einem ovalen Schild vorbei, immer bemüht, die große Zahl batteriebetriebener Golfwagen zu umfahren, die die Straße überquerten. Nach dem vierten Loch tauchten plötzlich die Häuser auf. Sie waren alle im gleichen Cape-Stil gebaut, mit Schlafzimmern auf der Rückseite, Attrappen von Fensterläden und angebauten Garagen auf viereckigen Grundstücken. Viele hatten ihren Namen in vergoldeten Buchstaben auf einem Brett über der Garage angebracht. Die Farben der Briefkästen und leichte Variationen in der Gartengestaltung stellten die einzigen Unterschiede in dieser Nachbarschaft dar.

Die Garagentür der Nummer 1313 war geöffnet, und Frances konnte einen dunkelbraunen Plymouth darin stehen sehen. Der Motor lief, und die Fahrertür stand offen. Sie parkte ihr Auto und ging die Auffahrt hinauf, als eine ältere Frau aus dem Haus kam, ins Auto stieg und die Tür laut zuknallte.

Frances klopfte an das Fenster, und die Frau schrak zusammen. Ihre rechte Hand packte das Lenkrad, als sie das Fenster herunterkurbelte, und ihre haselnussbraunen Augen schauten erschrocken. Sie war Ende Sechzig mit kastanienbraunem Haar, roten Wangen und tiefen Krähenfüßen um die Augen. Sie trug ein marineblaues Strickkleid, das über der Taille gegurtet war, sodass ihr großer Busen über den Gürtel hing. Auf dem Sitz neben ihr stand ein Korb, aus dem Stricknadeln und ein paar Knäuel Garn herausragten.

»Ruth Bailey?«

Die Frau nickte.

»Es tut mir Leid, dass ich Sie belästige. Wirklich. Aber ich muss Sie ganz dringend kurz sprechen. Ich glaube, meine Cousine Hope Lawrence war eine Freundin Ihrer Tochter.«

Ruth drehte ihren Kopf von Frances weg und sah einen Augenblick über ihr Lenkrad, ehe sie sprach. Ihre Worte waren langsam und bemüht. »Der Name ist mir nicht bekannt. Und meine Tochter ist seit langem tot.«

»Das weiß ich, und es tut mir wirklich sehr Leid.« Frances machte eine Pause und überlegte, wie sie einer völlig Fremden erklären sollte, dass die Verbindung zwischen Hope und Virginia Bailey der Schlüssel zu dem Mord an Hope war. Davon war sie überzeugt. »Bitte, haben Sie fünf Minuten für mich? Das ist alles, worum ich bitte. Ich habe ein paar Fragen zu Pfarrer Burgess und seiner Verbindung zu Ihrer Tochter. Ich hätte Sie angerufen, aber Ihre Nummer ist nicht verzeichnet.«

»Es gibt inzwischen nur noch wenig Leute, mit denen ich sprechen möchte.« Ruth sah auf ihr Strickzeug und wandte sich dann Frances zu. Die wenigen Sommersprossen auf ihrer Nase verliehen ihr trotz ihres Alters einen mädchenhaften Zug. »Ich wollte gerade zu einer Strickgruppe. Wir machen dort Kinderpullover, die wir auf dem Weihnachtsmarkt in unserer Kirche verkaufen. Wir haben einen der erfolgreichsten Stände. Normalerweise wird alles verkauft.«

»Ich kann wiederkommen«, bot sie an.

»Nein. Es ist schon in Ordnung. Wenn Ihre Cousine eine Freundin meiner Ginny war, dann sind Sie in meinem Haus willkommen.« Sie stellte den Motor ab und stieg aus. Den Korb ließ sie im Auto.

Frances folgte ihr durch den Seiteneingang in eine von Sonnenlicht durchflutete Küche. Die Wände waren tapeziert, der Linoleumfußboden blitzte, und über dem Fensterbrett hing ein Tuch, das mit den Worten »Gott segne dieses Haus« bestickt war. Im ganzen Raum gab es nicht ein Stäubchen. Saubere Topflappen hingen an Haken in passenden Farben über dem Herd. Nichts lag auf den rosenfarbenen Arbeitsflächen herum. Ein einzelnes Tischset und eine Serviette in ihrem Ring waren die einzigen Dinge, die auf dem runden Tisch lagen.

»Kann ich Ihnen etwas anbieten?«, fragte Ruth und legte ihre Autoschlüssel in einen kleinen Korb am Eingang zur Garage.

»Nein, danke.«

»Warum setzen wir uns nicht irgendwohin, wo es bequemer ist?«

Sie gingen durch die Küche, an einer Toilette vorbei, die mit einer Betlehemszene tapeziert war, die sich alle fünfzehn Zentimeter wiederholte, und in das Wohnzimmer. Die Rollos waren heruntergezogen, und die dunklen Polstermöbel hatten Zierdeckchen über den Rücken- und den Armlehnen. Ruth bot ihr einen Stuhl an, und als sie in einem Schaukelstuhl mit Blick auf den Kamin saß, bemerkte sie das zwanzig mal fünfundzwanzig Zentimeter große Porträt einer attraktiven jungen Frau, das in einem Studio vor einem Wolkenhimmel aufgenommen worden war. »Das ist Ginny«, sagte Ruth, Frances' Blick folgend. »Auf dem Foto ist sie einundzwanzig. Zwei Jahre bevor sie starb.«

»Es ist sehr freundlich, dass Sie mit mir sprechen. Ich bin Ihnen sehr dankbar.«

»Warum erzählen Sie mir nicht einfach, warum Sie hier sind, und was ich tun kann.«

Frances fasste es schnell zusammen. Sie erklärte, dass ihre Cousine ermordet worden war. Auf der Suche nach irgendeinem Hinweis, der sie zu dem Mörder führen könnte, hatten sie in Hopes Tagebuch geschaut und Hinweise auf Vater Burgess und Ginny gefunden, von der sie annahm, dass es Virginia Bailey sei. Sie holte einen Ausdruck des Zeitungsartikels und ein Foto aus ihrem Rucksack. »Ich weiß ehrlich gesagt nicht, woher sie sich kannten oder voneinander wussten, aber Hope schrieb über Ihre Tochter, als hätten sie eine spirituelle Verbindung.«

»Das ging den meisten so, die Ginny kannten«, sagte Ruth. Sie ging zu einer Kommode hinüber, die links vom Kamin stand. Aus der obersten Schublade holte sie eine rechteckige Schachtel, die sie ungeöffnet in ihren Schoß stellte, als sie sich wieder setzte. »Meine Ginny war ein wundervolles Mädchen. Es gab kein süßeres Kind, keine hingebungsvollere Tochter. Doch als sie den Abschluss vom College machte, schien sie einfach Schwierigkeiten zu haben. Sie war auf die University of Massachusetts in Amherst gegangen und hatte ihren Abschluss in Psychologie gemacht. Vielleicht hatte sie Schwierigkeiten, einen Job zu finden. Hier auf dem Cape gab es nicht allzu viele Möglichkeiten für sie, aber sie sagte immer wieder, sie sei noch nicht so weit, dass sie von zu Hause weggehen könne.«

»Das ist verständlich«, bemerkte Frances, die gern etwas Ermutigendes sagen wollte.

»Ich glaube, es lag daran, dass ihr Vater während ihres ersten Jahres am College gestorben war. Er hatte einen Herzinfarkt. Das war der erste wirkliche Schmerz in ihrem Leben, und es fiel ihr sehr schwer, damit klarzukommen. Wir waren eine ganz normale Familie. Obwohl wir für heutige Verhältnisse vielleicht außergewöhnlich in unserer Normalität waren. Charles und ich waren fast fünfundzwanzig Jahre verheiratet. Er hatte einen guten Job bei Polaroid, und ich blieb zu Hause, um unsere Kinder Virginia und ihren jüngeren Bruder Charlie großzuziehen. Sie waren nur zehn Monate auseinander, irische Zwillinge nennt man das bei uns.« Sie lachte. Wir lebten gut in Dedham. Kennen Sie es?«

Frances schüttelte den Kopf.

»Das ist ein Vorort von Boston. Eine wunderschöne Stadt. Wir zogen aufs Cape, als mein Mann vorzeitig pensioniert wurde. Charlie hat hier nie wirklich gelebt. Er war nach West Point gegangen und in die Air Force eingetreten. Heute ist er Pilot.«

»Herzlichen Glückwunsch.«

»Ja. Er ist sehr tüchtig.« Sie lächelte. »Bitte verzeihen Sie. Ich habe nicht viele Besucher«, entschuldigte sie sich für ihr Abschweifen. »Nach Charles' Tod bekam Ginny Probleme. Sie rief nicht mehr zu Hause an. Sie rief mich nicht zurück und antwortete nicht auf meine Briefe. Ihre Noten wurden schlechter. Als sie in ihrem ersten Jahr in den Semesterferien nach Hause kam, schien sie verändert, irgendwie abwesend. Nachts lief sie herum und konnte nicht schlafen. Sie hatte keinen Appetit mehr. Kurz nachdem sie ins College zurückgekehrt war, bekam ich einen Anruf von ihrer Studentenberaterin. Sie meinte, Ginny hätte Anpassungsprobleme und sollte einen Therapeuten aufsuchen. Das war ein sehr schweres Gespräch für mich. Bitte verstehen Sie mich nicht falsch. Ich wollte nichts mehr, als dass mein Kind glücklich war, aber es war hart, von einer Fremden zu hören, dass sie einen Psychologen brauchte. Mein Mann und ich lösten solche Dinge eigentlich anders.«

»Aber Virginia hatte doch im Hauptfach Psychologie?«

»Ja. Das war wahrscheinlich der Unterschied zwischen zwei Generationen, nehme ich an. Als sie anfing, hatte sie Englisch als Hauptfach. Wahrscheinlich hatte sie genügend Kurse in Psychologie besucht, um im letzten Moment noch wechseln zu können. Wie auch immer, ich fuhr hin und ging mit ihr essen und versuchte mein Möglichstes, mit ihr über ihre Probleme zu sprechen. Sie wollte nicht reden, sondern saß nur am Tisch und schob die Teile eines Fischsandwichs auf ihrem Teller hin und her. Das werde ich nie vergessen. Sie sah mir nicht einmal in die Augen. Meine eigene Tochter.« Ruths Stimme versagte, und sie räusperte sich, um sich wieder zu fassen. »In dem Frühjahr, in dem sie ihren Abschluss machte, schien es ihr noch schlechter zu gehen. Sie wollte nicht arbeiten. Hier in der Stadt gibt es einen Blumenladen, der im Juli und August jede Menge zu tun hat mit all den Hochzeiten, die hier in der Gegend gefeiert werden. Die nehmen gern Aushilfen. Aber sie war nicht interessiert.«

»Hat sie gesagt, warum?«

»Nein.« Ruth nahm den Deckel von der Schachtel auf ihrem Schoß ab, suchte durch eine Reihe von Dingen, die Frances von ihrem Platz aus nicht sehen konnte, und holte ein kleines Foto hervor. Sie hielt es Frances hin, die aufstand, um es entgegenzunehmen. Das Foto zeigte Virginia mit dem typischen schwarzen Hut und Umhang nach der Abschlussfeier im College, aber ihre Wangen waren blass, die Lippen zusammengekniffen, und ihre Augen starrten mit leerem Blick in die Kamera. »Ich war erschrocken und frustriert. Es schien mir einfach unfair, dass ich solche Schwierigkeiten mit meiner Tochter durchmachen musste, wo ich doch gerade erst meinen Mann verloren hatte. Es gab niemanden, an den ich mich um Hilfe wenden konnte. Also ging ich, um mit Vater Burgess zu sprechen.«

»Ihrem Pfarrer?«

»Ja. Wir waren schon immer Kirchgänger gewesen. Charles war im Kirchengemeinderat unserer Kirche in Dedham. Es war uns wichtig. Als wir umzogen, traten wir in die Christ Church in Barnstable ein. Pfarrer Burgess war sehr aufgeschlossen. Wir hielten ihn für einen guten Mann. Und sein Vikar war auch sehr freundlich.« Sie holte ein Papier aus ihrer Schachtel und hielt es Frances hin.

Es war ein Gemeindebrief der Christ Church. Ausgabe XV, Nr. 3., aus dem September 1985. In der oberen rechten Ecke waren zwei Männer in Messgewändern abgebildet, die Holzlöffel hielten. Sie lächelten beide. Die Überschrift lautete: »Alles für den Segen Gottes. Unsere Pfarrer helfen beim Mittagessen im Club der Pensionäre.« Frances nahm das Papier ein wenig näher heran und traute ihren Augen kaum. Sie studierte die beiden Gesichter genau. Das eine erkannte sie von dem Zeitungsausschnitt wieder. Doch auch der andere Mann kam ihr bekannt vor. Sie nahm das Bild noch näher an ihre Augen heran. Von dem Foto sah sie Vater Whitney an.

»Ist das Edgar Whitney?«, fragte sie ungläubig.

»Er war unser Vikar.«

»Wissen Sie, er ist jetzt der Pfarrer der Kirche, zu der Hope gehörte.«

Ruth legte ihren Kopf leicht zur Seite und suchte in der Schachtel vor sich. »Das wusste ich nicht. Ich habe seine Laufbahn als Pfarrer nicht verfolgt, nachdem er gegangen war.«

Sie sandte Frances einen wissenden Blick, als hätte sie etwas herausgefunden, das Frances noch nicht verstehen konnte.

»Nachdem ich mit Vater Burgess gesprochen hatte, kam er hierher, um mit Ginny zu reden«, fuhr sie fort. »Er überzeugte sie davon, dass sie zu ihm kommen und im Gemeindebüro arbeiten solle, damit ihr Sommer nicht verschwendet wäre. Ich weiß nicht, wie er das gemacht hat. Ich war bei dem Gespräch nicht dabei. Aber ich erinnere mich noch, wie ich in diesen Raum kam und die beiden hier auf dem Sofa zusammen sitzen sah. Er hielt eine ihrer Hände in seinen, und sie war ganz versunken, mehr als ich sie je seit Charles' Tod gesehen hatte. Am nächsten Tag war sie noch früher auf als ich.«

»Hat er nie mit Ihnen darüber geredet, was er zu ihr gesagt hat?«

»Nein, aber das spielte auch keine Rolle. Ginny ging jeden Tag arbeiten, ging jeden Sonntag mit mir zur Kirche und schien viel glücklicher zu sein. Ich wollte nicht neugierig sein. Ich war so erleichtert. Wahrscheinlich dachte ich, dass die Kraft des Glaubens am Werke sei, das ist etwas, das mir sehr wichtig ist.« Sie schwieg, und ihre Augen füllten sich mit Tränen. »Im August erzählte sie mir, Vater Burgess habe ihr eine Vollzeitstelle angeboten, und sie habe angenommen. Da war ich enttäuscht. Ihre Ausbildung war teuer gewesen, und ich fand, sie sollte etwas mehr anstreben, als die Schreibarbeit im Gemeindebüro, aber ich hatte Angst, ihr zu widersprechen. Ich wollte nicht, dass sie glaubte, ich würde vorschnell urteilen.«

»Haben Sie mit dem Pfarrer darüber gesprochen?«

»Ja, das habe ich. Vielleicht hätte ich es nicht tun sollen, ich weiß es nicht.«

»Was hat er gesagt?«

»Er sagte, Ginny sei ein ganz besonderes Mädchen. Gott habe sie für ihre Arbeit an der Christ Church auserwählt, und ich solle sehr stolz auf sie sein. Sie sei unschätzbar wertvoll für ihn und Vater Whitney. Das waren seine Worte. ›Unschätzbar wertvoll.‹« Ruth ließ den Kopf hängen und bedeckte ihren Mund mit der Hand. Als sie wieder sprach, waren ihre Worte von Tränen erstickt. »Also machte ich weiter. Wer bin ich, dass ich das Wort Gottes anzweifle? Wir lebten in diesem Haus zusammen, aber sie verbrachte immer mehr Zeit in der Kirche. Sie hielt Bibelstunden. Sie meldete sich für jede Aktivität freiwillig. Sie verbrachte mehrere Wochenenden in Klausur. Ich bekam gar nicht alles mit, was sie machte, aber es schien mir unglaublich viel Arbeit für vierzehntausend Dollar im Jahr.«

»Haben Sie mit irgendjemandem über Ihre Bedenken gesprochen?«

»Während der Kaffeestunden habe ich es ein- oder zweimal gegenüber Vater Burgess erwähnt, doch er versicherte mir nur, was für eine wundervolle Arbeit sie machen würde. Er sagte, mit all dem Guten, was Ginny täte, würde sie unsere ganze Familie in den Himmel bringen. Und die Leute in der Kirche kamen ständig zu mir und lobten sie. ›Sie hat alles für den Weihnachtsmarkt gemacht‹, sagte jemand. ›Die Jugendgruppe liebt sie.‹ Die Komplimente zeigten Wirkung. Es schien das erste Gute, was mir seit Charles' Tod geschah. Und so war ich, anstatt skeptisch zu sein, voller Stolz. Zu viel Stolz. Mein Liebling, meine Tochter war etwas Besonderes. Aber Hochmut kommt vor dem Fall. Und dann fand ich sie.«

Ruth hob ihren Kopf und blickte Frances direkt in die Augen. »Es war Aschermittwoch, der Beginn der Fastenzeit, in der wir uns von unseren Sünden reinigen.« Sie griff wieder in die Schachtel und holte eine beigefarbene Karte mit einem weißen Kreuz auf dem Umschlag heraus. »Das ist Ginnys Nachricht, die sie hinterlassen hat, damit ich sie finde.«

Frances öffnete die Karte. Die runden Buchstaben wirkten, als hätte sie jemand, der viel jünger war als dreiundzwanzig, geschrieben:

Ich habe mich selbst geprüft und für verabscheuungswürdig befunden. Ich habe bereut, gebetet, gefastet und über Gottes Heiliges Wort meditiert, aber ich kann nicht erlöst werden. Ich war von Lust für Vater Burgess erfüllt, und ich habe diese Perversion ausgelebt. Ich bin der Sünder, nicht er. Ich bin Satan, der Jesus in der Wüste verhöhnt. Ich bin die Schlange im Garten Eden. Jetzt bin ich das Lamm. In meinem Opfer suche ich Vergebung.

Frances stand auf und setzte sich zu Ruth auf die Couch. Ohne ein Wort zu sagen schob Ruth ihr die Schachtel hin. Zum ersten Mal konnte sie alles sehen, was sie enthielt: vergilbte Zeitungsausschnitte über Virginias Tod, die Entdeckung ihrer Leiche und das folgende Verfahren; handgeschriebene Notizen, Kondolenzbriefe und Gebetskärtchen. Einige Fotos von Virginia waren dabei, darunter eines neben ihrem Bruder in Ausgehuniform. Eine Locke hellbraunes Haar und die Kopie des Totenscheins. Sie nahm ein dickes Dokument heraus und las den Titel. Es war die Klageschrift: »In Sachen Familie Virginia Bailey gegen Christ Church.« Die Klage hatte ein Aktenzeichen einer Kammer für Zivilsachen des Barnstable Superior Court von 1987. Frances überflog die Absätze.

Die Klage wegen unnatürlichen Todes und Missbrauchs einer Vertrauensstellung wird vorgebracht von Ruth Bailey, Vertreterin des Nachlasses von Virginia Bailey (im Weiteren »Klägerin«) gegen die Christ Church, eine Episkopalkirche in Barnstable County, vertreten durch Thomas Burgess in seiner Funktion als Pfarrer und Edgar Whitney in seiner Funktion als Vikar (im Weiteren »Beklagte«).

Paragraph 54

Im Wissen um ihre Beeinflussbarkeit, im Wissen um die Macht, die er als ihr spiritueller Berater über sie hatte, und im Wissen um ihren fragilen seelischen und physischen Zustand, missbrauchte Pfarrer Burgess seine Vertrauensposition indem er a) darauf beharrte, dass Virginia fast täglich Sex mit ihm habe, b) ihr einredete, dass sie in die Hölle käme, wenn sie sich weigerte und c) ihr androhte, sie aus der Kirche auszuschließen, wenn sie irgendjemandem von dem erzählte, was sie getan hatten.

Paragraph 66

Vikar Whitney unterstützte und begünstigte wissentlich den Missbrauch des Pfarrers, indem er a) die Aufmerksamkeit des Kirchengemeinderates nicht darauf lenkte, b) seine priesterlichen Pflichten vernachlässigte, indem er die Gemeinderäume während seiner Dienstzeiten verließ, damit Virginia mit Pfarrer Burgess allein sein würde, c) Virginia zusätzlich einredete, wie wichtig es sei zu schweigen.

Paragraph 80

Aufgrund der Macht, die Pfarrer Burgess über sie ausübte, sah Virginia keinen anderen Ausweg aus ihrem Elend, als sich das Leben zu nehmen. Ihr Tod war die direkte und unmittelbare Folge des Missbrauchs seiner Vertrauensposition durch den Pfarrer.

Ruth kehrte noch einmal zu der Kommode zurück und holte ein paar Bände heraus, die sich als Gerichtsprotokolle herausstellten. »Ich brauche jetzt eine Tasse Tee. Bitte entschuldigen Sie mich einen Augenblick. Vielleicht möchten Sie ja das hier ansehen, solange ich weg bin«, sagte sie und gab Frances die Bände.

Als sie allein war, blätterte Frances durch die Abschriften vom zweiten Prozesstag. Sie überflog die Seiten und fand einen Teil der Zeugenaussage des Arztes.

Mr. Dailey: »Dr. Harvey, könnten Sie den Damen und Herren dieser Jury beschreiben, was auf diesen Fotos zu sehen ist?«

Ms. Kessler: »Einspruch. Die Bilder sprechen für sich selbst.«

Mr. Dailey: Gut. Zurückgezogen. Sind Sie am 22. Oktober zum Haus der Baileys gegangen?«

Dr. Harvey: »Ja.«

Mr. Dailey: »Haben Sie dort Virginia Bailey gesehen?«

Dr. Harvey: »Ja.«

Mr. Dailey: »Lebte sie oder war sie tot?«

Dr. Harvey: »Als ich dorthin kam, war sie bereits tot.«

Mr. Dailey: »In welchem Zustand war sie?«

Dr. Harvey: »Sie hing von einer Schlinge, die an einen Balken im Keller des Hauses gebunden war. Ihr Kopf war nach vorn gekippt, die Zunge hing heraus. In ihren Unterschenkeln hatte sich Blut gestaut.«

Mr. Dailey: »Hing sie frei über dem Boden?«

Dr. Harvey: »Nein. Ihre Füße berührten den Boden.«

Mr. Dailey: »Ich zeige Ihnen jetzt ein Foto, das mit Nummer 14 gekennzeichnet ist, und frage Sie hiermit, ob das die wahre und akkurate Wiedergabe des Zustands von Virginia Baileys Körper ist, wie Sie ihn zuerst sahen?«

Dr. Harvey: »Ja.«

An die Rückseite der Abschrift war eine Kopie des Fotos Nr. 14 angeklebt. Sie zwang sich, das Bild anzuschauen. Ein verzerrtes Gesicht mit hervorgetretenen Augen, der schlaffe Körper bekleidet mit einem geblümten Rock und einem T-Shirt, die verdrehten Knöchel an den Boden gedrückt. Im Hintergrund sah man die üblichen Gerätschaften in einem Keller: Werkzeug, Farben und Zubehör, Kisten, ein Fahrrad. Sie saß regungslos da und schloss ihre Augen. Das Bild sollte aus ihrem Kopf verschwinden. Die Ähnlichkeiten zwischen Hope und Virginia Bailey waren nicht nur spiritueller Natur.

Ruth kehrte mit einer Tasse in der Hand zurück, ging zum Kamin und berührte das Porträt ihrer Tochter. »Es ging bei dem Verfahren nicht um Geld.«

Dieser Gedanke war Frances noch gar nicht gekommen. »Wie lautete das Urteil?«

Ruth hielt sich am Kaminsims fest, als würde sie das Gleichgewicht verlieren. »Im Zweifel für die Angeklagten. Der Pfarrer gestand die Beziehung, sah mir aber direkt ins Gesicht und behauptete, sie hätte auf Gegenseitigkeit beruht. Es wäre das gewesen, was Ginny gewollt hätte, und sie wäre so unausgeglichen gewesen, dass er nicht gewusst hätte, wie er hätte Nein sagen sollen. Seine Zeugenaussage war schrecklich. Voller Lügen über Ginnys wechselnde Liebhaber und über Dinge, die sie ihn gebeten habe zu tun. Sie sagten, sie sei die Verführerin gewesen. Ich konnte nichts dagegen tun. Es gab keine Möglichkeit, ihre Ehre zu wahren oder ihre Erinnerung zu schützen. Charlie war so wütend, dass ich dachte, er würde den Mann eigenhändig umbringen, aber wir wussten, was man tun durfte und was nicht, auch wenn er es nicht gewusst hatte. Die Jury glaubte ihm.« Ihre Lippen zitterten, und sie begann zu weinen, redete aber weiter, stammelnd: »Sie ... fanden nicht ... dass das ... was er ... mit .... meinem kleinen Mädchen .... gemacht hatte ... falsch ... war.«

»Was war mit Vater Whitney?«

Sie hustete. »Er sagte aus. Dieser ... dieser Mann hatte doch die Nerven, sich bei mir zu entschuldigen und zu sagen, dass er die Situation schlecht eingeschätzt habe. Aber er behauptete, nicht gewusst zu haben, dass Ginny durch diese Beziehung Schaden genommen habe. Er sagte, sie sei immer so glücklich gewesen, wenn sie bei Pfarrer Burgess gewesen sei.«

»Und die Kirche?«

»Die Kirche als solche konnte ohne die Pfarrer nicht verantwortlich gemacht werden. Der Gemeinderat suchte einen Nachfolger und schickte mir ein ›Geschenk‹ von zehntausend Dollar zum Gedenken an Ginny. Das war's. Pfarrer Harris, der heute dort ist, ist ein wunderbarer Mann, voller Mitgefühl und Anteilnahme. Er sieht immer nach mir. Er hat mich sozusagen wieder in die Herde zurückgeholt.«

Frances wusste nicht, was sie sagen sollte. Eine Affäre mit einem Gemeindemitglied zu haben, war wahrscheinlich nicht ausreichend, um Vater Burgess für ihren Tod verantwortlich zu machen. Anders als in der katholischen Kirche gab es in der Episkopalkirche keinen Zölibat für die Pfarrer. Aber das verringerte nicht Ruths Schmerz.

»Entschuldigen Sie bitte, wenn diese Frage unsensibel klingt«, sagte Frances, »aber ist eine Autopsie durchgeführt worden?«

»Ja.«

»Und gab es da irgendwelche Zweifel hinsichtlich des Selbstmords?«

Ruth seufzte. »Nein. Da war nichts, das in eine andere Richtung gewiesen hätte.« Sie kämpfte offensichtlich mit ihren Tränen und sah Frances mit flehenden Augen und zitternden Nasenflügeln an.

»Wie haben Sie denn alles rausgefunden? Ich meine, wie haben Sie überhaupt die Beweise für ein Verfahren zusammenbekommen?«

»Nun, Mr. Dailey, unser Anwalt, hat die meisten Vorbereitungen erledigt. Aber es gab einen Menschen, der uns auf vieles aufmerksam gemacht hat. Es war der Küster, ein netter älterer Herr namens Jerry, der sich seit Jahren um die Gebäude und das Grundstück kümmerte. Er kannte Ginny und war von ihrem Tod wirklich betroffen. Einige Wochen nach ihrer Beerdigung kam er zu mir nach Hause. Er erzählte mir, dass er sie mehrmals mit Vater Burgess zusammen gesehen hatte. Er hatte sie sogar ... gesehen, wie sie an einem Abend intim waren. Er war sehr besorgt gewesen, doch als er etwas sagte, drohte der Pfarrer, ihn rauszuwerfen. Er hatte auch mit Vater Whitney gesprochen, der sagte, das ginge niemanden etwas an, und was zwischen zwei Menschen geschehe, das sei privat. Außerdem hatte er Jerry auch mehrmals an Tagen, an denen er eigentlich zu arbeiten hatte, gesagt, er solle nicht in die Kirche kommen. Jerry merkte, dass man ihn fern halten wollte, aber er wusste nicht, was er tun sollte. Er fühlte sich furchtbar schuldig, dass er nicht mehr getan hatte, um sie zu schützen. Wir meinten, seine Zeugenaussage würde die Jury überzeugen, aber diese Anwältin, die die anderen vertrat, hat ihn als völlig unglaubwürdig dargestellt. Sie machte aus ihm einen verrückten alten Kauz, einen Alkoholiker, der sich Geschichten ausdachte. Aber er war ein guter Mann. Er hatte sich nichts ausgedacht. Die Jury wollte einfach die schreckliche Wahrheit nicht glauben.«

»Es tut mir so Leid.«

Ruth lächelte ein wenig. »Ginny war ein wundervoller Mensch. Sie sollte immer noch unter uns sein. Und sie ist in Gedanken bei mir. Das kann kein Prozess mir wegnehmen.«

Als sie sich auf der Auffahrt verabschiedete, umarmte Frances die ältere Frau. Das war eine ungeschickte Geste, und Ruth trat zuerst einen Schritt zurück. Doch dann legte sie ihre Arme um Frances' Taille und hielt sie fest. Sie konnte sie schluchzen hören.

»Ich musste einfach verstehen, was es an Ginnys Leben und Tod war, das meiner Cousine das Gefühl gab, mit ihr verbunden zu sein«, flüsterte sie Ruth ins Ohr. »Sie haben es mir erklärt. Und ich kann Ihnen gar nicht genug danken.«

33

Frances stand schon in der Sakristei und versuchte, ihre Nerven zu beruhigen. Ihr Herz klopfte, und ihre Hände waren feucht und kalt. Die ganze Nacht lang hatte sie sich von einer Seite auf die andere geworfen und versucht, die Stückchen der Informationen, die sie im Verlauf der letzten Woche erhalten hatte, zusammenzusetzen. Doch als die Sonne aufging und die ruhelose Erschöpfung der Nacht sich zerstreute, war eine Sache klar: Der Vertrauensbruch, den Hope erfahren hatte, der Missbrauch durch ihren Vater Bill hatte ihr Leben, noch lange nachdem die körperlichen Wunden verheilt waren, geprägt. Sie hatte sich mit Virginia Bailey identifiziert, weil sie beide von Menschen verletzt worden waren, denen sie vertraut hatten – der Vater Bill und Vater Burgess. Die väterliche Bindung stellte sich als fatal heraus.

Sie wünschte, ihre bloße Anwesenheit in der Kirche würde ihr eine gewisse Ruhe schenken. Stattdessen wurde ihre Aufregung nur noch größer. Alle die Taufen, Hochzeiten und freudigen Feste an so vielen Feiertagen, die innerhalb der Wände der Church of the Holy Spirit stattgefunden hatten, vermochten nicht den Schmerz und die Grausamkeit der menschlichen Beziehungen in der Welt draußen ungeschehen zu machen. Oder sogar das Scheitern der Menschen innerhalb der Kirche.

Elvis gesellte sich zu ihr. »Kommen Sie«, sagte er. »Er ist in seinem Büro.«

Sie hatte erwogen, allein zu Vater Whitney zu gehen. Das war in vieler Hinsicht sicher sinnvoll. Sie wollte ihn fragen, was in Barnstable geschehen war, und dazu war Elvis' Gegenwart nicht erforderlich. Möglicherweise würde er offener sein, wenn kein Polizeibeamter dabei war, aber irgendetwas hatte ihr gesagt, dass es besser wäre, nicht allein zu gehen.

Sie folgte Elvis durch eine Hintertür in das Gemeindebüro. Die angrenzende Tür zum Büro von Pfarrer Whitney stand offen. Als sie eintraten, stand er hinter seinem ausladenden Schreibtisch und streckte ihnen die Hand entgegen. Er trug Straßenkleidung, dunkle Hosen, ein weißes Button-down-Hemd und eine dunkelrote Strickjacke. Sie konnte die dunklen Ringe unter seinen Augen sehen.

»Ich wusste nicht, dass Sie mit Detective Mallory kommen«, sagte er.

»Nennen Sie mich Elvis«, hörte sie von hinten, als sie sich dem Pfarrer gegenübersetzte.

»Was kann ich für Sie tun?«

Elvis sah zu Frances hinüber. Bei einer Tasse Kaffee und einem altbackenen süßen Brötchen von Dunkin' Donuts hatte sie ihm erzählt, was sie über Virginia Bailey wusste. Sie hatten überlegt, inwieweit Vater Whitney in die Sache verwickelt gewesen war. Wie viel hatte er gewusst, und wie würde er reagieren, wenn er so viele Jahre später darauf angesprochen wurde? Doch jetzt, als es so weit war, schienen sie beide etwas zögerlich. Pfarrer Whitney wählte aus einer Schüssel mit Studentenfutter eine Cashewnuss aus und kaute langsam.

»Was kriegen Sie hier, Ihr Gehalt, meine ich?«, fragte Elvis aus dem Stegreif, nahm ein Exemplar des Gemeindebriefes auf und tat, als würde er ihn durchsehen.

»Fünfundachtzigtausend«, erwiderte Vater Whitney.

»Plus Wohnung?«

»Ja.«

»Und ein Auto?«

»Ja. Ich weiß nicht, warum Sie das wissen müssen.«

»Und die Gemeinde gibt Ihnen doch noch etwas für Essen und Gebrauchsgegenstände, oder? Ist das nicht ein Teil des Kirchenbudgets?«

»Worauf wollen Sie hinaus?«

»Das ist ja ein gutes Auskommen hier«, sagte Elvis und legte die zusammengehefteten Zettel zurück. »Sehr nett.«

»Für meine Arbeit in Gott werde ich reichlich entlohnt, falls Sie das meinen. Aber ich habe noch nie um eine Erhöhung gebeten, und noch nie um mehr, als mir aus freien Stücken angeboten wurde.«

»Kann ich mir auch nicht vorstellen«, sagte Elvis. Dann verzog er das Gesicht zu einem breiten Grinsen. Er war die Katze, die die Maus zwischen den Tatzen hatte und bereit war zuzuschlagen.

»Wir müssen Sie etwas über Virginia Bailey fragen«, sagte Frances. Sie wusste, dass Elvis ihn hatte aufwärmen wollen, um ihm dann zuzusetzen. Elvis in Höchstform.

Er räusperte sich. »Warum haben Sie sich mit meiner Vergangenheit beschäftigt?«, fragte er. Seine Stimme klang ruhig, aber er sprach gepresst.

Keiner von beiden antwortete.

»Da Sie fragen, nehme ich an, dass Sie die Antworten auch schon wissen. Ginny Bailey war ein sehr freundliches, sehr hingebungsvolles Mädchen, dessen Tod eine Tragödie war. Nachdem das Mädchen sich umgebracht hatte, strengte ihre Mutter eine Zivilklage gegen die Kirche und ihre Geistlichen an. Darunter war auch ich, und ich habe in dem Verfahren als Zeuge ausgesagt. Ich stand unter Eid, und ich habe das sehr ernst genommen. Rückblickend gesehen, hätten Vater Burgess und ich ihr sicher mehr Hilfe anbieten sollen, mehr Beratung, mehr Mitgefühl. Aber ihre körperliche Verbindung zu ihm beruhte auf Gegenseitigkeit. Wenn überhaupt, dann hatte er mehr Angst davor als sie. Er hätte das besser einschätzen und sich mehr unter Kontrolle haben sollen. Aber sie war ein leidenschaftliches Mädchen, und man konnte sich ihr nur schwer entziehen. Wir sind alle sterblich. Wir alle geben zuzeiten den Anfechtungen nach. Oder sind Sie frei von Sünde?« Er beugte sich zu Elvis hinüber. »Glücklicherweise vergibt der Herr.«

»Aber es verstößt gegen die kirchlichen Richtlinien. Und Sie haben es niemandem in der Diözese gemeldet. Sie ließen es weiterlaufen. Haben Sie denn gar keine Verpflichtung gespürt, es zu melden?«

»Ehebruch ist auch gegen das Gesetz. Heißt das, dass niemand diese Sünde begeht? Die Menschen wissen von den außerehelichen Affären ihrer Freunde und tun nichts. Sie sind sehr naiv für einen Polizeibeamten. Die Beziehung zwischen Vater Burgess und Ginny schien niemandem wehzutun. Es war nicht an mir, sie offen zu legen.«

»Wann hat Hope herausgefunden, was bei der Christ Church geschehen war?«

Der Pfarrer schwieg. Er griff sich eine weitere Nuss und spaltete sie mit seinen Vorderzähnen in der Mitte. Frances sah zu, wie er kaute, ehe er antwortete: »Vor ein paar Monaten.«

»Und wie?«

»Sie hatte irgendwelches Material zusammengestellt, was zur Diözese geschickt werden sollte. Ich weiß nicht mehr genau, was ihr fehlte, aber sie suchte nach etwas und fand dann eine Schachtel mit Dokumenten über den Fall, die ich besitze.«

»Wie reagierte sie darauf?«

Er sprach langsam und sah aus dem Fenster in den Garten draußen. »Sie kam offensichtlich verstört in mein Büro. Jeder wäre in so einer Situation verstört gewesen. Das war mir klar. Aber wir haben darüber geredet, was geschehen ist – was ich hätte tun können und was nicht. Sie war nicht meiner Meinung, aber ich glaube dennoch, dass sie mich verstand.«

Elvis sah zu Frances hinüber. Sie nahm eines der in Leder gebundenen Tagebücher heraus und begann auf einer Seite, die sie angezeichnet hatte, zu lesen:

Ich habe Vater Whitney nach Ginny gefragt. Warum? Warum hat er nichts getan, um sie zu schützen? Warum hat er einfach so zugeschaut? Warum soll das nicht seine Sache gewesen sein? Ich habe gemerkt, dass meine Fragen ihn ärgerten. »Ich habe mein Möglichstes getan«, hat er gesagt. »Und es ist seit Ginnys Tod kein Tag vergangen, an dem ich nicht bereut habe.« Das reicht nicht!, möchte ich schreien. Meine Mutter hat dasselbe gesagt, und es reicht nicht.

Vater Whitney presste die Kiefer aufeinander. »Welchen Eindruck Sie auch immer haben mögen, Sie täuschen sich. Hope und ich waren einander sehr nah. Ich habe verstanden, dass sie verärgert war. Sie fand, ich hätte es meinem Vorgesetzten berichten und die Affäre beenden sollen. Sie meinte, ich hätte Ginny retten können. Aber da irrte sie sich.«

»Hat Hope Ihnen gedroht, Sie bei der Diözese anzuzeigen?«, fragte Frances.

»Niemals.«

»Was sagt denn die Bibel über Lügner, Vater Whitney?«, fragte Elvis. »Ich bin nicht gerade bibelfest, aber ich meine mich doch an irgendwas mit Blasen auf der Zunge oder so zu erinnern.«

Frances versetzten Elvis' Worte einen Schock. Sie hatte nicht erwartet, dass er so auf Konfrontationskurs gehen würde. »Können Sie uns helfen, das hier zu verstehen? Es ist ein Eintrag in Hopes Tagebuch, eines von denen, die wir auf Carls Boot gefunden haben.« Sie blätterte ein paar Seiten in dem Tagebuch vor und las laut:

Ich kann nicht damit leben, nichts zu tun. Diese Gemeinde vertraut Vater Whitney. Er hat unsere Beichten gehört. Wir wenden uns an ihn um Hilfe, für Leitung, für Sicherheit. Er hat uns betrogen. Keiner hier weiß, was auf dem Cape geschehen ist. Er hat der Gemeinde niemals erzählt, was er da zugelassen hat. Ich weigere mich, so zu sein wie die anderen, jetzt, da ich alles weiß. Ich werde nicht schweigen.

Vater Whitney stand auf. Alle Farbe war aus seinem Gesicht gewichen. »Sie verstehen das nicht. Hope hasste ihren Vater für alles, was er ihr angetan hatte, und sie hasste ihre Mutter noch mehr, weil sie es hatte geschehen lassen. Sie wandte sich an diese Kirche und verließ sich darauf, dass ihr Glaube ihr helfen würde, gesund zu werden. Nun war sie böse auf mich, und das ist durchaus verständlich. Doch mein Verhalten und das ihrer Mutter waren nicht vergleichbar. Ich habe versucht, ihr das zu erklären.« Er hielt sich an der Rückenlehne seines Stuhls fest, offensichtlich, um das Gleichgewicht zu halten. Frances sah, dass seine Knöchel weiß geworden waren, als er zupackte. »Gott ist mein Richter«, murmelte er.

»Was haben Sie empfunden, als sie gedroht hat, Sie anzuzeigen?«, fragte Elvis.

Der Pfarrer trat einen Schritt zurück und ein erschrockener Ausdruck breitete sich auf seinem Gesicht aus. »Sie können mir alles Mögliche vorwerfen, aber ich werde hier nicht Dinge zugeben, die ich nicht getan habe. Ich habe dieser Gemeinde mit allen meinen Fähigkeiten gedient. Ich habe alles getan, was in meiner Macht stand, um dieser Gemeinschaft durch gute und schlechte Zeiten zu helfen. Ich habe mich um unsere Gemeindemitglieder bemüht. Sie können alle hier befragen, und jeder wird es Ihnen bestätigen. Ich bin stolz auf meine Arbeit.«

»Ein guter Pfarrer. Wollten Sie damit den bösen überspielen?«

»Das ist teuflisch. Warum sind Sie hierher gekommen?«

»Hope hatte doch Recht, dass sie Ihnen die Schuld gab. Sie waren doch ebenso kritisch mit sich wie sie«, sagte Frances.

»Ich bin kritisch mit mir. Da haben Sie Recht. Ginny Baileys Tod hat mich fast zerstört. Ich schämte mich. Ich habe meinen Glauben infrage gestellt. Ich fragte, was das für ein Gott war, der zuließ, dass ein Pfarrer ein junges verletzliches Mädchen so behandelte. Sie können nicht behaupten, dass ich nicht auch unter der ganzen Sache gelitten habe.«

»Aber Sie dachten, Sie hätten genug gelitten. Sie fanden nicht, dass Sie noch weiter bestraft werden sollten.«

»Strafe ist die Sache Gottes. Es ist nicht an uns, sie zu erteilen.«

»Genau das meine ich. Und derselben Meinung war auch Hope.« Frances spürte, wie ihr Atem heftiger wurde, als sie die Wahrheit begriff. »Hope wollte Sie nicht in Gottes Hand belassen. Sie wollte aus der Einschränkung der Priester-Büßer-Beziehung heraustreten und Sie dem Kirchengemeinderat überantworten oder der Gemeinde, wem auch immer. Und Sie fürchteten, dass die Mitglieder dieser Gemeinde Sie hier nicht mehr würden haben wollen, wenn sie erst alles erführen. Vielleicht haben Sie die Toleranz dieser Gemeinschaft unterschätzt, vielleicht aber auch nicht. Aber darum geht es auch gar nicht. Sie wollten die Konsequenzen Ihrer eigenen Taten nicht tragen. Sie wollten die Verantwortung für Ihre eigene Vergangenheit nicht übernehmen.«

»Ich habe ihr nicht wehgetan.«

Frances weigerte sich, ihm zuzuhören. Ihre Wut geriet außer Kontrolle. »Haben Sie erwartet, dass Sie nur, weil Sie gebetet hatten, erlöst werden würden? Haben Sie ehrlich geglaubt, dass irgendetwas, was Sie tun könnten, den Verlust eines Menschenlebens wieder gutmachen könnte?«

»Warum quälen Sie mich?«

»Sie quälen? Glauben Sie das wirklich?« Sie schluckte hart und merkte, dass das Gefühl ihres eigenen Speichels, der durch ihre Kehle rutschte, ihr Kraft gab. Das hier war Realität. Sie musste dem Bösen, das vor ihr stand, entgegentreten. Jetzt. Und das Böse war nicht metaphysisch oder metaphorisch gemeint, es hatte nichts mit der Bibel, dem *Book of Common Prayer* oder irgendetwas über den Glauben zu tun. Hier stand ein selbstsüchtiger Mann, der andere verletzt hatte, um seine eigenen Interessen zu wahren. Dieses Verbrechen unterschied sich in nichts von anderen. Und dass die Leidenschaft spiritueller Natur war anstelle von körperlicher, änderte an der Bereitschaft zum Mord gar nichts.

»Warum, Vater? Warum haben Sie nicht ausprobiert, ob Ihre Gemeindemitglieder Ihre Fehler, Ihr Scheitern akzeptieren und Sie trotzdem anerkennen könnten? Wie konnten Sie predigen, dass man sich selbst annehmen soll, wenn Sie doch gar nicht daran glaubten?«

»Ich habe mein Leben mit mühseliger Arbeit verbracht, im Dienste Gottes …« Er unterbrach sich. »Er wird mich vor Ihren grundlosen Anschuldigungen beschützen. Wenn ich irgendetwas getan habe, dann habe ich ihr geholfen. Ich half ihr, wie ich anderen dabei geholfen habe, mit den Schrecken und Ungerechtigkeiten dieser Welt zurechtzukommen. In der Kirche, in unseren gemeinsamen Gebeten, in der Bibel fand sie Ruhe. Nichts, was ich tat, trug zu ihrem Tod bei.«

»Sie haben sie umgebracht!«, schrie Frances. Sie würde nicht länger zulassen, dass er sich hinter seinem Mantel der Pietät versteckte. So wie Hope offensichtlich auch wollte sie ihn für das, was er verursacht hatte, bestrafen. Jetzt war es Zeit für Gottes Wut, für Seinen Zorn, und sie merkte, wie sie selbst darum betete.

»Stopp! Genug, sage ich.« Er ging um den Tisch herum und legte seine Hand gegen ihre Schulter, als wollte er sie von sich fern halten. Sie standen wie versteinert da und starrten einander in die Augen. Sie spürte den Druck, den er ausübte. Sie hielt stand. Jetzt begriff sie. Er hatte schon einmal einen Selbstmord gesehen. Den Selbstmord eines verwirrten Mädchens, Hope nicht unähnlich, und er wusste, dass niemand deswegen zur Rechenschaft gezogen wurde. Vater Burgess war nicht verantwortlich gemacht worden. Beim Selbstmord war nur der Tote anzuklagen. Deshalb hatte er nichts unversucht gelassen, Hopes Tod als selbst verursacht erscheinen zu lassen. Er wollte jeden Sonntag zu der Gemeinde predigen und im Chor singen. Und er wollte der Verantwortung entfliehen. Er hatte gedacht, er könnte von seinem frommen Pfad einmal abweichen, denn der Staat würde ihn nicht fassen, und der Herr würde ihm schon vergeben. Offenbar konnte alles durch eine angemessene Buße vergeben werden. Was war das nur für eine Moralvorstellung?

Sie erinnerte sich an ihn, wie er an dem Abend auf dem Steg aufgetaucht war, als sie beide Carls Leiche fanden. Es war eine falsche Sicherheit, die sie empfunden hatte, als sie sein Gesicht im Licht erkannt hatte. Er war bereits vorher beim Schiff gewesen. Er hatte den Fischer ermordet. Wenn man bei dem Pfarrer einen Fingerabdruck nehmen würde, dann würde dieser ohne Zweifel zu dem vom Griff des Vorschlaghammers, den man auf dem Schutthaufen gefunden hatte, passen.

Und dann erinnerte sie sich plötzlich. Das Gespräch fiel ihr mit einem Schlag wieder ein, und ein Meer von Wörtern ließ sie schwindeln. Sie war diejenige gewesen, die ihm erzählt hatte, was Carl über Hopes Vergangenheit wusste. Sie war diejenige gewesen, die ihm von der Existenz der anderen Tagebücher erzählt hatte. Deshalb musste er geglaubt haben, Carl wisse mehr als es in Wirklichkeit der Fall war. Ihre eigene Bereitwilligkeit, an die Frömmigkeit eines Mannes im Ornat zu glauben, ihr Bedürfnis, sich einem Menschen anzuvertrauen, dessen würdevolle Verkleidung ihn vertrauenswürdig erscheinen ließ, hatten zu Carls Hinrichtung geführt. Wie hatte sie nur so dumm sein können? Carls Gesicht, als er aus dem Wasser gezogen worden war, sein leerer Blick, brannte in ihrem Gedächtnis. Es war ihr Fehler, und sie würde mit dieser Verantwortung leben müssen.

Vater Whitney kniete nieder, faltete die Hände, senkte seinen Kopf und schien zu beten.

»Edgar Whitney, ich verhafte Sie wegen Mordes an Hope Lawrence und Carl LeFleur«, sagte Elvis, stand auf und holte ein Paar Handschellen aus seiner Jackentasche. Er ging um den Tisch herum. Der Pfarrer stand auf, legte seine Hände auf den Rücken und ließ den Kopf hängen. »Sie haben das Recht, die Aussage zu verweigern. Sie haben das Recht …«

Frances hörte die Worte nur noch undeutlich, als sie den Pfarrer anstarrte. Seine Aufgabe war es, Gott zu dienen, Gottes Willen auf der Erde so gut wie möglich durchzusetzen. Sie hatte schon viele Verbrecher bei ihrer Verhaftung erlebt, hatte viele Geschichten über Missbrauch und Gier gehört, doch das hier war schlimmer.Vielleicht sollte man bei ihm keinen höheren Maßstab anlegen als bei anderen Menschen. Er war ebenso menschlich wie alle anderen und hatte wie sie auch hässliche Eigenschaften. Aber sie erwartete einfach, dass er besser, moralischer, weniger selbstsüchtig war. Gingen die Menschen nicht deshalb in die Kirche? Sie suchten etwas und jemanden, der sie in ihrem Alltag leitete, der ihnen half, Lösungen für die Probleme zu finden, die ihnen begegneten, und der ihnen beibrachte, wie man in die Fußstapfen Jesu trat. Dieser Mann hier war sicher nicht besser, er war vielleicht sogar schlechter, weil er das Vertrauen, das ihm geschenkt worden war, missbraucht hatte. Jetzt waren zwei Menschen tot: die Frau, die den Pfarrer um Rat aufgesucht hatte, und der Mann, der sie geliebt und ihre Geheimnisse bewahrt hatte. Und er war dafür verantwortlich.

Sie schloss für einen Moment ihre Augen und dachte an Sam. Sie erinnerte sich an seine Stimme während ihres letzten Gesprächs. Seine Worte und ihr Klang gaben ihr Kraft. Dann drückte sie Hopes Tagebuch fest an ihre Brust und folgte Elvis und seinem Angeklagten aus der Kirche.

September

34

Frances stützte ihre Ellenbogen auf die Reling und schaute über Bord. Sie spürte den salzigen Wind auf ihrem Gesicht, als sich die Fähre ihren Weg durch den Long Island Sound bahnte. In dem schwarz-grünen Wasser leuchteten schon die flachen Sandbänke weiß hervor. Der Lärm der Maschine ließ alle anderen Geräusche undeutlich werden, und sie beobachtete die starke Strömung unter dem Schiff. Die letzte Möwe, die sie vom Hafen von New London her begleitet hatte, war umgekehrt. Das Ufer war nicht mehr zu sehen, und das riesige Schiff, das Dutzende von Autos und Passagieren transportierte, schien in dem weiten Ozean allein zu sein.

Sam kehrte mit zwei Styroporbechern mit Kaffee von der Galerie zurück und gab Frances einen davon. »Die Schlange war endlos lang«, sagte er.

Sie nahm einen Schluck und fühlte ein Brennen in ihrer Kehle. Die Flüssigkeit war bitter, ein Geschmack, der sie an den Tag zuvor erinnerte, als sie mit Elvis in Mark O'Connors Büro gesessen und alle Beweise gegen Vater Whitney noch einmal durchgesehen hatte. Die Spurensicherung hatte in Carls durchwühltem Apartment zwei Stofffasern gefunden, die zu einer Jacke aus dem Schrank im Büro des Pfarrers passten. Zusammen mit dem Fingerabdruck auf dem Vorschlaghammer war die Beweiskette für den Mord an dem Hummerfischer sehr stark.

Ob er auch des Mordes an Hope angeklagt werden würde, war jetzt die Sache der Grand Jury. Mark hatte den Fall so gut er konnte vorgebracht. Die Polizei hatte den letzten Band von Hopes Tagebüchern in Whitneys Wohnung gefunden. Ihn hatte er als Vorlage für die Fälschung benutzt. Eine der letzten Eintragungen war verlesen worden:

Ich habe mich so oft nach Hilfe gesehnt, aber es war nie jemand da. Jetzt verstehe ich, warum. Selbst wenn die Verletzung direkt vor unseren Augen geschieht, wenden wir unseren Blick ab. Selbst als Vater Whitney Ginnys Leiden gesehen hat, hat er doch still gehalten. Jetzt ist er wütend auf mich, weil ich Gerechtigkeit will. Ich will, dass die, die sich ihm anvertrauen, wissen, wie schnell er sie betrügen wird. Gestern hat er mir gesagt, dass er mich zwingen würde, still zu halten, wenn ich mich nicht selbst dazu entschließen würde. »Ich konnte nichts tun. Warum wollen Sie, dass ich jetzt noch bestraft werde?« Wenn ich diesen Satz noch einmal höre, schreie ich.

Mein Inneres ist zerstört worden, und sogar meine Träume gehören nicht mehr mir. Ich möchte gehalten werden, in sanften Armen gewiegt werden. Ich möchte vor dem Verletzenden geschützt werden, aber meine Albträume, meine Erinnerungen haben mich dazu gezwungen, den einzigen Menschen aufzugeben, der mich hätte retten können. Ich werde Jacks Frau werden, aber es wird sich nichts ändern. Ich werde von dieser Familie befreit sein, aber nicht von dieser Gesellschaft. Ich werde in einer Welt der Fassaden eingeschlossen sein.

Warum treten wir nicht ein für die Menschen, die wir lieben? Ist das den Kampf nicht wert? Ich bin auch schuldig. Ich habe Carl weggeschickt, weil ich die Kraft nicht mehr habe, weil ich von meinen Ängsten geplagt bin. Vielleicht verstehe ich meine Mutter doch besser, als ich gedacht habe.

Bei diesen Worten hatten zwei Jurymitglieder geweint.

Ricki schaffte es, zwischen Vater Whitneys Handschrift und den gefälschten Seiten Ähnlichkeiten aufzuzeigen. Dazu trug auch ein Vergleich der Tinte bei, obwohl es eine gewöhnliche Tinte war, die man für neunundfünfzig Cent in den meisten Drogerien und Supermärkten kaufen konnte. Jack bezeugte, dass nie zur Diskussion gestanden hatte, einen Teil der geplanten Hochzeitszeremonie auszulassen. Vater Whitney hatte diese Geschichte nur als Vorwand benutzt, um Hope dazu zu bringen, das Mittagessen am Singing Beach zu verlassen und sich mit ihm allein zu treffen. Zwar hatte er sie erst später ermordet, doch war klar, dass sie nachmittags bereits eine letzte Auseinandersetzung gehabt hatten. Vielleicht hatte er ihr gedroht. Der beste Beweis kam jedoch von einem Kaufmann für liturgisches Zubehör in Ost-Boston. Er erklärte, dass das seidige Seil der Schlinge eigentlich ein Gürtel war, und dass er diese Art Gürtel an mehrere Episkopalkirchen verkauft habe, darunter auch an die Church of the Holy Spirit.

Als es dunkel geworden war, hatte Elvis Frances zurück nach Manchester gebracht. Sie hatten sich verabschiedet und einander versichert, dass man in Kontakt bleiben und sich besuchen würde – lauter Versprechungen, die sie niemals halten würden, wie sie beide sehr gut wussten. Es geschah so oft, dass die schlimmsten Situationen Menschen einander nahe brachten, nur um sie wieder zu trennen, wenn die Krise überstanden war. Einen kurzen Augenblick musste sie an Kelly Slater denken. Als Kelly ihren Ehemann verlassen hatte, hatten sie einen Krieg gemeinsam durchgefochten. Und doch hatten sie danach keinen Kontakt mehr gehabt – bis zu ihrer Entscheidung, wieder zu dem Mann zurückzukehren, der sie misshandelt hatte. Dieser Kreislauf intensiver Gefühle und abrupter Trennungen war charakteristisch für ihr Berufsleben, und in vieler Hinsicht auch für ihr Privatleben. Sie sehnte sich nach etwas Dauerhaftem. Nach jemand Dauerhaftem.

»Adelaide und Bill haben mir gesagt, dass sie gern einmal die Farm anschauen würden«, sagte Sam, legte seine freie Hand auf ihren Rücken und massierte ihn sanft in kleinen Kreisen.

»Bill hat in meinem Haus nichts verloren«, erwiderte Frances. Sie hatte dem Wunsch ihrer Tante entsprochen und Sam Hopes Geschichte nicht erzählt. Das hieß aber nicht, dass sie sie vergessen würde. »Und was Adelaide angeht, so würde ich mich darauf nicht verlassen. Sie möchte gern glauben, dass wir in Verbindung bleiben, weil sie möchte, dass Hopes Tod wenigstens irgendetwas Positives mit sich gebracht hat.«

»Was ist mit Teddy?«

»Wir können uns E-Mails schicken.« Sie umfasste ihren Styroporbecher mit beiden Händen und nahm einen Schluck Kaffee. »Weißt du, als ich noch ein Kind war, habe ich sie mir immer in dem wunderschönen Haus mit Blick auf das Meer vorgestellt. Ich wollte so sehr ein Teil von Adelaides Welt sein. Sie schien, wo immer sie ging, Liebe und Trost auszuströmen. Aber das war nur eine Fantasie, die keinen Boden in der Wirklichkeit hatte. Ein Wunsch, der aus zu vielen Fahrten zur Eisdiele geboren war. Dort herrschte ein Albtraum. Auch dort.«

»Es ist dieselbe Familie.«

»Das ist ja das Problem.« Sie lachten beide.

»Ich habe mal gehört, dass die beste Familie nicht die ist, in die man geboren wird, sondern die, die man sich selbst schafft.«

»Sehr weise.« Sie waren einen Augenblick still. »Ich wünschte, dass einmal, nur einmal meine Träume nicht eine bloße Fiktion wären. Dass auch einmal konkrete Wahrnehmungen die Basis für eine Fantasie sein würden. Aber genug philosophiert.« In der Ferne sah sie die Küste von Orient Point. »Wir sind fast zu Hause.«

»Fanny«, sagte Sam, »du bist immer diejenige, die sagt ›Darf ich dich etwas fragen?‹. Jetzt muss ich dich etwas fragen.«

»Was du willst.« Sie drehte sich zu ihm um und war erstaunt über seinen ernsten Gesichtsaudruck. Ihr Puls schlug schneller, und sie spürte einen Kloß im Hals. Er rieb sich die Augen und schob sich eine Haarsträhne aus dem Gesicht. Sie meinte, eine Träne zu sehen.

»Ich weiß nicht, wie ich es anders sagen soll. Ich würde mich geehrt fühlen, wenn du mich heiraten würdest.« Sam langte in seine Tasche und zog eine kleine Samtschachtel heraus. »Ich glaube, ich sollte noch hinzufügen ›wenn du wenigstens darüber nachdenken würdest‹. Aber es wäre mir lieber, wenn du das gar nicht bräuchtest. Es wäre mir lieber, wenn du Ja sagen würdest. Ich bin vielleicht nicht der brillanteste oder erfolgreichste Mann auf Erden, aber es gibt keinen, der dich mehr liebt als ich, jetzt und in Zukunft.«

Sie stand auf, umarmte ihn und legte ihren Kopf auf seine Schulter. Sie spürte sein Schlüsselbein an ihrer Wange. Als sie tief einatmete, roch sie den erdigen Geruch seiner Haut und küsste ihn auf den Nacken. Sie spürte seine Umarmung, als er sie noch näher an sich zog. Sie konnte sich nicht vorstellen, an irgendeinem anderen Ort auf der Erde zu sein. Sie betete nur, dass dieses Gefühl nie vorübergehen würde.